Michael Kunze wurde 1943 in Prag geboren. Nach 1945 wuchs er am Rande des Schwarzwaldes auf, besuchte in Stuttgart das Gymnasium und machte in München Abitur. 1964 wurde er Stipendiat des »Maximilianeum«. Er studierte Rechtswissenschaft, Geschichte und Philosophie. Seit 1970 ist er erfolgreich als Liedertexter und Übersetzer tätig, promovierte zum Dr. jur. und arbeitet weiterhin an rechtshistorischen Forschungsaufgaben.

Vollständige Taschenbuchausgabe
Droemersche Verlagsanstalt Th. Knaur Nachf., München
Lizenzausgabe mit freundlicher Genehmigung des
Kindler Verlags, München

Umschlaggestaltung Dieter Vollendorf
Satz C. H. Becksche Buchdruckerei, Nördlingen
Druck und Bindung Ebner Ulm
Printed in Germany · 1 · 14 · 1284
ISBN 3-426-01189-1

1. Auflage

Michael Kunze:
Straße ins Feuer

Vom Leben und Sterben in der Zeit des Hexenwahns

Mit zahlreichen Abbildungen

Knaur

ISBN 3-426-01189-1 980

Inhalt

»Vom Untergange beschattete Zeiten suchen nach dem Schuldigen, und alles, was irgendwie vom Täglichen abweicht, ist schon schuldig.«

WILL-ERICH PEUCKERT

Nürmberg
Schwartzach fl.
Altorff
Amberg
Vils fl.
Castel
Rednitz fl.
Nab fl.
Neumarckt
Nelburg
6
Hiltpoltstain
Freistat
Rot
Holnstain
B. Lengfelt
Gmünd
Haideck
5
Vilshouen
Laber flus
Nab fl.
Regen flu
Berching
Greding
Weisenburg
Dietfurt
Am Hofe
Altmül fl.
Pappenhaim
Eichstet
Küpfenberg
Regenspurg
Wembding
FLV.
Keilhaim
Abach
Tettenmang
Altmul fl.
Monhaim
9
Ingolstat
10
DANVBIVS
Abensperg
Kaishaim
Donawert
Newstat
Ror
Rotnburg
Neuburg
Vohburg
Rain
Par flu
Abenst flus
Mainburg
Schrobenhausn
Ober
Pfaffenhouen
Ilm flus
13
VVitlspach
Scheurn
LYCVS FL.
Aicha
Par flu.
Glon flus
Nietpurg
Fridberg
Bairen
Freising
Sempt fl.
14
Möringen
Dachaw
Erding
Maisach
Ilm
Pruck
Schmihen
München
Schwabin
Eberspers
Landsperg
VVirm fl.
18

3
Walt wu ... chn
4
Rez
Furt
Newkirchen
Valderbach
Hochpogen
Chain
Lam
7
Pellstain
8
Brenberg
Valcknstain
Viechtach
Regen flus
Wert Pfaffen minster
Regen
Degenberg
Altaich
Deckendorff
12
Straubina
Graúenaw
11
N. Altaich
Osterhouen
Ilez flus
ISARA FL.
Landaw
Vils flus
Vilshouen
Dinalfina
Nider
Aldersp ach
Ortnburg
Passaw
Zell
Ilstat
15
Vils flus
Cackenfeldn
Pfarkirchn
Scherding
Biburg
Rott flus
Bairen
Neumarckt
Rab
S. Veit
16
OENVS FL.
Isen
flus
Müldorff
Oeting
Traunaw
Riedt
Burckhousn
walt
Altza flus
SALZAH.
Ditmaning

Vorwort

Man schreibt das Jahr 1600. Irgendwo in Deutschland, in einem kleinen niederbayerischen Dorf, gerät eine landfahrende Familie – Mann, Frau, erwachsene Söhne, ein zehnjähriges Kind – in die Fänge der Obrigkeit. Für die lokale Behörde ein unwichtiger, alltäglicher Fall. Doch als der herzogliche Hofrat in München davon erfährt, äußert er überraschendes Interesse. Zufällig ist er auf der Suche nach passenden Schuldigen für einen großen Schauprozeß, der die Straßenräuber, Brenner und Mörder im Land abschrecken soll. Dafür eignen sich die aufgegriffenen Landfahrer, meint man in der Landeshauptstadt. Ein Urteil, das den Gang der Ereignisse vorausbestimmt. Die Überstellung der Gefangenen nach München wird angeordnet.

Hier unterzieht man sie umfangreichen Verhören. Ihre Aussagen, minuziös aufgezeichnet von dem protokollierenden Schreiber, sind die Hauptquelle meines Berichts. Sie werden den Leser in die Alltagswelt von fahrendem Volk, Handwerkern und Kleinbauern führen, die seit fast vierhundert Jahren tot sind. Aus den Prozeßakten erwachen längst vergessene Menschen zu neuem Leben, erzählen von sich, von ihren Freuden, Ängsten und Nöten. Vieles sahen sie anders als wir. Sie lebten in einer festgefügten Ordnung von Oben und Unten, von Himmel und Hölle, Engeln und Dämonen. Unser Urteil über sie muß notwendig falsch sein, denn wie damals können wir nicht mehr denken, glauben, empfinden.

Und doch war das Zeitgefühl dem unseren nicht unähnlich. Schwarzes Gewölk hing über dem Land, unsichtbar, doch unübersehbar. Es wird ein Unwetter geben, dachte man und hatte Angst davor. Der große Krieg, von dem die Zeichen künden, wird der schrecklichste, der letzte sein, den die Menschheit erlebt. Gut und Böse rüsten zur Endschlacht, die dem Jüngsten Tag vorausgeht. Im Osten steht, bis an die Zähne bewaffnet, der Antichrist; die Türken, die grausamen Erzfeinde der Christenheit, drohen Wien zu überrennen. Einigkeit im westlichen Lager wäre das Gebot der Stunde, doch alles geht drunter und drüber. Mißtrauen und Zank herrschen unter den Regierungen. Jeder ist sich selbst der Nächste. Man streitet um Worte, jede Partei glaubt die Wahrheit für sich gepachtet zu haben. Im Grunde geht es immer noch, wie seit jeher, um Macht und Geld. Doch diesmal rafft und giert man eines höheren Zweckes, einer heiligen Idee, des rechten Glaubens wegen. Weshalb jedes Mittel erlaubt, jede Rücksichtnahme verboten ist. Der Eigennutz trägt ja einen Heiligenschein, er braucht sich nicht mehr zu schämen. Wenn wir mächtiger und reicher werden, sagen die Herrschenden, können wir das drohende Unheil abwenden. Auf solche Worte hört man, klammert sich an die Hoffnung

Doch die Angst vergeht davon nicht. So sinnt man auf Wege, ihr zu entrinnen. Man berauscht sich, feiert üppige Gelage, dreht sich in immer wilderen Tänzen. Oder man hortet, spart und geizt. Man flucht und spottet des Herrn oder hüllt sich in Sack und Asche, schließt sich einer der neuen Sekten an, büßt und betet. Man versucht das Chaos mit scharfen Gedanken zu zergliedern, zu erforschen, zu systematisieren. Oder man vertraut okkulten Mächten, klammert sich an finsteren Aberglauben, hofft auf die Hilfe von Geistern und Dämonen. Vor allem aber sucht man nach Sündenböcken. Es erleichtert geängstigte Herzen, in erregter Menge zu stehen, mit ausgestrecktem Finger auf einen »Schuldigen« zu zeigen und »Verbrennt ihn« zu rufen. Die Zeit der Angst ist die Zeit der Scheiterhaufen. Doch die Schreie der Opfer und das Prasseln der Feuer verschaffen den Bedrohten nur kurz Erleichterung. Der dichte Qualm, der von den Brandstätten aufsteigt, macht den Himmel nur noch dunkler, die allgemeine Bedrohung nur noch augenfälliger.

Dies ist die Szenerie, vor der wir die Hauptpersonen unserer Geschichte auf einer Straße gehen sehen, die ins Feuer führt. Ich habe versucht, ihr Leben zu rekonstruieren. Nichts an dieser Geschichte ist erfunden, so romanhaft manches auch wirken mag. Meine »Helden« sprechen für sich selbst, sagen uns, was sie fühlten und dachten, worauf sie vertrauten und woran sie zweifelten, womit sie Armut und Krankheit bekämpften, wie sie spielten und lachten, litten und träumten. Behutsam habe ich ihre Erzählung ergänzt durch Erläuterungen und Erörterungen, die mir zum Verständnis der damaligen Zeit notwendig erscheinen.

Ergänzung ist auch der Blick auf die an den Hebeln der Macht, auf die Staatsdiener, welche über unsere Gefangenen zu Gericht saßen. Rückgreifend auf alte Briefe, Notizen und verstaubte Personalakten werde ich versuchen, auch ihr Tun und Denken zu schildern. Freilich: die Richter in ihrer Bedingtheit und Beschränktheit zu verstehen ist schwerer, als mit ihren Opfern mitzuempfinden. Doch man sollte nicht voreilig urteilen. Gebildete spürten mehr noch als einfache Menschen die Nähe kommenden Unheils und fühlten sich bedroht. Die Angst machte Weise einfältig, Gerechte ungerecht, Fromme böse und Milde grausam. Gelehrte Hofräte, keineswegs dümmer als heutige Regierungsbeamte, folgten blind der »herrschenden Meinung« in der damaligen Jurisprudenz, welche die Hexerei als reales Verbrechen bekämpfte und wissenschaftlicher Erörterung für wert hielt.

War dies nur die überwundene Schwäche und unglückliche Verirrung einer jungen Wissenschaft? Zur Überheblichkeit ist kein Anlaß. Juristen, die sich jeder gerade opportunen Ansicht kritiklos unterwerfen, gibt es nach wie vor. Auf unseren Universitäten wird die Fähigkeit trainiert, den gesunden Menschenverstand durch rabulistische »Wissenschaftlichkeit« mit einer beunruhigenden Praxis zu versöhnen. Eine Philosophin des 20. Jahrhunderts, nämlich Hannah Arendt, meint gelegentlich, das Schlimme an den Intellektuellen sei, daß ihnen zu allem etwas einfällt. Diese Bemerkung war auf die Rechtfertiger und Denkakrobaten der Nazizeit gemünzt, aber sie gilt auch für die Richter des in diesem Buch geschilderten Kriminalprozesses und ganz allgemein für den Typus des modernen Intellektuellen. Dessen Pflanzschule war die Universität von Bologna, wo im 12. Jahrhundert als erste weltliche Wissenschaft die Jurisprudenz entstand. Gebunden an die vorgegebenen Autoritäten des römischen Corpus Juris lehrte man die Studenten dort von Anfang an, Widersprüche in der Rechtsüberlieferung als scheinbar zu entlarven und Ungereimtes durch Ausdeutung und Neubegründung stimmig zu machen. Das Jonglieren mit Begriffen, der scholastische Drahtseilakt waren Künste, die den neuen Berufsstand der Juristen zu einem in jedem politischen System einsetzbaren Werkzeug jeglicher Obrigkeit machten. Was immer man ihm als »Recht« vorgab, er fand eine logisch einwandfreie Begründung dafür. Diese Fähigkeit wird immer noch hoch geschätzt. Die juristische Ausbildung hat sich bis heute im Prinzip nicht geändert; Bologneser Denkfiguren und Argumentationsweisen prägen nach wie vor Gesetzeskommentare, Juristenzeitschriften und höchstrichterliche Urteile.

Dies sollte der Leser bedenken, wenn er von Rechtsgelehrten hört, die den Hexenwahn zu einer dogmatischen Verbrechenslehre verfeinerten. In den Doctores Fickler und Wangereck, Hauptpersonen unserer Geschichte und Gegenspieler unserer Landfahrer, Handwerker und Bauern, wird der Leser Repräsentanten einer Intelligenzija kennenlernen, der die meisten von uns selbst angehören. Folterprozeß und Hexenverfolgungen waren frühe Produkte eines »modernen« Denkens, keineswegs, wie immer noch zuweilen behauptet wird, Ausgeburten des angeblich so finsteren Mittelalters. Erst die Emanzipation des Intellekts vom Gefühl erlaubte dem Menschen, mit gutem Gewissen unmenschlich zu sein. Der Abstand von vierhundert Jahren zu den geschilderten Ereignissen sollte uns nicht darüber hinwegtäuschen, daß sie sich in den Morgenstunden unseres eigenen Zeitalters abspielten. Herzog Maximilian, oberster Schicksalsherr unserer niederbayerischen Landfahrer und Dorfbewohner, war durchdrungen von einer Staatsidee, für welche die Zeit erst im gegenwärtigen Jahrhundert reif wurde. Es schwebte ihm die totale Überwachung jedes einzelnen Bürgers, die Macht über sein Gewissen, die Reglementierung seines Lebens vor. Hätte er die technischen Möglichkeiten von heute gehabt, wäre das plumpe Mittel eines Schauprozesses überflüssig gewesen. Weshalb der Trost, daß dergleichen heutzutage nicht mehr vorkommt, zweifelhafter Natur ist.

Fachgelehrte bitte ich um Nachsicht. Mein Buch wiederholt manches allgemein Bekannte und versucht das Neue einem möglichst breiten Leserkreis verständlich zu machen. Wer eine wissenschaftlichere Darstellung der Ereignisse sucht, den verweise ich auf meine Dissertation »Der Prozeß Pappenheimer« (Ebelsbach 1981). Mir ging es darum, die Schicksale meiner Hauptpersonen der Vergangenheit zu entreißen. Je mehr davon erfahren, desto besser. Aus diesem Grund hielt ich es bei aller inhaltlicher Treue für erlaubt, Quellenzitate der heutigen Schreibweise anzugleichen. Die trotz allen Forschens und Fragens offenbleibenden Zweifel und Unsicherheiten sind an zahlreichen »vermutlich«, »so etwa« und »vielleicht« schuld. Darüber und über andere Ausdrücke der Unentschiedenheit wird sich mancher Leser ärgern. Leider gibt es aber keine andere Möglichkeit, das quellenmäßig Abgesicherte vom Spekulativen zu unterscheiden.

Dieses Buch erzählt in der Hauptsache von Ereignissen, die kein Geschichtswerk nennt. Zu unbedeutend waren sie für den Gang der Dinge. Wer Geschichte als eine Abfolge politischer Ereignisse, als eine Bühne heroischer Gestalten oder als Vorratskammer lehrreicher Beispiele versteht, wird den folgenden Bericht für unwichtig halten. Die große Politik bleibt peripher und meine »Helden« sind zweifelhaften Charakters. Die Lehren dieses Buches bestehen aus Binsenwahrheiten wie der, daß auch die gelehrteste Dummheit nichts als Dummheit ist. Warum ich sie doch für erzählenswert halte? Weil Geschichte aus vielen Geschichten besteht, aus wenigen »großen« und unzähligen »kleinen«. Dies ist eine der kleinen. Nicht aus Lerneifer soll man ihr zuhören, sondern aus Neugier. Ich will berichten, wie es denen damals erging, nichts beweisen, bewirken oder bewegen. Nur den Spuren von Menschen nachgehen, ihnen ein Stück weit auf der Straße ins Feuer folgen.

Erstens

Der Turm

Die Ankunft

An einem späten Aprilnachmittag des Jahres 1600 rumpelte ein offener Karren, von zwei Pferden gezogen, über den teils steinigen, teils morastigen Feldweg, den man ehemals die Straße von Nürnberg nach München nannte. Handelskarawanen, Krämerkarren, Kaufmannskutschen schaukelten, quietschten und knarrten tagaus, tagein durch die tiefen Fahrrinnen, brachten Spezereien, Seidenstoffe und Gläser aus dem weltoffenen Nürnberg, teure Tuche aus Flandern und England, Weine vom Rhein und Main in die Landeshauptstadt, aus der sie bepackt mit steirischem Kupfer, Kärntner Zinn, mit Salz- und Getreidesäcken, Wachs, Tirolerwein und Ballen von Lodentuch wieder nach Norden fuhren. Der Karren, mit dessen Gerumpel unsere Geschichte beginnt, hatte freilich andere Fracht geladen: gefangene Malefizpersonen, höchst verdächtiges Gesindel. Aneinandergekettet saßen sie auf der Holzpritsche, ein älteres Ehepaar, zwei junge Männer, ein Knabe. Voraus ritt der Gerichtsamtmann von Altmannstein und Abensberg. Der drehte sich ab und zu nach dem Gefangenentransport um und warf einen Blick über die armen Sünder hin zu den beiden Amtsleuten, die dem Wagen hinterherritten.

Münchens Mauern, Türme und Zinnen waren schon lange in Sichtweite. Die Nürnberger Straße führte durch Wiesen im ersten Frühlingsgrün, über flaches, weites Land, nur gelegentlich von noch kahlen Büschen und kurzgeschorenen Weidenbäumen unterbrochen. Rechts und links grasten hinter Gattern und Zäunen Kühe und Pferde, zuweilen auch Schafe und Ziegen: Vieh, das dem Herzog gehörte. Wohl über eine Wegmeile sah der Reisende den prächtigen Prospekt Münchens vor sich und schien seinem Ziel doch kaum näher zu kommen.

Ein mittelalterlicher Mauerring und doppelte Gräben mit fließendem Wasser schlossen die Stadt ein. Ockerbraun, mit roten Flecken und grünen, blauen, gelben Farbtupfen, lag sie in der grünbraunen Ebene. Weißgraues Kieselgestein leuchtete im Osten, das Bett der unregulierten Isar, die in mehreren Armen langgezogene Bänke umströmte. Im Westen bildeten sanfte, bewaldete Hügel im blauen Dunst des Nachmittags den Hintergrund. Ein Zeitgenosse, der die Stadt damals so sah, schrieb begeistert in sein Tagebuch: »Sie könnte nicht schöner, nicht liebenswürdiger, wegen der klarsten Luft nicht leuchtender sein, was von ihrer Lage inmitten einer weit ausgedehnten strahlenden Ebene herrührt.«

Und was für eine Silhouette! Die beiden Zwiebeltürme der Frauenkirche und der unten wuchtige, im Dachaufbau feingliedrige Turm von Sankt Peter überragten alle anderen Gebäude und zeigten dem näherkommenden Fremden von weitem, in welcher Gegend das Herz der Stadt schlug. Aus dem darunter hingebreiteten Häusermeer mit den unzähligen schmalen und steilen Giebeln, die sich dicht aneinander drängten, wiesen andere Turmdächer mit scharfen Spitzen zum Himmel: die der Neuen Stiftskirche, des Schönen Turms, des Alten Hofs und der Friedhofskirchen von Sankt Peter und Unserer Lieben Frau. Massig erdverwachsen dagegen die Wehrtürme der Stadtbefestigung, die Grenzen der Stadt markierend. Sie glichen den mächtigen Burgfrieden mittelalterlicher Ritterburgen, bewehrt wie diese mit Zackenkronen, Schießscharten und Pechnasen.

Ein staunenswerter Anblick, auch für die Gefangenen auf ihrem Karren, die noch nie in der bayerischen Hauptstadt gewesen waren. Sie sahen die Pracht freilich mit trüben Gedanken und verdüsterten Seelen. Dies war die Stadt, in der sie sterben würden. Zumindest das Ehepaar war sich eines schrecklichen Endes sicher. Und wenn die zwei jungen Burschen und das Kind, die ebenfalls auf dem Karren saßen, noch an einen guten Ausgang ihrer Geschichte glauben mochten, so konnte das für das Paar kaum ein Trost sein, denn die Mitgefangenen waren ihre Söhne. Eine ganze Familie karrte der Abensberger Gerichtsamtmann an jenem Apriltage nach München, und zwar auf allerhöchsten Befehl. Der herzogliche Hofrat nämlich hatte die Überstellung dieser niederbayerischen Malefikanten nach München angeordnet, nachdem ihm von deren Untaten einiges zu Ohren gekommen war. Das Gesindel, das in Ketten auf dem Karren saß, der sich schwankend und knarrend dem Schwabinger Tor näherte, war Gegenstand herzoglichen Interesses.

Dies mag der Amtmann bedacht haben, während er sich hin und

wieder nach den Häftlingen und ihren Bewachern umsah. Er war für die Ablieferung der wichtigen Fracht verantwortlich. Zum Glück würde sein Auftrag bald erfüllt sein. Er hatte die Gefangenen von Abensberg her auf holperigen und gefährlichen Wegen zur Hauptstadt gebracht, sie dabei unterwegs, als man übernachten mußte, in Pfaffenhofen ordentlich und sicher im Amtshaus verwahrt. Nun würde er sie alsbald mit amtlichem Schreiben den herzoglichen Beamten übergeben, sich in München eine Bleibe suchen und anderntags wieder mit leerem Karren zurückreisen. Das Schicksal dieser Menschen ging ihn dann nichts mehr an. Wie würde die Sache wohl ausgehen? Er hatte sich mit den Verhafteten häufig unterhalten, fand sie weniger verderbt und teuflisch, als das Gerede der Leute glauben machte. Aber so ein Eindruck besagte nicht viel. Jedermann wußte, daß der Teufel alle Macht über seine Werkzeuge verlor, wenn diese erst einmal in die Hände der Obrigkeit gerieten. So auch über die fünf auf dem Karren, welche dem Vernehmen nach sehr vertrauten Umgang mit dem Leibhaftigen gehabt hatten.
Die Gefangenen sahen wie eine arme Bauernfamilie aus. Ihre äußere Erscheinung überliefert ein Flugblatt, dessen Verfasser sich in mehreren Holzschnitten um getreue Abbildung bemühte. Darauf erkennt man in einem breiten, untersetzten Mann den Vater. Unter einem schwarz-braunen Stoffhut mit schmaler Krempe graues Haar bis über die Ohren, weit auseinanderstehende Augen, eine schmale Nase, die ganze untere Gesichtshälfte von einem Bart bedeckt, dessen offenbar kräftiges, krauses Haar gut fünf Zentimeter von Kinn und Wangen absteht. Über dem Leinenhemd eine derbe Joppe, ausgeblichene Bundhosen, gestrickte Strümpfe, Schnürschuhe. Große, schaufelige Hände, die zuzupacken verstehen. Daneben die Mutter, eher schmal, größer als ihr Mann, mit strähnigem graugelbem Haar, das bis zur Schulter fällt. Ein strenger, schmaler Mund, die Augen in tiefen, faltigen Höhlen. Sie trägt ein dunkles Kleid, dessen Saum fast den Boden berührt. Die beiden Burschen mit blondem, langem Haar unter Bauernhüten, wie auch der Vater einen hat, der ältere mit schmalem Gesicht wie die Mutter, wenn auch sonst kräftig und breit wie sein jüngerer Bruder, der insgesamt mehr dem Haupt der Familie ähnelt. Schließlich der Knabe, wie die erwachsenen Männer mit Bundhose, Leinenhemd und Joppe bekleidet, auch er mit einem Hut auf den langen, glatten Haaren. Äußerlich war nichts an diesen Gefangenen, was sie von anderem niederen Volk unterschied, wie man es aus Abbildungen der Zeit kennt. Doch sie

lagen in Ketten auf einem Karren, dessen Räder über die Brücke des äußeren Stadtgrabens donnerten und der gleich darauf das kleine Brückenhäuschen am jenseitigen Ufer passierte, um von da aus nach rechts auf das Schwabinger Tor zuzuhalten.
Dort zeigte der vorausreitende Amtmann den Scharwächtern sein amtliches Schreiben, erläuterte seinen Auftrag, erhielt Einlaß für seine ungewöhnliche Fracht. Der Wagen rollte über die steinerne Bogenbrücke, die den zweiten Wassergraben überspannte. Am stadtseitigen Ende der Brücke rechts und links je ein viereckiger Vorturm, zinnenbesetzt, mit Schießscharten in vier Metern Höhe, dazwischen eine Fünf-Meter-Mauer und darin rechteckig, nicht viel breiter als der Karren, die äußere Tordurchfahrt. Hindurch, in den düsteren Innenhof, der auf den Seiten von hohen, wehrgangbesetzten Mauern begrenzt wurde und in dem das Knirschen der eisernen Radreifen und der Hufschlag der Pferde laut widerhallten. Doch nur kurz; schon passierte der Gefangenentransport das eigentliche, das innere Stadttor, rumpelte durch den kurzen Tunnel, über dem der viereckige, mächtige Wehrturm, Teil der rechts und links angebauten Ringmauer, seine Zinnenkrone zwanzig Meter hoch erhob.
Das Schwabinger Tor öffnete den Zugang zur Stadt an der Stelle des heutigen Odeonsplatzes, und zwar am südlichen Ende, wo sich jetzt der freie Platz vor der Feldherrnhalle erstreckt. Aus der dunklen Höhle der Turmdurchfahrt kommend, sah man vor sich eines der stattlichsten Häuser der Stadt, den sogenannten »Bauerngirgl«, ein dreistöckiges breites Bauwerk mit zwei Ecktürmchen rechts und links, gekrönt von charakteristischen Zwiebeldächern. Westlich von diesem prächtigen Bürgerhaus lag die Hintere Schwabinger Gasse, die heutige Theatinerstraße, die zu Marienplatz und Rathaus führte. Der Wagen mit den Gefangenen fuhr jedoch auf dem Platz vor dem »Bauerngirgl« nach links, um gleich darauf in die Vordere Schwabinger Gasse, jetzt Residenzstraße genannt, einzubiegen. Dies war der kürzeste Weg zum Falkenturm, dem herzoglichen Gefängnis für Schwerverbrecher, wo der Gerichtsamtmann von Abensberg und Altmannstein seine Gefangenen abzuliefern hatte.

Die Stadt

Das München des Jahres 1600, von dem die niederbayerischen Malefikanten auf ihrer Fahrt zum Gefängnis einige wenige Straßen und

Häuserzüge zu sehen bekamen, war der Metropole, die heute diesen Namen trägt, durchaus nicht ähnlich. Knapp 24000 Menschen wohnten in der Hauptstadt des Herzogtums Bayern; städtisch, also unter der bürgerlichen Jurisdiktionsgewalt des Rats stehend, waren davon weniger als die Hälfte. Die Bürger wären nur ein kleines Häufel neben Hof und Klerisei, klagte man 1596 im Rathaus.
Mit Befremden über soviel Undank mag der Herzog solche Klage damals vernommen haben. Seine Vorfahren hatten die Stadt an der Isar vor knapp hundert Jahren endgültig zum Ort ständiger Residenz gewählt und ihr damit zu Geld und Ansehen verholfen. Mit Handelszentren wie Augsburg, Nürnberg, Regensburg oder Passau konnte sich München ohnehin nie messen, sich zum religiösen Mittelpunkt des nahen altehrwürdig-erzbischöflichen Freising halber nie entwickeln. Seit jedoch ganz Bayern von München aus regiert und verwaltet wurde, hatte die Stadt immerhin politische Bedeutung errungen. Der Hof zog Fremde an: Händler, die ihre Waren verkaufen, Künstler, die ihr Talent nutzen, Diplomaten, die ihren Einfluß geltend machen wollten. Da fiel für die städtischen Bürger mancher Gewinn ab. Erst recht durch die Aufträge, die unmittelbar aus der Residenz kamen. Eben waren alle verfügbaren Maurer und Zimmerleute, Maler und Steinmetzen zum Bau des Jesuitenkollegs herangezogen worden, schon wurde an der Neufeste, dem herzoglichen Palast, weitergebaut. Die herzogliche Küche wollte versorgt, die Bediensteten wollten eingekleidet sein. Wie eine Glucke ihre Küken, wärmte und versorgte der Hof die städtischen Bürger. Die freilich hatten dabei nicht selten das Gefühl, erdrückt zu werden.
So etwa 1587, als Herzog Wilhelm V. der Stadt das alte Salzhandelsrecht entzog. Oder 1598, als ihr sein Sohn Maximilian »ex plenitudine potestatis«, auf Grund herzoglicher Machtvollkommenheit, altehrwürdige Freiheiten und Privilegien nahm. Der Hofrat behandelte den Stadtrat immer öfter als nachgeordnete Behörde, setzte sogar gelegentlich die Preise der Metzger fest, verwies die dagegen protestierenden Stadthonoratioren wie »Rädelsführer und Aufwiegler« in Schranken, die es vorher nicht gegeben hatte. Ungerührt von den Klagen der Bürger ließ der Herzog ganze Straßenzüge abreißen, um Kirchen, Klöster und Stadtburgen zu errichten. Kein Zweifel: Er und sonst niemand war Herr in München.
Das spürten nicht nur die Patrizier, die im Rat saßen, sondern auch die einfachen Leute. Die Gastwirte etwa hatten für jeden Fremden vier Meldezettel auszufüllen: einen für Herzog Maximilian, einen

für seinen abgedankten Vater, einen für den Hofmarschall, einen für den Bürgermeister. Auf herzoglichen Befehl mußte jeder Münchner beim abendlichen Ave-Maria-Läuten auf der Straße niederknien. Einmal im Jahr gingen Beamte des Herzogs von Haus zu Haus und sammelten die Beichtzettel ein; wer nicht gebeichtet hatte, kam ins Gefängnis.
Die Münchener Stadtluft machte also nicht ganz so frei wie die vieler anderer Städte. Und doch lebte es sich nicht schlecht hier. Zweiundvierzig Weinhäuser gab es in den Gassen; dazu kamen vierzehn Bierschänken, in denen es oft hoch herging. Als der Herzog auch das Singen und Johlen in diesen Wirtschaften verbieten wollte, gab der Stadtrat zu bedenken, dergleichen sei Volkssitte und durch Verbote nicht zu verhindern. Das mag wohl auch für das Treiben in den zwölf öffentlichen Badehäusern der Stadt gegolten haben, in denen Männlein und Weiblein sich ganz ungeniert gemeinsam säuberten, dabei aber auch aßen und tranken, würfelten und musizierten – allen herzoglichen Sittenmandaten zum Trotz.
Aus dieser Zeit existiert ein Holzmodell von München, das wie eine Momentaufnahme den damaligen Zustand der Stadt festgehalten hat. Meist zwei- bis dreistöckige Häuser – schmalbrüstige, weitausladende, spitzgiebelig-enge, behäbig-breite, glatte, erkerbesetzte, kleinfenstrig-ärmliche, kunstvoll-protzige – folgen den oft gewundenen Straßenzügen, dicht aneinandergedrängt, aber selten in Reih und Glied. Hier ragt ein höheres Stockwerk mit einem Vorbau oder Erker weit in den Straßenraum hinein, dort verengt eine Werkstatt nach Art einer Verkaufsbude ebenerdig den Durchgang. Nichts ist einheitlich: Jedes Haus hat seine eigene Dachschräge, seine charakteristischen Fensterformen, Zinnen, Verzierungen, Anbauten. Überall in den Dächern Mansardenfenster, Luken, vereinzelt Türmchen und Ziergiebelchen, aber nirgends ein Schornstein – der war damals noch nicht erfunden. Das Ganze ein Gewinkel von Mauern und Kanten – und doch eine Einheit, eine Stadt. Die Seitengäßchen schmal und dunkel, die Hauptstraßen großzügig breit, sich oft platzartig erweiternd. Da steht dann meist auch ein Brunnen – sechsunddreißig Schöpf- und achtzehn Rohrbrunnen versorgen die Bevölkerung mit Wasser. In den Innenhöfen grünt und blüht es. Kaum ein Haus, zu dem nicht wenigstens ein Gemüsegärtlein gehört, dazwischen zahlreiche Bächlein mit kleinen Holzstegen und Schuppen, Scheunen, Ställe, winklige Holzzäune.
So akkurat das Sandtnersche Holzmodell jedes einzelne Haus wie-

dergibt, es zeigt doch nur die halbe Wahrheit. Es verrät zum Beispiel nichts über den Zustand der Straßen. Die größeren unter ihnen waren mit »Kiesel« gepflastert, also mit den runden, weißgrauen Flußsteinen aus der nahen Isar. Die tiefste Stelle der Straße lag in der Mitte – da gab es eine Art Abflußrinne, die das Abwasser aufnahm, das aus den Regentraufen der Häuser, aber auch aus ihren Küchenfenstern kam.

Es roch nicht gerade fein im damaligen München. Auch zu den vornehmeren Häusern gehörte ein Dung- und Abfallhaufen. Trotzdem warf man häufig genug Müll und Unrat einfach auf die Straße. Darin wühlten streunende Hunde und Schweine, die hin und wieder vorübergetrieben wurden. Überhaupt darf man sich das bäuerliche Element nicht wegdenken aus dem Stadtleben jener Zeit. Hühner scharrten zwischen den Pflastersteinen, Schafe verirrten sich aus den ländlichen Innenhöfen auf die Straßen, Kühe wurden zur Tränke an die Brunnen geführt.

Die Musik der Stadt klang damals etwa so: Glocken läuteten in dumpfen Schlägen oder wichtigtuerischem Gebimmel, aus offenen Kirchentüren und Klosterfenstern kam frommer Chorgesang, an den Brunnen schwatzten die Weiber, Kinder kreischten, da krähte ein Hahn, dort rief ein Händler schreiend seine Ware aus. Vielfältig schallte aus den offenen Werkstätten der Handwerker ein Hobeln und Hämmern, Klopfen und Klingen, Schaben und Schmieden, Sieden und Zischen. Dreizehn Mühlen drehten sich in der Stadt, kleine Hammerwerke betreibend, in denen aus Kupfer und anderem Metall im scheppernden Kling-Klang allerlei Gebrauchsgegenstände entstanden. Einige Akkorde dieser Musik erreichten gewiß auch die gefangenen Malefikanten, die an jenem späten Aprilnachmittag zum Gefängnis gekarrt wurden.

Da blieb man wohl neugierig stehn, reckte sich nach den Angeketteten, fragte den Nebenstehenden, was das denn für Übeltäter seien. Da rannten vermutlich Straßenkinder johlend dem Karren hinterher. Da mag einer überrascht ausgerufen haben, einer der Verbrecher sei ja noch ein kleiner Bub. Doch schon bog der Wagen um die Ecke. Man wandte sich wieder seiner Beschäftigung zu; der Krämer trat wieder in seinen Laden, die Kinder nahmen ihr Abzählspiel wieder auf. So oder doch so ähnlich sah die Ankunft der niederbayerischen Gefangenen in der Hauptstadt München aus.

Das Ziel des Gefangenentransports lag am nordöstlichen Stadtrand. Etwa an der Stelle, wo heute allabendlich festlich gekleidete Opernbesucher über eine breite Freitreppe das Nationaltheater betreten, stand im Jahre 1600 der sogenannte Falkenturm als Bestandteil der Stadtmauer. Um 1450 erbaut, war dies ursprünglich eines der zahlreichen Befestigungswerke des Münchner Ringwalles, zu Verteidigungszwecken mit Schießscharten und kleinen, wehrgangbesetzten Vortürmen versehen. Von vergleichbaren Bauten der Stadtmauer unterschied sich dieser Turm durch einen ausgebauten Dachstuhl mit einem schräg von allen vier Seiten aufsteigenden Giebel, an den Stirnseiten von Erkern besetzt, die wie überdimensionierte Taubenhäuser in voller Firstbreite auf den Turmmauern aufsaßen. Früher hatte man von hier aus freien Blick auf die weite Ebene, über die der Karren mit unseren Gefangenen herangekommen war. Doch seit einigen Jahrzehnten versperrten Neubauten des Herzogs die Sicht in diese Richtung. An zwei Seiten umspülte Wasser den Falkenturm. Nördlich, der Linie der Stadtumwallung folgend, strömte behäbig der etwa zehn Meter breite Wasserlauf des Stadtgrabens vorüber. An seiner Westseite gluckste der Pfisterbach, der hier durch ein Loch aus der Ringmauer austrat und auf einer Art Wasserbrücke den Stadtgraben überquerte.

Schon bald nach der Errichtung hatte der Turm als Aufbewahrungsort für die zur herzoglichen Falkenjagd benötigten Utensilien gedient, doch seit etwa 1520 sperrte man auch andere Vögel in den Falkenturm: Galgenvögel, die man sonst nicht unterzubringen wußte. Das bewährte sich: Der Turm erwies sich als ausbruchsicher. Türme wurden damals häufig als Gefängnisse benutzt. In nur achtzig bis neunzig Meter Entfernung befand sich östlich vom Falkenturm ein runder, dem Kost- oder Wurzertor vorgelagerter Turm, in den säumige Schuldner niederen Standes geschafft wurden. Der sogenannte Taschenturm, vor dem Schiffertor an der östlichen Seite der Ringmauer gelegen, diente als Militärgefängnis. Sagenumwoben war ein anderer Turm, der ganz in der Nähe des Falkenturms eine Ecke der Stadtmauer befestigte: der sogenannte Hexenturm. Die Bezeichnung stammt aus der Mitte des 17. Jahrhunderts, als man diesen kleinen Eckturm ebenfalls zum Gefängnis bestimmte, weil die Zahl der herzoglichen Malefizprozesse so groß geworden war, daß der Falkenturm die vielen Gefangenen nicht mehr aufnehmen konnte.

Der Karren mit der gefangenen Familie bog »am Haberkasten«, vor dem Eingang zum herzoglichen Marstall, nach links ab, rumpelte am eben erwähnten Hexenturm vorbei und noch ein Stück die wenig befahrene Gasse an der Stadtmauer entlang, um nach kaum fünfzig Metern vor dem Falkenturm zu halten. Da mag dann der Abensberger Amtmann vom Pferd gesprungen sein und nach dem Eisenmeister gerufen haben, wenn der nicht schon vom Hufschlag der Pferde und dem Wagengepolter an Tür oder Fenster gelockt worden war.
Als Eisenmeister bezeichnete man den Verwalter des Falkenturms. Im Jahre 1600 hatte Sebastian Georg diesen Posten inne. Meister Georg war mehr als Gefangenenwärter und Gefängnisaufseher. Er war eher ein selbständiger Unternehmer, der den Falkenturm ähnlich wie ein Gastwirt führte und mit der herzoglichen Hofkammer in einer Art Pachtverhältnis stand. Für jeden bei ihm eingelieferten Gefangenen erhielt er einen gewissen Zehrbetrag aus der Hofkasse. Als Gegenleistung hatte er für die Unterbringung und Verpflegung der Malefikanten zu sorgen. Seine Frau, mit der er das Erdgeschoß des Falkenturms und einen kleinen Holzanbau bewohnte, kochte für die Gefangenen. Die Versuchung, die tägliche Suppe mit Wasser zu strecken, war groß: Je billiger das Essen, desto größer der Gewinn des Unternehmens. Auch die Kinder des Eisenmeisters halfen mit, versorgten die Gefangenen von Zeit zu Zeit mit frischem Stroh, kehrten die Zellen aus. Der Meister selbst hatte die Malefikanten so zu verwahren und zu bewachen, daß sie nicht entkommen konnten. Und leider: Er mußte nach Anweisung der herzoglichen Kommissare die Tortur durchführen. Das vor allem war der Grund dafür, daß man ihn mit feindseligen Blicken musterte, wenn er durch München ging, daß seine Kinder von Gleichaltrigen johlend durch die Gassen gejagt wurden und die Einkaufsgänge seiner Frau das reinste Spießrutenlaufen waren. Der Eisenknecht und die Seinen galten als »unehrliche Leute«, mit denen kein anständiger Bürger etwas zu tun haben wollte.
Meister Georg konnte das Schreiben nicht lesen, das ihm der niederbayerische Gerichtsamtmann vorhielt. So wird er mündlich erfahren haben, um was für Leute es sich bei den Gefangenen handelte. Vielleicht schickte er eines seiner Kinder zum Alten Hof, um die Kanzlei des Hofoberrichters gleich von der Ankunft der Häftlinge zu unterrichten. Jedenfalls ließen die mitgekommenen Bewacher die Familie vom Wagen steigen, führten sie kettenklirrend in den Turm und dort die hölzerne Treppe hinauf in die »Keuchen«, die Gefäng-

niszellen. Man trennte die Familienmitglieder, nur das Kind sperrte man in denselben Raum wie die Mutter. Die Abensberger Amtleute nahmen jedem die Ketten ab, schleppten diese wieder die Treppen hinunter, warfen das Eisenzeug auf den leeren Karren. Oben schmiedete Meister Georg die Malefikanten unterdessen an. Er legte ihre Handgelenke in schwere Ringe, die jeweils das Schlußglied einer eisernen Kette bildeten, welche am anderen Ende in die Wand eingemauert war. Das war Vorschrift. Jeder Gefangene sollte so angekettet werden, daß er die Hände nicht zusammenbringen konnte. Außerdem war darauf zu achten, daß die Handschellen weder zu weit waren – was die Selbstbefreiung ermöglicht hätte – noch so eng, »daß sie ins Fleisch einschneiden und die Arme davon schwellen«. Der so gebundene Malefikant konnte sich auf das am Boden unter der Mauer ausgebreitete Stroh setzen, sich in unbequemer Verrenkung wohl auch hinlegen. Seine Notdurft mußte er an Ort und Stelle verrichten – wie in einem Viehstall wurde das Stroh täglich gewechselt. Gegen den Gestank half nur das Öffnen des Fensters, das sich in jeder Zelle befand. Wenn die Frau des Eisenmeisters das Essen brachte, ließ sie auf Wunsch der Gefangenen frische Luft herein – das bedeutete in der kälteren Jahreszeit natürlich ein weiteres Absinken der Temperatur in den unbeheizten Gefangenenverschlägen des Turms, weshalb wohl mancher lieber darauf verzichtete.

Da harrten sie nun, jeder für sich, in ihren Zellen, sahen sich in ihrer neuen Behausung um, riefen wohl auch nach dem Vater, dem Bruder, dem Sohn, die sie zu Recht ganz in der Nähe vermuteten. Die Mutter wird das Kind getröstet, in den Arm genommen haben – die beiden hatte man von Schellen und Ketten verschont –, während draußen der Abend dämmerte und der Lärm der Stadt allmählich verstummte.

Der Pfleger

Ein Bündel eng beschriebener Seiten, Gerichtsprotokolle aus Abensberg, Aussagen der Eingelieferten zur Person und Sache, war lange vor dem Karren mit den Angeketteten nach München gelangt. Ein reitender Bote des Pflegers von Abensberg und Altmannstein hatte das Konvolut in der Hofratskanzlei im Alten Hof abgegeben. Wohl mit beigefügtem Schreiben des Landrichters, er erbitte Be-

scheid, wie in der Sache weiter zu verfahren sei. Routinemäßig war das Material an einen der gelehrten Hofräte weitergegeben worden. Im Plenum mußte dieser kurz über den Fall referieren, eine Empfehlung aussprechen. Dann sollte abgestimmt werden und Anweisung ergehen, ob gegen die Malefikanten weiter und schärfer mit der Tortur zu verfahren oder ob die Sache reif zur Aburteilung sei. Wir wissen schon: Keines von beidem wurde angeordnet, vielmehr ein Drittes, Ungewöhnliches: Man möge das ganze Gesindel nach München schaffen und dem Hofrat die weitere Prozedur überlassen.
Ungewöhnlich und merkwürdig, diese Entscheidung. Hatte doch der junge Münchner Herzog, ein Knauser und Pfennigfuchser, seinen Räten und Beamten strengste Order gegeben, keinen Kreuzer zuviel auszugeben. Wieso zog er dann einen Strafprozeß gegen völlig mittellose Leute an sich? Der kostete doch nur Geld, vom Ärger mit der Exekution ganz abgesehen. Wir sehen Alexander von Haslang zu Haslangsreut, Großhausen und Ried, den damaligen Pfleger von Abensberg und Altmannstein, überrascht den Hofratsbescheid lesen. Freudig überrascht, versteht sich, denn er war die Sache gerne los. Einerseits der Unkosten und Mißhelligkeiten wegen, andererseits von Natur aus. Denn Haslang war keine Richterpersönlichkeit, sondern ein unternehmungslustiger Haudegen, »Leibguardihauptmann«, Kriegsmann, der geborene Obrist und Kürassier; einer, dem es bald zu ruhig werden sollte in seinem niederbayerischen Amtsbezirk, der darum 1601 als Oberstleutnant nach Ungarn ziehen und nie mehr in seinen Sprengel zurückkehren, und 1620 schließlich, zu Beginn des großen Krieges, in böhmischer Gefangenschaft sterben würde. An Rechtspflege, vor allem wenn sie nichts einbrachte, hing sein Herz wahrlich nicht.
Man wird fragen, weshalb er dann Herr über den Landgerichtsbezirk Abensberg und Altmannstein geworden war. Rundheraus gesagt: Weil ein Landgericht, eine sogenannte Pflege, Gewinn in klingender Münze abwarf und allerlei Naturalien dazu. Von den fünfundachtzig Bezirken, in die Bayern damals aufgeteilt war, dienten die meisten verdienten Gefolgsleuten des Herzogs als Pfründe. Ein befremdlicher Gedanke, wenn man hört, daß die Pflegämter damals nicht nur die Schwerpunkte der bayerischen Strafrechtspflege, sondern gleichzeitig unterste Verwaltungseinheiten waren, also Inbegriff der Obrigkeit für alle Bewohner des jeweiligen Bezirks. Zu Herzog Wilhelms V. Zeiten, als es schlimm stand um die Staatsfinanzen, war es sogar vorgekommen, daß der Fürst einzelne Pflegen

an seine Gläubiger vergab. So wird man sich kaum darüber wundern, daß mancher Pfleger seinen Gerichtsbezirk nur dem Namen nach kannte und sich dort nie sehen ließ. Die Arbeit machte ein anderer: der Pflegsverwalter. Auch der war freilich kein Beamter im modernen Sinn, erhielt keinerlei Honorierung vom Pfleger, dessen Aufgaben er wahrnahm, sondern arbeitete auf eigenes Risiko. Ihm verblieben die Amtsgebühren. Sein Vorgesetzter dagegen behielt die Amtsnutzungen, was konkret etwa einbringen konnte: 25 Pfund guten Fisch, 60 Scheffel Hafer für vier Dienstpferde und ein jährliches Absentgelt von 250 Gulden. Über diese Pfründenwirtschaft murrte man allenthalben im Volk. Die Wasserburger Bürger weigerten sich sogar einmal, dem Pflegsverwalter zu gehorchen. Nur der Pfleger selbst hätte ihnen etwas zu sagen, meinten sie. Man verwies die aufmuckenden Untertanen rasch in ihre Schranken. Geändert wurde nichts.

Es herrschten also wirtschaftliche Gesichtspunkte bei der Verwaltung der damaligen Pflegen in Bayern vor. Man achtete auf Rendite. Strafprozesse versprachen nur dann einen Gewinn, wenn sie sich gegen Übeltäter richteten, bei denen es etwas zu konfiszieren gab. Die Verfolgung mittellosen Gesindels war eine Gerichtspflicht, die auf der Verlustseite zu Buche schlug. Man drückte sich folglich davor, so gut es ging. Etwa, indem man Malefikanten einfach über die Grenze abschob. Wir haben Grund zur Annahme, daß Haslang im Fall der von ihm verhafteten Familie dieser Weg versperrt war. Vermutlich hatte er seine Gefangenen bereits auf höhere Weisung festgenommen. Jedenfalls gab es Schriftverkehr in der Sache, die von allem Anfang an in München aktenkundig geworden war.

Damit verhielt es sich so: In Wörth, einem zwischen Regensburg und Straubing am nördlichen Rand des Donautals gelegenen Städtchen, wurde im Sommer 1599 ein Dieb namens »Geindl« gehenkt. Er hatte vor seinem Tod unter anderem ausgesagt, die »Keßlerbuben« hätten ihm geholfen, sieben schwangere Weiber zu ermorden. Diese Keßlerbuben, Michel und Gumpprecht, wären die erwachsenen Söhne vom alten Pappenheimer. Der zöge mit Frau, Kind und Kegel durch die Donaugegend, würde nirgends lange verweilen, die Bauern bestehlen und Wanderer umbringen. So ungefähr – den genauen Wortlaut der Denunziation des Geindl kennen wir nicht.

Wir können auch nur vermuten, wie alles weiterging. Wahrscheinlich schrieb die Straubinger Regierung an die Münchner, man möge in den ihrer Aufsicht unterliegenden Pflegen im Donauraum nach

der Familie Pappenheimer fahnden, wie man auch selbst im eigenen Gebiet nach diesen gefährlichen Landfahrern Ausschau hielt. Etwas später wird dann Alexander von Haslang eine Anweisung aus München bekommen haben. Es sei eine gewisse Familie Pappenheimer sogleich festzunehmen, wenn sie sich in seinem Landgerichtsbezirk aufhalte. Diesen Auftrag gab er an seine Amtleute weiter, die viel im Bezirk herumreisten, mit den Bauern sprachen und nach den Marktvisitationen in den Wirtshäusern saßen.
An einem Februartag des Jahres 1600, es lag reichlich Schnee, erfuhr die Obrigkeit, daß die Gesuchten in Tettenwang im Stadel des Bauern Ulrich Schölz zu finden wären. So fuhr am selben Abend der Schlitten des Amtmannes von Altmannstein, begleitet von einigen Reitern, in den kleinen Ort. Man ließ sich zum Schölz führen, wo die Verhaftung erfolgte. Etwa so: Die Scheune wird umstellt, die Holztür aufgerissen. Schneidende Fragen, verschreckte Antworten. Blinzelnde Augen sehen in die hochgehaltene Laterne, nackte Füße stolpern in den Schnee, Arme werden gepackt und gebunden. Fünf Gestalten sehen, verblüfft von der plötzlichen Aktion, auf die Amtleute, man stößt die Erwachsenen auf den Schlitten, das Kind heult. Der mit der Laterne geht zurück zur Scheune, leuchtet dem Amtmann bei der Durchsuchung des Lagers der Landfahrer. Man wirft das Hab und Gut der Festgenommenen zu diesen auf den Schlitten: Schuh- und Kleiderbündel, eine lederne Tasche, Glasbläserwerkzeug, ein Kramkorb, Keßlerblei. Dann ab durch die Nacht nach Altmannstein, ins Gefängnis.
Zurück blieb ein weinender zehnjähriger Bub, dessen sich die Frau des Herberggebers annahm, so gut sie es vermochte. Am nächsten Morgen brachte sie ihn, ihr fiel nichts Besseres ein, zu seinen gefangenen Eltern ins Amtshaus von Altmannstein. Man gewährte dem Kind freien Zutritt zur Mutter, bei der er bald ein und aus ging. Überhaupt schien die Sache zunächst nicht allzu schlimm zu sein. Die Bedingungen ließen den Verhafteten die Hoffnung, es werde nicht so arg kommen. Man hätte damals »wohl ausreißen können«, sagte später einmal der Gumpprecht. Er »hab ein Handeisen angehabt, daraus er leichtlich die Hand ziehen mögen. Zudem sei oft ein Stund oder drei kein Mensch zu ihm kommen, so zugeschaut.« Der Fluchtversuch unterblieb jedoch. Die Gefangenen ahnten noch nicht, welche Schrecken und Qualen ihnen bevorstanden.
Haslang hatte natürlich die Verhaftung der gesuchten Familie nach München gemeldet. Da er sich aber keine Hoffnung machen konnte,

die Landfahrer anders wieder loszuwerden als durch Urteil und Abstrafung, begann er mit den Verhören. Die machten ihm rasch klar, daß der Fall nicht im Guten zu Ende zu bringen sei. Alle stritten ab, irgendwelche Verbrechen begangen zu haben. Der in Wörth hingerichtete Dieb hätte sie aus schierer Bosheit angezeigt. Bekannt wäre ihnen dieser Geindl schon gewesen, sie hätten ihn auf Kirchtagen hin und wieder gesehen. Aber da er ein »wissentlicher Dieb« gewesen sei, habe man nichts mit ihm zu tun haben wollen, was dem natürlich aufgefallen sei. Einmal habe er von ihnen wissen wollen, warum sie ihm auswichen. »Laß mich und meine Kinder in Frieden«, hätte ihm der alte Pappenheimer geantwortet, »du gehst bösen Sachen nach, wie man hört.« Da sei der Geindl wütend geworden und hätte ihm gedroht. Keine leeren Worte, wie man jetzt wohl sehen müsse. Mit solchen Aussagen war nichts anzufangen. Also ließ Haslang im nächsten Verhör mit der Folter nachhelfen. Die »strenge Frage« führte zu Antworten, die eher eine Urteilsgrundlage abgeben konnten. Diebstähle, Brandstiftungen, Raubüberfälle gaben die Malefikanten auf einmal zu, nicht übereinstimmend und nachprüfbar zwar, doch dafür reichlich. Vor allem aber gestanden die »Keßlerbuben«, Zauberei gebraucht zu haben.

Etwa in dieser Phase der Vernehmungen hielt es der Pfleger von Abensberg und Altmannstein für angebracht, dem Hofrat in München Abschriften der Vernehmungsprotokolle zu schicken. Vielleicht hatte er dabei einen Hintergedanken, knüpfte womöglich an das Reizwort »Zauberei« die Hoffnung, den kostspieligen und lästigen Fall doch noch loszuwerden. Alexander von Haslang, der als Edelknabe gemeinsam mit dem jetzigen Herzog erzogen worden und aufgewachsen war, kannte nämlich das besondere Interesse seines fürstlichen Herrn für Hexerei und Teufelswerk. Und wenn das Verfahren gegen die Landfahrerfamilie bislang auch noch kein Hexenprozeß war, so konnte es durch das bereits vorhandene Geständnis der Zauberei doch leicht dazu werden.

Möglich, daß Haslang richtig spekuliert hatte. Jedenfalls erhielt er Instruktionen, die ganze Familie nach München bringen zu lassen. Erstaunt wird ihn das dann doch haben. Immerhin übernahm der Hof Unkosten, die sonst die Abensberg-Altmannsteiner Pflege hätte tragen müssen. Es mußte gewichtige Gründe geben für diesen Schritt, Gründe, die mit diesen armseligen Landfahrern wohl nur mittelbar und zufällig zu tun hatten. Aber das brauchte Haslang nun nicht mehr zu interessieren, er war den leidigen Fall los. Sein Amtmann hatte die Familie im Falkenturm abgeliefert, dem Hofrat waren die Akten überstellt worden. Damit war die Sache für den Pfleger von Abensberg und Altmannstein erledigt.

Fickler

Die Nächte waren damals schwärzer als heute, und das nicht nur, wenn man, wie die niederbayerischen Landfahrer, im Falkenturm allein und voll dunkler Vorahnungen, in unbequemer Lage an die Wand geschmiedet, frierend und elend nach Schlaf suchte. Kein Lichtschein erreichte die Zellenfenster. Es gab keine Straßenbeleuchtung, und der trübe Schein der Talgkerzen, Kienspäne oder Trankrüge, bei dem die Schlaflosen und Weinseligen in Häusern und Schenken saßen, drang kaum durch die Butzenscheiben ins Freie. Zuweilen schwankte noch die Laterne eines späten Passanten durch eine der stillen Gassen, doch um zehn Uhr schlossen die Wirtshäuser. Danach gingen rechtschaffene Bürger nicht mehr auf die Straße.

Man legte sich früh zu Bett, stand dafür auch in aller Herrgottsfrühe auf. Das Leben fand am Vormittag statt. Um elf wurde schon zu Mittag gegessen, um drei Uhr nachmittags begann der Feierabend. Zehn Uhr abends – das war im Empfinden der Menschen tiefste Nacht. Um diese Zeit war kaum ein Münchner noch auf den Beinen. Nur der Türmer von Sankt Peter und die Lugzöllner der Hochtürme an den Stadttoren hielten Wache und Ausguck, vor allem nach Feuerschein und Diebesleuten.

Seinen Schlaf opferte auch ein alter Herr, der in einem Patrizierhaus in der Dienerstraße beim Talglicht saß und schwarze Buchstaben auf Papier kritzelte. Er tat dies wie die Nachtwächter um einer Pflicht willen, wenngleich einer selbst auferlegten. Sein Leben lang hatte er bis in die späte Nacht hinein so dagesessen und geschrieben, nun war die Pflicht zur Gewohnheit geworden, das Talglichtabbrennen und Federkielspitzen zum geliebten Ritual. Seine Tage waren ausgefüllt gewesen mit eilfertigem Dienst für hohe Herren, geistliche und weltliche, mit Korrespondenzaufträgen und dem Abfassen bedeutsamer Schreiben in elegantem Latein, wobei es um hochpolitische Missionen, gar um die Erziehung eines Prinzen ging. Er hatte sich verzehrt für diese Aufgaben, ergeben, untertänig, bescheiden. Die Nächte aber hatten immer ihm gehört. Stunden, in denen er mit

kratzender Feder an seinem Nachruhm arbeiten konnte. Er hatte Bücher geschrieben, weitschweifig, zitatendurchsetzt, gelehrt, wie es dem Stil seiner Zeit entsprach. Einige seiner Nachtstücke waren sogar gedruckt worden, Übersetzungen lateinischer Werke ins Deutsche, rechtsgelehrte Erörterungen, Pamphlete und Spottschriften gegen die ihm verhaßten Protestanten und Reformierten.
Zu ausgesprochenem Ruhm hatte ihm sein nächtlicher Fleiß zwar nicht verholfen. Aber immerhin zu einer Privatdozentur allerhöchsten Ranges. 1588 hatte ihn der bayerische Herzog Wilhelm V. seinem damaligen Herrn, dem Erzbischof von Salzburg, abgeworben und an die Universität nach Ingolstadt gerufen, nicht zuletzt wegen seiner Bücher, die der neue Arbeitgeber, zumindest dem Titel nach, kannte. Die wiesen ihn nicht nur als Kenner der Jurisprudenz und der lateinischen Rhetorik, sondern auch als wackeren Streiter für die katholische Sache aus. So stellte sich der bayerische Herzog den Erzieher für seinen Sohn Maximilian vor, gelehrt und belesen, aber fromm und papistisch. Der Nachtfleißige hatte Freunde unter den Jesuiten, die dem Münchner Herzog nahestanden. Die mochten ihren Einfluß geltend gemacht haben. Der Herzog brauchte seine Wahl jedenfalls nie zu bereuen. Sein Sohn lernte viel bei dem Salzburger Praezeptor: die Institutionen des Justinian, bayerisches Landrecht, Griechisch, Latein, Staatslehre. Und auch der Lehrer war zufrieden. Er bekam einen Musterschüler. Wie gut dieser seine Lektionen gelernt hatte, sah man schon jetzt, im Jahre 1600. Der junge Herzog regierte das Land erst seit knapp drei Jahren allein – und schon staunte alle Welt über seine Staatskunst. Da hätte der Lehrer nun stolz und glücklich sein können, wenn nicht . . . ja, wenn nicht das bittere Gefühl dagewesen wäre, daß kaum jemand sein Verdienst wirklich anerkannte, niemand sehen wollte, daß er dieses Prachtstück eines Fürsten mitgestaltet hatte.
Er war seinem Zögling nach München gefolgt, als der Vater die Ingolstädter Studienjahre für beendet erklärt hatte. Seine Gelehrsamkeit sollte auch weiterhin dem Fürsten nützlich sein: Man gab ihm Platz und Stimme im Hofrat. Und lange noch wurde er immer wieder in die Neufeste gerufen, wo sein Schüler bereits als Mitregent des Vaters residierte. Da setzte er seinen juristisch-philologischen Privatkursus fort, wurde wohl auch gelegentlich in verworrenen Rechts- und Staatsfragen um Rat und Urteil gefragt, war geachtet und geschätzt. Doch seit der alte Herzog resigniert und das Regieren allein seinem Sohn überlassen hatte, waren jüngere Berater

an die Stelle des alten Privatdozenten getreten. Der ging jetzt auf die sechsundsechzig zu, ein Greis für die damalige Zeit. Man berücksichtigte das. Kein Bote klopfte mehr überraschend an seine Tür, um ihn zum jungen Herzog zu führen. Im Hofrat legte man wenig Wert auf seine Anwesenheit. Von wichtigen Geschäften hielt man ihn fern, vor schwierigen Entscheidungen fragte man ihn nicht mehr um Rat. Schlimmer: Wenn der Herzog auf Einsparungen im Hofrat drängte, empfahl ihm die Hofkammer, er möge seinen alt gewordenen Lehrer entlassen. Zum Glück wollte Maximilian davon nichts wissen. Er gab ihm allerdings zu verstehen, daß er bei den täglichen Ratssitzungen entbehrlich sei, und betraute ihn mit der Abfassung von Archivinventarlisten.

In jener Aprilnacht saß der alte Hofrat bei anderer Arbeit. Woran er gerade schrieb, läßt sich nicht mehr mit Bestimmtheit sagen. Immerhin wissen wir, daß er damals, im Frühjahr 1600, versuchte, die Summe seines Lebens zu ziehen. So kann es gut sein, daß er in jener Stunde im trüben Schein des Talglichts den Titel für seine autobiographischen Notizen zu Papier brachte: »Beschreibung meines, Doctor Johann Baptist Ficklers Herkommen und Freundschaft, alsviel ich in meiner Jugend von meinen lieben Eltern, auch anderen Befreundeten seliglichen zu gedenken verstanden, auch hernach von meinen ältern Geschwisteriten berichtet worden, welchermaßen auch solche mein Freundschaft durch Heirat, Freund- und Schwagerschaft gemehret worden.«

Wie dieser Johann Baptist Fickler aussah, als er solche Satzungetüme dem Papier aufzwang, das können wir ziemlich genau sagen. Einer der Großen seiner Zeit, die berühmten Malern Modell saßen oder von flinken Kupferstechern porträtiert wurden, war der alte Herr zwar nicht. Aber im Jahre 1601 nahm er als herzoglicher Secretarius am sogenannten Regensburger Religionsgespräch teil und geriet dabei auf einen Kupferstich, der das Ereignis der Nachwelt überlieferte. Ein kunstvoll kolorierter Abdruck dieses Stichs ist, eingeklebt ins Stammbuch der Augsburger Familie Donauer, erhalten geblieben.

Auf dem Bild sieht man die Disputanten an langen Tischen im Regensburger Rathaussaal sitzen, beobachtet von vier Fürsten, die auf samtbehangenem Podest Platz genommen haben. Unser Mann sitzt am linken äußeren Ende vom katholischen Tisch und ist ganz und gar damit beschäftigt, all das niederzuschreiben, was Bedeutendere als er zu sagen haben. Sein Gesicht: fein geschnitten, von einem schütteren, am Kinn spitz zulaufenden grauen Kräuselbart kaum verdeckt, der den schmallippigen, etwas zu klein geratenen Mund freiläßt. Eine zierliche, spitze Nase zwischen engstehenden großen Augen, dunkel angelaufene Tränensäcke. Auffallend hoch die Stirn, breit die Schläfenpartie, das graue, bis in den Nacken reichende dünne Haar bedeckt den Schädel nur noch dürftig. Die rechte Hand des alten Herrn führt die Feder, die linke ruht auf dem aufgeschlagenen Protokollbuch – langfingrige, schmale Hände, die Sensibilität, Weichheit, Verletzbarkeit verraten.

Es haben diese Hände manch böses Wort geschrieben, wie ja oft schüchterne, scheue Menschen beißend scharfe Sätze zu Papier bringen, die man ihnen nicht zutrauen möchte. Der zerbrechliche, feingliedrige Johann Baptist Fickler war eine Kämpfernatur, wenn auch nur in den Nachtstunden bei Federkiel und Tintenfaß. Da goß er Kübel von Hohn und Spott über seine Erzfeinde, die lutherischen Prädikanten, nannte diese auch schon mal Dreckschweine und Wildsäue und behauptete, sie wären »etliche Jahr bei den Zahnbrechern, Bippapern, Schalknarren, Hohlhippern, Spitz- und Lotterbuben zur Schul gangen«. Und da forderte er in gelehrtem Latein die gnadenlose Verfolgung und Austilgung aller Hexen und Zauberer im Lande. Das Treiben dieser Teufelsbrut war eines seiner Lieblingsthemen, das er in Ingolstädter Zeiten häufig mit seinem fürstlichen Schüler juristisch-gelehrt erörtert hatte. Auf diesem Gebiet war er Fachmann. Seine in langen Nachtstunden entstandene Anweisung für Richter und Rechtsgelehrte, wie die Hexen und Zauberer zu bestrafen seien, gehörte allerdings zu den Schriften, für die er keinen Verleger gefunden hatte. Er sollte sie trotzdem in seinen biographischen Notizen aufführen, mit all den anderen Werken, die er der Nachwelt hinterlassen würde, wohl Vorsorge tragend, daß nichts verlorenging.

Eine Aprilnacht in München. Im Falkenturm suchten neu eingetroffene Gefangene auf hartem Strohlager unruhigen Schlaf. Knapp 500 Meter weiter saß im kargen Licht ein alter Mann und ließ seinen Federkiel übers Papier kratzen. Mit den beschuldigten Landfahrern hatte er nichts zu schaffen, sein Einfluß auf den Gang der Ereignisse war minimal. Und doch könnten wir ohne ihn diese Geschichte nicht erzählen. Am Schluß des Verfahrens wird es Johann Baptist Fickler sein, der für die Aufbewahrung der Prozeßakten sorgt.

Im Morgengrauen des folgenden Tages erschien Karl Kulmer, der herzogliche Hofoberrichter, mit seinem Schreiber im Falkenturm. Der routinemäßige Besuch diente der Kontrolle und Information. Kraft landesherrlichen Auftrags hatte der Oberrichter regelmäßig den Zustand der Keuchen, die Verpflegung und Unterbringung der Gefangenen zu überprüfen und sich besondere Vorfälle vom Eisenmeister berichten zu lassen. Neu eingelieferte Gefangene visitierte er, stellte ihnen Fragen zur Person, legte zu jedem Fall eine Akte an.
So auch die Landfahrerfamilie aus Niederbayern betreffend. In der Person des Hofoberrichters trat den niederbayerischen Gefangenen erstmals ein Vertreter des Gerichts gegenüber, das über ihr Schicksal entscheiden würde. Denn Karl Kulmer war nicht nur eine Art Polizeipräsident von München, er gehörte gleichzeitig dem Hofrat an. Deshalb die frühe Stunde seines Besuchs. Er mußte vom Falkenturm auf direktem Wege in die Ratssitzung.
Diese fand jeden Vormittag im Alten Hof statt, der ehemaligen Münchner Residenz des Herzogs. Sie begann mit einem gemeinsamen Gottesdienst aller Räte in der dortigen Kirche und sollte im Sommer um sechs, im Winter um sieben eröffnet werden. Den Vorsitz führte der Hofratspräsident, welcher gemäß herzoglicher Instruktion darauf zu achten hatte, »daß alle und jede unsere Räte, die uns zu unserm Ratsitz verpflichtet sind, täglich zu der benannten Stund, das ist von Georgii an bis auf Michaelis zur morgens umb sechs Uhr, gewißlichen im Rat alle beieinander sein, die fürfallenden Ratsachen zu verrichten anfachen, und in solcher Arbeit mit allen Fleiß, und guten bedächtlichem Aufmerken zum wenigsten drei ganzer Stund beisammen verharren«.
Das war knapp gerechnet, die Tagesordnung in drei Stunden kaum zu schaffen. Sie begann mit der Behandlung von Zivilklagen, der Entscheidung von Rechtsstreitigkeiten privilegierter Personen in erster Instanz oder von Berufungen gegen Urteile der Untergerichte. Einzelne Hofräte, welche die entsprechenden Akten studiert hatten, referierten kurz den jeweiligen Sachverhalt und empfahlen, so oder so zu entscheiden. Dann wurde abgestimmt und dem Schreiber das Urteil in Form einer kurzen Anweisung diktiert. Auf diese Weise konnten täglich zehn bis zwanzig Zivilstreitigkeiten erledigt werden. Nicht genug – die Zahl der Verfahren wuchs ständig, die der Hofratsmitglieder kaum.

Der nächste Tagesordnungspunkt betraf die »Exekution, Manutention und Handhabung der Polizei und anderer Handgebot«. Dahinter verbarg sich die Aufgabe, das Alltagsleben der bayerischen Untertanen bis ins Detail zu regeln und obendrein darüber zu wachen, daß die zu diesem Zweck erlassenen Polizeimandate auch befolgt wurden. Neue, meist vom Herzog gewünschte Erlasse waren zu redigieren: gegen den Kleiderluxus und die Trunksucht, gegen die Ausheirat katholischer Jugendlicher in protestantische Orte, gegen den Vertrieb unkatholischer Bücher, gegen das gemeinsame Baden der beiden Geschlechter, gegen die Abendtänze, gegen zu aufwendige Hochzeiten, gegen Kartenspiel und Kegelschieben, gegen das überhandnehmende Fluchen und Gotteslästern, gegen Wahrsagerei und Aberglauben, gegen Landstreicherei und Straßenraub.

Gebote, Anordnungen, Mandate, Verbote. Sie zu erlassen war nicht schwierig, sie durchzusetzen oft unmöglich. Eine uniformierte Polizei, wie der moderne Staat sie zur Überwachung seiner Untertanen einsetzt, war im Jahre 1600 unbekannt. Unter Wilhelm V. hatte man deshalb damit begonnen, ein Spitzelsystem aufzubauen. Kundschafter und Spione wurden angeworben, die aufmerksam und fleißig alle Verstöße gegen herzogliche Mandate »zusagen und zuschreiben« sollten. Diese geheimen Agenten der Obrigkeit saßen unerkannt in Wirtshäusern, lauschten auf die Gespräche der Bauern und Bürger, nahmen an Hochzeiten und Tänzen, Spiel- und Kegelabenden teil, schnüffelten den Mägden und Knechten nach, spähten in Stuben und Kammern. Der Lohn für allfällige Anzeigen: ein Anteil an den dadurch erzielten Strafgeldern und gnädigste Berücksichtigung des Spions bei der Vergabe von Ämtern. Was einiges darüber aussagt, welche Charaktergaben damals von einem bayerischen Beamten verlangt wurden. Um der Gefahr erfundener und parteilicher Anzeigen vorzubeugen – immerhin, man dachte daran –, setzte man auf die Spitzel wiederum noch geheimere Ausspäher an. Der regierende Herzog Maximilian hielt große Stücke auf dieses Überwachungssystem, befürwortete seinen weiteren Ausbau, wobei er, der Pfennigfuchser, seine Amtleute anwies, keine Unkosten zu scheuen. Er sah wohl keine andere Möglichkeit, die Befolgung seiner Mandate zu erzwingen. Dazu aber hielt er sich für verpflichtet, glaubte, vor Gott verantwortlich zu sein für ewige und zeitliche Glückseligkeit der ihm anvertrauten Untertanen.

Zumindest in einem Bereich war das Spitzelsystem eine stumpfe Waffe: im Kampf gegen die Unsicherheit auf den Straßen des Herzogtums. Kaufleute wurden überfallen, wo kein Aufpasser stand, Bauernhöfe angesteckt, wenn keiner es sah. Den Herzog und seinen Hofrat erfüllte es mit ohnmächtigem Zorn, daß alle Mandate gegen die im Land umherziehenden »herrnlose gartende Knecht, Störtzer, Bettler, Stationierer, Zigeuner und dergleichen müßiggehendes heilloses Gesindel« nichts an der hohen Zahl der Erschlagenen und Ausgeplünderten zu ändern schienen. Die Situation war grotesk. Auf der einen Seite ahndete man jedes unkatholische Wort, jedes Versäumnis der Sonntagsmesse, schrieb Frauen die Rocklänge vor, bestrafte jedes üppige Mahl. Und andererseits wurde im Land auf Straßen und Höfen ungestraft gemordet und gebrandschatzt. 1598 stellte der Landesherr »mit sonderm Befremden und gnädigstem Mißfallen« fest, daß alle seine Anordnungen gegen diese Unsicherheit im Lande nichts fruchteten. Erneut befahl er, Amtleute auf Streife zu schicken, um endlich Sicherheit herzustellen. Ein hoffnungsloses Unterfangen. Das Land war weit, der Zustand der Straßen katastrophal, ein reitender Bote der schnellste Informationsträger. Spätestens 1599 mußte man in München resignierend einsehen, daß auch die Anordnung der »gemeinen durchgehenden Landstreif« ein Schlag ins Wasser war. Gewiß hat der Herzog, haben seine Hofräte um diese Zeit über andere Mittel der Abhilfe nachgedacht. Und da gab es eigentlich nur eins, das realisierbar war: Abschrekkung der landschädlichen Räuber und Brenner durch einen Schauprozeß gegen einen oder mehrere von ihnen. So mag im Hofratsplenum in einer Sitzung des Jahres 1599 der Gedanke geboren worden sein, gelegentlich mit einer großangelegten, aufsehenerregenden Hinrichtung ein Zeichen zu setzen: Einige aus diesem »heillosen Gesindel« herauszugreifen und so exemplarisch abzustrafen, daß das ganze Land davon sprechen sollte.

Solche Hofratsdiskussionen wurden nicht protokolliert. Daher kann ich mich nicht dafür verbürgen, daß die Idee eines Schauprozesses der Grund war, die Familie Pappenheimer in den Falkenturm zu bringen und ihren Prozeß zu einem herzoglichen zu machen. Aber eine plausiblere Erklärung sehe ich nicht.

Wenn sie zutrifft, rief die Mitteilung des Hofoberrichters, die Altmannsteiner Malefikanten wären gestern im Falkenturm eingeliefert worden, im Hofrat die Erinnerung an diese sicherheitspolitische Motivation des geplanten Verfahrens wach. Ach ja, die Landstreicher, wird man gedacht haben. Man kannte deren Fall nicht im einzelnen, wußte aus den Altmannsteiner Protokollen nur, daß er grundsätzlich für den gewünschten Zweck geeignet war. Noch weniger konnte man etwas über Schuld und Unschuld der Gefangenen wissen. Trotzdem war deren Schicksal eigentlich schon durch ihre Überstellung entschieden. Denn nur wegen der Wirkung, die man sich von ihrer grausamen Bestrafung versprach, waren sie ja überhaupt nach München geholt worden.

Jetzt nach der Ankunft des Gesindels galt es, es ausgiebig zu verhören und möglichst vieler Verbrechen zu überführen, die typisch waren für dergleichen herumstreunendes Volk. Für diese Aufgabe mußte eine Kommission aus dem Hofratsplenum gebildet werden, welche die Verhöre im Falkenturm durchzuführen hatte. Auch war einer der ausgewählten Kommissare zum Referenten zu bestimmen. Der sollte sich in den Fall einarbeiten, die Vernehmungen vorbereiten und über deren Ergebnisse von Zeit zu Zeit im Plenum berichten.

Solche Geschäftsverteilung oblag dem Hofratspräsidenten. Da ging es dann wohl wie es noch heute geht, wenn aus einem Kreis von vielbeschäftigten Leuten einer zu zeitraubend-lästigem Auftrag bestimmt werden soll. Wolf Konrad Freiherr von Rechberg, der Herr Präsident, wird in seinen Geschäftsverteilungsplan gesehen und dann unschlüssig in die Runde geblickt haben.

Die Adeligen auf der Ritterbank – Ernst von Roming, Albrecht Pronner, Hans Winkelmair, Ulrich Speerstein, Martin Haimbl, Martin Rieger und Theodor Vischpecker – wollten mit Malefizprozessen möglichst nichts zu tun haben. Die meisten von ihnen saßen im Hofrat, weil sie zum Hofstaat gehörten. Juristische Kenntnisse hatten nur wenige. Von denen konnte wohl mal einer als der gesetzlich vorgeschriebene zweite Mann an einem Verhör teilnehmen, als Referent hätte keiner getaugt. Doch, einer, Ernst von Roming. Aber der war Rentmeister des Rentamts München, hatte die Verwaltung von dreißig Pflegen zu beaufsichtigen, den jährlichen Umritt im ganzen Amtsgebiet durchzuführen, die Viztumshändel abzustrafen. Der Landfahrerprozeß fiel wohl in seinen Zuständigkeitsbereich, die Durchführung im einzelnen war ihm seiner sonstigen Verpflichtungen wegen nicht zuzumuten. So äußerte er sich, als man ihn fragte, ob er die Sache in die Hand nehmen könne.

Also mußte einer von der Gelehrtenbank ausgewählt werden. Alle, die da saßen, waren juristische Doctores: Johann Gailkirchner, Christoph Rumbler, Johann Baptist Fickler, Manfred Poitzhaim, Johann Simon Wangereck, Otto Forstenheuser, Franciscus Soll, Matthaeus

Pittelmair, Wilhelm Wailheimer, Christoph Gewold, Georg Jobst, Jakob Hainmüller. Wir sehen den Blick des Hofratspräsidenten von einem zum andern wandern, während sich die Gemusterten mit den vor ihnen liegenden Schriftstücken beschäftigen und sorgsam vermeiden, die Augen zu heben. Der alte Fickler – wenn er an dieser Hofratssitzung überhaupt teilnahm – erklärte möglicherweise sein Interesse an der Aufgabe und wurde wohl, nicht ohne peinliche Windungen und Ausflüchte, dahin beschieden, daß man seine Gelehrsamkeit und seinen Fleiß zwar hoch schätze, ihm aber die Strapazen einer solchen Aufgabe doch nicht auferlegen wolle. In Betracht kam dagegen Johann Gailkirchner – eine juristische Kapazität auch er, wenngleich auch nicht mehr der Jüngste. Nur war der keineswegs darauf aus, einen Malefizprozeß zu übernehmen – er hatte sich auf Zivilstreitigkeiten spezialisiert, woraus manch trüber Gewinn zu ziehen war. Und Christoph Gewold – der Ränkeschmied, erst Ende Dreißig und schon am Gipfel der Macht, würde ablehnen, das war klar. Der Herzog überhäufte ihn mit hochpolitischen Aufträgen, da blieb keine Zeit für den Falkenturm. Also Johann Simon Wangereck – der Polterer und Scharfmacher. Es sollte uns nicht wundern, wenn er es war, der die Idee mit dem Schauprozeß gehabt hatte. Mit Strafprozessen kannte er sich jedenfalls aus. Er wußte, wie man Gesindel zum Reden brachte. Außerdem genoß er das Vertrauen des Herzogs.

Aus diesen oder anderen Gründen fiel die Wahl auf Wangereck als Referenten. Damit war das Thema der im Falkenturm einliegenden Landstreicher für diesmal erledigt.

Die Sitzung aber ging weiter. Über andere, schon weiter gediehene Strafverfahren war zu reden. Regierungsgeschäfte standen danach auf der Tagesordnung. Der Hofrat war nämlich nicht nur Zentralbehörde, der die Regierungen Burghausen, Landshut und Straubing untergeordnet waren, er hatte auch selbst zusätzlich alle Aufgaben einer Regierung zu erledigen, mußte also für das Gebiet des Rentamts München Handel und Gewerbe überwachen, die jährliche Biertaxe festsetzen, den Klerus in seine Schranken weisen, für klösterliche Zucht sorgen, protestantische Adelige zur Bekehrung ermahnen, Eingaben bescheiden . . . Der Aufgaben waren viele. Die Entscheidung über das Verfahren gegen die Landfahrerfamilie im Falkenturm hielt man gewiß für eine der weniger wichtigen.

Meister Georg hatte den Besuch erwartet. Trotz der frühen Stunde an diesem 17. April Anno 1600 war seine Wohnstube im Erdgeschoß des Falkenturms für die hohen Herren hergerichtet. Die aus dem Hofrat verordneten Kommissare, die Herren Doctor Wangereck, Doctor Hainmüller und der Rentmeister von Roming, begleitet von einem Schreiber, traten ein und nahmen auf den bereitgestellten groben Holzstühlen Platz. Er möge sogleich den »von Altmannstein heraufgeführten kleinen Buben« herbeischaffen, befahl man dem Eisenmeister.

Das Kind also zuerst. So war es gutes Recht. Es sollte von mehreren Malefikanten immer der »furchtsamste und schwächste« vor den andern verhört werden, lehrten die Juristen. An der weichsten Stelle öffnet man die Auster. So blickte denn der Bub, vom Meister Georg aus der Keuche seiner Mutter geholt und die Treppen hinuntergeführt, in die ernsten Gesichter der in der Stube versammelten Herren. Hofrat Wangereck hielt ein beschriebenes Blatt Papier in der Hand, auf dem die Fragen standen, die er stellen wollte. Hinterm Tisch vermuten wir den Schreiber, Kanzleibögen, frisch angespitzte Federkiele, ein mitgebrachtes Tintenfaß vor sich. Während Wangereck nun nach einem kurzen Blick auf seine Liste den Knaben nach seinem Namen und dem seiner Eltern fragt, sehen wir diesen Schreiber am Tisch flink seine Feder in die schwarze Flüssigkeit tauchen und zum Papier führen, um die Antwort zu notieren.

Die lautete: Er sei Hänsel Pämb und jetzt im zehnten oder elften Jahr. Sein Vater sei der Paulus Pämb von Ansbach, ein redlicher Heimlich-Gemach-Räumer, den man nach solcher Arbeit den Pappenheimer nenne. Seine Mutter heiß Änndl. Die beiden lägen hier auch gefangen und ebenso seine Brüder Michel und Gumpp. Er wär immerdar bei seinen Eltern gewesen und könnte gestrickte Hauben machen. Der Hans Scheiflinger, Wirt an der Lend zu Regensburg, hätte ihn aus der Taufe gehoben. Mit dem wären seine Eltern gar wohl bekannt und oft bei ihm in der Herberg gelegen. Zuletzt im vergangenen Winter, als sie nahe bei Regensburg im Schloß eines vornehmen Herrn die Gruben geleert hätten.

Ob man daheim immer genug zu essen gehabt habe, wollte der Hofrat wissen. Ja, sagte der Knabe, seines Teils immer genug. Brot, Milch und Wassersuppe, selten Fleisch. Sein Vater hätte mit dem Häuselräumen nicht viel Gewinn gehabt, aber sie wären meist satt geworden. Bisweilen hätte es sogar zu einem Bier oder einem Seidl Wein gereicht, was sich die Eltern dann in die Herberge hätten bringen lassen. Die Mutter sei die Wirtschafterin in der Familie. Was der Vater mit Häuselräumen und die beiden Brüder mit dem Glaserhandwerk verdienten, gäben sie alles ihr, wovon sie dann die Notdurft an Essen einkaufen würde. Allerdings hätte sein ältester Bruder Gumpp nicht viel beisteuern können, weil er oft krank sei und das Fieber habe.

Darauf der Hofrat: Wo sie im vergangenen Sommer gewesen wären. Das Kind: zu und um Kelheim, Abensberg und Altmannstein. Sie hätten auch im Sommer die heimlichen Gemächer ausgeräumt, obwohl das wegen des damit verbundenen Gestanks und der Fliegenplage in der heißen Jahreszeit kein schönes Geschäft sei. Aber wenn eins voll wär, dann müßte es eben sein. Die Brüder hätten nebenbei geglast, die Mutter gebettelt. Der Hofrat: Wären sie nicht auch auf die Kirchtäge gegangen? Das Kind: Selten, denn da träfe man allerlei böse Gesellschaft. Die hätten sie gemieden aus Furcht, auch einmal so wie die zu werden. Wie denn sein Bruder Michel ihm einmal erzählt habe, von diesen finsteren Gesellen trüge oft einer vier oder fünf Büchsen oder andere Waffen bei sich. Aber mit solchem Gesindel hätten sie nie etwas zu tun gehabt, sondern wären immerdar allein gezogen als ehrliche Leute. Sie hätten die Leut auch nicht übernommen mit ihrer Arbeit, weshalb man sie überall gern sähe. Und sie hätten auch nie wie gemeine Landstreicher im Feld, im Wald oder am Straßenrand übernachtet, sondern immer irgendwo unter festem Dach.

Wie oft er zu Arbach gewesen wär? – Nie. Er hätte jedenfalls den Namen noch nie gehört. Und sollten sie schon mal dort gewesen sein, dann hätten sie doch gewiß nichts Unrechtes getan. Mancher hätte von ihnen gesagt, wenn sie wirklich böse Sachen treiben würden, zögen sie nicht so armselig und zerrissen durch das Land. – Nach solcher Einleitung schien es dem Hofrat an der Zeit, gezielter zu fragen. Ob er den Geindl kenne? Nein, sagte der Bub. Wangereck: Er solle endlich mit dem frechen Lügen aufhören. Das Kind, zögernd: Ja, es stimme, er kenne den Geindl, habe ihn auf Kirchtägen manchmal gesehen. Seine Leut seien ihm aber allwegen aus dem Gesicht gegangen. Der Hofrat: Er möge nur rundheraus gestehen, daß der Geindl ihr Spießgeselle gewesen wäre und mit ihnen getrunken und gefeiert hätte. Das Kind: Davon wüßte er nichts. Hätten seine Leute aber mit dem Geindl getrunken und guten Mut gehabt,

so doch nichts Böses mit ihm getan. Der Geindl habe das vielleicht von ihnen gesagt, weshalb der von Haslang in Altmannstein sie auch danach gefragt hätte. Es sei aber nicht wahr!
Der Hofrat: Warum er abstreite, was seine Brüder doch längst zugegeben hätten. Es gäbe Mittel, ihn zum Reden zu bringen. – Das Kind: Sage er viel, bringe er die ganze Familie um Leib und Leben. Er könnte auch gar nichts sagen. Seine Brüder hätten ihm von ihren Geständnissen erzählt, daß sie nämlich dem Donaubauern bei Straubing Geld und Kleider gestohlen hätten. Davon sei aber nichts wahr und das hätte sich auch gezeigt, als man Nachforschungen anstellte. Außerdem habe man sie so gemartert, daß sie vierzehn Morde gestanden hätten. Auch die seien erlogen. Wie man sie von Altmannstein hierher geführt hätte, habe ihm die Mutter gesagt, er solle die Wahrheit anzeigen. Und so hätten ihm auch seine Brüder geheißen. – Der Hofrat: Ob er nicht abgeschnittene Händlein von toten Kindern bei seinen Brüdern gesehen hätte? – Das Kind fing an zu weinen, sah nach links, nach rechts. – Der Hofrat: Heraus mit der Sprache. Wo sind die Kindshändel? – Das Kind: Hab nie keins gesehen.
Worauf wir uns das Folgende etwa so vorzustellen haben: Der Hofrat steht mit einem Ruck auf, zornig. Gibt dem Eisenmeister die Anweisung, den Jungen an den Ort der strengen Frage zu bringen. Der führt das widerstrebende Kind aus der Stube und geht mit ihm voraus, hinab in das Kellergewölbe unter dem Turm. Die anderen Herren erheben sich gleichfalls. Der Schreiber wedelt mit dem zuletzt beschriebenen Blatt in der Luft, damit die Tinte rascher trocknet, packt dann Papier und Federn auf einen Haufen, verschließt das Tintenfaß mit dem Stöpsel, verstaut alles in seiner Ledertasche, schiebt den Stuhl zurück, steht auf. Man verläßt die Wohnstube des Sebastian Georg, wechselt ein paar Worte wie »Was für ein ausgekochtes Bürschchen« und »Vielleicht weiß er wirklich nichts« und »Es geht schon auf Mittag zu, wir sollten die Sache bald zu Ende bringen« und begibt sich die Kellertreppe hinab. Das Gespräch verstummt, man hat Mühe, im Finstern den Fuß richtig auf die nächsttiefere Stufe zu setzen. Die Tür zum Gewölbe steht halboffen. Meister Georg hat die beiden Talgleuchter angesteckt.
Im feucht-kalten Raum der zitternde Bub. Ketten an den Mauern, eine Seilwinde an der Decke. Er kennt ihren Zweck. Auch den der Steingewichte auf dem Regal. Eine Feuerstelle, daneben an Haken Eisenzangen. In der Ecke ein Bündel von Seilen verschiedener Stärke. Darüber an der Wand mehrere Ruten. Die hohen Herren betre-

ten nacheinander das Gewölbe, hinter ihnen fällt die Tür ins Schloß. Sie setzen sich an den klobigen Holztisch, auf die Bank, die Hocker. Der Schreiber packt seine Ledertasche aus.
Hofrat Wangereck winkt den Eisenmeister zu sich, gibt ihm halblaute Anweisungen. Dem Knaben wird das leinene Hemd ausgezogen. Er fängt an zu weinen. Man bindet ihm die Hände vor dem Körper zusammen, stößt ihn zur Mauer hin, befestigt das lange Ende seiner Fessel an einem dort angebrachten Eisenring. Da steht nun das jammernde Kind, die Arme vor sich in die Höhe gereckt, an die Mauer gebunden, und sieht sich ängstlich um nach Meister Georg. Der wählt aus dem Arsenal der Ruten eine aus, zeigt sie dem Hofrat und geht, als dieser zustimmend nickt, auf den Knaben zu. Wangereck hebt die Hand zum Zeichen, daß mit der Tortur zu beginnen sei. Der Züchtiger holt aus, die Rute klatscht auf den bloßen Kinderrücken. Ein Schmerzensschrei, rote Striemen auf einem schmächtigen Körper. Schon trifft ein neuer Rutenschlag. Und noch einer und noch einer und immer mehr. Winselnd sackt das Kind zusammen, allein es fällt nicht hin, denn die Hände sind ja oben an dem Mauerring festgebunden. Der Hofrat gibt dem Eisenmeister abermals ein Zeichen, worauf dieser die Rute beiseite legt, das Seil von der Mauer löst, dem schluchzenden Knaben auf die Beine hilft und ihn wieder vor die hohen Herren führt. Er hätte jetzt ja wohl gemerkt, spricht ihn Wangereck an, wohin seine Lügen führen würden. Er hätte dem Eisenmeister Einhalt geboten, um ihm die Möglichkeit zu geben, rechtzeitig zu gestehen. Wenn er seine Halsstarrigkeit nicht aufgebe, müsse er ihn eben so lange züchtigen, bis er sich eines Besseren besinne. Er frage ihn nunmehr nochmals, ob er Kindshändel bei seinen Brüdern gesehen habe und wo sie die hingetan hätten? – Der Bub, unter Tränen: Ja, ja. Er hab bei seinen Brüdern die Händlein von sieben kleinen Kindern gesehen. Der Hofrat: Und wo haben sie diese Händlein hergehabt? Das Kind: Drei hätten sie bei Bettelkindern abgeschnitten. Der Hofrat: Wie sie an die übrigen gekommen wären? Das Kind: Großbauchete Weiber hättens halt ermordet, solche, die jeden Tag niederkommen sollen, denen den Bauch auf- und dem Kindlein drin die Händ' abgeschnitten. Der Hofrat: Und wozu haben sie diese Händlein gebraucht? Das Kind: Zu allerlei Zauberei. Erstlich könne man mit den Kindshändeln Krankheiten heilen, zweitens andern Schaden zufügen. Schließlich würden sie einem beim Morden und Stehlen helfen. Er selber habe gesehen, wie der Geindl seinen Brüdern ein Pulver von gedörrten, gestoßenen Kindshändeln

in einer frischgebackenen Semmel versteckt, eingegeben hätte. Nicht, damit die beiden krank würden, sondern damit sie besser morden könnten. In maßen sie dann das Morden alsbald angefangen. Ihm hätten sie gesagt, sie könnten gar nicht mehr anders, seit sie diese Semmel gegessen hätten. Jetzt müßten sie's einfach tun. Als sie aber gefangen und nach Altmannstein geführt worden wären, hätten sie gesagt, die Wirkung sei vorbei. Sie könnten keine Untaten mehr begehen, auch wenn man sie gleich wieder frei ließe. Der Zauber wär ihnen aus dem Kopf gekommen.
Das Kind verstummt. Wangereck sieht es prüfend an, schweigt. Dann sagt er zum Eisenmeister, er möge den Gefangenen wieder in Verwahrung nehmen, für heute sei es genug. Der öffnet dem Kleinen die Handfesseln, befiehlt ihm, das Hemd wieder anzuziehen. Die schwere Tür geht auf, das Kind wird aus dem Raum geschoben. Meister Georg bringt ihn zurück in seine Zelle.
So etwa ist es gewesen. Die Herren werden sich danach erhoben, Worte gewechselt, die Spannung abgeschüttelt haben. Wangereck übergab im Aufstehen seine Fragenliste vermutlich dem Schreiber, der das ihm übergebene Blatt zu den von ihm am Vormittag beschriebenen legte und dann sein Protokoll mit folgender Zeile schloß: »Damit ist für diesesmal, weil es schon in der zwölften Stund Mittentags gewest, von ihm gelassen worden.« Wir kennen den Ablauf dieses ersten Verhörs so genau, weil seine Niederschrift, wie die aller anderen Vernehmungen, erhalten blieb. Trotzdem würden wir gern noch mehr wissen. Etwa: Was in den Köpfen und Herzen der Männer vorging, die bei diesem Verhör dabei waren.

Wangereck

Einen dieser Männer wollen wir uns genauer ansehen. Er war Mitte Dreißig, grob und gelehrt, eifrig und eifernd, hochfahrend und unterwürfig. Sein Name: Johann Simon – manche Quellen nennen ihn auch Johann Siegmund – Wangereck oder Wangeregg oder Wagnereck; er selbst schrieb seinen Namen mal so, mal so, die Schreibweise hatte damals keinerlei Bedeutung. Der Referent und entscheidende Mann im Verfahren gegen unsere Landfahrer war durch und durch ein Niederbayer mit dem schweren und doch so leicht in Wallung zu bringenden Blut dieses Menschenschlages.
Geboren wurde er, soviel wir wissen, in Neuötting am grünen Inn,

wo die Felder fruchtbar, die Wiesen saftig, die Kirchen zahlreich und die Menschen katholisch sind. Der Bazillus des Aufruhrs, der während des 16. Jahrhunderts auch in Bayern vielerorts grassierte, hat in diesem Landstrich nie die Gemüter verwirrt. Johann Simon und seine Brüder hörten in ihrer Kindheit vom Vater, Prediger und Schulmeister nur giftige Worte über die lutherische Ketzerei, von der ihr Städtchen gottlob verschont geblieben war. Erbauliche und herzerwärmende Geschichten erzählte man dagegen vom frommen Herzog Albrecht, der droben in München und drunten in Landshut Hof hielt, begleitet von einem zahmen Löwen, umgeben von Malern, Musikern und Mahnern in geistlichen Gewändern. Wie er den vom rechten Glauben abgefallenen Grafen von Ortenburg, der sein Land den ketzerischen Prädikanten geöffnet hatte, mit heiliger List und frommer Verstellung nach München gelockt, ihn dort gefangengenommen, sein Land besetzt und ihm den Prozeß gemacht hatte – das war eine der bunt ausgeschmückten köstlich-lehrreichen Einführungsstücke in die bayerische Politik der Zeit. Den Wangerecks war der listenreiche Gestrenge vorgesetzt in doppeltem Sinne, als Landesvater und Dienstherr. Unter seiner Herrschaft war der Vater Zöllner geworden. Er blieb es, als Albrecht V. 1579 starb und sein ihm wesensverwandter Sohn Wilhelm V. die Regentschaft übernahm. Stieg sogar noch weiter auf, behielt sein Mautamt und bekam die ehrenvolle Bürde von Ratssitz und Stimme in der herzoglichen Regierung im nahen Burghausen obendrein. Gnädig war man höheren Orts den Wangerecks gewogen, das zeigte sich durch die Jahre immer wieder. Herzog Maximilian stimmte der Übertragung des Mautamts auf Johann Simons älteren Bruder Michael noch zu Lebzeiten des Vaters zu und erhob die Familie wenig später gar in den Adelsstand, als Anerkennung für des Zöllners vierzigjährige Dienstzeit.

Was war der Grund für soviel Huld und Gunst, in deren warmem Regen auch die Söhne Wangerecks herrlich gedeihen sollten? Rechtschaffene Amtleute gab es viele im Lande und nur wenige wurden so wunderbar erhöht. Wir möchten glauben, die besondere Dankbarkeit des Herzogs hatte etwas mit dem Handelskleinkrieg zu tun, den Bayern damals mit dem benachbarten Salzburg führte. Der alte Wangereck scharmützelte dabei gewissermaßen in strategisch wichtiger Position, denn sein Mautamt kontrollierte die Warenströme, die zwischen der salzburgischen Stadt Mühldorf und dem erzbischöflichen Stammland auf Salzach und Inn mehr her- als hintrieben. Halleiner Salz vor allem, auch Kupfer und Blei, italienische Gewürze, Öle und Tücher, Wein und Heringe, Mandeln und Reis. Da lockte manch gefüllter Beutel, der dem Zöllner die Augen verschließen sollte. Offenbar erwies sich der alte Wangereck als standhaft.

Das zahlte sich früh für seinen Sohn Johann Simon aus. Alles spricht dafür, daß dieser die Münchner Jesuitenschule besuchen durfte, vielleicht nicht von Anfang an, gewiß ab der Gymnasialstufe. Da scheint er die lateinische Sprache, gedrechseltes Predigerdeutsch und jesuitischen Glaubenseifer gelernt zu haben. Nach all der saftigen Neuöttinger Ländlichkeit also karge Jahre des Verbenpaukens und Auswendiglernens. Ein anderer Weg führte nicht zum herzoglichen Hof, und nur dort war gesellschaftlicher Aufstieg möglich. Am 12. März 1585 erfolgte dann der nächste Schritt in diese Richtung, nämlich der zur Universität Ingolstadt. Als »Joannes Simon Vnagner Eckius studiosus iuris« schreibt er sich ein und wird von den 14 Kreuzern Immatrikulationsgebühr nicht befreit, was zeigt, daß sein mauterhebender Vater trotz offener Augen nicht arm geblieben war. Das Studium seines Sohnes mußte er sich einiges kosten lassen. Man rechnete damals für ein Studienjahr mit mindestens 250 Gulden Aufwand, das entsprach dem Anfangsgehalt eines Hofrats. Ein Zeitgenosse, der freilich außer in Ingolstadt auch in Italien studiert hatte, veranschlagte die Gesamtkosten seiner Studienjahre auf 15 000 Gulden, obwohl er »fleißig studiert« habe, wenn auch »mitgehalten, was der Studentenbrauch vermag«.

Studentenbrauch. Der war nicht zimperlich. Unser Niederbayer wird ihn wohl mehr genossen haben als die Wohlanständigkeit des strengen Münchner Kollegs. »Manche Eltern möchten ihre Kinder lieber in den Krieg ziehen lassen als nach Ingolstadt«, beschrieb kein Geringerer als Herzog Wilhelm V. das Ingolstädter Studententreiben. »Viehisches Fressen und Saufen«, Würfelspiel und spätabendliches Gegröle waren noch die harmloseren Spielarten. Mutwillig zertrümmerte Schänken und nächtliche Scherze mit ängstlichen, weil von Studentendegen bedrohten Bürgern waren schon ärgerlicher. Aber leider ging es noch schlimmer zu. Schlägereien, Messerstechereien und Säbelgefechte waren an der Tagesordnung, und fast in jedem Semester Tote zu beklagen. Wir haben Grund zur Vermutung, daß der junge Wangereck mit seinem schweren, aber leicht aufwallenden Blut solchem Akademikerleben herzlich zugetan war. Er war nicht der Mann, bei Streitigkeiten neutral oder gar vermittelnd daneben zu stehen, er wird Partei ergriffen und manch haltbare Freundschaft, manch bittere Feindschaft erworben haben. Jakob Hainmüller etwa, jener Hofrat, der während des ersten Verhörs des kleinen Hänsel Pämb neben Wangereck saß, war ein alter Kamerad aus Ingolstadt. Von daher kannte er auch schon seine Kollegen Christoph Rumbler, Martin Rieger, Franciscus Soll und den späteren Ränkeschmied Christoph Gewold. Der letztgenannte, einige Semester vor ihm, war vermutlich ein bewundertes Vorbild, Wangereck jedenfalls sein ergebener Anhänger und schlagkräftiger Streitgenosse.

Das Ingolstädter Rechtsstudium war damals nicht eben berühmt. Der einzige Lehrer, dessen Name einigen Klang hatte, war der Italiener Andreas Fachineus, doch den erlebte Wangereck erst in späteren Semestern. Im übrigen herrschte Mittelmaß bis Peinlichkeit. Für die Rechtskenntnisse, die ein Hofrat brauchte, scheint es genug gewesen zu sein. Die Ausbildung im Strafrecht baute – wie das Studium – auf dem Corpus Juris, dem römischen Kaiserrecht auf, und erfolgte an Hand eines Teils dieses antiken Gesetzeswerkes, den sogenannten »schrecklichen Büchern«. Daneben sollten die Studenten die Peinliche Halsgerichtsordung Kaiser Karls V. von 1532 kennenlernen. Dafür hatten sie an die zehn Jahre Zeit, denn so lange pflegte man zu studieren. Neben den Vorlesungen wurden Übungen abgehalten, wenn die Professoren nicht etwas Besseres vorhatten. Und ab und zu gab es ganztägige Disputationen, Referate mit anschließender Diskussion im Auditorium Maximum. Ob Johann Simon Wangereck viel in Ingolstadt lernte, ist schwer zu sagen. Seine Doktorpromotion am Ende des Studiums ist kein Beweis dafür; war sie doch keine richtige Prüfung, sondern ein sehr kostspieliger Formalakt, eine Art gekaufte Standeserhöhung, willkommenes Zubrot für die Hochschullehrer. Die waren nicht überall solche trüben Leuchten wie in Ingolstadt. Aber hier nahm man die Bezeichnung Professor (Bekenner) etwas zu wörtlich: Jeder Dozent hatte alljährlich den Eid auf die Professio tridentinis, das geltende Glaubensbekenntnis der katholischen Kirche, abzulegen. Europas bessere Köpfe ließen sich dazu nicht zwingen und blieben der bayerischen Gelehrtenprovinz fern.

Kaum hatte Wangereck, dank väterlichen Zöllnerfleißes, seinen Doktortitel bezahlt, stand er auch schon wieder im wärmenden Glanz herzoglicher Huld. Dies darf man wörtlich nehmen, denn er war unter den Auserwählten, die am 9. Mai 1594 den einundzwanzigjährigen Herzog Maximilian auf den Reichstag zu Regensburg begleiten durften. Da hatte wohl jemand nachgeholfen. Es sieht ganz so aus, als wäre dieser Jemand Doctor Christoph Gewold gewesen, der bewunderte Held aus Rabaukentagen. Inzwischen war Gewold, übrigens ein Konvertit aus dem reformierten Amberg, von befreundeten Jesuiten dem Herzog empfohlen und in den Hofdienst aufgenommen worden. Schon hatte er sich sowohl in die Nähe des regierenden Herzogs und des Thronfolgers manövriert, schon war er aufgefallen durch Klugheit, Gewandtheit und Unterwürfigkeit, schon begann er seine Intrigen zu spinnen, langfristige Pläne anzustellen, sich ergebene Helfer zu suchen. Einer davon wurde Johann Simon Wangereck.

Der Zöllnersohn kam als frischgebackener Doktor gleich in den Hofrat, wo er sich rasch bewährt zu haben scheint. Er gehörte bald zu den Räten, die in Rechtsfragen um Stellungnahme gebeten wurden, galt als vielbelesen und gelehrt, jedenfalls bei den mit ihm befreundeten Kollegen. Andere nannten ihn einen Hitzkopf, einen rechthaberischen Dickschädel. Man sieht daran: Es gab Parteiungen im Hofrat, die einander nicht grün waren. Die Gruppe um Gewold, zu deren Kern Johann Simon Wangereck zählte, blieb nach dem Rat gewöhnlich noch beisammen und hatte allerlei zu bereden. Angeblich halfen die Versierten den weniger tüchtigen unter ihren Parteigängern sogar beim Abfassen der vor dem Plenum zu haltenden Referate. Sie lobten sich auch gegenseitig als gelehrt, aufrecht, eifrig, katholisch und in manchen Sonderauftrag hinein. An den Hofräten, die nicht zu ihrem Kreis gehörten, ließen sie dagegen kein gutes Haar.

In den Sitzungen neigte Wangereck zu cholerischen Ausbrüchen, war dann beleidigend im Ton und unversöhnlich in der Sache. Böse Stimmen behaupteten, er sei in dunkle Geschäfte verwickelt: Er würde sich für Rechtsberatung honorieren lassen von Leuten, die Partei in einem Rechtsstreit wären, der im Hofrat zur Entscheidung anstünde. Er sei Richter und heimlich gedungener Anwalt in einer Person, also bestechlich. Die Vorwürfe blieben ungeklärt, ein auf Anzeige zweier Hofgerichtsadvokaten eingeleitetes Verfahren ohne Ergebnis.

Auf strafrechtlichem Gebiet interessierte sich Wangereck vor allem für das Verbrechen der Hexerei. Ein Band von Martin Delrios juristischem Lehrbuch über das Hexentreiben, die »Disquisitiones Magicarum« befand sich in seinem Privatbesitz. Daraus und aus anderer einschlägiger Literatur zog er die Überzeugung, daß man in Verfahren gegen Hexen und Zauberer keinerlei Rücksichten zu nehmen habe. Als im Falkenturm einmal eine angebliche Hexe alle Grade der Tortur überstanden hatte, ohne ein Geständnis abzulegen, hielt einer der rechtsgelehrten Räte dafür, die Gefangene als »purgiert« freizulassen. Dagegen verlangte Wangereck, man müsse eben neue Verdachtsmomente als Grundlage für eine abermalige Folter heranziehen. Dies sei widerrechtlich, erklärte der andere Rat, denn der Verdacht müsse nach alter Prozeßregel der Folter vorausgehen, nicht umgekehrt. Außerdem habe es ganz den Anschein, als wäre das verhaftete Weib »ein lautere Einfalt oder Simplicitas«, eine harmlose, geistesschwache Frau.

Da sprang Wangereck auf, wie wir glaubwürdig unterrichtet sind, fiel dem Kollegen ins Wort und kanzelte ihn vor dem gesamten Plenum ab: Man brauche ihm keine juristischen Nachhilfestunden zu erteilen, er sei schließlich selbst Doktor der Rechte und nicht umsonst Fürstlicher Hofrat. Der Herr Kollege dagegen wisse wohl nicht, was dergleichen Zauberinnen für Leute seien und daß sie sich nur einfältig stellten. Er solle doch gründlicher die Fachbücher studieren. Und überhaupt, was heiße hier geistesschwach. In diesem Stil weiter. Mit dem Ergebnis, daß der Hofrat beschloß, die alten Verdachtsmomente nochmals als Grundlage neuer Folter zuzulassen. Die Einfältige war klug genug, rechtzeitig Selbstmord zu begehen.

Als dieser Vorfall sich ereignete, war der Prozeß gegen unsere Landfahrer schon gelaufen. Meinungsverschiedenheiten wird es auch da schon gegeben haben. Wohlweislich nahm Wangereck zu den Verhören im Falkenturm außer dem Rentmeister stets einen Hofrat mit, der ihm ergeben war. Das gilt sowohl für Dr. Hainmüller als auch für Dr. Vagh, beides jüngere, ehemalige Kommilitonen aus Ingolstadt und Angehörige der »Gewold-Gruppe«.

Zum Zeitpunkt des Prozesses war Wangereck Ehemann einer wohlhabenden Frau und Vater eines fünfjährigen Sohnes. Das Haus, das die junge Familie bewohnte, lag in der Münchner Dienerstraße, gleich um die Ecke vom Alten Hof. Herzogliche Huld floß immer noch auf den niederbayerischen Zöllnersohn in Form von Gnadengeldern und ehrenvollen Sonderaufträgen und sollte nicht mehr versiegen. Wie der schwerblütige, doch so leicht aufbrausende Hexenspezialist den Fall der niederbayerischen Landfahrer anpackte, das mag seinem Herzog einem mehr gezeigt haben, daß er seine Gunst an keinen Unwürdigen verschwendete.

Am frühen Morgen des 18. April betraten Wangereck, Rentmeister von Roming, der junge Hofrat Hainmüller und der den Herren zugeordnete Schreiber Sebastian Steinwandner abermals des Eisenmeisters Stube im Falkenturm. Gleich darauf hörten die Gefangenen Schritte auf der Treppe, Schlüsselklirren. Meister Georg öffnete die Tür zur Zelle, in der das Kind bei seiner Mutter lag. Es müsse wieder zum Verhör, so etwa der Gefängnismann, die hohen Herren von gestern seien wieder da. Jedenfalls zog er den Jungen von der Frau fort und durch die Tür, die wieder verschlossen wurde. Wie mag die Mutter darauf reagiert haben? Dergleichen hält kein Protokoll fest. Vielleicht trommelte sie hysterisch schreiend gegen die Eichenbohlen der Tür, vielleicht rief sie ihrem Kind etwas nach, vielleicht blieb sie apathisch auf dem Stroh sitzen? Kaum nachzuempfinden, was in ihr vorgegangen ist, als man den Buben, den man ihr tags zuvor schon geschunden und gequält von der Vernehmung zurückgebracht hatte, zu neuerlichem Verhör führte. Viel spricht dafür, daß sie ihren Schmerz in sich vergrub, ihn bitter-trotzig ertrug, vom Leid zu abgestumpft, um noch dagegen aufzubegehren.

Sie war eine alte Frau, die in den neunundfünfzig Jahren ihres Lebens stets auf der Verliererseite gestanden hatte. Als Anna Conz war sie auf die Welt gekommen im heute fränkischen Ansbach, damals Hauptstadt der gleichnamigen Markgrafschaft. Ihr Vater war Totengräber, also nach Ansicht der Zeit ein Unehrlicher. Ihr selbst war damit schon als Kind der Umgang mit »ehrlichen« Bürgerkindern verwehrt gewesen. An Schulausbildung und gesellschaftlichen Aufstieg war nicht zu denken. Später dann war es schwer, einen Ehemann zu finden. An bürgerlichen Tanzveranstaltungen durften die Kinder Unehrlicher nicht teilnehmen. Und auch die Knechte und Mägde hielten sich für etwas Besseres als des Totengräbers Tochter und schlossen sie von ihren Festen aus. Sie war schon zwanzig, als sie endlich Paulus kennenlernte, einen Arbeiter von der Ansbacher Ziegelhütte.

Der war auch »unehrlich«, doppelt sogar, dazu ein Fremder, wie sein schwäbischer Dialekt verriet. Er stammte aus Hüttlingen, einem kleinen Ort zwischen Ellwangen und Aalen, wo sein Vater Georg Gämperl als Leineweber – ein ebenfalls verfemter Berufsstand – arbeitete. Schlimmer sein zweiter Makel: Paulus war unehelicher Abkunft; wobei nicht eindeutig wird, ob zu seiner Mutter Agatha

oder dem Leineweber eine Blutsbindung bestand. Er selber behauptete, er wäre von seinem Vater »in der Unehr erzeugt worden«, meinte damit möglicherweise aber nicht den Mann seiner Mutter. Er nannte sich nämlich nicht nur »Gämperl«, wie der Leineweber hieß, sondern oft auch »Pämb« oder »Pämbs«, wie möglicherweise der Mädchenname seiner Mutter lautete. Wie dem auch sei, er war innerhalb der scheel angesehenen Familie das verachtete schwarze Schaf. Das zeigten ihm früh mehrere Stiefbrüder, deren Spott und Naserümpfen die Kindheitsjahre zur Pein werden ließen. Bei den Eltern war kein Trost; sie hätten ihn selbst »etwas hart und übel gehalten«, charakterisierte Paulus die häuslichen Grobheiten. Kaum konnte er laufen, entfloh er den Hänseleien und Peinigungen, trieb sich, wie er sagte, »kleiner Bubenweis« herum, wurde wieder eingefangen und heimgebracht, wo es Prügel setzte. Erneut ertrug er sein Stiefkinddasein einige Zeit, machte sich abermals davon, wanderte tagelang mit knurrendem Magen die Ufer der Jagst entlang, schlief im Heu, sammelte wilde Beeren, bettelte in Jagsthausen, Westhausen oder Lauchheim verdreckt und zerlumpt um ein Stück Brot, schleppte sich halbverhungert wieder heim, die verdienten Prügel in Kauf nehmend. Bis er dann eines Tages, als er »ein wenig erstarkt«, für immer die gehaßte Hütte des Leinewebers verließ, fort, fort. Unterwegs fragte der Vierzehnjährige bei den Bauern nach Arbeit, die er für ein Lager in der Scheune und eine Mahlzeit zu verrichten bereit war. So hat er »bisweilen die Schwein gehütet«, die Ställe saubergemacht, Mist gefahren. Ist dann weitergezogen, wohl weil ihn eine innere Unruhe trieb, aber auch weil er, von günstiger Gelegenheit verführt, aus einer unversperrten Bauerntruhe einen Löffel, einen Teller, ein Tücherl eingesteckt hatte, Kleinigkeiten, die sich im nächsten Ort in Nützliches oder Nahrhaftes umtauschen ließen.
Nach Jahren dann, er war schon achtzehn, kam er scheinbar zur Ruhe. Er fand Arbeit in der Ziegelhütte von Ansbach, wurde seßhaft, fleißig, ehrlich. Bald lernte er eine junge Frau kennen. Sie hatte ebenfalls unter scheelen Blicken und Naserümpfen gelitten, wenn sie auch stets Trost bei liebevollen Eltern fand. Die um zwei Jahre ältere nahm sich des Zieglers an, wollte alles zum Guten wenden. Der Vater wurde gebeten, dem zukünftigen Schwiegersohn und damit der Tochter zu helfen. Worauf dieser den schwäbelnden Fremden zu seinem Gehilfen ernannte. Das Ziegelbacken war schwere und schlecht bezahlte Arbeit gewesen. Jetzt sah man Paulus Pämb gemeinsam mit dem Alten Gräber ausheben und die Nachtwa-

che verrichten. Bald heiratete er Anna – eine Arme-Leute-Hochzeit, gewiß, aber doch eine mit Aussicht auf eine gesicherte friedliche Zukunft. Denn wenn der Vater abtrat, würde der Gehilfe in sein Amt nachrücken können und bis ans Lebensende ein zwar mit schiefen Blicken bedachtes, aber gesichertes Auskommen haben.
Anna hielt sich damals wahrscheinlich für eine Siegerin über die blind-unvernünftige Macht des Schicksals. Dabei stand sie schon wieder auf der Verliererseite, sie hätte es wissen müssen. Immerhin: drei, vier Jahre ging alles gut. Am Tag hob Paulus, soweit erforderlich, die Friedhofserde aus, bei Nacht machte er als Stadtwächter seine Runde. Anna bekam Kinder in rascher Folge, die junge Familie wuchs. Dann aber geschah das Unglück.
Man unternahm eine Reise nach Nürnberg, vielleicht um dort Verwandte Annas zu besuchen. Der Anlaß war jedenfalls heiterer Natur, die Stimmung gehoben. Nach einigen Tagen in der Reichsstadt mischte sich freilich Unmut darein, von seiten des jungen Ehemanns nämlich, dem die Lustigkeit seiner Frau allzu weit zu gehen schien. Da war ein Landsknecht, für den Anna mehr schwärmte, als für das schwankende Selbstvertrauen eines jung verheirateten Hilfstotengräbers gut war. Da waren stumme Blicke, die dem Eifersüchtigen mehr erzählten, als er ertragen konnte. Da machte sich Anna auffällig unauffällig davon und blieb unerklärlich lange aus. Da war schließlich eine einheimische Zöpfmacherin, die jenen Landsknecht, den sie für den ihren hielt, mit der jungen Ehefrau des schwäbelnden Ansbachers in eindeutiger Situation erwischte, worauf sie schnurstracks zu dem gehörnten Ehemann eilte und ihm alles steckte. In Paulus Pämb-Gämperl wuchs grimmiger Zorn, die verzweifelte Wut des ewig Zurückgestoßenen, Gehänselten, Verachteten, gemischt mit dem Entsetzen des Verratenen, Alleingelassenen. Als seine Frau in die Herberge zurückkam, stellte er sie zur Rede. Sie wird sich gerechtfertigt, womöglich die gekränkte Unschuld gespielt haben, was den Betrogenen nur noch mehr reizte. Stimmen überschlugen sich, Stühle krachten, ein Körper stürzte zu Boden.
Als Paulus von seinem Jähzorn ernüchtert seine junge Frau wie tot auf dem Boden liegen sah, begriff er, was geschehen war. In seiner Wut hatte er eine bei der Feuerstelle stehende Eisenwanne, gefüllt mit glühenden Kohlen, ergriffen und seiner Frau an den Kopf geschleudert. Unnötig, Hilfe herbeizurufen. Der Lärm hatte die Nachbarn alarmiert. Man legte die kaum noch atmende Bewußtlose auf den Strohsack, verband sie notdürftig und glaubte, die Frau werde

sterben. Auch die Zöpfmacherin war unter den Herbeigeeilten. Sie, die Zuträgerin und Anstifterin, sprach auf den dumpf vor sich hinbrütenden Mann ein. Er müsse sich jetzt davonmachen, rasch, solange die Obrigkeit noch nichts wisse von der ruchlosen Tat. Sie würde ihm einen guten Stumpf Geldes mit auf den Weg geben, wenn er nur schnellstens aus Nürnberg verschwinde. Denn, sie gäbe es rundweg zu, auch sie habe ein Interesse daran, daß der Hintergrund der Tat im dunkeln bliebe. So blies sie dem nach jähem Rausch grimmig Ernüchterten ins Ohr.
Der aber schob den ihm angebotenen Beutel von sich und wollte von Flucht nichts wissen. Wollte bei seiner todkranken Frau bleiben. Er pflegte sie in den folgenden Tagen, so gut er es vermochte. Wie durch ein Wunder, vielleicht auch durch die Pflege des Reumütigen, überlebte sie den Angriff. Versöhnte sich alsbald und noch in Nürnberg wieder mit ihrem Mann. Gesund wurde sie nicht mehr. Sie litt seit dieser Mißhandlung an plötzlichen Krampfzuständen, die sie »oft in einem Monat kaum einmal, bisweilen in einer Wochen oder Tag wohl dreimalen« befielen und in denen sie bis zu einer Stunde lang bewußtlos dalag. Ehemann und Kinder flößten der Verkrampften zuweilen »ein Tröpferl Wein« ein. Sie wußten sonst kein Mittel gegen die Krankheit, die sie »den Hinfallenden« oder »den hinfallenden Siechtagen« nannten. Es wird wohl Epilepsie gewesen sein.
Außer diesem Leiden behielt Anna als dauernde Folge des Nürnberger Vorfalls eine Narbe auf der Wange zurück. Auch ihr Leben war von da an nicht mehr dasselbe, denn ihr Mann war ein anderer geworden.
Das zeigte sich gleich nach dem nächsten Unglück, das sie kurz nach der Rückkehr ins heimische Ansbach traf. Dort nämlich fand das junge Paar, das ohnehin weniger frohgemut zurückkehrte, als es aufgebrochen war, den alten Totengräber auf dem Sterbebett vor. Sein Tod war für Paulus offenbar das Zeichen, den Gedanken an ein beschaulich bescheidenes Ansbacher Totengräberdasein für alle Zukunft fahren zu lassen. Wie eine alte Krankheit wuchs in ihm wieder die Unruhe, trieb es ihn fort wie als Knaben. Die Nachfolge im Amt seines Schwiegervaters trat er gar nicht erst an, dessen Grab war das letzte, das er schaufelte. Möglich, daß es Schwierigkeiten mit der Amtsübernahme gab. Wieso aber verschwieg er dieses Motiv für den Wegzug, da es ihn doch in besserem Licht hätte erscheinen lassen? Daher halte ich dafür, daß er freiwillig und in

plötzlichem Entschluß seine Sachen packte, seine Frau die Kinder reisefertig machen ließ und zum Landfahrer wurde.
Anna mag protestiert haben oder nicht, ihr blieb wohl kaum eine andere Möglichkeit, als mit ihrem Mann zu ziehen. Wie sollte sie allein die Kinder ernähren? Ihr Vater war tot, und sie hatte offenbar keinen anderen Menschen mehr als ihren Mann. Und so zog sie fortan mit ihrem Paulus, den Kindern und einigen lächerlichen Habseligkeiten von Ort zu Ort.
Die Ehe währte zum Zeitpunkt der Verhaftung bereits siebenunddreißig Jahre, und in dieser langen Zeit war Anna meist auf Wanderschaft gewesen. Dennoch hatte sie sieben Kinder geboren und drei davon durchgebracht. Für damalige Verhältnisse erstaunlich, denn die Kindersterblichkeit war selbst in Bürgerhäusern fast ebenso hoch.
Michel und Gumpprecht, die jetzt angekettet in verschiedenen Zellen des Falkenturms lagen, waren noch in Ansbach zur Welt gekommen, aber nur Gumpprecht als der ältere war dort auch getauft worden. Die beiden waren jetzt zwanzig und zweiundzwanzig und verstanden sich aufs Glasen und Kesselflicken. Der kleine Hänsel würde »erst um den künftigen Sankt-Michels-Tag elf Jahre alt« werden. Er war der Landfahrerin, wie jeder versteht, der Liebste.
Doch man hatte ihn der Mutter fortgenommen und zu neuerlichem Verhör geführt. Schrecklich war das über die Familie hereingebrochene Unglück, und es würde noch ärger kommen. Die alte Frau machte sich keine Illusionen. Sie war eben ihr Leben lang auf Seite der Hoffnungslosen gestanden.

Zweitens

Die Straße

Nürnberg

Sie verließen die Markgrafschaft Ansbach im Jahre 1580, soviel ist gewiß. Zu welcher Jahreszeit, das wird nicht berichtet. Es wird ein Mai- oder Junitag gewesen sein; zu solcher Zeit ist schon manch einer vor und nach Paulus Pämb-Gämperl vom Wanderfieber gepackt worden. Wir sehen ihn und seine Anna den staubigen Weg längs des Schwabbaches gehen, er das Bündel mit den Habseligkeiten geschultert, an der Hand den noch nicht dreijährigen Gumpprecht führend, sie den kleinen Michel tragend. Sie gingen denselben Weg wie vordem, als man in heiterer Ahnungslosigkeit einen Verwandtenbesuch unternahm, denn Nürnberg war ihr Ziel. Möglich, daß Anna hoffte und Paulus sich selbst einredete, dort würde sich neue Beschaulichkeit und bescheiden-friedliches Auskommen finden. Trügerische Hoffnung, nutzlose Selbstbeschwichtigung. Es nahm ein ungutes Ende, wie man weiß.

Zunächst aber lockte die Reichsstadt mit buntem Gewimmel und protziger Wohlhabenheit. Da konnte ein junger, kräftiger Mann vielleicht sein Glück machen. Die dunklen Schatten der Erinnerung an einen Landsknecht und verhängnisvollen Jähzorn wären wohl geeignet gewesen, solche Gedanken zu verdüstern. Aber wer sich auf Wanderschaft begibt, will gerade dem Vergangenen entfliehen und glaubt, der Sonne entgegen zu gehen. Wer denkt da weit voraus? Das Vorsorgen und Planen war des freiheitsdurstigen Hilfstotengräbers Sache nicht. Er hatte keine Ahnung, wovon er und seine Familie auf der Walz leben sollten. Vielleicht würde sich im reichen Nürnberg alles von selber finden.

Es fand sich nicht. Eine Zeitlang kam man vielleicht bei den dortigen Verwandten unter. Die gehörten, es ist kaum anders denkbar, derselben gesellschaftlichen Schicht wie Anna an und waren Habenichtse, in winzigen Räumen zusammengepfercht, konnten mit Müh und Not sich selber ernähren. Daß Paulus in Nürnberg ehrliche Arbeit

gesucht hätte, hat er später selbst nie behauptet. Die Suche wäre auch wenig aussichtsreich gewesen. Die Stadt duldete keine fremden »Armen« auf Dauer in ihren Mauern. Zu viele entwurzelte, ungelernte Hungerleider drängten herein, von Glanz und Guldengeklimper angelockt wie Kinder vom Rummelplatz. Da strichen sie nun untätig durch die Straßen, mischten sich unter die schwatzenden, feilschenden Bürger auf den Märkten, lagen auf den Kirchentreppen. Wanderndes Volk, den eingesessenen Städtern verhaßt und der Obrigkeit verdächtig. Zu ihnen gehörten nun die Gämperls, zu ihm mußten sie sich gesellen, Kniffe und Schliche lernen, um in dieser Stadt des Überflusses dem Hungertod zu entgehen.
Sie schlossen sich nicht den gewalttätigen Landsknechten an, den polternden, saufenden, waffenstrotzenden, die auf neue Werbung warteten und einstweil ihr Kriegshandwerk auf eigene Faust in dunklen Seitengassen an zitternden Kaufleuten übten. Sie reihten sich nicht ein in die purzelbaumschlagende, feuerspeiende, seiltanzende Zunft der Spielleute und Jongleure. Sie hielten es nicht mit den marktschreierischen Wunderheilern, Zahnbrechern und Wahrsagern. Sie erlernten nicht von vagierenden Handwerksburschen Falschspiel und Taschendiebstahl. Sie setzten sich auf die Kirchentreppen zu den Bettlern.
Betteln war damals ein Beruf, manche nannten es gar das »güldene Handwerk«. 1574 waren in Nürnberg siebenhundert Bettler registriert worden, das übertraf die Mitgliederzahl aller anderen Berufsgruppen bei weitem. Dabei bildeten diese eingeschriebenen Almosennehmer nur den privilegierten städtischen Kern des Bettelvolks. Die Mehrheit, zu der auch Paulus mit seiner Familie gehörte, bestand aus Ortsfremden, die in Nürnberg nur bleiben konnten, solange man sie dort duldete. Wies man sie aus, zogen sie fort und weiter in eine andere Stadt.
Es waren mehrere tausend, die damals vor den Schänken und Bürgerhäusern, Kirchtüren und Klosterpforten der Reichsstadt lungerten. Sie überfielen die Bürger in Scharen mit ihrem Händeringen, Heulen, Haareraufen, so daß diese sich ihren Weg durch kniende Männer, sich an die Beine klammernde Kinder und ihre Hände küssende Weiber bahnen mußten. Diese Belästigungen geschahen mit System: Anführer teilten das Heer der Bettler allmorgendlich in Gruppen auf und ließen sie generalstabsmäßig ausschwärmen, um alle in Frage kommenden Plätze zu besetzen. Natürlich kamen Anfänger wie die Pämb-Gämperls zunächst an die weniger lukrativen

Standorte – sie mußten sich erst bewähren. Dabei mag es sehr nützlich für sie gewesen sein, zwei kleine Kinder bei sich zu haben. Denn die Kunst des Bettelns, die wie jede wirkliche nur zum Teil auf Übung, zum anderen auf Talent beruht, liegt darin, Mitleid zu erwecken. Dies vorausgesetzt, gestattete das Bettelhandwerk seinen Meistern und Gesellen ein für damalige Verhältnisse schier unglaubliches Maß an individueller Gestaltungsfreiheit. Manche stellten sich blind, tasteten mit suchendem Stock nach den Kirchentreppen, den Blick starr ins Leere gerichtet und die hohle Hand vor sich ausstreckend. Andere humpelten schrecklich verkrümmt, mit schmerzverzerrter Miene ein Bein nachziehend, auf den Kirchgänger zu. Manche rollten beinlos auf kleinen Wägelchen heran, manche hingen in hohen Krücken, deren Gabeln die Achselhöhlen wundscheuerten, während sie damit herumstelzten und den schlaffen Körper nachschleiften. Andere schnitten stumme Grimassen, gestikulierten verzweifelt, deuteten an, daß sie weder hören noch reden könnten. Wieder andere rasselten mit rostigen Ketten, die ihnen von Hals und Handgelenken hingen, und verkündeten mit lauter Stimme, sie wären aus türkischer Sklaverei entflohen. Dann gab es welche, die sich mit krummem Rücken in die Nähe eines feingekleideten Bürgerpaares schlichen; dann unvermutet mit Winseln und Wehklagen sich vor diesem aufrichteten und die Brust entblößten, welche blutig-eitrige Zeichen von Aussatz trug. Um dem widrigen Anblick und der vermeintlichen Ansteckungsgefahr zu entgehen, beeilte man sich, dem Jammernden eine Münze zuzuwerfen. Viele verdrehten auch die Augen gen Himmel, küßten ein immer wieder zu den Lippen geführtes Holzkreuz, streuten Asche aufs Haupt, sangen heilige Lieder oder murmelten Gebete, was alles sie als fromme Pilger ausweisen sollte. Etliche warfen sich den eiligen Passanten auch in den Weg, verkrampften sich in mitleiderregender Starre, Schaum vor dem Mund und totenbleich. Dem Einfallsreichtum waren keine Grenzen gesetzt. Wir vermuten unser Ansbacher Ehepaar unter denen, die, mit allen Symptomen der dem Hungertod Geweihten, ihre erbärmlich plärrenden Kinder den Kirchgängern entgegenstreckten.

Der Nürnberger Stadtrat beschrieb die Situation in den Straßen der Reichsstadt 1588 so: »Die gemeine Bürgerschaft allhie wird mit den Landstreichern, Bettlern und Störzern, sonderlich mit dem immerwährenden Schreien und Heulen der Kinder, von Knaben und Mägdlein, bei Tag und Nacht auf der Gassen und vor den Häusern,

bevorab zu Winterszeiten, übermäßig beschwert.« Natürlich wußte jeder, was Sebastian Brandt in seinem volkstümlichen »Weltspiegel oder Narrenschiff« unverblümt ausgesprochen hatte: »Bettler bescheißen alle Land.« Jagten die Ratsherren das Jammervolk deshalb aus der Stadt? Das nun wieder nicht. Man wollte auf die Händeringer, Humpler und Aschestreuer nicht völlig verzichten, nur ihre Zahl und den Grad der Belästigungen besser kontrolliert wissen. Der Berufsbettler befriedigte wie jedes Handwerk ein Bedürfnis, nämlich das nach »Mildtätigkeit«. Christliche Liebe und fromme Barmherzigkeit ließen sich nun mal nicht anders als mit Hilfe dieser mimisch begabten Gauner öffentlich zur Schau stellen. Zur Schau gestellt werden aber mußten diese Tugenden. Man brauchte für alles, was wirklich, aber nicht anfaßbar war, ein sichtbares Zeichen. Das galt für Dinge wie Recht, Ehre, Eigentum und dergleichen Abstraktes. Selbst ein so gebräuchliches und täglich unzählige Male praktiziertes Rechtsgeschäft wie der Kauf wurde durch Symbole erst gültig. Wie konnte da der gemeine Bürger darauf verzichten, seine christliche Gesinnung äußerlich zu demonstrieren. Nicht aus Heuchelei, sondern weil für den damaligen Menschen auch echte Frömmigkeit ohne konkreten Ausdruck nicht vorstellbar war. Sie brauchten also einander, Bürger und Bettler: jene gaben klingende Münze, diese ein ruhiges Gewissen. Der Handel hatte obendrein einen pädagogischen Nebeneffekt: das zur Schau gestellte Elend zeigte auch dem ärmsten Knecht und dem gemiedenen Unehrlichen, wie gut es ihm in der Stadtgemeinschaft vergleichsweise noch ging.
Am Abend traf sich die Lumpenzunft in den Winkelwirtschaften und machte Kassensturz. Da werden denn auch Paulus und Anna mit ihren Kindern gesessen, die erbettelten Münzen gezählt und davon eine warme Mahlzeit und einen Becher Wein bezahlt haben. Wenn dann einer von den versammelten Bettlern die Pfeife aus dem Wams holte und aufzuspielen begann, ein anderer die Laute von der Wand nahm und ein paar Akkorde anschlug, einzelne Zecher mitsangen, viele miteinstimmten und anfingen, im Takt auf die schweren Holztische zu trommeln, daß die Becher und Holzteller zu hüpfen begannen, wenn sich also derart die Stimmung hob, »da sollt einer sehen Wunderwert: da gsehn die Blinden, redn die Stummen, und werden grad die Lahmen und Krummen, da wird das Spiel erst eben ganz, erhebt sich bald der Betteltanz«. So beschrieben 1597.
Wie lange Paulus mit seiner Familie im Kreise der Nürnberger Bettler blieb, weiß man nicht. Sicherlich länger als ein paar Tage, kaum

länger als ein paar Monate. Es gab vertrauliche Kontakte zur Obrigkeit: ein Nürnberger Bettelrichter wurde Michels Taufpate. Der wird die Ausweisung der Ortsfremden nicht eben mit Nachdruck betrieben haben, auch wenn deren Name auf den städtischen Bettlerlisten fehlte. Es sieht ganz so aus, als hätte sich der Unruhige freiwillig wieder auf den Weg gemacht. Vielleicht schloß sich die kleine Familie anderem Bettelvolk an, das über Neumarkt nach Regensburg zog, der nächsten Reichsstadt, die mit Glanz und Guldengeklimper lockte. Da rang man dann erneut die Hände, reckte die bereits routinierten Kinder zu jämmerlichem Geplärr in die Höhe, bat weinend um ein Almosen für die unschuldigen Geschöpfe. Das mag manchen Beutel geöffnet haben, nicht aber die Herzen der Regensburger Bettelrichter. Welche, da vertraulicher Umgang nicht für Schonung sorgte, die fremden Bettler rasch wieder vor das Stadttor beförderten.
Paulus wanderte nun, nach allem, was ich weiß, mit Frau und Kindern donauabwärts erstmals durch niederbayerisches Gebiet. Da waren Leute wie er nicht eben willkommen. Der Herzog von Bayern befahl gelegentlich »in ganzem Ernst, daß nun füran allen fremden ausländischen Bettlern, Sondersiechen, Jacobsbrüdern und dergleichen, die hin und wieder von einem Land in das andere ziehen und umstörzen, wie auch die Pilgram und Kirchenfahrer, welche nit bekannt oder ander Orten ihren wissentlichen Ansitz oder glaubhaften Schein und Urkund haben, in unseren Fürstentumen keineswegs geduldet, sondern allenthalben ausgeschafft« werden. Die herzoglichen Pfleger und Amtleute werden die strengen Worte mit einem Seufzer gelesen und zu den früheren Mandaten ähnlichen Inhalts gelegt haben. Ihre fürstliche Gnaden verlangte Unmögliches. Denn Land und Grenzen waren weit und der Straßen viele.

Der Strich

Die erste Stadt des damaligen Herzogtums Bayern, in die unsere bettelnde Landfahrerfamilie kam, war Straubing. Es konnte sich nicht mit reichsstädtischem Glanz messen, aber Geld lockte auch hier.
Denn die Donaustadt stand neuerdings politischer Wechselfälle halber in protzender Blüte da. Mit staunenden Augen werden die zer-

lumpten Fremden über den Marktplatz gegangen sein, der von Köstlichkeiten überquoll.
Da saßen Kaufleute aus den fernen Niederlanden, die buntgewirkte und leuchtend-einfarbige, hauchdünne und wärmend-schwere Tuche vor sich ausgebreitet hatten, Brüsseler Spitzen, englische Stoffe, Textilien aus Mecheln, Löwen, Arras und der Wetterau. Da drängten sich Verkaufsstände, auf und vor denen levantinische und venetianische Waren ausgestellt waren: Truhen mit Zimt, Safran- und Ingwersäcklein, Baumwollballen, Fässer voll Feigen, Pomeranzen und fremdländisch duftendem Zitronat, Körbe voll Johannisbrot, Mandeln und Muskat, Zucker- und Pfeffersäcke, Weinfässer, Holzsandalen zu Ketten gebündelt, Schreibtafeln und Schachteln voll Kreide, große Rollen Kanzleipapier, Zierborten, spinnwebfeine Schleier, Samt und Seide. Und das war noch nicht alles: aus Böhmen gab es Lederhäute in allen Braunschattierungen, goldglänzendes Kupferblech, grüngläserne Trinkgefäße, Flaschen und Krüge, erdgelbe Klumpen von Bienenwachs; aus Rußland Heringe in offenen Kisten; aus Tirol Wein in roten Holzfäßchen. In abgetrenntem Geviert brüllte da eine Herde von Ochsen, die aus Ungarn heraufgetrieben worden waren, daneben bot man Pferde zum Verkauf an. Zwischendrin Stände mit Regensburger Tongeschirr, mit kunstvoll geschichteten Bergen von heimischem Obst und Gemüse, mit Saatgut für die Bauern und Zinntellern für die Bürger. Hier pries einer lautstark seine Schafe und Ziegen an, da hob jemand einen Käfig mit einem orientalischen Wundervogel hoch. Welch ein Stimmengewirr, Gackern und Kreischen, Brüllen und Blöken; welch ein Zaudern und Feilschen, Messen und Wägen, Gestikulieren und Kopfschütteln. Bauersleute im Sonntagsstaat, Handwerker, Kleinbürger bildeten die Masse der Schaulustigen. Aber auch Großhändler aus Regensburg, Nürnberg und Augsburg waren da, kosteten hier eine Feige, rochen da an einem Lagel Muskatblumen, befühlten Tücher, hoben Glas gegens Licht. Und sogar vornehme Damen mit Dienerschaft und samtgekleidete Herren mit weißen Gehstöckchen, vor denen man den Hut zog und tiefe Bücklinge machte, bahnten sich den Weg durchs Gewimmel.
Alte Bekannte gab es auch. In Nischen des Marktplatzes und umgeben von Menschentrauben standen die Spaßmacher, Wunderheiler und Wahrsager. In Spelunken und an Spieltischen säbelklirrende, laut fluchende, saufende Landsknechte. Mit leichtem Schritt durch die Gaffer eilend, Taschendiebe und Beutelschneider. Und hier und

dort, in kleinen Grüppchen, greinendes Bettelvolk. Selbstverständlich war bei soviel geschäftigem Durcheinander auch Platz für unsere bettelnde Familie.
Die kam von diesem ersten Besuch an oft zu den Straubinger Märkten, mehr oder weniger regelmäßig zwanzig Jahre lang. Denn Paulus Pämb-Gämperl zog nicht mehr weiter. Nicht, daß er Wurzeln geschlagen hätte in dem lebensprallen niederbayerischen Handelszentrum. Er warf hier nur Anker – und bewegte sich zwei Jahrzehnte hindurch wie an einer langen Kette um diesen Ort herum. Nie kamen er und die Seinen zur Ruhe, nie wurden sie seßhaft, aber immer blieben sie in dem einmal gewählten Gebiet. Sie wanderten die Donau hinab bis nach Passau und hinauf bis nach Ingolstadt; sie folgten dem Lauf der Donaunebenflüsse, der Altmühl bis nach Eichstätt, der Ilm bis nach Pfaffenhofen, der Naab bis nach Schwandorf und der Isar bis hinauf nach Landshut; wovon sie gelegentlich über Eggenfelden durch das Rott- und Inntal wieder zur Donau zurückkehrten. Dies war ihr »Strich«, in diesem Gebiet kannten sie fast jedes Dorf, hatten überall Freunde, bei denen sie übernachten konnten. Der ruhelose Schwabe scheint hier doch so etwas wie Heimat gefunden zu haben. Von einigen »Ausflügen« nach Ansbach, wohin offenbar Kindheitserinnerungen seine Frau zogen, kam er jedenfalls immer wieder rasch in diesen Landstrich zurück.
Die Donau war hier die wichtigste Verkehrsader weit und breit. Träg wälzte sie sich in einem ungemachten Bett, das sie launischerweise ohne Vorwarnung zuweilen wechselte. Unberechenbar war sie von Natur aus, verkümmerte in Zeiten langer Trockenheit zu einem Rinnsal, das schwächlich durch weißgraues Kiesgeröll rieselte, und schwoll buchstäblich über Nacht zu einem mächtigen Strom, der Bäume entwurzelte und Felsbrocken mitriß. Überhaupt trieb sie dann allerhand gefährlichen Unfug, trat glucksend über die Ufer, überschwemmte die buschbewachsenen Niederungen mit braunem Schlammwasser, drang in die Keller von Häusern und trug Bretter, Kisten und Fässer nach Österreich hinab. Solches Wüten dauerte einige Tage, dann hatte sie sich ausgetobt und fiel in ihre vertraute Trägheit zurück.
Diese nun ermöglichte eine Geschäftigkeit ganz anderer Art. Flöße machten von den Ufern los und mündeten in sie ein, von Ilm, Isar und Inn, von Altmühl, Naab und Regen kommend. Schwimmende Inseln aus Baumstämmen eilten, mit schwerer, nützlicher Fracht beladen, durch Schnellen, gurgelnde Wirbel und schlammige Untie-

fen, gesteuert von geschickten Händen, stromabwärts und mühten sich im Schneckentempo, von widriger Strömung schwer bedrängt und zurückgeschoben, vom uferseitigen Seilzug kräftiger Ochsen gehalten und gezogen, stromaufwärts. Wie lebhaft dieser Verkehr war, weisen die erhaltenen Mautrechnungsbücher der Zollstellen aus. Das zwischen Regensburg und Straubing gelegene Donaustauf passierten im Jahre 1590 fast 600 Flöße; 140 mit Salzfässern, 116 mit Getreidesäcken, 79 mit vermischten Waren, 63 mit Weinfässern, 27 mit Eisenblechen, 18 mit Häuten, 15 mit Bausteinen, 5 mit Faßholz und Dauben und 106 mit Brettern, Bau- und Brennholz aus dem Bayerischen Wald.
In Straubing kreuzte sich dieser ost-westliche Warenstrom mit einer in Nord-Süd-Richtung verlaufenden Hauptverkehrsader, was die Blüte der Stadt erklärt. Frachtbeladene Handelswagen schwankten auf der Straße von München nach Cham, die von Venedig und Genua, von Prag und Breslau kamen. Neben diesem vielbenutzten Fernverbindungsweg kreuzten noch andere wichtige Handelsstraßen das von unseren Landfahrern durchzogene Gebiet: die von Schärding nach Regensburg, die von Kelheim über Landshut nach Burghausen, die von Regensburg über Geisenfeld nach Augsburg, die von Mühldorf über Braunau nach Passau. Über all diese Straßen sind die Gämperls gezogen, aber auch über die anderen der Gegend, welche die kleineren Städte miteinander verbanden. All die Meilensteine und Mautstationen, die Brücken und Wegkreuze waren ihnen vertraut. Diese Straßen waren recht eigentlich ihr Zuhause.
Die hatten freilich so gut wie nichts gemein mit den Verkehrswegen, die wir heutzutage als Straßen bezeichnen. Es reicht nicht aus, wenn wir uns nur den Asphalt wegdenken. Erst später, im 18. Jahrhundert, wird man nach französischem Vorbild beginnen, befestigte, mit einem Unterbau versehene Verkehrswege zu bauen – in größerer Zahl kennt man derartige »Chausseen« in Deutschland erst, seit napoleonische Ingenieure den Straßenbau als technisches Problem begreifen und konstruktiv lösen konnten. Diesen Fortschritt bringen also erst Offiziere der großen Revolution an Rhein und Donau. Für das Ende des 16. Jahrhunderts haben wir uns unter »Straßen« schmale Feldwege, die kurvigen Parallelen steiniger Fahrrinnen und morastige Ziehwege durchs Unterholz vorzustellen. Ihr Verlauf hatte sich gewissermaßen auf natürliche Weise herausgebildet, war das Resultat von zwei oft widerstreitenden Verkehrsbedürfnissen: dem nach der kürzesten und dem nach der gangbarsten Verbindung zwischen zwei

Orten. Da, um ein Beispiel zu nennen, Talwege bei nassem Wetter aufgeweicht und schwer befahrbar waren, suchten die Straßen im allgemeinen Höhe zu gewinnen. Dort war der Boden fester und das Wasser lief rascher ab.

Doch selbst die beste Streckenführung half wenig gegen das Grundübel dieser Verkehrswege: Auch auf den stärker befahrenen Routen versanken Kutschen und Karren oft metertief im Schlamm, saßen mit den Achsen fest, mußten mühsam wieder freigemacht werden. Die »Ausbesserung«, die immerhin manchmal vorgenommen wurde, beschränkte sich auf das Versenken von Knüppelholz oder Reisigbündeln im Morast. Spätestens im nächsten Frühjahr war die Stelle dann wieder unpassierbar. Den Reisenden blieb gar nichts anderes übrig, als auszuweichen auf Felder oder Wiesen neben der Straße, sehr zum Schaden und Verdruß der betroffenen Bauern. Ähnlichen Flurschaden richtete auch das Ausweichen bei Gegenverkehr an. Zwar sollte der Fahrweg grundsätzlich so breit sein, »daß ein Wagen dem anderen weichen kann«, aber das war ein frommer Wunsch, nicht Wirklichkeit.

Man beklagte die Zustände. Es sei im Fürstentum Bayern zu einer »Unwesenheit und Zerschleifung« der Straßen gekommen, monierte der Herzog und befahl seinen Zöllnern, wenigstens zweimal im Jahr »Straß, Weg und Steg selbpersönlich« entlang zu reiten und alles fleißig zu besichtigen. Dann sei die Beseitigung der festgestellten Schäden zu veranlassen. Die war nicht etwa Aufgabe der herzoglichen Hofkammer, die doch die Wegzölle kassierte, sondern die der scharwerkspflichtigen Anlieger, welche ohnedies oft genug schon vom Verkehr geschädigt waren. Einen gewissen Unwillen bei den Straßenausbesserern über soviel Ungerechtigkeit sah man den Straßen an.

Nicht nur Schlammlöcher, in den Straßenraum ragende Baumäste und wucherndes Gebüsch hinderten den Verkehr. Manchmal mußte der Kutscher vom Bock springen, um ein Weidegatter zu öffnen und nach der Durchfahrt wieder zu schließen. Selten gab es brauchbare Brücken, dann ging die Fahrt durch eine halsbrecherische Furt. Die größte Gefahr drohte den Reisenden jedoch von Räubern und Mördern, die auf menschenleeren Wegstrecken hinter jedem Busch, im Dunkel des Waldes, in der Enge des Hohlwegs lauern konnten. Da, wo sie nicht befürchten mußten, von unerwarteten Zeugen überrascht zu werden, überfielen sie den Wanderer, den Kaufmannswagen oder die Kutsche, erschlugen die Opfer, leerten

Taschen, Beutel und Truhen und verschwanden ungesehen in der Weite des Landes.

Pappenheimer

Während der ersten Monate ihres Aufenthalts in Niederbayern ernährte sich unsere Familie vom Bettel. Keine sichere Erwerbsquelle. Denn Beamte der herzoglichen Pfleger kontrollierten das fahrende Volk gelegentlich, vor allem in kleineren Orten. Dann war es gut, eine amtliche Urkunde vorzeigen zu können, die den Inhaber als einen von der Obrigkeit zugelassenen Bettler auswies. Paulus besaß für sich und seine Familie frühzeitig einen solchen »Bettelbrief« und erwarb während seines zwanzigjährigen Streifens noch manchen andern. Wirklich amtlich war nur eines dieser Dokumente.
Die falschen Bettelbriefe schrieb dem schwäbelnden Landfahrer ein stellungsloser Schulmeister aus Wegscheid, der trotz lahmen Beins mit niederbayerischem Bettelvolk von Ort zu Ort zog, »ein hinketer, wohlbetagter Mann, kurzen braunen Barts, aber noch nit grau«. Er verlangte für die Abfassung des Schriftstücks einen halben Gulden, das entsprach etwa dem Wert eines üppigen Mittagessens samt einigen Bechern Wein. Nicht billiger werden die Siegel gewesen sein, die dem Schreiben das notwendige amtliche Aussehen gaben. Die besorgte sich Paulus entweder von einem landfahrenden Petschierstecher namens Hans von Hofkirchen, der auf »alle Märkt gen Straubing und dergleichen Enden herum« kam und »sowohl Dieb und Schelmen als redlichen Leut« jedes gewünschte Siegel stach. Oder von einem alten Bettler, der sich Schwabhänsel nannte und »wohl fünferlei« dieser begehrten Lackstempel bei sich trug. Es war offenbar nicht schwer, solche falschen Bettelerlaubnisse zu bekommen.
Man sollte meinen, die Fälschungen wären leicht erkennbar gewesen. In einer Zeit fast allgemeinen Analphabetentums anscheinend nicht. Zwar wurde der Landfahrerfamilie bei einer Kontrolle einmal ein Brief abgenommen und eingezogen. Andererseits gelang es ihr, eine andere der falschen Urkunden sogar von Amts wegen verlängern zu lassen.
Anna besaß, wie sie in einem der Münchener Verhöre gestand, einen gefälschten Bettelbrief ihrer Geburtsstadt Ansbach. Mit dem ging sie bei einem der »Ausflüge« der Familie in ihre Heimat »aufs

Rathaus zur Kanzlei«. Sie legte frech die falsche Urkunde vor und bat um Erneuerung. Das schlug man ihr ab, nicht etwa, weil man den abgelaufenen Brief als unecht erkannt hätte, sondern weil man die Bettlerin »nicht besserstellen wollte als sie sei«. Sie »sollte sich gleichwohl ihres alten Briefs behelfen«, erklärte ihr der Beamte. Anna, dadurch keineswegs entmutigt, verfiel augenblicklich »in ihre Krankheit, die Fraiss«, das heißt, sie täuschte einen epileptischen Anfall vor. Schreiend wälzte sie sich im Rathaus, bis man sie hinausschaffte. Anderntags wiederholte sie die Szene, was abermals mit ihrem Rausschmiß endete. Da kam sie auf eine neue Idee. Sie bat einen verkrüppelten Bettler, ihr behilflich zu sein. Dieser »gar bresthafte« Mann, den man den »Krepshänsel, Krucken- und Sackbuben« nannte, war so steif und verwachsen, daß er sich nur auf allen vieren fortbewegen konnte. Eine wahre Jammergestalt und mitleiderregende Kreatur. Ihn hob unsere resolute Anna auf den Rücken, wankte keuchend zum drittenmal zum Rathaus, schleppte ihn in die Kanzlei. Da auf ihrem Buckel, rief sie unter herzerweichendem Schluchzen, trage sie ihren armen Mann vor die hohen Herren, damit diese selbst sähen, welch bitteres Unrecht ihr widerfahre. Das wirkte. Man prüfte nicht einmal nach, ob der Krüppel, mit dem das Weib in der Amtsstube stand, wirklich ihr Ehemann war, sondern stellte ihr nun einen neuen Bettelbrief aus. Vielleicht auch nur, um die Hartnäckige endlich los zu werden.
Trotz solcher Absicherung war Paulus schon im ersten Jahr seines Aufenthalts in Bayern des Bettelns überdrüssig. Er hielt sich, jetzt etwa achtunddreißig Jahre alt, noch für zu jung, nur von Almosen zu leben. In der Gegend von Abensberg lernte er damals einen alten Mann kennen, mit dem er sich rasch anfreundete. Dieser, er hieß Wolf Dachdecker, wanderte durchs Land wie die Pämb-Gämperls, war aber kein Bettler, sondern »ein harter Arbeiter und redlicher Mann«, nämlich ein Häuselräumer. Das sei ein schweres, lästiges Geschäft, erklärte er seinem neuen Bekannten, aber es ernähre seinen Mann. Ob er nicht sein Gehilfe werden wolle? Er, Wolf Dachdecker, sei ohnedies schon ein wenig schwach und wohl bereit, ihn anzuleiten zu solcher Verrichtung, um fortan Arbeit und Lohn mit ihm zu teilen. Dieser Vorschlag gefiel Paulus. So ließ er sich sagen, worauf's ankam bei dem Gewerbe, wie man die Klosettgruben öffnen, die ekle Kloake schöpfen und wo man die vollen Kübel hintragen müsse. Natürlich auch, was bei solchem Geschäft zu verdienen sei. Am nächsten Tag sah man ihn schon am Werk. Aus dem Ex-Toten-

gräber und gelernten Bettler war ein »Heimlich-Gemach-Räumer« geworden.
Diese anrüchige Arbeit sollte ihm bis zu seiner Verhaftung Beruf und Haupterwerbsquelle bleiben. Zunächst betrieb er das Häuselräumen als Gehilfe des Alten. Als dieser starb, führte er es mit Unterstützung seiner inzwischen herangewachsenen Söhne Michel und Gumpprecht weiter. So sehr verband sich seine Tätigkeit mit seiner Person, daß die Leute ihn landauf, landab bald nur noch den »Pappenheimer« nannten. Das war ursprünglich nichts weiter als eine Berufsbezeichnung. Doch wie das damals häufig geschah, wurde sie immer mehr zum Familiennamen, hing bald auch Frau und Kindern an. Paulus war das ganz recht. Der neue Name befreite ihn von dem des prügelnden Leinewebers, den er in unglücklichen Kindheitstagen Vater genannt hatte. Es war kein Spott- oder Spitzname, er trug ihn mit gewissem Stolz und pflegte sich selbst als »Pappenheimer« vorzustellen.
Tatsächlich weckte dieser Name denkbar beste Assoziationen, gab es doch ein Grafengeschlecht, das ihn gleichfalls trug. Hätten nun diese Grafen von Pappenheim, deren Stammsitz an der oberen Altmühl und am äußersten Rand des von Paulus durchwanderten Landstrichs lag, sich auch empört und entsetzt über den Gedanken einer noch so entfernten Verwandtschaft mit unserem Landfahrer, so konnten sie doch schwerlich abstreiten, die Ahnherren seines neuen Gewerbes zu sein. Kaiserliches Wohlwollen und Vertrauen hatten sie dazu gemacht, als der Glanz des Reiches am hellsten strahlte. Es war ihnen damals die Ehre zuteil geworden, für ein würdiges Ambiente bei Besuchen des Kaisers in Nürnberg zu sorgen. Wann immer also der Kaiser seine Ankunft in der Reichsstadt ankündigte, ritt der Graf von Pappenheim Tage vor dem großen Ereignis durch die Straßen und befahl seiner Dienerschaft fortzuräumen, was Nase und Augen des hohen Gastes beleidigen konnte. Da gab es einiges. Man benutzte im Mittelalter die städtischen Straßen buchstäblich als lange Müllhalden. Tierkadaver, Speisereste und Stalldung türmten sich zu Haufen, in denen Hunde und frei herumlaufende Schweine wühlten. Bis weit ins 16. Jahrhundert hinein hatte man außerdem in den Häusern der Stadt weder Aborte noch Senkgruben, jedermann verrichtete seine Notdurft auf der Straße oder in Häusernischen. Offenbar erfolgte eine Reinigung der Gassen lange Zeit nur aus Anlaß kaiserlichen Besuchs und als Folge dieser gräflichen Inspektion. Weshalb man die Leute, die Müll und Kot wegschafften, bald

generell als »Pappenheimer« bezeichnete. Noch im 20. Jahrhundert wird man in Nürnberg die Leute von der Müllabfuhr so nennen.
Da sein neuer Name also wirklich etwas mit den Grafen von Pappenheim zu tun hatte, trug Paulus ihn zu Recht mit einigem Stolz. Anrüchig war sein Geschäft nur im eigentlichen, wörtlichen Sinne, darüber hinaus war es sinnvoll, löblich und modern. Denn Abortgruben waren ein großer hygienischer Fortschritt gegenüber den mittelalterlichen Zuständen. Im 10. bis 13. Jahrhundert verrichteten selbst in vornehmen Burgen und Schlössern Herren und Damen, Ritter und Lakaien ihre Notdurft in offenen Erkern, so daß die darunterliegenden Mauern kotbespritzt waren. Nachttöpfe kannte man noch nicht. Wer nachts austreten mußte, tat dies vor der Kemenatentür im Gang. Als dann im 14. Jahrhundert das Nachtgeschirr gebräuchlich wurde, war das allerdings eine sehr zweifelhafte Verbesserung. Denn fortan entleerte man die Töpfe in den Städten meist in hohem Bogen vom Fenster aus, womit auf den Straßen alles beim alten blieb. In den Schlössern und Palästen fanden die Vornehmen die Geschirre so bequem, daß man auf den Bau von Gruben und Aborten hinfort völlig verzichten zu können glaubte. Die Münchner Residenz zum Beispiel besaß keinen einzigen Abort, der Herzog benutzte ausschließlich den Stuhl und verschwendete keinen Gedanken darauf, wohin man all die Fäkalien goß, die in seiner großen Hofhaltung entstanden. Kurz: Die Höfe, Bürgerhäuser und Schlösser, deren Gruben Paulus Pappenheimer regelmäßig leerte, waren in hygienischer Hinsicht relativ fortschrittlich. Durch seine Arbeit kam der Häuselräumer vermutlich mit Leuten zusammen, die sonst außerhalb seines sozialen Bereichs lebten.
Die Arbeit unseres Pappenheimers bestand darin, mittels an Seilen herabgelassener Kübel die Kloake aus der Grube zu holen und diese dann entweder über die Wiesen zu verteilen oder in fließendes Wasser zu schütten. Diese zweite Methode war natürlich die angenehmere Art der Beseitigung des stinkenden Kots, und es kann durchaus sein, daß unsere Landfahrerfamilie hauptsächlich aus diesem Grund bei ihren Wanderungen den Flußläufen folgte. Wegen der mit der Grubenentleerung verbundenen Luftverpestung verlangten manche Auftraggeber, die Arbeit müsse in der Nacht durchgeführt werden. Aus demselben Grunde pflegte man sie möglichst in die Wintermonate zu verlegen.
Im Sommer gab es für Paulus daher meist wenig zu tun. Er und seine Söhne stellten sich zu dieser Jahreszeit auf Glaserarbeiten um,

wofür sie die notwendigen Utensilien in einem auf dem Rücken getragenen Korb bei sich trugen. In größeren Orten, wie in Cham, kauften sie gelegentlich Blei und Butzenscheiben ein. Gumpprecht und Michel verstanden sich außerdem darauf, den Bäuerinnen undichte Kessel und Pfannen zu flicken. Wenn sich keine dieser Erwerbsmöglichkeiten bot, stellte die Familie gemeinsam Besen her oder strickte Mützen, die man dann auf dem nächsten Jahrmarkt zu verkaufen suchte. Anna fand in einigen größeren Orten, wenn die Landfahrer etwas länger Station machten, zuweilen auch Arbeit als Magd oder Küchenhilfe. Später besaß Paulus eine zusätzliche Geldquelle in Form eines zusammenklappbaren Spieltisches, den er einem anderen Landfahrer abgekauft hatte. Den stellte er dann an Kirchtagen und bei anderen Dorffesten im Menschengewimmel auf und verdiente damit an guten Tagen einige Gulden. Welcher Art sein Spiel war, ist nicht bekannt. Es sei jedenfalls nicht des Geldes, sondern der Kurzweil wegen gespielt worden, behauptete Paulus. Er kannte wohl die einschlägigen Verbote. So oder so, die Pappenheimer hielten sich mit solchen Geschäften irgendwie über Wasser und bettelten nur noch, wenn sie wirklich am Verhungern waren.

Ein anderes Verhör

Auch am 19. April erschienen, wie an den Vortagen, die Hofräte Wangereck, von Roming und Hainmüller samt Schreiber im Falkenturm. Diesmal nahmen sie jedoch nicht erst Platz in der Wohnstube des Eisenmeisters, sondern ließen sich von diesem gleich die dunklen Treppen hinab ins feuchte, kalte Schreckensgewölb führen. Talglichter wurden angesteckt, der Schreiber packte sein Zeug aus und legte sich auf dem Holztisch Papier, Federn und Tintenfaß zurecht, die Herren nahmen stühlerückend Platz. Er möge sogleich den Vater des niederbayerischen Landfahrergesindels holen, so oder ähnlich wies Wangereck den Eisenmeister an. Worauf der Inquisit Paulus Pappenheimer alsbald vor der herzoglichen Hofratskommission erschien.
Bevor Wangereck mit dem Verhör begann, befahl er Meister Georg, das in einer Ecke des Raumes angebrachte geschnitzte Kruzifix zu holen und dem Gefangenen vor Augen zu halten. Das geschah. Dabei begann der Hofrat den Malefikanten in scharfem Ton etwa so anzusprechen: Ob er den kenne, der ihn da vom Kreuz herab anse-

he? Paulus nickte. Wangereck: Aus dem unwandelbaren Willen Gottes sei es geschehen, daß er und seine Söhne jetzt hier im Gefängnis lägen. Weil nämlich das Blut der Unschuldigen, welche sie beschädigt und umgebracht hätten, laut gen Himmel geschrien und Gott der Herr ihr Morden, Rauben und Brennen nicht länger habe mitansehen mögen. Deshalb sollte er sich jetzt geduldig in sein Schicksal ergeben und über seine Sünd und Missetaten Weh und Leid tragen, verhoffentlich er der unendlichen Gnade Gottes wiederum teilhaftig werde. Dies könne aber nur geschehen, wenn er der Obrigkeit die Wahrheit sage.
Nach dieser Ermahnung sehen wir Wangereck den Eisenmeister mit einer Handbewegung anweisen, das Kruzifix wieder an seinen Platz zu hängen. Dann begann das Verhör mit den Fragen zur Person, welche der graubärtige Landfahrer bereitwillig beantwortete. Seine Hantierung und Unterhaltung sei, redlich die Heimlichen Gemächer zu räumen, und diesem Geschäft sei er auch in den Wochen vor seiner Gefangennahme nachgegangen; er hätte auf einem Schlössel zu Regensburg und in der Gegend von Abensberg, Altmannstein, Vohburg und Kelheim gearbeitet. Darauf der Hofrat: Es lägen aber Beweise vor, daß er und seine Söhne keineswegs redlich Leute wären, insbesondere hätte ein hingerichteter Übeltäter sie als Spießgesellen angegeben. Paulus: Er wisse sehr gut, wer schuldig an dem Verhängnis seiner Familie wäre: Dieser Geindl, der Dieb, den man zu Wörth gerichtet hätte. Mit dem hätte er aber durchaus nichts zu schaffen gehabt, ihn nur gelegentlich auf Kirchtägen gesehen als zu Irlbach, Michelsbuch und Eltenbuch, wo dieser Tunichtgut von seinem Sohn Michel geschlagen worden wäre.
Wangereck sah auf seine Fragenliste. Hinter der nächsten Frage stand der Vermerk »Torqueatur«, was bedeutete, daß eine befriedigende Antwort notfalls durch Folter zu erzwingen sei. Was seine Söhne mit den Kindshändeln gemacht und wieviel sie derselben gehabt hätten? Paulus wußte nichts von Kindshändeln. Der Eisenmeister bekam einen Wink und begann dem Inquisiten die Hände zu binden, während der Hofrat auf diesen einredete. Er solle nur recht bedenken, daß man hier nicht umsonst am Ort strenger Frag sei. Noch hätte er Zeit, sich auf die Wahrheit zu besinnen, bevor man ihm die Glieder zerreiße. Paulus: Aber er und die Seinen wären ganz unschuldig und es gäbe durchaus keine Kinderhände in ihrem Besitz. Wangereck gab ein weiteres Zeichen. Meister Georg zog ruckartig die um die Handgelenke gezurrte Hanfschnur hin und her, so

daß diese wie eine feine Säge mit tausend winzigen Zähnen die Haut aufriß. Der Alte schrie auf. Er würde ja gerne sagen, was die hohen Herren hören wollten, aber von Kindshändeln wisse er nun mal nichts. Ungerührt befahl der Hofrat dem Züchtiger, jetzt mit der eigentlichen Tortur zu beginnen. Der löste die Fessel, aber nur, um dem Delinquenten die Arme hinter den Rücken zu legen, dort erneut schmerzhaft zu schnüren und an den Handgelenken mit einem starken Seil zu verbinden. Dieses hing von der Decke des Gewölbes herab, wo es über eine eiserne Rolle lief und auf der anderen Seite an einem Wandhaken festgemacht war. Meister Georg schob den seine Unschuld beteuernden Alten unter den Flaschenzug, löste das freie Ende des Seils von der Wand und begann daran zu ziehen. Paulus schrie jämmerlich, denn die Arme wurden ihm hinter dem Rücken in die Höhe gezerrt, die Schultergelenke nach hinten verdreht, der Brustkorb gedehnt. Schon rutschte er mit den Beinen nach hinten, schwebte in langsamer Drehung frei im Raum, hing bereits mehr als einen Meter über dem Fußboden. Ob er nun die Wahrheit sagen wolle, fragte eine vertraute Stimme von unten. Er sage doch schon die ganze Zeit die Wahrheit, ächzte es keuchend zurück. Inzwischen hatte der Züchtiger das Seil in der neuen Position wieder an den Wandhaken festgezurrt und wartete auf neue Anweisung. Endlose fünf Minuten pendelte der Wimmernde hilflos verkrümmt im Leeren. Dann endlich ließ man ihn wieder herab. Mit zitternden Knien suchte er Halt auf dem Boden, knackend fügten sich die Oberarmknochen wieder in die Gelenkpfannen der Schultern, während der Seilzug nachließ. Jetzt ungesäumt heraus mit der Wahrheit, verlangte Wangereck. Aber er wisse doch wirklich und wahrhaftig nichts anders zu sagen, als was er schon gesagt hätte, keuchte der Gequälte. Erneut ein Wink an den Eisenmeister. Abermals schwebte der Malefikant im Raum, fünf Minuten, zehn Minuten. Sein Husten, Röcheln und Jammern nehmen die Hofräte, die sich mit gesenkter Stimme bereden, gar nicht zur Kenntnis. Erst als der am Seil ihnen zuruft, ja, ja, er würde alles, alles gestehen, was man von ihm hören wolle, wenn man ihn nur endlich von dieser Pein erlöse, nickt Wangereck dem Züchtiger zu und läßt den Gebrochenen herabseilen.

Der Schreiber taucht den Kiel ins Fäßchen und notiert: »Wiewohl er erstlich in der Güte durchaus nichts bekenne oder um einiges Händl wissen wollen, so sagt er doch hernach auf ernstlichs Zusprechen und nach zweimal beschehenem Recken, er hab bei seinen Söhnen vier oder fünf Kindshändel gesehen.«

Der Hofrat war damit nicht zufrieden, wollte wissen, wo die Landfahrer diese abgeschnittenen Kinderhände versteckt und was für Zauberei sie damit getrieben hätten. Jedesmal, wenn Paulus mit der Antwort zögerte, erhielt der Eisenmeister Befehl, das Seil wieder anzuziehen. Nein, nein, schrie dann der Inquisit sofort und gab rasche und wortreiche Antwort. Nun schien er in der richtigen Verfassung zu sein für einen zügigen Fortgang des Verhörs.
Die nächste Frage auf Wangerecks Liste hatte wieder den »Torqueatur«-Vermerk: Wieviel Morde er und seine Söhne begangen hätten? Ein Ruck am Seil genügte, Paulus zum Reden zu bringen. Erstlich wär ihm und seinen beiden großen Söhnen vor drei Jahren zwischen Geiselhöring und Multhofen bei einem kleinen Hölzl untertags ein unbekannter Bauersmann entgegengekommen. Sie hätten vermeint, wohl Geld bei ihm zu finden und ihn deshalb mit einem Prügel erschlagen. Drei Gulden wären in seiner Tasche gewesen, die hätten sie geraubt und den Toten dann hinter einer Hecke versteckt. Zweitens hätten sie auf dieselbe Weise einen wandernden Bauern zwischen Abensberg und Neustadt umgebracht und vier Gulden gestohlen. Drittens. . .viertens. . .fünftens. Insgesamt zwölf Morde gestand der unterm Seilzug stehende Pappenheimer, bevor er versicherte, mehr wisse er nicht. Ob und wen seine Söhne allein gemordet hätten, könne er nicht sagen. Wenn sie sich durch solche Raubüberfälle Geld besorgt haben sollten, müßten sie es freilich verfressen und verspielt haben, denn er und seine Frau hätten nie etwas davon gesehen, sich vielmehr stets in Armut und Bettel erhalten. Der Hänsel-Bub freilich, soviel könne er bestimmt sagen, sei nie bei Mordtaten dabeigewesen und also völlig unschuldig.
Damit gab sich der Hofrat, soweit es die Morde betraf, für diesmal zufrieden. Wieviel Dörfer sie in Brand gesteckt hätten, wollte er jetzt wissen. Mehrere, beeilte sich Paulus zu sagen, bevor der Züchtiger wieder ans Werk gehen konnte. Nämlich, als er samt seinem Gesind vor drei Jahren im Sommer in Geltolfing bei einem Bauern übernachten wollte, hätte sie dieser fortgejagt, worauf sie ihm aus Rache glühende Kohlen aus einem Backofen ins Stroh und dadurch das ganze Dorf samt Schloß in Brand gesteckt hätten. Genauso wären zwei andere Dörfer durch ihre Schuld in Flammen aufgegangen. Sie hätten die Kohlen wohl bisweilen im Beisein der Leute genommen, welche der Meinung gewesen wären, sie brauchen's zum Kochen oder Glasen. Wangereck: Wie oft sein Weib und der Hänsel Feuer gelegt haben? Paulus: Nie, die seien durchaus unschuldig.

Nun ließ Wangereck den Inquisiten, immer unter Drohung weiterer Marter, berichten, wann und wo er die Bewohner der Dörfer seines »Strichs« bestohlen hätte. Dabei verwickelte sich der Geständige einmal hinsichtlich des Zeitpunkts mit den zuvor geschilderten Verbrechen in einen Widerspruch, was er kleinlaut damit erklärte, er wisse die Zeit des Diebstahls so gar eigentlich nicht. Erfüllte dies bereits den Hofrat mit Unwillen, so wurde er erst recht zornig, als Paulus bestritt, er und die Seinen hätten Opferstöcke und ganze Kirchen ausgeraubt. Unerbittlich ließ er den Geschundenen, dessen Gelenke allem medizinischen Wissen nach inzwischen innerlich wund und äußerlich blau angeschwollen waren, ein drittes Mal aufziehen, bis dieser mit kläglicher Stimme seine Bereitschaft kundgab, sein Leugnen aufzugeben. Herabgelassen, gab er zu, vor zwei Jahren aus dem Kirchenstock vom Heilig Kreuz zu Kelheim mit klebrigen Spänen zwanzig Pfennig gezogen zu haben, desgleichen zu Aunkhofen, zu Sankt Gilgen bei Abensberg, in Unser-Frauen-Kapellen zu Vohburg und in Sankt Catherina zu Altmannstein. Dazu sei er aber nie eingebrochen oder -gestiegen, denn die Kirchen wären allzeit offen gestanden.
Wangereck war damit fast am Ende seiner Fragenliste angelangt. Nur eines wollte er noch wissen, nämlich »ob sein Weib nit ein Zauberin oder Hex sei«. Das glaube er nicht, sagte Paulus mit der Logik des einfachen Mannes: Wär seine Frau eine böse Zauberin oder dem Teufel ergeben, so hätte sie ihn doch gewißlich längst umgebracht.

Das Dorf

Es gab schlechte und gute Tage im Leben der Landfahrer. Die einen waren die des Hungers und der Kälte, in denen sie mit klammen Fingern an die Türen der Bauernhöfe pochten und mit rauhen Worten davongejagt wurden. Die anderen waren die im Frühsommer, in denen die Luft mild, das Land grün und das Leben leicht war. An einem dieser guten Tage, man schreibt das Jahr 1592, sehen wir unsere Familie im weichen Licht des Vormittags auf einem schmalen, grasbewachsenen Feldweg durch niederbayerisches Land wandern.
Voran die Buben: Gumpprecht, damals vierzehn, hatte schon seinen Glaserkorb auf dem Rücken und ein »Keßlerhämmerl« am Gürtel

hängen. Nach Kinderart werden er und sein zwölfjähriger Bruder Michel den Eltern vorausgeeilt sein, hier einen Hasen aufgescheucht, dort einer Eidechse nachgestellt haben. Dann der Vater: breit, gedrungen, mit bedächtigem Schritt. Gelegentlich blieb er stehen, wandte sich um und wartete auf seine Frau Anna, die mit dem zweijährigen Hänsel an der Hand nachkam, gebeugt unter der Last eines Wanderbündels auf ihren Schultern. Man hätte die fünf für die Familie eines reisenden Krämers halten können, denn ihr bärtiges Oberhaupt trug eine »Kräxen«, ein vollgepacktes hölzernes Traggestell, auf dem Rücken. In der Hand hielt er einen schweren, hohen Wanderstock aus Haselnußholz mit einem knorrigen Knauf am oberen Ende. Der konnte notfalls wohl als Schlaginstrument dienen, war aber nicht die einzige Waffe des Wanderers. Ein langer, fast degenartiger Dolch mit breiter Klinge hing ihm an der einen Seite, ein kurzes Jagdmesser an der andern; im Hosenbund, vom Wams verdeckt, steckte überdies ein »eiserns Faustbüchsel«. Das paßte zum Eindruck: Landreisende Hausierer, Kleinhändler und Handwerker gingen bewaffnet, was wegen der Unsicherheit auf den Straßen geboten und von der Obrigkeit erlaubt war. Auffällig an dem Familienvater war allenfalls sein Gesicht: Der breitflächige, grauschwarze Vollbart und darüber, im Schatten der Hutkrempe, Narben auf Stirn und rechter Wange gaben dem Alten ein verwegenes Aussehen.

Sie kamen von Kelheim. Wie immer hatten sie nicht den direkten Weg durch den wilden, dunklen Forst genommen, sondern sich bis Hienheim an den Lauf der Donau gehalten und dort in einer Scheune übernachtet. Am Morgen, sehr früh, waren sie aufgebrochen, aber nicht mehr in südliche Richtung weiter stromaufwärts, sondern nach Nordwesten. Jetzt, wo die Schatten vor ihnen kürzer wurden, hatten sie den Ort Laimerstadt bereits passiert und erreichten soeben die kleine Anhöhe, von wo aus sie Tettenwang, das Ziel ihrer Reise, schon sehen konnten.

Das Dorf lag damals wie heute auf dem Rücken einer dieser sanften Hügelwellen, die so charakteristisch für Niederbayern sind. Es bestand aus dreißig bis vierzig Häusern und Hütten, die sich um einen viereckigen, dachlosen Turm scharten. Grauweiß war dieses heidnische Gemäuer aus unvordenklicher Zeit, älter als alle Wohngebäude hier, dunkel sein ursprünglicher Zweck, doch jetzt als Kirchturm war es endlich zu Heiligem bestimmt. Freilich nur scheinbar und zu keinem anderen Nutzen als dem der Weihe, denn es war glockenlos und unbegehbar. Braun, gelb, weiß lagen rechts und links davon die Häuser zwischen buschig-wucherndem Grün der Gärten, meist ganz aus Holz, die vielfältig geformten und geneigten Dächer stroh- und schindelgedeckt. Felder, Wiesen und Brachland erstreckten sich beiderseits über die Anhöhe und bedeckten die Hänge, ein winkligquadratisches Gefleck von Grün- und Brauntönen, in horizontalen Linien durchzogen von dunkelschattigem Heckengebüsch. Der Wald war von jahrhundertelangem Roden und Holzkohlebrennen in weitem Kreis zurückgewichen und lag nun fast eine halbe Stunde vom Ort entfernt in schwarzblauer Dunkelheit. Kleine Herden von Schafen, Pferden, Rindern und Schweinen weideten auf eingezäunten Wiesenflächen, die links und rechts des letzten, in leichter Biegung sanft ab- und dann wieder ansteigenden Wegstücks lagen, das die Pappenheimer noch von der mächtigen Linde am Dorfeingang trennte.

Man sah sie kommen. Nicht durchweg mit freundlichen Gefühlen. Zu groß war bei den erdverwurzelten Bauern das Mißtrauen gegen die »Zigeuner«, wie sie alles fahrende Volk nannten. Aber die da kannte man immerhin. Sie hatten Freunde im Ort, natürlich nur unter den Habenichtsen und Hungerleidern. Für die reicheren Bauern war solches Gesindel kein Umgang, allenfalls hieß man sie die stinkende Grube leeren, wofür sich die Knechte und die Tagelöhner im Ort zu fein waren. Mißtrauisch blieb man trotzdem, sperrte die Truhen und Schränke ab, wenn die Landstreicher ihre Kotkübel über den Hof trugen oder an offenem Feuer vor der Stalltür hämmernd Kessel und Töpfe flickten. Danach sah man das lumpige Volk, nachdem man dem Alten ein paar Kreuzer hingezählt hatte, auch gern wieder gehen. Auf den größeren Bauernhöfen war für die Pappenheimer kein Bleiben. Sie wohnten während ihres Aufenthaltes hier bei einem der armen Bauern, bei einem von denen, deren Äcker zu klein waren, um die eigene Familie zu ernähren. Sie mußten sich also fürs täglich Brot um Lohn verdingen oder allerlei Handwerk und Geschäfte treiben. »Bloßhäusler« nannte man diese landarmen Dörfler, weil sie eben kaum mehr als ihr Häuschen besaßen. Dieses hieß auch nicht Hof, Hube oder Lehen wie die größeren Anwesen, sondern Sölde. Zu so einem »Söldenhäusel«, nämlich dem des Ulrich Schölz, war die Landfahrerfamilie unterwegs. In seinem Stadel konnten sie wohnen, wenn auch nicht umsonst. Wann immer sie nach Tettenwang kamen, war da ihre feste Unterkunft. Im Dorf wußte man, daß der Schölz allerlei Gesindel zu beherbergen pflegte. Das war eins der

Geschäfte, mit denen er sein bescheidenes Leben fristete. Die reichen und angesehenen Bauern im Ort mochten ihn dafür verachten, sie waren ja auf derlei Nebenerwerb nicht angewiesen. Dem Bloßhäusler machte ihr Naserümpfen nichts mehr aus, denn man achtete ihn ohnehin nicht viel. In der Kirche saß er mit anderen Habenichtsen ganz hinten, während den Hof- und Hubenbauern in ihren satinverbrämten Barchentmänteln die vorderen Reihen vorbehalten waren.

Dabei hatten diese Großbauern, strenggenommen, auch nichts. Der Grund und Boden, ob sie nun vierzig oder vier Tagwerk bestellten, gehörte ihnen nicht. Nur geliehen waren die Felder und Fluren, die Weiden und Wälder, die Höfe und Huben. Droben, jenseits des Tales, auf dem Schloß Hexenagger über dem Schambach, wohnten die wahren Besitzer von Tettenwang, die Herren von Muggenthal. Deren Vorgänger hatten einst den Bauern das Land gegeben, damit es beackert und besät, gepflegt und abgeerntet werde. Nicht als Geschenk und zu bleibendem Eigentum erfolgte diese Übergabe, sondern höchst vorläufig und unter Bedingungen, Klauseln und Vorbehalten. Die Pflüger und Pflanzer sollten dem, der ihnen solchen Fleiß gestattete, vom Ertrag des geliehenen Bodens abgeben, das verstand sich von selbst; auch, daß der Grundherr den Zins einseitig festlegen konnte. Schwieriger die Frage, ob das Recht zur Nutzung des fremden Bodens höchstpersönlich oder frei vererblich, ob es jederzeit oder nur bedingt kündbar war. In brüchigen, vergilbten und nur von Eingeweihten entzifferbaren Dokumenten, in jedem Hof wohlverwahrt, waren diese Kautelen jeweils festgelegt. Unzweifelhaft stand allerdings fest, daß die Bauern über ihre Abgabeentrichtung hinaus dem Grundherrn zu Arbeitsleistungen verpflichtet waren. Welchen Umfang diese Frondienste der Hintersassen haben sollten, das wiederum war ein kontroverses und unendliches Thema. Und wem hatte der Bauer zu gehorchen? Uns, sagten die Muggenthaler auf Hexenagger mit dem Recht des Grundherrn. Dem Herzog, sagte der Pfleger Alexander von Haslang in Abensberg. Es gab tatsächlich zwei Obrigkeiten, die leicht hätten in Konflikt geraten können, wenn sich zur hier betrachteten Zeit nicht der Herzog längst als der Stärkere erwiesen hätte. Die Grundherrn im Land, die sogenannten Landstände, waren politisch bereits befriedet und verlangten von ihren Bauern nichts, was den herzoglichen Anordnungen widersprach. Sie saßen bei der Regierung Bayerns gewissermaßen, wie die Söldenhäusler in der Kirche, in den hinteren Bänken.

Für die Bauern von Tettenwang bedeutete diese Verteilung der Gewichte, daß der Herzog sie gegen Übergriffe ihres Grundherrn schützen konnte. Ob er es tat, hing freilich ganz davon ab, was er sich davon versprach. Immerhin kam es vor, daß der Landesfürst sich mit Klagen von Dorfgemeinden gegen den Adel beschäftigte. Auf der anderen Seite aber konnte der Grundherr auch die Lage seiner Hintersassen nicht verbessern, wenn das herzogliche Interesse widerstrebte. So war man zum Beispiel in München überhaupt nicht daran interessiert, draußen auf dem Land Handel und Gewerbe zu fördern. Entsprechende Bemühungen der Hofmarktsherren, Stifte und Vogteien wurden vom Herzog abgeblockt, da er für die ihm direkt abgabepflichtigen Städte und Märkte keine Konkurrenz haben wollte. Deshalb war den Landbewohnern noch nicht einmal der Viehhandel erlaubt. Sie mußten zu seiner Abwicklung in die nächste Stadt gehen.
Am schlechtesten waren die Bauern dran, wenn ihre beiden Herren dasselbe von ihnen wollten, ohne daß sich dabei einer vom anderen geschädigt fühlte. So bei der Vermehrung der Frondienste, die den Dorfbewohnern zugemutet wurden. Nicht nur der Schloßherr verlangte mehr unentgeltliche Arbeitskraft von seinen Hintersassen, sondern auch der Landesfürst, der die Bauern etwa zu Straßenarbeiten heranzog. Einig waren sich Grundherr und Herzog auch darin, daß die Jagd, ihr Lieblingsvergnügen und ihnen vorbehaltenes Reservat, wichtiger sei als die Sorge der Dörfler um ihre Ernte. Allenfalls gestattete man den Bauern, ihre Felder einzuzäunen und sich Hunde anzuschaffen, vorausgesetzt, die wurden »geprügelt«, das heißt mit einem Prügel behängt, der sie am Jagen hinderte. Und wenn es darum ging, neue Ausgaben zu finanzieren, gab es sowieso keinen Streit darüber, wer dies letztlich tun müßte. »Von dem wenigen Getreide, das der Bauer aus dem Boden kratzt«, monierte denn sogar der herzogliche Kanzler Simon Eck 1571, »muß er geben seinem Landesfürsten, seinem Grundherrn, dem Pfarrer, dem Zehentherrn, dem Pfleger, dem Richter, Schergen, Überreiter, Forstmeister und Förster, Messner, Müller, Bäcker, Bettler, Landstreichern und Hausierern.«

Wenn es den Tettenwanger Bauern in jenem Jahr 1592 trotzdem recht gut ging, so lag dies daran, daß die Preise für ihre Produkte stiegen. Davon profitierten natürlich vor allem die Hof- und Hubenbesitzer, die nur einen Teil des Ertrages selbst verbrauchten, den anderen aber verkaufen konnten. Man rechnete damals pro Person zehn Tagwerk guten Bodens, was bedeutet, daß etwa drei Hektar Land erforderlich und ausreichend waren, einen Bauern zu ernähren. Die Höfe hatten wesentlich mehr Grund, dreißig Hektar waren keine Seltenheit. Die Hälfte davon diente als Weideland, die andere Hälfte bearbeitete man mit Pflug und Egge, obgleich nur zwei Drittel dieses Ackerbodens bebaut wurden: mit Getreide – Weizen, Roggen, Hafer, Gerste –, seltener mit Raps, Flachs, Hanf oder Hopfen. Der dritte Teil fruchtbaren Landes ruhte jeweils als Brache. Kartoffeln und Futterrüben waren gänzlich unbekannt.
Auf den Wiesen weideten mehr Ochsen als Kühe – man nutzte das Rind nicht so sehr als Milchvieh denn als Zugtier, was – da Milchprodukte alle mehr oder weniger rasch verderblich sind – mit den damaligen Verkehrsverhältnissen leicht zu erklären ist. Trotzdem gab es auf jedem Hof auch Pferde, denn die erhöhten das Ansehen des Besitzers. Wenn Adel und vermögende Bürger ihre Wagen von Pferden ziehen ließen, wollte auch der wohlhabende Bauer nicht mit Ochsen daherkommen. Das Vieh stand selten im Stall. Man ließ es in der frostfreien Zeit Tag und Nacht draußen – auch die Schweine, die gleich den üblichen großen Schafherden von Hirten gehütet wurden. Ihren Brenn- und Bauholzbedarf deckten die Bauern entweder in hofeigenen Waldstücken oder, berechtigt durch alte Absprachen, im Forst des Grundherrn.
Solcher Besitz also war es, der es den in der Tettenwanger Kirche vorne sitzenden Dorfbewohnern angebracht erscheinen ließ, ihre Barchentmäntel mit Satin zu verbrämen. Auch sonst stellten sie gern ihren Reichtum zur Schau, wenn es Gelegenheit dazu gab. Auf ihren Hochzeiten zum Beispiel, ihren Tauf- und Totenfeiern. Da luden sie das halbe Dorf ein, um es an festlich geschmückte Tische zu setzen. Da spielten Musikanten auf, die man aus Kelheim hergeholt hatte, da ließen sie Wild und Geflügel, Gesottenes und Gebratenes auftragen, da flossen Bier und Wein in Strömen. Der Herzog hörte von der üppigen Völlerei und dem Aufwand seines Landvolks mit einigem Unmut. 1617 bestimmte er in einem Mandat, daß

der gemeine Mann auf dem Lande nicht mehr als fünfzig Gäste – die Spielleute nicht gerechnet – zu einer Hochzeit laden und »keine Fische, Krebse und kostbare Weine« auftischen dürfe. Was wenig änderte.

Überflüssig zu sagen, daß unsere Pappenheimer solche Prasserei nur vom Hörensagen kannten. Mit den reichen Hof- und Hubenbauern von Tettenwang hatten sie so gut wie keinen Kontakt. Sie hielten es mit den Bloßhäuslern und Kleinbauern.

Die trugen statt Barchent und Satin nur Wolle und Ziegenfell. Von ihrem bißchen Land konnten sie nicht leben, sondern waren auf anderen Broterwerb angewiesen, übten ein Handwerk oder Gewerbe aus. Unter den Tettenwanger Häuslern gab es einen Schmied, einen Wirt, einen Pfeifer (Musiker), einen Boten, einen Schäfer, einen Glaser, einen Brotträger, einen Bader, einen Küfer und mehrere Weber. Sie alle arbeiteten zu Erntezeiten wohl auch als Taglöhner auf den Feldern der Großbauern. Dennoch hatten sie für sich und ihre Familien meist zu wenig zum Sattwerden und zuviel zum Verhungern. Immer lebten sie von der Hand in den Mund. Zurücklegen konnten sie sich nichts, weshalb jede regionale Mißernte sie mit der Wucht einer Hungersnot traf. Dann wurde nämlich das Getreide, folglich Mehl und Brot, zeitweise völlig unerschwinglich für die vom Lohn Abhängigen. 1582 etwa war es in Tettenwang so »teuer und hoch gültig«, daß die Häusler »in solche Anfechtung gerieten, als ob sie verzweifeln sollten«. Auch in den darauffolgenden Jahren gab es immer wieder Zeiten, in denen sie »weder Brot noch Geld im Haus hatten und große Not litten«. Sie hatten nur Kleie zu essen und weder Milch noch Schmalz für ihre Kinder. Um nicht zu verhungern, buken sie einen Teig aus Hafer, Eicheln und Sägmehl, mit Wasser und Tierblut vermischt. Die Teuerung des Getreides wirkte sich auch auf alle anderen Lebensmittel aus: Die Metzger der Gegend etwa klagten, es sei kein Vieh mehr zu haben. Die Armut in den Sölden war oft derart, daß manche Häusler ihr letztes Hab und Gut an einen der großen Bauern verkauften oder gegen Nahrungsmittel eintauschten, um fortan wie unsere Pappenheimer mit Kind und Kegel durchs Land zu ziehen.

Aber auch wenn die Ernte reichlich und der Handel gut war, ging es den Armen im Dorf schlecht genug. Sie waren in eine Lohn-Preis-Schraube eingezwängt, die ihnen immer mehr die Luft abdrückte. Während nämlich die Grundnahrungspreise ständig steil anstiegen, blieben die Löhne unverhältnismäßig niedrig. Im Verlauf des

16. Jahrhunderts wurde Gerste um 850 Prozent, Weizen um 560 und Roggen um 430 Prozent teurer, im Jahr 1621 kosteten Rindfleisch und Schmalz mehr als fünfmal so viel wie 1505. Demgegenüber setzten herzogliche Anordnungen im gewerblichen und landwirtschaftlichen Bereich Höchstlöhne fest, deren Überschreitung unter Strafe gestellt war. Der Fürst wollte auf diese Weise die gewerblichen und handwerklichen Produktionskosten niedrig halten, wobei er offenbar übersah, daß seine Maßnahme zu einer Abwanderung von Arbeitskräften aus dem Land und zu einem Absinken vieler Häusler ins Proletariat führte. Ohne dies als Ursache zu erkennen, beklagte ein herzogliches Mandat 1599, »daß das Vermögen des Landes in Abfall gekommen sei«.

Ein ungelernter Taglöhner, der zu Beginn des 16. Jahrhunderts seinen jährlichen Getreidebedarf in durchschnittlich vierzig Tagen erarbeiten konnte, brauchte dafür am Ende des Jahrhunderts den Lohn von achtzig Tagen. In einem Dorf wie Tettenwang wurde natürlich im Winter fast keine, im Frühjahr und Sommer nur wenig Arbeit angeboten. Auch der Bedarf an kleinhandwerklichen Dienstleistungen war bei etwa dreihundertfünfzig Einwohnern sehr begrenzt. Die Tettenwanger Häusler dürften also schon deshalb kaum auf achtzig Arbeitstage gekommen sein. Außerdem: Wegen der zahlreichen kirchlichen Feiertage wurde sowieso selten mehr als drei Tage pro Woche gearbeitet.

Als Bauhelfer, Zuarbeiter oder Tagwerker konnte ein Häusler, vorausgesetzt, er fand Beschäftigung, 12 bis 18 Kreuzer pro Tag verdienen. Zu normalen Zeiten kostete ein Pfund Ochsenfleisch vier bis fünf Kreuzer, ein Pfund Schaffleisch drei Kreuzer, ein Pfund Schmalz zwölf Kreuzer, ein Scheffel (222 Liter) Weizen zwölf Gulden, das sind 720 Kreuzer. Bedenkt man die gelegentlich notwendigen Ausgaben für Kleidung und Werkzeug, so muß man sich wundern, wie die Armen von Tettenwang und ihre Familien überhaupt zurecht kamen. Auf jeden Fall waren sie schlechter dran als die »Ehehalten«, die Dienstboten der Bauern, welche von diesen ernährt wurden und ihren Lohn nicht für teure Nahrungsmittel ausgeben mußten.

Den Pappenheimern hatten sie das Dach überm Kopf voraus, was in der schlechten Zeit freilich herzlich wenig bedeutete. Die Häusler von Tettenwang hielten es deshalb auch nicht für unter ihrer Würde, mit unseren Landfahrern auf vertrautem Fuß zu verkehren, mit ihnen im Wirtshaus zu sitzen oder Karten zu spielen. Wogegen

Knechte und Mägde weder mit den Söldnern noch mit den »Zigeunern« verkehrten.
An einem Frühsommertag des Jahres 1592 sehen wir die Landfahrer auf das Häuschen des Ulrich Schölz zugehen. Der hat die Familie vielleicht schon erwartet, steht im Vorgarten, ruft den Ankömmlingen einen Scherz zu. Man begrüßt sich mit Vornamen, herzlich, wie es gute Freunde tun, die sich zu selten treffen. Während der Häusler die Wanderer zum Stadel führt und ihnen zusieht, wie sie ihre Bündel ins Heu werfen, werden die ersten Fragen gestellt, die ersten Neuigkeiten ausgetauscht. So empfing man den schwäbelnden Heimatlosen in Tettenwang – wie einen, der nach Hause zurückkehrt.

Ein langer Weg

Ein anderer Fremder aus dem Schwabenland begann sich in jenem Sommer 1592 in Bayern heimisch zu fühlen. Es war der Prinzenerzieher und fürstliche Hofrat Johann Baptist Fickler, von dem schon die Rede war. Mit Stolz holte er soeben die ersten Exemplare seines neuesten Pamphlets von der Münchner Druckerei Adam Berg ab: »Replica wider das ander überhäuft, falsch auch unnützig Geschwätz D. Jacob Heilprunners, Fürstlich Pfälzischen Hofprädicantens zu Neuburg an der Donau, so er in seiner vermeinten Verantwortung wider H. Doctor Ficklers etc. Rettung auf sein Heilprunners Predigt, die er wider die wahre katholische Concilia und Anrufung der Heiligsten Jungfrauen und Mutter Gottes Marie getan, auch hernach in Druck verfertigt.« Der Titel war ihm etwas knapp geraten im Hinblick auf die gängige Mode, gelehrte und ungelehrte Literatur mit schier endlosen Satzschlangen zu betiteln. Aber das minderte wohl kaum die Befriedigung, welche er empfunden haben mag, als er seinen Namen wieder einmal gedruckt sah. Nicht nur wegen des Ruhms, sondern auch, weil dieser ketzerische Heilbrunner nun nicht das letzte Wort haben würde, und weil er, in dem viele nur den Präceptor sahen, mit dieser Veröffentlichung als Gelehrter im kurfürstlichen München so richtig Fuß gefaßt hatte, der Herzog zudem diesen Druck und vielleicht auch zukünftige Veröffentlichungen von ihm finanzieren würde, vor allem aber, weil sein Buch in großen politischen Plänen keine geringe Rolle spielte.
Große, weitreichende politische Pläne. Er selbst hatte den Keim dazu gelegt, während der Ingolstädter Lehrjahre nämlich, als er mit dem

Prinzen Maximilian und dessen Brüdern ins nahe Pfalz-Neuburg gereist war. Pfalzgraf Philipp Ludwig hatte die studierenden Verwandten zu scheinbar harmlosem Jagdvergnügen eingeladen. Mit finsteren Hintergedanken, wie Fickler zu wissen glaubte. Denn der Pfalz-Neuburger war Lutheraner und sein Land eine Hochburg der Protestanten. Sollte er da nicht versucht sein, den siebzehnjährigen Prinzen und angehenden Herzog von Bayern durch verführerische Argumente, verwandtschaftliche Vertrautheit und fragwürdige Logik auf seine Seite zu ziehen? Unabsehbare, geradezu katastrophale Folgen für die katholische Partei hätte es gehabt, wenn es dem gutnachbarlichen Jagdfreund gelungen wäre, das jugendliche Herz Maximilians mit dem ketzerischen Gift zu verderben. Daß davon keine Rede sein konnte, lag wohl vor allem am strengen, bereits ganz gefestigten Wesen des Prinzen, seinem früh ausgeprägten politischen Verstand, seiner Treue zum Fürstvater Wilhelm und zum Beichtvater Gregor, aber auch ein wenig an Ficklers eindringlichen Warnungen vor ketzerischen Ränken. Wie recht er damit hatte, zeigte sich auf Schloß Grünau, als der listige Pfalzgraf seine jungen Jagdfreunde einlud, sich am Fest Mariae Heimsuchung die Predigt des Hofprädikanten anzuhören. Da bekam er freilich eine Abfuhr. Lieber wollten sie sich zerhacken lassen, sagte Maximilians Bruder, als sich die lutherischen Blasphemias anzuhören. Fickler aber hatte sich damals in die Schlangengrube gewagt, den Worten des Hofprädikanten Jakob Heilbrunner sehr aufmerksam gelauscht und sich Notizen gemacht. Der Pfalzgraf war während der anschließenden Jagd auf ihn zugeritten, um ihn zu fragen, wie ihm die Predigt gefallen habe. Da war die Antwort etwas unhöflich ausgefallen. Er getraue sich, die heute morgen vernommenen Irrtümer ohne besondere Mühe zu widerlegen, hatte der Prinzenerzieher gesagt. Das war dem Heilbrunner wohl zu Ohren gekommen, jedenfalls erschien seine Predigt alsbald in Druck. Fickler faßte das als Kampfansage auf und schrieb in langen Talglichtnächten mit fliegender Feder und kräftigen Worten seine Replica, welche er nun frischgedruckt nach Hause trug, und die in weitreichende politische Pläne paßte.
Denn nun war es an Maximilian, den Spieß umzudrehen. Der Pfalzgraf hatte ja auch einen Sohn und Thronfolger mit jugendlich-beeinflußbarem Herzen. Ein junger Fürst, der irgendwann zum Gegenbesuch nach München kommen würde, um seinerseits Gelegenheit zur Teilnahme am Gottesdienst und Heilung von seinen Irrtümern zu erhalten. Ficklers Streitschrift sollte eine Vorarbeit sein zu solch

hochpolitischer Bekehrung. Der Eiferer konnte ja nicht ahnen, daß der junge Pfalzgraf Wolfgang Wilhelm nicht durch theologisch-juristische Argumente, sondern von zärtlichen Blicken dereinst ins katholische Lager gezogen werden würde: Maximilians Schwester Magdalena war auserwählt, dem Neuburger Erbprinzen den Kopf zu verdrehen und ihn zu heimlicher Konversion zu überreden, was übrigens seinem Vater das Herz brechen sollte. Aber das alles wird erst geschehen, wenn unsere Geschichte längst zu Ende ist.

In jenem Sommer 1592 jedenfalls konnte Fickler glauben, Wichtiges mit seinem Büchlein geleistet zu haben. Wie es ja nicht eigentlich darauf ankommt, bedeutend zu sein, wenn man nur für bedeutend gehalten wird. Und der soeben zum Hofrat ernannte Ex-Prinzenerzieher hatte in der Münchner Hofgesellschaft einen beachtlichen Platz errungen, befand sich am Scheitelpunkt seiner Karriere, gab sich gar der Illusion noch weiteren Aufstiegs hin. Als jährliches Gehalt erhielt er fünfhundert Gulden, wozu einhundert Gulden Diäten und die Kosten für einen Schreiber von siebenundfünfzigeinhalb Gulden kamen. Das waren mehr als zwölf Gulden die Woche, etwa zwanzigmal soviel wie ein Tettenwanger Häusler in guten Zeiten verdiente. Darüber hinaus konnte Fickler sich aus gegebenem Anlaß und für besondere Anschaffungen fürstliche Gnadengelder erhoffen. Kleie hatte und würde er nie essen müssen. Und die schmutzstarrende, frostklirrende, listenreiche, armselige, die buntscheckige, sommerluftige, vogelfreie Welt des Paulus Pappenheimer kannte er nicht.

Dabei war auch er eine lange Straße gegangen. Als schwäbelnder Heimatloser unter Fremden hatte auch er Not – freilich solche des Herzens – gelitten, war auch er auf Listen hereingefallen und angewiesen. Nur frei und sommerluftig war sein Leben nie gewesen, das nicht, aber dafür auch nie elend und frostig.

An einem Maitag des Jahres 1534 war er im württembergischen Backnang zur Welt gekommen, ehelich selbstverständlich, und sein Vater war kein hungriger, unehrlicher Leineweber, sondern ein geachteter Regierungsbeamter. Wenn er in seiner Kindheit ebenfalls zur Flucht genötigt wurde, so doch nicht wie Paulus Pämb-Gämperls »bubenweis«, sondern eher wie Moses im Schilfkörbchen oder Jesus im Arm Marias: Der protestantische Herzog Ulrich war in sein Land zurückgekehrt und hatte Ficklers katholischen Vater seines Amtes enthoben. Der zog mit seiner Familie eilig in das katholisch gebliebene Weil der Stadt, um weiteren Repressalien zu entgehen. So wurde Johann Baptist als unmündiges Kind in der Wiege aus dem lutherischen Staub hinweggeführt, was er zeitlebens als höhere Fügung und wundersame Errettung pries. In dem alten Reichsstädtchen verlebte er eine behütete, glückliche Kindheit, lernte nicht nur Winkel und Gäßchen, sondern auch früh die Welt des Geistes lieben. Seine Mutter beherrschte die lateinische Sprache, las viel, musizierte, kannte die Heilige Schrift und war in den allfälligen Diskussionen mit Protestanten geistvoll, schlagfertig und witzig. Ein warmes, förderliches Nest. Dennoch verließ auch dieser Schwabe schon im 13. Lebensjahr sein Elternhaus und wurde heimatlos: Der Vater starb früh, und als die Mutter sich neu verheiratete, teilte sie die Kinder auf die Verwandtschaft auf. Johann Baptist kam zunächst auf eine Schule in Freiburg im Breisgau, dann zu Verwandten nach Würzburg, in die Obhut katholischer Chorherren. Schon 1550, als Sechzehnjähriger, wanderte er nach Ingolstadt, um zu studieren.

Er schrieb sich in der Fakultät der »freien Künste« ein, interessierte sich aber hauptsächlich für die Jurisprudenz und wurde schon im ersten Studienjahr Famulus des berühmten italienischen Rechtsprofessors Zoanetti. War wohl auch sonst ein Streber, kein raufllustiger Trunkenbold und nächtlicher Ruhestörer wie fast alle hier. Was seinen Leistungen zugute kam. Nach vier Jahren konnte er als »Magister artium et philosophiae« sein Studium abschließen, musterhaft und vorbildlich, erst zwanzig, in einem Alter, wo die meisten Studenten erst anfangen.

Nun ging er wieder auf Wanderschaft, diesmal nach Basel. Beim dortigen Domprobst nahm er für vier Jahre eine Stellung als Sekretär an. Eine Leidenszeit. Sein Arbeitgeber, Ambrosius von Gumppenberg, war nämlich trotz seines geistlichen Amtes einer, der raffte und schaffte, Saus und Braus liebte und jedem Weiberrock nachlief. Der frischpromovierte erzkatholische Musterknabe, der solches Benehmen nur ketzerischen Prädikanten zugetraut hatte, war befremdet. Sein Dienst, voll »Unruh und Arbeit mit Schreiben und Reisen, auch Gefahr zu Haus und zu Land«, war ihm vergällt. Zum Glück blieben ihm die Talglichtstunden. Damals entdeckte er sie. Nacht für Nacht eilte seine Feder übers Papier. Einer theologischen Streitschrift in lateinischer Sprache galt sein Fleiß, den »Dialogi de vera et falsa religione« des Polen Martin Kromer; er übersetzte das Werk ins Deutsche. Alsbald schickte Gott der Allmächtige auch Gnade und Gelegenheit, das Manuskript geschickt als Referenz für eine bessere Stellung zu verwenden. Fickler nahm es mit, als er seinen ungeliebten Domprobst 1559 zum Augsburger Reichstag begleitete und schickte es dem dort anwesenden Erzbischof von Salzburg, nicht ohne zuvor seine Übersetzung dem Empfänger zu widmen. Der fühlte sich geschmeichelt, fand die Qualifikation des jungen Sekretärs wohl auch ausreichend, seine Höflichkeit und seinen Fleiß auf jeden Fall erstaunlich. Kurz: Er ließ durch seinen Kanzler Höflinger fragen, ob Fickler in salzburgische Dienste treten wolle. Und ob der wollte.

So kam der Heimatlose nach Salzburg. Eifrig und ergeben widmete er sich seinem nun würdigen Dienst. Wenn er gehofft hatte, der würde ruhiger sein, so erwies sich das als Irrtum. Der neue erzbischöfliche Lateinsekretär befand sich häufiger auf Wanderschaft als in seiner Kanzlei. 1560/61 mußte er im Auftrag des Domkapitels gar im tiefsten Winter über die Alpen nach Rom reisen. 1562 schickte man ihn als Mitglied der Salzburger Delegation zum wiederaufgenommenen Konzil nach Trient, wo er fast zwei Jahre blieb. Als er endlich am 5. Februar 1564 nach Salzburg zurückkehrte, plante er bereits eine neue Reise, diesmal aus eigenem Antrieb.

Obwohl bereits dreißig und erfolgreich in seinem Beruf, wollte er nämlich noch einmal zur Universität. Er plante, sein juristisches Studium abzuschließen, um so seine dienstliche Brauchbarkeit zu steigern, erklärte er dem Erzbischof. Was zu sehr nach Stipendiengesuch klingt, um glaubhaft zu sein. Fickler, der auch in Trient das Kerzenlicht nicht geschont und eine umfangreiche Konzilsgeschichte verfaßt hatte, war offenbar entschlossen, ein berühmter Bücherschreiber und Politiker zu werden. Dazu fehlte ihm, das mag ihm auf dem Trienter Konzil schmerzlich klar geworden sein, die höhere wissenschaftliche Weihe. Denn: erstens machte ein Ingolstädter Philosophiestudium aus einem Backnanger Beamtensohn ohnehin keine vielgeachtete Kapazität, und zweitens schon gar nicht ohne Doktortitel. Die Universität Bologna dagegen, auf welcher der beurlaubte Sekretarius und erzbischöfliche Stipendiat nun ein juristisches Studium absolvierte und zum Doktor promovierte, war die Wiege moderner Staatskunst und Rechtspflege. Obwohl die eigentliche Glanzzeit des in ganz Europa berühmten »Studium Bolognese« in der zweiten Hälfte des 16. Jahrhunderts längst vorbei war, hätte Fickler seine Karriere nirgendwo besser fördern können als gerade hier. Ein Bologneser Jura-Doktorat war eine überall geschätzte Empfehlung.

Erst als er die in der Tasche hatte, dachte der Schwabe daran, eine

Familie zu gründen. Im November 1566, also etwa zur selben Zeit wie Paulus Pämb-Gämperl, heiratete er. Wie jenem, half auch ihm der Schwiegervater beruflich weiter: Weitläufig war er verwandt mit dem Kanzler des Salzburger Erzbischofs. Fickler wurde Hofrat. Damit aber war sein Ehrgeiz nicht gestillt. Zwanzig Jahre erst war seine Frau, und sie dürfte kaum verstanden haben, warum ihr Ehemann nächtelang die Feder übers Papier fliegen ließ. Den störte bald Kindergeschrei im Haus bei seinem Fleiß, denn 1568 kam seine Tochter Benigna und 1570 sein Sohn Johann Christoph zur Welt, 1573 folgte Concordia, 1578 Hans Georg. Viel Zeit scheint der eifrige Hofrat seinen Kindern nicht gewidmet zu haben. In dieser Beziehung wenigstens hatten es die Söhne des Pappenheimers besser.

Lange Zeit schien all die Entsagung, all der Studieneifer und das Federkielkratzen umsonst. Wenig gnädig war ihm der Erzbischof gesonnen, oder schlimmer, er schien ihn zu übersehen. Ficklers dickleibige Nachtstücke blieben mangels finanzieller Förderung ungedruckt. Bitten um Gehaltsaufbesserungen schlug man ihm ab. Wenn höhere Hofämter frei wurden, zog man andere dem schwäbelnden Fremden vor. Der war nicht untätig, schrieb Freunde an, streckte Fühler aus, schmeichelte sich bei Vorgesetzten ein. Erst 1580, Fickler war schon Ende Vierzig, ernannte man ihn endlich zum erzbischöflichen Pronotar.

Als solcher lernte er offizielle Gäste des Salzburger Erzbistums kennen; darunter auch eines Tages die Begleiter der bayerischen Prinzen Philipp, Ferdinand und Karl, die sich gewisse Zeit in Salzburg aufhalten mußten, um gegebenenfalls, der bayerische Herzog hatte die Hoffnung noch nicht aufgegeben, als Erzbischofskandidaten wählbar zu sein. Mit den bayerischen Offiziellen sprach Fickler bei Gelegenheit über seine Unzufriedenheit mit dem salzburgischen Dienst, über Möglichkeiten, nach München zu kommen. Vergaß auch nicht, den Herren eine detaillierte Liste seiner gedruckten und ungedruckten Werke mitzugeben. Nützlicher Eifer. Das kaum noch Erhoffte geschah. Am 5. November 1588 kam der bayerisch-herzogliche Sekretär Ulrich Speer nach Salzburg, suchte Fickler auf, übergab ihm ein Schreiben Wilhelms V., wozu er erklärte, der Herzog wünsche, Doktor Baptist Fickler als Lehrer und Erzieher für seinen ältesten Sohn Maximilian zu gewinnen. Was für ein ehrendes Angebot! Was für eine Gelegenheit, doch noch berühmt und beachtet zu werden! Eilig ein devotes Antwortschreiben verfaßt, der Erzbischof um Entlassung gebeten, die Sachen gepackt, nach Ingolstadt gefah-

ren. Schon wenige Wochen nach Speers Besuch in Salzburg traf Fickler in Ingolstadt ein.
So war der heimatlose Nachtfleißige nach Jahr und Tag doch zu hohem Ziel gelangt. Seine Ingolstädter Mission war inzwischen beendet, sein bayerischer Dienst noch lange nicht. Jetzt, im Sommer 1592, hatte er den Ort gefunden, wo er bleiben würde. München, die herzogliche Landeshauptstadt! Ein Zuhause war das nicht, es fehlten dem Einsamen die Freunde, ein Daheim. Seine Frau war ihm früh gestorben, noch in Salzburg und ohne ihren Talglichtgelehrten je richtig verstanden zu haben. Die Kinder – in alle Winde zerstreut. Aber da war ein ihm wohlgewogener Fürst und ein von ihm erzogener Prinz, der bald selbst Herzog sein würde. Männer von Geist und Geschmack, die seine Gelehrsamkeit zu schätzen wußten. Er hielt den Beweis unterm Arm: Die ersten druckfeuchten Exemplare seiner »Replica wider das unnützig Geschwätz Doctor Heilbrunners«.

In fröhlicher Runde

So einsam wie Doctor Fickler war der Pappenheimer nicht, er hatte sogar Freunde. Wir sehen sie mit ihm, seiner Frau und seinen Söhnen am Tisch des Ulrich Schölz sitzen, während die Nachmittagssonne durch das offene Fenster der Sölde fällt. 1592 war ein gutes Jahr, es gab Arbeit und Brot in Tettenwang. Die Schölzin wird Speck und Käse aufgetragen haben, ein Brotlaib ging wohl auch im Kreis, ein Weinkrug mag dagestanden sein. Im rauchgeschwärzten Raum, von Lichtstreifen freundlich erhellt, ein allgemeines Schmausen, Schmatzen und Schlürfen. Fröhliches Stimmengewirr, eine Erzählung, der alle lauschten, dann wieder Gebrüll und Gelächter, doppelt so laut wie zuvor.
Der Hausherr war ein etwa sechzigjähriger Mann mit krausem weißem Vollbart. Schwerer und schwerer war es ihm gefallen, als Taglöhner Arbeit zu finden. Aber von seinem Nebenberuf als Wirt ließ sich recht und schlecht leben. Die Pappenheimer erzählten unterwegs anderen Landfahrern, daß sie in Tettenwang beim Schölz gut untergebracht wären. So kamen ab und zu andere Gäste. Als wöchentliches Herbergsgeld für einen Platz in seiner Scheune verlangte Schölz etwa 10 Kreuzer, das Essen extra. Was er tat, war ungesetzlich: Leute wie ihn bezeichnete man als »Winkelwirte«, weil sie das

Geschäft der Beherbergung heimlich und unkontrolliert betrieben und allerlei zwielichtiges Volk ihre Winkel aufsuchte. Mit Paulus Pämb-Gämperl verband den bärtigen Alten freilich mehr als geschäftliches Interesse. Seit 10 Jahren schon kannte er den Schwaben, hatte seine Söhne heranwachsen, ihn und sein Weib grau werden sehn. Er selbst hatte Kinder, ein paar Jahre älter, jetzt schon groß und außer Haus, die früher mit den Landfahrerbuben durch Tettenwang und Umgebung getollt waren. Schölzens Frau hatte sich mit der Pappenheimerin angefreundet, saß mit ihr stundenlang zusammen, wenn die Landfahrer zu Besuch waren. Zwar trug der Häusler manchmal Bedenken, die Familie weiter zu beherbergen. Andere Dorfbewohner, vor allem die Bauern, setzten ihm zu, sagten, er dürfte das Zigeunergesindel nicht behalten. Was richtig war, denn es gab da ein strenges Mandat des Herzogs. Man hätte den Schölz bei den Amtleuten des Pflegers, welche hin und wieder beim »Kaiser« im Wirtshaus saßen, anzeigen können für seine Gastfreundschaft. Aber solche Sorge hatte er immer wieder verscheucht. Weshalb? Weil er auf den Nebenerwerb kaum verzichten konnte, aber wohl auch, weil er die Pappenheimer schon so lange kannte und nicht von der Tür weisen wollte.
Am Tisch saßen noch andere Tettenwanger Häusler. Einer hieß Hans Stumpf, aber alle hier nannten ihn nur den »Glashänsel«. Der war ein Mann von Mitte Vierzig. Ähnlich wie Michel und Gumpprecht verdiente er sich mit kleinen Glaserarbeiten hin und wieder ein paar Kreuzer. Vermutlich hatte kein anderer als er den beiden Buben dieses Handwerk beigebracht. Von Haus aus war der Glashänsel ein Weber und verdiente sich mit dieser Heimarbeit kärglich genug sein Brot.
Um die älteren Pappenheimer-Söhne kümmerte sich noch einer in der Runde. Der hatte die beiden das Kartenspielen gelehrt. Augustin Baumann, mit zweiunddreißig der jüngste unter den anwesenden Erwachsenen, fühlte sich der Landfahrerfamilie überhaupt in besonderer Weise verbunden. Er war selbst Landfahrer gewesen, ehe er einige Jahre zuvor durch ein günstiges Geschick zu einem Söldenhäusel gekommen war. Wie sah dieses seltene Geschick aus? Ich glaube, daß es einen Rock trug. Denn Augustin Baumann verstand es mit den Weibern. Viele seiner Geschichten, die Prusten und Schenkelklatschen im Kreis seiner Familie auslösten, handelten von Mägden und Bäuerinnen, die er beim »Austragen« allein in Küche oder Stall angetroffen hatte. Von Beruf war er nämlich Brotträger,

ging mit einem Traggestell voller Laibe auf dem Rücken von Haus zu Haus. Nicht täglich und nicht in schlechten Zeiten, weshalb er sich und seine Familie außerdem »härtiglich mit allerlei Tagwerk« ernähren mußte. Gelegentlich kam er günstig an frisch gejagte Hasen, Fasane und Rehe – der Tettenwanger Wildschütz Jacob Gulden zählte zu seinen Freunden. Von dem wiederum hört man, daß er einige Zeit nach diesem Sommernachmittag erwischt und ihm in Kelheim die Hand abgehauen wurde.
Die genannten drei Tettenwanger Söldner, Schölz, Glashänsel und Baumann, waren nicht nur mit den Pappenheimern, sondern auch untereinander eng befreundet. Von ihnen hieß es im Dorf: Wo der eine ist, sind die anderen ganz in der Nähe, und: Wer sich mit einem verfeindet, hat gleich drei gegen sich. Der Brotträger und der Weber waren Stiefbrüder, der Schölz den Kindern des Glashänsel Gevatter und umgekehrt. Zu ihren Tettenwanger Bekannten, die es mit ihnen hielten, zählten fast alle Söldner des Orts: der Kaiser, welcher das Tettenwanger Wirtshaus betrieb; der Schäfer Georg; der Reiter Georg; Benedikt, der Schalweber; Mathes, der Bader; Bastl, der Schmied; der Küfer-Mathes; Resch, der Pfeifer und der Dachdecker und Weber Erl.
Einer ihrer besten Freunde war ein Verwandter, der nicht im Ort wohnte, sondern nur hin und wieder, so auch an diesem Nachmittag, zu Besuch kam. Das war der Schneider Georg Schmälzl. Die Pappenheimer-Familie kannte er schon lange. Schmausend und schwätzend saß der bleiche kleine Mann mit am Holztisch. Er wohnte im nahen Prunn an der Altmühl, unter dem malerisch gelegenen Schloß, das noch heute so wie damals ins enge Tal blickt. Mit Baumann und Stumpf war Georg Schmälzl verschwägert. Seine Frau ließ er freilich daheim, wenn er seine Ausflüge nach Tettenwang unternahm. Weiß Gott, was ihn dahin trieb. Er paßte irgendwie nicht zu diesen rauhen Gesellen: schwach und schmächtig, krumm vom vielen Hosennähen, lächerlich und doch tapfer, wie sich später erweisen wollte. Ein Schneiderlein, wie es im Buche steht. Zweiundvierzig Jahre war er alt, rechtschaffen und bitterarm. Unter den nicht eben wohlhabenden Häuslern und vagabundierenden Pappenheimern in der Runde war er der allerärmste. Jeder wußte das. Wenn es ans Bezahlen ging, mußte der Schneider seine leeren Taschen gar nicht erst umdrehen. Er war eingeladen.
So etwa saßen sie damals in der sonnenerwärmten Stube – Paulus, Anna mit Hänsel auf dem Schoß, Gumpprecht, Michel, der Weber

Hans Stumpf, Ulrich Schölz, seine Frau, der Brotträger Augustin und Georg Schmälzl, das Prunner Schneiderlein – und waren guter Dinge.

Darauf verstand man sich damals besser als heute. Derber waren die Scherze, ungenierter das Benehmen, lauter das Gekreisch der Frauen und das johlende Gelächter der Männer. Man aß mit wäßrigem Mund unter Grunzen und Rülpsen, trank Wein und Bier in tiefen Zügen und großen Mengen, genoß mit allen Sinnen und ohne Hemmungen. Dem gestrengen Herzog blieb nicht verborgen, daß in seinem Land »tags und nachts alle Wein-, Met- und Bierhäuser voll« waren und daß »darinnen nicht eines jeden Notdurft nach gezehrt, sondern mit solcher Übermaß gezecht, auch mit ebenmäßiger Unbescheidenheit geschrien, gesungen, jubiliert, gespielt« wurde. Allein, er kam gegen die Lebenslust seiner Untertanen nicht an, die nichts typisch Bayerisches war, sondern ein ganz allgemein in Europa verbreiteter Zug der Zeit.

Als bescheidenes Alltagsessen galt in öffentlichen Gasthäusern etwa folgendes Menü: Fünf oder sechs Gänge gekochter Gerichte, darunter bei einem Fleischmahl »zweierlei Essen von gutem Fleisch« und beim Fischmahl »ein gutes Essen gesottener oder eingemachter Fische und eines von Brat- und Backfischen«. Dazu sollten »zweierlei gerechte Weine« gereicht und »zum Beschlusse Käs' oder Obst, aber kein Confekt« serviert werden. Man erzählt sich, 1601 habe der Landgraf Moritz von Hessen mit befreundeten Fürsten einen Mäßigkeitsorden gegründet, nach dessen Satzung niemand bei einer Mahlzeit mehr als sieben Becher Wein trinken sollte. Üblich war ein Vielfaches. »Unvermögliche gemeine Mannen« und Handwerksleute durften allerdings nur einen Nachmittag in der Woche zum Zechen ins Wirtshaus gehn, und nach Einbruch der Dunkelheit sollte dort kein Trinker mehr geduldet werden. Am Sonntag wurde erst nach dem Gottesdienst ausgeschenkt. Um zu verhindern, daß die Leute ihr Hab und Gut vertranken, bestimmte die Polizeiordnung, daß der Wirt keinem unvermöglichen Bauern über zwei Gulden Kredit für Essen und Trinken geben durfte, einem vermöglichen bis höchstens vier Gulden. Aber gar so streng waren die Verordnungen nicht, wie es scheint. Denn was haussässige Bürger »zu ihrer Notdurft« an Wein und Bier aus dem Wirtshaus holen ließen, war sowohl vom Zechverbot als auch von der Kreditbeschränkung ausgenommen. Fein ging es bei den überall üblichen Besäufnissen nicht zu. Selbst in adeligen Kreisen war es normal, während des Essens

grölend die geleerten irdenen Trinkbecher gegen die Wände zu werfen, daß sie klirrend zu tausend Scherben zerschellten. Zu den Tischsitten gehörte es außerdem, während des Gelages fluchend auf den Boden zu spucken, sich zu lausen oder in die Hand zu schneuzen.
Die verbreitete Trinklust verdarb so manche Hochzeit, wie aus einem Mandat Herzog Wilhelm V. vom 30. April 1587 hervorgeht. Es sei ihm zu Ohren gekommen, schreibt da der Fürst, daß es in seinem Fürstentum auf dem Land ganz ärgerlich und übel zugehe. Wenn die Bauersleute nämlich Hochzeit hielten, würde sich jedermann schon beim Abholen der Braut während des üblichen Suppenessens derart besaufen, daß die Gesellschaft erst »voller und toller Weis um elf oder zwölf Uhr mit Poltern, Jubilieren, Schreien und auch Ungebühr« in der Kirche erscheinen »und wie leider aus übermäßigem Trunk allemalen geschieht«, das Gotteshaus verunehren tue.
Derart waren also die Sitten. Die Schmatzer und Schmauser im Tettenwanger Söldenhäusel des Ulrich Schölz kommen uns daher geradezu manierlich vor. Nach dem Mahl werden die Buben aufgestanden und ins Freie gelaufen sein, um im Licht des sinkenden Tages vor dem Dorf noch ein wenig mit den Häuslerkindern zu spielen. Die Pappenheimerin dürfte den Hänsel zum Schlafen in die Scheune gebracht und dann der Schölzin beim Aufräumen und Abwaschen des Geschirrs geholfen haben. Und die Männer? Die zogen natürlich ein Kartenspiel, ein paar Würfel oder Spielkugeln heraus und begannen zu spielen. Was unter Fluchen, Siegesgebrüll, dem Krachen der Fäuste auf der Tischplatte und häufigem Gelächter fortgesetzt wurde, bis die Sonne hinterm Weidenholz versank und die Dunkelheit durchs Fenster kroch.

Von Ort zu Ort

Zwei, drei Wochen hauste die Familie im Stadel des Schölz. Täglich ging der Alte mit seinen beiden halbwüchsigen Söhnen zu den Bauern, leerte hier eine Grube, flickte da ein paar Kessel, setzte dort eine neue Butzenscheibe in das Fenster eines der großen Höfe ein. Dann, eines frühen Morgens, Aufbruch und Abschied. Dem weißhaarigen Häusler einen halben Gulden in die Hand gelegt, die alte Schölzin umarmt, das Traggestell auf den Rücken genommen. Die Pappenheimer waren wieder auf Wanderschaft.

Ihr Weg führte durch den Wald hinab ins Schambachtal, wo die Tettenwanger Klostermühle klapperte und mißtrauische Augen den Landfahrern nachsahen. Am grauweißen Felsen vorbei, auf dessen Höhe das Schloß der Muggenthaler lag, und in sanfter Neigung dem Bach entlang durch das Hexenagger Holz nach Riedenburg im Altmühltal. Auch da kannte Paulus ein Söldenhäusel, wo er und die Seinen Platz finden würden. Überall auf seinem Strich gab es Bauern und Häusler, mit denen er befreundet war wie mit dem Schölz, und Dörfer, wo er sich zu Hause fühlte wie in Tettenwang. So zog er mit seiner Familie ohne Eile das Altmühltal hinauf bis Eichstätt und wanderte von dort auf der alten Römerstraße über Kösching nach Ingolstadt, folgte dann der Donau stromabwärts, blieb jeweils einige Tage in Vohburg und Neustadt, wandte sich ostwärts nach Abensberg und dann weiter die Abens entlang bis Siegenburg, überquerte die bewaldeten Höhen bei Rohr und stieg ab ins Laabertal, um über Schierling und Aufhausen die Donau wieder bei Straubing zu erreichen.
Er ging nicht nur, wie Lust und Laune es ihm eingaben. Viele Orte besuchte er, weil dort Jahrmärkte oder Kirchtage stattfanden, auf denen er seinen Spieltisch aufbauen und Anna betteln konnte. Woher er wußte, wann jeweils wo Markt oder Volksfest abgehalten wurde, kann ich nicht sagen. Hatte er, der Analphabet, eine Art Taschenkalender, in den er die Termine der Vorjahre notiert hatte? Half ihm ein gutes Gedächtnis? Oder lief er nur dem anderen Volk der Landstraße nach, das in Scharen von allem Festtagslärm angezogen wurde? Wahrscheinlich war es das.
Denn in den Ställen und Scheunen, in denen die Pappenheimer übernachteten, blieben sie selten unter sich. Reisende Krämer, Hausierer, Bettler, Spielleute, Handwerksburschen, Glücksspieler, Quacksalber und anderes fahrendes Volk suchte die bekannten »Winkelherbergen« auf, und zu Kirchtagszeiten fand man in manchen von ihnen, etwa der Sölde des Schneiders Hundsschlager vor der langen Brücke von Ingolstadt, vor lauter Gästen keinen Platz. Da wurde dann viel »gefressen und getrunken«, wie wir von unseren Landfahrern wissen, wenn auch weniger Radau gemacht als in den zugelassenen Schänken und Tavernen. Die Häusler, die sich mit der Bewirtung des Straßenvolks ein Zubrot verdienten, legten nämlich, wenn die Stimmung stieg und sich im üblichen Gegröle entladen wollte, beschwörend den Finger auf die Lippen, baten auch ihre zerlumpte Klientel, nicht zuviel auf die Gassen zu gehen. Denn sie

mußten befürchten, daß die Obrigkeit von ihrer Gastfreundschaft erfuhr und das ganze Nest aushob.
Die Amtleute des Pflegers wußten wohl, daß nicht alle Kirchtagsbesucher in den ordentlichen Wirtshäusern und Ehetavernen übernachteten. »Ausländische«, also außerbayerische Krämer, Händler ohne amtliche Urkunde, Landfahrer, Hausierer, fremde Bettler und Komödianten durften sich auf den Kirchtagen nicht öffentlich sehen lassen und erst recht nicht beherbergt werden. Aber zu zahlreich waren die Bauern- und Söldenhäusel, in denen die Unerwünschten unterschlupfen konnten, zu undurchsichtig die Rechte der Land- und Stadtbewohner, Bier und Most auszuschenken oder »trockene Gastungen« für Boten-, Fuhr- und Karrenleute zu halten. Ich sollte auch nicht verschweigen, daß sich mancher Amtmann in den Winkelwirtschaften satt aß und volltrank und dafür nichts sah noch hörte. Aus Menschenliebe oder Übermut freilich nahm kaum ein Hausbesitzer das Gesindel bei sich auf. »Es gibt Leute«, wurde dem Herzog gelegentlich berichtet, »welche die Bettler nur des richtigen Almosens wegen beherbergen, mit ihnen das erbettelte Brot essen und gleichsam von ihnen unterhalten werden.« Von denen kannten unsere Pappenheimer viele. Den Hans Wachter in Eggenfelden zum Beispiel, einen armen Häusler mit Frau und vier Kindern. Der nahm die Landfahrer bei sich auf, um ihnen ihr Geld »versaufen und verfressen zu helfen«, ohne sonst etwas für die Beherbergung zu verlangen. Schlimmer waren Gastgeber, welche die Situation ihrer heimlichen Gäste durch überhöhte Preise ausnutzten. So einer war der Georg Mair von Eggenfelden, kein rechter Bräu, sondern ein Schwarzbrauer, der »bisweilen brauns, dann weißes Bier« anbot und durchreisende Landfahrer auf- und ausnahm. Er ließ die Gesellen tapfer bei sich zechen und setzte ihnen den dreifachen Preis an, verlangte auch »im Abzug« von jedem ein stattliches Trinkgeld. Seine Gäste konnten sich auf die gesetzlichen Höchstpreise für Speis und Trank nicht berufen, mußten ja froh sein, überhaupt bewirtet zu werden. Der Mair-Bräu war insofern mit seiner zwielichtigen Lumpenkundschaft besser dran als jeder ehrliche Wirt im Ort: Der mußte für zwanzig Kreuzer eine Mahlzeit servieren, die aus drei Fleisch- und drei anderen Gerichten samt Obst und Käse bestand. Für das Zimmer durfte er überhaupt kein Entgelt fordern; lediglich, wenn ein Gast länger als zwei Tage blieb, sollte er dafür etwas bezahlen müssen. Man kann sich denken, daß es bei den ständig steigenden Lebensmittelpreisen und dem sich gleichzeitig vermin-

dernden Wert des Geldes zur damaligen Zeit ein Kunststück war, mit einem regulären Wirtshaus Geld zu verdienen. Weshalb mancher Winkelwirt ein resignierter Ex-Tavernenbesitzer war. Da ließ sich unter günstigen Umständen mehr draus machen.

Allerdings mit einigem Risiko. Wer »schädliche Landfahrer und Müßiggänger« heimlich beköstigte und beherbergte, sollte »das erste Mal vizdomisch abgestraft«, das heißt: mit einer Geldbuße belegt werden. Im Wiederholungsfall drohte dreijährige Landesverweisung, beim dritten Mal Tortur, Leibesstrafe und ewige Verbannung. Um die Landstreicher im Lande »um so geschwinder auszurotten«, wurden die Pfleger von München aus angewiesen, eine »allgemeine Visitation und Inquisition« in jedem Landgerichtsbezirk anzustellen, um herauszufinden, »wer aus den Untertanen sich erfreche, fremde, unbekannte Leute ohne Erlaubnis der Obrigkeit zu beherbergen«. Ein müßiges Unterfangen sei dies, wurde gegen solches Gebot eingewandt, da »dergleichen Winkelherbergen nicht immer und täglich visitiert und überfallen werden mögen, da die Landgerichte oft weit entfernt sind«. Mit solchem Argument war der reglementierungswütige Herzog, der ohnehin erbost über die Zustände auf dem flachen Lande und als Gottbegnadeter nicht geneigt war, seine Ohnmacht einzugestehen, nicht zu überzeugen. Er verkündete mit neuem Nachdruck, daß jedem, »er sei, wer er wolle, in Städten und Märkten oder auf dem Lande in Dörfern oder Einöden ansäßig, das Beherbergen fremder, im Lande unbekannter und unangesessener Personen gänzlich und allerdings« untersagt ist. Ausgenommen von diesem Verbot seien nur die »Ehetavernen und Schänkstätten an ordentlichen Straßen«, welche freilich Gäste der genannten Art der Obrigkeit unverzüglich zu melden hätten. Die Reaktion war typisch: Hier wie in ähnlichen Fällen, in denen sich der herzogliche Ordnungswille wegen der Verkehrs- und Kontrollschwierigkeiten als undurchsetzbar erwies, gebärdete sich der Gestrenge in München wie ein uneinsichtiges Kind. Er sagte gewissermaßen im Sommer: Es soll schneien. Man versucht ihm zu erklären, das sei ganz unmöglich. Aber dann, hören wir da unter trotzigem Fußstampfen, dann will ich es erst recht.

In den zwanzig Jahren ihrer Wanderschaft hausten die Pappenheimer in fast jedem Ort, durch den sie kamen, bei irgendeinem Winkelwirt. Kein einziger davon wurde je vom herzoglichen Bannstrahl ereilt. Erst als die Landfahrer im Münchner Falkenturm Hunderte ihrer Herbergsgeber verraten hatten, wurde an einem von vielen ein

Exempel statuiert: Der Söldenhäusler Staidl »aus Hornsdorf gleich neben der Donaubrücken zu Straubing« wurde von der herzoglichen Regierung des Landes verwiesen.
Paulus und seine Familie waren nicht ausschließlich auf Winkelwirtschaften angewiesen. In einigen Orten kamen sie bei Freunden unter, so in Gänkhofen beim »Beindlkramer«, dem Dorf-Totengräber. So auch in der Nähe von Rottenburg an der Laaber beim Kramer Ulrich, einem ehemaligen Landfahrer. So beim Michel-Bauern zu Rettenbach, dem ein Bruder von der Obrigkeit hingerichtet worden war, wodurch er sich solidarisch mit den vielfach Verfolgten fühlte.
Wenn morgens auf den sanften Hügeln des Landes, das sie durchwanderten, der erste weiße Rauhreif lag und die Buben das dünne Eis auf den Pfützen zersplittern ließen, begann Paulus nach geeignetem Winterquartier zu suchen. Dann sprach er in größeren Märkten und Städten im Spital vor und bat, ihn und die Seinen um der Barmherzigkeit willen aufzunehmen und vor dem Erfrieren zu bewahren. In Kelheim etwa, wo er den Spitalverwalter kannte und immer wieder Unterschlupf vor den kalten Winterwinden fand.
Ein Spital war damals kein Krankenhaus, sondern, jedenfalls in Niederbayern, eine Armenherberge, unterhalten von mildtätigen Bürgern und Bauern, zuweilen auch von Klöstern und Stiften. Meistens nahmen die Pappenheimer für sich und die Kinder nur die kostenlose Beherbergung in Anspruch und verdienten sich ihr Brot durch allerlei Arbeiten. Wenn die Tage wieder länger wurden und der Schnee auf den Wiesen schmolz, brach die Familie unvermutet und plötzlich wieder auf.
Er und sein Weib wurden alt und müde über diesem Wandern, die beiden älteren Söhne wuchsen zu jungen Männern heran, der kleine Hänsel löste sie ab als derjenige, der hasenverscheuchend, eidechsenfangend die Straße vorauslief. Zwanzig Jahre sind eine lange Zeit, sie schreiben Jahresringe in die Bäume und tiefe Falten in die Gesichter der Menschen, sie sind voll unvergeßlich schöner und schrecklich trauriger Tage. Das macht es so schwer, eine solche Zeitspanne wirklich zu beschreiben. Das gilt für die Pappenheimer nicht anders als wie für jeden von uns.

Drittens

Die Höhe

Ein Jurist

Doctor Johann Simon Wangereck saß am Nachmittag des 20. April 1600 vermutlich an einem Holztisch in seinem Arbeitszimmer in der Münchner Dienerstraße, inmitten von Papier, beschriebenem und unbeschriebenem. Er war dabei, die Fragenliste für das Verhör von Gumpprecht Pappenheimer zusammenzustellen. Wir sehen ihn mit einem Blick die neben ihm liegenden Protokolle der vorausgegangenen Vernehmungen überfliegen, bis er eine bestimmte Aussage findet, das Blatt mit der entsprechenden Stelle aus dem Stapel ziehen, dem rechts neben ihm stehenden Tintenfaß eine der bereitgestellten Federn entnehmen, am Hals des schwarzmetallenen Gefäßes die überflüssige Farbe vom Kiel abstreifen und damit die eben gelesene Zeile unterstreichen. Dann etwa – einer plötzlichen Eingebung folgend – legt er die Feder rasch zur Seite, um mit beiden Händen in einem anderen Bündel von Schriftstücken zu blättern: den Akten aus Abensberg-Altmannstein.

Seine Liste war wohl noch nicht sehr lang. »Interrogatoria auf den Gumpp Pämb, Keßlerbuben« hatte er darübergeschrieben und sich neun Fragen zu Person, Aufenthalt und Broterwerb notiert. Es war diese Vorbereitung der Malefizverhöre eine lästige Angelegenheit. Den ganzen Tag war Wangereck im Rat gesessen, hatte disputiert und abgestimmt und mußte nun, während vielleicht milde Frühlingsluft durchs offene Fenster kam, die »Fragstück« für die morgige Vernehmung vorbereiten. Strenggenommen war er sowieso zu spät dran. Nach dem Buchstaben des Gesetzes hätte er die Fragen heute schon im Rat vorlesen und genehmigen lassen müssen. Als wenn der Hofrat nichts Wichtigeres zu tun hätte, als die Verhöre irgendwelcher Landstreicher vorzubereiten. Wozu das Gremium mit allen Einzelheiten des Verfahrens behelligen? Er, Wangereck, war zum Referenten bestellt und damit bevollmächtigt, den Prozeß bis zur Urteilsreife zu führen. »Man soll die Fragestück zuvor im Rat

ablesen«, hieß der Grundsatz, als solcher löblich und wohlberechtigt. Aber natürlich auch auslegungsfähig. Stillschweigende vorherige Zustimmung der Räte zu allen Fragen, die Wangereck für angebracht hielt, kam einer förmlichen Verlesung gewiß gleich. Las man das Gesetz nur richtig, so war ihm Genüge getan.
Die Kunst der Auslegung. Wie gut sie Wangereck doch beherrschte! Im Gesetz stand: »Die Fragstück sollen aus der zuvor eingezogenen Erfahrung genommen, klar und verständlich gestellt und darinnen dem Verhafteten nichts insonderheit vorgesagt und, was er sagen soll, angedeutet werden.« Löblich und angebracht auch dies – als Grundsatz. In der Praxis freilich nicht uneingeschränkt anwendbar. Wie sollte man in einem Fall wie dem Pappenheimer die Aussagen von fünf Familienmitgliedern unter einen Hut bringen, ohne der Wahrheit ein wenig nachzuhelfen? Es war ja nicht damit getan, den verstockten Malefikanten mit Meister Georgs Hilfe die Zunge zu lösen. Aus Angst und Bosheit gestanden die oft erfundene Verbrechen und verheimlichten wirklich begangene. Wenn nun mehrere Aussagen verschiedener Inquisiten übereinstimmten, war dies ein Zeichen, daß etwas dran war an den Geständnissen. Und um solche Übereinstimmungen möglichst schnell zu erzielen, mußte ja wohl eine Ausnahme vom Vorsage-Verbot erlaubt sein. Was heißt Ausnahme, der Grundsatz war ja gar nicht verletzt, wenn man dem Befragten die Aussagen der Mittäter indirekt vorhielt. Ein geschickter Jurist las das Gesetz richtig und tat ihm Genüge.
Wir sehen Wangereck wieder die Feder aufnehmen, sie ins Fäßchen tauchen und auf sein Blatt Papier die Ziffer zehn schreiben; daneben die Frage, nach deren Formulierung er die ganze Zeit gesucht hatte: Wozu er, Gumpprecht, sein Vater und Bruder die Kindshändel gebraucht haben, welche zu Tettenwang gefunden wurden. Zur Kontrolle wird er den Satz noch einmal durchgelesen, ihn noch auf die Mutter erweitert haben. Dann setzte er den Vermerk »Torqueatur – Foltern!« dazu. Eine List, eine nützliche Lüge verbarg sich in dieser Frage. Mit der hoffte Wangereck, den Inquisiten aus der Fassung zu bringen. In Wahrheit hatte man in Tettenwang allerdings keine Kinderhände gefunden.
Gesucht schon, mehrmals im Stadel des Schölz, auch in seinem Gemüsegarten. Aber vergeblich. Vielleicht steckte eine Teufelei hinter dem Verschwinden so wichtiger Beweise, man hörte ja von solchen Bubenstücken des Erzfeindes. Wangereck hielt es für möglich, daß die Mächte der Finsternis Haslangs Amtleuten bei der Sicher-

stellung von Belastungsmaterial zuvorgekommen waren. Aber das, so etwa sein Gedankengang, sollte dem Gesindel nicht helfen. Er brauchte den Inquisiten die Beweisstücke ja nicht zu zeigen, nur behaupten, daß sie sich in seinem Besitz befänden. Ein Bluff, nützlich und angebracht. Zu ihrem eigenen Vorteil würden die Gefangenen merken, wie sinnlos alles Leugnen war.

Kniffe und Finten waren nötig, um in diesem Fall weiterzukommen. Wieder und wieder sehen wir Wangereck die Berichte und Protokolle aus Abensberg überfliegen und ärgerlich zurücklegen. Das Material war dürftig, eigentlich nicht ausreichend nach der jedem Juristen geläufigen Lehre vom »corpus delicti«. Die besagte: Das Verfahren gegen einen oder mehrere Täter darf erst eröffnet werden, wenn die Tat selbst unzweifelhaft feststeht – Judici ante omnia constare debet de delicto. Danach war es grundsätzlich verboten, einen als Dieb oder Mörder zu verhaften, wenn kein Beweis für einen konkreten Diebstahl oder Mord vorhanden war. Das bloße Gerücht genügte nicht, dem Verdacht mußte eine erwiesene Tat vorausgehen. Schlechter Ruf konnte also nur dann ein Grund zur Festnahme sein, wenn der Berüchtigte sich irgendwo aufgehalten hatte, wo eine Leiche oder eine ausgeraubte Kirche entdeckt wurde. Dergleichen wußte jeder Jurastudent im ersten Semester, und auch, daß das spätere Geständnis eines Verhafteten den fehlenden Tatbeweis nicht ersetzen konnte. Wenn einer mit üblem Leumund gestand, einen Mord begangen zu haben, so änderte das prinzipiell nichts an der Rechtswidrigkeit seiner Verhaftung. Der gestandene Mord hätte vorher bekannt und erwiesen sein müssen. Diesen Grundsatz des »constare de delicto«, des vorausgehenden Tatbeweises, meinte die Peinliche Gerichtsordnung Karls V. mit der Bestimmung, daß »niemand gefragt werden dürfe, wo nicht zuvor redlich Anzeigen der Missetat, danach man fragen wollt, vorhanden« wären. Mit dem Geständnis sollte nur der Täter, nicht aber die Tat bewiesen, nach jenem erst gesucht werden, wenn diese schon feststand.

So das Prinzip, löblich und wohlberechtigt. Wangereck, wir ahnen es, wird es richtig auf den Fall Pappenheimer anwenden, ihm Genüge tun, ohne sich sklavisch daran zu halten. Dennoch mußte ihm ärgerlich dürftig erscheinen, was in den Akten stand. Eigentlich gab es nur einen einzigen Tathinweis, die Behauptung des in Wörth hingerichteten Geindl, die beiden Keßlerbuben hätten ihm geholfen. Geholfen nämlich, schwangere Frauen umzubringen, um an die Händchen ungeborener Kinder zu kommen. Ein Tathinweis, schon, aber nichts weiter als eine Denunziation. Beweise gab es nicht: Die Leichen dieser Frauen waren nie gefunden worden und auch die abgeschnittenen Händlein bisher nicht aufgetaucht. Die andere Behauptung des Geindl, die Pappenheimer »brächten überhaupt die Leut um«, bezog sich nur auf die Täter, nicht auf konkrete Taten. Genauso wie der schlechte Ruf, den das landfahrende Gesindel bei den wohlhabenden Bauern hatte. Solches machte die Familie zwar höchst verdächtig, ersetzte aber nun mal nicht das »corpus delicti«. Daher hatte Wangereck vor einigen Tagen nochmals dem Pfleger von Abensberg-Altmannstein geschrieben und ihn gebeten, das Söldenhäusel des Schölz erneut und gründlicher durchsuchen zu lassen. Aus Wörth brauchte er sich keine konkreten Beweise mehr für die angebliche Ermordung der sieben Weiber erhoffen. Man hatte diese Fälle, als sie sich nicht nachweisen ließen, auf sich beruhen lassen, da die Hinrichtung des Geindl wegen anderer Verbrechen erfolgen konnte. Sollte also die neuerliche Spurensuche in Tettenwang nicht doch noch ein »corpus delicti« liefern, sah es ganz so aus, als müsse man ohne dieses auskommen.

Ein Jurist wie Doctor Johann Simon Wangereck würde dadurch nicht in Verlegenheit geraten. »Bei besonders schweren und grausamen Verbrechen«, lautete eine Prozeßregel, »darf von den üblichen Verfahrens- und Rechtsprinzipien abgewichen werden.« Auf den Fall Pappenheimer angewendet: Die Landfahrer waren besonders schlimmer Missetaten verdächtig, nämlich »für Mörder, Räuber und Brenner beschreit«. Wenn es um solche Taten ging, war die Lehre vom »corpus delicti« nicht mehr zu beachten.

Wie das? Was für ein Unsinn, denkt jeder, der die damalige Juristenlogik mit dem gesunden Menschenverstand begreifen will. Ist nicht gerade bei schweren Verbrechen wie Mord, Raub und Brandstiftung die konkrete Tat besonders offenkundig und leicht nachweisbar? Ist nicht gerade da die drohende Strafe am höchsten, die Gefahr eines Justizirrtums besonders groß?

Man muß das Gesetz nur richtig lesen, um zu verstehen. Gut, man konnte gerade diesen Verdächtigen, der Familie Pappenheimer, konkrete Taten nicht von vorneherein vorhalten. Aber daß die ihnen vorgeworfenen Verbrechen landauf, landab tagtäglich vorkamen, war ja nun einmal eine traurige Wahrheit. »Corpora delicti« gab es genug: sie lagen als Leichen in den Gräben und hinterm Gebüsch der Landstraßen und ragten als verkohlte Ruinen in den Himmel. Wer kam denn als Täter dieser notorischen Verbrechen in Frage, wenn

nicht die Störzer, Stationierer, Bettler, Zigeuner und dergleichen müßiggehendes, heilloses Volk der Landstraßen? Die Gefangenen im Falkenturm gehörten jedenfalls zum Kreis dieser landschädlichen Leute und waren daher von vornherein all der genannten Taten verdächtig, darüber hinaus auch noch von einem überführten Dieb belastet. Obwohl der Grundsatz des »constare de delicto« keinesfalls für solches Gesindel, mit dem man seit alters her »kurzen Prozeß« machte, geschaffen war: ihm wurde, richtig ausgelegt, selbst in diesem Fall Genüge getan. Juristendenken löste alle scheinbaren Widersprüche in nichts auf.
So etwa hätte ein Doctor juris wie Wangereck das prozessuale Problem des Falles damals erörtert. Freilich war keine Veranlassung, das zu tun. Niemand hat zu jener Zeit daran gezweifelt, daß die Pappenheimer zu Recht verhaftet worden waren – höchstens die befreundeten Häusler in Tettenwang.
Aber die waren eben alle »Niemande«. Weshalb der sehr beschäftigte Hofrat sich ganz der Aufstellung seiner Fragenliste widmen konnte, ohne allzuviel über die Kunst der richtigen Lesart von Gesetzen nachzudenken. Er hatte schon vier Folioseiten mit Fragen vollgeschrieben, als er bei der laufenden Nummer 62 anlangte: Ob seine Mutter die hinfallende Krankheit wirklich habe oder nur vortäusche? Da schien ihm der Vermerk angebracht: Kann bis zum äußersten torquiert werden, damit er die Mutter belastet.
Über solcher Aufstellung der Fragenliste für das morgige Verhör wird die Abenddämmerung hereingebrochen sein. Vielleicht hat Wangereck seine Arbeit kurz unterbrochen, einen Blick nach draußen geworfen und bemerkt, daß Bäume und Sträucher der Vorgärten und Höfe schon überzogen waren mit dem ersten zarten Grün. Es wurde Frühling. Der Hofrat hatte freilich keine Zeit, sich Naturbetrachtungen hinzugeben. Er mußte die Liste zu Ende schreiben und danach noch einen Brief an Alexander von Haslang aufsetzen. Den Pfleger von Abensberg und Altmannstein ersuchen, die Tettenwanger Freunde der Pappenheimer zu verhaften und nach München bringen zu lassen. Das würde neue Unkosten erfordern, gewiß. Aber der Herzog wünschte, daß ein Exempel statuiert werde, und Wangereck wollte sich nicht nachsagen lassen, er habe in diesem Fall nur halbe Arbeit geleistet.

In feuchtkühlem Gewölbe, von zwei gotischen Kirchenfenstern mit mystisch blau-rotem Licht nur schwach erhellt, kniete ein schmächtiger Mann allein auf harter Holzbank und ließ einen schwarzen Rosenkranz durch die gefalteten Hände gleiten. Weihrauchduft erfüllte den hohen Raum und das ferne Gemurmel eines Priesters, der am Altar in einer Nische bei flackernder Kerze liturgische Gebete las. Stumm bewegte der einsame Kniende die Lippen: Gegrüßt seist du Maria, voll der Gnaden ... Sein Gesicht war bleich, hager und ernst; der streng gestutzte dunkle Kinn- und der an den Enden leicht nach oben gedrehte Schnauzbart standen in seltsamem Kontrast zu den gesenkten, weichen Augen. Seine höckrige ungleichmäßige Nase mit der abgeflachten Spitze und den schmalen, langen Nasenflügeln deutete auf Sinnenfreude und Genußsucht, die beiden kurzen, senkrechten Stirnfalten zwischen den Augenbrauen und die hohe, in eine früh beginnende Halbglatze übergehende Stirn widersprachen solchem Eindruck. In ungebändigter krauser Tolle stand dem jungen Mann das dünne dunkelbraune Haar vom Kopfe, zart geformte, wenn auch etwas abstehende Ohren freilassend. Eine weiße Halskrause, in feine und feinste Spitzenmuster auslaufend, umrahmte dieses zwiespältige Antlitz und lag auf einer schwarz-samtenen Weste auf, die vorne mit kleinen Kupferknöpfen geschlossen war und aus der die weiten Ärmel einer kunstvoll bestickten Bluse hervorquollen. Eine ballonartige Pluderhose aus dunkelrotem Damast ließ die dünnen, seidenbestrumpften Beine des Knienden in voller Länge unbedeckt, da ihre Faltenflut schon an den Oberschenkeln wulstig endete.

Der da kniete und sein Vespergebet verrichtete, war der oberste Richter unserer Pappenheimer, ihr Schicksalsherr: Maximilian I. von Gottes Gnaden Pfalzgraf bei Rhein, Herzog in Obern- und Niedern-Bayern. Sein siebenundzwanzigster Geburtstag lag erst einige Tage zurück, aber jung war dieser Mann nie gewesen. Nach sieben Jahren in der Obhut von Kinderfrauen hatte man ihn schon als Kind mit einem spanischen Hofstaat umgeben und ins düstere Gemäuer des Alten Hofes verbannt, der ständigen Dressur durch Hofmeister, Präceptoren und Beichtväter ausgesetzt und zum Opfer eines Erziehungsexperiments gemacht. Sein Vater Wilhelm, den das Volk bereits den Frommen nannte, wollte aus dem dünnen, blassen Knaben einen idealen Fürsten formen. Wie ja Väter oft wollen, daß aus ihren

Söhnen wird, was sie selbst nicht sind. Selten freilich ist ein Kind hilfloser dem elterlichen Willen ausgeliefert gewesen als dieses. Wie Kaspar Hauser in seinem dunklen Keller, mußte auch Maximilian in seinem Burgverlies zum seelischen Krüppel verkümmern.
Dabei war sein Vater kein hartherziger Mann, nur schwach. Und er wußte um seine Schwäche, lebte in ständiger Angst vor ihr. Nie hatte er seinem in früher Jugend verschütteten Hang zur heiteren Freude am sinnlich Schönen nachgegeben, stets entsagend und leidend dagegen angekämpft. Den Kampf wollte er dem Sohn ersparen und deshalb in ihm jede Neigung zu Sündig-Lebendigem schon im Keim austilgen.
Wenn es wahr ist, daß Knaben oft nach ihren Großvätern geraten, gab es manche gefährliche Anlage in Maximilian. Der Großvater nämlich, Wilhelms Vater, Herzog Albrecht V., war, geradewegs herausgesagt, ein feister Trunkenbold gewesen. Nicht von der fröhlich-lebenslustigen Sorte, kein witziger, genießerischer Bohemien, sondern einer von der melancholischen Art, Opfer seiner Begierden, nicht der Sinnenfreude. Wir haben gelegentlich von ihm gehört, weil dieser Fürst in herzerwärmenden Geschichten als frommer Herrscher, begleitet von einem zahmen Löwen, aufzutreten pflegte. Der Wahrheit entsprach dieses Bild nicht, und niemand als sein Sohn Wilhelm wußte das besser. Albrecht verbrachte seine Tage mit Würfel-, Brett- und Kartenspielen, Essen, Trinken und Musik. Seine Bücher-, Kuriositäten- und Kunstsammlungen verschlangen Unsummen, sein Hoforchester unter dem Niederländer Roland Lassus, der sich italienisiert Orlando di Lasso nannte, war Albrechts unerhört teures Privatvergnügen. Von Schreibtischarbeit hielt dieser mißratene Großvater gar nichts, vom Regieren wenig. Er überließ die Politik seinen Räten und Kanzlern. Nur in einer Beziehung wich sein allgemeines Phlegma im Laufe der Jahre einem geradezu eifernden Interesse: in der des katholischen Glaubens. Seit der Augsburger Religionsfrieden der Obrigkeit die Entscheidung über das Bekenntnis der Untertanen zuwies, betrieb der Fürst die Hatz auf Andersgläubige mit jenem geradezu sportlichen Eifer, zu dem er sich sonst nur bei der Jagd hinreißen ließ. Zu dieser intensiven Ketzerbekämpfung gehörte die Förderung der Jesuiten im Land und aller streng katholisch gesonnenen Berater und Schmeichler am Hof.
Sicher wollte schon Albrecht V., der sich, wie alle Säufer, seines Lebenswandels von Herzen grämte, aus seinem Sohn einen idealen Herrscher machen. Wilhelm sollte lernen, was dem Vater fehlte:

Fleiß und Selbstüberwindung. Konnte auch beides gut gebrauchen, den Fleiß, weil er geistig etwas schwerfällig, die Selbstüberwindung, weil väterliche Neigungen vererbt worden waren. Als Achtjähriger kam der Prinz in die Zucht strenger Erzieher, die ihm bei geregelten religiösen Übungen und einem ausgefüllten Stundenplan die kindliche Phantasie austreiben sollten. Das Kind wurde gezwungen, gegen sein musisches, sinnliches Wesen anzukämpfen. Dabei war es keine Kämpfernatur, mußte sich das Brav- und Fleißigsein abringen. Früh schon flüchtete der Knabe in eine schwärmerische Frömmigkeit, suchte Ersatz für die verbotenen Kinderträume in der erlaubten Heiligenmystik. Das blieb ihm zeitlebens. Im Bewußtsein der eigenen Schwäche klammerte er sich an die Über-Macht; da er sich selbst zu wenig zutraute, vertraute er sich völlig den Ratschlägen seines Beichtvaters und den Geboten der alleinseligmachenden Kirche an. Pedantisch befolgte er die von Jesuiten für ihn entworfene Tagesordnung mit den Messen, Andachten und Arbeitsstunden, der Gewissenserforschungen und den Exerzitien. Dieser sklavisch-mönchische Gehorsam verrät die panische Angst, durch eigene Entscheidungen zu sündigen. Es ist der Horror des Überforderten vor dem Versagen. Gerade seiner Mittelmäßigkeit wegen wurde Wilhelm so zum Urbild eines katholischen Fürsten, sein Hof zum Kloster, er selbst zum asketischen Büßer und geißel-schwingenden Pilgrim. Unter ungeheuren finanziellen Opfern erbaute er den Jesuiten im Herzen seiner Hauptstadt einen Palast, den Zeitgenossen mit dem spanischen Escorial verglichen. Den innen- und außenpolitischen Kampf des Vaters gegen Andersgläubige setzte er in Abstimmung mit seinen geistlichen Beratern fort, intensivierte aber auch sonst die Aufsicht über seine Untertanen, da man ihm einredete, er wäre für deren Seelenheil vor Gott verantwortlich. Ein großer Politiker war er nicht. Wenngleich er sich, anders als der vergnügungssüchtige Vater, vor den Staatsgeschäften nicht drückte, so folgte er doch als schwerfälliger, unsicherer Kopf manchen Einbläsern. Seinem Volk präsentierte er sich durch besonders grausame Unterdrückung evangelischer Bestrebungen als streng-gerechter Vater, in der Außenpolitik fehlte ihm der Blick für langfristige Entwicklungen. Zielstrebig und erfolgreich war er da, wo sich der Wunsch nach Mehrung der Hausmacht mit dem Interesse der katholischen Kirche glücklich verband: So verschaffte er seinem Bruder Ernst den Kölner Bischofssitz samt Kurhut. Vielleicht machte er sich selbst vor, nicht nur ein Heiliger, sondern auch ein bedeutender Staatsmann zu sein; zeitweise verfolgte er jedenfalls den abenteuerlichen Plan, römisch-deutscher Kaiser zu werden. Im Grund aber muß er wohl geahnt haben, daß Gebete, Wallfahrten und härenes Unterzeug keinen Heiligen und die Verteidigung der katholischen Position im Reich keinen großen Politiker aus ihm machten. Vor allem konnte er die Klagen seiner Kämmerer kaum mehr überhören: die Geschenke an die Jesuiten, die Kölner Bestechungsgelder und Kriegskosten hatten den Staat an den Rand des Bankrotts gebracht. Wilhelm, der Überforderte, suchte im besten Mannesalter schon nach einer Möglichkeit, sich davonzustehlen. Sein Sohn Maximilian sollte möglichst früh in der Lage sein, ihm die Verantwortung abzunehmen. Deshalb hatte er das scheue, schmächtige Kind schon vom zartesten Alter an zum Fürsten dressieren lassen.

Der schwarze Rosenkranz glitt durch die gefalteten Hände des betenden Herzogs. Gegrüßet seist du Maria, voll der Gnaden. Auch die Liebe zur Muttergottes war ihm früh anerzogen worden. Schon als Abc-Schütze konnte er das »Officium Beatae Virginis« auswendig, um es mehrmals täglich zu beten, kannte auch schon die Lauretanische Litanei und die fünfzigstrophige »Corona quinquegenaria«, eine Vorform des heute gebräuchlichen Rosenkranzgebets. Früh fiel sein streberhafter Eifer auf: »Bis zur Wiesen ist er auf seinem Rapple geritten«, lesen wir in einem Bericht des Erziehers an den Vater, »alsdann ist er über die Wiesen mit uns nach Thalkirchen gegangen und hat die lateinische Litaniam singen helfen, bei der Meß hat er drei Rosenkränz und für alle und jeden, deren er in seinem täglichen Gebet generaliter eingedenk, ein Spezial-Paternoster samt dem Ave Maria gesprochen.« Damals war Maximilian sieben. Als Elfjähriger ließ man den Prinzen in die Münchner Marianische Kongregation eintreten, eine jesuitische Gemeinschaft »zur Wiederbelebung des Vertrauens für die Fürbitte Mariens«. Sein Vater hatte 1581 die Landeshauptstadt der »Gottesmutter von Altötting« geweiht und wallfahrte 1585 nach Loreto: Der Marienkult, provokative Antwort der Jesuiten auf die protestantische Kritik an der Heiligenverehrung, erlebte in Maximilians Kinderjahren einen ungeheueren Aufschwung in München und prägte die religiöse Phantasie des Kindes.

Frömmigkeit war die erste Tugend, die der Knabe als zukünftiger Fürst zu lernen hatte. Die zweite Weisheit: Lesen und Schreiben, lateinische Grammatik und Rhetorik, Lektüre von Ovid, Horaz, Cicero, Plutarch und Livius. Es sollte solche Gelehrsamkeit nicht

Selbstzweck, sondern Weg zu Gotteserkenntnis und rechtem Glauben sein und war entsprechend religiös eingefärbt. Drittes Lehrfach: Gerechtigkeit. Wie lernt einer die? »Mit Exempeln«, so die Erziehungsinstruktion. Es sollte dem Prinzen gezeigt werden, »daß Fürsten und Obrigkeiten von Gott verordnet seien, den wahren Dienst Gottes und die rechte ungefälschte Religion zu schützen, die Untertanen nach Recht und Billigkeit zu regieren, gemeinen Fried und Ruh zu erhalten«. Da der Herrscher nach Ansicht der Zeit nichts anderes als ein Vater seines Volkes war, hatte er sich um alles persönlich zu kümmern und deshalb Recht und Gesetz, Verfassung und Verwaltung, Finanz- und Kriegswesen zu kennen. Ein gewaltiges Pensum. Auch hier ging es den Erziehern freilich nicht so sehr um das Wissen als solches, sondern um den rechten Gebrauch solcher Kenntnisse. Der Fürst müsse als Streiter Christi die Ketzer wieder »in den rechten Schafstall« zurückführen, lehrte man den Knaben. Der notierte sich als Siebzehnjähriger in sein Merkheft: »Wenn du ein rechter katholischer Fürst, so bist du schuldig, daß du deine Untertanen zu dem rechten katholischen Glauben bringest, soviel dir möglich ... Sei derohalben nicht gütig, sondern halt ein Maß in allen Sachen.« Ein Musterschüler.

Heilige Maria, Mutter Gottes, bitte für uns Sünder. Langsam glitt ein Rosenkranz durch schmale, knochige Finger. Leicht war es ihm nicht gefallen, die Sehnsucht nach Licht, Liebe und Leben zu unterdrücken. Er wäre wohl gerne gütig gewesen, hätte er nur gedurft. Aber man zwang ihn, sein schüchternes Wesen hinter eingeübter Schroffheit zu verbergen. Alles Schwache, Weiche, Herzliche in ihm sollte ausgemerzt werden. Nur in der schwärmerischen Verehrung der unvergleichlichen Jungfrau Maria durfte es ungeniert wieder aufleben. Weshalb diese Andachtsstunden dem Herzog sehr wichtig waren. Er flüchtete sich, ähnlich dem Vater, vor einer Welt, die von ihm Kälte verlangte, in das mystische Halbdunkel der weihrauchduftenden Kirche. Ein anderer Charakter hätte vielleicht aufbegehrt, die Fesseln irgendwann gewaltsam gesprengt, in die eifrige Erzieher seine Seele gekettet hatten. Nicht Maximilian. Er versuchte zu genügen, war fleißig bis zur Selbstverleugnung, hielt gewissermaßen die Luft an in dem ihm schon als Kind übergezogenen, unmenschlich-engen Korsett. Er war ein heller Kopf, nicht schwerfällig wie der Vater, intelligent, willensstark, geistreich – aber ein Rebell war er nicht. Haltung und Selbstdisziplin zeichneten ihn aus, nicht Freiheitsdrang und Selbstbehauptungswille. Die bayerische Geschichtsschreibung wird ihm später das Prädikat »der Große« zubilligen. Wofür manches spricht. Nicht sein Charakter; war er doch eher ein kleinlicher Mensch. Um ihn war kein Charisma, nicht die Aura des Genies, sondern die kalte und leicht penetrante Ausstrahlung eines Strebers.

Gegrüßet seist du Maria. Der Rosenkranz war gleich abgebetet. Pünklich würde die Andacht beendet sein. Der junge Herzog achtete streng auf die Einhaltung seines Tagesplans, der weit vor Tagesanbruch begann und bis in die sinkende Nacht andauerte. Nur so konnte er all den Aufgaben gerecht werden, die zu erledigen waren. Sein Vater hatte ihm vor drei Jahren die ganze Bürde der Staatsgeschäfte auf die Schultern gelegt, halb wollend, halb sollend. Wenn es ihm auch schimpflich schien, wegen finanzieller Mißwirtschaft aus dem Herrscheramt gedrängt zu werden, so war es doch verlockend, der Überforderung ein für allemal zu entfliehen und fortan das beschauliche Leben eines begüterten Heiligen zu führen. Maximilian dagegen brannte darauf, die Zügel in die Hand zu nehmen. Er wollte beweisen, daß er nicht nur in der Theorie, sondern auch in der Praxis Primus werden könnte. Die Staatsfinanzen sanieren, die Verwaltung in den Griff bekommen – das waren die vordringlichen Aufgaben. Er hatte dies längst erkannt, mußte jetzt nur seine Pläne Schritt für Schritt realisieren. Vor allem: sich selbst der Dinge annehmen, ihre Erledigung nicht säumigen und eigensinnigen Oberstkanzlern und Kammerräten überlassen. Gleichzeitig galt es, das vom Vater eingeführte Polizeiregiment gegen Sünde und Sittenlosigkeit und zur allgemeinen Überwachung der Untertanen auszubauen. Er wollte auch endlich für die Sicherheit im Land sorgen. Das Rauben, Morden und Brennen entlang der Straßen mußte aufhören. Da Mandate und Polizeistreifen sich als wirkungslos erwiesen hatten, würde er jetzt das Gesindel durch einen grausamen Prozeß abschrecken. Er hatte Anweisung gegeben, einen Schauprozeß in der Hauptstadt vorzubereiten. Vor einigen Tagen war ihm gemeldet worden, daß ein geeigneter Fall für solches Exempel gefunden sei und die ausgewählten Malefikanten schon im Falkenturm lägen. So stand es in einem der vielen hundert Schriftstücke, die täglich über seinen Schreibtisch gingen. Seine Maßnahmen griffen, das festgefahrene Staatsschiff wurde wieder flott. Kaum drei Jahre stand er allein am Ruder und schon sah jedermann seine Tüchtigkeit. Ihn erfüllte vermutlich der Stolz des notorischen Klassenbesten, der es wieder allen gezeigt hat.

Der junge Herzog hatte seine Andacht beendet. Er erhob den Blick, sah einen Moment lang in das dunkle hohe Gewölbe, nahm den Rosenkranz in die Linke, schlug mit der rechten Hand das Kreuz, stand unvermittelt auf und verließ das knarrende Gestühl. Seine Knie, von Kindheit an durch fromme Übung schwielig verknorpelt, schmerzten wie immer. Doch schon nach wenigen steifen Schritten straffte sich sein Körper, nahm Haltung an. Maximilian war gewohnt, streng mit sich zu sein.

Gott und die Macht

Von der großen Auseinandersetzung der Zeit, dem Streit der Konfessionen, sind die Pappenheimer erstaunlich wenig berührt worden. In all den Verhören fragte sie keiner nach ihrem Bekenntnis. Auch von sich aus haben sie es nie für erwähnenswert gehalten. Es gibt dennoch kaum einen Zweifel, daß unsere Landfahrer lutherisch waren. Paulus und Anna kamen aus rein evangelischen Gebieten, die älteren Söhne wurden in Ansbach und Nürnberg, also protestantisch getauft, Hänsel brachten die Eltern zur Taufe nach Regensburg, dem einzigen lutherischen Ort ihres Landstriches. Merkwürdigerweise spielte die Religion in ihrem Leben sonst kaum eine Rolle. Nicht im Umgang mit den Häuslern von Tettenwang, nicht bei der Auswahl ihrer Wanderrouten, nicht bei der Suche nach Unterkünften. Sie hatten nirgendwo ihres Glaubens wegen Schwierigkeiten, wurden vermutlich nicht einmal danach gefragt. Auf der untersten gesellschaftlichen Ebene war die Konfessionsfrage offenbar kein wirkliches Problem.
Auf der obersten schon. Ähnlich wie beim heutigen Konflikt zwischen Kommunismus und Kapitalismus, verknäulten sich auch beim Konfessionenstreit des 16. und 17. Jahrhunderts Gesinnungs- und Machtmotive zu einem unentwirrbaren Knoten. Martin Luthers 95 Thesen vom 31. Oktober 1517 waren wie ein Funke, der in trockenes Heu fällt: der Brennstoff, von handfester, irdischer Natur, war vorbereitet, wenngleich ihn erst der Gedankenblitz des Wittenberger Professors in Brand setzte. Wer kann sagen, ob die Flammen, die bald überall loderten, mehr entzündete Materie oder mehr materialisierter Funke waren.
Entgegen heutigem Anschein fanden Luthers Worte auch in Bayern offene Ohren. Draußen im Land und selbst bei den damals gemein-

sam regierenden Herzögen Wilhelm IV. und Ludwig X. Diese waren, als der Papst in seiner Bulle »Exsurge Domine« im März 1521 Luther und seinen Anhängern mit dem Bann drohte, durchaus keine eilfertigen Vollstrecker kurialen Zorns. Man solle »gemach tun«, erst einmal abwarten, lautete ihre Parole. Die Für und Wider jeglicher Entscheidung waren sorgsam gegeneinander abzuwägen.

Denn die religiöse Loslösung von Rom stand von Anfang an in engster Beziehung zu einer Parallele auf politischem Gebiet. Verschenkt und verloren war nämlich die Macht des Kaisers, die einst für die Verbreitung des römischen Glaubens gesorgt hatte, vielleicht aus christlicher Überzeugung, gewiß aber, um durch die Einheitskirche das Vielvölkerreich zu einen. Neuen, kleineren Einheiten gehörte die Gunst der Stunde. Überall bauten Territorialfürsten ihre eigenen kleinen Monarchien auf, zogen die Zügel im Innern an und warfen das kaiserliche Joch ab. Es war für sie nur logisch, sich irgendwann auch von der Reichsreligion zu emanzipieren. Praktisch auch: Die Kirche war eine der Zwischengewalten in den Territorien, die einer straffen Zentralregierung im Wege stand. Sie zu beseitigen, hieß ein ärgerliches Hindernis auf dem Weg zur absoluten Landesherrschaft aus dem Weg räumen. Es bedeutete aber auch den Zugriff auf Pfründe und Herrschaften von Klöstern, Stiften und Bistümern. Und schließlich: die Möglichkeit, durch den Aufbau einer landesherrlich kontrollierten Eigenkirche Herrschaft über die Gewissen der Untertanen zu erringen. Verlockende Aussichten.

Andererseits wehrten die Barone, Standesherren, Ritter, Landadel und Städte sich gegen die wachsende Macht der Territorialfürsten, wollten sich nicht unterwerfen und sahen in der evangelischen Bewegung ihren Kampf um Selbstbehauptung artikuliert. Weshalb die neue Lehre in diesen Kreisen rasch Freunde gewann. Das freilich zwang die Geistlichkeit, obwohl sie an sich mit den anderen Ständen in einer Front gegen die zunehmenden Kontrollen durch die Landesmonarchen stand, an die Seite ihres natürlichen Gegners. Von den Flammen der neuen Lehre in den eigenen Reihen bedroht, mußte die Kirche die weiße Fahne hissen und hilfesuchend zum Landesfürsten überlaufen. Lieber etwas Freiheit verlieren als untergehen. Dem Landesherrn konnte das nur recht sein. Mit der Gloriole des Retters der alleinseligmachenden Kirche und in allerhöchstem Auftrag würde er nun die im Wege stehenden, aufbegehrenden Stände in die Knie zwingen. Als Problem blieb lediglich, die eigene Unabhängigkeit gegenüber Kaiser und Papst zu wahren.

Womit nicht gesagt sein soll, daß es für Wilhelm IV. und Ludwig X., als sie sich im Februar 1522 auf der Burg Grünwald im Isartal zur Erörterung der Lage trafen, nicht auch um Gewissens- und Glaubensfragen ging. Aber das Religionsgespräch der bayerischen Herzöge stand ganz unter dem Eindruck von Berichten über religiös motiviertes Rebellentum im Land. Die lutherische Lehre, befürchteten sie, könnte zu »Aufruhr, Rumor und Überfall« führen. Außerdem hatte man auch außenpolitische Rücksichten zu nehmen: Es schien den unmittelbaren Nachbarn der Habsburger wenig ratsam, den Kaiser durch einen Bruch mit seiner, der römischen Kirche, herauszufordern. Die Stellung des Katholizismus im Reich war andererseits bereits so bedroht, daß man sich seine Treue hoch bezahlen lassen konnte. Schon war nämlich die alte bedrängte Kirche im Land gezwungen, sich unter eine Art Schutzherrschaft des Fürsten zu begeben.

Kurz: Es war vorteilhaft, katholisch zu bleiben. Weshalb das religiöse Gewissen der Herzöge, im Schatten des Unterbewußtseins zum politisch Vernünftigen gelenkt, die »katholische Lösung« vorzog. Konsequent bekämpfte der bayerische Landesherr von da an die Lutheraner im Land. Etwa den Ingolstädter Magister Arsacius Seehofer, der, wegen seiner »lutherischen Schalkheit« verurteilt, nur knapp dem Scheiterhaufen entkam. Der Prediger Leonhard Kaiser war nicht so glücklich – 1527 wurde er in Schärding öffentlich verbrannt. Nicht zuletzt wegen der frühzeitigen Verfolgung der Protestanten in Bayern, griff der große Bauernkrieg von 1525/26 nicht auf das Land über. Was allein schon den Grünwalder Beschluß als nützlich bestätigte.

Aber auch sonst ging die Rechnung auf. Auf Bayern als Bollwerk angewiesen, überließ die römische Kurie der fürstlichen Regierung bald die Kontrolle über die Landeskirche. Der Herzog war deshalb kaum schlechter dran als protestantische Herrscher, die sich eigene evangelische Staatskirchen schufen. Den Kirchenbesitz mußte er zwar unangetastet lassen, den ständischen Widerstand der Prälaten konnte er aber durch Einfluß auf die kirchliche Personalpolitik brechen. Für den Verzicht auf Säkularisierung erhielt er einen Ausgleich: Aus Rom kam außenpolitische Hilfe, auch Geld. Gleichzeitig hatte man sich den kaiserlichen Nachbarn, den zu stärken man möglichst unterließ, zu wohltuender Rücksichtnahme verpflichtet; der brauchte den stärksten der verbliebenen katholischen Reichsstände als Bundesgenossen. Die lohnendsten Früchte der Treue zum alten

Glauben erntete das bayerische Fürstenhaus jedoch innerhalb der eigenen Grenzen. Da gab es noch einige reichsunmittelbare Territorien, häßliche Flecken auf der Landkarte des Fürstentums, die ohne Rechtsbruch schwer auszuradieren waren: Ortenburg bei Passau, Haag bei München, Waldeck am Alpenrand. Als deren Herrn nach dem Augsburger Religionsfrieden von 1555 ihre Unabhängigkeit dadurch bekräftigten, daß sie das »ius reformandi« in Anspruch nahmen und lutherische Prädikanten auf die Kanzeln ihrer Ländchen ließen, konnte der bayerische Herzog zur Rettung der katholischen Kirche herbeieilen und sich die lang begehrte Beute um Gottes willen einverleiben. Ähnlich vorteilhaft deckten sich religiöses Gewissen und Machtinteressen der bayerischen Herzöge auch im weiteren Verlauf der Geschichte. So beim Kampf um den Kölner Bischofsstuhl, so bei der Besetzung von Donauwörth, so bei dem Erwerb der Oberpalz und dem Raub des Kurhuts von den pfälzischen Vettern.

Der reaktionäre Charakter des Grünwalder Beschlusses zeigte sich in der Folgezeit vor allem im Kampf gegen unkatholische Tendenzen bei den Untertanen, der – nicht ganz zufällig – identisch war mit der Unterdrückung ständischer und städtischer Opposition. Davon gab es genug. Bezeichnend ein Akt spontaner Demonstration in München: An einem Junisonntag des Jahres 1558 begannen die Teilnehmer eines Gottesdienstes in der Augustinerkirche auf einmal lutherische Lieder zu singen. Die Predigt des Pater Seidl, der den Papst gegen ketzerische Angriffe verteidigte, wurde ständig durch spöttische Zwischenrufe unterbrochen und mit lautem Gelächter kommentiert. Der Vorfall ist uns wegen der strengen Untersuchung bekannt, die er auslöste. Er zeigt, wie stark verbreitet die neue Lehre im Münchner Bürgertum war, und wie sehr man gerade in der Stadt fühlte, daß religiöses Wohlverhalten auf politische Entmündigung hinauslief. Nicht wenige gerade der Tüchtigsten wichen dem aus und setzten sich samt ihrer Habe in protestantische Städte wie Augsburg, Regensburg oder Nürnberg ab. Andere blieben und flohen in eine Art innere Emigration, bildeten heimliche Zirkel, liehen sich die verbotenen protestantischen Bücher gegenseitig aus. Haussuchungen, Religionsverhöre, das Einsammeln von Beichtzetteln konnten diese Reste des Widerstandes nicht zerstören. Aber sie trafen das Selbstbewußtsein der Stadtbürger empfindlich. Worin wohl der eigentliche Zweck solcher Polizeimaßnahmen lag.

Seit 1563 gab es dann die jährlichen Fronleichnamsprozessionen –

obrigkeitlich verordnete Gegendemonstrationen gegen den vereinzelt aufflackernden Unwillen der Münchner. Das einfache Volk starrte mit großen Augen und offenen Mündern auf das Spektakel: Lebende Bilder aus dem Alten und Neuen Testament zogen an ihm vorbei, der Kampf Georgs mit dem Drachen wurde pantomimisch vorgeführt, Fahnen, Statuen, prächtige Baldachine vorübergetragen. Beim Anblick solcher Wunder vergaß man das Räsonieren. Panem et circenses. Die politisch Mitdenkenden, die Stadträte, Patrizier, Gebildeten wurden gezwungen, an der Prozession teilzunehmen, ebenso wie Beamtenschaft und Hofstaat. Wer nicht mitging, machte sich verdächtig und hatte einigen Ärger zu befürchten. Auf solche und ähnliche Weise benutzte der Fürst die Verteidigung des alten Glaubens zur Disziplinierung seiner Untertanen, zum Ausbau seiner neuen Macht.

Mit dem alten Adel im Land, den Rittern, Grafen und Freiherrn wurde er nicht so leicht fertig. Denn mancher von denen hielt sich für gleichberechtigt mit dem Landesherrn. Aus gutem Grund und altem Herkommen: Nach fromm-einleuchtender Legende hatte Gott die fruchtbaren Länder dieser Erde dem Kaiser zu Lehen gegeben mit dem Recht, sie weiterzuverleihen. Davon machte der Kaiser Gebrauch und teilte den ihm anvertrauten Boden in der Folgezeit an seine Ministerialen und verdienten Kriegsleute aus. So entstand der grundbesitzende Adel. Wenn nun auch der Kaiser einzelne seiner Vasallen mit zusätzlichen Verwaltungsaufgaben betraute – indem er etwa 1180 den Wittelsbacher Otto zum Herzog von Bayern machte –, so änderte dies nichts am Status der übrigen. Alle waren sie dem Kaiser und nur diesem lehenspflichtig. Den Herzog betrachteten sie als ihresgleichen und seine besondere Stellung nur als Ausfluß kaiserlicher Hoheit. Als nun aber die herzogliche Würde durch geschicktes Taktieren erblich wurde, war es ein Streit um Worte, ob man sie als kaiserlich oder angeboren bezeichnete. Die Macht des Adelsgeschlechts, das den Herzog stellte, wuchs im Laufe der Jahrhunderte. Sehr zum Verdruß der anderen Kaiservasallen, denen es immer weniger half, sich auf ihre prinzipielle Gleichberechtigung zu berufen.

Der Herzog nämlich begründete seinen höheren Rang nun ohne Rekurs auf den Kaiser. Es sei schon richtig, besänftigte er seine Standesgenossen, daß er lehensrechtlich auf derselben Stufe stünde wie sie. Aber was verschlage dies gegen den göttlichen Willen, der ihn nun mal aus der Reihe der Gleichrangigen zum Fürsten erhoben

habe? Daß es Gott selbst und nicht der Kaiser gewesen sei, der ihn erhöhte, sei doch augenfällig. Hätte der Weltenlenker und oberste Pachtherr der Erde nicht seine herzogliche Macht und Würde gewollt, wäre sie ihm gar nicht gegeben, gewiß aber längst wieder genommen worden. So gesehen, habe der Kaiser nur als Werkzeug eines Größeren gehandelt, als er einen aus der Reihe seiner Vasallen zum Herzog bestimmte. Die Ahnen des jetzt regierenden Fürsten hätten nur deshalb in zähem Ringen zur Vorherrschaft im Land kommen können, weil dies in stillschweigendem Einverständnis und mit wunderbarer Förderung des Allerhöchsten geschehen sei. Kurz: Da alles, was geschieht, Gottes Willen entspricht, muß dies auch für den Machtzuwachs des Herzogs gelten. So der Gedanke. Die äußere Auswirkung: Der Fürst nannte sich hinfort »von Gottes Gnaden«. Womit klargestellt war, daß er seinen Rang weder dem Kaiser noch der Zustimmung seiner Landstände verdankte.
Allerdings gab es traditionelle Rechte, die sich auch durch noch so kluge Staatstheorien nicht vom Tisch wischen ließen. Vor allem wegen ihres Steuerbewilligungsrechts mußte der Herzog behutsam mit den Ständen umgehen. Ihre vollkommene Unterwerfung dauerte Jahrhunderte. Wilhelm V. und Maximilian I. betrieben eine Salamipolitik: Scheibchen um Scheibchen beschnitten sie dem Adel seine Privilegien, drängten ihn in wirtschaftlich abhängige Positionen, überwachten seine Lebensführung. Gerade dabei kam ihnen wieder ihre Position als Verteidiger des wahren Christentums trefflich zustatten. Die behaupteten sie sogar gegen die Prälaten: Auch die Stifte und Klöster unterlagen der Aufsicht des herzoglichen Geistlichen Rates.
Von all dem wußten die Pappenheimer wenig oder nichts. Und doch waren die Machtverhältnisse in dem Land, das sie durchstreiften, für ihr Schicksal entscheidend. Der gegen sie eröffnete Prozeß sollte nicht nur das Gesindel auf den Straßen abschrecken, sondern auch den Städten und dem Adel zeigen, wer der oberste Blutgerichtsherr im Fürstentum war. Es ging um eine Zurschaustellung herzoglicher Macht.

Glockenklang

Wir sehen Gumpprecht Pämb mit zerschundenen Gliedern regungslos im Stroh seiner Keuche liegen und dem Glockenklang lauschen,

der durchs offene Fenster dringt. Zwei Tage hintereinander war der Zwanzigjährige unten im Gewölb des Falkenturms verhört und gefoltert worden. Am Vortag hatte man ihn verschont, aber morgen, das wußte er von der Frau des Eisenmeisters, würden die Hofräte Wangereck und Hainmüller und der Rentmeister von Roming wiederkommen und ihn weiter quälen. Unförmig angeschwollen waren ihm die Arm-, Ellbogen- und Schultergelenke, blaugrün unterlaufen die Haut. Die geringste Bewegung verursachte ihm atemraubende Schmerzen in Rücken, Brust und Armen. So stand wahrscheinlich sein Eßnapf mit Suppe und einem Stück Brot unberührt neben ihm. Aus Angst vor der Pein wird er kaum gewagt haben, danach zu greifen. Grausam hatte man ihn zugerichtet.
Dabei war er willig gewesen, alles zu sagen, was die Herren hören wollten. Nur: Er wußte nicht immer gleich, was das war. Er hatte gestanden und gelogen, Mord und Totschlag, Raub und Diebstahl, Brand und Plünderung geschildert, bis er Lüge und Wahrheit selbst nicht mehr auseinanderhalten konnte. Bei der Frage nach den Kinderhändchen war er noch tapfer gewesen. Die erste Tortur übt den geringsten Schrecken aus, da der Inquisit ihr mit noch heilen Gliedern entgegensieht und sich die unvorstellbaren Schmerzen nicht ausmalen kann. Aber nachdem man ihn, »weil er mit der Wahrheit und Sprach nit recht heraus gewollt«, das erste Mal aufgezogen hatte, war es ihm nur noch darauf angekommen, die Hofräte mit seinen Antworten zufriedenzustellen. Oft vergebens. Er hatte nicht immer erraten, worauf es seinen Peinigern ankam. Und waren sie endlich mit einer Aussage zufrieden gewesen, hatte der Doctor Wangereck auf seine Liste geblickt und eine neue Frage gestellt.
Die Glocken erfüllten den schrecklichen Raum mit vertrautem Klang. Ganz ähnlich hatte es von den Kirchtürmen der Dörfer und Städte geklungen, die auf dem »Strich« der Pappenheimer lagen. Das war der erste Gruß gewesen, wenn sie ihr Ziel von ferne sahen, er hatte sie hinausbegleitet, wenn sie ihre Wanderung fortsetzten. Es läutete, gongte, dröhnte, dongte, bimmelte und schallte landauf, landab in Bayern, vielfach und vereinzelt, oft und überall, wo ein Gotteshaus stand. Dann schlugen die Bauern auf dem Feld ein Kreuz oder auch nicht, knieten die Stadtbürger nieder und sprachen ein Gebet oder überhörten die Glocken.
Es kam ganz darauf an. Mußte man herzogliche Spione befürchten, gab sich mancher frommer als er eigentlich war. Am Münchner Hof mußte man täglich zur Messe gehen, fünfmal beten und einmal

wöchentlich beichten. Draußen im Land, das Gumpprecht so gut kannte, war es mit der Frömmigkeit nicht so weit her. Die Religion, wir hörten es, spielte in der Welt der Pappenheimer so gut wie keine Rolle. Die Schafe der Kirche weideten in der Wildnis, frei von Zwängen und in kindlicher Unschuld. Keine Frage: die Hirten waren nachlässig.

Es gab Glocken, die läuteten in Kirchensprengeln, deren Seelsorger gewalttätige Säufer oder Sittenstrolche waren. Dergleichen war eher die Regel als peinliche Ausnahme, wie glaubhaft berichtet wird. »Die meisten Priester«, faßte eine herzogliche Kommission 1562 die Ergebnisse einer großen Kirchenvisitation zusammen, »sind Säufer, volle Zapfen, liegen Tag und Nacht in Weinhäusern, spielen mit Würfeln und Karten; ihre Tracht ist die von Schergen, Reitern oder Landsknechten«. In einem Bericht aus dem Jahre 1583 über die kirchlichen Zustände im Burghausener Rentamt lesen wir, »daß der Gesellpriester Virgilius zu Feldkirchen mit der einfältigen Dirne des Meßmers, gerade wie sie zu Mittag läutete, in der kleinen Kirchenkapelle bei dem vorderen Altare Unzucht getrieben; daß er öfters nächtlicher Weile in das Haus des dortigen Wirts gestiegen und die Dirne mißbraucht; daß er mit einem Tagwerkersweibe zu Ansbach lange Zeit im Ehebruch gelebt habe und daß er ferner ein grober Gotteslästerer, ein Trunkenbold und ein Raufer ohne seinesgleichen gewesen sei«. Vom Vikar Leonhard aus Taubenbach heißt es in demselben Bericht, er käme sehr oft nach Braunau und bliebe »sechs und mehrere Tage dort in Wirtshäusern«, wo er sich derart vollzusaufen pflege, daß er sich auf der Straße »die Hosen aufnestele« und seinen Rausch ausschlafe, »also entblößt und unsauber«. Und so fort ...

Natürlich, es gab auch andere. Die guten Hirten werden in den amtlichen Berichten nicht erwähnt. Und nicht jeder, der Konkubine und Kinder hatte, war ein schlechter Pfarrer, das eheähnliche Zusammenleben mit einer Frau vielmehr wirtschaftlich vernünftig und oft geradezu notwendig, was auch die Obrigkeit wußte. Im Passauer Generalvikariat etwa hielt man Priesterehen zur »Wiederhebung der verfallenen und abgekommenen Landpfarren und Wirtschaften« nicht nur für zulässig, sondern für wünschenswert. Trotzdem: Das vielfältige Bim-Bam über dem Bayernland erzählte einem, der in den Dörfern herumkam, nicht viel von inniger Frömmigkeit.

Es gab Glocken, die läuteten aus Klöstern, in denen man das Keuschheitsgebot nicht eben sehr ernst nahm. Äbte hausten mit höheren

Töchtern, Äbtissinnen zeigten sich mit ihren Liebhabern in aller Öffentlichkeit, Mönche trieben es mit der weiblichen Dorfjugend, Nonnen vergnügten sich mit den Beichtvätern. Man fand durchaus nichts dabei, vielmehr den herzoglichen Kampf gegen diese Zustände anmaßend. Selbst unter den Augen des Fürsten, im Nonnenkloster am Anger in München, lebte ein Franziskanerguardian mit den Verschleierten wie ein Pascha im Harem und verbat sich Maximilians Einmischung in diese Art geistlichen Lebens. Die von oben neuerdings verordnete Frömmigkeit wurde eben als fremd, bevormundend, unerhört empfunden.
Es gab Glocken, die ließen Bischöfe erklingen, die schon aus Opposition zum Kurs der Herzöge die traditionell laxe Moral der Landpfarrer guthießen. Die von Regierungsbeamten angezeigten saufenden, raufenden und hurenden Pfarrer unterstanden nämlich geistlicher, nicht weltlicher Gerichtsbarkeit. Es kam vor, daß Bischöfe die ihnen zur Abstrafung gemeldeten Geistlichen, statt sie zu maßregeln, mit der Versetzung auf bessere Pfründe belohnten – aus herausforderndem Trotz gegen die staatliche Intervention. Verständlich, daß der Herzog die Bischofsstühle und Prälatensitze mit Leuten zu besetzen versuchte, die ihm willfährig waren. Freilich hatte er dabei hinsichtlich der einträglichen Erzbistümer auch ein finanzielles Interesse: Seit sich in Bayern die Primogenitur durchgesetzt hatte, gab es in jeder Wittelsbacher Prinzengeneration nachgeborene Söhne, die irgendwie versorgt werden mußten. Was lag näher, als ihnen geistliche Pfründe zukommen zu lassen; das entlastete die herzogliche Kasse und sicherte zudem dem Fürsten seinen Einfluß auf die politisch oft bedeutenden Erzbistümer. Den konnte er durch die Besetzung außerbayerischer Reichskirchenbistümer sogar über das Land Bayern hinaus ausdehnen. Schon Albrecht V. beschaffte seinem zweitgeborenen Sohn Ernst, dem Bruder des späteren Wilhelm V., das Bistum Freising. Der neue Bischof war gerade elf Jahre alt, als er das hohe Amt übernahm. Was machte das schon – es ging ja nur um das damit verbundene Einkommen. Deshalb auch die Häufung solcher Würden: In nicht weniger als fünf großen Bistümern wurde Ernst Bischof. Seine Neffen, die Brüder Maximilians, machten, vom dankbaren Papst unterstützt, ähnlich großartig Karriere im geistlichen Gewande. Philipp Wilhelm postulierte man schon im Alter von drei Jahren zum Bischof von Regensburg, mit zwanzig trug er den Kardinalspurpur; Ferdinand ernannte man zum Dompropst von Straßburg, Koadjutor der Dompropstei von Würzburg, Domherrn

von Köln, Trier, Salzburg, Eichstätt und Passau, Koadjutor seines Onkels Ernst in Köln, Münster, Lüttich und Malmedy, Fürstpropst von Berchtesgaden, schließlich zum Bischof von Paderborn und, als Nachfolger seines Onkels, zum Erzbischof von Köln. Ein anderer Familienangehöriger, Franz Wilhelm von Wartenberg, Sohn des in morganatischer Ehe lebenden Bruders von Wilhelm V., Herzog Ferdinand I. von Bayern, bekam die Bistümer Minden, Verden und Osnabrück. So reichlich wurden die Wittelsbacher von der Kirche belohnt, die sie erhalten halfen.
Leider fehlte den derart zu vielfacher geistlicher Würde gelangten Bischöfen meistens die wünschenswerte Frömmigkeit. Während Herzog Wilhelm V. sich größte Mühe gab, ein Heiliger zu werden und Maximilian I. mit schwieligen Knien tagtäglich viele Stunden im Gebet zubrachte, trieben es die jungen Bischöfe der Familie in jungen Jahren reichlich bunt, in älteren zumindest nicht heiligmäßig.
Die Glocken, die in Gumpprechts Zelle zu hören waren, schlugen von der Frauenkirche, der Neuen Stiftskirche, von St. Peter und St. Michael herüber. In diesen Gotteshäusern herrschte ein anderer Geist als draußen auf dem weiten Land. Seit Albrecht V. gab es Jesuiten in München, und jährlich wuchs ihre Zahl. Die bayerischen Herzöge erkannten früh die Qualitäten der seit den vierziger Jahren des 16. Jahrhunderts sich ausbreitenden Gesellschaft Jesu: allseitige Bildung, geschulte Rhetorik, Disziplin, Anpassungsfähigkeit, Zielstrebigkeit. Offensichtlich gab man früh die Hoffnung auf, mit Hilfe des einheimischen Klerus die staatspolitisch erwünschte Ideologisierung des Volkes zu erreichen. Schon Wilhelm IV. hatte mit dem Ordensgründer Ignatius von Loyola und Papst Paul verhandelt, um im Ausland geschulte Jesuiten für Bayern zu gewinnen. Eine Vorhut dieser Kadertruppe traf 1549 in Ingolstadt ein. 1556 entstand dort das erste Jesuitenkolleg, 1559 mußten die Augustinermönche einen Teil ihres Münchner Klosters dem spanischen Orden überlassen, 1563 übernahm die Societas Jesu die Dillinger Universität. Die Münchner Pfarreien wurden alle mit Jesuiten besetzt, nur diese als Beichtväter bei Hof bestellt. Die meisten dieser neuen, obrigkeitlich so stark geförderten Geistlichen waren naturgemäß Ausländer. Aber nicht nur deshalb begegneten ihnen damals die bayerischen Untertanen vielfach mit unverhohlener Feindseligkeit, häufig mit Mißtrauen, immer mit Distanz. Das Volk merkte wohl, daß es darum ging, es mit Hilfe der Religion zu disziplinieren. Und wer gibt schon

gerne einen Teil seiner Freiheit auf, bestünde sie auch nur aus Laxheit und Lotterei.
Der Klang der Glocken. Gumpprecht in seiner Zelle wird nur Vertrautes in ihm gehört haben. Erinnerung schwang in dem Geläut mit, Bilder vom weiten, sanfthügeligen Land, von Dörfern und Weilern im Abendlicht, von vieltürmigen Städten im Glanz des Morgens, von Wanderschaft und Freiheit. Doch manch anderem, gerade hier in München, wird der drohende Unterton des Geläutes nicht entgangen sein.

Bedenken gegen das Kriegshandwerk

In diesen Frühjahrstagen des Jahres 1600 gab es im Hause Fickler eine häßliche Szene zwischen dem alten Hofrat und seinem jüngeren Sohn Hans Georg. Dieser studierte seit zweieinhalb Jahren in Ingolstadt, das heißt, er sollte studieren. Leider wollte er durchaus kein Gelehrter werden.
Nach Kriegsehren stand ihm der Sinn. Das war bei einem Besuch des unfleißigen Studenten in München zur Sprache gekommen, dessen Anlaß naturgemäß finanzieller Art war. Da mag der Vater dem jungen Mann seine armseligen Leistungen vorgehalten, auch auf das Vorbild des älteren Bruders Johann Christoph hingewiesen haben. Worauf der hoffnungslose Sprößling, um Antwort nicht verlegen, erklärt haben wird, so ein tintenklecksender Disputierjurist wie sein musterhafter großer Bruder würde aus ihm nie und nimmer. Er hasse den Modergeruch dunkler Schreibstuben und die Rabulisterei um lateinische Begriffe, sei dafür nicht geschaffen, sondern vielmehr zum Tatmenschen und Kriegsmann. Welche Rede in Johann Baptist Familienerinnerungen weckte, die seinen väterlichen Zorn nicht zu besänftigen geeignet waren.
Sein Bruder Hieronymus nämlich hatte auch, obwohl zum Studium ermahnt und anfänglich gezwungen, die Bücher eines Tages verstauben lassen und war aus Lust am Abenteuer und Neugier auf die Fremde ein Landsknecht geworden. Noch zu Zeiten des großen Kaisers Karl V. hatte er an der Belagerung Magdeburgs teilgenommen. Eine zwiespältige Ehre. Denn erstens war das Aushungern des letzten Widerstandsnests der Schmalkaldener, die 1547 zum Ruhm der kaiserlich-katholischen, zur Schmach der protestantischen und zum Verhängnis der kursächsischen Sache in Wittenberg kapituliert

hatten, keine militärische Großtat. Und zweitens wußte jeder, daß der verräterische Moritz von Sachsen, von Karl V. mit der Exekution der Reichsacht gegen die standhafte Stadt beauftragt, die Feldherrntat damals zum ersten Akt seines schändlichen Komplotts gegen den Kaiser umfunktioniert hatte. Zum Glück war sich Johann Baptist Fickler sicher, daß sein abenteuerlustiger Bruder der Verräterei der Protestanten wenigstens sonst nicht gedient hatte. An Feldzügen des kaiserlichen Heers nach Piemont und Frankreich nahm er teil, allerdings und leider als Hauptmann des protestantisch-nürnbergischen Kontingents. Danach kämpfte er unter dem Herzog von Alba in den Niederlanden gegen die dortigen Ketzer, was ihm unser Hofrat trotz der berüchtigten Blutrunst seines Herrn zur Ehre anzurechnen geneigt war. Weniger die Tatsache, daß er als Söldner und Mietling auch im Dienst protestantischer Städte wie Nürnberg und Augsburg stand. Wobei dem Bruder andererseits, dachte Fickler, auch wieder seine Beständigkeit anzurechnen sei. Denn der Katholik wurde gewiß oft von Obrigkeit, Freunden und Kameraden gedrängt, sich der lutherischen Sekte anzuschließen, mußte auch in solchen Städten wie Nürnberg lange Zeit mitten unter den Ketzern hausen. So war schon manch einer vor ihm jämmerlich verführt worden. Hieronymus aber blieb unangefochten, sei es, wie sein Bruder meinte, weil er die katholische Religion gleichsam aus der Mutterbrust gesogen hatte, sei es, wie zu vermuten ist, aus demselben Desinteresse an dem Religionsgezänk, das auch im Kreis der Pappenheimer herrschte.

Die Sorge bewegte den Hofrat, daß sein Sohn Hans Georg weniger standhaft solchen Versuchungen widerstehen würde. In einem Korb von faulem Obst bleibt auch der kernigste Apfel nicht lange unverdorben. Ein Kriegsmann, das war nun einmal so, konnte sich seine Herren und Kameraden nicht aussuchen. Er mußte sich verdingen an den, der gerade Soldaten brauchte. Auf die persönliche Gesinnung des einzelnen Landsknechts, auf seine Nationalität oder Religion kam es nicht an. Er kämpfte für jeden, der ihn bezahlte, und nicht einmal unser greiser Rechtsgelehrter hätte daran Anstoß genommen. Was ihn störte, war die Ansteckungsgefahr, der sich sein mißratener Sprößling aussetzte. Der lutherische Bazillus grassierte überall, und wie leicht konnte ihm ein junges Blut erliegen. Und selbst, wenn er stark bliebe: Es könnte mit ihm so traurig enden wie die Geschichte des kriegerischen Hiernonymus. Der war als Rittmeister – oder, wie man's dort nannte, als Reiterhauptmann – der Stadt

Augsburg im Jahre 1575 katholisch und friedlich entschlafen, als ihm Schreckliches widerfuhr. Wie ihn nämlich die katholische Priesterschaft im Augsburger Domstift begraben wollte, war sein protestantischer Vorgesetzter in die Zeremonie geplatzt und hatte sich angemaßt, den Sarg hinwegzuführen und dem »lutherischen Prädicanten Geschmeiß« zu übergeben. So rächte sich die Freundschaft mit den Ketzern doch noch in letzter Stunde: Die vermeinten, ihm einen Dienst zu erweisen und ließen ihren katholischen Kameraden auf dem protestantischen Friedhof zu St. Stephan bei den ewig toten Lutheranern begraben. »Da liegt zwar sein Leichnam«, tröstete sich Fickler, »aber seine Seel wird zweifelsohne am Jüngsten Gerichtstag von diesen sektischen Böcken abgesondert und zu den katholischen Schafen gestellt werden. Amen.« Bei allem Trost verstand unser Hofrat die Moral der Geschichte sehr gut: Umgang mit Ketzern führt zu keinem guten Ende. Deshalb also schwollen ihm die Zornesadern, wenn er seinen Sohn von Tat und Abenteuer reden hörte.
Aber er fürchtete natürlich nicht nur, wenngleich zuerst und vor allem, um die Seele seines Kindes, sondern auch um dessen Wohl und Wehe, Leib und Leben. Einem politischen Kopf wie Fickler war es in diesen Zeitläuften nicht verborgen geblieben, daß es nach Krieg roch, nach furchtbarer, verheerender, langwährender Schlacht zwischen den Religionsparteien. Dies war nicht die Zeit, einen Sohn Landsknecht werden zu lassen.
Nur scheinbar herrschte seit 1555 Friede in Deutschland. In Wahrheit war bei der Augsburger Vereinbarung nur die kaiserliche Flagge über den Brand geworfen worden. Das Feuer schwelte darunter weiter, und jeden Tag und aus nichtigem Anlaß konnten die Flammen erneut und mächtiger emporschlagen. Ein wirklicher Friede war dies nicht, es gab strittige, ungeklärte Punkte wie den des geistlichen Vorbehalts, die Frage, ob geistliche Herren beim Übertritt zum Luthertum ihrer kirchlichen Güter und Pfründen verlustig gehen sollten, wie es die katholische Partei forderte, und dem die evangelische widersprach. Überhaupt fehlte der ganzen Abmachung das Wichtigste, nämlich der Wille der Vertragschließenden, sich daran auf Dauer zu halten. Ursprünglich äußerte man seinen Unwillen nur hinter vorgehaltener Hand oder in Tischgesprächen mit Gleichgesinnten. Inzwischen aber hatten Päpste wie Paul IV. und Könige wie Philipp II. ganz offen erklärt, der Heilige Krieg müsse wieder aufgenommen und die Ketzerei völlig vom Erdboden vertilgt werden. Dem bayerischen Herzog, wen wundert es, sprach dies so recht aus der

Seele. Zu den Lieblingsbüchern des jungen Maximilian gehörte das Werk »De Autonomia« des kaiserlichen Reichshofratsekretärs Andreas Erstenberger, worin die Augsburger Toleranz als gottlos, gar teuflisch und solcher Friede schlimmer denn Krieg bezeichnet wurde. Aber auch die Protestanten sahen das Vertragswerk mit mißgünstigen Augen an und hofften, bei nächster Gelegenheit noch mehr Boden im Reich zu gewinnen. Wenn also schon die Beteiligten diesen Frieden nur als Atempause betrachteten, um wieviel mehr mußten die davon Ausgeschlossenen ihn verachten. Duldung gewährte er ja nur den Anhängern der augsburgischen, nicht den der reformierten Konfession, und nur den Landesherren, nicht den Untertanen.

Die Lage war also durch die Pax Augustana kaum entschärft. Gefährlich war sie, weil damals machtpolitischer, verfassungsrechtlicher und ideologischer Zunder jenes höchst explosive Gemisch bildete, das uns Heutigen nur allzu vertraut ist. Der Kampf um Einfluß und Freiheit wurde zum Glaubenskrieg deklariert; das Ringen um die richtige Religion war auch Macht- und Befreiungskrieg. Heiliger Wein vermischte sich mit politischem Wasser und berauschte selbst besonnene Gemüter. So in Deutschland, wo der unrühmliche Abgang Karls V. nicht nur ein Sieg der Protestanten über die Katholiken, sondern auch einer des Landesfürstentums über die kaiserliche Reichsgewalt war. So in Frankreich, wo die Auseinandersetzung zwischen Adel und Königtum als Kampf der Calvinisten mit der alten Kirche geführt wurde. So in den Niederlanden, das seinen Freiheitskampf gegen die spanische Unterdrückung als heiligen Krieg verstand. So in England, in Böhmen, Ungarn und Siebenbürgen – so überall.

Um einiges komplizierter und gefährlicher wurde dieses konfessionell begründete Rütteln an alten Machtstrukturen durch die großräumigen Querverbindungen der europäischen Diplomatie. Die richtete sich vor allem gegen die Vormachtstellung der Habsburger, die alle übrigen Fürstenhäuser bedrohte. Die spanische Linie beherrschte seit Karl V. nicht nur die Iberische Halbinsel, sondern mit dem Herzogtum Mailand, den Vizekönigtümern Neapel, Sardinien und Sizilien halb Italien, die Herzogtümer Brabant und Luxemburg, sowie, zeitweise, die Grafschaft Burgund. Damit war Frankreich beinahe eingekreist. Natürlich mußten sich seine Könige dagegen wehren. Unermeßliche Schätze, Ströme von Gold und Silber aus den überseeischen Kolonien ermöglichten es Spanien außerdem, eine

Politik des Geldes zu führen, Unruhen zu finanzieren, Wahlen und Entscheidungen anderer Staaten durch Bestechung zu beeinflussen. Erstmals konnte sich ein Monarch ein gewaltiges stehendes Heer leisten. Mit Geld und Soldaten versuchte Karls Nachfolger Philipp II., seine Herrschaft auf ganz Europa auszudehnen, den französischen Königsthron zu besetzen, Englands große Elisabeth zu ehelichen. Aber Gold und Waffen vermögen nichts ohne etwas, das dem spanischen Despoten fehlte: staatsmännischer Verstand.

Das war ein Glück für seine Nachbarn. Eine totale Beherrschung Europas durch das Geschlecht der Habsburger schien einige Jahrzehnte hindurch in greifbarer Nähe. Die jüngere, österreichische Linie regierte nämlich ein kaum kleineres Gebiet als die spanischen Verwandten: neben dem Erzherzogtum Österreich die Herzogtümer Steiermark und Kärnten, die Grafschaft Tirol, damals von Kufstein bis zum Gardasee reichend, das Königreich Böhmen, das Herzogtum Schlesien, die Markgrafschaft Mähren, Krain, österreichisch Ungarn. Dazu kamen als unterworfene Staaten das Königreich Ungarn, Siebenbürgen, Bosnien, Bulgarien und die Walachei. Zwischen den beiden habsburgischen Supermächten fühlten sich Deutschlands Fürsten eingeschlossen. Der Papst desgleichen. So kam es zu eigenartigen, unsicheren Horizontalverbindungen: Bayerns Herzöge unterhielten regen diplomatischen Kontakt mit Frankreich; das wiederum paktierte mit deutschen Protestanten und niederländischen Reformierten genauso wie mit dem römischen Papst und Bayern, um eine Lockerung des spanischen Würgegriffs zu erreichen.

Auch zwischen den österreichischen und spanischen Habsburgern gab es nichts weniger als brüderlich-christkatholische Eintracht. Die Österreicher sahen nicht ohne Neid Reichtum und Glanz ihrer Verwandten. Dezidiert anti-spanisch war das protestantische England. Es hatte 1588 der stolzen Armada eine schmähliche Niederlage bereitet. Freilich beäugte es auch mißtrauisch das seit der Regierungsübernahme Heinrichs IV. erstarkende Frankreich. Während dieses durch Heinrichs Konversion katholisch blieb, blühten in Schweden und Dänemark mächtige protestantische Königsgewalten auf. Deutschlands evangelische Fürsten und Städte, vor allem die nördlichen, sahen es mit gemischten Gefühlen; zu begehrlich fühlten sie die Blicke der Glaubensbrüder auf sich gerichtet. Damit war der Konfusion noch kein Ende: seit 1593 bedrohten die Türken wieder die Christenheit und zwangen die verfeindeten Parteien zu gemeinsamer Verteidigung, wobei die am meisten und unmittelbar gefähr-

deten österreichischen Habsburger solche Hilfe mit Konzessionen an ihre inneren Gegner zu bezahlen hatten. Verwirrender noch: Die Niederländer beriefen sich zu Recht darauf, daß ihre spanischen Unterdrücker auch Reichsgesetze verletzten und forderten kaiserliche – also katholische, habsburgische – Hilfe. Der Kaiser freilich wollte sich dazu aus verwandtschaftlichen und konfessionellen Rücksichten nicht verstehen, die deutschen Lutheraner mochten von der Unterstützung fremder Calvinisten nichts wissen. Der schroffe Gegensatz zwischen Protestanten und Reformierten, oft gehässiger und erbitterter ausgetragen als der evangelisch-katholische, half auch noch mit, die Lage zu komplizieren.
Wie ein verheddertes Knäuel lagen all diese aus Interessen, Machtgelüsten und Ängsten gesponnenen Fäden über der politischen Landkarte Europas. An allen Enden kochten fanatisierte Glaubenskämpfer und despotische Landesherren ihr eigenes Süppchen und sahen über den Tellerrand nicht hinaus. Irgendwann, vielleicht bald, mußte es zum großen Krieg mit wechselnden Koalitionen kommen. Und kein Zweifel: Der Schauplatz würde das brüchig gewordene deutsche Reich sein.
Kann man es, da die Dinge so oder noch schlimmer lagen, Doctor Johann Baptist Fickler verargen, daß er seinen Sohn nicht Landsknecht werden ließ? Er sah wohl weiter als der abenteuerlustige Hans Georg, der nach häßlicher Widerrede trotzig nach Ingolstadt zurückfuhr. Jedermann weiß freilich, daß nur der Einsichtige auch vernünftig ist. Dies eben war das Problem der Zeit.

Spanisches

Noch vor dem Morgengrauen kamen die Kämmerer in das Gemach des jungen Herzogs. Freiherr Wolf Konrad von Rechberg, Oberstkämmerer und zugleich Hofratspräsident, trat, spanisch gekleidet, den Mantel zurückgeschlagen, den Degen gegürtet, ans Bett des Fürsten und weckte ihn mit der vorgeschriebenen Begrüßungsformel. Während sich Maximilian erhob, reichte einer der Kammerdiener dem Freiherrn ein frisches Hemd, welches dieser mit einer höflichen Floskel an den Fürsten weitergab, seinerseits dessen Nachthemd in Empfang nehmend. Auf gleiche, genau festgelegte Weise erhielt der im kalten Zimmer fröstelnde Herzog sein wollenes Überhemd. Nun trat der Oberstkämmerer ein paar Schritte zurück, wäh-

rend der fürstliche Leibbarbier und ein Kammerdiener mit tiefer Verbeugung auf Maximilian zugingen. Jener rieb mit sauberen Tüchern Gesicht, Arme und Beine ab, worauf dieser ihm leinene Sokken, darüber seidene Strümpfe, Hosen, Schuh und Pantoffel anlegte. Sodann stelllte einer der Kämmerer, der Oberststallmeister Astor Leoncelli oder der Hauptmann Giulio Cesare Crivelli, das ihm von einem Diener gebrachte Wasserbecken auf den hierfür vorgesehenen Platz. Ein weiterer Kammerdiener kam mit dem Mundwasser, mit dem Zahnpulver der Leibbarbier, welches beides der Hofratspräsident, der inzwischen sein Haar mit dem vorgeschriebenen Hauptttuch bedeckt hatte, übernahm und dem Fürsten kredenzte.
Jede Bewegung, jede Handreichung war in umfangreichen Instruktionen bis ins einzelne beschrieben, nichts zufällig. Weshalb die ganze Szene seltsam unwirklich, wie ein oft gespieltes Theaterstück gewirkt haben muß, gestelzt, gespreizt, gekünstelt. Man ahmte mit solchem Zeremonientheater in München wie damals fast überall die Etikette des spanischen Königshofs nach, der ja zu Zeiten Karls V. zugleich Kaiserpalast gewesen war. Spaniens Geist erfüllte damals ganz Europa. Eine durch die Jahrhunderte hindurch zu beobachtende Wanderung des Brennpunkts der Kultur von Ost nach West hatte Madrid erreicht. Spanischer Geschmack bestimmte die Mode, die Literatur, die Kriegskunst, die Diplomatie, die Umgangsformen, die Malerei. Wer mit der Zeit ging, konnte sich dem nicht entziehen. Zu dieser ganz allgemeinen – inzwischen allerdings wieder abklingenden – Hispanisierungstendenz unter den Gebildeten kam am Münchner Hof noch eine politische Orientierung an dem mächtigsten Verbündeten des Papstes. Die in Bayern praktizierte Restauration und Reaktion folgte spanischem Vorbild, was ihren Fanatismus, ihre Grausamkeiten, auch die eigenartige Verbindung von protzendem Prunk mit Kasteiung und Askese erklärt. Nicht rein zufällig war es ein spanischer Orden, dessen sich die Herzöge zur Durchsetzung ihrer Politik im Innern bedienten. Spanisch war das von Albrecht V. eingeführte, von Wilhelm V. perfektionierte und von Maximilian I. verschärfte Polizeiregiment in Bayern: das Zensursystem, die Bespitzelung der Untertanen und Beamten, das Denunziantentum, die Bestrafung der Ausreise, die grausame Verfolgung von Ketzern. Spanisch war der Kanzleistil, der alles überwuchernde Bürokratismus, die allgemeine Schreibwut, die pedantische Kleinlichkeit. Spanisch auch der Totalitarismus und Despotismus, die Allgegenwart des Staates, der Versuch Maximilians, alles und jedes,

vom Beichtzettel seiner Beamten bis zum Beischlaf des Bauerngesindes, persönlich zu kontrollieren. Was mit einer anderen Eigenschaft spanischer Herrscher zu tun hatte, dem Mißtrauen.

Vieles, was Maximilians Charakter zu verdunkeln scheint, ist Stil der Zeit, anerzogenes Spaniertum: die Heuchelei seiner Diplomatie, die Falschheit und Verschlagenheit, das Taktieren und Lavieren, das feige Ausweichen, die schonungslose Ausnutzung von Zwangslagen anderer zum eigenen Vorteil. Dergleichen galt als hohe Staatskunst, die – wenn auch am auffälligsten – so doch keineswegs allein von Spaniern praktiziert wurde. Auch die Päpste verstanden sich darauf, deutsche protestantische Fürsten wie Moritz von Sachsen oder Ulrich von Württemberg nicht weniger.

Maximilian aber war auf ganz besondere Weise spanisch. Seine schroffe, kalte Art, Menschen zu behandeln; seine Scheu vor persönlichen Begegnungen; seine inbrünstige Heiligenverehrung, die Flucht ins Gebet; die Düsterkeit, die ihn umgab; seine Lieblingsfarbe Schwarz; seine Unfähigkeit, Gefühle zu zeigen; sein Talent, unbewegt zu bleiben; seine Vorliebe für die Heldenpose; sein Sammeleifer und sein Kunstverstand; sein bei aller Knausrigkeit ausgeprägtes Repräsentationsbedürfnis – all das erinnert auf fast unheimliche Weise an den spanischen König Philipp II., der in Madrid starb als Maximilian in München die Regierung übernahm.

Solche Ähnlichkeit mag bloßer Zufall sein. Es gibt aber eine andere Erklärung, die mir plausibler erscheint. Eine der beeindruckendsten Persönlichkeiten, denen Maximilian als Heranwachsender begegnete, war der große Theologe Gregor von Valencia. Dieser gelehrte Jesuit, der von 1575 bis 1597 in Ingolstadt wirkte, galt sozusagen als »Chefideologe« des damaligen Katholizismus. In seinem Werk »De rebus fidei« widerlegte er systematisch sämtliche Angriffe, die je auf kirchliche Glaubenslehren unternommen worden waren. Aber nicht nur deshalb wurde er bewundert und geachtet, sondern vor allem wegen seiner persönlichen Ausstrahlung, der Klarheit und Lebendigkeit seiner Rede. Er war achtunddreißig Jahre alt, ein mittelgroßer, kräftiger Mann mit mächtigem Haupt, breiter Stirn und vollem Bart, als er den vierzehnjährigen Erbprinzen als Mentor, ständiger Begleiter und Beichtvater in seine Obhut nahm. Sein Einfluß kann schwerlich überschätzt werden. Er stammte aus Spanien, und zwar aus Kastilien, dem beherrschenden, königlichen Teil, hatte in Salamanca studiert, war mit vierundzwanzig Jahren in die Gesellschaft Jesu eingetreten und seither nicht mehr in der Heimat gewesen. Als er sie 1572 verließ, befand sich König Philipp II. auf der Höhe seiner Macht, ein strahlendes Vorbild katholischer Fürsten, hatte er doch die volle Restituierung der alten Kirche und die Austilgung aller Ketzerei in Europa zu seinem Ziel erklärt. Mit dem Bild dieses Herrschers im Herzen konnte der väterliche spanische Freund dem jungen Maximilian nicht nur, wie die Erzieher, von einem abstrakten Ideal des christlichen Regenten reden, sondern ihm ein lebendiges Beispiel beschreiben. Deshalb meine ich, daß sich die Ähnlichkeit zwischen dem despotischen König und dem späteren bayerischen Herzog als bewußt-unbewußte Nachahmung erklärt.

Der Oberstkämmerer reichte dem Herzog sein Wams. Nur adeligen Mitgliedern des Hofstaates kam die Ehre zu, den Fürsten zu bekleiden. Nicht die Diener durften ihm Hosen, Gürtel, Schuhe anlegen, dies war Vorrecht der Kämmerer. Über solchem Dienst wurde Maximilian auch äußerlich zum Spanier: starre Halskrause, wattierte Ärmel, gepolsterter Spitzbauch, mit Roßhaar ausgestopfte Puffhose, spinnendürre, schwarzbestrumpfte Beine in engen Stiefeln. Schließlich übergab der freiherrliche Oberstkämmerer und Hofratspräsident seinem Herrn noch Mantel, Hut oder Barett und den spanischen Degen.

Der spanische Degen – welch ein Symbol. Der Kreuzzugsgedanke, in Spanien geboren, zeitweise ganz Europa mitreißend, aber inzwischen fruchtbareren Ideen gewichen, war im Land seiner Herkunft immer lebendig geblieben. Von Anfang an bestand er aus jener Verbindung von religiösem Fanatismus und weltlichen Macht- und Raubgelüsten, die jetzt wieder modern war. Auf der Iberischen Halbinsel ist Militanz immer religiös und Religion immer militant gewesen. Die Kämpfe gegen die Mauren und Juden wurden als Kreuzzüge geführt. Spaniens Kriege gegen fremde Kulturen waren heilig, deshalb bestialisch; gottgewollt, deshalb teuflisch grausam; gesegnet, deshalb rücksichtslos; edel, deshalb gemein; ehrenvoll, deshalb räuberisch. Feuer und Weihrauch, Blut und Geld – eine mystische Lava, ausgegossen über Völker, die anders und folglich minderwertig waren. Die schreckliche Idee bekam eine entscheidende neue Stoßrichtung, als Papst Innozenz III. (1198–1216) sie zum Kampf gegen christliche Andersgläubige einsetzte. 1209 rief er zum Kreuzzug gegen die Albigenser in Südfrankreich auf und die grauenhafte Lava begrub und verbrannte einen blühenden Landstrich mitten in Europa. Da sich der Heilige Krieg nun nicht gegen andersrassige, fremdsprachige Feinde richtete, sondern gegen christliche Mitbürger, machte das Aufspüren und Identifizieren der Gegner einige Schwierigkeiten. Man löste sie durch die Einführung der Inquisition, eines amtlichen Ermittlungsverfahrens geistlicher Gerichte, das von Gerüchten und Denunziationen ausging und mit Hilfe der Tortur zum Geständnis gelangte.

Die Ähnlichkeit dieser Methode mit der gegen unsere Landfahrer verwendeten ist übrigens nicht zufällig; der geistliche Inquisitionsprozeß der Ketzerkreuzzüge wurde später von weltlichen Gerichten rezipiert.

Es war wiederum dem spanischen Despotismus vorbehalten, Kreuzzugsidee und Inquisition gezielt zur Stärkung der eigenen Macht und Durchsetzung politischer Interessen zu benutzen. Im Kampf gegen Adel und ständische Rechte setzten Karl V. und Philipp II. die geistlichen Gerichte als Waffe ein. Jede Regung von Widerstand gegen die königliche Allgewalt begründete den Verdacht der Ketzerei, der die Inquisition in Gang brachte. Rasch führte dann die Tortur zur »Überführung« und Beseitigung des Störenfrieds. Willfährig ließ sich die Geistlichkeit zu solchem Schergendienst mißbrauchen, was teils ihre starke Abhängigkeit vom König, teils eine geradezu panische, jedenfalls blind machende Ketzerfurcht verät.

Die spanische Verflechtung von kirchlichen und weltlichen Interessen ist leider vorbildlich für den bayerischen Frühabsolutismus geworden. Schwer zu sagen, welcher Bereich mehr von dieser Symbiose profitierte. Fromm waren die Fürsten zwar schon, oft bis zur mönchischen Askese, aber selbstbewußt auch. Sie verloren bei aller religiösen Schwärmerei politische Aufgaben selten aus den Augen. Doch wie das eine vom anderen trennen? Es wäre verkehrt, in Philipp II. oder Maximilian I. willige Werkzeuge eines kämpferischen Katholizismus zu sehen, aber falsch wäre es auch, die Kirche als bloßes Mittel zum Zweck bei der Befestigung fürstlicher Macht zu betrachten. Weder waren diese gegenreformatorischen Regenten bigotte Jesuitenknechte noch kalte Zyniker. Die Situation war vielmehr so, daß der Dienst an Gott zugleich der eigenen Sache diente. Die Interessen von Kirche und Staat deckten sich von dem Augenblick an, in dem der Papst bereit war, die Kirchenaufsicht in den katholischen Territorien den Landesherren zu überlassen. Bei solcher Interessenidentität konnten die Fürsten es sich erlauben, völlig gottergeben ihrem religiösen Gewissen zu folgen, die Prälaten und Prädikanten dagegen mehr auf die weltliche als auf die geistliche Macht zu hören. Es kam nicht zu Konflikten. Will man die Auswirkungen analysieren, so fällt uns Heutigen auf, daß die jesuitisch geprägte Staatsreligion der bayerischen Herzöge Wilhelm V. und Maximilian I. offenbar die Funktion einer staatstragenden Ideologie erfüllte. Es scheint ja kein totalitärer Staat möglich ohne solche Heilslehre – das wissen wir von faschistischen wie von kommunistischen Diktaturen unserer Zeit. Die Herrschaft über das Denken und Meinen ist wohl ein unentbehrlicher Bestandteil politischer Allmacht: Ständiger Gesinnungsterror diszipliniert die Untertanen und lähmt ihren Widerspruchsgeist. Zugleich glorifiziert die offizielle Weltanschauung eine schrankenlose Machtfülle, die sich gerne mit Endzeitvorstellungen schmückt. Diese Grundstruktur monokratischer Herrschaft kennzeichnete auch Maximilians Staat. Womit ich keineswegs sagen will, der spanisch gefärbte Katholizismus sei bewußt zur Ideologie des frühen bayerischen Absolutismus bestimmt worden. Solcher Akte bedurfte es nicht – es gab eine selbstwirkende Affinität. Gleiche Interessen sorgten dafür, daß der frühabsolutistische Staat und die gegenreformatorische Theologie in Bayern eine stabile Ehe eingingen.

Nicht immer nutzte der durch die Ketzerverfolgung und die Religionsüberwachung betriebene Zwang der staatlichen Macht. Es kam auf die Dosierung an. Drückte das Joch allzu schwer und schmerzhaft, wurde es in verzweifelter Kraftanstrengung abgeworfen. Das mußte Philipp II. erfahren: Sein Glaubensterror übertraf in den siebzehn Provinzen der Niederlande so sehr die Grenzen des Erträglichen, daß er biederen Kaufleuten, Fischern und Bauern sowie einem an sich loyalen Adel keinen anderen Ausweg ließ, als ums Überleben zu kämpfen. Was für den bayerischen Herzog freilich kein Denkanstoß war. Er sah im Kampf des Wilhelm von Oranien nicht das Aufbäumen eines gepeinigten Volkes, sondern eine Bestätigung der Ansicht, daß Ketzerei zu Aufruhr und Rebellion führt. Die Bluthherrschaft Philipps II. in den Niederlanden und sein klägliches Scheitern dort und anderswo konnte der Bewunderung Maximilians für diesen christkatholischen König nichts anhaben, den spanischen Stil bei Hof nicht außer Mode bringen.

Maximilian, nun vollständig angekleidet, gab einem wartenden Kammerdiener einen Wink, worauf dieser mit lauter Stimme den anwesenden Kämmerern verkündete, daß ihre fürstlichen Gnaden nun das Zimmer verlasse. Dies war für die Kämmerer das Zeichen, sich mit einer Verbeugung umzuwenden und dem Herzog vorauszugehen. Der oberste Hofmeister, der Oberstkämmerer und der gelegentlich dieser Zeremonie beiwohnende Beichtvater verließen erst nach Maximilian den Raum, ihrerseits gefolgt von den Kammerdienern.

Alte Briefe

Sein Stern strahlte nicht so hell wie einst, das spürte Johann Baptist Fickler. Seit der junge Herzog den alten Lehrer nicht mehr brauchte, war es still geworden um den schwäbischen Hofrat. Auch sein Talglichtfleiß fand keine Förderung mehr. Noch drei Werke hatte er seit der Drucklegung seiner Replica wider das unnütze Geschwätz Heilbrunners vom Drucker Adam Berg abholen können: die deutsche Übersetzung einer lateinischen »Klagschrift über den hochschädlichen Verlust der Christenheit von dem leidigen Türken« des Herrn Äneas Silvius Picolominäus, die deutsche Fassung seiner eigenen »Treuherzigen Warnungsschrift an die Stände zu Regensburg, daraus kürzlich zu ersehen, mit was getreuem Fleiß päpstliche Heiligkeit ihr die Fürsorg gemeiner Christenheit läßt angelegen sein, zu diesen gefährlichen Zeiten und Kriegsrüstungen wider den Türken notwendig zu wissen« und schließlich die deutschsprachige Neuveröffentlichung seiner »Richtschnur rechter Lehr«, des ursprünglich lateinisch gefaßten Anhangs seiner in jüngeren Tagen geschriebenen »Theologia Juridica«. Mit den herzoglichen Druckkostenzuschüssen, die solche Veröffentlichungen ermöglichten, war es aus und vorbei, seit Wilhelm V. zurückgetreten und sein knausriger Sohn alleiniger Herrscher geworden war. Der meinte wohl, die Traktate und Streitschriften seines ehemaligen Lehrers rechtfertigten keinen Griff in die Hofkasse. Es gab billigere, nützlichere Wege, dem alten Hofrat seiner Verdienste wegen Gunst und Gnade zu erweisen. Maximilian unterstützte die Ernennung Ficklers zum Eques aureatus, eine hohe, sonst nur dem Adel vorbehaltene Auszeichnung für Männer des Geistes und der Feder. Er öffnete dem ältesten Sohn Ficklers, Johann Christoph, der 1597 in Ingolstadt zum Doktor beider Rechte promoviert hatte, die Hofratslaufbahn. Und er hatte seinen greisen Präzeptor damit beauftragt, die Kunstkammer der bayerischen Herzöge zu inventarisieren und zu beschreiben, danach das herzogliche Münzkabinett zu ordnen und zu kommentieren.

Vielleicht war das als Beschäftigungstherapie gedacht. Gewiß hatte Maximilian, wie jeder seinem Lehrer entwachsene Schüler, etwas

dagegen, der Autorität aus Kindertagen Einfluß auf seine Entscheidungen einzuräumen. Wer würde sich nicht unter den Augen seines alten Schulmeisters bei der Anwendung des Gelernten unsicher fühlen. Gerade weil Fickler dem jungen Herzog viel beigebracht hatte, konnte er nun nicht sein Berater bleiben. Herzogliches Selbstbewußtsein verbannte ihn ins Archiv.
Nicht daß dem alten Hofrat solche Tätigkeit widerstrebt hätte. Das Betrachten und Beurteilen, Vergleichen und Verteilen, Abwägen und Abschätzen, Sammeln und Sortieren von Kunst, Kuriosa und Münzen lag ihm sehr; er hatte dergleichen schon in jungen Jahren als Sekretär des Ambros von Gumppenberg getan. Für ihn war der Auftrag, wie immer er gemeint war, keineswegs eine Nebensächlichkeit. Vor kurzem, am 1. März 1600, hatte er gar einem alten Bekannten in dieser Angelegenheit geschrieben, nämlich dem jetzt in Rom weilenden Gregor de Valencia: Er möge ihm die päpstliche Erlaubnis verschaffen, die einschlägigen numismatischen und historischen Fachbücher zu lesen – die standen nämlich wie fast jedes wissenschaftliche Werk der Zeit auf dem Index. Die Aufgabe des Archivierens interessierte Fickler schon. Kränkend und bitter war nur das damit verbundene Gefühl, abgeschoben, für aktuelle Regierungsgeschäfte nicht gebraucht zu werden. Dem alten Herrn war auch zu Ohren gekommen, daß man bei Hof die Ansicht vertrat, seine Inventurtätigkeit erfordere »keine große Mühe oder Kopfarbeit«, und sie als Umschreibung herzoglicher Gnade betrachtete. Man hatte ihn, obwohl er gesünder war als mancher Junge, schon aufs Altenteil gesetzt.
In seinen Mußestunden, abends im Talglicht, zog er nun die Summe seines Lebens. Seine besten Jahre, daran war kein Zweifel, hatte er als Prinzenerzieher verlebt. Fickler besaß ein Buch mit Abschriften von wichtigen Briefen, die er im Laufe seines Lebens geschrieben hatte. Darin mag er zuweilen geblättert und in Erinnerungen gelesen haben.
»Samstag, den 29. Augusti Anno 1589. Durchleuchtigster, hochgeborener Fürst. Gnädigster Herr, Euern Fürstlichen Gnaden versichere ich meinen untertänigsten und gehorsamsten Dienst zuvor. Ob gleichwohl (wir) keinen ausdrücklichen Befehl von Euern Fürstlichen Gnaden gehabt, daß derselben junge Herrschaft ihre Recreation außer Ingolstadt suchen sollten (während) dieser Vacanz ... (hat) Herzog Maximilian Lust gewunnen zu versuchen, ob etwas von Wildbret in den umliegenden Wildbahnen ... zu schießen (was er

selbst für keine geringe Erholung hält) ... Also sind wir nächsten Mittwoch in aller Frühe bei schönem und stillem Wetter auf dem Wasser nach Neustadt gefahrn und zu Föhringen unterwegs bei dem Herrn Pfarrherrn (der Ihre Fürstlichen Gnaden mit aller demütigen Gutwilligkeit und, was sein Kuchen vermöcht, empfangen und tractiert) das Morgenmahl genommen. Alsdann (sind wir) nach Neustadt gefahren, inzwischen in den Auen zweimal abgestanden (und haben) Recreation in der Grün und Schatten gesucht. Es hat (der) Herr Pfarer auf der Donau zwei Fischen halten lassen, da gleichwohl nit viel besonders dann allein etliche Föhringer Würst, so der Pfarrer den Fischern heimlich in die Netz geworfen, gefangen worden. Zum Nachtmahl sein Ihre Fürstliche Gnaden gen Neustadt kommen. Daselbig in einem Garten eingenommen. Diesen Abend haben die Patres Jesuitae Ihre Fl. Dl. gen Biburg in das Kloster ... zum Morgenmahl geladen, (wo Prinz Maximilian dann auch), nachdem (er) davor im Morgengrauen auf die Pirsch gegangen war, (erschien). (Er) hat aber mit der Spür nichts angetroffen. Bei den Patribus haben sich Ihre Gnaden in prandio ... recreiert, nachdem in der Hitz nit wohl anders hätt mögen fürgenommen werden. Auf den Abend sein Ihre Gnaden wiederum in die Neustadt gefahren. Inzwischen hatte der Forstmeister ein Gejaide (Treibjagd) zugericht, allda drei Stück fürkommen, darunter eins von Herrn Maximilian geschossen, das andere im Netz gefangen worden. Auf das haben Ihre Fürstlichen Gnaden das Nachtmahl bei dem Herrn Pfleger eingenommen und nach Gestalt der Zeit ziemlich wohl tractiert. Nachdem aber Herzog Maximilian durch Mängel des Wildbrets, als die Forstmeister fürgeben, zu keinem fruchtbarn Gejaid kommen mögen, haben Ihre Gnaden sich am Freitag früh wiederum auf den Weg gemacht und (sind) nach hieher gereist, das Morgenmahl zu Vohburg im Wirtshaus eingenommen und, nachdem die größt Hitz fürüber, hierher gefahrn und um 6 Uhr abends Gottlob frisch und gesund ankommen. Beineben sollte Euer Fürstlichen Gnaden ich in Untertänigkeit nit verbergen, daß (am vergangenen) Montag Herzog Maximilian ein Grimmen im Leib ankommen, derhalben er sich den ganzen Tag im Zimmer aufgehalten. Et consultato medico Doctore Mencelio hat sich befunden, daß er der Früchten als Erdbeer, Weichseln und dergleichen etwas zuviel eingenommen, davon ihm ein Cruditas im Magen entstanden, die ihm ein wenig Grimmen gemacht. Welches aber sein Gnaden über Nacht vergangen und (er) sich darauf, wie auch noch, Gott sei gedankt, wiederum wohl befunden. Allein am

Donnerstag morgens, als er auf dem Gejaid gewesen, bericht(ete mir der ihn begleitende Französischlehrer) Astor (Leoncelli), wie Ihre Gnaden am Reiten ein Schwachheit ankommen, hab sich um die Brust klagt, also daß sie das Reiten, besonders das Traben nit wohl erdulden mögen; als sein Gnaden gen Biburg kommen, haben sie sich eine halbe Stunde auf ein Bett gelegen und gerastet, doch sine somno (ohne zu schlummern), darauf das Morgenmahl fröhlich eingenommen mit andern und bis daher weiter nichts klagt. Aber nicht des weniger vermein ich, er sollte sich diese warme Zeit der Sonnen- und Leibesübungen, allein was im Schatten und mäßiger Bewegung geschehen mag, enthalten. Was auch Astor für richtig hält. Wir wollen gleich jetzt nach Doctor Menzel schicken und ... (ihn) des ... Brustweh halber ... consultieren ... Euer Fürstlichen Gnaden untertänigster Rat und Diener Jo. Bapt. Fikler mpr. – Post scripta. Gnädigster Fürst und Herr. Ist gleich der Medicus herzu kommen, (der) den urinam Ducis Maximiliani inspizierte und daraus befunden (hat), daß der allerdings ohne Mängel und nichts Besorgliches (Gottlob) vorhanden ... Das hab E. fl. Gn. ich in Eil post scripta untertänigst anfügen sollen, damit sie des wegen ohne Sorg sein, und sollte in dem und anderem auf sein Gnaden gute Achtung gehalten werden.«
»Ingolstadt, den 9. September Anno 1589 ... Gnädigster Fürst und Herr. Ich fahr noch mit meinem juristischen und historischen Unterricht fort, indem wir abwechselnd Xenophon und die Chronographia des Genebradus durchnehmen. Das erste Buch der Institutionen (des römischen Corpus iuris civilis) haben wir heut Gottlob absolviert. Jetzt Montag, wills Gott, wollen wir das zweite Buch anfangen und was wir bisher im 1. Buch gelernet, die Wochen hinein repetieren ... damit sein Gnaden die Materias desto besser zu Gedächtnis bring. Was sich in E. F. G. Bairischen Landsordnung zum jedem Problem findet, das applicier ich zu unseren juristischen Lektionen. Beineben expliciere ich Ihr auch die regulas juris civilis ...«
»Ingolstadt, den 29. Februar 1590 ... Deren Schreiben (betreffend die) Erlernung italienischer Sprach bei Herzog Maximilian ... hab ich untertänigst empfangen und vernommen. Laß mir auch E. f. gn. gnädige Meinung gehorsamst wohl gefallen. Ich lies ihm alle Samstag ein Lection aus einem welschen Büchlein guter reiner Sprach, intituliert ›Ricordi del M. Saba Castiglione, Cavalliere etc.‹, darinnen allerlei nützliche, politische und zum Teil geistliche katholische Lehren und Documente begriffen, so auch lustig zu lesen

(sind). Ist allbereit so weit verfahrn, daß sein Gnaden, was sie lesen, ziemlich verstehen ...«

»Ingolstadt, den 3. März 1590. Gnädigster Herr. Nachdem diese Wochen ... eine Disputation in materia testamentorum (ein akademisches Streitgespräch zum Testamentrecht) ... gehalten worden, hat E. F. G. geliebter Sohn Herzog Maximilian, mein gnädigster Herr, sich abermaln opponendo et argumentando in publico (öffentlich mit begründeter Gegenrede) exerciert und hören lassen, deren Argumenten Abschrift E. F. G. hiemit gnädigst ... (erhalten). Sein Gn. haben sich also (sicher und ohne Zögern dabei) ... verhalten, daß die Patres, so der Disputation beigewohnt, und sonst jedermann ein großes Gefallen mit Verwunderung gehabt, und als Ihre Gn. nit weniger Lob als hievor eingelegt ...«

»Ingolstadt, den 5. Mai 1590. Gnädigster Herr ... Der Katarrh, so Herzog Maximilian zu München angegriffen, ist ... in declinatione (im Abklingen). Sein Gn. haben sich auf ärztlichen Rat ein Tag oder zwei daheim (aufgehalten) und des Weins bisher enthalten. Ist ohn alle Gefahr ... Ich hab mit der Lernung und Scription gemäß ärztlichem Rat nur einen Tag still gehalten. Nachdem es aber besser worden, so prosequieren wir unsern gewöhnlichen Cursum, quem Spiritus sanctus dirigat (den der Heilige Geist bestimmt). Will die Sach mit Gottes Hilf befürdern, damit sein Gn. mit ersten aus den Institutionibus kommen.«

»Ingolstadt, den 2. September 1590 ... (Ich kann berichten) daß sonst alle Sachen, sowohl, was die Gesundheit, als was die Studien betrifft, Gott sei gedankt, in gutem Wesen stehen, allein, daß der offene Schaden an Herzog Maximilians Schenkel sich bisher etwas langsam zu Heilung geschickt. Wir verhoffen aber, ... wie es sich ansehen läßt, es solle in 2 oder 3 Wochen geheilt werden. Am Verbinden und fleissigen Zusehen geht nichts ab. Gott verleihe seine Gnad dazu.«

So lasen sich die Briefe, welche der Prinzenerzieher an Herzog Wilhelm V. geschrieben hatte. Mit Wehmut wird Fickler bei späterer Lektüre an diese Zeit des Lehrens und Leitens gedacht haben, die so rasch vorübergegangen war. Er kannte den jungen Herzog besser als alle seine jetzigen Berater. An einem heißen Spätsommertag auf der Donau hatte er ihn sogar herzlich lachen hören über den Streich mit den Würsten, die vom Föhringer Pfarrer den Fischern ins Netz gelegt worden waren. Wer außer dem weißhaarigen Archivar konnte von solchen Erinnerungen reden? Maximilian lachte schon lange nicht mehr.

Ulrich Schölz war in Panik geraten, als an jenem Februarabend des Pflegers Amtleute an seine Haustür gepoltert hatten. Im Schein von Fackeln und Laternen hatte er einen Schlitten und Reiter vor seinem Haus erkannt, gehört, wie die Stadeltür aufgerissen wurde und durch einen Türspalt gesehen, wie man seine verdutzten Logiergäste aus dem Stroh zerrte. Es war also wahr geworden, was ihm die Bauern im Dorf oft genug vorhergesagt, was seine Frau dauernd befürchtet und er achselzuckend abgetan hatte. Jemand mußte ihn als Winkelwirt denunziert haben. Er hätte das Gesindel nicht beherbergen dürfen, wäre er auch Hungers gestorben; jetzt sah er wohl ein, daß sein Nebenerwerb eine gefährliche Sache war, aber nun kam jede Reue zu spät. Sie würden ihn mitnehmen wie die Familie des Pappenheimers und ihn alten Mann außer Landes jagen oder schlimmer, an Leib und Leben strafen. Unter solchen Gedanken mag sich der Häusler seinen alten Mantel übergezogen und die Stiefel zugeschnürt haben, um leise und heimlich, während sich die Obrigkeit noch mit den Landfahrern beschäftigte, durch die Hoftür zu entweichen.

Auf und davon. Durch den Gemüsegarten, über den kleinen Bach, oft im kniehohen Schnee versinkend. Unter klarem kaltem Sternenhimmel die neblig-weiße Wiese hinunter, stolpernd über eisschrofige Ackerfurchen, keuchend, gejagt vom Lärm in seinem Rücken, dem Stimmengewirr und Kettengeklirr, das, leiser werdend, aus dem Dorf herüberklang. Ab und zu sah er sich wohl um nach dem unruhigen Lichtschein, stellte auch erleichtert fest, daß kein Verfolger kam. Trotzdem stapfte er weiter, suchte den Schutz des schwarzen Waldes. In dem irrte er umher, müde, durchnäßt, fand das Feuer des Köhlers, wärmte die klammen Hände. Gegen Morgen wagte er die Rückkehr, schlich durch die eisigen Nebel zum Dorf auf der Anhöhe zurück, pochte ans Fenster seines Häuschens. Wir sehen seine Frau zur Tür schlurfen, ihn einlassen, mit Vorwürfen empfangen und der Bemerkung, er sei ganz umsonst geflohen, niemand hätte nach ihm oder ihr gefragt oder etwas von ihnen gewollt. Die Amtleute wären nur hinter den Pappenheimern her gewesen, hätten wohl nach deren Verhaftung noch Stadel und Gemüsegarten im Licht der Fackeln durchwühlt, dann aber den Ort verlassen. Und als darauf der alte Söldenhäusler aufatmend die Tür ins Schloß fallen ließ, wird ihm sein Weib noch zugezischt haben, er möge nicht so

laut sein, der kleine Bub schlafe in der Stube. Das arme Hascherl hätten die Reiter einfach zurückgelassen, weshalb sie sich seiner wohl annehmen müßten.
Es schien alles gut zu gehen. Anderntags brachte die Schölzin das Kind nach Altmannstein, lieferte es im Amtshaus ab. Wenn die Obrigkeit schon die Eltern einzögen, meinte sie, müsse sie sich auch um den Buben kümmern. Nachdem seine Frau wohlbehalten zurückgekommen war, hatte Schölz das Gefühl, die Angelegenheit sei für ihn erledigt. Erst Wochen später, im März, erschienen nochmals Amtleute bei ihm, diesmal bei Tag und ohne Gepolter. Die durchsuchten erneut Scheune und Garten, erzählten dabei auch dem alten Söldnerpaar, es stünde schlecht um die Pappenheimer, das wären Zauberer, Räuber und Mörder. Alsbald zogen die Beamten wieder unverrichteterdinge ab. Vom Schölz wollten sie nichts. Das Schicksal, wird dieser gemeint haben, verschone ihn gnädigerweise.
Zu früh gefreut. Am Bach hinterm Haus blühten schon Himmelschlüssel und Anemonen und an den Birkenzweigen sproßte das erste zarte Gelbgrün, als die Altmannsteiner Reiter wiederkamen. Tags zwar, aber mit drohendem Gelärm, schneidenden Befehlen, scharfen Blicken und ohne jede Neigung zu vertraulichem Geplauder. Grob faßten sie Schölz und sein Weib an, banden ihnen die Hände wie in jener Nacht den Landfahrern. Durchwühlten erneut den Stadel, schlugen Bretterwände ein, gruben den Garten um, Salat und Blumensprößlinge zertretend, während von anderen Amtleuten Hans Stumpf, der Weber, und Augustin Baumann, der Brotträger, gefesselt herangeführt und zu dem gefangenen Söldnerpaar gesellt wurden. Man stieß die vier auf einen Karren, der sich knarrend in Bewegung setzte, bewacht von Berittenen, bis zum Ortsrand verfolgt von stumm-staunenden Dörflern.
Den Grund ihrer Festnahme erfuhren die Tettenwanger Häusler nicht. Nur, daß sie auf allerhöchsten Befehl gefangengenommen worden und herzogliche Malefikanten seien. Man legte sie zunächst in getrennte Zellen ins Altmannsteiner Amtshaus auf der Brücke. Den Weber Hans Stumpf, der nicht nur das Unglück seiner Verhaftung beklagte, sondern auch an einer »abscheulichen Krankheit« litt, brachte man anderntags ins Abensberger Gefängnis, den Schölz und seine Frau in den Falkenturm nach München. Augustin Baumann blieb in Altmannstein.
Sie beteuerten denen, die sie verwahrten, verpflegten und verlegten, unablässig ihre Unschuld und ahnten kaum, welche Schuld man

ihnen eigentlich vorwarf. Am lautesten jammerte der kranke Weber in seiner Abensberger Zelle. Was schließlich die Herzen der Amtleute erweichte: Sie erlaubten seinem Buben, den Leidenden mit kühlenden Umschlägen und sauberen Tüchern zu versorgen. Da lag der Arme dann im Stroh seiner Zelle und beschwor seinen kindlichen Pfleger, Hilfe zu holen. Er solle gleich morgen nach Tettenwang laufen und zu seinem Nachbarn Georg Reiter, nein, besser nach Prunn, zu seinem Schwager Georg Schmälzl, dem Schneider, oder am besten zu beiden. Die könnten doch aufs Amtshaus gehen, vielleicht zum Pfleger vordringen, die Unschuld ihres Freundes beteuern und beeiden, das gräßliche Mißverständnis aufklären. Natürlich, auch für den Schölz und den Augustin sollten sie sich einsetzen. Nur rasch müsse solche Fürbitte geschehen, bevor man die Gefangenen mit der peinlichen Frage angreife und sie zu Geständnissen zwänge, die falsch, aber tödlich wären.

So instruiert, verließ der Bub anderntags den Kranken und eilte nach Tettenwang. Gegen Abend trat er in die Stube des Georg Reiter. Der war nicht allein. Bastl Baumann, der Bruder des verhafteten Brotträgers, und der Prunner Schneider Georg Schmälzl saßen da. Gemeinsam berieten die drei aufgeregt die Lage. Waren sie, nachdem man ihre Freunde verhaftet hatte, nun auch in Gefahr? Sollten sie fliehen? Gab es eine Möglichkeit, den Hinweggeführten zu helfen? Glashänsels Bub, von der Reiterin wohl mit einem vollen Becher und einem Kanten Brot versorgt, trug getreulich die Bitte des Webers vor. Man diskutierte für und wider. Bürgschaft und Fürsprache beim Pfleger – das konnte mit ihrer eigenen Verhaftung enden. Wußten sie denn, worum es ging? Machten sie sich durch solchen Freundesdienst nicht verdächtig? Andererseits: Man mußte den Gefangenen doch helfen, konnte doch nicht untätig schwatzend beim Wein sitzen, während die im Kerker schmachteten. Und wenn sie zu dritt vor dem Pfleger erschienen, bescheiden, reinen Gewissens, besorgt um die Freunde, das würde man ihnen doch nicht ankreiden können. So etwa die Überlegungen. Schließlich der Beschluß, es gemeinsam zu wagen.

Die drei machten sich – so etwa stellt sich der Ablauf der Ereignisse nach den Prozeßakten dar – am nächsten Morgen auf nach Abensberg, standen dort einige Zeit unschlüssig vor dem Amtshaus des Pflegers, stapften dann mutig hintereinander die Steintreppen hinauf und wurden vom Gerichtsschreiber vorgelassen. Dem sprachen sie, die Hüte in der Hand drehend, mit gesenktem Blick, in

abwechselnder Rede von Unschuld, Freundschaft und Gnade. Worauf er das Bloßhäusler-Trio wie folgt beschied: Daß ihre Freunde harmlos wären, bezweifle er, es ginge ihn aber nichts an. Denn er sei unzuständig für ihre Supplikation. Die Gefangenen Schölz, Stumpf und Baumann seien auf Anweisung des Münchner Hofrats verhaftet worden, welcher die Gründe dafür wohl wissen werde. Selbst wenn er, der Abensberger Pflegschreiber, ihnen glauben und helfen wollte, so könnte er doch gar nichts für sie tun. Falls die drei ein Gesuch einreichen wollten, dann müsse das nicht hier, sondern in München geschehen. Ob eine solche Reise sich lohnen würde, wage er freilich zu bezweifeln. Allein, er habe mit der Sache nichts zu tun, und sie könnten es mit ihrem Freundesdienst halten wie sie wollten.
Die drei sahen sich nach solcher Ernüchterung wohl ziemlich verwirrt und ratlos an. Aber die Gefangenen seien doch hier? Das habe nichts zu bedeuten, war die Antwort, es seien herzogliche Malefikanten, über die nur der Münchner Hofrat zu verfügen habe. Außerdem sei einer von ihnen, der Schölz samt Frau, schon in die herzogliche Hauptstadt geschafft worden, die anderen würden wohl bald folgen. Die Freunde begannen zu verstehen. Ob sie, fragte einer mutig, da sie nun schon mal hier wären, wenigstens den Augustin Baumann im Gefängnis besuchen dürften. Der Schreiber sah die Bittsteller an, war wohl nicht ungerührt von ihrer Mission, nickte mit dem Kopf.

Kloster, Schloß, Festung

Bevor Maximilians Vater aus seinem Amt geschieden war, hatte er sich ein Privatkloster erbaut, in dem er sein Leben als Heiliger zu beschließen gedachte. Es war ein neben dem Münchner Jesuitenkolleg und zugleich mit diesem erbautes Schloß, später die »Maxburg« genannt, in sich weitläufig und durch einen überdachten Bogen mit Michaelskirche und Jesuitenkloster, durch andere gedeckte Gänge mit dem Pilgerhaus am Rochusberg und dem Kapuzinerkloster verbunden. Eine gewaltige Anlage, zu aufwendig für einen, der nur noch büßen und beten will. In der Tat hatte sich Wilhelm V. eine so stattliche Residenz wohl deshalb erbaut, um darin eine Neben- und Überregierung zu installieren. Aus der Verantwortung wollte der Überforderte schon entlassen werden, nicht indessen die Macht aufgeben. Der aktive Fünfziger sah sich künftig, von Alltagskram und

Pfennigfuchserei durch seinen Mustersohn entlastet, als graue, wenn auch fromme Eminenz. Halbherzig war seine Abdankung, übrigens auch nicht frei von beleidigtem Schmollen.
Hin und her gerissen zwischen gekränktem Stolz, ungestilltem Ehrgeiz und freiwilliger Entsagung fand Wilhelm V. auch nach seinem Regierungsverzicht keine innere Ruhe. Wohl speiste er täglich zwölf arme Männer an seinem Tisch, wusch ihnen gleich Jesus sogar gelegentlich die Füße, kasteite und marterte sich, verbrachte viele Stunden täglich im Gebet. Aber er verfolgte auch mit dem nörgelnden Gesichtsausdruck des Besserwissers die Politik seines Sohnes, versuchte immer wieder – offen oder durch Intrigen – massiv Einfluß zu nehmen. Zum Vertrauten seines Sohnes, Christoph Gewold, der von Beruf Geheimsekretär und Hofrat, von Haus aus jedoch Ränkeschmied war, hielt er ständig engen Kontakt. Wohl teilte er seinen Palast mit zwei Kartäuser-Mönchen. Aber die ließ er in einer künstlichen Grotte hausen, so daß sie sich in dem mit Reliquien, Antiquitäten und Kunstwerken gefüllten Bau wie eine weitere Kuriosität ausnahmen. Wohl sah man an seiner Tafel – selbst und gerade, wenn hoher Besuch kam – kein Gold und Silber, sondern nur irdenes Geschirr. Aber er träumte immer noch von einem gewaltigen Grabmal für sich und seine Frau und kam mit seinem jährlichen Deputat von 60000 Gulden nicht aus. Auch im härenen Büßerkleid blieb Wilhelm V. halbherzig. Als er 1623, immerhin fünfundsiebzigjährig, erwog, »sich in Zukunft so weit als möglich den weltlichen Geschäften zu entziehen und für den Rest seines Lebens ... im Kartäuserkloster bei Regensburg einzuschließen«, schrieb er eigens an den Papst um die Erlaubnis, dort Fleisch essen zu dürfen, was in Kartäuserklöstern verboten war; drängte auch um rasche Gewährung seiner Bitte, da er vorher nicht in das Kloster ziehen wollte.
Jetzt, im Jahre 1600, dachte der fromme Mann durchaus noch nicht daran, sich von der Welt abzusondern. Nicht mehr behelligt von rechnenden und räsonierenden Beamten, konnte er sich der Sorge um die für ihn wichtigen Angelegenheiten kümmern. Da gab es allerdings eine, die ihn unentwegt beschäftigte und bedrückte. Sie war familiärer und zugleich höchst politischer Natur, sehr privat und doch von öffentlichem Interesse: die Frage nach dem Thronfolger. Maximilian war seit fünf Jahren mit seiner Kusine Elisabeth Renata von Lothringen verheiratet und die Ehe kinderlos. Das konnte noch anders werden, gewiß. Wenn aber der Stammhalter ausblieb, was dann? Wilhelm hatte diese Frage oft bedacht und sich eine

Lösung zurechtgelegt. Sein jüngstes und liebstes Kind Albrecht, als einziger seiner nachgeborenen Söhne nicht dem geistlichen Stand geweiht, sollte heiraten und die Thronfolge sichern. Maximilian wollte von solcher Vorsorge natürlich nichts wissen und verwies auf das väterliche Testament von 1597, wonach keiner seiner Brüder heiraten dürfe, bevor er selbst fünfzehn Jahre kinderlos geblieben sei. Außerdem werde sich der Erbe schon noch einstellen. Seine Frau sei gesund und allenfalls durch einen bösen Zauber an der Empfängnis gehindert.

Das freilich leuchtete dem Vater ein. Er neigte ohnehin dazu, jedes Unglück, jede Krankheit, jedes Übel dem Walten finsterer Mächte zuzuschreiben. Die Herzogin war verhext, da war er sich mit dem Sohn bald einig. Zu eifrig hatte er die Ketzer im Lande verfolgt, zu gnadenlos die Hexen im Fürstentum verbrennen lassen, zu offensichtlich der Sache Christi gedient, um nicht den wütenden Haß des Teufels auf sein Geschlecht zu ziehen. Wilhelm V. vertraute allerdings darauf, daß das Kreuz schließlich immer stärker sein würde als der Drudenfuß. Man könnte, wenn der Zauber nicht durch Gebete und fromme Übungen zu besiegen war, den Barnabitengeneral Michael Marrano nach München kommen lassen. Der hatte schon den Herzog Johann Wilhelm von Jülich entzaubert, war eine Kapazität für die Enthexung fürstlicher Personen.

Mit dem üblen Treiben der Hexen kannte sich der abgedankte Herzog aus. Die Verzauberung seiner Schwiegertochter war noch eine der harmloseren Untaten dieser Brut. Sie zerstörten die Saat, das Vieh, die Ernten im Land, brachten Pest und Krankheit, Tod und Verderben, vor allem aber beleidigten sie Gott, was dessen Unmut gegen Bayern erregen konnte. Deshalb vor allem hatte Wilhelm seine Pfleger und Amtleute früh zur Ausrottung des Hexengeschmeiß' aufgerufen. Im Schongau und im Werdenfelser Land war es unter seiner Herrschaft zu epidemischen Verfolgungen gekommen. Dabei waren hundertvierzehn überführte Hexen auf die Scheiterhaufen geschleppt worden. Mit eiserner Strenge hatte er angeordnet, nur die Bußfertigen vor der Verbrennung zu erdrosseln, die Verstockten aber nach spanischem Vorbild lebendig zu braten. Die Schreie der Hingerichteten schreckten ihn nicht aus dem Schlaf, ihm ging es besser als Frankreichs Katharina von Medici, die durch die Geister ermordeter Hugenotten belästigt worden war. Er hatte ja gegen dergleichen Teufelsspuk vorgesorgt: Sein Palast war über direkte Gänge mit Kirchen und Klöstern verbunden und voll von heil-

bringenden Reliquien, Kruzifixen und Weihwasserbecken. Mochten alle Teufel vor den Toren toben, die Residenz des heiligen Mannes war eine für Satan uneinnehmbare Festung.
Es war Wilhelms Wunsch gewesen, daß sein Sohn den Kampf gegen die Hexen im Land fortsetze. Denn es war dem frommen Herrn klar, daß sein hartes Durchgreifen Luzifers Trotz herausfordern und das teuflische Gezücht weiter versuchen würde, sein blühendes Fürstentum zu schädigen. Er hatte sich für Doctor Fickler als Lehrer unter anderem deshalb entschieden, weil dieser ein Werk über den Hexenprozeß geschrieben hatte. Maximilian sollte rechtzeitig vor den Unholden gewarnt werden. Der siebzehnjährige Prinz zeigte denn auch sachkundiges Interesse an einem Hexenprozeß, der während seines Studiums in Ingolstadt stattfand. »Gestern ist ... ein Weib gefangen genommen worden«, schrieb er am 1. März 1590 seinem Vater, »das nach dem Urteil vieler und auch nach dem allgemeinen Ruf für eine Hexe gehalten wird.« Worauf Wilhelm antwortete, sein Sohn möge die Sache weiterverfolgen und ihm darüber berichten. Das geschah am 14. Mai: »Was das Weib anbelangt, welche allhie eingezogen, demnach Euer fürstliche Gnaden gnädigst mir befehlen, daß ich E. f. gn. wie es damit beschaffen untertänigst berichten solle, tue ich derselben hiemit untertänigst zu wissen, daß man bisher weder mit guten noch bösen Worten, weder mit Tortur oder anderem kein einziges Wort heraus hat bringen können. Wie ich dann selbst gesehen, daß man sie zweimal redlich aufgezogen und einmal wohlgebrennt hat, hat sie nit allein nichts bekannt, sondern unser aller schier dazu gespottet, weder Ach noch Weh geschrien noch dergleichen gestellt, als wann sie einigen Schmerz empfinde. Allein, wann sie auf die Erden wieder kommt, schreit sie einmal Ach. Es sagen auch die, so sie aufgezogen, daß alsbald sie von der Erden hinauf komme, werde sie so ring (leicht), als wann sie einen leeren Sack hinaufziehen. Wer sie so ring macht, das weiß Gott. Einmal scheint augenscheinlich, daß sie keinen sondern Schmerzen empfindet. Wann nit das Feuer das Beste tun wird, so wird man nit leicht etwas daraus bringen. Verschienen Freitag hat man wiederum eine andere eingezogen, welche unter der von Ingolstadt und der Bürger Jurisdiktion (steht). Ihr Sohn, welcher ein kleiner Bub, hat viel ehrbare, schöne Possen von seiner Mutter gesagt, also daß ich glaub, man werd auch bald die Tortur für die Hand nehmen. Wiewohl der hiesige Bürgerrat nit viel Lust dazu hat. Was sie für Ursachen haben, ist ungewiß ...« Am 12. August schrieb Maximilian schließlich: »Mit

den leidigen Unholden fährt man flugs fort und, wie ich verstehe, sind schon fünf zum Feuer bereit.«
Auch in dieser Beziehung also konnte Wilhelm mit seinem Sohn zufrieden sein. Er neigte nicht zu falschem Mitleid mit diesen gräßlichen Feinden der Menschheit, was man wohl Fickler und de Valencia als Verdienst anrechnen mußte. So war zu hoffen, daß Maximilian das verfluchte Laster der Zauberei und des Hexenwerks genauso unnachsichtig verfolgen würde wie er, der Vater, und des Teufels Wüten ohnmächtig bliebe. Im übrigen half das Gebet. Dem widmete sich der verschwenderische Asket in seinem klösterlichen Palast eifrig und ausdauernd. Er betete aus inbrünstiger Frömmigkeit und anscheinend aus selbstloser Sorge um sein Land. Vielleicht aber auch aus Angst vor den Gespenstern der Verbrannten.

Viertens

Das Tal

Eine schwarze Wolke

An einem Sommertag des Jahres 1590 versammelte sich vor den Toren des Städtchens Ellingen unter einem grasbewachsenen Hügel viel Volk. Auf der Anhöhe waren Scheiterhaufen aufgeschichtet. Spießbewehrte Amtleute hielten allzu Neugierige in respektvoller Entfernung. Von der nahen Deutschordenskirche klang Glockengeläut, das sich mit dem Stimmengewirr einer tausendköpfigen Menge vermischte, mit derben Rufen, schrillem Gelächter, dem Gekreisch spielender Kinder und dem Gekläff von Hunden. Von weit her waren Schaulustige zu der Ordenskompturstadt zwischen Altmühl und Rednitz gekommen, nicht nur aus Weißenburg, Treuchtlingen und Gunzenhausen, auch aus Ansbach, Schwabach, Eichstätt und Wemding. Da standen Bauernfamilien samt Gesinde beieinander, benutzten die Gelegenheit zu einem Schwatz über Saat und Wetter; da diskutierten einheimische Handwerksleute mit einem protestantischen Kaufmann aus Donauwörth; da lagerten Mönche aus Eichstätt im Kreis und vertrieben sich die Zeit bis zum Beginn des Schauspiels mit Würfelbechern; da waren Herren und Knechte, Arme und Reiche, Fromme und Ketzerische, Junge und Alte, Vornehme und Schäbige; da sah man Kutten und Lederwämse, Leinen und Loden, Seide und Lumpen. Inmitten des farbigen Gewimmels, in einer Gruppe von fahrendem Volk, reckte die Familie Pappenheimer die Köpfe nach dem Karren mit den Verurteilten, der soeben, von der Menge johlend begrüßt, auf dem Weg zwischen Stadttor und Richtplatz sichtbar wurde.

Es hatte sich herumgesprochen, daß in Ellingen ein neuer Hexenbrand stattfinden würde. Schon an die fünfzig Unholde hatten die wackeren Ordensleute in den letzten Monaten hier auf die Scheiterhaufen geschickt. Der fromme Deutschherr war vor einem Jahr einem ganzen Nest der Teufelsbrut auf die Spur gekommen. Durch Zufall: Eine arme Dienstmagd, nicht willens, in ihrer Stellung zu bleiben, hatte sich neu verdingt. Welches sie in einer unerquicklich verlaufenden Aussprache ihrer bisherigen Herrin gestand. In die mischte sich eine zufällig anwesende Nachbarin ein, sagte der untreuen Magd, ihr Weggang sollte sie noch gereuen, forthin werde sie kein Glück mehr haben. Wenn sich irgendwann bewahrheitete, daß Einmischung in fremden Streit nur Ärger bringt, dann hier. Denn anderntags fühlte die Magd, wie sie klagte, einen unmenschlich-großen Schmerz im Arm, welchen sie sich nicht anders zu erklären wußte, als daß die böse Nachbarin sich des Nachts übers Beet in ihre Kammer geschlichen und ihr einen Zwick gegeben hätte. So jedenfalls ihre Anzeige bei der Obrigkeit. Die verhaftete das Nachbarweib wegen Verdachts der Hexerei, half seiner Rede wohl auch mit Daumenschrauben nach. Was die erahnten Resultate zeitigte. Nicht nur gestand die böse Nachbarin, sie selbst sei eine Zauberin und des Teufels, sie offenbarte dem Gericht auch die Namen zahlreicher anderer Hexen im Ort. Darunter der einer vornehmen reichen Wittfrau, die nach außen hin einen ehrbaren, christlichen Lebenswandel führte. Von solchem Anschein nicht getäuscht, ließ der Deutschherr die heftig leugnende alte Dame ins Gefängnis werfen und die Daumenschrauben herausholen. Die lösten der verkappten Hexe die Zunge, so daß sie ihre schrecklichen Verbrechen bekannte und verurteilt wurde. Zugleich aber brachte die Pein des Verfahrens sie zu solcher Reue, daß sie, bevor sie den Scheiterhaufen bestieg, zur Ausrottung der Ellinger Hexen nicht weniger als 1000 Gulden aus ihrem Nachlaß stiftete. So war die finanzielle Grundlage für ein langwährendes Brennen gelegt. In der Deutschordenskomptur ei gingen die Scheiterhaufen kaum noch aus. Je mehr Geständige es gab, desto mehr neue Verdächtige: jede überführte Hexe denunzierte alsbald ihre Gespielinnen. Es gab schon Stimmen, welche befürchteten, ganz Ellingen würde menschenleer sein, ehe das Hexennest ausgeräuchert sei.

Mit jedem Richttag kamen die Zuschauer zahlreicher und auch von weiter her gereist. Wo soviel Volk zusammenkam, gab es auch für Paulus und die Seinen etwas zu holen. Gerade in den Sommermonaten, wo mit Häuselräumen nichts zu verdienen war, konnte er sich kein besseres Publikum für seinen Spieltisch, seine Frau mit den Kindern sich keine offeneren Ohren für ihr Bettelgeschrei wünschen. In einer Winkelherberge hatten sie von den Ellinger Bränden gehört. Andere Landfahrer erzählten ja immer von dieser oder jener günstigen Gelegenheit, ein paar Kreuzer zu erwerben, zu erbetteln oder zu ergaunern. Oft tat man sich dann zusammen, wanderte als zerlumpter Haufen übers Land, von einem Volksfest zum andern, was die scheel auf die »Zigeuner« blickenden Bauern einschüchterte und auch sonst manchen Vorteil bot. Mit solchen Weggefährten hatte es Paulus diesmal gewagt, den ihm vertrauten Strich zu verlassen, und wartete nun kopfreckend auf das schreckliche Mordschauspiel vor den Toren von Ellingen.

Unser Landfahrer befand sich also in Gesellschaft, wenn auch nicht, besonders guter. Da war einer, den alle nur den »Neunaugen« nannten, ein hagerer, mittelgroßer Endvierziger von finsterem Wesen. Schwarz sein Hemd und die Hosen, schwarz der breitkrempige Hut, schwarz der gestutzte Vollbart, das Gesicht von Narben entstellt. Wenn er sprach oder lachte, sah man häßliche Lücken in der Reihe seiner gelben Schneidezähne. Vor der Brust trug er ein Fell nach Art der Spengler und Keßler, daran an einer Lederschlaufe der übliche Spitzhammer hing. Vom Neunaugen hieß es im fahrenden Volk, »er könns einer tun, daß sie ihm anhängen müss«. Stets führte er mehrere, selten längere Zeit dieselben Weiber mit sich. Es muß etwas Imponierendes an dieser dunklen Gestalt gewesen sein, denn sein Wort galt, seine Schlagfertigkeit entwaffnete, seine Argumente überzeugten. Er hatte sich eine Art Gefolge geschaffen, Landfahrer, die fast immer mit ihm zogen. Neben ihm beobachteten sie auch jetzt die Szene auf dem Hügel, ihrem Meister ab und zu Bemerkungen über die Hexen zurufend. Der eine war ein magerer, langer Kerl Ende Dreißig, mit eingefallenen Wangen und tiefliegenden Augen, einem roten Bärtchen im Gesicht und nur wenig Haar auf dem kahlen Schädel. Er hieß »Neunfingerl«, weil er an der rechten Hand, die ihm ohnehin lahm war, nur noch vier Finger hatte. Sein einziger »Beruf« war die Bettelei. Wogegen ein anderer Gefährte Neunaugens wie Paulus Pappenheimer einen Krämerkorb trug und offenbar Hausierer war. Diesen nannten sie Abraham oder Hans Küfer – ein Name, der das ehemalige Handwerk verrät, dem dieser Entwurzelte vor seinem Leben auf der Straße angehörte. Von ihm hören wir in einer Erzählung des kleinen Hänsel, daß er gelegentlich Erinnerungen an seinen »bürgerlichen« Broterwerb nachhing. Wenn er irgendwo ein Faß sah, pflegte er daran herumzuklopfen und mit dem dabeiliegenden Schlegel allerlei Scherze und Kunststückchen zu machen. Von den andern wissen wir nur, daß einer Resch Saustecher hieß und ein mittelgroßer, stämmiger Mann mit gerötetem Gesicht und breitem, gelblichem Bart war, und daß weitere Gefährten auf die Namen Gilg, Hans Braun und Zuckerwastl hörten, gleichfalls wie Krämer oder reisende Handwerker aussahen. Fast alle hatten sie Frauen und Kinder jeden Alters zur Seite.

Ein offener, von Pferden gezogener Wagen, auf dem die vier für den heutigen Brand bestimmten Hexen saßen, hatte die Anhöhe erreicht. Der Scherge zerrte die erste herab und am Seil über ein Brett auf den für sie bestimmten Scheiterhaufen. Mit Ohs und Ahs, rohem Gelächter und groben Scherzworten kommentierte das Publikum die Szene. Man band die Arme an den aus dem Reisighaufen ragenden Pfahl. So geschah es auch den andern drei Verurteilten. Ein Amtmann bestieg nun die leere Wagenpritsche, während das Glockengeläut mit einem letzten Bim-Bam erstarb. Ein Gemurmel ging durch das versammelte Volk und brach ab, als der Mann auf dem Wagen die rechte Hand erhob und mit der linken ein Papier aus dem Wams zog. Von dem las er nun mit lauter Stimme die »Urgicht«, eine Zusammenfassung der Geständnisse der Verurteilten ab. Die vier armen Sünderinnen hätten bekannt, einen Bund mit dem bösen Feind geschlossen zu haben, nächtlicher Weise in die Keller und zum Hexentanz gefahren zu sein. Sie hätten unschuldige, ungetaufte Kinder ermordet, denen die Händlein abgeschnitten und solche zu Pulver gestoßen, damit den Menschen und dem Vieh geschadet, auch manches Hagelwetter herbeigezaubert. Wofür sie ein ehrsames Gericht zum Feuertod verurteilt habe. So kurzgefaßt der Inhalt der langen, vom Staunen und Raunen der Zuhörer begleiteten Deklamation, die damit endete, daß dem Scharfrichter freies Geleit zugesichert wurde für den Fall, daß er durch einen Kunstfehler den Unwillen der Menge erregen sollte. Schon begannen die zwischen den Scheiterhaufen stehenden Priester und Mönche Weihwasser zu sprengen, Rauchkessel zu schwingen und lateinische Gebete zu rezitieren, während das Glockenläuten von neuem anhob; schon hatte der Scherge die erste Hexe mit einem eisernen Band von hinten erdrosselt, was das Volk mit schaurig-rohem Gebrüll kommentierte; schon brannten die vier Haufen, schlugen meterhohe Flammen empor, die angebundenen Leichen verschlingend; schon stiegen vier schwarze Rauchsäulen in den blauen Himmel, sich in der Höhe zu dunkler Wolke vereinend.

Unruhe kam in die Menschen. Die angestaute Spannung entlud sich in manchem Wortschwall, mancher Neckerei, in Gezänk und Gelächter. Man drängte sich um Tische, an denen Wein ausgeschenkt und Käse verkauft wurde. Jetzt war die Stunde der fahrenden Leute gekommen. Bettelnde Kinder liefen mit jämmerlichem Geschrei durch die Menge, Lahme, Blinde und heulende Weiber stimmten ihr vielstimmiges Klagelied an, wobei auch Anna Pappenheimerin kräftig mitwirkte. Einer verkaufte eine erschreckliche Zeitung, in der die des Lesens Kundigen das grausige Treiben der Hexen genau beschrieben fanden. Ein anderer, ein abgerissen aussehender Mönch, predigte mit lauter Stimme und drohender Faust vom nahen Weltende und dem Anti-Christ, der vor kurzem in einer gewissen Provinz Babyloniens von einem gar schlechten Weib geboren worden sei. Dieses Kind habe Katzenzähne und sei gräßlich behaart, hätte auch schon acht Tage nach seiner Geburt verständlich reden und behaupten können, es sei Gottes Sohn. Was aber eine Blasphemia wäre, welches schon daraus erhelle, daß es bei seiner Geburt an etlichen Orten abscheuliche Schlangen und seltsame Monstra auf die Erde geregnet hätte. Das Verhängnis stünde also vor der Tür, nur Buße und Opfer könnten helfen. Er, der Redner, freilich, der von all dem künde, sei bereit zur Pilgerfahrt ins Heilige Land und würde dort für die Errettung eines jeden bitten, der ihn mit etwas Reisegeld versorge.

Auch Paulus Pappenheimer profitierte von dem Ablenkungsbedürfnis der Menschen im Schatten der schwarzen Wolke. Er hatte, wie immer bei solchen Gelegenheiten, seinen Spieltisch aufgebaut und alsbald eine Schar von Spiellustigen und Neugierigen um sich versammelt. So kam er wohl kaum dazu, über das Verbrechen der hingerichteten Weiber nachzudenken. Hexenfeuer brannten ja allenthalben. Vor einem Jahr hatte er eine ähnliche Hinrichtung in der Grafschaft Wiesensteig erlebt und auch dort die Urgicht mit Aufmerksamkeit angehört. Er wird, während er zum Spiel an seinen Tisch einlud, kaum daran gedacht haben, eines Tages selbst solche Geständnisse ablegen zu müssen, war gewiß auch nicht im Zweifel über die Schuld der Verbrannten, beschäftigte sich wohl überhaupt nicht weiter mit dem Gehörten und Gesehenen, sondern nutzte die Gunst der Stunde zu münzklingendem Geschäft.

Mordbrenner

Es gäbe kein Land, in dem mehr heilloses Gesindel sei als in Bayern, behauptete Michel Pappenheimer in einem seiner Verhöre. Allerdings war der Achtzehnjährige wohl kaum aus Niederbayern herausgekommen und konnte mit solcher Feststellung allenfalls eine verbreitete Ansicht wiedergeben. Freilich begegneten den Landfahrern auf ihren Wanderungen gefährliche Leute. »Um Straubing hab's Dieb und Räuber, so stattlich in Kleidung wie Edelleut«, erzählte Gumpprecht seinen Richtern. »Die bringen aber wohl auf einen Raub jeder eintausend, sechshundert, mehr oder weniger Gulden zuwegen. Und wann die Leut, so sie berauben, ihnen das Geld nit anzeigen wollen, bringen sie dieselben um und rösten ihnen die Händ in Schmalz.«

Es gab damals schon regelrechte Räuberbanden, die geradezu einen Kleinkrieg gegen Einödhöfe, Dörfer und Märkte führten. Im Jahre 1565 steckte solch schädliches Volk allein in dem Landgerichtsbezirk Pfaffenhofen und Schrobenhausen vier große Dörfer an. Aber das Problem war kein speziell bayerisches. In Baden bedrohten seit 1576 Verbände berittener Räuber die Reisenden auf den Landstraßen, deren einer »rote Knöpfe auf den Hüten« als Erkennungszeichen verwendete. Aus Württemberg dringt zur selben Zeit die Kunde von organisierten »mordbrennerischen Buben«, die »eilends, geschwind und unversehens« nächtliche Überfälle auf »Flecken, Dörfer und Schlösser« verübten, welche sie ausplünderten und in Brand setzten. Hessische Stimmen beklagten 1590, daß allerlei »herrenloses Gesindel« Feuer legte, Reisende beraubte und ermordete. Ähnlich klang es aus Sachsen: Männer und Weiber würden auf den Straßen niedergeschlagen und ausgeplündert, lose Buben und Mordbrenner verursachten überall Brände. »Oft zu zwanzig, dreißig und mehr laufen die herrenlosen Knechte einher und nehmen den Leuten das Ihre mit Gewalt.« Von noch größeren Räuberbanden hören wir aus dem Harz, wo 1586 ganze Landstriche verwüstet wurden und im Sommer 1590 die Städte Heringen und Suhl in Schutt und Asche fielen. Im selben Jahr zogen Rotten von »Gartknechten, Dieben, Räubern und Bettlern« durch die Oberlausitz. So auch in Brandenburg: »Bis auf die sechzig laufen sie auf einem Haufen . . ., schatzen die Leute ihres Gefallens, erbrechen die Türen und Häuser mit Gewalt, nehmen öfters mit, was nicht mitgehen will, greifen die Fußgänger auf den Straßen an, berauben sie, schlagen sie wohl gar zu tot, verursachen auch in den Städten viel Unfug, Mord und Totschlag.« Nach glaubhaftem Bericht aus Mecklenburg ließen sich unter den Räubern »von dem Adel fürnehme Geschlechter . . . finden«.

Was kaum überrascht. Das räuberische Bandenwesen in dieser Zeit vor dem Dreißigjährigen Krieg hatte noch einiges gemein mit dem mittelalterlichen Raubrittertum, das sich auf das Fehderecht berief. Meist war das nur eine fadenscheinige Bemäntelung roher Gier. Aus nichtigem Anlaß erklärte der Ritter, häufig mit einem Schuß spöttischem Sarkasmus, dem Auszuraubenden die Fehde. Etwa dem reichen bürgerlichen Fettwanst, weil er das Auge des Adeligen dadurch beleidigte, daß er den Gürtel nicht recht geschlossen hielt. Daneben klangen freilich früh auch edle Parolen. Man zog in den Kampf gegen soziale Ungerechtigkeit, befehdete Städte und Dörfer, weil einem Handwerker, einer Bürgersfrau Unbill zugefügt worden war, und kaschierte mit seiner Empörung die gänzlich unritterliche Raublust. Ein Hauch sozialer Rechtfertigung macht Gewalt immer besonders gefährlich. Den weißen Mantel des Edelmuts über das schwarze Räubergewand geworfen, sprengte der Raubritter gerne als Rächer der Gekränkten einher, was ihn von seinem schlechten Gewissen befreite und der Scham über seinen moralischen Niedergang. Denn durchaus unritterlich waren die Fehdewaffen: Raub, Brand und Totschlag. Damit wurde selten der Fehdegegner persönlich überzogen, sondern vielmehr seine Hintersassen, die Bauern. Dörfer und Höfe gingen in Flammen auf, Felder wurden verwüstet, Vieh abgeschlachtet oder geraubt, Menschen verstümmelt oder ermordet. In mittelalterlichen Ritterliedern sang man über die Bauern: »Wir sollen sie vor uns sprengen, sie wie die Säue sengen, bis uns die Beute wird, ihr Schopf den Galgen rührt.« Oder: »Erwisch ihn bei dem Kragen, erfreu das Herze dein, nimm ihm, was er habe, spann aus die Pferdlein sein. Sei frisch und dazu unverzagt, wenn er einen Pfennig hat, reiß ihm die Gurgel ab.«

Die Landplage der Räuberbanden hatte Ende des 16. Jahrhunderts schon eine lange Tradition. Schon die Raubritter rekrutierten ihr Häuflein aus zwielichtigem Gesindel. Was der Ritterspiegel des Johannes Rothe so umschrieb: »Sie halten weder Treu noch Glauben, sie haben Diebe und Mörder als Diener, mit denen sie ihre Beute teilen.« Seit dem Ende des 15. Jahrhunderts gelang es der Obrigkeit, gestützt auf die Landfriedensgesetzgebung, das eigentliche Raubrittertum auszurotten. Das Brennen und Morden aber ging weiter. Unvergessen blieb auch das alte Pathos berechtigter Fehde und die Verachtung der Bauern. So hören wir aus Pommern-Stettin im Jahre 1560, daß »viele mutwillige Leute«, die Städte, Dörfer und Flekken mit Brand, Mord und Viehstechen überziehen, »wörtliche und tätliche Injurien und Schmähworte, die ihnen vor zehn, zwanzig und dreißig Jahren begegnet und durch Verjährung und sonst lange erloschen sind, oder ... die Zucht und Strafe, die ihre Meister und Herrn in ihren Lehr- und Dienstjahren gebraucht haben«, als Vorwand und Rechtfertigung ihrer Untaten anführend. Was den Rittern billig war, war den Räubern recht: Sie traten lieber als stolze Rächer denn als gemeine Verbrecher auf. Weshalb Gumpprechts Behauptung, es habe in der Gegend von Straubing »Diebe und Räuber so stattlich in Kleidung wie Edelleut« durchaus glaubhaft ist. Warum soll in Bayern nicht gegolten haben, was ein westfälischer Adelsspruch so umschrieb: »Reiten, Rauben, das ist kein Schande, das tun die Besten im ganzen Lande.«

Mit solchen stolzen und wohlhabenden, beritten-ritterlichen Wegelagerern hatten die Pappenheimer freilich nichts zu schaffen. Die kümmerten sich nicht um eine schäbige Landfahrerfamilie, denen war an reichen Bauern und reisenden Kaufleuten gelegen. Auf dem Straubinger Markt ließen sie auskundschaften, wann sich die nächste Kaufmannskarawane auf die Reise durch dünn besiedeltes Gebiet machen würde. Danach wurde der Überfall vorbereitet. Durch Späher ließ der Räuberhauptmann den Fuhrmannstroß beobachten. Der bestand meist aus zwanzig bis dreißig Wagen, die in Kolonne fuhren, einerseits, um sich auf den schlechten Wegen, andererseits, um sich bei Überfällen gegenseitig Hilfe zu gewähren. Da es nämlich nicht genug große Wirtshäuser an den Straßen gab, mußten die Kaufleute unterwegs nicht selten im Freien übernachten. Dann stellten sie abends ihre Karren in großem Kreis zu Wagenburgen zusammen, führten die Pferde in die Mitte, fütterten sie, entzündeten ein Feuer fürs Abendmahl. Zum Schlafen krochen die meisten in ihre Wagen, manche blieben bei der Glut, einige hielten Wache. Bewaffnet waren alle und wußten, warum. Unversehens waren berittene Räuber da, schlichen sich in zwanzig, dreißig Mann starker Gruppe an die Wagenburg heran und wagten den nächtlichen Überfall auf das Lager. Wehe den Reisenden, die kein tüchtiger Wächter aus dem Schlaf schüttelte und zu den Waffen rief. Sie lagen anderntags als Leichen zwischen ihren ausgeraubten, verkohlten Wagen.

Hilfloser als Fuhrleute und Händler waren die Bauern. Die Pappenheimer berichten von einem nächtlichen Überfall auf einen Einödhof in der Nähe von Mattenkofen bei Passau, der dies grell illustriert. Sorgsam wählten die Räuber ihr Opfer aus, den reichen Besitzer eines möglichst abgelegenen Hofes. Der Einödbauer von Mattenkofen brachte oft Pferde und große Mengen Getreide zum Markt, wovon er mit weinseligem Kopf und dickem Beutel heimkehrte.

Man folgte ihm heimlich, machte sich vertraut mit der Umgebung, den Räumlichkeiten seines Hofes, den Lebensgewohnheiten der Familie. Schließlich, in einer Sommernacht zwischen zehn und elf Uhr, als das Gesinde ausgegangen war und alles schlief im Haus, näherten sich finstere Gestalten, öffneten mit einem Draht das Türschloß, drangen ein. Die Bauersleute wurden aus dem Schlaf gerissen, blinzelten entsetzt in die hochgehaltene Fackel, die groben Gesichter, auf die blitzenden Dolche. Wo die Truhe mit dem Geld sei, herrschte man die Verschreckten an, zerrte sie aus dem Bett, stieß sie in die Küche. Stumm blieb der Bauer, Jammergeschrei kam nur von seinem Weib. Worauf den beiden die Hände gebunden wurden, so daß die Haut aufriß. Ob er nicht gleich das Versteck verraten wolle, fragte einer der Räuber den Geängstigten. Der schüttelte heftig den Kopf. Man brach ihm die Arme, schnitt ihm und seiner Frau die Ohren ab. Er schwieg, sie heulte. Man trat beide mit Füßen, zog sie an den Haaren über den Küchenboden. Sie verrieten nicht das Ersparte. Nun wurde Schmalz erhitzt, kochend vom Herd genommen, vor die Gemarterten gestellt. Man packte die Frau, zwang ihre eine Hand in das heiße Fett. Gräßlich das Gebrüll der Verbrühten. Erbarmen, Erbarmen, schrie sie, während man auch ihre andere Hand zum zischenden Kessel führte. Das half nichts. Stumm blieb der Bauer, stöhnte nur schrecklich, als man ihm auch noch die Schienbeine brach und mit Messerstichen ganz und gar zu einem blutigen Klumpen verwandelte. Wütend über soviel Verstocktheit schnitt einer der Räuber endlich beiden die Gurgeln durch. Nach solchem Mordwerk durchwühlte die Bande das Haus, riß im Flackerlicht der Fackel Schubläden aus den Kommoden, brach Truhen und Schränke auf, fand johlend das gesuchte Geldversteck, nahm mit, was sich verkaufen ließ. Zurück in die Küche, an den blutverschmierten Schauplatz ihres furchtbaren Mordens, die Leiche des Bauern an den Beinen gepackt und auf den Hof geschleift, schließlich die Fackel ins Heu geworfen und ab mit der Beute. Aus sicherer Entfernung sah man die Flammen zum Himmel schlagen und die Gegend um den Hof taghell erleuchten. Dann verschwanden die Räuber im Wald, ungesehen, ungefährdet, unerkannt.

Solch grausiges Treiben hatte sein Vorbild, nicht nur im Fehdewesen der Ritter, auch im Kriegshandwerk der Zeit. Plünderung und Beutezug der Soldaten im Feindesland folgte der gleichen Methode. So schilderte ein Zeitgenosse die Heimsuchung eines Bauernhofs durch Landsknechte: »... Bettladen, Tisch, Stühl und Bänk verbrannten sie ... Unsere Magd ward im Stall dermaßen traktiert, daß sie nicht mehr daraus gehen konnte ... Den Knecht legten sie gebunden auf die Erd, steckten ihm ein Sperrholz ins Maul und schütteten ihm einen Melkkübel voll garstig Mistlachenwasser in Leib ... Dann fing man erst an, die Steine von Pistolen und hingegen an deren Statt der Bauren Daumen aufzuschrauben und die armen Schelmen so zu foltern, als wenn man hätte Hexen brennen wollen, maßen sie auch einen von den gefangenen Bauren bereits in Backofen steckten und mit Feuer hinter ihm her waren, ohnangesehen er noch nichts bekannt hatte. Einem andern machten sie ein Seil um den Kopf und reitelten es mit einem Bengel zusammen, daß ihm das Blut zu Mund, Nas und Ohren heraussprang. In Summa, es hatte jeder seine eigne Invention, die Bauren zu peinigen, und also auch jeder Baur seine sonderbare Marter.« Der einzige Unterschied zwischen Plünderung und Raubüberfall bestand darin, daß jene rechtens, dieser verboten war. »Ich dürste nach Beute«, stand auf Landsknechtsfahnen, die einen zähnefletschenden Wolf zeigten. Nach gutem Kriegsrecht war es Brauch, die Truppen durch Plünderung des heimgesuchten Landstrichs zu ernähren. Das entlastete die Kriegskasse und schädigte den Feind.

Was den im Solde stehenden Landsknechten billige Gewohnheit war, mag ihnen so verbrecherisch nicht erschienen sein, wenn sie zwischen den Kriegen beschäftigungslos herumzogen. Kaum wußten sie sich anders zu erhalten als durch Plünderungen, schlossen sich, wie sie es im Kriegsdienst gelernt hatten, zu arbeitsteiligen Haufen zusammen, wählten einen Hauptmann. So wurden Landsknechtsfähnlein zu Mordbrennerbanden, Söldner zu »gartenden Knechten«. Anderes Gesindel stieß dazu, ahmte die gewalttätigen Männer nach. Weil der Krieg die Barbarei zur Gewohnheit werden ließ, wurde auch das Treiben der Räuber so grausam. Frauen wurden halbtot gepeitscht, Männer mit glühenden Zangen gezwickt, Greise gehenkt, Kinder vor den Eltern verstümmelt – alles, um ans Geld zu kommen. Daß dies in gewissen Fällen, nämlich denen des kriegerischen Beutezugs, als rechtens galt, war genauso verhängnisvoll für die Entwicklung der Kriminalität wie das Pathos des Raubrittertums. Am schlimmsten aber empfand die Bevölkerung die Ohnmacht einer Obrigkeit, die sie vor solcher Bedrohung nicht schützen konnte. So versuchte man sich zuweilen sogar mit den Mörderbanden zu arrangieren, die man mehr fürchtete als die leeren Worte der sich häufenden fürstlichen Mandate wider das heillose Gesindel und dessen

»Enthalter«. Einem der bedeutendsten Strafrechtler der Zeit, dem Niederländer Jodocus Damhouder, fiel eine geradezu feindselige Haltung der Landbewohner gegen die Justiz auf. Die Bauern würden meist alle Hilfe verweigern, gleichsam auf ihre Stöcke gestützt den Ausgang der Kämpfe abwarten, und, statt der Obrigkeit bei der Verfolgung von Räubern und Dieben beizustehen, diesen Unterschlupf gewähren, aus Angst, sich sonst ihren Zorn zuzuziehen. Schuld an den Zuständen war freilich auch die Verbindung von Strafrechtspflege und Pfründenwesen. Prozesse gegen mittelloses Lumpenpack verlohnten nicht, verursachten vielmehr ärgerliche Unkosten. Ein Bund der fränkischen Reichsstädte zur Ausrottung des Räuberpacks huldigte denn auch dem Sankt-Florians-Prinzip, wonach man das Feuer auf andere Dächer wünscht, um nur selbst davon verschont zu werden: Das gefangene Gesindel, dem kein Kapital nachzuweisen war, wurde lediglich über die Landesgrenze abgeschoben.
»Dieweil der höchsten Oberkeit im Reiche und den Landes- und städtischen Oberkeiten, schier alle Kraft abhanden kommen«, resümierte ein Prediger im Jahre 1571, »und Fürsten und Volk von oben bis unten in Verderbnis geraten sind, so können auch all die vielen Mandate und Strafbefehle wider Bettler, Vaganten, Landstreicher, gartende Knechte, Zigeuner, verbrecherisch Gesindel von jeder Art und Namen, Diebe, Räuber und Mörder so gar nichts ausrichten, wie wir täglich vor Augen sehen.« Und der Nürnberger Verseschmied Hans Sachs seufzte 1559: »Möchte doch Gott uns einen deutschen Herkules schicken, der das Land von Raub, Mord und Plackerei säubere, denn vor den Räubern und Mördern ist niemand mehr sicher.«
Ein neuer Herkules – genau das wollte Herzog Maximilian sein. Aus Anlaß seines Regierungsantritts erschien 1595 ein Flugblatt, das ihn mit Löwenfell und geschulterter Keule darstellt. An die Worte des Hans Sachs wird Friedrich Sustris, der Urheber dieser Allegorie auf fürstliche Jugendkraft, wohl nicht gedacht haben. Aber das Land von heillosem Gesindel zu reinigen, gehörte durchaus zu den Plänen des dargestellten Herrschers. Weshalb die landfahrende Familie Pappenheimer seit April 1600 im Münchner Falkenturm gefangen lag.

Wimmern und Wehgeschrei, Flehen und Brüllen, Jammern und Klagen hatten einen ganzen Vormittag lang das Torturgewölbe des Falkenturms erfüllt. Im trüben Licht der Talgkerzen war Schreckliches geschehen. Die grausige Kunst Meister Georgs hatte den achtzehnjährigen Michel Pappenheimer, einen kräftigen, gesunden, blühenden und selbstbewußten jungen Mann, innerhalb weniger Stunden in ein armseliges Häufchen Elend verwandelt. Ungewöhnlich lange hatte der jugendliche Körper die Tortur ertragen. Zwölfmal wurde er an den auf den Rücken gebundenen Armen aufgezogen. Jedesmal die Frage Doctor Wangerecks, was er und seine Leute mit den Kindshändlein getan hätten, die man in Tettenwang gefunden habe. Und jedesmal die Antwort des Gemarterten, er habe keine Kindshändel gehabt noch gesehen, sei gänzlich unschuldig. Worauf ihm ein großes Steingewicht an die Füße gebunden wurde, so daß ihm beim nächsten Recken die Glieder aus den Gelenken sprangen. Das half nichts, auch nicht die Verdoppelung des Gewichts. So mußte Meister Georg auf Anordnung der Kommissare schließlich die Fackel entzünden und dem gräßlich Brüllenden große Brandwunden unter den Achseln beibringen. Vergebens. Michel wollte durchaus nichts von den Händchen wissen, obgleich er, vom qualvollen Flaschenzug wieder herabgelassen, nicht mehr stehen und nur noch stöhnen konnte.
Wangereck hatte daraufhin das Verhör unterbrochen, war mit dem Rentmeister und Doctor Hainmüller dem feuchten, fürchterlichen Raum entflohen, hinaus ins Frühlingsblau, fort von dem Geächze zum Vogelgezwitscher. Wie die Hofräte die Pause nutzten, verschweigen die Quellen. Vielleicht hat man ein Wirtshaus aufgesucht, bei einem Essen mit drei verschiedenen Fleischgerichten und zwei Sorten Wein über den peinvollen Verlauf des Vormittags gesprochen, wobei wir Wangereck geradezu sagen hören, das lange Verharren des Inquisiten in der Marter bestätige nur zu deutlich seine, Wangerecks, Ansicht, daß die Pappenheimer mit dem Teufel im Bunde seien. Mit natürlichen Kräften habe es Meister Georg offenbar nicht zu tun. Worauf man beifällig genickt und sich dem leiblichen Wohl gewidmet haben mag, um schließlich wieder, frohgemut und angeregt plaudernd, zum Falkenturm zurück, durch die Eichentür und die muffige Steintreppe hinab ins Gewölbe zu gehen.

Da lag der gebundene junge Mann immer noch zitternd am Boden, blaugrün am ganzen Körper, häßlich wölbten sich Brandblasen verschiedener Größe unter seinen Achseln, dick verschwollen waren die Gelenke. Bei der geringsten Bewegung durchzuckte schier unerträglicher Schmerz den Körper. Weshalb markerschütterndes Gebrüll ertönte, als Meister Georg den Inquisiten vom Boden erhob und gegen die Wand lehnte.

Er habe ja nun Zeit gehabt, über seine Lage nachzudenken, sprach Wangereck den Gebrochenen an, vielleicht wolle er jetzt mit der Wahrheit heraus. Da wimmerte dieser, es gäbe keine Kindshändel. Gut, sagte der Hofrat, dann müssen wir mit dem Aufziehen fortfahren. Worauf Michel unter Tränen flehte, das nicht zu tun, er wolle auch alles gestehen, was man von ihm verlange. Ja, die gefundenen Händchen hätten sein Vater und der Gumpp im Pflanzgärtl des Schölz vergraben. Wangereck: Warum sie davon gegessen hätten? Michel: Damit sie nichts bekennen sollen mögen. Wangereck: Wo er das Pulver, das sie aus den Kindeshändlein gemacht haben, dem Vieh oder den Leuten zu Schaden gelegt? Michel: Als sie voriges Jahr im Herbst zu Pfatter gewesen und bei einer Bäurin, welche nur mit dem Sohn hause und nächst beim Amtmann wohne, zu Herberg gelegen wären, hätte seine Mutter in seinem Beisein auf die Weide Pulver gestreut. Davon sei schier des ganzen Dorfs Vieh umgefallen. Außerhalb von Cham in einem langen Dorf, wo derselben Zeit die Bös Krankheit regierte, hätten sie auch einst bei einem Bauern, den er nit zu nennen wiß und der zwei Hoftor habe, übernachtet. Da wär von der Mutter auch das Pulver ausgestreut worden, wovon gar viel Vieh umgefallen. Zu Irlbach im Spital hätte er vor zwei Jahren im Frühling, weil man ihn und seine Leut nit beherbergen wollte, unter die Kühtür Pulver gestreut, woran vierzig Stück Vieh gestorben wären. Als der Dechant von Altenbuch sie im Herbst vor einem Jahr nicht für ihre Arbeit bezahlen wollte, hätten sie ihm beim Hennenställchen im Hof das Zeug ausgelegt. Auch einen Bauern, der sie nit mehr behalten wollte, obwohl er doch sonst allerlei Gesindel beherbergt, hätten sie mit dem Pulver geschädigt. Zu Pfatter hause ein Sohn mit der Mutter, dem hätte er hinten im Garten bei den Kirschbäumen Pulver gelegt. Worüber dieser Sohn gegangen, erkrankt und krumm geworden sei. Das wär geschehen, weil sein, Michels, Vater diesem Mann eine Kuh, die in den Keller gefallen war, geschlachtet und aufgearbeitet, aber kein Lohn dafür erhalten hatte. Dem Raunecker zu Mündriching hätte er auch das Pulver gestreut, weil er von dem einmal geschlagen worden sei. Die hiervon verursachte Krankheit wär aber glimpflich verlaufen, weil sein Vater, der alte Pappenheimer, den Raunecker in Kräutern gebadet und so wieder geholfen hätte. Es käme eben auch darauf an, ob man das Pulver nur auf Erkranken oder auf den Tod lege. Wolle man einen töten, müsse man das Pulver zuvor mit Salz weichen lassen, es unten ins Geschirr legen, ein Tüchel darüber und darauf das Salz tun. Gehe einer über derart vorbereitetes Pulver, wär ihm nicht mehr zu helfen. Sei der Zauber aber nur auf Krankheit gerichtet, so verwende man ungeweichtes Pulver. Gegen dessen Kraft wüßten Vater und Mutter Hilfe. Wie die genau aussehe, könne er nicht sagen, nur, daß die Mutter stets Eber- und andere Wurzeln bei sich gehabt habe. Damit hätte sie vor einiger Zeit die Hütlin-Tochter aus Eglesheim heilen wollen, aber nichts ausrichten können. Wer es der gelegt hätte, wisse er nicht. –

Der Hofrat wird den plötzlichen Redefluß des so lange Leugnenden gelegentlich unterbrochen haben, um dem Schreiber Gelegenheit zu geben, mit seinem Protokoll nachzukommen. Dann fragte er, immer noch auf der Suche nach objektiven Anhaltspunkten, wo der Inquisit das Zauberpulver versteckt habe, bevor er gefangen worden sei. Die Antwort: Er hab das Seinige in einem Säckel im Glasref (Ref = ein Holzgestell für Lasten, das auf dem Rücken getragen wurde) gehabt, wiß aber nit, ob es noch darin sei. Die Mutter hab das Ihrige in einem ledernen Beutel aufbewahrt. – Frage: Wie er das Pulver hergestellt habe? Antwort: Sie hätten die Händel in einem Scherben im Ofen gedörrt und hernach zu Pulver gestoßen, auch Rauten (= Kräuter) dazu gebraucht, welches sonst der Zauberei zuwider sei. Frage: Wer ihn diese Kunst gelehrt habe. Antwort: Seine Mutter, als er etwa vier Jahre alt gewesen sei. Von wem es die gelernt hätte, könnte er nicht sagen. Es wär wohl oft das Gerede gegangen, sie sei ein Unhold, wie man ja auch die Lippin in Altmannstein der Hexerei verdächtige. Er hätte aber weder bei dieser noch bei seiner Mutter je Unholderei bemerkt.

Damit ließ Wangereck das Thema Zauberei fürs erste auf sich beruhen. Nachdem Michel gestanden hatte, Pulver aus Kindshändeln hergestellt zu haben, konnte er nun kaum noch ableugnen, auch ein Mörder zu sein. Denn die Hände der Kinder konnten ja nur durch Mord beschafft werden. Auf dieses Geständnis wollte der Hofrat, der bereits beschlossen hatte, in Sachen Hexerei ein gesondertes Verhör durchzuführen, als nächstes hinaus, um dann auf andere

Schreckenstaten zu kommen. Tatsächlich gab der Gefolterte, ohne das Risiko weiterer Tortur einzugehen, zahlreiche Morde an schwangeren Frauen zu, bestätigte auch die ihm vorgehaltenen Geständnisse des Vaters und der Brüder hinsichtlich anderer Mordtaten und Raubüberfälle. Seine Rede stockte erst wieder, als der Kommissar, nach einem Blick auf die Fragenliste, wissen wollte, wieviel Häuser und Dörfer die Landfahrer in Brand gesteckt hätten.
Wangereck gab Meister Georg das gefürchtete Zeichen. Der begann den um Gnade Flehenden wieder an den Seilzug zu binden. Er wolle reden, alles sagen, wimmerte Michel. Der Kommissar gebot dem Schergen Einhalt. Der Gequälte: Zu Oberwinkling bei Welchenburg hab er und der Landsknechthänsel, welcher ein junger Keßler, einem Bauern, den man den Pfeifmichel nenne, den Hof in Brand gesteckt. Letztes Jahr um die Sonnwend hätt' er dazu ein Feuer an einer Feil in Werch (= Flachs-, Hanfgeflecht) geschlagen, welches alsdann der Landsknechthänsel ins Strohdach hinterm Haus gestoßen habe. Wovon aber nur dies Haus abgebrannt wäre. Ein andermal, vor zwei Jahren, hätten er und die ganze Familie in Unterwinkling bei einem Bauern gewohnt und ihre Arbeit verrichtet. Da wären sie abends in die Küche geschlichen, hätten ein brennendes Spanlicht genommen und damit das Stroh im Stadel angezündet. Ihr Plan sei gewesen, im Haus etwas zu stehlen, während die Bauersleute das Vieh zu retten versuchten. Das wäre aber daran gescheitert, daß der Bauer alte Weiber zu den herausgeschleppten Sachen gesetzt hätte. Verdacht sei bei dieser und anderen Brandstiftungen nie auf sie gefallen. Wenn man sie mit glühender Kohle hätte umgehen sehen, wäre das keinem aufgefallen, weil jeder angenommen hätte, sie bräuchten das Feuer zu ihrer Arbeit. – Zu Neunhausen oberhalb Metten hätten er und der Landsknechtshänsel vor zwei Jahren im Sommer beim Widenbauern Herberge gehabt, wo auch seine Eltern und der kleine Hänsel wieder zu ihnen gestoßen wären. Nachts, als diese schon im Stadel gelegen hätten, wär er mit dem Landsknechtshänsel beim Bauern in der Stube gesessen. Sie hätten Karten gespielt und ihr Geld an den Bauern verloren. Wie sie dann zu ihren Leuten in den Stadel hinausgegangen wären, hätten sie einen brennenden Span mitgenommen, um sich damit durchs Haus und über den Hof zu leuchten. Dort hätten sie das Strohdach vom Roßstall angezündet und wären schleunigst davongelaufen. Vater und Mutter aber, die von dem Anschlag nichts

wußten, wären wie der Bauer von dem Feuer überrascht worden und hätten geholfen, zu retten und zu löschen.
Damit war Wangereck nicht zufrieden. Er wollte von noch mehr Brandstiftungen hören, half auch nach und lenkte die Antworten in die gewünschte Richtung. Gezielt und mit neuer Folterdrohung fragte er nach der »Brunst zu Eggenfelden« und der »Brunst zu Gänkhofen« und ließ nicht locker, bevor er ein zufriedenstellendes Geständnis hatte. Worauf er, das Thema wechselnd, den Inquisiten fragte, was sie aus den Kirchen gestohlen hätten, Monstranzen, Meßgewand und so weiter.
Viel, sagte der eilfertig. Vor zwei Jahren im Sommer etwa. Da hätten er, der Meindl und die zwei Keßlerbuben zu Steinkirchen bei Deggendorf die Tür von einem Kirchel, das auf einem Hügel steh, mit einem Eichenprügel aufgestemmt und drinnen den Opferstock aufgebrochen und zwei Gulden gestohlen. Zu Schambach wären er, der Gumpp, Hans Küfer und der Georgl von Landshut nachts in die Sakristei der Kirche eingebrochen, hätten einen vergoldeten Kelch gestohlen und den einem Goldschmied in Straubing verkauft. Vor drei Jahren wären er, sein Bruder und die zwei Keßlerbuben in Oberaltach bei Tag in die Kirche gegangen, so als wollten sie beten. Hinter einem Gitterverschlag hinterm Altar hätten sie eine mit einem Mäntelchen verdeckte Monstranz stehen sehen, das Schloß mit einem Eisen aufgebrochen und das wertvolle Stück gestohlen. Es wären zehn Hostien darin gewesen. Die hätten sie gegessen, das Mäntelchen aber vergraben und die Monstranz demselben Straubinger Goldschmied verkauft.
Wer eigentlich dem kleinen Hänsel beigebracht habe, mit klebrigen Spänen aus den Kirchenstöcken zu stehlen? Michel: Das müßt ihn der Vater oder die Mutter gelehrt haben. Er selber würde nicht foppen. Das brächte nichts ein, nur Pfennige, selten Dreier oder Halbbatzen. Wangereck: Foppen? Was das für ein Wort sei. Michel: Foppen sei rotwelsch, bedeute soviel wie Stehlen. Der Vater, Mutter und sie alle hätten den Buben angelernt dazu. Wann immer sie auf einen Markt, Kirchtag oder zu einer anderen Menschenansammlung kamen, sollte er den Leuten die Beutel aus den Hosen ziehen. Damit wär der Kleine schon ziemlich hurtig gewesen. Wangereck: Was er, Michel, denn selbst den Leuten so gestohlen hätte? Der Inquisit: Er sei dem Stehlen nit viel nachgegangen, habe besorgt, er werde dadurch zu leicht entdeckt. Vor sechs Jahren ungefähr, als er und die zwei Keßlerbuben dem Amtmann zu Natternberg Kessel und Pfan-

nen geflickt hab, hätten sie dem Amtmann nachts aus der Stuben eine Mützen, einen Säbel und einen Hut gestohlen und in Wischelburg einem jungen Bauern für einen halben Gulden verkauft. Von dannen sie alle drei gegen Staufendorf, welches an der Donau liege, gegangen wären. Dort hätten sie beim Widenbauern an der Herberg gelegen und Pfannen geflickt, wofür der ihnen nur einen Laib Brot gegeben hätte. Da wären sie ihm nachts ins Haus geschlichen und hätten einen Weiberrock, eine Mannsmütze und ein rotes Leibl gestohlen. Als er hernach allein nach Plädling hinabgegangen sei und beim Schwänzl-Bauern übernachtet habe, wären der Zuckerwastl und Georgl von Landshut auch wieder zu ihm kommen, worauf sie dem Schwänzl aus einem Kasten in der Kammer zehn Gulden und einen Weiberrock gestohlen hätten.

Die Kommissare werden sich kopfnickend diese und mehr Geständnisse angehört haben. Wangereck, dem schließlich die Aufzählung gleichartiger Taten genug schien, wollte wissen, durch wen Michel Pappenheimer eigentlich in diese Untaten geraten sei. Der antwortete, Vater und Mutter hätten ihn zum Stehlen abgerichtet, der Neunaugen aber wäre derjenige, der ihn zum Mörder gemacht habe. Das wäre seinem Vater nicht verborgen geblieben. Der hätte oft zu ihm gesagt, er trag Sorge, sie würden die Sach zu grob angreifen und eines Tages verhaftet werden. Er sei jetzt froh, daß er der Oberkeit in die Hände gefallen sei. Nun könnte er über seine Sünden Reu und Leid haben und gegen Gott abtragen. Denn von selbst hätte er die Schelmerei nit gelassen, sondern wär in schlechten Zeiten gleich wieder hineingeraten.

Das war freilich nicht das, was Wangereck hören wollte. Ob es sich nicht vielmehr so verhalte, fragte er den Inquisiten, daß seine Mutter eine Hexe sei und er selbst ein Kind des Teufels. Michel: Das gemeine Geschrei um seine Mutter hab er wohl gehört. Es sei aber nicht wahr, daß sie Unholderei treibe. Er hab anderst nie keine Zauberei von ihr gesehen, allein daß sie aus Kindshändeln Pulver gemacht und gestreut. Nur eine rotfarbene Salbe hätte sie einstmals gehabt, wozu sie die gebraucht hab, könne er nicht sagen. – Wangereck: Aber daß der Teufel ihm beistehe, das hätten sie hier im Gewölb wohl gemerkt. Er solle sich auf seine Seligkeit erinnern, ob er sich nit dem bösen Geist ergeben oder dieser ihm etwas verheißen habe. Michel: Nein, nein, es mög ihn Gott davor behüten. Die Ursache, daß er die strenge Marter so lange ertragen hätte, wäre seine Stinzigkeit (= Eigensinn) und sein fürgenommener Wille gewesen.

Eine Antwort, die der Hofratskommissar mit ungläubigem Lächeln quittiert haben mag. Er war längst der Überzeugung, daß die gefangene Familie samt und sonders dem Teufel anhing. Wenn er den Inquisiten nicht abermals aufziehen ließ, so deshalb, weil es Abend geworden war und er ohnehin ein zusätzliches Verhör zum Thema Hexerei für notwendig hielt. Für diesmal hatte er genug von Michel Pappenheimer gehört.

Wahrheit und Lüge

Der Leser wird endlich wissen wollen, ob die Mitglieder unserer Landfahrerfamilie wirklich Mörder, Räuber und Brenner waren oder nur armselig-harmloses Lumpengesindel. Auf diese entscheidende Frage geben die vorhandenen Quellen keine Antwort. Durch Folter erpreßte Geständnisse beweisen nun einmal nichts. Wer das vergißt, muß in den Pappenheimern allerdings die Inkarnation des damaligen Gauner- und Verbrechertums sehen.

Sie gestanden Hunderte von Diebstählen jeder Art. Schon Hänsel bekannte, »die Mutter hab ihm das Beutelabschneiden und Stehlen gelernt und gesagt: Sollt sich fein gemach zu Spieltischen und wo sonst viel Leut auf Märkten und Kirchtagen beisammen stehn machen (und) mit einem kleinen Messer, so sie ihm geben, die Beutel abzwicken oder sonst aus den Hosen ziehn«. Die Erwachsenen schilderten andere Diebereien, vor allem solche aus Bauernstuben und -kammern. Etwa diese: In Vohburg wären sie vorm Markt beim Eichstätter Hänsel zu Herberg gelegen und hätten dem ein Säckel mit sieben Gulden aus der Stuben gestohlen. Oder die: Dem Bauern zu Holzen, welches ein einziger Hof bei Abensberg sei, hätten sie einen Beutel aus der Kammer entwendet, in dem zwei Gulden gewesen wären. Ähnlich: Im Winter vor vier Jahren wären sie dem alten Widmann zu Altmannstein an sein Kästel gegangen, daran der Schlüssel gesteckt, und hätten fünf Gulden gestohlen. Meist war die Beute weniger stattlich: »Zwei Beilaken«, »zwei Laib Brot«, »etlich Stückel Fleisch«, »ein altes paar Hosen«, »eine Pfann«, »einen alten Getreidesack«, »ein Polster« oder »etliche Ellen Tuch«. Anna und der kleine Bub gaben außerdem das »Foppen aus den Kirchstöcken« zu, das Herausfischen von Münzen aus verschlossenen Opferkästchen. Hänsel behauptete, in »Sankt Salvator«, »zu Niederaltach«, in Deggendorf, Abensberg, Bogenberg und Donaustauf bis zu zehn

Gulden und nie weniger als fünf Gulden aus den Kirchstöcken gezogen zu haben. »Wenn einer die Spändel vorn fein breit mache und das Loch am Stock ein wenig weit sei, ziehe einer oft auf einen Griff vier, fünf oder sechs Dreier, Halbbatzen und Pfennige heraus.« Was stark übertrieben scheint. Anna jedenfalls wollte es »auf ihre Seligkeit nehmen, daß sie in allem über neun Gulden nit aus den Kirchstöcken gestohlen« hätte.

Kirchendiebstähle waren zur Zeit der Pappenheimer ein weitverbreitetes Delikt, das sich durchaus nicht im »Foppen« erschöpfte. Nicht nur, daß die Kirchen allgemein zugänglich waren, sie enthielten auch begehrte Kostbarkeiten wie vergoldete Kelche, Monstranzen und Kruzifixe. Über diese sakralen Wertgegenstände hinaus bargen die Sakristeien vieler Kirchen private Pretiosen. Denn es war Sitte der Zeit, Kostbares in der Kirche zu deponieren, vergleichbar der heutigen Hinterlegung in Bankschließfächern.

Das Foppen war mühsam. Aber es gab natürlich andere Methoden, an das Geld in den Opferstöcken heranzukommen. Gumpprecht berichtete in seinem Verhör, er sei vor drei Jahren mit dem Hans Küfer zu Moßheim oberhalb Straubing, als der Meßner abends das Ave-Maria geläut', heimlich in die Kirche gegangen und habe sich darin versteckt und versperren lassen. Alsdann in der Nacht hätten sie den Stock aufgebrochen. Der Küfer habe die zwei Stockschlösser mit einem krummen Eisen geöffnet. Im Stock wären zehn Gulden gewesen, die hätten sie geteilt und sich dann morgens wieder, als der Meßner zum Gebetläuten kam, heimlich aus der Kirche gemacht. Der Küfer hätte die Stöck' und Schlösser fein wieder zutun können, so daß man's nit gemerkt. Dies war Voraussetzung für das Gelingen, denn andernfalls hätte der Meßner bei Entdeckung des Schadens Alarm geschlagen und die Räuber wären wohl kaum unbemerkt und unbehelligt aus Kirche und Dorf entkommen.

Diese Methode eignete sich also nur, wenn alle Spuren der Tat verwischt werden konnten. Viel häufiger, wenn man den Aussagen der Pappenheimer folgt, schlugen die Diebe ein Kirchenfenster ein, stellten eine Leiter an und stiegen darüber ein und aus. Bisweilen kam einer auf diese Weise in die Kirche, entriegelte von innen die Haupttüre und ließ Komplizen ein. »Dieses Stehlens«, gab der kleine Hänsel zu Protokoll, »gebrauchen sich . . . fast alle Landfahrer und Bettler.«

Auch Paulus gestand, er sei in dreizehn Fällen »bei nachts« . . . »in die Kirch durch ein Fenster gestiegen«, meist in Begleitung anderer

Landfahrer, von denen einer, der Neunaugen, »fast alle Schlösser aufmachen könnte mit seinem Eisen«. Dieser habe »die Sacra-Tür aufgesperrt, darin sie aus einem Kästel ein Kelch gestohlen«. Ein andermal wären ihnen eine Monstranz »sambt einem silbernen Kreuzl« in die Hände gefallen. Die gestohlenen Gegenstände hätten sie »allen zu Trümmern geschlagen« und »einem Goldschmied zu Straubing namens Georg Praun, so vorn beim Markt gewohnt, ... verkauft«.

Besonders leicht war das Stehlen, wenn es irgendwo brannte. Und Brände gab es zu dieser Zeit häufig. Dann kamen Helfer herbei, gerufene und ungebetene, die alles, was einen Wert hatte, aus dem Haus trugen. Nicht immer nur, um es vor den Flammen zu retten, sondern auch, um sich mit dem oder jenem Gegenstand aus dem Staube zu machen. Was Wunder, daß es Leute gab, die eilfertigen Rettern lieber den Zutritt zu ihrem brennenden Eigentum verwehrten, als sich beim Ausräumen und Löschen helfen zu lassen. Zumal man nicht immer wußte, ob nicht der willige Helfer die Gelegenheit zum Helfen erst selbst herbeigeführt, nämlich den Brand gelegt hatte. Nach den Schilderungen der Pappenheimer war solch fragwürdige Hilfsbereitschaft ein verbreitetes Verbrechen. Allein Gumpprecht berichtet von zwölf Brandstiftungen an Bauernhäusern, die alle nach demselben Muster abgelaufen seien. »Er und seine Leut« wären dem »Bauern ins Haus kommen«, entweder um zu glasen oder Pfannen zu flicken oder um dort Herberge zu nehmen. Dann hätten sie »ein Brand genommen« oder »an einer Feil mit einem Feuerstein« Feuer geschlagen und »im Stadl« oder »im Roßstall« Heu oder »Stroh angezündt«. Wenn dann das Feuer »alsbald angangen«, hätten sie alle »auch retten und austragen helfen, aber daneben auf ihr Schanz gesehen«, und gestohlen, »soviel sie bekommen können«.

Niederbayerns Bauernhäuser waren damals fast alle noch strohgedeckt und ganz aus Holz. Das Löschen mit eilends von Hand zu Hand gereichten Eimern war ein so vergebliches Unterfangen, daß man es meistens nicht einmal versuchte, sondern alle verfügbaren Hände zur Rettung von Vieh und Habe einsetzte. Weshalb ein Feuer sich rasch ausbreiten konnte. Wenn ein Wind ging, der die Funken auf die Dächer der Nachbarhäuser trieb, stand unversehens ein ganzes Dorf, ein ganzes Städtchen in Flammen. Ohnmächtig bimmelte dann die Feuerglocke vom Kirchturm, um von der Gefahr zu künden, insbesondere nachts die bedrohten Schläfer zu wecken.

Man warf den Pappenheimern vor, die Ortschaften Eggenfelden und Geltolfing eingeäschert zu haben. Der niederbayerische Markt Eggenfelden, damals Sitz eines Land- und Pflegegerichts, am linken Ufer der Rott auf einem Hügel gelegen, ist berühmt wegen seiner gotischen Pfarrkirche, die nicht nur die den Pappenheimern angelastete Brandstiftung des Orts überstanden hat, sondern auch anderes, vermutlich verheerenderes Unheil. Jedenfalls wurde das Städtchen schon 1552 und dann wieder 1648 fast völlig vom Feuer zerstört. Zwischen 1632 und 1634 verwüsteten die Schweden Eggenfelden zweimal. Vierzig Jahre zuvor, so jedenfalls die Akten, gelang unserer Familie Ähnliches. Angeblich kamen Paulus, Anna und Michel in Begleitung der Landfahrer Zuckerwastl und Hans Küfer nach Eggenfelden. Sie seien »beim Georg Messerschmied an der Herberg gelegen«, hernach wär auch der Neunfingerl dazugekommen, erzählte Paulus. Da »hätten sie beschlossen, im Markt Feuer zu legen. Wie dann hierauf sein Weib und noch einer von ihnen, wiß aber nit mehr welcher, miteinander gegen die Nacht in ein Bräuhaus im Vormarkt heimlich gangen.« Die Anna habe dann das Feuer »im Stadel ... an fünf unterschiedlichen Orten gelegt, derweilen ihrer zwei aufgeschaut und Späh gehalten. Das Feuer sei hernach um zehn Uhr nachts aufgangen.« Davon wären viele Häuser und Stadel verbrannt. Sie hätten in der allgemeinen Aufregung Kleider, Leinwand und andere leicht transportierbare Sachen gestohlen und alles zum Messerschmied gebracht. Der hätte ihnen manches davon abgekauft, anderes wären sie beim Michl-Bauer von Rettenbach losgeworden. Vier Jahre später legten die Pappenheimer, folgt man ihren Aussagen, ein zweites Mal Feuer in Eggenfelden. Der Michel, »sein Vater und all ihr Gesind, samt den zweien Keßlerbuben Georgl und Beindl« hätten damals eine Woche lang in dem Marktflecken »bei einem, der Hans Wächter genannt, so auf der Mauer in einem kleinen Häusl wohne, Herberg gehabt, hausiert, bei ihm Tags und Nachts aus- und eingangen. Dazwischen (hätten) sie zu Nachts einstmals ein Gericht von Pulver gemacht, ab einer Feil mit einem Stein Feuer darein geschlagen und damit ein kleines Gaißställel angezündt.«

All das mag stimmen oder auch nicht. Es gibt da Widersprüche in den Aussagen, vor allem beim zweiten Fall. Paulus datierte die Brunst auf Herbst oder Winter 1598/99 und schildert ihren Ablauf völlig anders als Michel. Nach Hänsel fand die Brandstiftung im Sommer 1599 statt und war mit dem Diebstahl einer Monstranz und

eines Kelches verbunden. Seine Mutter dagegen behauptete, sie hätte bei beiden Bränden zwar »etliches wenigs Gewand zuwegen gebracht«, wär aber »bei Legung der Feuer . . . gleichwohl nie gewest«. Das wird wohl für alle Pappenheimer der Wahrheit am nächsten kommen. Die zweite »Brunst«, wann immer sie auch stattgefunden haben mag, kann so schlimm ohnehin nicht gewesen sein, da die Brandgeschichte von Eggenfelden sie nicht vermerkt. Dagegen finden wir in der Chronik für 1594 den Hinweis auf ein Feuer größeren Ausmaßes im Gropper Vormarkt, freilich keinen, daß dieser von zündelnden Landfahrern verursacht wurde.
Selbst Erlebtes, frei Erfundenes und gerüchteweis Erfahrenes wurde unter dem Druck der Folter zu einem untrennbaren Gemisch aus Lüge und Wahrheit. Ein gutes Beispiel dafür sind die Aussagen der Pappenheimer zum Brand von Geltolfing, einem kleinen Dorf in der Nähe von Straubing. Diese Feuersbrunst galt als Werk einer Bewohnerin des Ortes, die verhaftet und im Gefängnis geisteskrank geworden war. In seinem Verhör vom 26. und 27. April 1600 wußte Michel davon offenbar nichts, denn er schilderte den Ablauf so: Vor vier oder fünf Jahren wären er, sein Vater, der Gumpp, Hans Küfer (und) Abraham Krämer zu Geltolfing bei einem Söldner und Zubauern über Nacht zu Herberg – er und der Gumpp in der Stuben und die andern im Stadel – gelegen. Damals hätten sie beide in der Stuben ein Kindshändel angezündet, solches auf den Tisch gestellt und wären dann hinaus in den Stadel gegangen. Dort hätten sie Feuer in einen Werch (= Hanf- oder Flachsknäuel) geschlagen und Pulver von Kindshändeln in aller Teufel Namen hineingeworfen. Dadurch sei ein solches Feuer entstanden, daß nit allein etliche Bauernhäuser, sondern auch das Schloß verbrannt wären, auch beinah die Kirche. Damals hätten er und der Abraham Kramer vier Gulden aus einem Haus gestohlen. Anschließend wären sie alle in die Kirche gelaufen, hätten daraus einen Kelch und zwei Altartücher geholt, auch etliches aus dem Stock gebrochen.
Beim Verhör vom 3./4. Juli 1600 gab Michel jedoch eine völlig andere Darstellung: Vor fünf Jahren wären er, sein Vater, Gumpp, Hans Küfer, Neunfingerl und der Schneider von Prunn auf'm Durnhof bei Straubing zu Herberg gewesen. Eines Tages hätten sie sich aufgemacht und wären hinüber nach Geltolfing gegangen. Allda seien sie bei einer Söldnerin namens Gredl eingekehrt, und zwar wären sie hinten übern Garten ins Haus gegangen, damit sie niemand sehe. Der Söldner und sein Weib hätten sie gut gekannt, sie daher willkom-

men geheißen und mit ihnen gefressen und getrunken. Unter diesem wären sie zu dem Entschluß gekommen, von Stehlens wegen dem nächsten Nachbarn das Haus anzuzünden. Worauf der Gumpp und die Söldnerin, so ein Hex, ein aus Zauberei gemachtes Kerzl angebrennt hätten, miteinander fortgegangen wären und dem nächsten Bauern das Feuer hinten durchs Deichselloch in den Stadl gesteckt und geworfen hätten. Davon wär zeitlich ein Feuer aufgegangen, durch das viele Häuser und das Schloß verbrannt wären. Dabei hätten sie etlich wenigs Gewand gestohlen. Wie nun hernach die Inzicht auf die Söldnerin gegangen sei, habe die sich unsinnig gestellt. Zu Straubing im Gefängnis hätte sie sich schuldig bekannt und behauptet, ein schwarzer Mann wär zu ihr gekommen und hätte verlangt, sie sollte entweder ihr Kind umbringen oder ihren nächsten Nachbarn mit Feuer anzünden.

Zwischen diesen beiden Aussagen hatte Michel offenbar davon erfahren, daß eine Frau als Brandstifterin von Geltolfing verhaftet worden war, die als irrsinnig galt. Möglicherweise wurde ihm die ganze Geschichte vom Gericht vorgehalten, um ihm die Lügenhaftigkeit seines ersten Geständnisses zu beweisen.

Sein Vater Paulus kannte die Fakten jedenfalls, als er am 7./8. Juli seine eigene Darstellung der Brunst von Geltolfing gab: Vor vier Jahren, als er, seine beiden Söhne, der Schneider von Prunn, Hans Küfer und Neunfingerl auf'm Durnhof bei Straubing Herberg gehabt hätten, wären sie von da aus eines Tages nach Geltolfing gegangen und bei einem Tagwerker eingekehrt, dessen Weib eine Hex, die Margreth, heiß und zu Straubing eingelegen sei. Daselbst hätten sie eine Weile Karten gespielt. Unter diesem wären das Weib und der Gumpp in ihrem aller Einverständnis hinausgegangen und hätten dem nächsten Nachbarn ein angebranntes Zauberskerzl hinten zum Deichselloch im Stadl ins Stroh geschoben. Er sei den beiden dann auch nachgegangen und hätte ihnen zugesehen. Bald hernach wär mitten im Tag ein Feuer aufgegangen, woraus eine große Brunst entstanden. Das Schloß und viele Häuser wären verbrannt. Alsdann hätten sie alle unter dem Schein des Rettens Kleider gestohlen, sonst nichts, und die hinter einer Hecke versteckt. Bis die Nacht gekommen sei. Dann wären sie mit ihrer Beute wieder auf'n Durnhof ins Stadl gegangen. Die Kleider hätten sie dem Simon-Bettler, dem blinden Pfliegl und Georg Zauter, die auch neben ihnen im Stadl gelegen wären, verkauft. Das Weib hab sich zu Straubing im Gefängnis unsinnig gemacht oder gestellt. Das sei aber nichts als eine

Bosheit gewesen. Wie ihr denn auch der Stubenscherg zu Straubing in der Gefängnus einen großen Bauch gemacht hätte.
Natürlich kann die Übereinstimmung der Aussagen von Vater und Sohn darauf beruhen, daß sich die Dinge tatsächlich so zugetragen haben. Aber die ganze Geschichte klingt sehr nach einem Gerede der Leute, das in der Gegend um Straubing damals die Runde gemacht haben dürfte. Die Wahrheit läßt sich, und das gilt für fast alle Geständnisse, nicht mehr finden. Wohl aber findet sich der Ort Geltolfing mitsamt dem in den Aussagen beschriebenen Schloß fast noch in ursprünglicher Form im malerischen Aiterachtal nahe Straubing. In einer Art Dornröschenschlaf haben der Weiler und der wasserschloßartige Herrensitz die Jahrhunderte überstanden. Zumindest in bezug auf unsere Landstreicherfamilie historischer Boden.
Die Pappenheimer gestanden auch fast hundert Morde, hauptsächlich Straßenüberfälle auf einsame Wanderer. Die verliefen angeblich alle nach diesem Muster: Mehrere lauern einem einzelnen in einem Gehölz – selten auf freiem Feld oder in einer Scheune – auf, schlagen ihn überraschend nieder, töten ihn, rauben seine Habe und verstekken die Leiche. Einige Beispiele: Dem Paulus, Gumpprecht und Michel kam im Frühjahr 1597 zwischen Geiselhöring und Muttenhofen »auf'm Feld bei einem kleinen Hölzl untertags ein unbekannter Bauersmann« entgegen. Sie »hätten vermeint, wohl Geld bei ihm zu finden, also denselben angegriffen«. Der Vater wäre unversehens auf den einsamen Wanderer zugelaufen, um ihn mit seinem langen Wanderstock niederzuschlagen. Dem Ermordeten hätten sie das Geld, ungefähr drei Gulden, geraubt »und ihn in seinen Kleidern, die nit gut gewesen, hinter eine Hecke verzogen und liegen lassen«. Ein andermal sind die drei »oberhalb Pförring bei der Brucken« einem Handwerksburschen begegnet. Den »hätten sie sogleich ungewarneter Sachen angegriffen«, mit dem gleichen Wanderstock niedergestreckt, mit Messern erstochen, »also denselben ermordet«, sodann »zwei Gulden Geldes, einen Mantel und ein Bündel mit zwei Hemden« geraubt. Nach solcher Tat wär die Leiche von ihnen in »ein kleins Gesträuchel« geschleppt worden. Die gestohlenen Hemden hätte Paulus aufgetragen und sich aus dem Mantel »ein Leibrökkel« machen lassen. – Michel gestand, zusammen mit dem Neunaugen und dem Beindl von Lenzendorf in einem Gehölz in der Nähe von Regensburg einen Bauern überfallen zu haben. Dieser sei bewaffnet gewesen; er hätte ihm seine »Wehr« jedoch »hinterwärts

herausgerissen, derweilen Beindl mit einem Spitzhammer zugeschlagen und ihn ermordet«. Dann wäre das Opfer ausgeplündert worden, wobei sie »fünf Gulden Geld, zwei Pfund Fleisch und einen Wecken Brot gefunden« hätten, »so er in einem Säckel an der Wehr getragen«. – »Ungefähr eine viertel Meile von Dinzling« wär ein andermal ihm, Michel, seinem Bruder, dem Neunaugen und Hans Küfer, »ein Bauer von Rendt in einem Hölzel« entgegengekommen. Sie hätten ihn »angegriffen, ermordet« und ihm drei Gulden geraubt, danach das Geld geteilt und »den Toten hinter einen Busch gezogen«. – »Zu Tettenwang in des Schölzen Stadel, allda sie zu Herberg gelegen«, habe er vor vier Jahren zusammen mit seinem Vater, dem Bruder, der Mutter und einem gewissen »Klein Hänsel« einen Pferdehändler namens Bärtel ermordet, als dieser »samt zweien Rossen auch bei ihnen im Stadel« übernachtete. Sein Vater Paulus hätte das Opfer »mit einem Glaserkolben am Kopf, folgends sie alle darein und zu Tod geschlagen«. Sieben Gulden wären im Beutel des Ermordeten gewesen. Die hätten sie aufgeteilt, »alsdann den toten Mann bei Nacht im Stadel vergraben«.
Von Gumpprecht erfuhren die verhörenden Hofratskommissare Ähnliches: Vor einem Jahr, am »Sankt Bärtlmestag« sei ihm und den beiden »Keßlerbuben aus'm Wald, Georgl und Beindl genannt«, auf dem Weg von Straubing nach Michelsbuch ein »bayerischer unbekannter Mann« begegnet. Den hätten sie angegriffen, und zwar mit einem schweren Knüppel »erstlich in die Brust und zu Boden, hernach . . . mit. . . Spitzhämmern gar zu Tod geschlagen«. Die Beute von vier Gulden wäre gleich aufgeteilt worden. Danach hätten sie »den Toten in eine Grub vor einem Acker gezogen«. 1593 wäre ihnen »zwischen . . . Niederaltach und Denkendorf am Hinaufgehen in einem Hölzl ein bayerischer Mann« entgegengekommen. »Welchen der Neunaugen mit seinem bei sich gehabten langen schweren Spitzhammer erstlich in die Brust geschlagen, alsbald darauf mit dem Spitz hinach gehaut, davon der Mann zu Boden gefallen und gleich gestorben«. Dann hätten sie die Leiche durchsucht, drei Gulden bei ihr gefunden und den »toten Mann in seinen Kleidern samt seiner bei sich gehabten Reißhacken, damit man die Spän macht, hinter einer Stauden liegen lassen«.
Anna berichtete, kaum abweichend von der Schilderung ihres Mannes, über den von diesem gestandenen Mord »zu Pförring oberhalb der Brucken«: Vor drei Jahren sei der geschehen; das Opfer, ein »Handwerksgesell«, »hab schwäbisch geredet« und »ein lederns Paar

Hosen und Wams angehabt«. Die ganze Familie hätte bei der Ermordung mitgeholfen, auch »ihm mit einem Messer in Leib gestochen«. Die Beute wäre der Mantel und der »Wanderpinkel« (= Wanderbündel) des Handwerkers gewesen.

Mindestens zehn solcher Morde pro Jahr haben unsere Landfahrer begangen, wenn man ihren Geständnissen glauben kann. Das ist aber mehr als zweifelhaft. Wenn die Leichen ihrer Opfer buchstäblich die Wege der Pappenheimer gesäumt hätten, wäre doch gewiß irgendwann der Verdacht auf sie gefallen. Nur in dem zuletzt genannten Fall gibt es darauf einen Hinweis. Anna erzählte nämlich, nach der Ermordung des schwäbischen Handwerksburschen »sei das Geschrei (= Gerücht) bald hernach gen Pförring gekommen, daß einer bei der Brucken erschlagen worden. Derowegen sie der Schnäcklhauser gewarnet. (Sie) sollten sehen, was sie zu schaffen hätten und wegziehen. Welches sie dann auch getan. Hernach wär zu Großhausen Markt gewest, allda hätt' sie die Schnäcklhauserin angetroffen. Welche ihr gesagt, daß man den Umgebrachten gefunden und den Verdacht auf ihr Gesind gehabt« hätte. Andererseits erklärt gerade diese Verdächtigung die Übereinstimmung der Geständnisse Annas und Pauls. Es ist wohl möglich, daß sie unter dem Druck der Folter lediglich als eigene Tat ausgaben, was man ihnen ehemals vorgeworfen hatte.

Solche Erklärungen bieten sich für jedes von den Pappenheimern gestandene Verbrechen an. Ich will meinem Bericht über den Ablauf des Verfahrens nicht vorgreifen, muß aber gleich hier schon sagen, daß das Gericht trotz intensiver Suche für keine der Untaten einen überzeugenden Beweis finden wird. Und zwar auch nicht nach damaliger Rechtsauffassung. Diese verlangte, man erinnert sich, die Bestätigung eines Geständnisses durch einen Umstand, den nur der Täter kennen konnte. Etwa: die Auffindung einer bisher verschollenen Person als Leiche an dem vom Geständigen benannten Ort. Oder: die Wiederentdeckung eines gestohlenen Gegenstandes in dem vom Dieb angegebenen Versteck. Solche Beweise fehlen im Verfahren gegen unsere Landfahrer. Was sie gestanden, konnte jeder wissen: daß da einer ermordet, dort jemand beraubt, daß hier eine Kirche geplündert, da ein Bauernhof angezündet worden war.

Die Sensationsgeschichten und Kriminalberichte von zwanzig Jahren scheinen in den Bekenntnissen der Pappenheimer aufgegangen zu sein. Die erzählten, was ihnen nur einfiel, da man sie mit der

Folter verschonte, solang sie nur redeten. Das Reservoir, aus dem ihre Phantasie schöpfte, nämlich die Schauergeschichten der Straße, wurde bis zum Grund geleert. Und mehr: Offenbar erzählten die Landfahrer dieselbe Tat mehrmals unter Abwandlung von Orts- und Zeitangaben. In das Erfundene mag sich manch Wahres gemischt haben. Unmöglich zu sagen, wieviel. Verkehrt wäre es, von den Geständnissen der Pappenheimer auf die damalige Kriminalität im Lande zu schließen. Wenn allen Landfahrern derartige Verbrechen in solcher Vielzahl zuzutrauen gewesen wären, hätte es nur noch Leichen und Brandruinen längs der Straßen gegeben. Bei aller Unsicherheit im Lande – so schlimm sah es denn doch nicht aus. Mord- und Raubberichte erfahren zu jeder Zeit eine weit größere Beachtung, als sie im Hinblick auf die Sicherheit im Land verdienen. Würden unsere Boulevardzeitungen, voll von Sex- und Crime-Geschichten, zukünftigen Historikern als Hauptquelle dienen, so bekämen die ein völlig verzerrtes Bild unserer Zeit. So ähnlich verhält es sich mit den Geständnissen der Pappenheimer. In ihnen sammeln sich die Gerüchte und Berichte von zwei Jahrzehnten wie in einem Brennglas. Was dem Charakter des Prozesses entspricht: Stellvertretend für alle landschädlichen Leute und ihnen zur Warnung sollten unsere Landfahrer abgestraft werden. Als Exempel, beispiel- und gleichnishaft, war das Verfahren gedacht. Möglichst viele unaufgeklärte Untaten der vergangenen Jahre wurden auf das Schuldkonto der Angeklagten gehäuft, um in diesem einen großen Reinigungsfeuer abgebüßt und aus der Welt geschafft zu werden.

Nicht, daß dem Herzog oder seinen Hofräten dieser Gedanke bewußt gewesen wäre. Sie kamen aus Gründen, von denen noch zu reden ist, nicht einmal auf die Idee, daß die Folter die Wahrheitsfindung eher erschwert als erleichtert. Zu kalt-zynischer Berechnung neigten sie alle nicht. Sie konnten in diesem Fall von Kriminalpolitik genauso wie in den übrigen Staatsangelegenheiten auf funktionell-sachliche Entscheidungen der Vernunft – etwa der, aus Staatsräson eine Familie wie die Pappenheimer zu »opfern« – verzichten. Denn sie sahen die Wirklichkeit nicht, wie sie war, sondern die Wirklichkeit war für sie so, wie sie sie sahen. Tatsächliches und Gewolltes vermischte sich für sie zu Realität. Unsere Landfahrerfamilie wurde in den Augen ihrer Richter zu genau dem, wozu sie bestimmt worden war. Auf geradezu mystische Weise personifizierte sich in ihr das schattenhafte Verbrechertum der Landstraße. Je mehr Untaten sie gestand, desto sicherer war sich das Gericht, mit ihrer Aburtei-

lung das Übel an der Wurzel zu treffen. Was Wunder, daß man sich Zweifel versagte, vielmehr nach Erklärungen für Ungereimtheiten suchte, die in das vorgefaßte Bild paßten.
So zum Beispiel, als man trotz so vieler angeblicher Ermordeter keine einzige Leiche fand. Zur Rede gestellt, behaupteten die Geständigen, sie hätten ihre Opfer »nit vergraben, derowegen auch keine zu finden seien, sondern in (einen) Pechofen geworfen und verbrannt. Welches sie die Pechler angelernt. Denn, wann man Pech auslaß, brenn das Feuer stets. Die Toten (hätten sie) allzeit gegen die Nacht hinausgeführt und beim Ofen auf einem großen Eichenstock zu Stücken zerhackt, hernach die Viertel ins Feuer geworfen ...«. Solches sei in der Nähe von Tettenwang geschehen. Was die ohnehin phantastische Aussage völlig unglaubhaft macht, da die meisten der gestandenen Morde angeblich in der Nähe von Straubing und Regensburg begangen wurden. Das Gericht gab sich dennoch mit dieser Erklärung zufrieden. Es wußte keine bessere, schloß es die Unschuld der Gefangenen doch von vornherein aus.

Juden

Was haben die Pappenheimer mit ihrer angeblichen Beute gemacht? Das Geld, erklärten sie dem Gericht, hätten sie »verfressen und vertrunken«, gestohlene Kleidungsstücke und andere Sachen um Weniges den Winkelwirten verkauft, die sie beherbergten. Mit den aus Kirchen geraubten Kelchen und Monstranzen wären sie zu Goldschmieden gegangen. Das wollten die Kommissare nun genauer wissen; einmal, um gegen solche Hehler vorgehen zu können, und andererseits, um möglicherweise noch ein Beutestück als Beweisgegenstand aufzuspüren. Ihr Insistieren und Nachforschen ließ freilich die in diese Richtung gehenden Geständnisse wie Seifenblasen zerplatzen.
Paulus behauptete zunächst, er und seine Gesellen hätten einen aus einem Kirchenbruch stammenden Kelch dem »Goldschmied zu Straubing namens Georg Praun, so vorne beim Markt gewohnt, für vierundzwanzig Gulden verkauft (und) das Geld geteilt«. Obwohl sie ihre Beute vor solchem Handel in Trümmer geschlagen hätten, wäre dem Hehler wohl klar gewesen, um was es sich dabei handelte. Er hätte sie gefragt, woher »sie solche Sachen nehmen«. »Wir stehlen's halt«, sei ihre Antwort gewesen. »Darauf (hätte) er sie ange-

lernt, wann sie wieder dergleichen bekommen, sollten sie's ihm nur zutragen.« Das hätten sie denn auch wiederholt getan. Ein anderer ihrer Abnehmer für hochkarätige Kirchenbeute sei ein »Goldschmied zu Ingolstadt namens Georg Niedermair« gewesen.
Das Gericht schrieb an die fürstliche Regierung in Straubing und erfuhr von dort alsbald, daß es da keinen Goldschmied namens Praun gab noch gegeben hatte. Was man Paulus Pappenheimer im Torturgewölbe vorhielt. Der sagte nun rasch, er habe sich bedauerlicherweise geirrt, »der Goldschmied zu Straubing heiß nit Praun, sondern Georg Niedermair. (Er) hause vorn auf'm Markt in einem schönen großen Haus nahe bei der Kirchen und beim Brunnen, darauf man ferten (= im vergangenen Jahr) den Mann gemalen oder angestrichen«. Es handle sich bei diesem Niedermair um »eine tapfere Person, hab einen schönen langen, braunen Bart und gemeiniglich drei Gesellen in der Werkstatt ... Es wohne auch bei diesem Goldschmied nahe ein Weinwirt ... in einem schönen großen Haus«, der vormals Bürgermeister gewesen sei. Der Goldschmied von Ingolstadt heiße Leonhard Niedermair und wäre der Bruder des Straubingers. Diesen beiden und einem Kelheimer Goldschmied namens Leonhard Huber hätten sie ihre Kirchenbeute verkauft.
Worauf der Hofrat abermals ein amtliches Schreiben nach Straubing schickte und erneut nach dem Hehler der Pappenheimer fahnden ließ. Die dortigen Behörden berichteten nach München, »daß kein Goldschmied namens Georg Niedermair allda zu Straubing sei«. Wieder wurde Paulus, offenbar der Lüge überführt, zur Rede gestellt. Seine dritte Version: Er und seinesgleichen hätten die gestohlenen sakralen Gegenstände an »etliche Juden verkauft«. Und zwar einerseits über den »Schindlmair-Wirt zu Straubing«, der ihnen »gar wohl vertraut« sei, »viel um ihre Sachen wiß« und beste Kontakte zu jüdischen Schacherern habe, andererseits auch unmittelbar. »So habe er, Paulus ... selbst etliche, ja die meisten Monstranzen und Kelche dreien Juden zu Deging, Eichstätter Bistums, nämlich dem Essel-, Leben- und Moosjuden zugebracht ... Welche Juden fast alle Wochenmarkt zu Dietfurt und Altmannstein anzutreffen und zu bekommen, auch reiche Gesellen seien. Sonderlich der Leb (besitze) in die zwanzig Hundert Gulden Vermögens, (was) jedermann wohlbekannt.«
Erstaunlicherweise forschte das Gericht hier nicht weiter, war nicht nur zufrieden mit dieser Version, sondern bestand von nun an geradezu darauf. Als etwa Michel zur Hehlerfrage verhört wurde, gab er

zunächst ebenfalls die Namen einiger Goldschmiede an. Erst in der Tortur und auf direkte Frage beschuldigte er »letztlich . . . diese drei Juden«. Obwohl sich alsbald herausstellte, daß der »Essel-Jud« längst verstorben war, lenkte Wangereck die Aussagen der Landfahrer gerade auf diesen Mann: in den späteren Geständnissen ist überhaupt nur noch vom Essel die Rede, wenn es um den Verbleib gestohlener Kelche und Monstranzen geht. Auch andere Ware soll der »alte Essel-Jud zu Deging« gekauft haben: Christenkinder nämlich. Paulus behauptete, »die Juden« hätten ihn beim ersten Monstranzen-Handel »angesprochen, ihnen junge Kinder zuzubringen, (sie wollten's) ihm wohl bezahlen«. Worauf er vor zwölf Jahren »einer Landfahrerin zu Peisting ein Bübel bei fünf Jahren alt, welches schon mit ihm laufen« konnte, gestohlen hätte »und dem alten Essel-Juden zugebracht, darumben er ihm zwanzig Gulden geben«. Vor zwei Jahren wäre er dann mit dem vierjährigen Knaben eines »armen Bettelweibs«, den er »zu Dietfurt hinterm Garten« entführt hätte, zum »langen Moos-Juden zu Deging« gegangen und hätte ihm das Kind für achtunddreißig Gulden verkauft. Auch der Neunaugen und der Zuckerwastel würden den Juden Kinder zuführen.
Dieses Geständnis entsprach im wesentlichen dem, was man sich landauf, landab über die Juden erzählte. Daher sah das Gericht offenbar keinen Grund, daran zu zweifeln. Man verdächtigte die Juden, christliche Kinder ans Kreuz zu nageln und, Jesus zum Hohn, die Golgotha-Szene nachzuspielen. Ein Holzschnitt in der Schedelschen Chronik stellt dar, wie das selige Kind Simon auf diese gräßliche Weise geschlachtet worden war. Man errichtete über dem Grab des Opfers eine Kirche, wofür es mit Wundern und Zeichen dankte. Ähnliches war aus Zürich zu hören, wo ein angeblich von den Juden zu Tode gefoltertes Kind in der Groß-Münster-Kirche begraben und wie ein Heiliger verehrt wurde. Solche Geschichten erfanden und verbreiteten eifernde Prediger wie der Dominikaner Johannes Herold, der um 1425 in Basel seine Schäflein ermahnte, mit Juden zusammen weder zu essen noch zu baden, sie nicht zu behausen noch Geschäfte mit ihnen zu machen. Mehr als ein halbes Jahrtausend bevor Hitler den Judenstern in Deutschland einführte, forderte dieser Gottesmann, man müsse die Juden zwingen, sich anders als die Christen zu kleiden und zu gewissen Zeiten Straßen und Plätze zu meiden. Öffentliche Ämter sollten ihnen verwehrt sein; Christen, die für Juden arbeiteten oder gar jüdisch heirateten, drakonisch bestraft werden.

Dem kirchlich verbreiteten Antisemitismus entsprach die Vorstellung, daß die Juden alles schändeten, was den Christen heilig war. Dazu paßte das Geständnis der Pappenheimer, die von ihnen angeblich geraubten sakralen Gegenstände gerade an Juden verkauft zu haben. Häufig hätten sie denen mit den gestohlenen Monstranzen auch die darin aufbewahrten Hostien übergeben, heißt es in den Protokollen. Wie die Juden mit diesem höchsten Heiligtum der Christen umgingen, wußte man ebenfalls aus einschlägigen Predigten und geistlichen Schriften: Sie trampelten auf den geweihten Oblaten herum, zerstießen sie in Mörsern oder durchstachen sie mit Nadeln, bis Blut heraustropfte.
Solche Geschichten erfindet blinder Haß. Der hat meist weitverzweigte und tiefe Wurzeln. Eine der mächtigsten ist oft der Neid. So auch hier: »Wären die Juden arm und die Landesherren nichts schuldig gewesen«, schrieb ein spätmittelalterlicher Chronist, »so wären sie auch nicht verbrannt worden.« Das Zinsnehmen war den Christen das ganze Mittelalter hindurch verboten. Andererseits nahm man keine Juden in die Zünfte auf. Weshalb diese geradezu dazu gedrängt wurden, sich auf Geldgeschäfte zu verlegen. Vom Zinsverbot nicht betroffen, war der jüdische Wucherer in gewisser Weise privilegiert. Zu seinen Schuldnern gehörten im Mittelalter Kaiser und Kurfürsten, Adel und Kirche, Bürger und Bauer. Einer bereits erwähnten Unsitte der Zeit gemäß verpfändeten weltliche und geistliche Herren gegen bare Münze ihre Einnahmequellen: Steuern, Ämter, Weg- und Landeszölle. So bekamen sie ohne Scherereien und rechtzeitig das Geld, das sie benötigten. Das lästige Geschäft des Eintreibens überließen sie ihrem jüdischen Gläubiger. Der zog sich nun freilich manche Verwünschung zu, wenn er mit seinen Leuten das Land auspreßte, um sein Darlehen samt Zins und möglichst noch mehr herauszuholen. Fürstliche Gnadenbriefe, zur Sicherung der Kreditgeschäfte erteilt, festigten die Stellung der Verhaßten. Der niedere Adel, die Prälaten, Äbte und Patrizier sahen mit neidvollem Mißfallen, wie manche Juden immer reicher und die eigenen Einkünfte magerer wurden. Böse Gedanken zeugen böse Gerüchte. Eines der älteren und harmloseren war das vom jüdischen Schacherer: Kaiser Heinrich IV. hatte den Juden das Pfandrecht verliehen und ausdrücklich festgestellt, sie müßten sich nach der Herkunft der ihnen verpfändeten Gegenstände nicht erkundigen. Solche Bestimmung kam einem »Hehlerei-Privileg« gleich. Von da an war für den Dieb »beim Juden« Geld zu holen durch Verpfändung der

Beute. Bald hielt man eine Einschränkung des Pfandprivilegs für nötig, nahm insbesondere sakrale Gegenstände davon aus. Die durch gewisse Vorbilder geprägte Vorstellung vom zwielichtigen jüdischen Schacherer blieb freilich lebendig, auch als im hohen und späten Mittelalter Verfolgungen und Verbote die Juden aus weiten Landstrichen des Römischen Reiches Deutscher Nation vertrieben.

In Bayern hatte es seit dem 13. Jahrhundert immer wieder blutige Judenpogrome gegeben; 1349 eine allgemeine Vertreibung aus dem Fürstentum. Wenn auch danach noch Juden im Land lebten, so deshalb, weil man sie brauchte. Weder Adel noch Bürgertum konnten auf jüdische Kredite verzichten. Und der bayerische Herzog, der seit dem 13. Jahrhundert an Stelle des Kaisers das Judenregal zu vergeben hatte, mochte die Sondersteuer, von den jüdischen Untertanen für einen oft recht zweifelhaften Schutz bezahlt, nicht entbehren. So rangen Haß und Eigennutz miteinander. Erst um die Mitte des 15. Jahrhunderts stand der Sieger fest: Albrecht III. und Ludwig der Reiche, die beiden Herzöge des damals geteilten Bayern, verwiesen die Juden endgültig des Landes und betrieben aktiv ihre Verfolgung. 1551 erneuerte Albrecht V. diese Verfügung. Sein Sohn, der fromme Wilhelm, und sein Enkel Maximilian setzten die antisemitische Politik fort. »Nachdem unsere geehrten Voreltern und regierende Fürsten mit der Römischen Kaiserlichen Majestät gnädigster Bewilligung und mit Rat unserer Landschaft die Juden samt ihren Weibern und Kindern ... aus unsern Fürstentumben geschafft haben«, ließ Maximilian I. verkünden, »so wollen und gebieten wir hiermit ernstlich, daß hinfüran kein Jud noch Jüdin in unsere Fürstentum weder mit häuslicher Wohnung noch Gewerben oder Hantierungen mehr kommen, noch von jemand darin geduldet oder aufgenommen werden ...« Zur Durchreise durch Bayern bedurften Juden eines sogenannten »Geleits«, eines Visums, das auf jeder Zollstation neu zu bezahlen war. Solche Passage hatte ohne Aufenthalte und auf dem kürzesten Weg zu erfolgen. Natürlich war es den Durchreisenden verboten, irgendwelche Geschäfte im Lande zu tätigen. Was auch dadurch verhindert wurde, daß die Schulden bayerischer Untertanen aus solchem Handel nicht beizutreiben waren. Jüdischen Gläubigern durfte die Justiz nicht zu ihrem Recht verhelfen, sollte vielmehr die fällige Forderung strafweise für die Hofkasse einziehen.

Mit Überraschung vernimmt man von unseren Landfahrern, daß es zwischen 1580 und 1600 Juden in Straubing und Deging gegeben haben soll, die »fast alle Wochenmarkt zu Dietfurt und Altmannstein anzutreffen« waren. Nach hundertfünfzigjähriger Verfolgung und Vertreibung soll es immer noch Juden in Bayern gegeben haben, die ganz offen ihrem Schachergewerbe nachgingen? Unwahrscheinlich und ungereimt. Aber das ist so manches zu dieser Zeit. Vielleicht nahm man es mit der Landesverweisung nicht allzu genau, vielleicht sollten die herzoglichen Mandate die Juden nur rechtlos stellen und nicht wirklich verjagen, vielleicht verhallte das fürstliche Verbot so ungehört wie so manch anderer Erlaß der Hofkanzlei. Möglich, daß in dem Ort Deging des reichsunmittelbaren Bistums Eichstätt tatsächlich noch eine Judensiedlung bestand, von der aus Händler und Pfandleiher illegal auf die Märkte des Fürstentums kamen. Die Kontrolle der Grenzen und Straßen und damit die Durchsetzung von Einreise- und Aufenthaltsbestimmungen war ja kaum praktizierbar. Immerhin – seltsam ist es doch, daß die drei von den Pappenheimern genannten Juden regelmäßig an den Wochenmärkten teilgenommen haben und »jedermann wohlbekannt« gewesen sein sollen.

Der Schwarze Tod

Ein wichtiger Grund für die Ausweisung der Juden aus Bayern war die Angst vor der Pest. Es ging das Gerücht, die schreckliche Seuche würde durch jüdische Brunnenvergifter verursacht. Auf Befehl geheimer Oberrabbiner in Toledo würden sie das Trinkwasser mit Zaubersprüchen, Spinnensaft und orientalischen Essenzen verderben, um die Christenheit zu vernichten. Dieses Schauermärchen wurde wie der Hexenwahn im sonnigen Südfrankreich ausgebrütet; vermutlich in denselben weihrauchseligen Köpfen fanatischer Priester und Inquisitoren, die den Kreuzzug gegen Katharer, Albigenser und Teufelsanbeter predigten. Die Vernebelung der Sinne durch solchen Verdacht breitete sich nicht weniger rasch aus als die Pest selbst. Im Mai 1348 metzelte man fast alle jüdischen Bewohner der Provence nieder. Wenige Wochen später wurden an die fünfzigtausend Juden in Burgund verbrannt. Schon im September loderten die ersten Scheiterhaufen in der Schweiz, im Herbst erreichten Seuche und Pogromstimmung Straßburg, im Winter 1348/49 Bayern und den Niederrhein. Überall verhaftete man die Juden in Massen, warf einige von ihnen auf die Folter. Die erpreßten Geständnisse bestätigten die schlimme Vermutung: Überall hatten die Juden in geheimen

Versammlungen die Ausrottung der Christenheit beschlossen, Giftsäckchen ausgegeben, den Ihren einen tödlichen Auftrag erteilt. Rasch wandelte sich die Angst vor der gräßlichen Seuche in gnadenlosen Haß auf die Unheilstifter. Man hatte den Sündenbock gefunden. Zur Ehre der Kurie muß gesagt werden, daß sich der Papst in je einer Bulle vom 4. Juli und 26. September 1348 gegen das allgemeine Judenmorden aussprach. Die Lynchstimmung in den von der Pest befallenen Gebieten dämpfte das nicht.
Bayern wurde seit 1348 immer wieder von dem schrecklichen Sterben heimgesucht. Besonders schlimm 1429. Die endgültige Vertreibung der Juden fällt daher nicht rein zufällig in das zweite Drittel des 15. Jahrhunderts. Als »eigentliches Pestjahr« gelten manchen Chronisten Herbst und Frühjahr 1633/34, an das noch mancherlei Bräuche – wie etwa das ex voto entstandene Oberammergauer Passionsspiel – erinnern. Aber auch zur Zeit und im Strich der Pappenheimer wütete die namenlose Seuche. Nach den Aussagen der Landfahrer fiel ihr 1599 auch Tettenwang zum Opfer. »An der Bösen Krankheit«, erzählten sie übereinstimmend, wäre im vergangenen Jahr dort »schier das ganze Dorf ausgestorben«.
Die »Böse Krankheit« – das war eine der üblichen Umschreibungen des Unnennbaren. Andere lauteten »die Sucht«, »das große Sterben«, »der Schwarze Tod«, »das umgehende Kopfweh«, »das gemeine Leutsterben«, »das hitzige Beulenfieber« oder eben »die Pestilenz«, kurz die Pest. Abergläubische Angst zwang zu solch wechselnden Bezeichnungen: Man durfte die Krankheit nicht beim Namen nennen, da gerade das sie herbeirief. Aus dem gleichen Grund sollte man am besten überhaupt nicht darüber sprechen. Dies allein half freilich nicht gegen die Seuche. Einer der Gründe für die epidemische Ausbreitung dieser meist tödlich ausgehenden Erkrankung war fehlende Hygiene, wie ein Regierungserlaß der Zeit ganz richtig erkannte: »Fast aller Orten ist ein solcher Unlust und Wust in Sammlung allerlei Mistwerks vorhanden, daß es kein Wunder wäre, wenn durch den davon entspringenden üblen Gestank das ganze Land infiziert und vergiftet würde. So kommt auch vor, daß besonders in den Hofmarken, fast in jedem Söldenhause zwei, drei, ja wohl gar vier Ingehäuser mit zehn, zwölf und noch mehr Kindern zu finden seien, die in großer Unsauberkeit, gleichsam wie das Vieh, obeinander hocken. Davon ist denn, wie leicht zu erachten, nichts anderes als gewisses Gift und allerlei gefährliche Krankheit zu erwarten.«

Derart rational näherte man sich dem Schrecken selten. Zwar verlor die Greuelmär von jüdischer Brunnenvergiftung an Glaubwürdigkeit, nachdem die Pest auch ein Bayern nicht verschonte, das seine Juden verjagt hatte. Man nahm nun an, eine Vergiftung der Luft sei die Ursache der Seuche. Aber woher diese rührte, darüber bestanden die seltsamsten Ansichten. Die einen griffen auf die übliche Erklärung für Unbill und Katastrophen jeder Art zurück und behaupteten, Hexerei sei an allem schuld: vom Teufel verführte Menschen also, die mit ihrer Zauberei den Krankheitserreger herbeiriefen. Andere vermuteten genau das Gegenteil; nicht der Satan sei Urheber des Sterbens, sondern der Herrgott, welcher die Menschen für ihre Sünden züchtige und abstrafe. Diese zweite Auffassung war die offizielle, herzogliche. Daher wurden in den fürstlichen Pestmandaten außer größerer Reinlichkeit auch Beichte und Buße als wirksame Gegenmittel empfohlen. Beim Auftreten der Erkrankung sollte nicht nur ein Arzt, sondern gleichzeitig ein Priester gerufen werden. »Daneben aber«, ordnete Maximilian gelegentlich als Vorbeugungsmaßnahme an, »werden die Seelsorger ihre Schäflein auf der Kanzel zu warnen wissen, daß sie während dieser Sterbensläufe zeitlich (= rechtzeitig) bei gesundem Leib wöchentlich oder doch alle vierzehn Tage zur Beicht und Kommunion gehen.«

Da man merkte, daß Frömmigkeit allein dem Übel nicht abhalf, tat man manch übriges: Der Verkehr mit Orten, in denen die Krankheit wütete, wurde streng verboten. So verhängte der Herzog 1613 einen »Bann« über Regensburg und ließ 1614 und 1625 die Handelsstraßen nach Böhmen und Österreich sperren. Fremde, die aus infizierten Gegenden kamen, mußten einen »Infektionseid« ablegen, bevor sie ins Land durften. Wer innerhalb Bayerns von einem pestbefallenen Ort an einen verschonten zog, lief Gefahr, ohne weiteres Verfahren von herzoglichen Amtleuten mit dem Strang gerichtet zu werden. Verboten waren »das unordentliche Branntweintrinken« und der Genuß von Weißbier, Haselnüssen, Pflaumen, unreifem Obst und gewissen Pilzsorten. In solcher Nahrung vermutete man wenn nicht den Pesterreger, so doch die Krankheit begünstigende Stoffe, wie die Ärzte ja auch heutzutage in mancherlei Speise und Trank krebsfördernde Substanzen wähnen. Bettzeug und Kleider der Toten sollten verbrannt, die Erkrankten isoliert werden. Für Überträger der Krankheit hielt man Tauben, Schweine, Kaninchen und Gänse, welche Tiere nicht mehr in den Städten geduldet wurden.

Erst seit dem 20. Jahrhundert kennt man die wahre Natur der Pest, und die Seuche hat ihre Unheimlichkeit verloren. Es handelt sich um eine Krankheit der Nagetiere, vornehmlich der Ratten, die nur unter gewissen Voraussetzungen auf den Menschen übergeht. Sie wird ausgelöst von einem niederen Spaltpilz, dem Kokkobazillus, und übertragen durch den Rattenfloh. Den Seuchenherd bildeten deshalb die im damaligen Europa verbreiteten, heute von der braunen Wanderratte verdrängten schwarzen Hausratten, welche auf den Dachböden der Häuser und stets in der Nähe von Menschen lebten. Die Tiere erkrankten zuerst, verloren unter der Wirkung der Pesttoxine alle Scheu, taumelten aus ihren Löchern und Schlupfwinkeln, lagen überall verendend herum. Die im Pelz der pestkranken Ratten sitzenden Flöhe waren vollgesogen mit infiziertem Blut. Wenn ein Floh von dem Kadaver abließ und einen Menschen stach, geriet der Bazillus in den menschlichen Blutkreislauf, vermehrte sich rasch und griff die Lymphdrüsen an, die zu großen »Pestbeulen« anschwollen. Als Stoffwechselprodukt schied der Erreger, indem er Besitz vom Körper nahm, ein schweres Gift aus, das den Befallenen glücklicherweise betäubte und berauschte. Lallend wurde seine Sprache, taumelnd sein Gang, bis er, oft schon nach wenigen Stunden, meistens erst nach drei Tagen in tiefer Bewußtlosigkeit starb. Berichte, daß die Pestkranken unter unmenschlichen Schmerzen litten, sind daher wenig glaubwürdig. Das »wütende Kopfweh«, von dem zeitgenössische Beobachter erzählen, war wohl eher eine hysterische Reaktion auf die ersten Anzeichen der Krankheit als ein wirkliches Symptom. Grauenvoll war die Pest weniger wegen der mit ihr verbundenen Leiden, sondern weil sie so ansteckend, scheinbar unaufhaltsam und endgültig war.

Von Mensch zu Mensch wurde die Krankheit nie übertragen, immer war der Floh beteiligt, meist die Hausratte der Zwischenträger. Weshalb der Verlauf der Epidemien stark von den Lebensbedingungen der Ratten und der Verbreitung der Flöhe abhing. Die Behauptung zeitgenössischer Chronisten, Hungersnöte und Naturkatastrophen würden die Epidemien auslösen, beruhte also auf einer genauen Beobachtung. Auch der Glaube an eine Vergiftung der Luft hatte den richtigen Kern, daß durch die Luft die infizierten Flöhe flogen. Soweit man offene Feuer und Wacholderräucherungen zur Luftreinigung empfahl, mochte man die Pesterreger wohl wirklich treffen. Weniger durch die sonst üblichen Vorkehrungen: Man steckte sich Zitronenscheiben in den Mund oder kaute gezuckerte Wurzeln, unterzog sich einem Aderlaß, rieb den Körper mit Quirinöl ein. Wer es sich leisten konnte, rauchte Tabak. Vielleicht verdankte dieser neue Genuß seine rasche Verbreitung in Europa überhaupt nur der Angst vor der Pest.

Das Gesicht des Schwarzen Todes trug in einem Dorf wie Tettenwang andere Züge wie in den Städten und Märkten Bayerns. In diesen gab es besondere Pestärzte – in München waren siebzehn Heilkundige zu solchem Amt bestellt –, auch Krankenpfleger und Totengräber. Nachts fuhr der Pestkarren durch die Straßen, die Räder mit Lumpen umhüllt, die Pritsche mit Leichen beladen. Erkrankte Personen wurden teilweise in »Kontumazhäusern« außerhalb der Siedlung isoliert und regelrecht gefangengehalten, freilich auch mit Nahrung versorgt, die man den Eingesperrten durchs Fenster schob oder auf einem vor der Tür stehenden Tisch zum Abholen bereitstellte. Anders in den Dörfern, an deren Eingang der Strohbusch auf einer Stange vom Ausbruch der Seuche kündete. Hier regte sich keinerlei Leben auf den Straßen. Viele waren vor dem Gifthauch der Pest in die Wälder geflohen, andere hatten Türen und Fenster verriegelt, sich vor der Krankheit regelrecht verbarrikadiert. Sterbende und Tote lagen in der Kirche, beim Gebet um Beistand gegen den Knochenmann von eben diesem ereilt. Leichen verwesten in Söldenhäuseln und Höfen, nicht selten beklagt von hilflosen Waisen, die dem Hungertod preisgegeben waren. Ihr Geschrei mag der Nachbar wohl gehört haben, doch seine Angst vor Ansteckung war in der Regel stärker als das Mitleid. Selbst engste Familienbindungen zerstörte die Furcht vor dem Sterben: Kinder verließen ihre Eltern, Mütter ihre Söhne und Töchter, Männer ihre Frauen. Jeder war sich selbst der Nächste. Priester weigerten sich, Angesteckten das Sterbesakrament zu reichen, Ärzte, sie zu besuchen, Totengräber, die Leichen zu verscharren. Berichtet wird von Kranken, die im Bewußtsein solcher Verlassenheit in einem selbst geschaufelten Grab den Tod erwarteten oder sich noch rechtzeitig in ein Leintuch einnähten.

Die Pest von 1599, welche nach Aussage unserer Landfahrer auch Tettenwang heimsuchte, war von Johannes Kepler vorausgesagt worden. Er hatte solches Wissen nicht nur aus den Sternen, sondern auch aus einer Erscheinung: »Als nämlich vor kurzem hie und da in Ungarn blutige Zeichen an den Haustüren, Wänden und Bänken erschienen«, schrieb er darüber an einen Freund, »da war ich meines Wissens der erste in der Stadt, der an seinem linken Fuß ein kleines Kreuz wahrnahm, dessen Farbe aus dem Blutroten ins Gelbliche

spielte ... Ich möchte glauben, daß der Kreuznagel an keiner anderen Stelle in den Fuß Christi geschlagen wurde. Bei einigen Leuten zeigt sich, wie ich höre, die Erscheinung eines Blutstropfens in der Handfläche; es wurde ja auch die Hand Christi durchbohrt. Aber etwas Ähnliches wie ich hat hier niemand.« Angst und Aberglaube sind eben wie Schwester und Bruder.
Weit verbreitet war die Geschichte von der Pestjungfrau, die als Gespenst in Gestalt einer bläulichen Flamme durch die Luft zu einem vorher ausgewählten Ort flog, wo sie in Menschengestalt von Haus zu Haus ging und Türen und Fenster mit dem teuflischen Gift bestrich. Zuweilen ertappte man sie dabei, sah ihre blutrote Schärpe im Wind wehen. Wer die zu fassen bekam, mußte zwar sterben, rettete aber die Siedlung vor der Seuche. Nicht nur Einfältige glaubten solches. Auch ein Mann wie Martin Luther war der Auffassung, die Pest würde von bösen Geistern verbreitet, und zwar dadurch, »daß sie die Luft vergiften oder sonsten die armen Menschen mit einem bösen Odem anblasen und damit das tödliche Gift in das Fleisch schießen«. Wenn schon ein Bibelmann so dachte, wird man es den Ungebildeten nicht verargen, daß sie in altheidnische Vorstellungen zurückflohen. Man sah nachts schwarze Hunde herumwandern, mit glühenden Augen und räudigem Fell. Auch drei Jungfrauen, die eine weiß, doch schwarz verschleiert, die andern in Trauerkleidung mit weißem Hochzeitsschleier, verbreiteten die Krankheit zur Geisterstunde: In Begleitung eines greulichen Hundes gingen sie durch die Straßen und berührten mit dem Pestpfeil die Häuser, in denen der Schwarze Tod Eingang finden sollte. Viele, die daran glaubten, unternahmen Wallfahrten zum bayerischen Kochelsee, wo man nächtens in einer Lichterprozession in die unterirdischen Gänge auf der »Halbinsel der drei Fräulein« pilgerte und um Schonung bat. Einbett, Wollbett und Vilbett – so die Namen der schrecklichen Jungfrauen – erhielten ungeachtet ihres Heidentums Steinbilder am Dom zu Worms und den Titel von Heiligen. So hoffte man, sie zu besänftigen.
Kaum christlicher war die inbrünstige Verehrung von wirklichen Heiligen, die man um Hilfe gegen die drei unheiligen Heiligen anflehte, nämlich St. Ainpet und St. Sebastian. Bilder und Statuen dieser Patrone trugen das Symbol des Pfeiles, der ja als Pestpfeil Bestandteil des heidnischen Glaubens an die drei Fräulein war. Die Verehrung des mit Pfeilen getöteten Sebastian als Schutzpatron gegen die Pest beruhte also auf einem unfrommen Mißverständnis. In

Ebersberg wurde dem Volk Wein zu trinken gegeben aus einer Hirnschale, welche angeblich die des heiligen Sebastian war. Solche Stärkung sollte vor dem Schwarzen Tod bewahren. Reißenden Absatz fanden kleine »Sebastianspfeile«, die, mit der Ebersberger Hirnschale berührt, den Träger vor Ansteckung schützten. Andere Nothelfer gegen die Seuche waren St. Rochus und St. Christoph. Der Letztgenannte half gegen den Pesttod, wenn man nur sein Bild ansah. Weshalb es in bayerischen Dörfern damals riesengroß und weithin sichtbar auf Kirchen, Mühlen und Bauernhäuser gemalt wurde.

Angst

Die Zeit war reich an Zeichen und Wundern. Vielen begegnete der Tod in leibhaftiger Gestalt. Er ritt auf schwarzem Roß übers Land und ließ sich in düsterer Barke donauabwärts treiben. Gelegentlich erschien er in einem Dorf, legte unversehens einer jungen Braut die Hand auf die Schulter, strich der Entsetzten übers Haar, versprach ihr Schonung. Bauern sahen ihn als Sensenmann im Getreidefeld stehen und vorzeitig den Hafer ernten. Zischend zerschnitt die blitzende Sense die Luft, rauschend fielen die Halme. Doch spurlos verschwand die Erscheinung, wenn man sich ihr näherte. Solche Gesichte verhießen nichts Gutes.
Feuerzeichen am nächtlichen Himmel kündeten vom nahen Weltuntergang. Kometen mit verderbensprühenden Schwänzen erschienen in kürzer werdenden Abständen drohend über den Häuptern einer verzagten Menschheit. Dem Land, auf das sein Schweif hinwies, brachte jede dieser himmlischen Zornruten Hunger, Haß und Heuschrecken, Brände, Pein und Pestilenz. Als 1618 einer dieser grauenhaften Unglücksboten das Abendland in Schrecken versetzte, rief Papst Urban VIII. zum öffentlichen Gebet auf, um das erwartete Unheil abzuwenden. Panik lösten auch immer wieder die Berichte von Feuersäulen, glühenden Kugeln und brennenden Riesenbalken aus, die von Zeit zu Zeit am Firmament beobachtet wurden. Es gab auch Zeugen dafür, daß es in gewissen Landstrichen Schlangen, Blut und ekliges Ungeziefer vom Himmel herabregnete. Aus Erdspalten stiegen giftige Dämpfe und fauliger Nebel auf. In der Luft, vor allem in der Nähe von Friedhöfen, hörte man zuweilen klägliches Geheul. Einsame Wanderer sahen in der Dämmerung Gespenster über die

Wiesen tanzen. Die Bewohner eines ganzen Ortes beschworen, am hellichten Tag folgende Szene erlebt zu haben: Dreißig Särge waren da ordentlich aufgereiht, mit schwarzem Tuch bedeckt; auf jedem stand eine dunkle Gestalt und hielt ein leuchtend-weißes Kreuz in der Hand. – Anderswo tropfte Blut aus frisch gebackenem Brot. Oft donnerten am Himmel schwarze Reiter vorüber, oder es knarrten und rumpelten unsichtbare Leichenwagen durch die Gassen.
Die feurigen und ekligen Himmelszeichen betrachtete man im allgemeinen als Unmutsäußerungen des Allmächtigen, weil ja schon die Offenbarung des Johannes solche Warnzeichen einem zürnenden Gottvater zuschrieb. Andere Gesichte, vor allem die einfältigeren, waren Spuk und Schabernack böser Dämonen. Solche wähnte man allüberall, unsichtbar die Menschen belauernd. Die harmloseren spielten den Lebenden ärgerliche Streiche, andere peinigten und verführten brave Christenmenschen. Da half dann oft nur noch ein Gebet, das Schutzengel zur Rettung rief. Der Kampf zwischen Licht und Finsternis tobte unentwegt. Hinter allem Unvorhergesehenen, jedem Unglück, aber auch hinter plötzlich glücklichen Wendungen vermutete man gute oder böse Geister. Diese Weltschau ist von unserer eigenen so verschieden nicht. Sobald sich jemand nicht mehr als Herr seines Schicksals fühlt, schreit seine Angst vor dem Ausgeliefertsein nach irrationalen Erklärungen. Der Mensch kann das unberechenbare Chaos nicht ertragen. Er sieht ins »schwarze Loch« der Erkenntnis, ins strudelnde Nichts, und wendet sich ab. Lieber hofft er auf helfende Götter oder fürchtet sich vor finsteren Mächten, als sich diesem Blick ins unauslotbare Dunkel auszusetzen. Oder er baut sich Brücken aus scheinbar alles erklärenden »wissenschaftlichen« Wahrheiten und lehrt, zur Vermeidung der Angst, seine Kinder frühzeitig, an diese zu glauben. Dank dieser Erziehung geht es uns »Modernen« in mancherlei Hinsicht besser. Aber dennoch reagieren wir kaum anders als die Menschen damals, wenn wir gelegentlich merken, daß das Gerüst analytischen Denkens, auf dem wir fröhlich über die Abgründe schreiten, nur eine recht behelfsmäßige Konstruktion ist, schwankend wie ein Stahlgestänge in schwindelnder Höhe. Dann suchen wir nach einem Halt, einer Gewißheit, sei sie noch so schrecklich.
Plötzlich auftretende schwere Krankheiten öffnen häufig diesen Blick in schwindelnde Tiefe und wecken in den Menschen jene Urangst, die zu Zeiten unserer Landfahrer Zeitgefühl war. Auf einmal sind all die medizinischen Erläuterungen leere Worte, weil sie das

unheimliche »Warum gerade ich?« und »Warum ausgerechnet jetzt?« nicht erklären können. Wir fühlen uns von der Krankheit »befallen«, »niedergeworfen«, »getroffen«; wir »bekämpfen« sie, versuchen sie »zu überwinden«. Wider alles bessere Wissen vom Wesen unseres Unglücks als einer Funktionsstörung des Körpers erscheint uns die Krankheit als etwas Fremdes, Feindliches – als etwas Dämonisches. Auch anderen. Das Gesicht ist »vom Tode gezeichnet«, die Krankheit »schaut aus den Augen«. Man redet, wie man denkt.

Damals war solche Personifizierung des Unheils noch nicht von aufklärerischer Erziehung überdeckt. Dämonen umstanden das Krankenbett, Dämonen lenkten die Axt des Holzfällers in sein Bein, Dämonen vernichteten die Saat, Dämonen töteten das neugeborene Kind, Dämonen grinsten aus jeder Ecke, lauerten hinter jedem Baum. Nachts rumorten die bösen Geister im Haus, polterten auf dem Dach, knarrten im Gebälk – tagsüber heulten sie im Wind, trieben Sturm und Hagel heran, streckten das Vieh auf der Weide nieder und ließen den Fluß über die Ufer treten. Üble Menschen nutzten die Macht der Unsichtbaren für allerlei Zauber. Manche hatten den bösen Blick, der Kinder und Jungvieh töten konnte, und gegen den nur das Umbiegen des Daumens half. Eine andere bösartige Zauberei bestand darin, aus einem verfaulten Sarg einen alten Nagel zu ziehen und ihn heimlich in eine Bank zu schlagen: Wer sich als erster auf diese Bank setzte, bekam die Krankheit, an welcher der im Sarg Beerdigte gestorben war. Schädlich war es auch, wenn man eine selbst verfertigte Wachsfigur auf den Namen seines Feindes taufte und dann mit einer heißen Nadel durchstach. Diese Prozedur brachte dem lebenden Vorbild des Wachsmännchens unweigerlich den Tod. Oft stießen schon eine bloße Verwünschung oder ein im Streit gesprochener Fluch den damit Bedachten in Elend und Not; denn solche Zornesworte riefen viele böse Geister herbei.

Wie half man sich gegen die vielfältige, allseitige Bedrohung? Vor allem durch Gebet und Opfer, die Anrufung der Heiligen, das Kreuzzeichen und Weihwasser. Dergleichen schätzte man höher als alle Medikamente. Luther schrieb 1532 an den Markgrafen von Ansbach: »Daß die Ärzt solcher Dinge (die Krankheiten) mit Arzneien lindern, geschieht aus dem, daß sie nit wissen, was die Teufel für große Kraft und Macht haben. Über das ist kein Zweifel, daß Pestilenz und Fieber und andere schwere Krankheiten nichts anderes sind denn der Teufel Werke.«

Nach den Erkenntnissen moderner Psychologie tritt Angst immer dann auf, wenn sich jemand einer bestimmten Situation nicht gewachsen fühlt. Jede menschliche Weiterentwicklung, jeder Reifungsschritt, ist mit Angst verbunden. Am stärksten wird sie in besonders wichtigen Übergangsperioden unserer Entwicklung, mit Fritz Riemanns Worten, »da, wo alte, vertraute Bahnen verlassen werden müssen, wo neue Aufgaben zu bewältigen oder Wandlungen fällig sind«. Das scheint offenbar nicht nur für das Individuum zu gelten. Aberglaube und Dämonenfurcht waren im 14. bis 17. Jahrhundert so allgemein verbreitet, so sehr Teil des »Zeitgeistes«, daß man sagen kann, die europäische Bevölkerung befand sich damals in einem Zustand kollektiver Angst. Vielleicht waren die Schrecken der Pest der auslösende Faktor, sicher aber nicht die einzige Ursache dafür. Was die Menschen ängstigte, war der Blick in den Abgrund. Das feste Gefüge der mittelalterlichen Welt geriet ins Wanken, uralte Bindungen ständischer, rechtlicher und sittlicher Art lösten sich auf, die höchsten Autoritäten – Kaiser und Papst – verloren ihre Gottähnlichkeit. Überall stürzten Mauern ein, die man für unzerstörbar und ewig gehalten hatte. Aus der Geborgenheit blinden Glaubens und unbezweifelter Weltordnung trat der Mensch blinzelnden Auges ins Morgengrauen des Vernunftzeitalters – und schauderte.

Manches Symptom einer kollektiven Angstneurose ist zu konstatieren. Das wichtigste haben wir schon belegt: die chronische Ängstlichkeit der Zeitgenossen, die ständige Erwartung drohenden Unheils. Es ist, um ein Bild von Sigmund Freud zu gebrauchen, als wäre ein beträchtliches »Quantum Angst frei flottierend« vorhanden gewesen, das sich jederzeit mit irgendeinem passenden Vorstellungsinhalt verbinden konnte: ein unfreundlicher Blick wurde zur tödlichen Bedrohung, ein heller Stern zum Unheilskünder, ein nächtliches Geräusch zum Gespensterspuk. Ein anderes Anzeichen der allgemeinen Angst waren die Halluzinationen, von denen wir berichteten. Etwa die Parade der dreißig Särge, auf denen schwarze Männer mit weißen Kreuzen standen. Derartige Visionen wurden damals wirklich gesehen, wenngleich zweifellos viele dieser Geschichten reine Erfindungen oder blumige Ausgestaltungen von weniger Phantastischem waren. Aber einem Johannes Kepler und seiner Blutkreuz-Erzählung sollten wir glauben dürfen. Und auch für andere solcher Erscheinungen gibt es zuviel glaubwürdige Zeugen, um in ihnen nur Legenden und Gerüchte zu vermuten. Der allgemeine

Geisteszustand der Menschen war offenbar geeignet, in gewissen Situationen Phänomene wie die beschriebenen auszulösen.
Von all dem reden wir, weil die Protokolle unseres Landfahrerprozesses voll sind von Berichten über Geister und Erscheinungen. Ausgefallene Hirngespinste und Folterphantasien waren das nicht, sondern entstammten ebenso wie die Geständnisse von Mord und Brand dem subjektiven Erlebnisbereich der Pappenheimer und ihrer Freunde. Nicht nur plündernde Landsknechte, feige Straßenräuber und zwielichtiges Bettelpack bevölkerten ihre Welt – auch böse und gute Geister aller Art. Vor den unkörperlichen Feinden fürchtete man sich noch mehr als vor den sichtbaren; jene waren allgegenwärtig und ihrer Bosheit konnte man kaum entfliehen. Weshalb die Dämonen schreckliche Wirklichkeit für unsere Landfahrer und die meisten ihrer Zeitgenossen waren. Um dies zu verstehen, müssen wir unsere berechtigten Zweifel an der Existenz von übelwollenden Gespenstern vergessen. Es ist völlig irrelevant, ob es die dämonischen Geister, diese Ausgeburten der damaligen Angst auf naturwissenschaftlich nachweisbare Weise wirklich »gab« oder nur in der Phantasie ihrer Opfer. Worauf es ankommt ist, daß die Menschen die Bedrohung fühlten, sich von Gespenstern umzingelt sahen. Man sperre Menschen in ein Labyrinth von Gängen und versetze sie in den Glauben, es befänden sich menschenfressende Tiger in dem System. Das Verhalten der Geängstigten können wir beschreiben und erklären, ohne die Frage beantworten zu müssen, ob sich die Tiger tatsächlich oder nur in der Vorstellung der Untersuchungspersonen in dem Labyrinth befanden. Einem, der gewiß weiß, daß die Tiger gar nicht da sind, wird das Verhalten der Eingesperrten lächerlich vorkommen. Er versteht eben überhaupt nichts von ihrer Situation: Die eingebildete Gefahr bedroht sie nicht weniger als eine wirkliche. Ihre Angst ist immer real.
Keineswegs hingen nur einfache Menschen wie die Pappenheimer dem Dämonenglauben an. So gut wie niemand zweifelte daran, daß es Dämonen gab. Herzog Maximilians »Landgebot wider Aberglauben und Zauberei« von 1611 wandte sich nicht etwa, wie man dem Titel nach vermuten könnte, gegen den Wahn, sondern setzte ihn vielmehr als unbestreitbare Tatsache voraus, indem er die Anrufung der bösen Geister unter Strafe verbot.

Angst äußert sich, je nach dem Temperament des Betroffenen, auf schizoide, depressive, zwanghafte oder hysterische Weise. All diese Reaktionen finden sich zur damaligen Zeit in krankhaft übersteigerter Form. Von der zwanghaften Gewissensnot und der eifernd-eifrigen Frömmigkeit eines Wilhelm V. und Maximilian. I. war schon die Rede. In befremdlichem Gegensatz dazu, und doch der gleichen Wurzel entspringend, steht der hysterisch zu nennende Hang zu Rausch und Ausschweifung, der so vielen Zeitgenossen der Pappenheimer eigentümlich war. Damit ist vor allem das »viehische Fressen und Vollsaufen« gemeint, üblich bei allen, die es sich leisten konnten, weniger die angebliche Unsittlichkeit der Zeit, an der zu zweifeln ist. Zahlreich sind allerdings die Anekdoten und pikanten Geschichten jener verklemmt-pornographischen Sitten- und Kulturgeschichtsschreibung, die sich noch vor wenigen Jahrzehnten in ledergebundenen Prachtausgaben einem »aufgeklärten« Bildungsbürgertum präsentierte. Da erfahren wir über das 16. und 17. Jahrhundert Erstaunliches. Die Klöster seien überwiegend Bordelle gewesen, die Fürstenschlösser Schauplätze von obszönen Spielen, die Frauenhäuser ein üblicher Aufenthalt für die Bürger der Städte. Vor allem auf die Zimmersche Chronik und die »Denkwürdigkeiten« des Hans von Schweinichen stützen sich solche, mit dem Unterton scheinheiliger Empörung vorgetragenen Geschichten. Selbst wenn man deren Wahrheit unterstellt, läßt sich von dieser erotischen Literatur nicht auf die sittlichen Zustände der damaligen Zeit schließen. Es gab gewiß gelegentlich schwangere Nonnen und sexuell ausschweifende Hofleute. Solche erotischen Sensationsgeschichten machten dann hinter vorgehaltener Hand die Runde. Eben deshalb, weil sie außergewöhnlich waren. Das Leben der Pappenheimer und ihresgleichen war jedenfalls weder »züchtig« noch »unkeusch«. Man hatte ein relativ natürliches Verhältnis zur Sexualität. Da die Familie in irgendwelchen Scheunen auf engstem Raum zu übernachten pflegte, war es für die Kinder nichts Ungewohntes, die Eltern beim Geschlechtsverkehr zu beobachten. Das ist aber so ziemlich alles, was wir zu diesem Thema in den Gerichtsprotokollen finden. Über einen »Meßner zu Gänacker«, der »mit seiner Tochter Leichtfertigkeit getrieben«, berichten die Landfahrer als von einem außergewöhnlichen, viel beredeten Ereignis. Auch von einer »Dirn zu Plädling« hören wir, »die ein Kind in (einen) Brunnen geworfen, welche man aber nit gericht, sondern nach einer zu Natternberg ausgestandenen Gefängnus aus dem Land geschafft« hat. Dergleichen war keineswegs an der Tagesordnung.

Dem scheinen die Sittenmandate der Zeit zu widersprechen. »Nachdem Wir eine geraume Zeit her mit besonderem Mißfallen wahrgenommen haben, wie das hochverbotene Laster der Leichtfertigkeit und unehelichen Schwängerungen, besonders auf dem Lande unter dem ledigen Bauergesinde und anderen gemeinen Leuten, förderst aber das hochsträfliche Laster des Ehebruchs sowohl bei alten als jungen Leuten beiderlei Geschlechts allzuviel eingerissen und überhand genommen«, ließ Maximilian verkünden, »so will Uns aus landesfürstlicher väterlicher Sorgfalt oblegen sein, solchem überhandnehmenden Laster der Unlauterkeit durch notwendige Mittel vorbauen zu lassen.« Der Herzog mißbilligte, daß »der gemeine Pöbel von Manns- und Weibspersonen zu Feierszeiten hin und wieder einige Schlupfwinkel sucht, worin sie ihrer heimlichen Zusammenkünfte pflegen und ihre sträfliche Ungebühr verüben können«, forderte, »daß die Knechte und Dienstmägde ihre Schlaf- und Liegestätte in absonderlichen versperrten Kammern haben«, verbot »die Kunkeln und das nächtliche Fenstern«, auch »das nächtliche Auslaufen« und erhöhte die Strafen für das »Gott den Allmächtigen zu gerechtem schweren Zorn reizende Laster der Unlauterkeit und unehelichen Schwängerungen«. Es sei den Behörden »in kundlicher Erfahrung«, heißt es an anderer Stelle, daß »durch die gemeinen feiertäglichen Abendtänz auf'm Land dem jungen Bauersvolk zu Leichtfertigkeit große Ursach gegeben« werde. Untersagt wurde das sogenannte »Rocken und Gunckelreisen, dabei das junge Bauern- und Dienstvolk übers Feld zusammenkommt, und viel Unzucht und Leichtfertigkeit treiben, woraus Verführung der Jugend, Jungfrauenschwächung, Winkelheiraten, Rumor und anderes Übel entsteht«. Unter Strafe gestellt wurden ferner gemeinsame Waldausflüge der weiblichen und männlichen Schuljugend und verboten »die Tänz, in welchen ärgerliche Gesten geschehen ... in specie das Halsen und Drucken, ungereimts Zusammenlaufen, Aufheben, Halten und Herumschwingen«.

Die sittliche Entrüstung mag ehrlich gewesen sein, zweckfrei war sie nicht. Auch in dieser Sittengesetzgebung verbanden sich Staatsräson und christkatholisches Gewissen aufs glücklichste. Zwei Ziele verfolgte der Herzog mit seinem Kampf gegen die »Leichtfertigkeit«: Er wollte dem Mangel an bäuerlichem Gesinde entgegenwirken und das

Anwachsen eines unterbäuerlichen Proletariats verhindern. Beides hatte mehr mit der Wirtschaftspolitik Bayerns als mit religiösem Sittenregiment zu tun.
Man beobachtete im 16. Jahrhundert eine Vermehrung der Bevölkerung und war darüber beunruhigt. Noch hatte man kein Vertrauen in Gewerbe und Handel als Quellen nationalen Einkommens, hielt vielmehr nach Bauernart allein Grund und Boden für Grundlage und Inbegriff wirtschaftlicher Sicherung. Der Landesherr sah sich in derselben Lage wie ein Erbhofbesitzer, der mehr Söhne versorgen muß, als sein Land bisher ernährt hat. Abgesehen von dem Versuch, künftiges Bevölkerungswachstum zu bremsen, bemühte er sich, einer allgemeinen Teuerung zu entgehen, indem er die durch stärkere Nachfrage steigenden Lebensmittelpreise künstlich, nämlich durch obrigkeitliche Festlegung von Höchstlöhnen für landwirtschaftliche Arbeitskräfte, niedrig hielt. Man möchte meinen, dies hätte gelingen müssen: Das Einkommen des Gesindes wäre auf diese Weise real gefallen und der Brotlaib einfach in mehr, wenn auch dünnere Scheiben aufgeteilt worden. Aber das war eine Milchmädchenrechnung. Sie ging nicht auf, weil Bayern eben kein von der übrigen Welt isolierter Bauernhof war. Der Bevölkerungsdruck führte zum Anwachsen der Städte, zu den Anfängen einer Industrie, zur Verbreitung des Kleingewerbes auf dem flachen Land, zur Auswanderung, nicht aber zu einem höheren Angebot landwirtschaftlicher Arbeitskräfte. Weshalb die niedrigen Löhne, welche die Lohntaxen vorschrieben, nicht zu halten waren: Den Bauern lief das Gesinde davon, wenn es nicht heimlich doch besser bezahlt wurde als erlaubt. Für Saisonarbeit, etwa zu Saat- und Erntezeiten, mußten trotzdem Tagwerker hinzugeworben werden. Sie erhielten guten Sold von Landwirten, die von steigenden Agrarpreisen profitierten. Denen war unter dem Aspekt der Wirtschaftlichkeit diese Form der Beschäftigung nach Bedarf viel lieber als das mit Fürsorgepflichten belastete Verhältnis zum Gesinde. Warum, sagte sich damals mancher Bauer, soll ich mehr Leute durch den Winter füttern als für die laufenden Arbeiten unbedingt notwendig. Die Knechte und Mägde ihrerseits, die sogenannten »Ehehalten«, sahen die Chance, freier leben zu können als Tagwerker und Gelegenheitsarbeiter, hofften wohl auch zu Recht, durch allerlei kleingewerbliche Arbeit vom wachsenden Wohlstand der Bauern zu profitieren. Weshalb immer mehr Lohnarbeiter und immer weniger Ehehalten in der Landwirtschaft arbeiteten.

Das paßte nun dem Herzog keineswegs. Mit dem Ausscheiden der Arbeitskräfte aus dem Fürsorgebereich der einzelnen Bauernhöfe endete deren starke soziale Absicherung. Ein Knecht, der sich mit der Axt ins Bein schlug, eine Magd, die zu alt zum Arbeiten war, mußten weiterhin von ihrer Herrschaft unterhalten werden. Der Tagwerker und die Söldnerin, denen Gleiches geschah, fielen der öffentlichen Fürsorge zur Last, kamen in Spitäler und Armenhäuser, gerieten in Bettel und Verbrechen. Um solche Neuverteilung des Risikos zwischen Arbeitgeber und Allgemeinheit zu verhindern, beschränkte die Obrigkeit die Anzahl der maximal geduldeten Söldner pro Dorf und verbot oder erschwerte die Heirat zwischen Mägden und Knechten. Eine besitzlose Schicht von verheirateten Personen sollte es nicht geben, ein Proletariat nicht entstehen. Den wirtschaftlichen Hintergrund dieser Maßnahme verhehlen die amtlichen Verordnungen nicht. Als Begründung für das Eheverbot zwischen Knechten und Mägden weist Maximilians »Land- und Polizeiordnung« darauf hin, daß »sich dieser Zeiten dergleichen Ehehalten gar jung und . . . darum zusammen heiraten, daß sie nachmaln in die Winkelherbergen ziehen«. Das aber sei die Hauptursache dafür, daß »die Ehehalten so gar verteuert und schier um keinen billichen Lohn mehr zu bekommen sein«. Außerdem würden »durch solch jung Winkel-Eheleut den armen Tagwerkern«, die in der Gegend schon lange ansässig »und etwa mit viel Kindern beladen« sind, »ihr Arbeit abgeworben und also ihr Nahrung entzogen«.
Den Pflegern schärfte der Herzog ein, jungen »unvermöglichen Leuten« keine Heiratserlaubnis zu erteilen, den Pfarrern, solche »leichtfertigen« Ehen nicht ohne ausdrückliche, schriftliche Genehmigung einzusegnen. Hätten »aber sich dennoch solche junge unvermögliche Leut ohne vorangedeute Bewilligung heimlich oder öffentlich einsegnen lassen, sollen dieselbige . . . (nirgendwo) . . . eingenommen noch beherbergt werden«. Diese Ehepaare waren aus dem Land zu vertreiben. Im Bericht eines Rentmeisters aus dem Jahre 1606 wird das Überhandnehmen von Bettlern und Gesindel ausschließlich darauf zurückgeführt, »daß man die Leute gar jung, und ob sie etwas haben oder nicht, heiraten lasse«.
Natürlich stieg nach dem Verbot der Dienstbotenehen die Zahl illegitimer Verbindungen und unehelicher Geburten steil an. Herzogliche Mandate gegen die »Leichtfertigkeit« sind, vor diesem Hintergrund gesehen, gewissermaßen »flankierende Maßnahmen«. Ähnlich erklärt sich die Tatsache, daß außereheliche Beziehungen zwi-

schen Dienstboten wesentlich härter bestraft wurden als solche zwischen Bürgern oder vermögenden Bauern.
Die Entwicklung ließ sich durch diese herzogliche Politik kaum aufhalten. In gewisser Weise förderte das Eheverbot die Gesindeflucht sogar. Denn gerade die Jugend entscheidet sich, vor die Wahl gestellt, lieber für Freiheit als für Sicherheit. Die Bauern bekamen bald nicht mehr genug Gesinde auf ihre Höfe. Zu gering war der Lohn, zu hart die Auflage. So hielt man sich unter der Hand nicht mehr an die Vorschriften: Man erhöhte heimlich die Bezahlung, gestattete eheähnliche Verbindungen. Die »Sittlichkeit« ihrer Ehehalten konnten und wollten die Bauern nicht garantieren. Meistens schliefen Knechte und Mägde unterm Dach in offenen Verschlägen, oft auch in einer gemeinsamen Kammer. Von den Kindern, die auf den Bauernhöfen spielten und früh schon mit anpackten, gehörten gewiß selten alle dem Hofbesitzer. Manches, was die Obrigkeit »lasterhaft« und »leichtfertig« schalt, war in Wirklichkeit nur illegitim. Wären die herzoglichen Mandate wirklich alle »mit gebührendem Ernst und Fleiß« befolgt worden, hätte es noch mehr Familien wie die Pappenheimer gegeben: Treibgut der Straße, das nirgends lange bleiben durfte.

Die Supplikation

In den ersten Maitagen des Jahres 1600 wanderte ein armer, alter Schneider von Prunn an der Altmühl nach München. Es war jener Georg Schmälzl, der einige Tage zuvor mit seinen Freunden Bastl Baumann und Georg Reiter das Abensberger Amtshaus aufgesucht hatte, um Haftverschonung für die Gefangenen Schölz, Stumpf und Augustin Baumann zu erwirken. Ihr Gesuch war abgewiesen worden, wir erinnern uns. Man sei unzuständig, wurde den Bittstellern gesagt, die Malefikanten, um die es gehe, befänden sich in herzoglicher Haft und unterständen ganz und gar der Jurisdiktionsgewalt des Münchner Hofrats. Immerhin, man ließ die drei Freunde zu Augustin Baumann ins Gefängnis. Der bestürmte, beschwor seine Besucher, ihn nicht im Stich, sich von der Abweisung nicht entmutigen und von der beschwerlichen Reise nach München nicht abhalten zu lassen. Jammern und Bitten erweichten das Herz unseres Schneiderleins, so daß er nicht wie die anderen beiden Freunde nach Ausflüchten suchte, sondern seine weitere Hilfe zusagte. Die drei werden sich

wohl, nachdem sich die Verließtür wieder zwischen ihnen und dem Verzweifelten geschlossen und eine Treppe sie aus dumpfig-muffiger Gefängnisluft wieder in frühlingshelle Freiheit geführt hatte, in ein Wirtshaus begeben und die Lage besprochen haben. Der Schneider, von Bastl und Georg zu Speis und Trank eingeladen, bekräftigte seinen Entschluß zu mühsamer Wanderschaft. Er würde sich bei der Obrigkeit für Baumann, Schölz und Stumpf verwenden. Nur das Wie war zu besprechen. Man kam überein, gemeinsam eine Bittschrift zu verfassen. Vielleicht rief man gleich an Ort und Stelle einen Schreibkundigen an den Wirtshaustisch oder suchte einen Lehrer oder Schreiber auf, um den Plan zu befördern. Jedenfalls wurde alsbald eine »Supplikation« aufgesetzt, in der man die Unschuld der Freunde beteuerte und um ihre Freilassung bat. Dieses Schriftstück steckte Georg Schmälzl in sein Wams, nahm wohl auch noch etwas Wegzehrung in Empfang, und machte sich auf den Weg in die herzogliche Hauptstadt.
Der näherte er sich zwei Tage später. Er kam, wie die Pappenheimer einen knappen Monat zuvor, von Norden her über die Straße von Nürnberg, allerdings zu Fuß und weder von Ketten noch von bösen Vorahnungen beschwert. So wird er wohl ohne trübe Gedanken die Mauern, Türme und Dächer der ockerbraunen Stadt in grün-leuchtender Ebene bestaunt haben. Am Schwabinger Tor hielten die Scharwächter ihn an, fragten nach Herkunft und Besuchszweck. Man ließ den Bittsteller passieren, wies ihm womöglich den Weg zu einer öffentlichen Herberge, sagte ihm wohl auch, wo er seine Supplikation abgeben könne.
Anderntags begab sich Georg Schmälzl, frohgemut und voller Zuversicht, daß seine Mission Erfolg haben werde, zum Alten Hof. Sein Weg führte ihn am Haus der Doctor Wangereck vorbei, von dessen Bedeutung für sein Schicksal der Schneider noch nichts ahnte, entlang der hohen, zinnenbesetzten Mauer des West-Zwingers durch den Hofgraben, dann rechts über den kleinen Vorplatz bei der gotischen Hofkirche Sankt Lorenz zum Burgtor. Hier erläuterte der Bittsteller den Torhütern den Zweck seines Besuches, wurde, nach mißtrauischem Blick auf das vorgezeigte Schriftstück, eingelassen und quer über den großen inneren Burghof zu den Räumen der Hofratskanzlei geschickt. Dort sehen wir ihn zu früher Stunde vor einem Schreiber stehen, den Hut in der einen, die »Supplikation« in der anderen Hand, und schüchtern und leise die langerwogenen, wohl zurechtgelegten Sätze herausstottern. Etwa: Er sei aus Prunn

im Gericht Abensberg den weiten Weg hierhergekommen, um untertänigst eine Bitte vorzutragen. Drei seiner Freunde nämlich wären gänzlich unschuldig in Verdacht und Verhaft geraten, die Tettenwanger Häusler Ulrich Schölz, Hans Stumpf und Augustin Baumann. Aus welcher Ursache man die drei eingezogen hätte, wisse er nicht, vermute allerdings, die landfahrenden Pappenheimer hätten Lügen über sie erzählt. Wie auch immer, die Obrigkeit befände sich in einem Irrtum, wenn sie seine gutmütigen Gesellen für böse Leute halte. Er, der Schneider von Prunn, könne sich für deren Ehrlichkeit verbürgen und bitte um Überprüfung und allfällige Aufhebung der Haft.

Unter solcher, jedenfalls sinngemäß ähnlicher Rede wird Georg Schmälzl dem Beamten das vorbereitete Schriftstück übergeben haben, um sodann, nach Beendigung seiner Erklärung, die Miene des die Supplikation studierenden Mannes zu beobachten.

Dem kam der Bittsteller höchst verdächtig vor. Der Prozeß Pappenheimer war nicht irgendein Bagatellfall, sondern das größte Kriminalverfahren des Jahres. In der Kanzlei des Hofrats hatte man natürlich von den Ergebnissen der ersten Vernehmungen gehört. Man kannte das gewaltige Ausmaß der von den Pappenheimern gestandenen Verbrechen und war über die Fahndung nach weiteren Mittätern wohl unterrichtet. Alle, die mit den Pappenheimern und ihren Gesellen Umgang gehabt hatten, verdienten bei diesem Stand der Ermittlungen äußerstes Mißtrauen. Was in dem Kanzleibeamten, der des Schneiders Supplikation in den Händen hielt, im einzelnen vorging, liegt natürlich im Dunkel. Wahrscheinlich aber hieß er den Bittsteller warten, um sich mit einem Kollegen oder Vorgesetzten zu unterreden. Jedenfalls kamen alsbald Amtleute in die Kanzlei, bewaffnete Burgwächter, die den Antragsteller packten und ihm die Hände fesselten. Der Verblüffte wird protestiert und die Welt nicht mehr verstanden haben: Er sei doch unschuldig und nur ein untertänigster Supplikant. Für die Kanzleibeamten war das Haftgrund genug. Ein alter Mann, der eine dreitägige Reise nach München unternahm, um sich für landschädliches Gesindel zu verwenden, mußte mit den Gefangenen besonders eng befreundet sein, steckte wohl mit ihnen unter einer Decke. Sein Spiel sei durchschaut, sagte man dem unsanft Gepackten, man könne sich schon denken, weshalb er hergekommen sei: um zu spionieren und festzustellen, ob die Obrigkeit der Wahrheit auf der Spur sei. Nun werde man den Ausspäher selbst zur Rede stellen. Im Falkenturm würde man ihm schon die Zunge lösen.

Da half kein Abstreiten, Schwören und Flehen. Der niederbayerische

Bittsteller wurde von groben Händen aus der Kanzlei geschoben, über den Hof gezerrt. Das Burgtor, welches er vor kurzem als freier Mann passiert hatte, verließ er als Gefangener.

So kam Georg Schmälzl in den Falkenturm; früher als Augustin Baumann und Hans Stumpf, denen er solche Behandlung ersparen wollte. Selten wurde Freundestreue schlechter belohnt. Die Akten lassen keinen Zweifel daran, daß der Prunner Schneider außerhalb jeden Verdachts und jeder Verfolgung geblieben wäre, wenn er nicht aus eigenem Antrieb den beschwerlichen Marsch nach München unternommen hätte, um sein Gesuch vorzubringen. Die Welt kannte der arme Schneider ohnehin nur in ihren Niederungen. Jetzt aber war er in eine Grube gefallen, aus der es kein Entrinnen mehr gab.

Fünftens

Der Abgrund

Kindshändel

Von Anfang an vermuteten die Kommissare des Münchner Hofrats, es sei bei den Verbrechen der Pappenheimer nicht mit rechten Dingen zugegangen. Man erinnert sich an jenes erste Verhör im Falkenturm, in dem Wangereck die Rute einsetzen ließ, um aus dem kleinen Hänsel eine Antwort herauszubringen. Die Frage lautete, ob er nie Kindshändel bei seinen Brüdern gesehen habe. Auffällig hartnäckig hatten damals die Kommissare darauf bestanden, die erwartete Auskunft zu erhalten. Schließlich war das »Geständnis« erzielt worden. Ja, sagte der Bub, seine Brüder hätten Bettelkindern die Händchen abgeschnitten, auch schwangere Frauen ermordet, um an die Händchen Ungeborener zu gelangen. Leicht ist die Antwort zu erklären, die Rute hatte sie hervorgetrieben. Was aber sollte die Frage?

Ihr Grund war ungewiß-düsterer, geheimnisvoll-abergläubischer Natur. Durch zauberische Mittel, so nahm damals alle Welt an, schützen sich Diebe und Einbrecher vor Entdeckung, vor allem durch Abbrennen eines Diebeslichts. Das war nun keine der üblichen Kerzen, sondern der Teil einer Leiche, vornehmlich Finger oder Händchen eines toten Kindes, das womöglich ungetauft gestorben war. Uns erscheint ein solcher Brauch kannibalisch, zumindest archaisch. Und doch hatte es erst vor wenig mehr als hundert Jahren ein Ende damit. Seine Anfänge aber liegen ungeheuer weit zurück. Schon in heidnischer Zeit meinte man, daß die Seelen ungeborener, noch nicht mit Muttermilch genährter Kinder als Teil eines unruhigen luftig-feurigen Elements durch die Sphären tanzten – nämlich als Irrlichter, die hin und wieder nächtliche Wanderer erschreckten. Daher die Vorstellung, die Kinderhändchen würden den Dieben leuchten.

Sie konnten freilich mehr als das: Die Zauberkraft der Seele, so glaubten viele, blieb in allen Körpern, die eines vorzeitig-unnatürli-

chen Todes starben – also in den Leichen Ungeborener, Hingerichteter, Ermordeter. Denn während der Tod bei den Alten und Kranken eben dadurch eintrat, daß die Seele den verbrauchten, entkräfteten Körper verließ, wurde sie durch die gewaltsame, unzeitige Zerstörung gewissermaßen um ihren Auftrag betrogen. Sie hatte das Leben in der ihr vorbestimmten Hülle ja noch nicht ausgelebt, stand, wenn der Ausdruck für den flüchtig-unsichtbaren Wesenskern verstattet ist, noch in Saft und Kraft. Weshalb sie sich eigensinnig an die verwesenden Überreste klammerte, nach deren Auflösung zuweilen auch als Spuk herumgeisterte. Magische Macht verschuf sich, wer sich eine solche Seele dienstbar machen konnte.
Und die Diebe glaubten, die Hände ungeborener Kinder seien dafür ein besonders geeignetes Hilfsmittel. Einmal deshalb, weil Kinderseelen offenbar besonders jung, ausgeruht und kräftig, zweitens weil sie unschuldig und sündlos, schließlich aber dennoch ungetauft, folglich zauberischen Wesens waren. In den Fingern, meinte man, sei der Sitz der Unsterblichkeit – deshalb hielt man sich an die Händchen. Auch den Erhängten, die vor den Städten an den Galgen baumelten, schnitt man ja häufig die Finger, vor allem die Daumen ab, um damit allerlei Zauberei zu treiben.
Dienstbar waren diese schaurig körperlichen »Diebeslichter« jedem Besitzer; die Seelen waren offenbar nicht nachtragend, halfen sie doch auch dem, der sie ihres Körpers beraubt hatte und nun mit einem Teil desselben finsteren Geschäften nachging. Paulus Pappenheimer erklärte die Verwendung so: »An die Fingerl steck' man brennende Kerzenlichtl, und wenn die Leut' in einem Haus alle schlafen, so können sie nit mehr erwachen, bis man die Lichter ablöscht. Wann aber ein Lichtl nit brennen wolle, sei es ein Zeichen, daß die Leut' nit alle schlafen. Und muß solches ein rechts Händl von einem ungetauften Kind sein.« Der alte Landfahrer verriet damit dem Gericht kein Geheimnis, er wiederholte nur einen verhältnismäßig neuen Aberglauben. Man sagte, die Diebeslichter würden einerseits anzeigen, ob alle Bewohner eines Hauses schliefen, andererseits deren Schlaf in unnatürlicher, zauberischer Weise vertiefen. Freilich gab es Abwandlungen und Einzelheiten solchen Glaubens, die Paulus nicht kannte oder unerwähnt ließ: Die Diebeskerzen sollten die Träger unsichtbar machen und die Schlösser aufspringen lassen. Auch beruhte die Ansicht Paulus', man müßte auf die Finger Kerzen stecken und solche anzünden, auf einem Mißverständnis der gängigen Sage. Die behauptete nämlich, die Fingerchen würden auf

bloßen Wunsch des Besitzers hin von selbst brennen und wären gegen den Willen des Inhabers nur mit Milch zu löschen. Mit Milch, weil sie als Kindernahrung dem Ungeborenen einen Teil seiner vorirdischen Unschuld nehmen konnte.

Der kleine Hänsel wußte anscheinend gar nichts davon, daß die Kinderhändchen gerade dem Dieb halfen. Er nannte, auf Drängen der Kommissare und unter dem Eindruck der Rute, andere Verwendungszwecke: »Erstlich haben sie bisweilen ein bissel von einem Fingerl geschnitten und den Leuten in einem Brot für allerlei Krankheiten eingegeben, bisweilen ein Händl gesotten und die Suppen den Leuten für die Gelbsucht gegeben.« Seine Brüder und Eltern hätten die Händl gegessen und seien dadurch erst recht eigentlich zu Mördern geworden. »Wann man ein Fingerl in ein Tüchel macht und an Hals hängt, sollt (es) für alle Krankheit helfen. Seine Brüder hätten zu Zeiten den Leuten die Händl gezeigt und gesagt, wer's ansehe und sei krank wie er wöll, so sollt' er davon gesund werden.« Andererseits, »wann von einem Händl ein Finger oder sonst etwas geschnitten, gehackt und in Weg gelegt werde, sollen die Leut', welche darüber gehen, davon erkranken«.

Vor allem aber behauptete Hänsel, die Kindshändel seien die Ursache für die den Brüdern angelasteten Untaten. Der Geindl nämlich, ihr Anzeiger und Verführer, hätte ihnen heimlich ein Pulver »in einer neubackenen Semmel« eingegeben, das »vermutlich von einem gedörrten, gestoßenen Kindshändel« stammte. Dadurch wären seine Brüder zu Mördern geworden, verzaubert wider Willen durch das unheilvolle Stück Brot. Sie selbst hätten ihm, dem kleinen Bruder, gesagt, wie es ihnen ergangen sei und daß sie nun gar nicht mehr anders könnten, als unter magischem Zwang Menschen umzubringen. Das ihnen heimtückischerweise beigebrachte, ahnungslos verzehrte Kindshändelpulver sei schuld an allem.

Wie die Kommissare dieses Märchen aufnahmen, ist nach den Protokollen nicht ganz klar. Sie schenkten ihm vermutlich Glauben, wie aus Späterem verständlich werden wird. Außer Zweifel stand, und wurde auch von den anderen Malefikanten bestätigt, daß Kinderhändchen zu allerlei Schadenszauber verwendet wurden. »Wann sie Brand oder Feuer gelegt« hätten, erzählte Gumpprecht, wären die Flammen nicht mehr zu löschen gewesen, sobald die Landfahrer »ein bissel von einem Händel dazu geworfen« hätten. Auch müßten Mensch und Tier, »wenn man die Händel dörr', die Beindel (= Knochen) dazu zu Pulver stoß und den Menschen in den Weg wie auch dem Vieh auf die Weid streu', ... entweder davon erkrumpen (= krumm werden), großen Schmerzen im Leib leiden oder gar sterben«. Ähnliches wußte Paulus zu berichten: »Sie hätten die Händel auch zu Pulver gemacht und denen Leuten, die ihnen Leids getan, in den Weg gestreut, (damit sie), wann sie darüber gehen, erkranken sollen.«

Der Kindshändel-Aberglaube bezog sich bei den Pappenheimern also nicht nur auf den Diebstahl. Paulus verriet, woher er diese Vorstellungen hatte: »Vor neun Jahren hab' er zu Ellingen und Wiesensteig Unholden verbrennen sehen, ihre Urgicht (= Geständnis) verlesen hören, daß sie mit Pulver von Kindshändeln Schaden getan ...« Damals hätte er »darauf ... gemerkt und solches auch gemacht«. Bemerkenswert. Es kann kein sehr volkstümlicher Zauberglaube gewesen sein, von dem ein unsteter und leutseliger Mann wie der alte Pappenheimer erst durch die öffentliche Verlesung eines Gerichtsprotokolls erfuhr.

Gewiß, die Wurzeln des Aberglaubens waren tief, reichten in vorchristlich-kannibalische Zeiten hinab. Aber so sehr er vergessen, verkümmert, verdrängt schien – ein toter Baum –, nun plötzlich, seit 1450 etwa, trieb er wieder, setzte neue Blätter und Früchte an. Ein Lied des 15. Jahrhunderts ist das erste bekannte Zeugnis vom Kindshändelwahn. Es berichtet von einem Mörder, der einer Schwangeren das Kind aus dem Leib holt, um ihm ein »Hentlein« abzuschneiden. 1568 hört man dann aus Schwaben von Verbrechern, die das »Ärmlein einer Leibesfrucht« bei sich führen. Eine Ballade, die wohl zur Zeit unseres Prozesses entstand, erzählt von dem Mord an einer »verkauften schwangeren Müllerin«. Frühere Fälle sind nicht nachgewiesen.

Auch diese Datierung weist darauf hin, daß ein enger Zusammenhang zwischen dem Hexen- und dem Kindshändelaberglauben besteht. Die Hexen waren es vornehmlich, davon wird man noch hören, die ungetaufte Kinder stahlen, Schwangeren die Frucht abtrieben, ungetauft Verstorbene nächtlicherweise ausgruben. Bald galten sie auch als diejenigen, welche die Diebe mit den Händchen versorgten. Sie hatten aber auch selbst Verwendung dafür, denn zur Herstellung der Teufelssalbe gehörte unter anderem, wie es im vierten Akt von William Shakespeares »Macbeth« heißt, auch die »Hand des neugebornen Knaben, den die Metz erwürgt im Graben«.

Für die Hofratskommissare, die den Fall Pappenheimer zu untersuchen hatten, schien jedenfalls der von den Malefikanten zunächst

eingestandene Kindshändelzauber ein Indiz für Hexerei zu sein. Wodurch das Verfahren schon nach dem ersten Verhör zum Hexenprozeß wurde. Es ging um mehr als um Raub, Brand und Mord.
Sie hätten »die Weiber«, so Gumpprecht, »nit von Gelds, sondern nur von der Kinder wegen umgebracht«. Etwa so: Da kam ihm, dem Geindl und Hans Küfer auf einem Feldweg »in einem kleinen Gestreißel« in der Nähe von Straubing eines Tages »ein großbauchets Weib« entgegen, »so eine Tagwerkerin von Schneiding gewest und aufs Dorf Pining zugangen«. Man hält sie auf, umringt sie. Der Hans Küfer nimmt die geschulterte Spitzhacke in beide Hände, schlägt der vergebens um Hilfe schreienden Frau gegen die Brust. Sie sackt zusammen, wird weiter mit Schlägen traktiert, bis sie kein Leben mehr zeigt. Einer zieht das Messer, ein anderer reißt der Toten die Kleider vom Leib, man schneidet ihr den Bauch auf, zieht aus dem Blut und Gedärme ein »Kind, so ein Mädel gewest und nit Leben gehabt«. Noch halb im Mutterleib werden ihm die Händchen abgeschnitten, Küfer behält das linke und gibt Gumpprecht das andere. Dann durchsucht der Küfer die blutigen Kleider, findet zehn Kreuzer, steckt sie ein. »Das tote Weib« wird gemeinsam vom Weg gezogen, dort am Rand, »gleich an dem Ort, wo sie's umgebracht, mit Gestreiß . . . verdeckt« und liegen gelassen. Dies Gumpprechts Schilderung, viermal unter Veränderung der Orts- und Zeitangaben wiederholt. Ob es eine selbst erlebte Geschichte war?
Dagegen spricht die Behauptung von Gumpprechts Vater, die Händchen von ungetauften Mädchen seien wertlos, nur Knabenhändel taugten zur Zauberei. Er, Paulus, hätte daher mehrmals vergeblich schwangere Frauen erschlagen, da deren Frucht weiblich und somit unnütz für seine Absichten gewesen sei. Es war dieser Vorbehalt ein Teil des Aberglaubens, den Gumpprecht offenbar nicht kannte.
Die meisten Kindshändel haben die Pappenheimer, so ihre Aussagen, zu einem Zauberpulver verarbeitet. Angeblich schoben sie die zauberkräftigen Leichenteile »in einem Scherben« zum Backofen hinein, dörrten sie darin und stießen sie »hernach zu Pulver«. Daß solche Prozedur aller Erfahrung nach allenfalls zu einem Haufen Asche führt, scheint die Hofratskommissare nicht mit Zweifel an derartigen »Geständnissen« erfüllt zu haben. Sie fragten vielmehr, wie das so gewonnene »Kindshändelpulver« aussähe. Die Antwort: Wenn es »aus lauter Beindl gestoßen werde, sei (es) ziemlich weiß, wann man aber auch das Fleisch mitstoße, sei (es) etwas bräuner«. Es müsse freilich, sollte es seine Zauberkraft voll entfalten, »mit

einem wenig Aschen, so in Unternächten – das ist von Weihnachten bis auf Trium Regum (= Dreikönigstag) – gebrennt worden, vermischt« werden.

Von den Unsichtbaren

Dämonische Wesen bevölkerten die Welt der Pappenheimer. Von der Angst, die sie gebar, und dem Schrecken, den sie verbreiteten, war schon die Rede; auch von ihrer Mithilfe bei Diebstahl und Zauberei. Welcher Natur waren diese unsichtbaren Zeit- und Weggenossen unserer Landfahrer? Nicht alle konnte man sich so leicht dienstbar machen wie die Seelen unschuldiger Kinder. Geister von Verstorbenen umschwebten Gräber, Unglücksorte und Wohnhäuser, erschreckten harmlose Wanderer, erschienen unversehens in fratzenhafter Vermummung. Ruhelose Seelen streiften des Nachts als Werwölfe umher oder verwandelten sich in blutsaugende Vampire. Der auf der Landstraße Hingemordete und eilig ins Gebüsch Gezerrte mochte alsbald wieder den Raubmördern begegnen, sie mit blutenden Wunden an die gräßliche Freveltat erinnern und sein Recht auf christliche Bestattung fordern.

Gespenster dieser menschlichen, wenn auch entleibten Wesen bildeten freilich nur einen kleinen Teil der allgegenwärtigen Dämonen. Die größte Gruppe waren meist gutmütige, emsig und still wirkende Luft- und Lichtgeister, Kobolde und Elfen, Zwerge, Erdmännchen und Wichtel, die Feen und weißen Jungfrauen, Moosweiblein, Tutlipfeiferl und wie sie alle hießen. Darunter auch Heinzelmännchen und andere Haus- und Schutzgeister, immer hilfsbereit und wachsam und nur ärgerlich und den Menschen gram, wenn man sie ängstigte oder zu verscheuchen versuchte. In den Bergen hausten Berggeister und Riesen, bewachten die Schätze der Erde und führten wohl auch hin und wieder verirrte Wanderer aus dem Dunkel des Waldes zurück ans Licht. Andere Dämonen halfen tagtäglich dem Bauersmann: winzige Wesen in Keimen und Wurzeln der Feldpflanzen, in Halmen und Ähren, Zweigen und Früchten. Waren sie wohlwollend, betreuten und förderten sie das Wachstum. Andererseits konnten sie sich auch für Kränkungen rächen, indem sie den Pflanzen auf Feld und Flur die Nahrung abschnitten. Sie wirkten bei alldem mit verwandten Geistern zusammen, die für Wolken und Regen, Reif und Hagel zuständig waren. Die Bauern taten gut daran,

sich solchen Mächten erkenntlich zu zeigen, mit Opfergaben nicht zu sparen und wohltätige Zeichen auf Grenzsteine und Stallpfosten zu malen, um vor Mißwuchs und Unwetter verschont zu bleiben. Noch gefährlicher waren allerdings die Krankheitsdämonen, welche ein weiteres Regiment im unsichtbaren Heer bildeten. Wer sich nicht durch Weihwasser, Drudenfuß und Sternzeichen vor ihnen schützte, konnte unversehens von diesen durchaus schädlichen Wesen niedergeworfen und zu elendem Siechtum verurteilt werden.
Die Bauersleute und Häusler in der Gegend, durch die unsere Landfahrer zogen, erzählten sich unzählige Geschichten vom Treiben all dieser verschiedenen Geister. Am Abend beim Heimgarten, dem Treffen der Frauen und Männer in den Bauernküchen, wurden alte Berichte weitergegeben, neue bunt ausgemalt, Staunenswertes noch übertrieben. In solchen Gesprächsrunden, um den Holztisch einer Winkelherberge, im Stroh einer Scheune vermuten wir in den Jahren vor ihrer Verhaftung des öfteren unsere Landfahrer, halb erschreckt, halb gefesselt von dem Gehörten.
Da erfuhren sie etwa von zwei Bauern, die neulich von einem feurigen Männlein genasführt worden waren. Damit ging es so: Die beiden durchquerten, vom Zechen nach Hause strebend, spät nachts ein Gehölz. Auf einmal sahen sie ein Irrlicht aus einem Busch hüpfen und ihnen immer zehn Schritte voraneilen. Davon abgelenkt, kamen sie vom Weg ab, folgten dem hüpfenden Licht. Doch vergebens die Hoffnung, bald den Sternenhimmel wieder über sich zu sehen; schier endlos stolperten die Armen durch den Wald, obwohl der doch nicht gar so groß war und bei Tag leicht in einer halben Stunde zu durchqueren. Erst im Morgengrauen, als von fern her das Ave-Maria-Läuten aus dem nächsten Dorf herüberklang und sie erlöste, erreichten die Bauern das Ende des Gehölzes und das Feuermännlein verschwand. Aber siehe, sie befanden sich an eben derselben Stelle, an der sie den Wald betreten hatten. Der Waldgeist hatte sich einen üblen Scherz mit ihnen erlaubt und sie unentwegt im Kreise geführt.
Schauerlich klang auch eine Erzählung, die in der Gegend von Regensburg damals die Runde machte. Auf einer Wiese beim Dorf Wissing wäre unlängst häufig ein rotes Weiblein gestanden, hätte dort bei hellem Tag das Gras gemäht, dazwischen ab und zu mit hellem Klang seine Sichel gewetzt. Die das Gespenst erblickt hatten, bekreuzigten sich und machten, daß sie heiler Haut davonkamen. Eigentümer der Wiese war ein reicher junger Bauer, der sich das rote

Weiblein wohl gefallen ließ, da das Gras doppelt üppig und saftig nachwuchs, wo der Geist etwas abgemäht hatte. Seine Nachbarin freilich drängte den Wiesenbesitzer ständig, doch hinzugehen und das rote Weiblein anzusprechen. Was der junge Bauer klugerweise abschlug. Denn es geschah, daß die drängende Nachbarin schwer krank wurde und alsbald im Sterben lag. Gegen ihren Willen schickte man nach dem Pfarrer, der die stolze Frau nur selten in seiner Kirche gesehen hatte, denn gottlos und hoffärtig war sie. Als der fromme Mann nun der Sterbenden die letzte Ölung bringen wollte, lag sie mit abgewandtem Gesicht im Bett, und als er sie anrührte und umdrehte, da war sie schon kalt und tot. Wie erschrak er aber, als er erkannte, daß die Stolze ganz das Aussehen und die Gestalt des roten Weibleins angenommen hatte. Die Kühe aber, die seither von dem Gras jener Wiese aßen, gaben Blut statt Milch!
In Nürnberg hörten die Pappenheimer von der Frau eines Goldschmieds, die einen Schutzgeist besaß, der immer in ihrer Nähe blieb. Er erschien ihr gelegentlich in Gestalt eines weißgekleideten Kindes, das eine Sanduhr in der rechten Hand hielt. Wenn ihr Gefahr drohte, warnte er sie, und machte auch sonst allerlei nützliche Voraussagen. Ebenfalls aus Nürnberg stammte ein gewisser Paul Cruz, der eines Tages einen Tisch mit zwei kleinen Gedecken und guten Speisen in die freie Natur gestellt und in der Nähe gewartet hatte, bis zwei Bergmännchen aus der Erde stiegen, an der Tafel Platz nahmen und herzhaft schmausten. Unterdessen näherte sich vorsichtig der Gastgeber, gab sich zu erkennen, redete auch den beiden Geistern gut zu und gewann so ihr Vertrauen. Auf diese Weise machte der pfiffige Nürnberger eines Tages sogar die Bekanntschaft des Königs der Unterirdischen, der in rotem Scharlachmäntelchen erschien und den Paul Cruz in seinem Buch der Geheimnisse lesen ließ.
So und ähnlich lauteten die Berichte vom Treiben der dämonischen Wesen, die Paulus und den Seinen vertraut und doch unheimlich waren. Für die Menschen jener Zeit waren das keine Ammenmärchen oder frei erfundene Schnurren, sondern Zeugnisse einer Wirklichkeit, die man selbst immer wieder erlebte. Warum sollten solche Geschichten weniger wahr sein als die vom Morden und Rauben auf den Landstraßen? Es bedurfte keiner besonderen Einfalt, wie man noch sehen wird, an die Allgegenwart der Geister zu glauben. Man mußte sich vorsehen und auf die Zeichen verstehen. Das galt für Bauern, Handwerker und Häusler, noch mehr aber für einen unbehausten, landfahrenden Mann wie Paulus Pappenheimer.

Wenn er mit seiner Familie im ersten Sonnenlicht seine Bündel packte und sich auf Wanderschaft begab, kam es darauf an, wer ihm zuerst begegnete. Ein Pfarrer, ein altes Weib – das bedeutete nichts Gutes. Da war es besser, kehrtzumachen und noch einen Tag mit dem alten Quartier vorliebzunehmen. Schlimm auch, wenn ihnen ein Schwein oder ein Hase über den Weg lief, ebenso übel Eidechse, Wiesel und schwarze Katze. Glück verhießen den Landfahrern dagegen Schafe, Raben, Krähen, Schwalben oder Störche. Von Elstern, den Galgenvögeln, war wiederum gar nichts Gutes zu erwarten, noch weniger vom Ruf des Käuzchens, der nahen Tod verkündete. Auf solche Dinge achtete Paulus. Zum Glück wußte er wie alle seine Zeitgenossen, daß die Dämonen miteinander uneins waren, sich gegenseitig ihre Pläne verdarben und einer die Menschen vor dem anderen warnte. So gefährlich die schädlichen Geister auch waren, es gab Mittel und Wege, ihren Anschlägen zu entkommen. Denn allesamt waren sie etwas einfältig, ein wenig achtenswertes Gesindel, das man mit List und Betrug, Vorsicht und Zauberei besiegen konnte.
Darauf verstanden sich der alte Pappenheimer und sein Weib. Vor allem gegen die Krankheitsdämonen wußten sie manches Kraut, das auf magische Weise die Übeltäter aus den befallenen Körpern trieb: Ehrenpreis und Eberwurz, Beifuß, Bibernell und Baldrian, Leberkraut und Lungenkraut, Wegwart und Weißwurz – zur rechten Zeit auf die vorgeschriebene Weise gesammelt und unter Aufsagen altüberlieferter Sprüche aufgebrüht, gedorrt oder zerrieben, konnten sie Wunder wirken, sei es, daß der Dämon ihren Geruch oder Geschmack nicht ertrug, sei es, daß eben davon ein anderer, stärkerer Geist angelockt wurde, der den übelwollenden vertrieb. Den Seuchendämonen etwa war der Bibernell zuwider; wenn Ansteckung drohte, trug man daher ein Stück davon im Mund, mischte auch dem Vieh davon ins Futter. »Ihr Leut, ihr Leut!« hieß es dann in der befallenen Gegend, »brockt's Bibernell, der Schelm, das Kunter, fährt gar schnell! Die Wurzen gebt's dem Vieh nur ein, mit'm Schelmen wird's dann fertig sein.« Wollte man dem Vieh die Maden vertreiben, so holte man vor Sonnenaufgang eine Brennessel, faßte sie mit beiden Händen und sprach ungefähr so: »Brennessel laß dir sagen, unsre Kuh hat im Fuß die Maden; willst du sie ihr nicht vertreiben, so will ich dir den Kragen umreiben.« Nun drehte man die Brennessel, bis sie zerriß, und warf die beiden Teile mit beiden Händen rückwärts über den Kopf. Der Zauber wirkte freilich nur,

wenn man diese Prozedur an drei aufeinanderfolgenden Tagen wiederholte.

Nicht nur gegen Krankheit halfen Kräuter, sondern auch gegen böslaunige Wetter- und Feldgeister. Am Johannistag (24. Juni) mußte man die Wurzeln des geheimnisvollen Farnkrauts – von dem es hieß, es könne unsichtbar machen – aus der Erde graben und an freier Luft trocknen, jedoch so, daß keine Sonne darauf fiel. Dieses sogenannte »Johanniskraut«, am Sonnwendtag kreuzweise ins Eck des Fensters gesteckt, vertrieb die Unwetterbringer. Ähnlich abschreckend wirkten Zweige des Sefelbaums (juniperus Sabina L.), bösen Geistern war ihr Geruch unausstehlich. Man flocht sie daher in Zäune, nagelte sie an Stalltüren oder ließ das Wasser, ehe man das Vieh tränkte, darüberlaufen.

Die Dämonen, das wußte jeder, konnten auch keinen Lärm vertragen. Geschrei und Peitschenknall vertrieb sie, selbst die Pfeifen der Hirten waren ihnen unangenehm, das Glockenläuten haßten sie geradezu, bei Feuer und fließendem Wasser hielten sie es nicht aus. Einzelne, hartnäckige Geister mußten weichen, wenn man sie beschwor. Dazu war es aber nötig, ihren Namen zu kennen, denn nur wer den Dämon richtig anrief, erwies sich als stärker. Beschwörungen dieser Art waren eine höchst gefährliche Kunst. Die Pappenheimer verstanden sich nicht darauf.

Sie versuchten auszukommen mit den Unsichtbaren, achteten auf Vorzeichen, wichen der direkten Begegnung aus, suchten Hilfe gegen die einen, indem sie sich mit den anderen gut stellten. Aus Scheu oder Lebensklugheit gehörten sie nicht zu den Wahrsagern und Zauberkünstlern, deren es im fahrenden Volk nicht wenige gab.

Gefallene Engel

Auch ein gelehrter und vielbelesener Mann wie der weißhaarige Hofrat Johann Baptist Fickler glaubte an die Allgegenwart der Dämonen. Er sah in den Unsichtbaren jedoch nicht wie die Landfahrer einen ungeordneten, wüsten Haufen, deren Angehörige weder nach Herkommen noch nach Absichten recht einzuschätzen seien, sondern wußte als gebildeter Mensch um Entstehung, Aufgaben und Hierarchie des Geisterreiches. Die Gelehrten des Mittelalters, Kirchenväter, Doctores Ecclesiae und Scholastiker, hatten eine wahre Dämonologie entwickelt, eine Wissenschaft vom Treiben der Gei-

ster, die zur Zeit unseres Hofrats Gemeingut der Theologen und Juristen geworden war.
Danach war ein Zweifel an der Existenz der Dämonen freilich nicht statthaft. Denn daß es sie gab, stand ja in der Heiligen Schrift: »Als die Menschen begannen, sich zu mehren auf Erden und ihnen Töchter geboren wurden, da sahen die Söhne Gottes die Töchter der Menschen und daß sie schön waren, und nahmen sich Weiber von allen, die ihnen gefielen. – Zur selben Zeit gab es Riesen auf der Erde; und nachdem die Söhne Gottes deren Töchter beigewohnt hatten, gebaren sie ihnen Kinder, aus denen Helden und berühmte Leute wurden.« Die Bibelausleger stimmten darin überein, daß mit den »Söhnen Gottes« Engel gemeint waren, die sich mit Menschen vermischt hatten, weshalb Gott sie aus dem Himmel verstieß.
Gefallene Engel und ihre Bastarde – das also waren dem Bibelkundigen die Dämonen. Hinzugefügt wurde, obwohl es nicht in der Heiligen Schrift steht, daß der Teufel die ungeheuerlichen Vorfälle angezettelt hätte, um sich mit den wollüstigen Engeln und ihren Nachkommen eine große Gefolgschaft, ein wahres Dämonenheer zu schaffen.
Diese Ergänzung der Schrift war nicht ganz so willkürlich, wie es uns scheinen mag. Was die Bibel mit dürren Worten, ohne Eifer und Kommentierung, von den »Söhnen Gottes« erzählt, war ja ein Skandal erster Ordnung und für den Schöpfer eine peinliche Sache. Seine fromm-seligen Geistwesen verführt durch schiere Fleischeslust, der goldenen Ewigkeit den vergänglichen Erdenstaub vorziehend: Das offenbarte eine Unvollkommenheit, die der Begriff des Engels nicht zuläßt, und eine rebellische Unzufriedenheit, die der Vorstellung vom Himmelsglück Hohn spricht. Es gab für die Theologen nur eine Erklärung des Falles: Gott mußte ihn selbst gewollt haben. Dieser Gedanke führte zwangsläufig zu dem vom Teufel. Auch den hatte Gott gewollt. Wenn aber der Teufel zum Weltganzen gehörte, dann war es wohl möglich, daß er um Gottes willen einige Gehilfen und Zuträger bekam. Das hätte den dramatischen Fall der Engel erübrigt. Aber wie die Heilige Schrift beweist, liebt Gott erregende und herzergreifende Geschichten. Denn sie dienen über ihren eigentlichen Zweck hinaus der Lehre und Erbauung des Christenvolkes.
So etwa die Argumentation der Kirchenväter. Sie war, mit allem Respekt gesagt, nicht ganz ehrlich. In Wahrheit konfrontierte der Volksglaube die christlichen Theologen zuerst mit der Tatsache, daß es Dämonen gab – dann erst suchten sie nach einer Erklärung dafür

und fanden sie recht und schlecht in der zitierten Bibelstelle. Die grandiose Idee eines einzigen Gottes eroberte das Abendland und entthronte die zahllosen heidnischen Gottheiten – aber es konnte sie nicht aus der Welt schaffen, nur in die Wälder, die Lüfte und Gebirge verbannen. Von da aus griffen sie nach wie vor ins Leben der zu Christen gewordenen Bauern, Bürger und Bettler ein; die alten Kulte lebten weiter.

Mit der Diabolisierung der gefallenen Heidengötter gelang der christlichen Kirche ein entscheidender Schlag. Der ihn führte, war der unbestritten größte der vormittelalterlichen Theoretiker des Christentums, Aurelius Augustinus (430), Bischof von Hippo Regius. Augustinus lehrte, es gäbe von Anbeginn der Welt das Reich des Guten – die civitas Dei – und das Reich des Bösen – die civitas Diaboli. Dem Gottesreich gehörten alle guten Menschen und die Engel, dem Teufelsreich alle Ungläubigen, Bösen und Dämonen an. Christus hätte das teuflische Prinzip endgültig besiegt, aber nicht vernichtet. Die Dämonen, Helfer des Teufels und seiner Sache, wären von den Heiden mit einigem Grund für Götter gehalten worden. Sie hätten erstaunliche Fähigkeiten. Ihr Luftkörper (corpus aerium) sei dem menschlichen ungleich überlegen, nämlich unsichtbar und unglaublich flink (celeritas motus). Sie verfügten über kaum vorstellbare Sinnesschärfe (acrimonia sensus) und, auf Grund ihrer Unsterblichkeit, über mehr Wissen und Erfahrung als jeder Mensch. Kein Wunder also, daß sie die Zukunft vorhersagen und Krankheiten, Unwetter, Mißernten herbeiführen oder verhindern könnten. Sie würden auch versuchen, ganz von den Menschen Besitz zu ergreifen, in sie eindringen und ihre Gedanken beherrschen, was ihnen freilich bei den gottgefälligen Christen nicht gelingen könnte.

Es war ein geniales Konzept: Die Existenz der heidnischen Götter erkannte Augustinus an, weil der Glaube daran offenbar unausrottbar in den Völkern wurzelte. Gleichzeitig jedoch degradierte er die überwundenen Gottheiten zu Teufelsdienern. Auf diese Weise aufgenommen in die kirchliche Heilslehre, konnten die Wunder und Erscheinungen der alten Götter den christlichen Glauben nicht länger erschüttern, sondern bestätigten ihn vielmehr. Augustinus hat die ihm bekannten Heidengötter alle auf diese Art relativiert: Der Dämon Venus läßt das ewige Licht im Venustempel nicht ausgehen, um die Menschen vom wahren christlichen Gott abzulenken; der Dämon Kirke verwandelt Menschen in Tiere, um durch solche Scherze die Christen in ihrem Glauben wanken zu machen; der

Dämon Diomedes schickt Vögel aus, die Fremde attackieren und Griechen schmeicheln, um so das Heidentum in Griechenland zu erhalten. Zweifellos wären Zauberei und Wahrsagekunst möglich, meinte der große Kirchenlehrer, aber nur mit Hilfe der Dämonen. Diese bliesen den Gottlosen zukünftige Dinge ein und vollführten für sie die unmöglichsten Kunststückchen. Die Christenmenschen sollten sich nur ja nicht von solchen Possen beeindrucken lassen, sie seien doch nur das leicht durchschaubare Spiel der bereits überwundenen und entlarvten Aftergötter, die ihre Niederlage nicht einsehen wollten: »Je größer die Gewalt über die irdische Welt ist, die wir den Dämonen verliehen sehen, um so fester wollen wir uns an den Erlöser halten, durch den wir uns aus dieser Tiefe nach oben hin erheben sollen.«

Augustins Methode war, zu assilimieren und zu diskriminieren, was nicht zu beseitigen war. Nicht taktisches Kalkül stand hinter dieser Idee, sondern philosophische Weltklugheit. Diese fehlte manchem seiner Nachfolger. Dem großen Kirchenlehrer kam es wohl vor allem auf die Klarstellung an, daß alle heidnischen Unsichtbaren, auch die freundlichen und nützlichen, dem Prinzip des Bösen dienten. Später verschob sich der Akzent; die Kirchendogmatiker wandten sich zunehmend gegen Zweifel an der Existenz der Dämonen. Auf einmal war es nicht mehr Sünde, an die gestürzten Heidengötter zu glauben – es war vielmehr Ketzerei, die Wirklichkeit und Macht der Dämonen in Frage zu stellen.

Der mittelalterliche Mönch Caesarius von Heisterbach (ca. 1180 bis 1240) überlieferte in lehrhaften Anekdoten die kirchliche Dämonologie seiner Zeit. Da ist von einem Ritter die Rede, der nicht an Dämonen glaubt und sich plötzlich den schrecklichsten Gestalten gegenübersieht. Von einem schlechten Priester wird erzählt, den in seiner Sterbestunde mehr Dämonen umringen, als Halme auf einem Strohdach sind. Interessanterweise auch von einem melancholischen Jüngling, der einem Ritter treulich dient, ihm gar das Leben rettet und sich schließlich als Dämon entpuppt. Was den Ritter in Erstaunen versetzt: »Wenn du deiner Natur nach ein Dämon bist, wieso dienst du dann einem Menschen so treulich?« – Der Geist antwortete: »Es ist mir ein großer Trost, bei den Menschensöhnen zu sein ... Dessen sei gewiß, behältst du mich, so wird dir nie durch mich noch um meinetwillen ein Leid geschehen.« Als einzigen Lohn verlangt der brave Dämon, sein Herr möge eine Glocke kaufen und in den Turm der alten, zerfallenen Kirche des Dorfes hängen lassen, »damit wenigstens an den Sonntagen die Gläubigen zum Gottesdienst gerufen werden«.

Eines der letzten Zeugnisse dieser Art. Zur Zeit eines Johann Baptist Fickler konnten sich die Gebildeten die Dämonen offenbar nur noch böse vorstellen. Man begann sie alle als Teufel zu bezeichnen und nannte Luzifer fortan den Oberteufel. Wie ein Gewirr von Eisenspänen im Feld eines Magneten nur dem Unkundigen zufällig erscheint, dem Kenner der Kraftlinien aber wohlgeordnet, so sah der gelehrte Beobachter des Geisterreiches in dem Gewimmel die hierarchische Struktur satanischer Macht. Anders als das einfache Volk wußte man, woran man war bei den Unsichtbaren und womit man bei ihnen zu rechnen hatte.

Grundlage der damals herrschenden Dämonenlehre war das Sentenzenbuch des Petrus Lombardus und die Summa Theologica des Thomas von Aquin († 1274). Danach konnten die an sich körperlosen Engel und Dämonen eine beliebige Gestalt annehmen, um in der Welt zu wirken und mit den Menschen in Verkehr zu treten. Sie machten sich ihre Leiber aus Erde, Wasserdampf und Luft, wobei die guten Engel Elemente der höheren Schichten benutzten, die bösen solche der niederen. Auch im körperlichen Zustand waren sie fähig, blitzschnell von einem Ort zum anderen zu fliegen. Sie konnten essen, aber nicht verdauen, denn ihrem Luftkörper mangelte es an den hierzu notwendigen Organen. Wie schon die Bibel bezeugt, waren sie in der Lage, sich mit Menschen geschlechtlich zu vermischen. Die Dämonen zeigten sich zu solcher Perversität immer aufgelegt. In wollüstiger Geilheit stellten sie den Menschen nach. Thomas von Aquin beschäftigte sich eingehend mit dem Problem des Beischlafs zwischen Dämon und Mensch. Denn ein Problem war es; da die Luftwesen nicht über funktionierende Organe verfügten, konnten sie auch keinen Samen hervorbringen. Der Denker fand des Rätsels Lösung: In weiblicher Gestalt (als »Succubus«) verführte der Dämon zunächst einen Mann. Nach der Ejakulation verwandelte sich der Geist blitzschnell in ein männliches Wesen (»Incubus«) und flog rasch zu einer Frau, die er mit dem noch warmen Samen begattete. Die aus solcher Verbindung herrührenden »Teufelskinder« waren also recht eigentlich keine Dämonenbastarde, sondern nur unter teuflischer Mitwirkung entstandene Menschenkinder.

Die Frage der Teufelsbuhlschaft war seit diesen Erörterungen nicht mehr aus der gelehrten Diskussion um die Natur der Dämonen hinwegzudenken. Zu einem anderen Standardproblem äußerte sich

Thomas von Aquin skeptisch: Es sei den Geistern nicht möglich, Menschen in Tiere zu verwandeln, da solche Zauberei gegen die göttlichen Naturgesetze verstieße. Auch das im 13. Jahrhundert lebhaft erörterte Thema des »Menschenflugs« verwies der Meister ins Reich der Fabel: Die von den Dämonen angeblich durch die Lüfte getragenen Menschen würden nur einer satanischen Sinnestäuschung erliegen. Zu Ficklers Zeiten wußte man es besser. Da verwies man auf das Evangelium des Matthäus (IV, 5), wonach der Teufel Jesus auf die Zinne des Tempels getragen hat. Wenn Satan selbst Christus durch die Luft führen konnte, dann sollte es ihm ein leichtes sein, mit sündigen Menschen so zu verfahren.

Außer Zweifel stand, daß die Dämonen Wetter, Krankheiten und anderes Unheil über die Menschen brachten. Die bösen Engel würden die Luft bewegen, Stürme und Gewitter auslösen, schrieb Thomas von Aquin, und Bonaventura sah im Wettermachen eine der Haupttätigkeiten der Geister. Noch die katholische Dogmatik des 20. Jahrhunderts hält an der These fest, »daß Satan und seine Engel kraft ihrer Geschöpflichkeit in den Allzusammenhang des Kosmos hineingestellt sind und auch auf die nichtmenschliche Kreatur nach Maßgabe der Zulassung Gottes einen schädigenden Einfluß auszuüben vermögen«.

Alle diese Anstrengungen unternahmen die Dämonen nicht aus schierer Bosheit. Sie handelten in höherem Auftrag, der durch allerhöchste Erlaubnis gedeckt war. Ziel der dämonischen Aktivitäten war der Mensch, er sollte durch sie zur Sünde verführt werden. Damit ist auch der Drahtzieher benannt: Die gefallenen »Söhne Gottes« dienten dem Teufel, der das Dämonenreich tyrannisch regierte. Mit militärischer Disziplin ließ er, der König der Unterwelt, die Bastionen der Christenheit von seinem Fußvolk berennen.

Satan – ohne Vorurteile

Luzifer, der oberste Herrscher im Reich des Bösen, ist eine Hauptperson unserer Geschichte. Nicht nur, weil er das Verbrechen der Hexerei, dessen unsere Landfahrer unter anderem und vor allem angeklagt wurden, ersonnen und ausgestaltet hatte. Sondern auch, weil die Pappenheimer von keinem anderen als ihm zu ihren Taten angestiftet und bei der Ausführung unterstützt worden waren. Wenigstens steht es so in den Verhörsprotokollen. Daraus geht auch

hervor, daß der bockfüßige, schwefelstinkende »böse Feind« selbst vor Gericht stand – und dies ist durchaus wörtlich zu nehmen. Die Hofratskommissare erhielten durch gewisse Vorkommnisse, von denen noch die Rede sein wird, die Bestätigung für einen Verdacht, den sie von Anfang an hegten: Der Widersacher griff höchstpersönlich in das Verfahren gegen die Landfahrer ein. Auch suchten er und seine Helfershelfer die Gefangenen von Zeit zu Zeit in ihren Zellen im Falkenturm auf, um Einfluß auf den Verlauf des Prozesses zu nehmen.
Wer war dieses unsichtbare Wesen, das sich in unseren Fall einmischte? Vieldeutig und ohne rechten Anfang ist seine Biographie. Hinabfahrend in den tiefen Brunnen der Menschheitsgeschichte, bis dorthin vordringend, wo Dunkelheit und Moder herrschen, wird man ihm bereits begegnen und ihn, soweit überhaupt noch etwas zu erkennen ist, schon in vollem Wuchs, kräftig und selbstbewußt sehen. Er trägt wechselnde Namen, spaltet sich auch gerne in mehrere Gottheiten auf, liebt es, Menschen und Völker in Schrecken zu versetzen. Im Zweistromland Mesopotamien sucht er als Udug die Sumerer heim, als Lamaštu und Lilītu bringt er Babylon Krankheit und Tod und verbreitet Entsetzen als Pazuzu, Zwitter aus Mensch und Vogel. Den Ägyptern zeigt er sich in vielen grausigen Gestalten; vielleicht, weil sich die Kinder Pharaos weigern, dem Bösen einen Namen zu geben. Auch in Phönizien, Arabien und Israel ist er von Anfang an allgegenwärtig. Sein Ursprung muß wohl tiefer liegen, dort, wo das Dunkel des Brunnens undurchdringlich ist.
Zum Glück gibt die Bibel hier und dort Nachricht vom Vorleben Luzifers. Danach war er zunächst ein Engel Gottes, der sich allerdings früh gewissermaßen durch scharfen Geist und spitze Zunge hervortat, wenn es erlaubt ist, von einem Geistwesen so zu reden. Er gehörte zum himmlischen Hofstaat, scheint jedoch von Anfang an durch Widerspruch und Spitzfindigkeiten einen Mißklang in die englischen Lobpreisungen gebracht zu haben. Gott war geduldig und wies seinem mißratenen Engel eine seiner Mäkelsucht entgegenkommende Funktion zu: Er ernannte ihn zu seinem Ankläger, quasi zum himmlischen Staatsanwalt. Über das Weitere sind die Schriftstellen dunkel und unklar. Sicher ist nur, daß Luzifer – von seinem neuen Amt offenbar nicht ausgefüllt und nach wie vor ein Miesmacher und Meckerer – unter der Hand gegen den Himmelskönig intrigierte, nämlich heimliche und offene Hetzreden führte, die zum Verrat aufforderten. Leider gibt es wenig Zweifel daran, daß ein

beträchtlicher Teil der himmlischen Heerscharen, womöglich der größere, der Demagogie des unausgelasteten Staatsanwalts erlag und ihn bei seiner Herausforderung des Herrn unterstützte. Worin Luzifers Rebellion bestand, ist wiederum nicht überliefert und gänzlich der Spekulation anheimgestellt. Die einen deuten einen regelrechten Putschversuch an, sagen, der Größenwahnsinnige hätte Gott entthronen wollen oder zumindest gleichberechtigten Anteil an der Weltherrschaft gesucht. Andere behaupten, es sei zu einem Eklat wegen der geplanten Menschwerdung Christi gekommen. Luzifer hätte sich an die Spitze seiner Gefolgsleute gestellt und in scharfen Worten dagegen protestiert, daß ein Mensch auf so unerhörte Weise erhöht und über die himmlischen Heerscharen gestellt werden sollte; es ginge um die Ehre der Engelwelt, man werde nie und nimmer bereit sein, sich einem Menschgott unterzuordnen. Derlei unwürdige Reden werden ihm zugetraut. Einig sind sich die früheren Theologen jedenfalls darin, daß es zu einer heftigen und häßlichen Auseinandersetzung, zu einem wahnwitzigen Kräftemessen zwischen dem herrschsüchtigen Satansengel und seinem Schöpfer kam. Diesem blieb keine andere Wahl, als den Rebellen samt seinen englischen Parteigängern aus dem Himmel zu verstoßen.
Man wird sagen, diese Vorkommnisse würfen ein denkbar schlechtes Licht auf den Charakter unseres Prozeßbeteiligten. Ein vorschnelles Urteil. Es läßt außer acht, daß der Schöpfer selbst Mäkelsucht und Revoluzzertum in Luzifers Herz gelegt hatte, weil er in seiner Weisheit und Allmacht die Himmelsrebellion plante und vorhersah. Gott wollte es nicht anders, weshalb sein Zorn auf den Teufel etwas Künstliches und sein Großreinemachen im Himmel etwas Theatralisches an sich hat. Wir sagten es schon, der Erbaulichkeit wegen liebte der Weltenschöpfer dramatische Auftritte. Sie wollen mit einem Augenzwinkern erzählt werden. Luzifer war denn auch keineswegs zerknirscht nach seinem Sturz aus dem Himmel. Er machte sich sogleich an die ihm von Gott zugedachte Arbeit, die Dämonen zur Verführung und Plage der Menschheit anzutreiben, auch selbst dauernd und überall Schaden zu stiften und zur Sünde zu verleiten, kurz: böse zu sein. Zur Zerknirschung bestand ja auch gar kein Grund. Im Gegenteil: Gott hatte ihm eine Hauptrolle im »theatrum mundi« zugedacht, ihn zu seinem Gegenspieler und Widersacher ernannt. Als einziger von allen Engeln erhielt Satan ein eigenes Reich. Zugegeben, es war düster und unwirtlich, erfüllt von Heulen und Zähneklappern. Aber es war doch ein eigenes Machtgebiet, das

der gestürzte Engel relativ autonom regieren konnte. Freilich kam Satans Macht niemals an Gottes Herrlichkeit heran; ein Wink des Schöpfers hätte genügt, das Reich der Finsternis für immer zu vernichten. Aber Satan durfte doch zumindest den Widersacher *spielen* und darauf vertrauen, daß sich Gott an die von ihm selbst gesetzten Regeln für den seltsamen Zweikampf halten würde. Wenn man es recht bedenkt, verschleierte der Himmelssturz nur schlecht die Tatsache, daß Gott den Hinausgeworfenen auserwählt und nicht verbannt, erhöht und nicht erniedrigt, daß er ihn mit einer Hauptrolle im Schöpfungswerk bedacht und nicht wirklich verstoßen hatte. Wir vermuten nach allem, er wählte die dramatische Form des Abgangs nicht nur der Erbaulichkeit wegen, sondern auch um dem Neid der anderen Engel vorzubeugen.

Wenn aber Gott es war, der alles so plante und geschehen ließ, was waren dann, will man wissen, seine Motive für die Schaffung des Teufelsreiches? Die können, da außer Gott nichts gilt noch galt, nur in ihm selbst gelegen haben. Sie haben mit seiner Hinwendung zum Guten zu tun, die er, in den Zeitbegriffen der Ewigkeit gesprochen, erst unlängst vollzog. Der biblische Gott, der sich Israel offenbarte, war ursprünglich weder gut noch böse. Er nahm für sich in Anspruch, bald zornig, bald milde, heute rächend, morgen verzeihend, gerecht oder ungerecht zu sein. Später aber bekam er Mitleid mit seiner menschlichen Kreatur und entschloß sich zum Erlösungswerk. Er wurde zum »lieben Gott«, der die sündige Menschheit durch seinen Sohn erretten wollte. Eine Entscheidung mit bestürzenden Folgen. Denn es gibt kein »Gut« ohne ein vergleichbares »Schlecht«, genausowenig wie es ein »Oben« ohne ein »Unten« geben kann. Wer würde Gottes Güte erkennen, wenn da nicht der Haß und das Böse wären? Gottes Hinwendung zum Licht konnte den Menschen nur begreiflich werden, wenn sie die Nacht kennenlernten, seine »Erlösung« war nur verständlich, wenn es eine »Verdammnis« gab. Darin liegt der sinnbildlich richtige Kern der Legende von Luzifers Protest gegen die Schaffung des Gottmenschen. Die große Scheidung zwischen Gut und Böse wurde eben erst notwendig, als es Gott gefiel, gut zu werden. Dazu bedurfte er des Teufels. Dieser war fortan bestimmt, all das zu sein, was der Schöpfer nicht war, und zwar nur aus dem Grund, damit es dieser nicht mehr sein mußte. Gott war die Wahrheit, der Teufel die Lüge; Gott war die Liebe, der Teufel der Haß; Gott war das Werden, der Teufel die Vernichtung; Gott war das Leben, der Teufel der Tod.

Zu der Zeit, als er im »Gewölb« des Münchner Falkenturms den Verhören der Pappenheimer lauschte, lag diese Geburtsstunde des Teufels Jahrtausende zurück. Er war nicht immer ganz derselbe geblieben in der nach Himmelsbegriffen kurzen, nach Menschenschicksal aber langen Zeit seines Böseseins. Hatte sich vielmehr stets den Menschen angeglichen, die ja auch durch die Epochen und Kulturen hindurch mancherlei Veränderungen zeigten. Die Anpassung des Teufels geschah – seiner innersten, bekanntlich verneinenden Natur gemäß – durch die Annahme all der Eigenschaften, die dem jeweiligen Menschengeschlecht gerade am meisten verhaßt waren. Als er den Pappenheimern begegnete, war sein hervorstechendster Wesenszug, man muß es offen aussprechen, eine perverse Geilheit. Gleichnishaft zeigte er sich hin und wieder in Gestalt eines brünstigen Bockes, wenngleich er klug genug war, für seine Verführungskünste in die Maske eines spanischen Kavaliers oder einer vollbusigen Jungfrau zu schlüpfen. Er trieb es in einer Art, über die selbst abgebrühte Landstörzer erröteten, und beschlief jegliche Kreatur. Seine Gesten und Worte waren schmutzige Zoten.

Abermals wäre es vorschnell geurteilt, ihm diese wenig einnehmende Veranlagung persönlich anzukreiden. Die wollüstige Unfläterei verschafft ihm, einem Geistwesen, keinerlei Befriedigung. Für sein schweinisches Betragen gab es zwei Gründe, einen göttlichen und einen menschlichen. Der menschliche beruhte darauf, daß die, deren Wort zur Zeit der Pappenheimer etwas galt, jede Form der Sexualität verteufelten. Da die fleischliche Begierde, da Geschlechtsverkehr und Wollust von Thron, Kanzel und Katheder aus für teuflisch erklärt wurden, blieb dem Teufel gar nichts anderes übrig, als geil, unzüchtig und wollüstig zu sein. Denn er war nun einmal der Repräsentant des Bösen und mußte sich damit abfinden, daß es gewisse einflußreiche Menschen waren, die bestimmten, was als böse galt. Je strenger die Gebote, desto ausufernder die Phantasie über das Verbotene. Und wer, wenn nicht Satan, sollte diese Phantasie ausleben! Soweit der menschliche Grund für Luzifers schlechtes Benehmen.

Der göttliche Grund indessen war der Auftrag, die Menschen zur Sünde zu verführen und ihnen an Leib und Seele zu schaden. Theologen und Gelehrte der Zeit waren mit Luzifer einer Meinung, daß die Geilheit das ideale Mittel war, dieses Ziel zu erreichen. »Der Teufel versucht, vom Anfang seines Sturzes an, die Einheit der Kirche zu zerstören, die Liebe zu verletzen, die Süße der Heiligenwerke mit der Galle des Neides zu treffen und auf alle Weisen das

Menschengeschlecht zu vernichten und auszurotten: seine Stärke beruht doch in den Lenden und dem Nabel, weil sie nämlich durch die Üppigkeit des Fleisches mächtig in den Menschen herrschen. Denn der Sitz der Üppigkeit ist bei den Männern in den Lenden, weil von hier der Same abgesondert wird, wie bei den Weibern im Nabel ... Der Grund ... (warum der Teufel unflätig handelt), ist nicht das Lustgefühl, ... sondern der hauptsächlichste Grund ist doch, daß ... durch das Laster der Wollust ... die Menschen um so willfähriger zu allen anderen Lastern werden.« So die Meinung des Dominikanerpaters Heinrich Institoris, Verfasser des »Hexenhammer«, von welchem Buch man bald noch mehr hören wird. Es spielte eine wichtige Rolle in unserem Prozeß.
Weitere Kennzeichen des Teufels, wie er zur Zeit unserer Landfahrer auf Erden weilte, seien erwähnt. Er trug mit Vorliebe Schwarz, stank nach Dung und Schwefel, bevorzugte die linke Seite, war ein Grobian, Säufer und Schmutzfink, log und betrog wie kein anderer, liebte derbe Scherze und hielt kein Versprechen. Nach allem scheint er nicht so recht zu den Pappenheimern zu passen. Die Kommissare des fürstlichen Münchner Hofrats, vor allem Johann Simon Wangereck, waren da freilich anderer Meinung.

Ein Verdacht bestätigt sich

Schon seit dem Verhör des kleinen Hänsel gab es für die Kommissare kaum noch einen Zweifel: Die im Falkenturm verhafteten Landfahrer hatten mit dem »Bösen Feind« zu schaffen gehabt. Allzu stark roch der »Kindshändlzauber«, den der Knabe gestanden hatte, nach Hexenwerk. Die Aussagen des alten Pappenheimer wie auch die von Michel waren geeignet, den Verdacht zu erhärten. Alle Vernommenen hatten allerdings bisher abgestritten, daß Anna Pämbin eine Hexe sei.
Am 28. April 1600 hielt das Gericht die Zeit für gekommen, die alte Landfahrerin selbst ins Gewölbe des Falkenturms zu führen und durch Meister Georgs Künste zum Reden zu bringen. Es war ein Sonntagvormittag – ein ungewöhnlicher Termin für die peinliche Frage. Vermutlich erhoffte sich Hofrat Wangereck von demjenigen Unterstützung, dem dieser Tag geweiht war. Denn der Teufel würde auf der Seite der Malefikantin stehen. Es ging vor allem um ihn bei diesem Verhör.

Einzige Frage: Wie sie in die Hexerei geraten sei? Vom hartnäckigen Leugnen, von der grausamen Folter schweigt das Protokoll. Es verzeichnet nur die Antwort der verängstigten, geschundenen Frau. Danach geschah folgendes:

Vor etwa neun Jahren überwinterte unsere Landfahrerfamilie im Spital zu Kelheim, dem Armenhaus des Orts. Da trafen sie andere ohne Herd und Haus. Darunter eine alte Bäuerin, die Zieglerin, von der das Gerede ging, sie sei eine Hexe. Man wird miteinander bekannt, scherzt, spricht über dies und jenes. Da sagt die Hexe auf einmal, sie würde demnächst wieder mit der Gabel ausfahren. Ob sie, die Pappenheimerin, nicht Lust verspüre, mit ihr zu kommen?

Die Landfahrerin lehnt ab. Sie will mit solchen Sachen nichts zu tun haben. Worauf die Zieglerin ihr versichert, es sei gar nichts weiter dabei, sie würde sich um alles kümmern und die Vorbereitungen treffen, das Unternehmen sei völlig ungefährlich. Außerdem gäbe es manches zu holen dabei. Schon gerät die Pappenheimerin ins Schwanken und Abwägen, nicht weil sie sich besonders viel verspricht von der Gabelfahrt oder weil sie etwa Gott an den Satan verraten will. Nein, aus Neugierde erklärt sie sich zu dem Abenteuer bereit, »aus lauterem Fürwitz und Mutwillen«. In der folgenden Nacht gegen halb elf Uhr wartet Anna hinter dem Spital auf ihre Verführerin, die auch wirklich kommt. Sie hat zwei Ofengabeln dabei und »ein Pulver von einem ungetauften, gestoßenen Kindshändel«. Mit diesem Zaubermittel werden die Gabeln an den Spitzen bestrichen, dann setzen sich die Frauen rittlings darauf. Die Zieglerin flüstert Anna den Zauberspruch zu, den jede für sich laut hersagen muß, damit die Fahrt losgehen kann: »Fahr in aller Teufel Namen – oben aus und nirgends an!« Und hui fliegen sie durch die nachtkalten Lüfte, mit wehenden Haaren, über das schlafende Städtchen. Die alte Bäuerin nennt den Gabeln als Ziel den Weinkeller des reichen Simon-Bauern von Kelheim, und schon steuern die Nachtfahrenden auf einen stattlichen Hof zu, genau vor die Kellertür, die lautlos aufspringt. Hinein in die Finsternis. Da tut's einen Ruck und die alte Pappenheimerin stürzt mit Wehgeschrei zu Boden, alle Glieder stößt sie sich auf. Die Zieglerin kommentiert's kichernd und widmet sich dem Weinfaß, trinkt in großen Schlucken. Und als sie genug hat, heißt sie Anna wieder aufsitzen. Jetzt fahr'n wir noch zum Silbernagel, raunt sie ihrer Gefährtin zu, und »drucken« den Hausknecht, der so ein schönes Mannsbild ist. Schon sind sie wieder aus dem Keller und sausen durch die Nacht zum Silbernagelhof. Das

Kammerfenster des Hausknechts steht offen. Die beiden Gabelreiterinnen schweben hindurch und in das Zimmerchen. Hier steigen sie ab. Vorsichtig beugt sich die Zieglerin über den Schlafenden, zieht einen Tiegel aus den Falten ihres Rockes, streicht dem Ahnungslosen mit einer Salbe über die Schläfen und murmelt dabei unverständliches Zeug. Das geschieht, damit er nicht erwachen oder gar schreien kann. Dann wirft sich die alte Bäuerin auf den jungen Knecht, heißt Anna, es ihr gleichzutun und sich dazuzulegen. Die beiden Frauen vergewaltigen den Mann, der erst anderntags schwach und elend erwachen und alles für einen bösen Traum halten wird. Denn die zwei steigen nach dem schamlosen Überfall wieder auf ihre Gabeln und flitzen zurück ins Kelheimer Spital, wo ihr nächtlicher Ausflug ganz unbemerkt geblieben ist.
Neun Tage später geht Anna, eine Milchkanne in der Hand, von Abensberg nach Schwaighausen, allein auf weiter Flur. Die abenteuerliche Gabelfahrt beschäftigt sie zwar noch, doch nur wie ein vergangener Alptraum, an den man sich ungern erinnert. Zum Glück ist die Sache glimpflich abgelaufen, denkt sie sich. Der Teufel hat sich jedenfalls nicht gezeigt in jener Nacht. Mit der Zieglerin will sie nichts mehr zu tun haben; soll die mit ihren Hexenkünsten andere verführen. So hält sie alles für abgetan und überwunden. Doch wie sie so über Land wandert, kommt ihr auf einmal ein Bauernknecht auf dem schmalen Pfad entgegen, ganz in Schwarz gekleidet, mit einem knorrigen Stock in der Linken. Mit feinem Lächeln auf dünnen Lippen und kalten, aber feurigen Augen sieht er sie an, und ein Schauer durchfährt die Frau. Der Fremde bleibt vor ihr stehen, zieht den Hut, begrüßt die armselige Landfahrerin mit ausgesuchter Höflichkeit. Wohin des Wegs, fragt er, was für ein schöner Tag, meint er, es wird rasch Frühling werden jetzt, die Eichkätzchen sind schon ganz groß. Und wie sie gar nichts darauf erwidert, fährt der Schwarze fort: Du hast mich doch gesucht, Anna, nun, hier bin ich. Geh mit mir und laß uns unsere Sache miteinander richtig machen. Da fällt es der Pappenheimerin wie Schuppen von den Augen. Aber sie will nicht wahrhaben, was sie längst weiß. Zitternd ruft sie: Behüt mich Gott – ich kenn dich nit! Was hab ich mit dir zu schaffen. Darauf die Antwort des Fremden, mit samtweicher, vom Staunen nur leicht erhobener Stimme: Kennst du mich nit? Aber ich kenn dich schon lang! Man kann wohl sagen, wir steh'n auf recht vertrautem Fuß seit einer gewissen Nacht. Da hab ich dich durch die Lüfte getragen. Nun will ich meinen Lohn dafür. Wer A sagt, muß auch B

sagen. Du siehst wohl, ich bin kein anderer als Luzifer, den ihr Menschen den »Bösen Feind« nennt. Dabei kann ich gut Freund sein für die, die mir vertrauen. Wer wollte dich besser behüten als ich? Leidest du nicht Not und Hunger, gehst du nicht in Lumpen trotz all deiner Gottesfurcht? Dein Christus scheint kein sehr hilfreiches Wesen zu sein, da deine Treue doch schlecht vergolten wird. Ich bin da dankbarer, du wirst schon sehn. Folge mir nach und glaub an mich. Ich will dein Gott sein, dir Ehre, Gut und was sonst dein Herz begehrt in Fülle geben und dich, wie in einer gewissen Nacht, hintragen, wohin du willst.

Unter solchen Worten streichelt er Anna, nestelt an ihrem Mieder, drückt sie an sich, daß ihr ganz anders wird. Die Milchkanne gleitet ihr aus der Hand, fällt scheppernd zu Boden, rollt ein Stück über den steinigen Weg, bleibt liegen. In den Armen des Meisters aller Verführer gibt die Landfahrerin jeden Widerstand auf, läßt sich ins Gras am Straßenrand sinken und wohlig seufzend alles geschehen. Schaudernd empfindet sie das Glied des Teufels »kalt als ein Eis«, dann schwelgt sie in Wollust und Raserei.

Als sie wieder bei Sinnen ist, hört sie die ölige Stimme des Schwarzen sagen: So war es recht. Jetzt bist du mir einmal zu Willen gewesen und wirst es immer sein. Was jetzt noch zu tun bleibt, sind Förmlichkeiten. Du mußt Gott dem Allmächtigen, der Jungfrau Maria, allen Heiligen und der ganzen Welt absagen, mich als einzigen Herrn anerkennen und die christliche Religion verleugnen. Ich werde dir Geld genug geben, daß deine Not ein Ende hat, und du wirst mir dienen. Was ich dir befehle, sollst du von nun an tun, auch wenn's deinen Mitmenschen schädlich und dir zuwider wäre. Laß uns darauf ein feierliches Gelübde ablegen.

Und indem er von ihr verlangt, den gotteslästerlichen Schwur zu tun, nimmt er ihre linke Hand in seine Linke. Dann reißt er ihr unter der linken Schulter die Haut auf, taucht den Finger in das hervorquellende Blut, bestreicht ihr damit dreimal die Lippen von innen und außen. Aus dem Wams zieht er ein Stück Papier und einen Federkiel, den er in die Wunde taucht und ihr in die Finger drückt. Anna kann nicht schreiben, also führt der Teufel ihr die Hand, welche mit unbeholfenen Buchstaben aus Blut die Verschreibung zu Papier bringt: Sie, Anna Pämbin, genannt die Pappenheimerin, wolle hinfort zu des Teufels Anhang gehören, Luzifer treu sein und bleiben und nichts Gutes mehr tun, sondern nur noch Böses. – Zufrieden steckt der Schwarze Papier und Federkiel ein und

besieht sich seine neue Anhängerin, die nackt auf ihren Kleidern hockt und nicht nur wegen der noch kühlen Luft friert und zittert. Du bist ohnedies schwarzhaarig, bemerkt er, und taugst recht zu einem Teufel.
Zum Zeichen der Unverbrüchlichkeit des Bündnisses verlangt Luzifer einen Fetzen Haut von der linken Brust und der Scham, ein Stück Nagel vom linken großen Zeh, Haar von allem Haar ihres Leibes, jeweils aus der linken Seite gerissen. Außerdem fordert er den Rest des Kindshändelpulvers zurück, das ihr die Zieglerin zu der ersten Ausfahrt gegeben hat. Aus all dem und anderen Bestandteilen, die er bei sich führt, verfertigt er vor Annas Augen »ein schmieriges weißfarbenes Ding«, das wie eine Salbe aussieht und doch eigentlich keine ist. Dieses Zauberzeug wickelt er in ein Stück schwarzes Pergament, überreicht es ihr »samt einem breiten Geldstück« und weist sie an: Mit diesem Mittel kannst du Menschen oder Vieh schaden, wenn du willst oder von mir den Befehl dazu erhältst. Du brauchst es deinem Opfer nur anstreichen, dann wird dieses alsbald davon lahm und krank werden. – Nach diesen Worten ist der schwarze Bauersknecht wie vom Erdboden verschluckt und Anna wieder allein. Sie zieht sich hastig an, ordnet das Haar, versteckt das schwarze Päckchen und das Geldstück im Kleid, steht schwer auf, geht auf den Weg zurück, hebt die Milchkanne auf und wandert weiter.
So etwa der Hergang der ersten Begegnung der Pappenheimerin mit dem Teufel, wie er den Kommissaren vor Augen stand, als sie an jenem 28. April ihrer Malefikantin zuhörten. Sie glaubten jedes Wort. Sahen auch gleich nach, ob unter ihrer linken Schulter eine Spur von dem Riß des Teufels geblieben war, und fanden tatsächlich eine Narbe. Als die alte Frau dem schrecklichen Gewölbe entronnen war, widerrief sie; allerdings nur, um bei einem weiteren Verhör eine ebenso abenteuerliche Darstellung ihrer Verführung zu geben. Die Folter ließ ihr kaum eine andere Wahl.

Hexenwerk

Von diesem Stadium des Prozesses an legte Wangereck den Schwerpunkt seiner Ermittlungstätigkeit auf das Verbrechen der Hexerei. Dies entsprach einem persönlichen Interesse des niederbayerischen Zöllnersohns. Man erinnert sich, daß er im Hofratskollegium gelegentlich scharfe Worte fand gegen Leute, die Zauberern und Hexen gegenüber Milde walten lassen wollten. Was keineswegs heißen soll, unser fürstlicher Kommissar sei für die Wendung, die das Verfahren gegen die Pappenheimer nahm, letztlich verantwortlich zu machen. Wangereck, der Eiferer, war ein Karrieremensch – es wäre ihm kaum in den Sinn gekommen, seinen Eifer auf Ziele zu lenken, denen die Obrigkeit mißtraute. Als getreuer Diener seines Fürsten führte er nur aus, was dieser befohlen hatte.

Am 24. September 1590, noch zu Wilhelms V. Regierungszeit also, war eine herzogliche Instruktion ergangen, »wie sich ein Richter mit den Unholden und Hexenwerks verleumdeten Personen zu Erkennung, Einziehung und Besprachung (= Vernehmung) . . . zu verhalten hab«. Diese »verwaltungsinterne Anweisung«, wie man heute dazu sagen würde, bildete eine der rechtlichen Grundlagen, an die sich die im Fall Pappenheimer agierenden Kommissare hielten. Ein einziges handschriftliches Exemplar der »Hexeninstruktion«, aufbewahrt im Archiv der Stadt Amberg, hat die Jahrhunderte überstanden.

Einleitend klagen »unseres gnädigsten Herrn Herzog Wilhelmen in Bayern Anwälte und Räte«, man vernehme aus den bayerischen Fürstentümern allenthalben, daß »das erschreckliche und der Ehre Gottes allermeist widerstrebende, abscheulichste und schädlichste Laster der Zauberei und (des) Hexenwerks mit Haufen einreißen tue«. Dem lag folgendes zugrunde:

Zu vereinzelten Prozessen gegen vermeintliche Hexen war es in Bayern seit den siebziger Jahren des 16. Jahrhunderts gekommen. Eine regelrechte Hexenverfolgung begann aber erst unter Herzog Wilhelm V., als im Jahre 1587 eine Bauersfrau aus Steingaden namens Geiger in den Verdacht geriet, Viehschäden zauberisch verursacht zu haben. Gegen den Wunsch des Prälaten von Steingaden, der die nach Verleumdung und Geschwätz riechende Verdächtigung unbeachtet lassen wollte, schickte der Stadtrichter Lidl von Schongau die Untersuchungsakten an den fürstlichen Hofrat in München. Der befahl, gegen die Angeklagte mit der Tortur zu verfahren. Damit löste die nämliche Behörde, welche dreizehn Jahre später über unsere Landfahrer zu Gericht sitzen sollte, die epidemische Jagd auf Hexen und Zauberer aus. Denn im unmittelbaren Anschluß an diesen Fall kam es im Schongau zu einem jahrelangen Wüten gegen vermeintliche »Unholde«. Hunderte von Frauen gerieten bei der obrigkeitlich angeordneten systematischen Suche nach Hexen in die Fänge der Justiz; dreiundsechzig davon wurden hingerichtet, nachdem sie »gestanden« hatten, mit dem Teufel im Bunde zu sein, Vieh und Menschen mit der Hexensalbe geschädigt, Wetter gemacht und auf Heugabeln nächtliche Ausfahrten zu satanischen Festen unternommen zu haben. Da aus den Geständigen immer neue Namen von Mitschuldigen herausgepreßt wurden, führte jedes Verfahren zu einer Vielzahl neuer Verhaftungen. Ein lawinenartiges Anschwellen der Verfolgungen war abzusehen, weshalb ein gewisser Doctor Lagus im Münchner Hofrat zu einer Generalamnestie riet und warnend die (falsche) Behauptung aufstellte, in Oberdeutschland hätte eine solche Prozeßserie unlängst zur Verbrennung von dreitausend Hexen geführt. Diese Stimme der Vernunft unterlag im Kollegium. Die Hofräte, über die Schongauer Prozesse durch Aktenauszüge stets gut unterrichtet, ordneten bei Hexereiverdacht eine großzügige Anwendung der Folter an. Sie wandten sich auch gegen barmherzige Beichtväter, die überführte Hexen zum Widerruf der Geständnisse ermunterten. Um diese und andere Verfahrensgrundsätze in Hexensachen jedem Richter im Land bekannt zu machen, auch um die Suche nach Verdächtigen zu intensivieren und den unteren Instanzen Verhaltungsmaßregeln an die Hand zu geben, erließ Wilhelm V. die genannte Instruktion. Das Schongauer Brennen sollte nur der Anfang sein für eine Säuberung des Bayernlands vom Hexengeschmeiß. Dazu fühlte sich der Herzog verpflichtet »zu Rettung der Ehren Gottes, aller seiner lieben Heiligen und der hochwürdigsten Sacramente, so wohl auch zu Abwendung so männigfältig zeitlichen Schadens und Unheils, das durch dies verfluchte Laster nit allein den Menschen an ihrer Leibgesundheit, sondern auch den lieben Früchten auf dem Feld . . . zugefügt würdet«.

Den Richtern und »lieben Pflegern«, denen die Hexeninstruktion – man wähnte Gefahr im Verzug – eilends durch besonderen Boten zugestellt wurde, befahl der Hofrat unter Androhung von Geld- und Leibesstrafen, sich ab sofort »die Sachen dergestalt angelegen sein (zu) lassen, damit einige Hinlässig- oder Parteilichkeit, viel weniger Saumseligkeit darunter nit fürkomme«. Jeder sollte zunächst in seinem Sprengel öffentlich bekanntgeben, daß alle Untertanen bei Vermeidung ernstlicher Strafe jede Person anzuzeigen hätten, welche der Hexerei und Zauberei verdächtig sei. Der Anzeiger sollte zwar ehrlich, redlich und glaubwürdig sein, brauchte aber die Verdachtsgründe nur vom bloßen Hörensagen zu kennen und blieb dem Beschuldigten gegenüber anonym.

Der Hexerei verdächtig war, laut Instruktion, wer Wahrsagerei betrieb oder sich erbot, gestohlene Sachen wieder aufzufinden. Verdächtig erst recht, wer Mensch und Vieh Krankheiten zufügte – die Hofräte überließen es dem Richter, wie er den Ursachenzusammenhang feststellen wollte –, aber auch, wer einem Kranken zur Gesundheit verhalf, wenn sonst kein Arzt helfen konnte. Da die Hexen »auch wunderbarliche, falsche teuflische Erscheinungen und seltsame Gespenst« herbeizaubern, sich »in vielerlei erschreckliche Gestalt der Tieren« verwandeln, ferner »Ungewitter, Regen, Donner, Hagel und dergleichen« anrichten können, reichte als Haftgrund aus, wenn sich jemand solcher Taten brüstete. Höchstverdächtig war, wer im Zorn den Teufel anrief, weiter, wer einem anderen Böses gewünscht hatte, worauf diesem tatsächlich Unheil widerfuhr.

Bei der Durchsuchung einer verdächtigen Person oder ihrer Wohnstatt sollten die herzoglichen Amtleute Ausschau halten nach Gift, Hostien, Kröten, menschlichen Gliedern, »Bildnissen von Wachs, die mit Nadeln . . . durchstochen gefunden werden«, vor allem aber nach einer »Handschrift, . . . in welcher sich dieselbig (Verdachtsperson) dem Teufel verschrieben hätte, mit Verleugnung Gottes, aller lieben Heiligen und der Hochwürdigen Sacramenten oder aber sunsten bei einer ein Zeichen am Leib gefunden würde, welches der böse Feind denselben Menschen zu Bestätigung der Verbindung zugefügt hätte«.

Denn zwischen Hexe und dem Teufel bestand nach Ansicht der herzoglichen Hofräte stets ein Vertragsverhältnis, das freilich auch stillschweigend zustande gekommen sein konnte. Diese enge Beziehung mußte freilich nicht direkt bewiesen werden; es genügte, den Verdächtigen der Zauberei zu überführen. Zauberei, definierte die Instruktion, sei nämlich nichts anderes als der Versuch, Wirkungen herbeizuführen, die natürlicherweise nicht eintreten könnten. Weshalb die Zauberer »von Gott abweichen und auf die Creaturen (hier im Sinne von »Dämonen«) . . . ihren Glauben setzen. Folgt daraus: Was sie ausrichten wöllen, daß es anderer Gestalt nit dann durch Hilf, Mitwirkung und Verblendung des Teufels verricht werden müßte, mit dem sie dann entweder einen . . . ausdrücklichen Pact oder aber nach ihrer von Gott beschehenen Abweichung und anderwärts Einwilligung ein verborgne, heimliche Verbindung haben.«

Streng und wörtlich genommen bedeutete dieser in der Hexeninstruktion Wilhelms V. formulierte Gedanke die Diabolisierung eines ganzen Volkes. Die Bauern, Handwerker und fahrenden Leute wa-

ren voll des Aberglaubens, ihr Brauchtum hatte fast täglich zauberische Bedeutung, wenn es auch im allgemeinen Unheil abwenden, nicht herbeiführen sollte. Hexisch, also teuflisch war angeblich jeder Versuch, den natürlichen Gang der Dinge zu ändern durch Mittel, welche an sich und ohne Mitwirkung übernatürlicher Kräfte dies nicht vermochten. Das Aufhängen von Johanniskraut etwa, das Kauen von Bibernell, das Maden-Austreiben mit der Brennessel. Wollte die Obrigkeit wirklich behaupten, alle diese harmlosen Bräuche seien »für teuflisch, zauberisch und hexische Werk zu halten«?
Wenn es daran nach der Hexeninstruktion noch Zweifel gab, so stellte Herzog Maximilian I. 1611 in einem »Landgebot wider die Aberglauben« klar, daß seines Vaters Hexereidefinition streng und wörtlich zu nehmen sei. »Die Superstitiones und Aberglauben«, schrieb er im Vorwort dazu, sind »nit so ein geringe ... Sünd ..., als insgemein darvon gehalten werden will ... (weil) alle Superstitiones und vanae observationes oder Aberglauben von dem Feind des ganzen menschlichen Geschlechts, dem verfluchten Teufel (Gott wöll uns gnädiglich vor ihm behüten) erfunden« wurden. Er habe glaubwürdigen Bericht, so der Herzog in demselben Landgebot, daß in seinem Land und Fürstentum »bei dem gemeinen schlechten Volk« der allgemeine Aberglauben »wie auch das verdächtig Ansegnen für Krankheiten an Viech und Leuten und in Summa die Sortilegia mit Wahrsagen und angemaßten Offenbarung heimlicher verborgener und künftiger Ding« einreiße. Solches geschehe, wenn nicht unter »ausdrücklicher Anrufung des bösen Geists«, so im heimlichen Vertrauen auf die Hilfe des Teufels. Dieses allein aber bedeute den Abschluß eines stillschweigenden Pakts mit dem Teufel. Es sei demnach zu befürchten, daß durch das Überhandnehmen des Aberglaubens im Land »etliche nach und nach ganz und gar in das hochverbotene und verdammte Laster der Hexerei und Zauberei, auch zu Verleugnung Gottes des Allmächtigen, seiner würdigsten Mutter der hochgebenedeiten Jungfrau Mariae und aller Heiligen verleitet und verführt« werden. Nach solcher Vorrede verbot der Herzog bei Androhung strengster Strafe unter anderem, Farnsamen zu sammeln, Mandragoras oder Alraune auszugraben oder aufzuheben, Schlangen zu bannen, »item die Mäus, Ratzen (= Ratten), Würm und anders Ungeziefer durch Coniurationes und Beschwörungen ... zu vertreiben«. Die Verwendung christlicher Formeln, Namen und Zeichen mache einen Aberglauben nicht weniger teuf-

lisch, da »der leidige Teufel sich nit selten in ein Engel des Lichts verstellen tut«, will sagen, die Menschen unter dem Schein der Frömmigkeit in seine Netze verstrickt. Das Landgebot wider den Aberglauben führte Beispiele an: »Zu einem Exempel für tausend hat man vor diesem öfters erfahren, daß ein gemeiner Segen zum kranken Viech gebraucht wird mit folgenden Versen: – Ob das sei, daß die heilig Jungfrau Maria das Kind Jesum gebar, so kumme diesem Tier das Blatt ab, in Namen Gottes Vater, Sohns und heiligen Geists. – Hierbei ist nit allein die Vanitas und Eitelkeit, daß die heiligste Menschwerdung Christi, welche allein zu Erlösung des menschlichen Geschlechts angesehen, einem unvernünftigen Tier zu helfen appliciert würdet und mit einem Zweifel in solchem ungereimten Segen vermeldet würdet, ob das sei, daß die H. Jungfrau Maria das Kind Jesum gebar etc. Wiederum ist jemalen fürkommen, daß zu den Wunden nachfolgender Segen gebraucht werde: – Christus ward geborn / Christus ward verlorn / Christus ward gefunden / Der gesegne diese Wunden. Im Namen Gottes Vaters, Sohnes und H. Geists. – Denn obwohl die Anrufung Gottes und der heiligen Dreifaltigkeit einem Christenmenschen in allem seinem Anliegen gut nützlich und fürständig ist, muß doch kein gewisse Hoffnung auf einen solchen Reimen gesetzt werden, als wann sonst die Anrufung Gottes keine Wirkung hätte, sonder Gott gleichsam gezwungen, ein Wunden zu heilen, so oft dieselb mit diesem Reim angesegnet wird. (Das ist) nichts anders als eine hochsträfliche Versuchung Gottes des Allmächtigen, dem ersten Gebot zuwider, von dem bösen Geist und seinem verfluchten Anhang erfunden.«

Das Humoristische an Maximilians Frontalangriff auf den volkstümlichen Aberglauben ist die Unangemessenheit von Waffe und Gegner, die Donquichotterie des Kampfes mit der Windmühle. Er meinte es durchaus und aus Verantwortung für »unsere von Gott anvertraute Land und Leut« ernst mit seinem Mandat gegen den Aberglauben. Kannte er sein Volk so wenig, daß er meinte, er könnte ihm sein tiefverwurzeltes Zauberbrauchtum auf dem Verordnungswege austreiben?

Wahrscheinlicher, daß er sich wieder einmal in seiner Lieblingsrolle als Herkules sah. Die Beseitigung des Aberglaubens im Land war aber durch Drohworte so wenig zu erreichen wie die Sicherheit auf Bayerns Straßen, wie Keuschheit und Mäßigung der sinnenfrohen Untertanen. Was blieb da noch an Mitteln? Vor allem das der exemplarischen Abstrafung einiger Sündenböcke. In den Pappenheimern hatte man sie gefunden.

Gog und Magog

In Wahrheit war Herzog Maximilian weder ein Don Quichotte noch ein Herkules. Mit sich streng und mit seiner Umwelt ewig unzufrieden, plagten ihn apokalyptische Ängste, die ihn zwangen, auch unlösbare Aufgaben in Angriff zu nehmen. Schließlich würde er sich vor dem Schöpfer dereinst für jeden seiner Untertanen zu verantworten haben, auch könnte schon bald allerhöchster Unmut sein Fürstentum treffen. Es stand nämlich seiner Ansicht nach zu befürchten, daß durch die abergläubischen Bräuche »der Allmächtige zu billigem Zorn gegen uns Menschen bewegt (werden) und unser Land und Leut mit Teuerung, Krieg und Pestilenz auch anderen mannigfaltigen Plagen strafen und angreifen möchte«. Maximilians Frömmigkeit, man sieht es an dieser Begründung erneut, hatte mit der Furcht vor Bestrafung zu tun. Sie war kein freudiges, selbstbewußtes Bekenntnis zu einem guten, schützenden Vater, ging vielmehr mit gesenktem Blick und ewig schlechtem Gewissen einher. Wie sollte für ihn auch Gottesliebe mehr als ein Wort sein, da er, ein zum seelischen Krüppel verformtes Opfer der Erziehung, Vaterliebe nie erlebt hatte?
Dieser persönlichen Gottesfurcht Maximilians entsprach die allgemeine Angst und Unsicherheit seiner Zeitgenossen. In der Vorrede zu seinem Landgebot von 1611 deutete der Herzog an, daß der Krieg zwischen dem Reich Gottes und dem des Teufels unsichtbar andauere und sich eben jetzt in seiner Endphase befinde. Zwar sei »des bösen Geists Reich . . . durch das bitter Leiden und Sterben unsers lieben Herrn Jesu Christi« dem Untergang geweiht, aber viele Menschen würden verblendet und undankbar zu den Streitkräften des bösen Feindes überlaufen. Dagegen und »zu Versöhnung Gottes des Allmächtigen« gäbe es kein besseres Mittel als drakonische Strafen gegen die »Abgötterei« der Zauberer.
Solche Sicht der Dinge stellte unsere Anna Pämbin, die armselige, zerlumpte Landfahrerin, und all die anderen Angeklagten unseres Prozesses, die sich alsbald ebenfalls als Parteigänger des Teufels zu erkennen gaben, auf das Schlachtfeld des eschatologischen Endkampfes. Vielleicht wäre man weniger grausam mit den Pappenhei-

mern verfahren, hätte man ihrem Verbrechen nicht so grundsätzliche Bedeutung zuerkannt. Einmal als Helfershelfer des »Feinds des Menschengeschlechts« enttarnt, wuchsen die Pappenheimer und ihre Freunde in den Augen der Kommissare zu Monstren, die im Ringen zwischen Gut und Böse auf gegnerischer Seite standen.
Die Zeitgenossen waren sich dieses Kampfes sehr bewußt. Dafür sorgte schon die Angst vor den Dämonen, die sie ständig umgaben. Hinzu kam das Gefühl der Unsicherheit in einer Welt, die aus den mittelalterlichen Fugen geraten war. »Die Sternenseher sagen uns von gräulichen Dingen«, hören wir 1522 den Lutheraner Michael Stiefel menetekeln, »und wie des Himmels Ordnung bald stehn wird als sie gestanden ist zu den Tagen Noahs ... Item, sehen wir nit auch dieses Wort Christi: Audituri estis etc., Ihr werdet hören Streit und Krieg ...? Der Türk ist wider die Christen. Unter den Christen ist der Franzos wider den Kaiser. Unter dem Kaiser ist der Bund wider den Herzog von Württemberg. Unter seinem Land ist ein Haus wider das ander. Einer will ja, der ander nit. In einem Haus, unter einem Dach ist Krieg ...« Zu Maximilians Zeiten hatte sich das Gegeneinander im Reich noch verschärft. Schon fielen die Schatten des Dreißigjährigen Krieges auf Deutschland. Die Türken standen wenige Tagesmärsche vor Wien. Der Papst paktierte mit Frankreichs König gegen den Kaiser. Sah es nicht ganz so aus, als wäre das Ende des Heiligen Römischen Reiches gekommen? Nach der damals jedem Gebildeten geläufigen Lehre von den Weltzeitaltern bedeutete dies die Katastrophe. »Denn wenn das heilige Römische Reich wird aufhören, so muß als denn die Welt ihr Endschaft haben« (Johannes Lichtenberger). Die »Endschlacht« zwischen Gut und Böse war demnach in vollem Gange oder stand unmittelbar bevor.
Tief verwurzelt im Mythos war das Wissen um diesen letzten, entscheidenden Waffengang der geistigen Mächte. In frühen germanischen Sagen findet er noch in der sichtbaren Welt statt und wird unter Aufbietung der letzten Kräfte ausgetragen. Frauen, Kinder und Greise kämpfen mit, das Blut auf dem Schlachtfeld reicht den Männern bis zu den Knien. Weissagungen des 16. Jahrhunderts projizieren die Vision in die allernächste Zukunft. Als Parteien treten die »Guten«, die »Unseren« gegen die »Bösen« auf. Die werden nicht selten beim Namen genannt: Die Inkarnation des teuflischen Heeres sind die Türken! Die Bedrohung ist aktuell, fühlbar, unzweifelhaft. 1453 erobern die Feinde der Christen Konstantinopel, marschieren 1456 in Athen ein, 1526 haben sie schon Zentralungarn

erobert und damit den Fuß in der Tür zum Reich. Osmanische Reitertruppen fallen immer wieder nach Krain, Kroatien, Bosnien und in die Steiermark ein, bedrängen Polen vom Süden her. Gräßliches wird über die Mord- und Brandlust dieser Teufel in Menschengestalt bekannt. Wie die Tiere fallen sie über Frauen her, kalt und mitleidslos sind ihre Herzen.

Man hält die Türken für Gog und Magog, für jene mythischen Völkerstämme, von denen es in der Johannes-Apokalypse heißt: »Und wenn tausend Jahr vollendet sind, wird der Satanas los werden aus seinem Gefängnis, und wird ausgehen zu verführen die Heiden in den vier Örtern der Erde, den Gog und Magog, sie zu versammeln in einem Streit, welcher Zahl ist wie der Sand am Meer. Und sie traten auf die Breite der Erden, und umringeten das Heerlager der Heiligen und die geliebte Stadt« (Joh. Off. XX, 8). All die alten Vorstellungen von der Endschlacht fanden in dieser eschatologischen Vision ihr Gefäß, in das sie einflossen. Wie der dumpfe Schlag der letzten Glocke klangen die düsteren, unheimlichen Namen Gog-Magog durch eine Zeit, die auf den Untergang wartete. So fremd uns die urzeitlichen Silben auch im Ohr klingen, der Mythos ist unvergessen. Auch unsere Zeit hat ihr Schreckgespenst, der Antibolschewismus zweifellos auch mythische Dimensionen.

Gog und Magog umringen das Heerlager der Heiligen, so stehen die Dinge. Der offene Kampf ist nicht fern, es möchte sich der Feind mit List, Ränke und Verrat eine günstige Ausgangsposition für den Angriff schaffen. Während die Türken sich auf den Sturm vorbereiten, schickt Satan, ihr Verbündeter und heimlicher Anführer, unsichtbare Dämonen in die »geliebte Stadt«. Ihre Aufgabe: durch Lug und Trug Spione und Helfer in den Reihen der Christen zu finden, da die »Guten« auf ehrliche Weise unbesiegbar sind. Das ist der wahre Hintergrund des Hexenverbrechens: Die sich einlassen mit dem Teufel, sind Hochverräter. Hexen und Zauberer liefern die Christen in einer Zeit der entscheidenden Auseinandersetzung dem Satan und seinen Gog-Magog ans Messer.

In einer im August 1562 gehaltenen Predigt stellte der Stuttgarter Stadtpfarrer klar, »daß die göttlichen und kaiserlichen Rechte die Zauberinnen und Hexen nicht darum strafwürdig erkennen und zum Tode verurteilen, als ob sie ihres eigenen Mutwillens und Gefallens können die Elemente und Geschöpfe verrücken, verkehren und verwirren, sondern darum, dieweil sie Gott und den christlichen Glauben verleugnen, sich ganz und gar dem Teufel zu eigen ergeben

Der Münchner Falkenturm, Teil der Stadtbefestigung, war im Jahre 1600 herzogliches Gefängnis für Schwerverbrecher. Hier wurden die Pappenheimer und ihre Mitangeklagten verwahrt und verhört. Zeichnung von G. Steinlein, Stadtmuseum München.

Das Leben unserer Landfahrerfamilie spielte sich hauptsächlich auf niederbayerischen Landstraßen ab. Das waren meist nur kurvige Feldwege, die viele Meilen durch unbesiedeltes Gebiet führten. Ein solches Wegenetz war polizeilich kaum zu sichern und zu überwachen. Holzschnitt von 1539.

In den Städten schlossen sich die Pappenheimer gelegentlich dem Bettelvolk an. Das Betteln war im 16. Jahrhundert ein geradezu zunftmäßig betriebenes Handwerk. Von der Obrigkeit kontrollierte Bettler mußten sich mit einem »Bettelbrief« ausweisen. Holzschnitt von 1532.

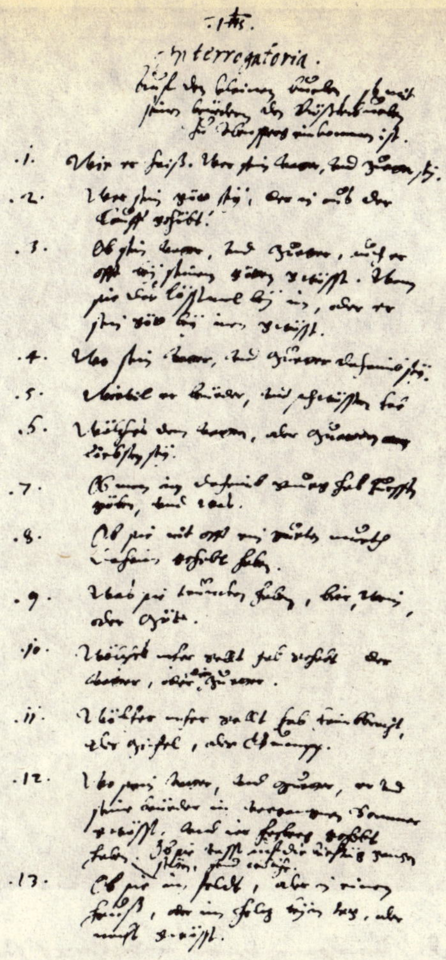

J.H.S.

Interrogatoria.

Auf den kleinen bueben, so mit seinen brüedern den Kößlerbueben Zu Abensperg einkommen ist.

1. Wie er heiß. Wer sein Vater, und Mutter sei.
2. Wer sein gött seij, der in aus der Tauff gehëbt.
3. Ob sein Vatter, und Muetter, auch er offt beij seinem götten gewösst. Wann sie das lässtemal beij im, oder er sein gött beij inen gewösst.
4. Wo sein Vatter, und Mutter dahaimb seij.
5. Wievil er brüeder, und schwässter hab.
6. Wölches dem Vatter, oder Muetter am liebsten seij.
7. Ob man im dahaimb gnung hab Zuessen gäben, und was.
8. Ob sie nit offt ein gueten mueth dahaim gehobt haben.
9. Was sie truncken haben, bier, wein, oder Mött.
10. Wölches mehr gellt hab gehabt, der Vatter, oder die Muetter.
11. Wölcher mehrs gellt hab haimbbracht, der Michel, oder Guempp.
12. Wo sein Vatter, und Muetter, er und seine brüeder im vergangnen Sommer gewösst, und ire Herberg gehobt haben. Ob sie vasst auf die Kirchtäg gangen seijen, und wölche.
13. Ob sie im feldt, oder in einem Hauß, oder im Holz bejim weg, uber nacht gewösst.

Eine Fragenliste oder »Interrogatoria« bereitete jedes Verhör vor, wie diese Liste für die erste Vernehmung des zehnjährigen Hänsel. Mit dem über der Überschrift angebrachten Zeichen J. H. S., die griechische Abkürzung für Jesus, baten die Kommissare um Gottes Beistand bei der Wahrheitsfindung.

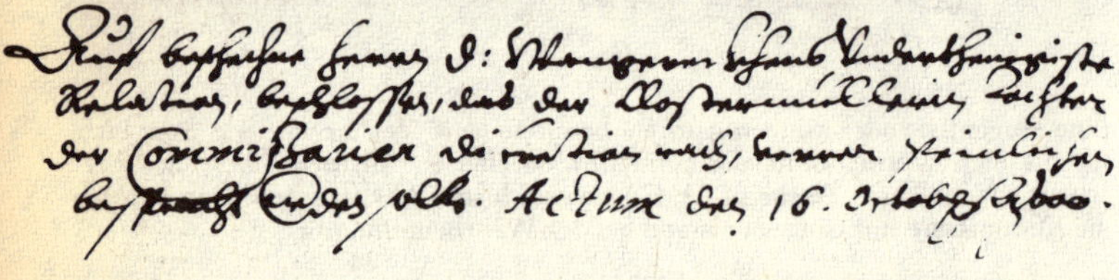

Herzog Maximilian von Bayern war der oberste Gerichtsherr über die Gefangenen im Falkenturm. Sein Hofrat beschloß am 16. Oktober 1600, wie der abgebildete Vermerk besagt, die Tochter des Klostermüllers weiterer Folter zu unterwerfen.

Der Alte Hof zu München, ehemals herzogliche Burg, war im Jahre 1600 u. a. Sitz des Hofrats. Hier befand sich auch die Kanzlei, in welcher der Schneider von Prunn verhaftet wurde.

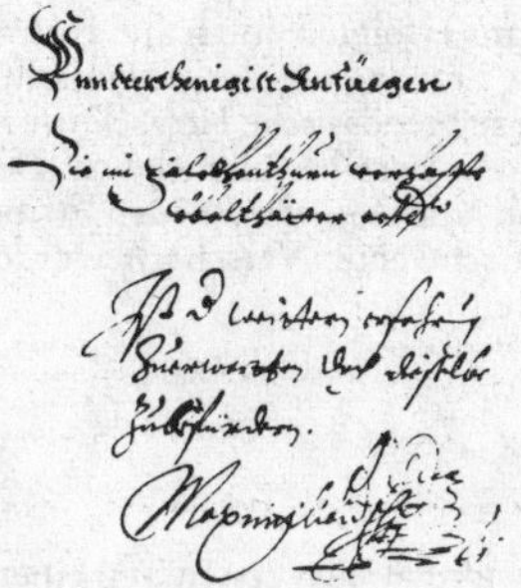

Maximilian griff, wie die abgebildete Anweisung an den Hofrat beweist, selbst in den Gang des Verfahrens gegen die Pappenheimer ein. Alleinverantwortlich für Wohl und Wehe der Untertanen, sah er sich als »Herkules« (zeitg. Abb.).

Die Verhöre im Gewölbe des Falkenturms erfolgten durch drei Hofratskommissare im Beisein des Rentschreibers. Zur Erzwingung der gewünschten Aussagen wurden die Gefangenen gefoltert. Der zeitgenössische Holzschnitt zeigt die Vorbereitung einer Tortur, wie sie in unserem Verfahren üblich war. Dem Inquisiten band man die Hände auf den Rücken und zog ihn an den Armen an einem Flaschenzug auf, bis er frei im Raum schwebte. Verschärft wurde diese Folter durch das Anhängen von Steingewichten.

Der rechts abgebildete Protokollauszug enthält den ersten Teil einer Aussage des Michel Pämbs alias Pappenheimer vom 3. Mai 1600, »die Hexerei betr.«. Unter dem Druck der Folter belastete der junge Mann seine Mutter, die ihn »das Pulver aus den Khindshäntln machen und Prennen lernen«. Mit diesem Pulver hätte er »Menschen und Vich« Schaden zugefügt, wofür ihn der Teufel in Gestalt eines rotbärtigen Mannes gelobt hätte. Etwa ein Jahr später sei ihm der Teufel in Weibsgestalt erschienen, um ihn zu Unzucht und Teufelsbund zu verführen.

Michell Fünckh bekhanntnus, die sybend betr.
Den 5. May Ao. 1600.

Als ungeuarlich bey 8. Jarn verschinen, Jhm sein Vatter,
zu [illegible] beim Burgerhäusl, alda Er an den Ber-
berg gelegen, in der Khuchl, das Puluer aus den Khind-
fäusten machen und Zusamen brennen, wie ain Jhm ver-
bekhanntes weib auch darauß, ~~[illegible]~~ die als Jhm / bei
spielen hernach geschickt, der Teüfl gewest,

Als er nun hernach etlich malen, den Vatter und sich,
das Puluer Jhn Teüfls namen underwersen, sei
alßbald ain [illegible] zam, in [illegible] zu Jhm khomen,
und gesagt er thue jme recht, solle nur also fortfaren,
hab daruon zu sich den Teüfl genaigt,

Und wie er nun ungeuarlich ain Jar, nach dem Jhm sein
Vatter das Puluer machen lernen, also bey 7. Jarn ver-
schinen, ainsmals in der Nacht bei [illegible] fürgegan-
gen, seie Jhm zwischen disen beiden [illegible], der
Teüfl in ainer weiber gestalt bekhomen, die ain weil
mit Jhm geredt, und der Unzucht an Jhm begert, deren
er Jhr seins gethon, Jren Buel hab Er dem Teüfl geschrift.

Darauf Er weiter an Jhm begert, Er solle Gott und nachfol-
gen, Christus und allen heiligen zuuerlaugnen, und allain
an den Teüfl zuglauben, welches man sy als Christ verdenen,
darumben er Jhm wol beholfen, erfüllen, und nit ver-
lassen welle, welches er Jhm versprochen, und die Recht
handt geben: der Teüfl aber solches, mit [illegible] Er wolte
nichts, nit annemmen, sondern die linckh handt haben
wellen, er Jhm auch raichen, und nachvolgender zaichen

Kurtze Erzöhlung vnd Fürbildung der vbelthatten/welche von Sechs personen/als einem Mann/seinem Eheweib/zweyen jrer beiden Söhnen/vnd zweyen anderen Ihren Gesellen/begangen/was massen sie auch/an dem 29. Tag deß Monats Julij/in dem 1600. Jar/in der Fürstlichen Hauptstatt München/von dem Leben zum Tod gebracht worden/den Bösen zu einem Schröcken/den Frommen aber zur Warnung/für die Augen gestellt.

Schröcklich vnd Erbärmlich ist es anzuhören/das Sechs so geringe vñ vnanschenliche Personen/so vil junger vnd alter Leüth/abgöttisch verzaubert/erkrümbt/getödtet/vnnd ermordt/ohne andere grosse Sünden vnd Vbelthatten/die sie mit Raub/Diebstal vnd anderen sachen begangen haben/daß der Vatter Paulus Gämperle sonst Pappenheimer genañt/seines alters 58. Jar/hat allein Hundert junge Kinder/vñ Zehen alte Leüth/mit grewlicher Zauberey erkrümbt/vnd erbärmlich vmbgebracht: Ist auch vilmalen den Wirten vnd anderen Leüthen in die Keller gefahren/vnd da von Speiß vnd Tranck/was Er bekommen/ohne scheuch genommen: Zehen Kirchenraub begangen: Viertzig vnd Vier Personen gwaltthätig mit eigner Hand ermordt: Achtmalen den Leüthen Hauß vnnd Städel angezündt: Zu Viertzehenmalen nächtlicher weil in die Häuser gefallen/die Leüth beraubt vnd geblindert: Zum Fünfftenmal die Leuth auff den Strassen beraubt/vnd Vier andere Diebstäl begangen.

Ebner massen hat sein Weib/Anna Gämperlerin/so 60 Jar alt/ain hundert junger Kinder/vnd Neüntzehen alte Menschen/mit Zauberey angriffen/erkrümbt vnd Gottloser weiß getödtet: Ist Achtmalen in die Keller gefahren/mit eigner Hand einen Mord verbracht: Zweymalen anderer Häuser in Brand gesteckt: Vier Hagel vnd Schaur gemacht/deß Vichs so vil/vñ die Weyd so offt vergifft vñ verderbt/dz sie es nit alles hat zelen könden.

Der älter jr beeder Sohn/Gumprecht genant/von 22. Jaren/hat dreissig Kindern/vnd alten Leüthen/mit Zauberey den Tod verursacht: Ist zu Zwölffmalen in die Keller gefahren: Die Kirchen neünmalen angriffen vnd beraubt: Zweintzig vnd vier Mord begangen: Neün Häuser mit Fewr angesteckt: Sechs malen nächtlicher weyl eingefallen/vnnd die Leüth beraubt: Zum Vierdtenmal Straßrauberey geyebet: Fünff andere Diebställ verbracht: Siben Schaur vnd Hagel gemacht: Vnzählich vil Vich vnd Weyden vergifft vnnd verdörbt: Vnder frommen Eheleüthen/zum Vierdtenmal/böse Ehen angerichtet.

Der ander jr Sohn Jacob von 21. Jaren/hat Fünff vnd sechtzig junge Kinder/vnnd Fünff alte Leüth mit Zauberey hingerichtet: Ist Zehenmal in die Keller gefahren: Fünff Kirchenraub begangen: Drey vnd dreyssig Personen mit eigner Hand/mörderischer weiß vmb jr Leben gebracht: Fünffmalen Fewr eingelegt: Fünff nächtliche Einfäll gethon/Vier andere Diebställ begangen: Zehen Hagel vnnd Schaur gemacht: Sechs vnd zweintzigmal Vich vnd Weyden vergifft.

Die Fünffte Person ist gewesen/Ein Wirt von Oettenwang/Virich Schalzbaur 68. Jar seines alters/der hat ain vnd Sibentzig Kinder/vnd Dreissig alte Menschen mit Zauberey hingericht: Ist zum Sibendenmal in die Keller gefahren: Drey handthätige Mord begangen: vnd Viertzigmal Vich vnd Weyd verdörbt.

Die Sechste Person ist gewesen ein Schneider/Georg Schmöltzel genant/von Prunß/seines alters Fünfftzig Jar/hat Sechs vnd dreyssig junge Kinder/vñ Fünffzehen alte Leuth mit Zauberey getödtet: Sechs malen in die Keller gefahren: Viermalen Kirchenraub/vnd Zwey Mord gethon: Zweymalen gebrandt: zu Hagel vñ Schaur geholffen/vnd zu Dreymalen die Weyd verderbt.

Haben also dise Sechs Malefitzische Personen/in einer Sum̃a Vier hundert vnd ain Kind/Fünff vñ Achtzig alter Leüth/mit Zauberey hingerichtet: Vier vnd Fünfftzig mal in die Keller gefahren: Acht vnd zweintzig Kirchenraub vnd Ain hundert vnd Siben Mord begangen: Sechs vnd zweintzigmal gebrandt: Fünff vnd zweintzigmal Nächtlicher weil eingefallen: Neünmalen Straßrauberey getriben: Dreyzehenmal Diebstall verbracht: Ain vnd zweintzig Hagel vnd Schaur gemacht: Vnzählich vil malen Vich vnd weyd verderbt/vnd Vier böse Ehen gemacht.

Als nun jetzt ermelte Personẽ lange Zeit gefangẽ gelegen/vñ lang darüber disputiert vnd berathschlagt worden/mit was Tod sie von dem Leben möchten gebracht werden/hat man sie endtlich an dem 29. Tag des Monats Julij deß 1600. Jars fürgeführt/Ihr Verbrechen nur Summarischer weiß verlesen/vnnd dannoch vber die zwo Stund damit zugebracht/Volgends der Frawen die Brust abgeschnitten/mit heissen Eysen/vmb das Blut zu stellen/gebrandt/Jr wie auch den zweyen Söhnen/die Brust dreymalen vmb das Maul geschlagen/vnd gesagt worden/auß disen Brüsten haben Jr solche abschewliche Bubenstuck gesogen. Im außführen seind Jedem sechs Zwick mit glüenden Zangen gegeben/nachmalen bey der Richtstatt/den Fünff Mañs personen/jedem die beede Armb Zweymal mit dem Raad abgestossen/ferner seind die Söhn/vnd die andere zwen Mann/an Säulen mit eysen Gürtlen angeschmidt/der Vatter aber gespißt/die Mütter in einen Sessel gesetzt/vnnd alle samentlich mit jämerlichem Geschrey/verbrandt worden. Vom Paul Gämperle sonst Pappenheimer genent/ein junger Sohn so noch bey Leben in verhafft ligt/muste also solchem jämmerlichem Geschrey vnd hinrichten gefangen vnd gebunden/auff einem Roß zusehen. Gott wölle alle fromme Leüth vor der gleichen Gesellen bewahren/vnnd die/so mit gleichen vbelthatten behafftet seind/mit disem grewlichẽ Schawspiegel erschröcken/daß sie sich bekehren/Jre schwere Sünden erkennen bekennen/daruon mit warhaffter Büß abstehn/vnnd ein frömmers Leben anfangen.

Getruckt zu Augspurg/bey Michael Manger/in Jacober Vorstatt.

Ein Einblattdruck im Stil der Zeit verbreitete die Kunde von den angeblichen Untaten der Pappenheimer und ihrer schrecklichen Hinrichtung im ganzen Land. Ganz im Sinne der Obrigkeit, der es um Abschreckung »landschädlicher Leute« ging.

und von ihm dermaßen besessen und eingenommen sind, daß sie nach ihres Meisters, des Teufels, Art nichts anderes begehren, denn den Menschen allerhand Schaden und Jammer zuzufügen, und sind aus des Teufels Verblendung dessen verwähnt, sie tun dasjenige, welches doch der Teufel aus Verhängnis Gottes tut ... Von dieses ungläubigen, argen, verzweifelten teuflischen Willens, Fürnehmens und Wahns wegen werden die Unholden billig, als Gottes und aller Menschen abgesagte Feinde, gestraft, gleichwie man einen Verräter und Brenner straft, der doch noch die Stadt nicht verraten oder mit Feuer angesteckt, aber gleichwohl des endlichen Willens und Vorhabens gewesen ...« – Der Teufel ist es, der durch die Unholde handelt, er verwirklicht durch die ihm ergebenen Menschen seine Pläne; auf die Absichten der Hexen kommt es gar nicht an. »Wenn ... ein Dämon mit Hilfe einer Hexe etwas vollbringt, so handelt er wie mit einem Werkzeuge«, lehrt der »Hexenhammer« (1484). Der Kampf gegen die Hexen war ein Kampf gegen den Teufel.
Dadurch sind die Greuel der epidemischen Hexenverfolgung nicht erklärt, aber die Verblendung der Menschen, die sie betrieben, wird begreiflicher. Für unseren Prozeß bezeugen die Verhörsprotokolle, daß die Dämonen stets unsichtbar hinter den Malefikanten standen. So sah man es. Die Hofratskommission und vor allem Doctor Wangereck waren davon überzeugt, mit der Durchführung des Pappenheimer-Prozesses auf ihre Weise einen Beitrag zu leisten zur Abwehr des Bösen, zum Sieg über Teufel, Dämonen und Türken, zum Kampf gegen Gog und Magog.

Der nächtliche Regenbogen

Es gab sehr genaue Berichte über das Treiben des »ausgelassenen wütigen Teufelsheer der unsinnigen rasenden Hexen und Hexenmeister« – so der deutsche Titel eines einflußreichen Werkes von Jean Bodin. Man wird sehen, daß die Geständnisse der Pappenheimer und ihrer Mitangeklagten vollkommen damit übereinstimmten. Das kann daran liegen, daß die Malefikanten den »gelehrten Wahn« in allen Einzelheiten kannten – von den Landfahrern selbst wissen wir, daß sie in Ellingen und Wiesensteig gehört hatten, was man den dort verbrannten Hexen vorwarf. Es kann aber auch an den Methoden liegen, mit denen man die Angeklagten zum Reden brachte. Für Suggestivfragen bei den Folterverhören gibt es unzählige Beispiele.

Die belesenen Kommissare zielten auf bestimmte Aussagen hin, weil sie zu wissen glaubten, worin das Unwesen der Hexerei bestand. Solche Weisheit bezogen sie hauptsächlich aus dem schon mehrfach erwähnten »Hexenhammer« oder »Malleus maleficarum«. Als Verfasser dieses Machwerks gelten die Dominikaner und Inquisitionsrichter Heinrich Institoris und Jakob Sprenger. Sie waren es nur zur Hälfte. Sprenger hat lediglich eine Vorrede zu dem Buch geliefert; Institoris ist der eigentliche Autor. Beide wirkten als päpstliche Ketzereiinquisitoren im letzten Viertel des 15. Jahrhunderts in Deutschland. Damals verwandelte sich die Jagd auf Ketzer zusehends in eine Suche nach Mitgliedern der Hexensekte. Die geistlichen Herren stießen allerdings auf Widerstände bei ihren Verfolgungsmaßnahmen. Man denunzierte entweder keine Hexen oder vereitelte deren Verurteilung. Erzürnt darüber, erbaten die beiden ein Machtwort des Papstes, in dessen Namen sie ja die Inquisition durchführten. Der Papst erteilte es – in Form der Bulle »Summis desiderantes« vom 5. Dezember 1484. In diesem feierlichen Schreiben bestätigte Innozenz VIII. die Bestallung seiner »geliebten Söhne Heinrich Institoris ... wie auch Jakobs Sprenger« ... »zu Inquisitoren des Ketzerischen Unwesens«. Bezeichnenderweise wird als einzig zu bekämpfende Ketzerei in der Bulle vom angeblichen Hexenunwesen gesprochen, welches darin bestünde, daß »sehr viele Personen beiderlei Geschlechts ... von dem katholischen Glauben abfallend mit den Teufeln Mißbrauch machen und mit ihren Bezauberungen« allerlei Schaden anrichten würden.
Die Bulle half den beiden deutschen Inquisitoren aber zunächst wenig. Institoris zog mit seinen Methoden in Tirol sogar soviel Volkszorn auf sich, daß ihm der Bischof von Brixen nahelegte, das Land zu verlassen. Dem geistlichen Herren schien der Inquisitor »propter senium ganz kindisch« geworden zu sein. Die Hexenangst wurde also selbst von kirchlicher Seite noch im Jahr 1486, von daher datiert diese Äußerung, als seniler Verfolgungswahn eingestuft. Institoris, mitnichten entmutigt, veröffentlichte schon ein Jahr nach diesem unrühmlichen Abgang seinen »Malleus maleficarum«, eine Darstellung des Hexenwesens und der Mittel zu seiner Bekämpfung. Der Mitherausgeber Sprenger schrieb in einer sogenannten »Apologia«, einer Art Vorwort, »daß dieses Werk zugleich neu und zugleich alt sei, zugleich kurz und zugleich weitläufig. Alt ist es gewißlich nach dem Inhalt und dem Ansehen. Neu aber in Ansehung der Zusammensammlung der Teile und der Verbindung derselben. Kurz wegen

der Zusammenziehung sehr vieler Autoren ins Kurze. Nichtsdestoweniger lang wegen der unendlichen Vielheit der Materie.« Von den Autoren selbst sei »gar weniges, und fast nichts ... hinzugetan worden. Daher es nicht für unser Werk, sondern vielmehr für derjenigen geachtet wird, aus deren Worten fast alles und jedes zusammengetragen ist.«

Diese Behauptung ist richtig und falsch zugleich. Richtig ist, daß die Verfasser des Hexenhammers die Vorstellungen vom Treiben der Hexen nicht erst erfunden haben. Die waren uralt. Falsch ist Sprengers Bescheidenheit aber insofern, als der »Malleus« durch die Form der Zusammenstellung bekannter Theorien und die Verbindung mit praktischen Ratschlägen zur Bekämpfung der Hexen dem ganzen Hexenwahn eine neue Qualität gab: eine juristische. Der Wahn wurde zum Verbrechen.

Abgefaßt war das Buch im Stil der Scholastik, was den Gebrauch in der Praxis enorm erleichtert haben dürfte. Denn die Aufteilung der gesamten Erörterung in einzelne Fragen, auf welche das Buch Antwort gab, machte es sehr übersichtlich. Die einzelnen Fragen waren meist erneut unterteilt, auch in übersichtliche Abschnitte gegliedert, in denen vielerlei Zitate die Antwort auf den Leitsatz abstützten. Diese Struktur erlaubte es den Gerichten, den Hexenhammer – ähnlich wie heutige Gesetzeskommentare – zur Entscheidung sämtlicher in einem Hexenprozeß auftauchenden Detailprobleme heranzuziehen.

Der Übersichtlichkeit diente auch die Einteilung in drei Hauptteile. Im ersten Teil sollten alle bestehenden Zweifel an der Realität des Hexenunwesens widerlegt werden. Der zweite Teil befaßte sich mit dem Treiben der Hexen. Der dritte Teil schließlich enthielt einen »Kriminalkodex: Über die Arten der Ausrottung oder wenigstens Bestrafung durch die gebührende Gerechtigkeit vor dem geistlichen oder weltlichen Gericht«. Inhaltlich fügte das Buch den bestehenden Lehren der Scholastik tatsächlich nur wenig Neues hinzu, so vor allem die besondere Verdächtigung der Frauen und die Erweiterung der Zuständigkeit auf weltliche Gerichte.

Der »Hexenhammer« ging davon aus, »daß die Behauptung gut katholisch und sehr wahr ist, daß es Hexen gibt, welche mit Hilfe der Dämonen kraft ihres mit diesen geschlossenen Paktes ... wirkliche Hexenkünste vollbringen können«. Wer hartnäckig das Gegenteil behaupte, sei ein Ketzer. Der Kern des Verbrechens bestünde in einem Pakt mit dem Teufel, durch den sich die Hexe ganz wahr und wahrhaftig preisgebe, nicht nur in der Phantasie und Vorstellung, sondern mit »Leib und Seele«. In einer berühmten Predigt von David Meder aus dem frühen 17. Jahrhundert wurde das so erläutert: Die Hexen müßten erstens »der Hlg. Dreifaltigkeit, Christus, dem christlichen Glauben und der Hlg. Taufe absagen, dieselben verleugnen, abschwören ... und sich so zu Gottes Feinden erklären. Denn solange sie noch bei dem christlichen Glauben verharren, solange kann sie der Teufel nicht zu Werkzeugen, allen seinen Willen zu tun, gebrauchen ... Zum anderen müssen sie auch zusagen, daß sie allen Heiligen Gottes wie auch allen Kreaturen, die den Kindern Gottes zugute kommen, feind seien und sie beschädigen und verderben wollen soviel sie können. Drittens müssen sie zusagen, allein den Teufel als ihren Gott, Herrn und König anzuerkennen und zu verehren und ihm in allen Dingen gehorsam zu sein ...«

»Was die ausdrückliche Übereinkunft mit dem Satan betrifft«, heißt es in einem zeitgenössischen Traktat, »so ist zu sagen, daß dieselbe zu Zeiten allein mit Worten, unschriftlich, stattfindet. Zu Zeiten aber, wenn sich der Satan besser absichern will, kann er denen, die schreiben können, vor allem ehe sie etwas Begehrtes erlangen, eine versiegelte oder petschierte Handschrift abfordern. Auch müssen sie ihm zuweilen mit ihrem eigenen Blut das Bekenntnis unterschreiben ...«

Der Pakt konnte aber auch stillschweigend »als pactum si non expressum, tamen tacitum et implicitum cum Daemone« zustande kommen, wie Maximilians Landgebot wider den Aberglauben unter Berufung auf »ansehnliche Theologi und Rechtsgelehrte« feststellt. Es herrschte in der Tat die Meinung, daß die bloße Anrufung des Teufels gewissermaßen ein Vertragsangebot bedeute, dessen Annahme nicht eigens erklärt werden müsse. Wie leicht also konnte einer durch ein unbedachtes Wort zum Bündnispartner Satans werden und damit zu seinem willenlosen Werkzeug! Verständlich, daß der Herzog das Fluchen und die Gotteslästerung mit drakonischen Strafen belegte. Zum Nachweis des Paktes diente das Hexenmal, womit der Teufel seine Geschöpfe zeichnete. Wie in allen Dingen, so äffte er auch hierin den Schöpfer nach, der nach Aussage des Propheten Ezechiel (IX, 4) und der Offenbarung des Johannes (VII, 3) seinen Auserwählten ein Zeichen gab. Das »stigma diabolicum« erhielt die Hexe dadurch, daß der Teufel sie an einer Stelle des Körpers mit dem Finger berührte oder ihr die Haut aufritzte. Meist fand man das Mal an einer verborgenen Stelle, nachdem man die Verdächtigte völlig entkleidet und überall abrasiert hatte. Wenn der Eisenmeister mit einer Nadel in die gezeichnete Stelle einstach, ohne daß sie blutete, war dies ein schlagendes Indiz für die Schuld der Untersuchten. Freilich: Eine Frau, bei der man kein Hexenmal entdeckte, war erst recht verdächtig. Kein Geringerer als Jean Bodin begründete dies damit, daß der Teufel nur solche Helfer zeichnen müsse, deren er sich nicht sicher sein könne. Wenn eine Hexe also kein Mal trage, so beweise das nicht ihre Unschuld, sondern vielmehr eine besondere Vertrauensstellung im Reich des Bösen. Man sieht: Gelehrten fällt zu allem etwas ein.

Neben der Ableugnung des katholischen Glaubens und dem Treueschwur forderte der Teufel zur Bekräftigung des Bundes nach Lehre des »Hexenhammers« von seinen menschlichen Vasallen »teuflische Unflätereien durch fleischlichen Umgang mit den Incubi und Succubi zu treiben«. Bezeichnenderweise nimmt dieses Thema den breitesten Raum in den »wissenschaftlichen« Erörterungen der Zeit ein. Die Lehre des Thomas von Aquin vom Geschlechtsverkehr der Dämonen mit den Menschen galt als so unumstößlich wahr, daß Sprenger alle, die dergleichen ins Gebiet der Fabel verwiesen, als Ketzer bezeichnete. Der Geschlechtsverkehr mit dem Teufel war keine einmalige Angelegenheit, sondern wurde, so die Lehre, in einer Art illegitimen Ehe ständig wiederholt. »Einer solchen, dem Reich des Teufels einverleibten Person (wird) alsbald ein eigener und besonderer Huren- oder Buhlteufel gegeben; der hält mit ihr Hochzeit und Beilager.« Den Körper und insbesondere das Geschlechtsorgan des dämonischen Liebhabers hat man sich dabei eiskalt vorzustellen, da dem Luftwesen ein wärmender Blutkreislauf fehlt.

Ihrem Buhlteufel bleibt die Hexe zeit ihres schändlichen Wirkens zugeordnet. Er versorgt sie mit der Salbe, die sie für ihre Zaubereien benötigt. Außerdem »führt sie dieser ihr Teufel hernach hin zur Hexenversammlung und wieder zurück, treibt Unzucht mit ihr, befiehlt ihr auch, dieses oder jenes Übel zu tun, samt anderen, die auch einen solchen Befehl haben«. Er ermuntert sie, wenn sie Angst vor der wachsamen Obrigkeit bekommt, hält sie auch gelegentlich mit Geld und kleinen Geschenken bei Laune und »macht ihr die große Verheißung, sie nicht allein zu versorgen, sondern auch, sollte sie etwa des Hexenwerks halber eingesperrt werden, aus dem Gefängnis zu befreien, sofern sie nur fest bleibe, nichts bekenne oder, falls sie schon etwas bekannt, dieses bald wieder verleugne. Ist aber alles erlogen, und Gott selbst steht der Obrigkeit in ihrem Amt bei, so daß die Hexen, die gefangen werden, vom Teufel nicht wieder können freigemacht werden, ungeachtet dessen, daß er sie vertröstet, ein solches zu tun, bis man das Feuer unter ihnen anzündet«.

Man darf sich wundern, daß die Gebildeten und Gelehrten der Zeit die erwähnten und noch viele andere Einzelheiten des Hexenwahns für wahr und wirklich hielten. Denn nicht im angeblich »finsteren Mittelalter« befinden wir uns, sondern im Zeitalter eines Galileo Galilei, Tycho Brahe, Giordano Bruno. Der goldene Sonnenaufgang von Renaissance und Humanismus lag schon mehr als drei Generationen zurück; Kopernikus, Erasmus, Konrad Celtis, Leonardo hatten gelebt, gedacht und auf ihre Weise gesiegt. Wie konnte, um nur ein Beispiel zu nennen, ein Jean Bodin, einer der großen Köpfe von damals, dem unseligen Hexenaberglauben nicht nur anhängen, sondern diesem auch noch ein gelehrtes Elaborat widmen?

Die Antwort gibt der französische Jurist und Gelehrte selbst im Vorwort seines Buches. Darin räumt er einleitend ein, daß »die Materie von den Hexen . . . heutigstags jedermann so verwunderlich fremd fürkommt, auch bei vielen keinen Glauben gewinnet«. Das lag seiner Ansicht nach an der modernen Zeit, in der viele einfach »leugnen, daß man etwas möglich find, welchs von Natur unmöglich sei«. Wer alles in Frage stelle, was »sich nicht nach der Physic oder Physicaliter läßt traktieren oder handeln«, sei von Hochmut und »unleidlicher Vermessenheit« verblendet. Die Sucht nach Erkenntnis führe zur Blasphemie: »Seitemalen derjenig, so aller Sachen Ursach könnt anzeigen, Gott gleich sein müßte, der allein aller Sachen Wissenschaft trägt.« Den Denkern tue Bescheidenheit not, ihr Vertrauen auf den Verstand führe zu falschen Schlüssen. Als eines von mehreren Beispielen hierfür erwähnt Bodin »den Irrtum des Aristoteles mit dem Regenbogen«. Der Grieche hätte behauptet, »der Regenbogen begeb sich nicht des Nachts«. Da sehe man, zu welchen unmöglichen Schlußfolgerungen die blinde Vernunft verleite. Sei doch die Begründung des Griechen für seine These »ein offenbarer Ungrund« und völlig ungereimt: Wenn nachts kein Regenbogen entstehen könne, »dann müßt aus eben derselbigen Ursach folgen, daß alle Wolken einerlei Farb wären. Daß ich nun viel tausend Wunder der Natur, welcher Ursach noch nit entdeckt worden, hiermit geschweige«. Immerhin nennt Bodin noch das Phänomen der »Salzung des Meers«, welche allein der »Providenz oder Fürsehung Gottes« zuzuschreiben sei, was Aristoteles nicht erkannt habe. Und dessen Behauptung, der »Ursprung des Bronnquells« sei auf Luftfeuchtigkeit zurückzuführen, sei »noch viel ungereimter ... in Ansehung der großen unerschöpflichen Ursprung, Quellen und Flüß, welche einen unaufhörlichen Lauf haben: Allda aller Luft der ganzen Welt, wann er sich schon in eitel Fäule sollt' zerlösen in hundert Jahren nicht soviel Wasser könnt gebären als in einem Tag an solchen wassersättigen Ort pflegt zu entspringen«. Nach natürlichen Erklärungen zu suchen, sei angesichts der Schöpfung eine falsche Methode. Widerspricht nicht die Natur zuweilen sich selbst, indem etwa der kalte Schnee die Erde erwärmt und die Feldfrüchte vor Frost bewahrt? Oder indem der Reif die Reben wie Feuer verbrennt? All dies sollte doch die Menschen lehren, die Blödigkeit des eigenen Verstandes zu erkennen und nicht klüger sein zu wollen als alle menschliche Erfahrung.

Denn »der Zauberer und Hexen Heimlichkeiten sind so ... geheim nicht, daß man sie seit von dreitausend Jahren her durch die ganze Welt nicht sollt' erkündigt und entdeckt haben«. Das unfehlbare Gesetz Gottes wende sich ausdrücklich gegen Hexen und Zauberer, was der beste Beweis für deren Existenz sei. Es hätten aber durch die Jahrhunderte hindurch auch Tausende von Hexen ihr schreckliches Treiben gestanden und solche Geständnisse »mit dem Tod ... bestätigt«. Die Realität der Hexerei sei sonnenklar, nur gewisse »Meister Zweifelklügling und Waagzungen« würden sie unnützerweise in Frage stellen, Leute, »die da all Ding auf die Nadel setzen und zweifeln, ob die Sonne hell sei, ob das Eis kalt sei, ob das Feuer heiß sei: Und seind so letz daran, daß wann man sie fragt, ob sie eigentlich wissen, wie sie heißen, antworten dürfen, es stehe noch zu Bedacht: Und sollen gleichwohl dies wissen, daß nicht weniger Gottlosigkeit ist, in Zweifel (zu) ziehen, ob möglich, daß Zauberer und Hexen seien, als in Zweifel ziehen, ob ein Gott sei, der durch sein Wort und Gesetz das ein so wohl als das ander hat vergewisset und certificiert«. Der Zweifel, gegen den sich Bodin ausspricht, ist das Prinzip der neuen Zeit. Seit dem 14. Jahrhundert verbreitet es sich, ausgehend von Italien, in den Stuben der Naturforscher, Philosophen und Schriftsteller. Dem blinden Glauben an Autoritäten wird abgeschworen, das Hinterfragen der Welt wird Mode. Nicht länger hält man es für ausgemacht, daß die Erde eine Scheibe ist. Nicht unwidersprochen bleibt die kirchliche Lehre, daß die Engel die Gestirne am Himmel bewegen. Und dabei bleibt es nicht. Der Mönch will verstehen, was er glaubt; der Kaufmann will Gewinn machen ohne Rücksicht auf Überliefertes; der Handwerker will dem Zunftzwang entfliehen; der Bauer will die alte Grundherrschaft nicht mehr anerkennen; der Fürst hält sich an Lehenseide nicht mehr gebunden. Der Zweifel ist wie ein Holzwurm in das tausendjährige Gebälk eingedrungen und hat sich unaufhörlich vervielfacht. Erst hat es in den alten Fugen nur geknistert, doch schon sind die ersten Teile des Fachwerks krachend eingestürzt, und Schlimmeres steht zu befürchten. Chaos droht: Teuerung trotz guter Ernten, Not trotz reichen Erbes, Rechtlosigkeit trotz alten Rechts.

Da sind viele Gelehrte Bodin gleich: Zauberlehrlinge, die den Geist nicht mehr loswerden, den sie riefen. Man hat zwar den Zweifel als Erkenntnisprinzip bejaht, aber so viel Zweifel, daß dadurch Unordnung und Aufruhr in der Welt entsteht, wolle man auch wieder nicht. Angst vor der eigenen Radikalität erfaßt die Wissenschaft; in Panik will man auf halbem Wege stehenbleiben. Einzelne Wissensgebiete, vor allem die »Metaphysik«, sollen dem Zweifel verschlossen sein. Verständlich, denn wer auch die letzten Schleier zu zerreißen wagt, der blickt in einen Abgrund. Der »horror vacui«, das Entsetzen vor dem Nichts, läßt die Wissenden zurückschrecken. Fast sehnt man sich wieder zurück ins Gehäuse mittelalterlichen Glaubens, in die Geborgenheit derer, die nicht fragen.

Da mag es dann manchem wie Schuppen von den Augen gefallen sein: Das neue Prinzip wird unser Verhängnis. Zweifel, das ist Zersetzung. Zersetzung ist Verwesung und Tod. War es nicht der Zweifel, die Mäkelsucht, die Luzifer zum Widersacher Gottes machte? War es nicht die Frucht vom Baum der Erkenntnis, die den Menschen um sein Paradies brachte?

Bodin steht nicht an, zu behaupten, daß all die Zweifler und Hinterfrager, »die sich unterstehn und fast bemühen, durch gedruckte Bücher die Hexen auf allerlei Weis und Weg zu entschuldigen und zu salvieren ... an des Satans Seil geleitet (und) aus seinem Einblasen gereizt werden, solche ärgerlichen Bücher um Fortsetzung seins Höllischen Reichs zu schreiben«. Der Teufel hat »seine darzu angestifteten Leut, welche schreiben und lehren ... daß alles dies, was man von den Hexen sage, Fabelwerk und unmöglich Ding sei und deshalb kein Glauben darauf zu setzen«. Die sich als »weise Leut anstellen«, seien oft nichts anderes als »gottlose, verruchte Leut«. Kurz: Man solle doch um Gottes willen nicht anfangen, das Unbegreifliche in Frage zu stellen, weil es nun einmal unbegreiflich sei. Das führe unweigerlich, weiß Bodin, zum Zweifel an Gott.

Nicht alle haben dieses geistige Zurückzucken mitgemacht. Auch gegen die Hexenprozesse wurde von Zeitgenossen wie Friedrich von Spee und Johann Weyer mit Vernunftgründen argumentiert. Aber die Krise der jungen Wissenschaft war doch eine allgemeine und erfaßte viele der besten Köpfe. Unseren Hofratskommissaren kann man ihre Verblendung angesichts der Berge gelehrten Unsinns, der von den angesehensten juristischen und theologischen Autoritäten ihrer Zeit verfaßt wurde, schwerlich ankreiden. Männer des Zweifels waren sie nicht.

Der Pakt

Bald stellte sich heraus, daß alle Pappenheimer des Teufels waren. Am 3. Mai 1600 wurden nacheinander Paulus, Michel und Gumpprecht in das Gewölb des Falkenturms gebracht und jeweils so lange geschunden, bis sie, wie zuvor schon Anna, gestanden, »in die Hexerei geraten« zu sein.

Paulus gab nach mehrmaligem Aufziehen folgendes zu Protokoll: »Als ihn sein Weib vor 10 Jahren zu Niederaltach das Pulver von Kindshändeln und andere Sachen machen lernen, darmit dem Menschen und Viech Schaden zu tun, hab er ungefährlich ein halbs Jahr hernach an einem Abend bei Irlbach im Dunckhen, dem von Fraunberg gehörig, im Bach nach Fischen geangelt. Allda (sei) ein schöns Weib in einer hohen Hauben zu ihm kommen, (hätte) gefragt, was er tue, sich gar zu ihm niedergesetzt und allerlei liebkosende Wort getrieben. Unter anderem (hätte) sie auch an ihn begehrt, mit ihr zu ziehen oder sonst ihres schändlichen Willens zu tun.« Dem Landfahrer erschien dieser unzüchtige Antrag, der ihn so unvermutet beim Angeln in fremdem Gewässer überraschte, angeblich von vornherein verdächtig. Er zierte sich. Aber die fremde Schöne bot ihm nicht nur ihren reizvollen Körper. Sie sagte, »sie wolle ihm wohl bessere Unterhaltung (= Lebensunterhalt) und Gelds genug geben. Und wiewohl er sich erstlich des Mit-ihr-Ziehens und der Unzucht, weil der selbst ein Weib (hätte), verwidert gehabt, so hab er sich doch dessen letztlich auf die vielfältig großen Verheißungen überreden lassen und mit ihr die Unzucht getrieben. Darauf sie sich alsdann – wiewohl er's an ihrer kalten Natur gemerkt – zu erkennen geben, daß sie der Teufel sei und mit ihrem Namen Erlin heiß. (Dann hab) er ihr auch versprechen müssen, ihr stets Buhl zu sein.«

Wie er vierzehn Tage später zwischen Posching und Wischlburg auf'm Feld »allein gangen sei, wär' ihm der Teufel erneut erschienen, diesmal in eines Manns Gestalt schön Grün« gekleidet – eine Beschreibung, in der offensichtlich die volkstümliche Vorstellung vom Teufel als »wildem Jäger« anklingt. Diesmal hätte sich der Dämon »Gresl genennt, ihn angeredt und erinnert, was er vor vierzehn Tagen mit ihm zu schaffen gehabt«. Er hätte dann von Paulus verlangt, »sich ihm mit Leib und Seel gar zu versprechen, Gott und alle Heiligen im Himmel, auch alle Menschen auf Erden zu verleugnen und denen abzusagen. Welches er leider getan. Darauf ihn der Teufel zu Bestätigung des Bunds in der linken Seiten blutend gerissen, das Blut genommen, ein Feder – oder was es gewest – darin getunkt, ihm in sein linke Hand geben und dieselb geführt, bis er sich ihm verschrieben. Ihm auch sein linke Hand recken (im Sinne von »reichen«) und nachfolgende Zeichen geben müssen: Als Haar vom Kopf, von der Scham, und unter der Yexen (= Achsel), alles auf linker Seiten, welches ihm der Teufel samt der Haut selbst herausgerissen. Mehr vom Nagel der linken großen Zehen und Pulver von Kindshändeln. Daraus (hätte der Teufel) ein Salben gemacht, ihm solche in einem Büchsel geben und gesagt, wann er Leut und Vieh damit bestreich, werd es davon erkrumpen oder gar sterben. Es hab ihm auch damalen der Teufel bei 5 Gulden Gelds, allerlei Münzen, für ein Häftlgeld geben.« Ein solches »Haftgeld« wurde im damaligen Niederbayern üblicherweise beim Abschluß eines Anstellungsvertrages mit einem neugeworbenen Dienstboten vom Dienstherrn bezahlt.

Die Übereinstimmung mit Annas Schilderung vom Pakt mit dem Teufel ist vollkommen. Genau wie sie widerrief Paulus kurz nach dem Verhör sein Geständnis. Und wie sie handelte er sich damit nur erneute Tortur ein, die zu einer ganz ähnlichen Schilderung des Hergangs führte.

Michel, der gleich nach seinem Vater vernommen wurde, gestand unter steter Mithilfe von Meister Georg folgendes: »Wie ungefährlich bei acht Jahren verschienen, ihn sein Mutter zu Tettenwang beim Hergozhäusl, allda sie an der Herberg gelegen, in der Kuchel das Pulver aus den Kindshändeln machen und brennen lernen, wär ein ihm unbekanntes Weib auch dabei (gewest), die als ihm sein Mutter hernach gesagt, der Teufel gewest.

Als er nun hernach etlich malen den Menschen und Vieh das Pulver in's Teufels Namen untergestreut, sei allzeit ein rotberockter Mann

in Stiefeln zu ihm kommen und gesagt, er tue gar recht, sollt nur also fortfahren; halt dafür, es sei der Teufel gewest.
Und wie er nun ungefährlich ein Jahr, nachdem ihm sein Mutter das Pulver machen lernen, also bei sieben Jahren verschienen, einstmals in der Nacht von Abensberg gen Tann gangen, sei ihm zwischen diesen beiden Flecken der Teufel in eines Weibs Gestalt bekommen, die ein Weil mit ihm geredt, und der Unzucht an ihn begehrt, deren er ihr stattgetan. Der Buhl hab' Bedin geheißen.
Darauf sie weiter an ihn begehrt, ihr zu sein und nachzufolgen, Gott und aller Heiligen zu verleugnen und allein an ihn Teufel zu glauben, welches mehr sei als Gott zu dienen. Darumben er ihn wohl belohnen, erhalten und nit verlassen wölle. Welches er ihm verheißen und die rechte Hand geben. Der Teufel aber solche, mit Vermelden, sie gelte nichts, nit annehmen, sonder die linke Hand haben wöllen, er ihm's auch recken und nachfolgende Zeichen dazu geben müssen: Nämlich des Haars am Kopf, unter der Yexen und Scham, alles auf der linken Seiten. Mehr vom Nagel der linken großen Zehen und Pulver von Kindshändeln. Hierüber ihn der Teufel in der linken Seiten blutend gerissen, das Blut in ein Büchsel aufgefangen, ein Briefl genommen, dasselb auf sein Knie gelegt, ihm Micheln ein Feder in die Hand geben, sich mit seinem Blut zu verschreiben. Weil er aber nit schreiben könnte, hab ihm der Teufel die Hand geführt, bis daß er sich nach seinem Willen verschrieben. Folgends obgemelte von sich gegebene Sachen in den Zettel gewickelt und behalten.
Ihm aber dagegen ein Stuck Gelds bei einem halben Taler samt einer seltsamen plableten (= bläulichen) Salben in einem Büchsel geben und vermeldt, wen er mit dieser Salben bestreich, der müß' erkrumpen.«
Michels älterer Bruder gab in den Abendstunden jenes 3. Mai folgendes zu Protokoll: Vor etwa sieben Jahren habe ihn seine Mutter gelehrt, »das schädliche Pulver aus den Kindshändeln machen«. Drei Jahre später ist ihm auf einem Kreuzweg (!), in offener Landschaft bei Deckbetten nahe Regensburg, »der böse Geist in eines Weibs Gestalt . . . erschienen«. Der Dämon hat »sich Masch genennt« und »ihn angeredt, (er) sollt' ihr Buhl sein und Unzucht mit ihr treiben. Und wiewohl er sich dessen anfangs verwidert, so hab sie ihn doch letztlich mit Verheißungen, ihm Gelds und was er haben wöll genug zu geben, überwunden. Alsdann er Gott dem Allmächtigen und all den Heiligen im Himmel, auch den Menschen auf Erden verleugnen, verschwören, absagen und ihnen alles Übels zu tun, mit der linken

Hand in des Teufels Hand verloben: zu einem Zeichen steter Haltung von seinem Kopf, unter der Yexen und Scham der linken Seiten Haar, item ein Stückel von dem Nagel der linken großen Zehen geben, darzu sich auch mit seinem eignen Blut, welches er ihm aus der linken Seiten genommen, verschreiben müssen. Und wiewohl er selbst nit schreiben könnte, so hab ihm doch der Teufel die Hand geführt, bis er sich nach seinem Willen verschrieben. Dargegen ihm der Teufel ein Salben geben. Wann er ausfahr, soll er die Gabel damit schmieren«. Er sollte damit auch »die Leut bestreichen, daß sie am Gesund verderben und sterben, Wetter und dergleichen Unrat machen«.

Gleichförmig sind die Geständnisse, beinahe stereotyp in gewissen Einzelheiten, in anderen ähnlich, in wenigen überraschend unterschiedlich. Am Anfang steht der Umgang mit dem Zauberpulver, der gewissermaßen ein offenes Angebot an den Teufel darstellt, welches dieser binnen weniger Tage oder erst nach mehreren Jahren annimmt. Das eigentliche Teufelsbündnis wird dann in allen Fällen dadurch eingeleitet, daß man der sexuellen Verführung unterliegt; es folgt das formelhafte Abschwören Gottes und das Verlöbnis mit dem Teufel, bekräftigt durch ein in allen Fällen gleichbleibendes Ritual. Möglich, daß den Verhörten all das Punkt für Punkt vorgesagt wurde, was die Übereinstimmung zwanglos erklärte. Wahrscheinlicher ist, daß die Pappenheimer alle sehr konkrete und ins einzelne gehende Vorstellungen davon hatten, wie einer in die Hexerei gerät. Gewiß sprach man in ihren Kreisen sehr viel über dieses Thema, war doch seit den achtziger Jahren im »Strich« der Landfahrer immer wieder von aufsehenerregenden Hexenprozessen zu hören. Vielleicht war es auch hier ein einziger Fall und Bericht, der in den verschiedenen Geständnissen mit kleinen individuellen Abwandlungen als eigenes Erlebnis wiedergegeben wurde.

Auffällig ist nämlich, daß der Tettenwanger Kleinbauer und der Prunner Schneider, die beide mit den Landfahrern im Falkenturm einsaßen und wenige Tage nach ihnen zum Thema Hexerei verhört wurden, ihre Verführung etwas anders schilderten. Ulrich Schölz am 8. Mai 1600: Vor fünf Jahren wäre er in seinem Feld gestanden, verzweifelt über seine Not, in der er nicht mehr gewußt habe, »wie er seine Kinder ernähren müsse«. Da »sei in solchen schweren Gedanken der böse Feind in eines schönen Weibs Gestalt bei der Nacht zu ihm kommen und (hätte zu ihm) gesagt: Was fürchst du dich so hart? (Ich) will dich lernen, daß du dich nit so mit Müh' und Arbeit ernähren darfst. Folg mir! – Wie er nun darauf geantwortet, es soll ihn Gott darvor behüten, (er) hab mit ihm nichts zu schaffen, hab sich der böse Feind von ihm verlor'n.« Der ersten Verführung, behauptet Ulrich Schölz, habe er also widerstanden. Erleichtert hätte »er sich in seine Feldhütten gelegt und anfangen zu schlafen«. Da sei der Teufel wiederum erschienen, »in Gestalt eines Wildstücks (sei er) vor die Hütten gerauscht«, wovon der Schlafende aufschreckte. In der »vorigen Gestalt des Weibs« hätte der Leibhaftige die Hütte betreten »und Unzucht zu treiben von ihm begehrt. Und wiewohl er zuvor keine teuflische böse Gedanken gehabt ... hätt' er sich doch auf die stattliche Verheißung, daß er ihm (zu) ... Gut und Geld helfen wolle, vergessen und solche Unzucht getrieben (mit dem Teufel), dessen Natur er gar kalt empfunden«. Die weitere Schilderung des Tettenwangers gilt dem eigentlichen Ritual des Paktes und stimmt vollkommen überein mit den entsprechenden Aussagen der Landfahrer.

Doch die individuellen Züge der Darstellung sind deutlich genug. Obwohl ihn sein Land nicht mehr ernährt, trifft der Häusler den Teufel auf seinem Grund und Boden. Er schließt den Vertrag nicht am hellichten Tag und unter freiem Himmel, sondern nachts in einer Hütte ab. In der Gestalt des »Wildstücks« taucht die Angst des Bauern vor schädigendem Wild auf, das erst verwünscht, dann verteufelt, schließlich zum Teufel selbst wird. Die andere Umwelt des Dörflers drückt sich auch in dem »Folg mir« des Teufels aus – so sprach Jesus zu Petrus, so wird unser Ulrich es in mancher Sonntagspredigt gehört haben. Diese persönlichen Züge seines Geständnisses scheinen allzu subtil, als daß wir glauben könnten, das Gericht hätte sie einfließen lassen.

Das gilt auch für die Aussage des Prunner Schneiderleins Georg Schmälzl vom 16. Mai 1600. Sie beginnt mit einer reuevollen Vorrede: »Nachdem er die Zeit seines Lebens etwas liederlich und verwegen gewest, gern gegessen, getrunken und gespielt, dardurch er etlicher Maßen in Schulden geraten, und nit gewißt, wie er sich daraus schwingen und seine Gläubiger, die ihn ziemlich hart gehalten, bezahlen soll, hätt er (sich) ... etlich mal gedacht, wann ihm der Teufel Geld geb, er wollt demselben dienen.« Worauf der ihn dann eines Tages beim Wort genommen habe. Was folgt, deckt sich ziemlich genau mit der Schilderung des Ulrich Schölz.

Es scheint demnach eine volkstümliche Vorstellung von der Verschreibung an den Teufel gegeben zu haben, die im niederbayerischen Donauraum etwa so aussah: Der Teufel verführte denjenigen, der ihm seine Gedanken öffnete, mit geldwerten »Verheißungen« und mit Unzucht. Dann forderte er sein Opfer auf, »Gott und allen Heiligen, auch dem Menschengeschlecht« abzuschwören, jedoch ihm, dem Teufel, Treue zu geloben und fortan nur noch Böses zu tun. Mit Blut hatte man sich zu verschreiben, wobei der Dämon dem Schreibunkundigen die Hand führte. Haar, Haut und Nägel von der linken Körperseite seines neuen Vasallen verarbeitete der Leibhaftige sodann zu einer Salbe, mit der man Schaden stiften sollte. Mit dem Judaslohn von einigen Geldmünzen wurde solcher Verrat am Christentum belohnt.

Sechstens

Die Mühle

Das Idyll

Die Landstraße von Tettenwang nach Hexenagger führt heute wie ehedem durchs Schambachtal, das sich seit der Zeit der Pappenheimer kaum verändert hat. Silberschwarz glänzend schlängelt sich ein Flüßchen durch saftigen Wiesengrund. An den wulstigen Grasufern wachsen hie und da Haselsträucher, Hainbuchen und Erlen, vereinzelt Pappeln und Ulmen. Im Frühsommer ist die zartgrüne Grasebene des Tales durchleuchtet vom wogenden Bunt der Blumen; gelb strahlen Löwenzahn, Habichtskraut, Lupinen, Wundklee, Hahnenfuß und Trollblume, dazwischen leuchtet das Rot von Nelken, Ampfer, Wiesenklee, Knabenkraut und Baldrian, das Blau von Günsel, Halmkraut und Glockenblumen, das Weiß von Bärwurz, Wegerich und Bibernellen. Wildwachsende Schwertlilien stehen in zartblauen und dottergelben Gruppen am Wasser, Sumpfveilchen, Geißraute und Lein wiegen sich im Wind. Den Hintergrund bildet blaugrüner Mischwald, der die Hügel bedeckt, die das Tal zu beiden Seiten begrenzen.
In großen und kleinen Kurven, hier den ganzen Talgrund querend, da an seinen äußersten Rand gedrängt, windet sich der Schambach umständlich und bedächtig talabwärts. Bis heute führt sein Weg an mehreren Mühlen vorbei, deren Räder freilich lang schon stillstehen und die träge Ruhe des Flüßchens nicht mehr durch nützlich-beiläufigen Frondienst unterbrechen. Zerbrochene Mahlsteine stehen an den Häuserwänden und zeugen von vergangenen Zeiten. Vor einer dieser Mühlen parken an den Wochenenden die Autos der Ausflügler. Man hat von hier aus einen besonders schönen Blick auf das Schloß Hexenagger, das wie vor vierhundert Jahren auf steilem Hügel steht, ockergelb, spitztürmig, vielzinnig – wie aus Dornröschens Märchenwelt. Von soviel Romantik profitiert heutzutage eine Gastwirtschaft, die in der alten Leistmühle betrieben wird. Bei einem Glas Wein mag einer über das buntgefleckte Grün des Tales zum

Schloß hinübersehen und an die Menschen denken, die an dieser Stelle zur Zeit unserer Geschichte hausten.

Schon damals stand hier eine Mühle, nicht groß und steinern wie das noch erhaltene Gemäuer, sondern ein kleines, graues Holzhaus. Davor, wo jetzt auf asphaltierter Straße Autos vorbeirauschen, verlief ein Feldweg, steinige Furchen im Gras. Ab und zu gingen Wanderer vorüber, hin und wieder knarrte ein von Ochsen gezogener Bauernkarren daher, fast nie hielt einer an. Der Müller, der hier sein Handwerk betrieb, hatte wenig zu tun, denn die Bauern von Tettenwang kutschierten ihre Getreidesäcke zu einer anderen Mühle im Tal, freilich nicht aus eigenem freiem Entschluß. Sie folgten mit ihrem Boykott nur dem Wunsch ihrer Grundherren. Die Muggentaler waren nämlich am Gewinn dieser Mühle, auf die sie von ihrem Märchenschloß hinuntersehen konnten, nicht beteiligt. Eigentümer war das Riedenburger Annakloster.

Von den Nonnen aus Riedenburg also hatte der Klostermüller seinen Gewerbebetrieb gepachtet, ihnen, nicht den Herren des nahen Schlosses, war er abgabepflichtig. Der Gewinn, den eine so kleine Mühle abwarf, war allerdings bescheiden – pro Rad und Jahr rechnete man damals mit zwölf Gulden Ertrag, was etwa dem Jahresgehalt einer Dienstmagd entsprach. Solche Pacht mußte der Müller in aller Regel nicht in bar, sondern in Naturalien entrichten. Er selbst nahm nämlich kein Bargeld ein: Als Lohn überließen ihm die Bauern die sogenannte Mühlmetze oder Mitz, das waren rund zehn Prozent des Mahlguts. Von den Abfällen, die beim Mahlen anfielen, konnte der Müller außerdem Schweine mästen. Mit Getreide und Schweinefleisch also war die Pacht zu bezahlen, sofern die Mühle überhaupt etwas einbrachte.

Die Muggentaler, die eine eigene Mühle im Schambachtal besaßen, sicherten sich ihre Einnahmen auf sehr einfache Weise: Sie verboten den ihnen untertänigen Bauern von Tettenwang, ihr Getreide anderswo mahlen zu lassen. Die Klostermühle war dadurch ihrer natürlichen Kundschaft aus der unmittelbaren Umgebung beraubt und auf Bauern angewiesen, die keinem derartigen »Mühlzwang« unterlagen. Die Hintersassen des Riedenburger Klosters, ihrerseits angehalten, mit ihren beladenen Wagen ins Schambachtal hinaufzufahren, scheuten zum großen Teil den beschwerlichen Weg.

So rumpelte also fast jeder Ochsenkarren, der gelegentlich die steinigen Fahrrinnen entlangkam, an der Klostermühle vorüber. Wir sehen unseren Müller am Zaun stehen und seufzend den Wagen nachblicken. Das Geklapper des leerlaufenden Mühlrads wird ihm wie Hohn geklungen, der blumenbunte Wiesengrund ihn wenig entzückt, der Blick aufs Schloß in ihm kaum märchenselige Gedanken geweckt haben. Vielleicht war er voll Zuversicht gewesen, als er einst die Pacht übernommen hatte und mit Frau und Kindern in dieses liebliche Tal gezogen war. Im Frühsommer 1599, der Zeit dieser Rückblende, haben wir uns den Klostermüller als einen alten, hohlwangigen Mann vorzustellen, erst knapp über sechzig, aber durch ein hartes Leben greisenhaft müde und bitter geworden. Es hatte in der Kostermühle Zeiten gegeben, wo ihre Bewohner aus den Ritzen des Schweinetrogs im längst leerstehenden Saustall die Kleie gekratzt hatten, um nicht zu verhungern. Anna, die alte Klostermüllerin, grau und verhärmt wie ihr Mann, sah manchmal ein Ende voraus, wie sie es von ihren Eltern kannte: Die waren im Bettel gestorben. Ein Wunder, daß es ihr gelungen war, von ihren insgesamt elf Kindern zwei Töchter durchzubringen. Die eine, aus erster Ehe, war längst aus dem Haus und als Dienstmagd eines guten Herrn gesichert und versorgt. Doch Agnes, des Klostermüllers Tochter, wohnte noch bei den Eltern, ein hübsches Mädchen im heiratsfähigen Alter, gut gewachsen und liebenswert. Auf ihr ruhten die Hoffnungen der Müllersleute. Vielleicht würde es ihr gelingen, mit Hilfe eines braven Mannes aus Armut und Abgeschiedenheit aufzusteigen zu mäßigem Wohlstand und bescheidenem Ansehen.

Das Müllergewerbe galt ja damals als wenig ehrbar, wenn auch nicht als geradezu »unehrlich«. Wie den Leinewebern, die nach Meinung der spinnenden Bäuerinnen das ihnen gelieferte Material nur zum Teil verarbeiteten, traute man auch den Müllern allerlei Betrügereien zu. In einer Verordnung des 16. Jahrhunderts lesen wir, daß die »Verbrechen so die Müller bei ihrem Amte begehen können, ... so viele« wären, »daß sie kaum alle zu erzählen sind«. Hervorgehoben werden die Übervorteilungen der Auftraggeber durch Vermischung guten Getreides mit schlechtem, durch falsche Maße und Gewichte, durch unzulässige Erhöhung des Mahl-Lohns. Dergleichen kam wohl vor – schwarze Schafe gibt es ja in jedem Beruf. Der wahre Grund für das Mißtrauen lag gewiß weniger an erwiesenen Unregelmäßigkeiten, als an der generellen Enttäuschung über die Ausbeute des Mahlgangs. Aus mehreren Säcken Getreide wurde nur ein einziger Sack Mehl – ging das mit rechten Dingen zu? Da mochte einer dabeistehen und zusehen – er fühlte sich doch übervorteilt. Nachzuweisen war dem Müller nichts, aber der nagende Zweifel entlud sich im Gespräch der Bauern untereinander. Da ließ man an den Weißgeschürzten kein gutes Haar, nannte sie nichtsnutzig und betrügerisch. So zählte man die Müller vom Ansehen her zu den Leuten, mit denen man nichts zu tun haben wollte: die Schneider, Weber, Totengräber, Barbiere, Musiker und – Landfahrer.

Die Pappenheimer zogen nicht selten an der Klostermühle vorbei. Mit finsteren Blicken wurden sie gemustert, man fühlte sich keineswegs auf einer Stufe mit ihnen. Wie alle Tettenwanger, so kannten auch der Klostermüller und seine Frau unsere Landfahrer, wußten von ihrer Freundschaft mit dem Schölz, Augustin und Glashänsel, trauten den »Zigeunern« nicht über den Weg. Die Abneigung war gegenseitig. Paulus und Anna beneideten das alte Müllerehepaar, das ihnen in Alter und Aussehen so ähnlich war – sie bezeichneten es allen Ernstes als »reich«. Offenbar wußte man nichts voneinander, sah nicht, daß einer so übel dran war wie der andere. Der ganze »Reichtum« des Klostermüllers bestand darin, daß er ein Dach über dem Kopf hatte, das ihm freilich nach Ablauf der Pacht wieder genommen werden konnte. Wie die Pappenheimer war er ein Außenseiter, aber anders als sie hatte er nicht einmal Freunde unter den Dorfbewohnern. Das wiederum mochte ihn wurmen: daß der Landfahrer freundliche Vertrautheit erfuhr, die ihm, dem seßhaften Handwerker, versagt wurde. Alles das war Grund genug, daß die beiden sich nicht grün waren.

Bei einem seiner seltenen Besuche im Ort war der Müller unserem Paulus vor dem Haus des Ulrich Schölz in den Weg gelaufen. Da hatte der beiderseits angestaute Haß Entladung gesucht. Der genaue Hergang ist ungewiß. Vermutlich aus nichtigem Anlaß war es zu einem Wortwechsel zwischen den beiden gekommen. Der Landfahrer, im Kreis seiner dörflichen Freunde, wird wohl den gemiedenen Talbewohner beim Vorübergehen gehänselt und dadurch bissige Entgegnung provoziert haben. Aus Scherzen wurden Beleidigungen. Irgendein Wort muß den Klostermüller gereizt haben. Plötzlich brach die aufgestaute Verbitterung über die Jahre der Zurücksetzung und Verachtung durch. So tief war er noch nicht gesunken, daß er sich von einem Landfahrer beleidigen ließ, ohne sich zu wehren. Schon packte er den Spötter am Kragen, schon riß dieser ihn am weißen Schopf. Und im Nu wälzten sich die beiden Alten wie Bauernlümmel im Staub der Straße, umringt und angefeuert von Tettenwanger Häuslern. Bis schließlich ein besonnener Kopf – wohl möglich, daß es Anna Pappenheimer war – die greisen Kampfhähne mit resoluter Hand voneinander trennte. Die standen keuchend auf, wischten sich Blut vom Gesicht, klopften den Staub von der Jacke. Grimmige Blicke, verächtlich verzogener Mund. Der Müller bückt sich nach seinem Hut und setzt wortlos, mit zusammengekniffenen Lippen und schmalen Augen, seinen Weg fort.

Zum Glück waren nicht alle Dorfbewohner den Müllersleuten feindlich gesinnt. Manch einer der Wanderer, die durchs Schambachtal kamen, blieb gern bei der Klostermühle stehen. Da sah er hinterm Zaun die schöne Agnes beim Blumengießen im Garten und beim Wäscheklopfen am Bach, konnte ihr ein Scherzwort zurufen, mit ihr ins Gespräch kommen. Einige Tettenwanger Bauernburschen schlugen den Weg nach Hexenagger bestimmt öfter als notwendig ein. Denn wenn die Tochter des Klostermüllers auch arm war, vielen schien sie begehrenswert, ja, sie war der Grund von Eifersuchtshändeln unter der männlichen Dorfjugend.

Eines Tages hatte ein hitziger Verehrer für einen aufsehenerregenden Zwischenfall gesorgt. »Mit bloßer Wehr«, einen gezückten Dolch in der Hand, war er in die Klostermühle gestürmt, hatte wild schreiend von Agnes Rechenschaft gefordert über ihre Beziehung zu einem anderen Bauernburschen. Das Mädchen konnte dem rasend Eifersüchtigen mit knapper Not entkommen und tat das einzig Richtige: Sie gab ihm den Laufpaß und zeigte ihn überdies bei der Obrigkeit an, die ihn für sein gewalttätiges Verhalten mit acht Talern Strafe belegte. Man kann sich denken, mit wieviel Schadenfreude diese Geschichte im Dorf die Runde machte. Sie war freilich wenig geeignet, das Mißtrauen der Bauern gegenüber den Müllersleuten abzubauen.

Gemeines Geschrei

Die Frauen des Orts trafen sich regelmäßig zur »Heimgart« in einer Bauernstube. Da wurde gesponnen, gestrickt und gestickt – vor allem aber geratscht und getratscht. Auch von der Klostermühle war zuweilen die Rede – in dunklen Wendungen und düsteren Andeutungen.

Dafür gab es mehrere Gründe. Einmal nahm die Klostermüllerin an der Runde nicht teil – über Abwesende wird eher schlecht gesprochen als über Anwesende. Die Mühle lag zu weit ab, der Weg ins

Dorf durch den finsteren Wald war zu beschwerlich und zu gefährlich für die alte Frau. Sie zählte also schon deshalb nicht zur Dorfgemeinschaft, weil sie selten im Dorf zu sehen war. Hinzu kam, daß die Klostermühle wegen des »Mühlenzwangs« ja keine Funktion für das Dorf hatte. Den Bauern war es verboten, ihre Dienste in Anspruch zu nehmen. Wenngleich dieses Verbot in leicht einsehbaren wirtschaftlichen Interessen der Grundherrschaft seine Ursache hatte, verstärkte es doch unterschwellig die Verachtung, mit der man ohnedies den Müllersleuten begegnete. Es gab eine erlaubte und eine verbotene Mühle im Tal, eine vertraute und eine fremde, eine gute und eine schlechte.
In der einsamen Klostermühle drunten ging es nach Ansicht vieler Tettenwanger nicht mit rechten Dingen zu. Verspätete Heimkehrer, die im bleichen Mondlicht des Nachts von Hexenagger heraufkamen, pflegten einen Bogen um das Holzhaus am Bach zu machen, das, von Nebelschleiern umwoben, unheimlich und geheimnisvoll aussah. Die spinnenden Weiber erzählten sich Spukgeschichten von der Mühle. So war etwa vor langer Zeit ein wandernder Müllerbursch nach Tettenwang gekommen. Der hatte im Welschland die Schwarze Kunst erlernt und verstand sich auf den Umgang mit dem Teufel. Von dem Kloster erbat er sich die Pacht der Mühle, obwohl er doch wissen mußte, daß damit nichts zu gewinnen war. Doch bald schon herrschte Wohlstand in der Klostermühle. Dahinter konnte nur Zauberei stecken. Der Fremde hatte den Teufel durch einen Vertrag verpflichtet, ihm Kunden zuzuführen. Als Gegenleistung mußte der Müller dem Teufel erlauben, nachts Pferdeäpfel und Menschenschädel zu Staub zu mahlen. Bei solchem Dienst klapperte das Rad ganz entsetzlich. Ein Mensch konnte das Geräusch kaum aushalten; wer es hörte, schlug das Kreuz und machte, daß er davonkam. Der Müller aber zeigte kaltes Blut. Er ließ den Teufel gewähren, bis eines Tages fahrende Leute mit einem Tanzbären vorüberzogen, die er einlud und bewirtete. Seine Gastfreundschaft hatte einen guten Grund: Der Teufel mag bekanntlich keine Bären, er fürchtet sie wie die Katzen. Und richtig, kaum war das Tier unterm Dach der Mühle, hatte der Teufel schon das Weite gesucht. Als er aber einige Tage später ans Fenster pochte und ängstlich fragte, ob die Bärenleute mit ihrem Untier endlich weitergezogen seien, zeigte der Müller auf ein Stück Fell, das er sich zu diesem Zweck besorgt hatte. Erschreckt verschwand sein Vertragspartner und ließ sich nicht mehr blicken.

Einer anderen Erzählung nach wechselte die Klostermühle früher deshalb so oft ihren Pächter, weil dort Katzenhexen hausten. Die fielen nach kurzer Zeit über den Müller her, verjagten oder töteten ihn. Zum Glück kam eines Tages ein wandernder Müllerbursch, der sich zu wehren wußte. Er zog nachts einen Kreidekreis um sich, der ihn vor dem Spuk schützte. Als die Hexenkatzen fauchend vor ihm auftauchten, schnitt er blitzschnell einer von ihnen eine Pfote ab. Von da an erschienen die Biester nie wieder.

Doch andere Spukgestalten sollten immer noch die Mühle unsicher machen. Wenn das Rad stillstand, saßen unheimliche Frauen auf den Säcken. Zu Pestzeiten mahlten zwei fremde Jünglinge allnächtlich die Pest mit den Worten: Wir mahlen den Reichen den Tod und den Armen das Brot. Wassergeister stiegen übers Rad in das Innere der Mühle und nahmen von ihr immer mehr Besitz – weshalb es notwendig sei, sie von Zeit zu Zeit abzubrennen, am besten alle sieben Jahre zu Weihnachten.

Sagen, wie sie sich um fast jede Mühle rankten. Auch wenn man daran nicht eigentlich glaubte, mochte wohl keiner so recht ausschließen, daß dergleichen wirklich geschah. Einige der Frauen, die bei der »Heimgart« zusammensaßen, wollten wissen, daß die Klostermüllerin eine »Unholdin« sei. Andere bezweifelten das. Aber möglich war es immerhin, daß die Alte mit dem Teufel im Bunde stand. Von den Müllern hieß es ganz allgemein, sie verstünden sich auf manche Zauberei. Allein das Knarren des Mühlrads war geeignet, den Teufel herbeizurufen, wenn man die rechten Worte dabei sprach. Mühlen waren der Sitz zauberischer Kräfte. Wollte man jemandem, etwa einem entlaufenen Knecht oder einem verlorenen Liebhaber, Angst einjagen, so mußte man sich ein Kleidungsstück besorgen, das die betreffende Person am Leib getragen hatte, einen Fetzen davon in die Mühlpfanne legen und das Mühlrad scharf laufen lassen. Dadurch wurde der Untreue, wo immer er sich auch aufhielt, in Angst und Gewissensnot versetzt und unwiderstehlich gezwungen, zurückzukehren. Wollte man gestohlenes Geld wiederbekommen, mußte man drei Pfennige und drei Mohnköpfe in die Mühlpfanne legen. Mühlenwasser war heilkräftig. Der Kranke mußte nur ohne Feilschen einen neuen Topf kaufen, anderntags vor Sonnenaufgang aufstehen, sich ein reines Hemd anziehen, zur Mühle gehen und Mühlenwasser im Topf heimtragen. Wenn er unterwegs kein Wort gesprochen hatte und von keinem Menschen beobachtet worden war, brauchte er sich mit dem Zauberwasser nur noch am ganzen Körper zu waschen, um gesund zu werden. Wenn solche Macht von einer Mühle ausging, war ihren Bewohnern alles zuzutrauen. Zudem war die Klostermüllerin alt und häßlich. Gerade so stellte man sich eine Hexe vor.

Einige der Tettenwanger Bauernweiber sahen ihren Verdacht bestätigt, als ihre halbwüchsigen Söhne sich in des Klostermüllers Tochter vernarrten, ihretwegen Umwege machten und Raufhändel anfingen. Entweder war das »runde Ding«, das den Burschen die Köpfe verdrehte, selbst mit dem Teufel im Bunde, oder ihre Mutter übte aus durchsichtigen Motiven solchen Liebeszauber aus. Jedenfalls paßte die allgemeine Verliebtheit der jungen Tettenwanger nur zu gut ins Bild, das man sich von den Müllersleuten machte. Tief in den Gemütern der Dörfler, mehr dumpf geahnt als klar gedacht, war die Mühle seit jeher ein Symbol für Erotik und Fleischeslust – um so mehr mußte eine verbotene Mühle es sein. Die Wurzeln dieser Vorstellung sind tief und unergründlich. Schon in der griechischen und römischen Sprache bedeutete das Wort für mahlen zugleich auch zeugen. Von vielen Helden heißt es, sie wären in einer Mühle zur Welt gekommen, was wohl eine Götterzeugung andeuten soll. In Sagen und Märchen erscheint die Mühle als bevorzugter Ort für Liebesabenteuer. Kindern erklärte man zur Zeit der Pappenheimer auf die Frage, wo die kleinen Kinder herkämen, sie würden unter einem großen Stein im Mühlgraben hervorgeholt. Vor allem dieses letzte Bild zeigt, daß in die Vorstellung von der Mühle der uralte Mythos vom Schoß der Mutter Erde eingegangen ist. Die nur noch im Unterbewußtsein wirkende Angst vor dem Urschlund, der Urhöhle, der Vagina der Urmutter äußerte sich rudimentär in all dem Aberglauben, der sich auf die Mühle bezog.

So konnte sich »das gemeine Geschrei« – worunter man damals ein verbreitetes Gerücht verstand – in Tettenwang durchsetzen, daß die ganze Müllersfamilie, jedenfalls aber die alte Klostermüllerin Hexerei treibe. Bei diesem allgemeinen Geraune wäre es geblieben, hätte man die Pappenheimer, Schölz und Schmälzl nicht verhaftet, der Hexerei überführt und unter dem Druck der Folter nach »Gespielen« gefragt. Sie alle hatten natürlich von dem hinter vorgehaltener Hand geäußerten Verdacht gegen die Müllersleute gehört und nannten sie, als man sie nach ihnen bekannten anderen Hexen und Zauberern fragte, meist an erster Stelle. Soviel Übereinstimmung ließ die Kommissare vermuten, daß die Bezichtigungen der Wahrheit entsprächen.

»Der Closter Müller ... und sein Weib«, behauptete Paulus in einem Verhör am 9. Juni 1600, »haben die Hexerei über 30 Jahr betrieben – die werden recht pfeifen können, wann man's einziehen sollte. Es möcht die Reichen auch einstmals treffen, sonst richte man nur die Armen hin.« Am 1. Juli bestätigte Anna Pappenheimer: Den »Closter Müller zu Tettenwang und sein Weib hab sie oft bei (Hexen-)Tänzen gesehen. Aber die Tochter nit. Allein hab sie's denn mal in ihres Vatern Haus mit Milch (die sie durch Zauberei von fremdem Vieh gestohlen hätte) fahren sehen. Wie ihr's (der Tochter) dann der Schölz selbst auch einstmals gezeigt. Sie werde auch sonst in gemein von der Nachbarschaft beziehen und sei deswegen an einer Heirat verhindert worden«. Gumpprecht sagte, er hätte »den Closter Müller zu Tettenwang, sein Weib und Tochter« bei Tänzen und Zusammenkünften der Hexen getroffen, der Müller sei »ein Vorgänger«. Er wolle darauf sterben, daß auch die schöne Agnes bei den Teufelstänzen dabeigewesen wäre, »aber um andre Übel wiß er nit«. Michels und Hänsels Aussagen lauteten ganz ähnlich. Auch Ulrich Schölz gab an, die Müllersleute hätten eine hervorragende Stellung unter den Hexen: »Der Closter Müller sei der ... Platzmeister und die Closter Müllerin unter den Weibern Meisterin.« Georg Schmälzl, das Prunner Schneiderlein, wollte gar dabei gewesen sein, »wie die Closter Müllerin zu Tettenwang in ihrem Haus ein Wetter zubereitet« hätte.
Das Gericht sammelte diese belastenden Aussagen, ließ auch wohl Erkundigungen einziehen über die Denunzierten. Zur Verhaftung der Familie des Klostermüllers konnte es sich lange nicht entschließen. Es gab innerhalb des Hofrates kontroverse Ansichten zur Frage, ob die übereinstimmenden Bezichtigungen von Verbrechern ein ausreichender Grund zur Festnahme der belasteten Personen waren. Während man darüber diskutierte, kam der Sommer ins Land. Im Schambachtal blühten die Wiesen, das Rad der Klostermühle klapperte weiter – wenn auch nach wie vor meist sinnlos und vergebens –, die schöne Agnes ließ sich auf Gespräche mit vorbeiwandernden Bauernburschen ein, während ihre Eltern hofften, daß es ihre Tochter einmal besser haben werde. Noch waren die Wolken weit, die sich über dem Idyll zusammenzogen.

Es gibt keine Protokolle von den Diskussionen, die damals im Münchner Hofrat zu Kriminalfällen wie dem unseren geführt wurden. Aber die folgende Rekonstruktion des Streitgesprächs um das Schicksal der Müllerfamilie von Tettenwang dürfte der Wahrheit nahe kommen. Meine Hauptquelle ist eine anonyme Handschrift aus den zwanziger Jahren des 17. Jahrhunderts, die im Staatsarchiv München aufbewahrt wird und eine Auseinandersetzung schildert, die der unseren genau entspricht. Außerdem tauchen die Argumente zur Denunziationsfrage in zahlreichen Gutachten auf, die der Münchner Hofrat im Anschluß an den Prozeß gegen unsere Landfahrer anfertigen ließ.

Irgendwann Ende Mai oder Anfang Juni, als Doctor Wangereck als verordneter Kommissar im Fall Pappenheimer über den Fortgang der Verhöre und ihr bisheriges Ergebnis referierte, wurde auch vom Klostermüller gesprochen. Gegen ihn und seine Familie lägen mehrere übereinstimmende Denunziationen vor. Danach handle es sich bei diesen Müllersleuten um Hexen und Zauberer. So wie wir Wangereck kennen, wird er die Verhaftung der Verdächtigen empfohlen haben.

Dagegen regte sich Widerstand, vor allem bei den jüngeren Doctores, aber auch von der Ritterbank her. Auf die Anschuldigungen so übler Leute sei gar nichts zu geben. Die würden vieles behaupten aus Neid, Mißgunst oder Angst vor der Tortur. Man könne doch solchem Gerede keinen Glauben schenken.

Worauf der Kommissar etwa geantwortet haben mag: So könne nur einer reden, der den Hexenprozeß und die Literatur dazu wenig studiert habe. Weil die Hexerei nicht nur das schlimmste aller Verbrechen, sondern auch ein heimliches und verborgenes sei, könne die Obrigkeit davon auf keine andere Weise Kenntnis erlangen als durch Complices oder Mitgespielen. Es liege auf der Hand, daß solche Informanten niemals wohlbeleumundete Zeugen sein könnten. Andererseits tarnten sich gerade die höhergestellten Unholde so geschickt, daß außer den Denunciationes meist keine weiteren Indizien vorhanden wären. Deshalb sei es nach Ansicht der Rechtsgelehrten jederzeit erlaubt, eine Person zur Captur und Folter zu nehmen, die von mehreren Mit-Concorten bei Recht angegeben und namhaftig gemacht würde. Denn wiewohl eine einzige Bezeugung nicht genugsam sei, so reichten doch die übereinstimmenden Bezichtigungen von zwei oder drei Zeugen aus. Es erweise auch die tägliche Erfahrung, daß die Aussage mehrerer Komplizen kaum oder gar nie fehlschlage. Die derart Denunzierten bestätigten in der peinlichen Frage den gegen sie erhobenen Vorwurf so gut wie immer. Die Verhaftung des Klostermüllers von Tettenwang, seiner Frau und seiner Tochter sei daher angezeigt. Es könne auch sonst die Sache keinen Fortgang haben, denn wenn man hier testes infames, schlechte Zeugen, verwerfen wollte, wie könnte ein Richter von einem aufrichtigen und frommen Menschen Zeugnis haben. Ein Frommer würde von Hexentänzen nicht zeugen.

Damit waren die Zweifler nicht zum Verstummen gebracht. So fragte etwa einer, ob denn Wangereck selbst, wenn nur drei seiner Malefikanten auf ihn bekennen wollten, auch für einen Unhold zu gelten hätte? Kaiser Karls Peinliche Gerichtsordnung forderte die redliche Anzeigung der Missetat als Voraussetzung der Verhaftung. Eine solche müsse wenigstens mit zweien oder dreien glaubhaftigen guten Zeugen, die von einem wahren Wissen sagen, bewiesen werden. Wobei das Wörtlein »Zeugen« bedeute, daß der Angeber beeidigt werden müsse – andernfalls sei er nicht für einen Zeugen zu halten. Nun wisse freilich jeder Jurist, daß es im Stadium des gegenwärtigen Prozesses noch nicht zum Stand ordentlicher Rechtens gekommen sei, folglich auch keine nach Gebühr vereidigten Zeugen vorhanden sein könnten. Man betreibe in dieser Sache Inquisition, ermittle von Amts wegen. Aber solle deshalb jemand verhaftet werden können auf Grund unbeeidigter, zwielichtiger und zudem gewaltsam erzwungener Beschuldigungen? Könne zwischen der amtlichen Inquisition und dem ordentlichen Anklageprozeß ein so merklicher Unterschied gemacht werden? Es geschehe ja nunmehr tagtäglich, daß die Obrigkeit in allerhand Frevel- und Malefizsachen inquiriere und etwann schuldige, etwann unschuldige Personen einziehen lasse, und wäre wohl gut, daß sie zu Zeiten vermittelst eingenommener Erkundigungen nicht zu weit verfahren würde. Im vorliegenden Fall beruhe die Übereinstimmung der Aussagen doch bloß auf dem gemeinen Geschrei in Tettenwang, daß der Klostermüller und die Seinen Hexerei treiben. Das seien so Gerüchte, die man im dunkeln rede, und die als solche rein gar nichts bewiesen. Wenn nun das Gesindel im Falkenturm das Gerede wiederhole, so ändere das an der Rechtslage durchaus nichts. Es sei jedenfalls ganz bedenklich und in Rechten unbegründet, daß die Müllersleute deshalb in Verhaft genommen und gar torquiert werden sollten. Vielmehr müßten vor

der Captur alle Umstände zuerst gründlicher erforscht werden, bevor man dem bisher unbescholtenen Klostermüller irreparablen Schaden zufüge. Die Inquisition sei nicht mehr als eine bloße Erkundigung und dürfe keine vollendeten Tatsachen schaffen.
Man wird nach allem überrascht sein, aus dem damaligen Münchner Hofrat solche Töne zu vernehmen. Zu sehr läßt uns der äußere Ablauf unseres Verfahrens, der Widersinn des Folterprozesses, an eine allgemeine Verdunkelung der verantwortlichen Köpfe glauben. Aber der Eindruck täuscht. Noch zwanzig Jahre später, als die Epidemie der Hexenprozesse in Bayern ihren Höhepunkt erreicht hat, hören wir von einer starken Minderheitsfraktion im Hofrat, die gegen den Wahnsinn opponiert. Damals erklärte ein gewisser Doctor Dennich im Stadtrat von Ingolstadt während einer Diskussion über Hexerei: »Er sei gestern ... bei Herrn Kanzler von München gewesen. Derselbe halte auch nichts auf die Denunciationes. Wann dem also sein sollte, so würden andere churfürstliche Räte zu München, sonderlich was noch junge Herrn sein, seiner Opinion leichtlich nachfolgen.« Das lief darauf hinaus, keine neuen Verhaftungen auf Grund von Anschuldigungen durch überführte Hexen zuzulassen. Was die zitierte Quelle wohl ganz richtig dahin interpretiert, die betreffenden Räte hätten eben keine Lust, Hexen zu verfolgen und zu verbrennen. Nicht wenige bekannten offen, es handle sich bei den angeblichen Taten der Hexen nicht um reale Verbrechen, sondern um teuflische Träume.
Die Antwort der »herrschenden Meinung« auf solche Einwände folgte der Argumentation des großen Bodin: Wer so rede, weise sich als Beschützer der Unholde und Hexenmeister aus und sei wahrscheinlich vom Teufel direkt oder mittelbar angestiftet, die Gefahr zu verniedlichen. Mit Werkzeugen des Teufels brauche sich aber ein rechtschaffener Mann auf keine weitere Diskussion einlassen. Falls es wahr sei, daß die Denunziationen überführten Hexen rechtlich unzulässige Beweismittel seien, dann müsse man auf die Verfolgung der Hexen überhaupt verzichten. Das sei aber eine ganz ungeheuerliche Vorstellung, da doch jedermann wisse, daß die Hexerei das schrecklichste aller vorstellbaren Verbrechen sei. An der Realität desselben zu zweifeln wäre blanke Ketzerei. Denn die vielen tausend überführten Hexen würden beredtes Zeugnis ablegen von der Tatsächlichkeit ihres Wirkens. Oder wollten die Zweifler so dreist sein zu behaupten, all diese Hexen wären zu Unrecht verbrannt worden? Nun sei freilich nicht ganz von der Hand zu weisen, daß geständige

Unholde gelegentlich aus Bosheit übereinstimmend einen gänzlich Unschuldigen der Mittäterschaft bezichtigten. Aber in solchen Fällen hätte bisher immer »Gott der Allmächtige solcher Personen Unschuld wunderbarlich geoffenbart«. Darauf könne und müsse man auch weiterhin vertrauen. So etwa hören wir Wangereck im Münchner Hofrat seinen Standpunkt darlegen.

Um ihn richtig einzuordnen, muß man die Rechtslage kennen. Nach den geltenden Prozeßgrundsätzen der Zeit war die Verwendung der Aussagen eines infamis, worunter man jede übel beleumundete Person verstand, grundsätzlich ausgeschlossen. Auch das Zeugnis von verurteilten oder unmittelbar vor der Verurteilung stehenden Personen war wertlos. Zeuge konnte nur sein, wer auch imstande war, für die Richtigkeit seiner Aussage einzustehen. Doch auch diese Rechtsgrundsätze sollten, wie so viele, für das Hexereidelikt von vornherein nicht gelten. So lehrte es der »Hexenhammer«: Das Verbrechen der Hexen sei so schrecklich, »daß zu dessen Verhandlung auch Knechte gegen ihre Herren, und jedwede Verbrecher und auch Infame gegen jedweden zugelassen werden«. Davon abgesehen gab es unter den Juristen aber auch Streit darüber, ob die Anforderungen, die das Recht an Zeugen stellte, im Inquisitionsverfahren überhaupt zu beachten seien. Immer noch hielt man an der Fiktion fest, nur der durch Privatklage in Gang gesetzte Kriminalprozeß sei als ein solcher zu betrachten. Die amtliche Inquisition bereite eine Gerichtsverhandlung lediglich vor, weshalb viele meinten, für dieses ermittelnde Verfahren seien die strengen Rechtsgrundsätze des »regulären« Prozesses gar nicht anwendbar. Trotz Verhaftung und Tortur der Beschuldigten tat man die ganze Zeit so, als würde deren Schicksal erst am öffentlichen Rechtstag entschieden. Bei jenem Schauspiel am Tag der Exekution also, in dem der Richter das längst nach Lage der Akten gefällte Urteil zu finden vorgab und den Stab brach. Nur für diesen armseligen Rest des ursprünglich öffentlichen Verfahrens sollten die genannten Rechtsregeln gelten. Dafür waren sie freilich überflüssig, da sie keinerlei Wirkung mehr entfalten konnten.

Die Opposition, mit der sich unser Kommissar im Hofrat auseinandersetzen mußte, war demnach gar nicht so fortschrittlich, wie es auf den ersten Blick scheinen mag. Sie vertrat eher einen konservativen Standpunkt, indem sie die Augen nicht vor der Tatsache verschloß, daß sich bereits im Inquisitionsverfahren alles für den Beschuldigten entschied. Mit Rücksicht darauf forderte sie für ihn

denselben Schutz, der nach dem noch hundert Jahre früher ausschließlich gehandhabten sogenannten Anklagsprozeß selbstverständlich war. Nur formell wollte man eine Ausweitung der alten Prozeßgarantien, materiell ging es um ihre Bewahrung.
So ist es zu erklären, daß sich die Ritterbank den »jungen Doctores« anschloß. Die Abstimmung im Münchner Hofrat endete mit einer Niederlage Johann Simon Wangerecks und seiner Freunde, der Gruppe des herzoglichen Sekretärs Gewold. Man versagte dem Kommissar die Zustimmung zur Verhaftung der Müllersleute. Er solle die Ermittlungen intensivieren, gründlich nachprüfen, ob an den Beschuldigungen etwas dran sei; aber eine Festnahme sei nicht gerechtfertigt. Wangereck mußte diesen Beschluß respektieren. Ich will meinen, er tat es mit sauerem Gesicht und dem inneren Vorbehalt, die Denunzierten jetzt erst recht in das Verfahren zu ziehen.

Recht und Religion

Es ist nur wahrscheinlich, nicht sicher, daß auch der alte Hofrat Fickler dabei war, als es um die Verhaftung der Müllersleute ging. Da mochte er denn das Für und Wider der Argumente verfolgt, ihr Gewicht gegeneinander abgewogen, Partei ergriffen haben. Vielleicht erhob er sich auch selbst vom Platz, um an der Diskussion teilzunehmen. Immerhin hatte er in seinen Salzburger Jahren Gelegenheit gehabt, sich mit dem Verbrechen der Hexerei und seiner Bestrafung gründlich auseinanderzusetzen.
Seine Stimme, um das nur gleich vorweg zu sagen, gehörte Wangereck und seinen Freunden. Dabei fühlte er sich dieser Gruppe keineswegs sonderlich verbunden. Er wußte wie alle, daß der herzogliche Secretarius Gewold ihr heimlicher Anführer war, der als Einbläser und Ränkeschmied Ihrer Durchlaucht wohl kaum ganz unschuldig war an Ficklers Kaltstellung. Wenn der alte Hofrat dennoch Partei ergriff für Wangereck, dann deshalb, weil er Recht und Religion für unteilbar hielt. Denn darum ging es im Kern der Debatte: War der menschlichen Vernunft mehr zu trauen als der Vorsehung? Sollte man dem eigenen Verstand gehorchen oder dem Beispiel der Kirche?
Fickler war kein Dummkopf. Natürlich war ihm klar, daß die Müllersleute von Tettenwang auch unschuldig sein konnten. Aber das zu überprüfen, war die Inquisition da. Hätte man ihm entgegengehalten, daß die Folter auch den Unschuldigsten zu einem Geständnis

zwingen würde und die Inquisition daher untauglich zu jener Aufgabe sei, wäre der alte Hofrat wahrscheinlich böse geworden. Denn an solchem Einwand erkannte er den Ketzer. Das Folterverfahren würde mit Gottes Hilfe die Wahrheit ans Licht bringen. Niemals ließe der Herr die Vernichtung der Unschuld zu. Nur wer ohne Religion im Herzen mit dem menschlichen Maßstab des Verstandes die Methoden der Inquisition maß, konnte zu so ungeheuerlichem Verdacht kommen. Recht ohne Religion sei unverständlich und in der Tat grausam.

Der Inquisitionsprozeß selbst war in allen Einzelheiten im Schoß der Heiligen Kirche gewachsen und erst spät, wenig mehr als eine Generation vor Fickler, vom weltlichen Regiment adoptiert worden. Sein harmloser Ursprung lag in der Sorge der geistlichen Hirten um die armen Seelen. Wenn sie ihre Gemeinden besuchten, sollten die schwarzen Schafe aus der Herde ausgesondert, reingewaschen und wieder in die Gemeinschaft zurückgeführt werden. Zur Ermittlung der Sünder verließ man sich schon damals auf anonyme Denunzianten. Die Kirche fand daran nichts Schlimmes, denn der befleckten Seele sollte ja nur Reinigung widerfahren. Der heimliche Angeber tat ihr also nur einen Gefallen, war so wie einer, der Hilfe für einen Kranken holt. Die Strafen und Bußen für die Angegebenen hielten sich im frühen Mittelalter auch stets im Rahmen des noch Ehrenhaften und Erträglichen.

Das änderte sich erst, als eine andere Art von Sündern heranwuchs. Statt mit einzelnen verirrten Schafen hatten manche Hirten es plötzlich mit einem renitenten Haufen von Rebellen zu tun, die vom gewiesenen Weg nicht zufällig und aus Ungeschick, sondern organisiert und mit Vorbedacht abwichen. Nicht harmlose Erkrankungen einzelner Seelen waren zu heilen, sondern eine Seuche mußte bekämpft werden. Dies geschah zum ersten Mal während des Kreuzzugs gegen die Albigenser in Südfrankreich (1209–1229). Papst Innozenz III. wies seine Bischöfe an, zur Ausrottung der unseligen Ketzerei besondere Inquisitoren anzustellen, die nach der alten Tradition, aber mit schärferen Methoden und Strafen, für Ordnung in den Gemeinden sorgen sollten. Schon Innozenz' Nachfolger auf dem Stuhle Petri, Gregor IX., hielt es für notwendig, die Inquisition als eine ständige Behörde zu organisieren (1232). Ihre Beamten waren unabhängig von den Bischöfen und unmittelbar dem Papst unterstellt, ihre Befugnisse wurden erweitert, ihre Tätigkeit wurde auf die Bekämpfung der Häresie eingeengt. Kaiser Friedrich II. erließ Ge-

setze zum Schutz der Inquisition und lieh dem Papst den »weltlichen Arm« zur Abstrafung der Überführten.
Von da an fungierte die päpstliche Inquisition als eine Art kirchlicher Feuerwehr. Wo immer der Funke des Aufruhrs übersprang, tauchten alsbald Inquisitoren auf, um das Feuer im Keim zu ersticken. Vor dem päpstlichen Beamten war jeder Erwachsene unter Eid zur Denunziation von Ketzern verpflichtet. Zugleich wurde den Zeugen Vertraulichkeit zugesichert. Im Widerspruch zum römischen Recht waren auch übel beleumundete Personen zur Anzeige zugelassen – man sieht, auf welche Tradition sich Wangerecks Auffassung berufen konnte. Die Vorladung des Denunzierten, zur Not seine gewaltsame Herbeischaffung, war der nächste Schritt. Vor dem Inquisitor sollte der Schuldige gestehen, Reue zeigen, der Ketzerei abschwören. Was aber, wenn er seine Unschuld beteuerte? Der Inquisitor geriet durch solche Halsstarrigkeit in eine schwierige Lage. Seine Aufgabe war es, die sündige Seele aus den Fängen des Teufels zu befreien. Lossprechen konnte er aber erst nach reuevoller Beichte. Wurde diese verweigert, so war der Verdächtige entweder wirklich unschuldig, wogegen meistens die Umstände und das Vorurteil sprachen, oder der Teufel versuchte, den Verlust der ihm gehörenden Seele zu verhindern. In diesem Fall mußte man die Beichte mit Gewalt erzwingen – nicht zuletzt zum eigenen Wohle des Sünders. Als Zwangsmittel boten sich die seit der Antike gegen Sklaven eingesetzten Foltermethoden an. Ihr Einsatz zeitigte die erfreulichsten Resultate. So wurde die Tortur binnen kurzem zu einem wesentlichen Bestandteil des Inquisitionsverfahrens.
Zuerst regte sich einiger Widerstand gegen die neue Praxis. In den frühen dreißiger Jahren des 13. Jahrhunderts löste der deutsche Generalinquisitor Konrad von Marburg im ganzen Land Abscheu und Entsetzen aus durch die Grausamkeit seiner Ketzerjagden. Der Erzbischof von Mainz sah sich zu einem Beschwerdebrief an den Papst veranlaßt: Der Inquisitor zwänge die unschuldigsten Menschen durch die Folter zu falschen Bekenntnissen; eingeschüchterte Angeklagte würden durch das Versprechen, ihr Leben werde geschont, zur Bezichtigung braver Leute gebracht. Bevor Gregor IX. auf die Klage antworten konnte, griffen einige beherzte Ritter zur Selbsthilfe. Sie erschlugen den gefürchteten Peiniger 1233 auf seinem Weg von Mainz nach Paderborn. Erwähnt werden sollte freilich, daß solche Tat weniger der Gerechtigkeitsliebe als der Angst um Hab und Gut entsprang. Hätte Konrad von Marburg nicht, von Habgier ver-

führt, seine Ketzer in erster Linie im Kreis der Wohlhabenden gesucht, um deren Güter im Verlauf des Verfahrens zu konfiszieren – wer weiß, ob ihm so bald von ein paar Geharnischten der Garaus gemacht worden wäre.

Einschüchterung, Erpressung, Folter – das waren die Mittel der Inquisition. Statt sie zu verwerfen, sanktionierte sie der Papst. In der Bulle »Ad exstirpanda« (1252) ließ Innozenz IV. den Gebrauch der Tortur offiziell zu. Und zwar erklärtermaßen, um den Häretikern ein Geständnis abzupressen (teneatur rector omnes haereticos ... cogere ... errores fateri) und den Verrat von Mitschuldigen zu erzwingen (accusare suos complices). Der Zweck heiligte die Mittel. Um die Ketzerei zu vertilgen, hielt sich die Kirche zur Grausamkeit berechtigt. War der Wundarzt nicht auch grausam, wenn er die schwärende Wunde mit dem Feuer ausbrannte?

Ein Mann wie Fickler war solchen Rechtfertigungen sehr aufgeschlossen. Der Prozeß gegen das Hexengeschmeiß war ja nichts anderes als ein Inquisitionsprozeß im mittelalterlich-kanonischen Sinn. Häretiker waren die Hexen auch, die schlimmsten, die es gab: keine Irrgläubigen, sondern Teufelsanbeter. Da sie mit ihren Untaten nicht nur die Ehre Gottes und den Bestand der Kirche angriffen, sondern das ganze Menschengeschlecht, Staat und Gemeinschaft befehdeten, war es ganz richtig, daß kein geistlicher Inquisitor, sondern ein weltlicher Hofratskommissar die Ermittlungen führte. Dessenungeachtet aber blieb das Verbrechen doch ein religiöses, man durfte daher bei der Beurteilung des anzuwendenden Verfahrens die Religion nicht einfach vergessen.

So etwa Ficklers Standpunkt. Er war in erster Linie Katholik, dann erst Jurist. Die kirchliche Autorität hatte seit Jahrhunderten Denunziation und Folter für taugliche Mittel zur Bekämpfung des Bösen gehalten. Wie sollte er sich erdreisten, mit Rechtsgrundsätzen oder dem gesunden Menschenverstand dagegen Stellung zu beziehen? Solche Ungebühr kam vor zu seiner Zeit, äußerte sich auch in der Hofratsdebatte, in der Fickler Partei ergreifen mußte. Er spürte wohl, daß die Menschen überall begannen, sich frech gegen die höchste Autorität zu stellen; mit keiner anderen Begründung als der, den Sinn des Althergebrachten nicht zu verstehen. Sie stellten ihren Verstand über den Glauben, der, um echt zu sein, bedingungslos hätte bleiben müssen. Der Tag war nicht allzu fern, wo Juristen das Recht, statt es als Gottesgeschenk zu übernehmen, nach eigenem Verstand formen würden. Fickler fehlte für solche Bestrebungen

jedes Verständnis. Aus gutem Grund ließ er seinen Lieblingssohn Johann Christoph nicht nur in Ingolstadt und Bologna die weltlichen und geistlichen Rechte studieren, sondern auch von Münchener Jesuiten »in moribus et doctrina« unterrichten.
Wenn der weißhaarige Hofrat und Talglichtgelehrte also seine Hand bei der Abstimmung für den Antrag Wangerecks erhob, so geschah das nicht aus Dummheit und Verblendung. Die Gefahren einer ungerechtfertigten Verhaftung und der anschließenden Folterverhöre sah Fickler durchaus. Er war aber zu bescheiden, seine Bedenken höher zu stellen als den Respekt für die katholische Kirche, die das in Frage stehende Verfahren erfunden und perfektioniert hatte. Zu seiner Zeit war eine solche Haltung allerdings längst keine Selbstverständlichkeit mehr. Das sichere Netz vorgegebener Autoritäten wurde mehr und mehr durchlöchert. Eine zweifelhafte Freiheit, die manche anstrebten: Wer selber dachte, war auch selbst verantwortlich. Der ruhige Schlaf des Gehorsamen war ihm nicht vergönnt.
Johann Baptist Fickler hatte einen protestantischen Bruder, der in Stuttgart lebte. Dessen zweier Söhne nahm sich unser Hofrat mit rührender Fürsorge an; freilich einzig zu dem Zweck, sie zurück in den Schoß der katholischen Kirche zu führen. Dies gelang ihm auch, obwohl einer seiner Neffen evangelischer Geistlicher werden wollte und sogar schon als Prediger aufgetreten war. Der Vater war über die Missionarstätigkeit seines Bruders empört: Ihm die Söhne abspenstig zu machen und zur Leugnung ihres ererbten Glaubens zu verführen, sei unchristlich und unbrüderlich. Fickler verursachten solche Vorwürfe keine Gewissensbisse. Für ihn gab es in Fragen der Moral wie in denen des Rechts nur eine Autorität: die rechte Religion. Was diese guthieß, konnte für ihn nicht falsch sein.

Der Herd

An einem Sommermorgen trabten drei Reiter auf der Straße von Altmannstein nach Hexenagger durchs grüne, blumendurchleuchtete Schambachtal. Der Hufschlag hallte wider von den Hügeln, die das Tal säumen, und wird wohl auch in der Klostermühle gehört worden sein. Wir sehen den Klostermüller vor die Tür treten und Ausschau nach dem Reitertrupp halten, der alsbald hinter dem Laubwald zur Rechten auftauchte und den Teil der Straße erreichte, der von der Mühle aus talaufwärts einsehbar war: drei Amtleute des

Pflegers, dem Müller von Gesicht und Namen wohlbekannt. Sie kamen näher, mit ernsten Mienen, zügelten ihre Pferde vor der Mühle, saßen ab, erwiderten nur knapp den Gruß des alten Mannes. Sie kämen in amtlicher Sache, wird einer von ihnen erklärt haben, seien von höchster Stelle beauftragt, gewisse Nachforschungen anzustellen. Er solle nur ja nichts verschweigen oder verbergen, sondern der Obrigkeit bei der hochnotwendigen Untersuchung zur Hand gehen und mit wahrem Wissen herausrücken, dann sei der Fall bald abgetan und ausgestanden.

Man kann sich vorstellen, welche Aufregung diese unerwartete Visitation in der Mühle verursachte. Die alte Klostermüllerin wird, vom Abbruch des Hufgeklappers und dem Klang einer amtlichen Stimme herbeigelockt, die Beamten mit Fragen überschüttet haben. Was denn geschehen sei, ob man etwa glaube, sie würden schlechten Leuten Unterschlupf gewähren oder Diebesgut verstecken? Da könnten sie lange suchen. – Die schöne Agnes mag ängstlich vom Fenster her den Auflauf vor der Haustür betrachtet haben in der Meinung, wieder einmal der unschuldige Anlaß für irgendeine Rauferei oder eine andere Störung der dörflichen Ordnung gewesen zu sein.

Vermutlich erklärten die Amtleute der Müllerfamilie ohne Umschweife, was sie hergeführt habe. Das Pappenheimersche Gesindel und sein Anhang hätten in München gewisse Aussagen getan, die der Überprüfung bedürften. Unter anderem gäbe es Veranlassung, die Mühle auf verdächtige Gegenstände hin zu durchsuchen. Man solle also freiwillig beiseitestehen und jeden Versuch aufgeben, noch rasch etwas wegzuräumen.

So oder ähnlich. Zwei der Amtleute werden das verdutzte Müller-Ehepaar weggeschoben und das Häuschen betreten haben, während einer bei den Pferden blieb. Laute Beteuerungen der Unschuld, Haareraufen, Gestikulieren, dann achselzuckendes Gewährenlassen. Die Pappenheimer hätten sie also verleumdet; das hätte man sich denken können, daß das Landfahrerpack sie bei der Obrigkeit schlechtmachen werde, wenn es einkomme. Spinnefeind wären die ihnen gewesen, hätten im Dorf nichts als Schlechtigkeiten über sie erzählt. Die Herren herzoglichen Hofräte in München würden doch dem Lumpengesindel nicht etwa Glauben schenken?

Die Klostermühle hatte nur einen einzigen Wohnraum zu ebener Erde, die Küche. Die haben wir uns vorzustellen als einen großen, viereckigen Raum mit festgestampftem Lehmboden, einem gemau-

erten Herd in der Mitte ohne Rauchabzug, rußschwarzen Wänden mit zwei kleinen, schweinsblasenüberspannten Fenstern zur straßenabgelegenen Seite hin und einer tiefliegenden Decke aus rohen Holzbalken und Brettern. Eine grobgezimmerte Treppe führte, vermutlich links vom Eingang, steil nach oben zu den beiden Schlafkammern des Hauses. Die Einrichtung war karg. Ein Holztisch unter den Fensterchen, einige Hocker im Raum verteilt, eine Kiste, in der Textilien lagen, Haken an den Wänden, woran Kleidungsstücke hingen, ein kleiner Schrank für Lebensmittel, einige Bretter, auf denen Töpfe und Tongeschirr standen. All das war rasch durchsucht, ohne daß die Amtleute etwas Auffälliges gefunden hätten.
Der Raum unter der Treppe war von der übrigen Küche durch eine Bretterwand abgeteilt. Einer der Amtleute öffnete die ohnehin nur angelehnte Tür, die zu diesem Verschlag führte. Im Licht eines Kienspans, der vom Feuer geholt worden war, sah er hier einen kleinen Herd stehen. Wozu sie unter der Treppe eine zweite Feuerstelle brauche, wurde die Klostermüllerin gefragt. Zum Milchkochen, antwortete sie. Die Katzen würden ihr auf dem großen Herd alleweil die Töpfe umstoßen. Deshalb hätt' ihr Mann für sie das Herdl unter der Treppe gebaut und ein kleins Kämmerl gemacht, welches sie vor den Katzen absperren könne.
Den Amtleuten kam diese Erklärung recht fadenscheinig vor. Vielsagend werden sie sich angesehen und bedeutungsschwer mit dem Kopf genickt haben. Also war doch etwas dran an dem »gemeinen Geschrei« und den Aussagen der Pappenheimer.
Was war so verdächtig an der kleinen Küche unter der Treppe? Für uns, die wir in einem Herd nichts weiter als einen Gebrauchsgegenstand sehen, ist das schwer zu verstehen. Damals war die menschheitsalte Mystik, die den Ort des Feuers in allen Kulturen umgibt, noch gefühlte Wirklichkeit. Der Herd war Mittelpunkt des Lebens, und früh lernten die Kinder, daß in ihm die Feuerdämonen, die Ahnen und Hausgeister wohnten. Um sie zu nähren und zu besänftigen, wurden in jeder Bauernküche Näpfchen mit Milch, Brot oder Brei unter den Herd gestellt, wovon dann die Katzen, Mäuse oder Wiesel fraßen, die man für »Seelentiere« hielt. Das Herdheimchen durfte niemals getötet werden, sonst drohte dem Haus schlimmes Unglück. Unter dem Herd war der Eingang zum unterirdischen Reich der Zwerge und Kobolde, und das Knistern und Knacken des Feuers war nicht selten das Zeichen, mit dem sie die Hausbewohner grüßten. Die armen Seelen saßen oft unsichtbar am Herdfeuer und

wärmten sich winselnd. Mancher Zauber ging vom Herd aus, was nach dem Gesagten nicht überrascht: Wenn der Herd nicht richtig gereinigt war, bekam der erstbeste, der daran vorbeiging, vom Hausgeist eine schallende Ohrfeige. Das Herdwasser war zauberkräftig und schützte, zur rechten Zeit auf Dach und Wände gesprengt, das ganze Haus vor Schaden.

Der Herd wurde also überwiegend von menschenfreundlichen Geistern bewohnt. Die Hexen konnten beim Kochen ihrer Hexensalbe aber nur böse Geister gebrauchen. Sie bauten sich daher nach Möglichkeit einen speziellen Hexenherd, der die Dämonen anzog. Nichts anderes glaubten die Amtleute vor sich zu haben, als sie im Licht des Kienspans in den Verschlag blickten. Auf dem kalten Herd stand ein Tiegel, in dem sich ein hart gewordener Brei, eine eingedickte Flüssigkeit oder ähnliches befand. Das war wohl Hexensalbe. Man füllte eine Probe davon in eine mitgebrachte Büchse. Auch das Brennholz, das neben dem Herd aufgeschichtet lag, sah man sich genauer an. Es handelte sich um trockene Haselstrauchäste – auch das höchst verdächtig, denn Haselnußholz war für allerlei Zauberei gut. Man steckte sich ein paar Äste ein.

Danach wurden die Schlafkammern durchsucht, was keine weiteren Ergebnisse zeitigte. Man wisse jetzt, woran man bei ihnen sei, sagten die Beamten drohend zum Abschied. Sie sollten sich hüten, davonzulaufen. Man würde sie leichthin überall wieder aufgreifen und dann wäre ihre Lage um so schlimmer. – Warum davonlaufen, wird die Antwort gewesen sein, man habe ja ein reines Gewissen und vertraue auf Gott, daß die nähere Untersuchung ihre Unschuld offenbar werden lasse.

Damit war der Besuch der Altmannsteiner Amtleute in der Klostermühle beendet. Sie verstauten die Büchse mit der geheimnisvollen schmierigen Substanz in einer Ledertasche, steckten das konfiszierte Brennholz dazu, traten ohne weitere Erklärungen aus dem Dunkel des Hauses in den sommerhellen Vormittag, bestiegen die Pferde und ritten talaufwärts davon. Mit bleichen Gesichtern sehen wir die Familie des Klostermüllers am Zaun stehen und die unerwarteten Besucher mit bangen Blicken bis zur Straßenbiegung folgen. Würden sie wiederkommen und die ganze Familie ins Gefängnis schaffen?

Zunächst geschah nichts dergleichen. Nach mehreren Wochen war der Schrecken jenes Sommermorgens schon fast wieder vergessen. Schon fuhren die ersten Bauernkarren mit frisch geerntetem Getreide an der Mühle vorbei. Agnes war wieder zum Scherzen aufgelegt, die Klostermüllerin gab sich erneut allerlei kupplerischen Gedanken hin, und ihr Mann hoffte angesichts der guten Ernte auf einen leidlichen Herbst. Die dunklen Wolken über der Mühle waren scheinbar weitergezogen, ohne den befürchteten Blitz zu schleudern.

Doch eben nur scheinbar. Wangereck war schon im Juni ein Bericht aus Altmannstein zugegangen, der die Durchsuchung der Mühle schilderte und das aufgefundene Beweismaterial mitlieferte. Ferner enthielt das Schreiben ein Protokoll von Aussagen einiger Tettenwanger Bauern und ihrer Weiber, in denen die Müllersleute der Hexerei verdächtigt wurden, sowie die Aufzeichnung eines Verhörs mit Anna Klostermüllerins Tochter aus erster Ehe, die in Randeck bei einem Doctor Freymann als Dienstmädchen arbeitete. Trotz dieser neuen Beweismittel wiederholte der Kommissar im Hofrat seinen Antrag auf Verhaftung der Müllersleute erst Anfang August. Offenbar wollte er keine zweite Abstimmungsniederlage riskieren. Er wartete ab, bis die Denunzianten hingerichtet waren, ohne ihre Bezichtigungen widerrufen zu haben. Ein Zeuge, mochte er auch übel beleumundet sein, der im Angesicht des Todes seine Beschuldigung aufrecht erhielt, war nach dem kaiserlichen geschriebenen Recht ein gewichtiges Indiz, das nicht nur zur Gefangennahme, sondern auch zur Tortur berechtigte. Wangereck konnte also diesmal mit mehr Haftgründen aufwarten als notwendig. Ohne weitere Diskussion beschloß der Hofrat, daß der Klostermüller von Tettenwang, seine Frau Anna und Tochter Agnes unverzüglich in Verhaft zu nehmen und in den Falkenturm zu schaffen seien. Schon wenige Tage später trafen die Gefangenen in München ein.

Der Klostermüller redet nicht

Für Wangereck war damit noch nicht aller Ärger ausgestanden. Der Fall hatte es in sich. Zunächst zeigte sich der alte Klostermüller ungewöhnlich verstockt, als der Kommissar ihn Anfang August ins Gewölb unter den Falkenturm führen ließ. Er hatte absichtlich den alten Mann als ersten zur peinlichen Frage bestellt, da dieser allem Augenschein nach von schwacher Konstitution war. Außerdem wußte Wangereck aus Erfahrung, daß Männer leichter zum Reden zu bringen waren als Frauen, die den Folterqualen länger standzuhalten pflegten. Freilich – beim Klostermüller erlebte unser Kommissar eine Ausnahme von der Regel.

Bereitwillig gab der zwar Auskunft über Herkommen, Werdegang und Lebensumstände, stritt aber empört jeden Umgang mit Zauberei ab. Wie üblich zeigte Meister Georg dem Leugnenden die Folterinstrumente. Vergebens. Ob er nicht zugeben wolle, daß sie beschreite, also übel beleumundete Leute seien, insbesondere sein Weib als Hexe gelte? Nun ja, die Menschen hätten böse Mäuler, aber es sei alles Lüge. Sein Weib sei die Tugend selbst, fromm und gottesfürchtig. Man band dem Standhaften die Hände auf den Rücken, zog das Seil an, ließ ihn mit knackenden Knochen und jämmerlichem Winseln in der Luft zappeln. Wiederum vergebens. Wangereck befahl, die Prozedur zu wiederholen. Vergebens. Steine wurden beim Aufziehen angehängt, ein zehnpfündiger, ein zwanzigpfündiger, ein fünfzigpfündiger. Umsonst. So ging das den ganzen Vormittag, ohne daß mehr als Unschuldsbeteuerungen, Ächzen und Stöhnen aus dem Klostermüller herauszubringen waren. Wütend ordnete Wangereck an, den alten Mann wieder in seine Zelle zu schaffen.

Erfahrungsgemäß gestanden auch die abgebrühtesten und hartnäkkigsten Naturen, wenn man sie einige Stunden nach der ersten schweren Folter mit geschwollenen, brennenden Gliedern erneut aufzog. Der erste Ansturm der Schmerzen traf auf einen gesunden Körper, auf Vorsätze und kräftigen Lebenswillen. Waren dem Delinquenten erst einmal die Glieder zerrissen und die Hoffnung genommen, aus der Sache je wieder heil herauszukommen, wollte er nur noch rasch alles hinter sich bringen. Den Tod als Erlösung vor Augen, gab er alles ohne Umschweife zu, um nur nicht nochmals den entsetzlichen Qualen ausgesetzt zu werden. Doch auch hier erlebte unser Kommissar beim Klostermüller eine Ausnahme von dieser Erfahrung. Als er nämlich den Geschundenen am Nachmittag abermals in das Gewölbe schleppen ließ, schrie dieser zwar um Barmherzigkeit und Gnade, blieb aber bei der Behauptung, weder er noch sein Weib oder gar seine Tochter hätten je etwas mit Zauberei zu tun gehabt.

Ob in Wangereck oder einem der ihm beisitzenden Hofräte da nicht doch der Gedanke aufgetaucht ist, der Müller könnte tatsächlich unschuldig sein? Vielleicht. Aber man war wohl schon zu weit gegangen, um diese Möglichkeit jetzt noch in Betracht zu ziehen. Vor allem Wangereck mußte befürchten, vor den Hofratskollegen sein Gesicht zu verlieren, wenn er, der sich zuerst so vehement für die

Verhaftung der Müllersleute eingesetzt hatte, nun erklären sollte, der Verdacht hätte sich als nicht stichhaltig erwiesen.

Dem Klostermüller blieb keine Chance. Erneut wurde er gebunden und aufgezogen, schwerer wogen die Steingewichte, die ihm dabei den Körper zerdehnten. Allein er beteuerte weiterhin seine Unschuld. Wangereck wies Meister Georg an, die Fackel zu entzünden und dem Verstockten die Achselhöhlen auszubrennen, so der nicht endlich reden wolle. Er wollte nicht. So mußte er auch diese schlimme Steigerung der Tortur über sich ergehen lassen, nach welcher der Kommissar einsehen mußte, daß für diesmal nichts mehr aus dem Delinquenten herauszubringen war. Man brachte den Malträtierten in seine Zelle. Mochten ihn die schmerzdurchglühten Nachtgedanken auf die Fortsetzung des Verhörs am nächsten Morgen vorbereiten. Es war nicht das erste Mal, daß Wangereck mehr als einen Tag brauchte, einem Verdächtigen die Zunge zu lösen. Gerade diese übergroße Widerstandskraft in dem schmächtigen Greis war ja eine gewisse Bestätigung dafür, daß der Hexereiverdacht zu Recht bestand. Der Teufel schien den Torquierten zu stärken und ihm die Zunge zu lähmen. Aber den Hofratskommissar konnte das kaum entmutigen. Er hatte bisher noch jedes Geständnis erzwungen und würde, mag er sich gedacht haben, auch noch den Klostermüller zum Reden bringen.

Das war abermals ein Irrtum. Als Meister Georg am andern Morgen die Zelle des Gefangenen aufschloß, um den Elenden zur Fortsetzung des Verhörs zu holen, kam er zu spät. Zusammengekrümmt lag der Klostermüller auf dem Stroh, mit weit aufgerissenen, starren Augen und offenem Mund. Der konnte nicht mehr reden, war für alle Zeiten verstummt. Wir sehen den Eisenmeister sich über die Leiche beugen, ihm die Augen zudrücken, das Kreuz schlagen und hören ihn nach seiner Frau rufen. Dann eilte er mit hastigen Schritten ins Gewölbe hinab, um den wartenden Hofräten die schreckliche Neuigkeit zu berichten: Der Teufel sei in der Nacht beim Klostermüller gewesen und hätte ihm das Genick gebrochen.

Es war dies die in solchen Fällen übliche und jedermann einleuchtende Erklärung. Man darf nicht glauben, daß Wangereck sich nun Vorwürfe gemacht und die Frage gestellt hätte, ob er bei der Tortur nicht doch zu scharf verfahren sei. Im Gegenteil. Der Tod des Klostermüllers war für ihn die Bestätigung, daß der Teufel dessen Geständnis auf keinen Fall zulassen wollte. Offenbar wäre diese verhinderte Aussage dem Teufel peinlich und dem Hexengeschmeiß

schädlich gewesen! Der Klostermüller war also tatsächlich ein Hexenmeister gewesen. Ärgerlich freilich, daß einem der Teufel zuvorgekommen und das zur rechtskräftigen Überführung notwendige Geständnis nicht erzielt worden war. So etwa Wangerecks Gedanken, als er vom Tod seines Gefangenen erfuhr.
Er und die Hofräte von Roming und Vagh verließen dann wohl das düstere Gewölbe und folgten dem Eisenmeister über die feuchtmuffige Steintreppe und die knarrende Holztreppe zur Zelle des Klostermüllers in den Turm hinauf, wo die Eisenmeisterin bei der Leiche Wache hielt. Man besah sich den geschundenen, nun gefühllosen und erstarrten Körper, das bleiche Gesicht mit dem unnatürlich offenstehenden Mund, faßte das Kinn mit der Hand und bewegte den Kopf hin und her, was ohne Kraftanstrengung gelang. Der Fall war klar: Der Teufel hatte dem Armen den Hals umgedreht! Dem in der Zellentür stehenden Protokollanten gab Wangereck eine Weisung, wie das Vorkommnis zu vermerken sei. Damit war der Fall für ihn erledigt. Dergleichen kam vor.
Einer der wenigen zeitgenössischen Gegner der Hexenprozesse, der Jesuitenpater Friedrich von Spee (1591–1635), erzählt eine Episode über einen ähnlichen Fall. Sie zeigt, wie verbreitet damals die Meinung war, ein im Gefängnis verstorbener Hexereiverdächtiger müsse vom Teufel umgebracht worden sein: »Ich saß bei dem Amtmann des Ortes, meinem guten Freunde, am Tisch, und es war gerade auch noch ein sowohl in seiner eigenen Wissenschaft als in der Mathematik ungewöhnlich bewanderter Arzt zugegen. Aus irgendeinem Anlaß kamen wir mit ihm in ein weitläufiges Gespräch über die Hexen und waren durchweg einer und derselben Meinung. Unterdessen geht der Gefängnisaufseher in den Kerker, den Gefangenen ihr Mittagsmahl zu bringen, kommt zu uns hereingestürzt und meldet dem Amtmann, in der Nacht sei einer von denen, die man als Zauberer gefangenhielt, umgekommen, und zwar vom Teufel erdrosselt worden. Der Arzt und ich sahen einander an, der Amtmann aber schüttelte ärgerlich den Kopf und sagte: ›Verkehrte, verrückte Anschauungen der Leute! Dieser Unglückliche ist in den letzten Tagen schon auf der Folter zerrissen und mit Ruten gepeitscht worden, daß es allen gegraust hat. Gestern lag er ganz matt und entkräftet zwischen Leben und Tod im Gefängnis. Nichts ist natürlicher, als daß er an diesen furchtbaren Martern gestorben ist, und nichts ist glaubhafter. Und doch wird niemand es glauben, niemand wird das sagen; alle werden sie erklären, er sei vom Teufel erwürgt, und das wie einen

apollinischen Orakelspruch verkünden. Seltsam! Wie viele sind nun schon im ganzen deutschen Reich in den Kerkern verstorben, und doch nicht einer an der Tortur oder dem Elend des Gefängnisses. Denn wer hat je so etwas gehört? Alle hat der Teufel geholt, er hat allen das Genick gebrochen. Und wie beweist man es? Wer war dabei? Wer hat es gesehen? Der Henker sagt es: Freilich, derjenige, der sich nicht nachsagen lassen will, er habe die Folter über das Maß angewendet, ein ehrloser und in den meisten Fällen schlechter Mensch, der allein Zeuge sein kann, weil er allein mit dem Leichnam zu schaffen hat und ihn untersucht. Auf dieses einen Menschen Aussage fußt der ganze Glaube. Und wenn du noch soviel fragst, so wird doch zuletzt als einziger und letzter Beweis nichts weiter als des Henkers Angabe wiederholt. Dabei ist es wirklich merkwürdig, wie in anderen Fragen so leicht keiner solche Autorität besitzt, daß nicht doch immer wieder Raum für Zweifel bliebe, und allein der Henker in einer sehr bedeutsamen Frage eine derart jeden Zweifel ausschließende Autorität besitzt, daß alles, was er sagt, für unbedingt wahr angesehen wird, gerade so, als ob Jupiter selbst gesprochen hätte.‹ Da das nun recht nach meinem Sinne war und ich diesen Gegenstand gern weiter verfolgt hätte, wandte ich mich zu dem Amtmann und sagte: ›Um Genaueres über diese Dinge zu erfahren, die wir so freundschaftlich erörtern, bitte ich, hier aus unserer Tafelrunde Zeugen hinzuschicken, die sich die Sache selbst ansehen und uns die unzweifelhafte Wahrheit berichten mögen. Und wenn der Henker zur Hand ist, daß womöglich der Leichnam gleich untersucht werden kann, so mögen sie mitgehen und ihn sorgfältig besichtigen. Auf diese Weise werden wir sicherer erfahren, was an der Sache daran ist.‹ Dieser Vorschlag gefiel dem Amtmann so gut, daß er selbst an der Besichtigung teilzunehmen wünschte. Sie gehen also und kommen nach kurzer Zeit mit der Erklärung zurück: ›Wahrhaftig, es ist so. Der Teufel hat ihm das Genick gebrochen; der Hals ist ganz zerschmettert, schlaff und kraftlos, so daß der Kopf nach allen Seiten hin schwankt und fällt. Die übrigen Gliedmaßen sind unbeschädigt und fest. So hat es der Henker uns, die wir dicht dabei standen, damit er uns nichts vormachen konnte, deutlich sehen lassen.‹ Der Amtmann meinte: ›So habe ich selbst es mit diesen meinen Augen gesehen, ich selbst bin Zeuge, auf daß diese Ansicht nicht auf der Angabe allein des Henkers fußt.‹ Im gleichen Sinne sprachen sich auch die übrigen aus, und weil nun alle Zweifel behoben waren, wandte sich jeder wieder seinem Mittagessen zu. Ich hielt ein wenig an mich, tat einen Zug aus meinem Glas und fragte dann: ›Darf ich hier unter Freunden beim Glase Wein einmal etwas offener reden?‹ ›Gewiß‹, antwortete der Amtmann, und ich fuhr fort: ›Wenn wir so folgern müssen, wie wir es eben getan haben, dann fürchte ich sehr, daß auch unseren Eltern, von denen wir meinen, sie seien mit allen Ehren in ihren Betten verstorben, irgendein böser Geist das Genick gebrochen hat. Ist denn nicht noch jedes Menschen Leichnam zwar ganz starr und kalt, der Kopf aber ganz schlaff und nach allen Seiten beweglich gewesen, daß wir davon nichts wissen? Hat denn noch keiner von uns mit einer Leiche zu schaffen gehabt? Haben wir noch nicht andere an einem Leichnam hantieren, ihn ankleiden und in den Sarg legen sehen, daß wir etwas so Auffälliges noch nicht wußten? Köstlich! Welch ein einleuchtender, glänzender Beweis dafür, daß ihm das Genick gebrochen ist. Wenn jener Henker sich regelmäßig dieses Beweises bedient hat, wie auch andere weit und breit (so darf man wohl annehmen, ja, ich bin bereits davon überzeugt), und wenn einfältige Beichtiger das glauben – wie viele, frage ich, sind dann in wenigen Jahren unverdientermaßen öffentlicher Schande preisgegeben worden?‹ Nach diesen Worten stand ich auf und ging hinaus. Die Leiche ist dann, wie ich hörte, in den nächsten Tagen unter dem Galgen verscharrt worden.«

Große Not

Es sah ganz so aus, als würde es Wangereck mit der Frau des Klostermüllers auch nicht eben leicht haben. Als sie am frühen Morgen des 22. August 1600 in die feuchtkalte Höhlung des Gewölbes geführt und vom Eisenmeister zum Respekt vor den auf der Bank sitzenden hohen Herren ermahnt wurde, brach sie in Schluchzen und Heulen aus. Unter Tränen stieß sie hervor: es sei ein Unrecht in der Welt, das zum Himmel schreie, »man tu Schuldige auslassen und Unschuldige woll man hernehmen«. Auf die Frage, »wie sie in die Hexerei geraten« sei, schwor sie, dessen ganz zu Unrecht verdächtigt zu werden. Die Pappenheimer hätten sie aus schierer Bosheit und Rache angezeigt, weil »sie dem Sohn ihre Tochter nit geben wollen«. – Und der absonderliche Herd? Der sei doch nur wegen der Katzen in den Verschlag gebaut worden. – Und die Salbe, die man in ihrem Haus gefunden hat? Sie wiß von keiner andern Salbe im Haus als einer zum Fingereinreiben nach harter Arbeit.

Wangereck sah, daß er so nicht weiterkam, und ließ die alte Frau binden und aufziehen. Nachdem sie fünfmal die Prozedur heulend überstanden hatte, stöhnte sie, »sie wolle ja gern bekennen, wenn sie nur wüßt, was sie sagen soll, so ihrer Seel nit schädlich wär«. Abermals in die Höhe gehievt, rief sie unvermittelt, ja, ja, sie sei eine Hexe. Und: Der Hunger hätte sie dazu gebracht, mit dem bösen Geist in Kundschaft zu geraten, denn die Armen litten große Not. Diesen letzten Satz wiederholte sie wörtlich dreimal.
Danach »gestand« sie. Vor etwa drei Jahren, als sie weder Geld noch Brot im Haus gehabt und große Not gelitten hätten, sei der Teufel ihr im Schambachtal in Gestalt eines Bauern begegnet. Er hätte ihr »Geld genug« versprochen, wenn sie sein werden wolle, aber als Antwort erhalten: »Hab ich solang Not gelitten, will ich's noch länger leiden.« Am nächsten Tag jedoch sei der Abgewiesene erneut vor ihr aufgetaucht, habe sein Angebot wiederholt und der Widerstrebenden »sechs oder sieben halbe Batzen« Geldes zugesteckt. Worauf sie sich mit ihm ins Gras gelegt und Unzucht getrieben habe, wobei des Teufels »Natur nit wie ihres Mannes, sondern kalt gewesen« sei. Anschließend an diese Schandtat habe sie sich dem Bösen mit Leib und Seele ergeben, auch vom Teufel einen Ring zur Bekräftigung des Bündnisses erhalten. Acht Tage später wäre sie zum ersten Mal ausgefahren. Dazu hätte ihr der Teufel eine Gabel gebracht und eine Salbe gegeben, ihr gesagt, wie sie darauf sitzen müsse, und sie gelehrt, die Gabel richtig einzuschmieren und die Worte zu sprechen: »Nun fahr ich jetzt in Teufels Namen dahin.« Von da an sei sie öfters bei Nacht auf Hexenreise gegangen, hätte vor allem die Wein- und Metkeller der Umgebung besucht, um sich zu laben, auch wären ihr »ungefähr zehn Pfund Eier und Schmalz« in die Hände gefallen. In den Ställen einiger Tettenwanger Bauern hätte sie den Kühen die Milch gestohlen, dabei auch einmal eine Kuh aus Versehen totgemolken. Ferner wären von ihr Leute und Vieh mit der Teufelssalbe bestrichen worden, »sonderlich die Reichen«, worauf diese erkrankt oder gestorben wären. Sie hätte auch »in Zeit ihrer Hexerei« an drei Hexentänzen teilgenommen, und zwar »bei Mering unterhalb Ingolstadt, bei Dolling und bei Tettenwang auf'm Steinbuckel«.
Fürs erste verzichtete der Kommissar darauf, die Geständige nach weiteren Details zu fragen. Er wußte jetzt, daß er von der Klostermüllerin alle gewünschten Aussagen erhalten würde. Die Einzelheiten hatten Zeit. Worauf es ihm mehr ankam, war eine Belastung des Mannes und der Tochter.

Doch dazu war die alte Frau lange nicht bereit. Nicht in diesem ersten Verhör und nicht im darauf folgenden, das sich vom 14. September an über mehrere Tage hinzog. Wangereck schien eine belastende Aussage der Mutter offenbar so wichtig, daß er, bevor sie vorlag, kein neues Verhör mit der Tochter ansetzte. Er wußte wohl, daß die Folter irgendwann die Widerstandskraft der Klostermüllerin überwinden würde. Nachdem die zweitägige erste Vernehmung dies nicht im erwünschten Maße erreicht hatte, zermürbte er die Alte durch strenge Folter an drei aufeinanderfolgenden Tagen Mitte September, worauf er zwei Tage Pause einschob, während derer die Gequälte sich bedenken, aber nicht erholen konnte. Am 19. September nahm er sie sich erneut vor. Da geriet die arme Frau, als man ihr wieder die Glieder zerriß, in einen Zustand, den das Protokoll selbst als »Verzweiflung« beschreibt. »Als sie bei diesem Punkt«, heißt es da, »mit der Sprach nit recht heraus und die Wahrheit sagen wollen, ist sie erinnert worden, sich zu Gott zu bekehren, dann sie sonst nit selig werden könne, sondern dem Teufel zufahren müsse.« Man verstärkte diese Ermahnung mit einem Zug am Marterseil. Da gab die Klostermüllerin »zur Antwort, man solle nur aufhören, (sie) wolle williglich des Teufels sein, dann sie ohnedas wohl wiß, daß sie sein sein müß, sintemalen er ihr sein Gespenst in einem Ding wie einem Teigl zu essen geben, und am Herauffahren auf der Hirschheid zu ihr kommen sei. Zudem könnte sie die rechte Wahrheit nit sagen, der Teufel leid es nit, und hab ihr als obverstanden dafür (ein Zaubermittel) eingeben.« Worauf die Kommissare auf die halb Wahnsinnige einredeten: Sie solle ihre Verstocktheit nicht auf den Teufel schieben, sondern an das heilige, bittere Leiden und Sterben unseres lieben Herrn Jesu Christi denken und solches doch an ihr nicht verloren sein lassen. – Das nütze alles nichts, sagte die Frau. »Der Teufel sei in ihrem Herzen und werde so leichtlich nit von ihr genommen werden. . . .«

Ihr Hexentreiben gestand die Klostermüllerin in allen Einzelheiten, gab verschiedene Versionen über den Abschluß ihres Bundes mit dem Teufel zum besten, erklärte, wem sie mit der Salbe das Vieh gefällt oder Gesundheit und Leben geraubt hätte. Sie verriet, wie man den Kühen die Milch stehlen könne: nämlich mit einem Seil, das am einen Ende von einem Nagel aus Haselnußholz durchbohrt sein müsse; »und wo sie aus einem Stall den Kühen die Milch nehmen wollte, hab sie (den) . . . Ort genannt und gesprochen, Milch lauf in's Teufels Namen heraus; sobald sie nun den Nagel auch in's Teufels Namen gezogen, sei die Milch herausgeronnen, so lang, bis keine mehr in den Kühen gewest, welches sie an dem gemerkt, wann sie sich verkehrt und rotfarb worden«. Auch wo und wann sie ungetaufte Kinder umgebracht und nach deren Beerdigung heimlich wieder ausgegraben hatte, erzählte die alte Frau. Sie offenbarte den Namen ihres Buhlteufels (»er heiß Wolfl«) und bezichtigte sich der unflätigsten Verunehrung geweihter Hostien. Mit Liebeszauber umzugehen, leugnete sie allerdings beständig ab – offenbar meinte sie, die Frage ziele auf ihre hübsche Tochter. Dafür gab sie zu, sich in verschiedene Tiergestalten verwandelt und einigen namentlich genannten Bauern als Vogel die Saat von den Feldern gepickt zu haben. Selbst die Methode, Reif und Gewitter herbeizurufen, enthüllte sie den Kommissaren: »Wann sie Wetterzeug machen wollen, geb der Teufel etliche Rüstung oder Sachen dazu, wiß aber nit, was alles; dazu nehmen sie auch Salben und Staub von Kindern, item Brotzenaugen (Brotzen = Kröten), denen sie's ausstechen, und Natternschwänz, denen sie's abhauen; tun solches alles zusammen in ein Hafen, gießen Wasser dazu, setzen's zu einem Feuer so von Häslenholz gebrennt werde, lassen's ein Viertel oder halbe Stund sieden und rühren's mit einem Kindsfäustl oder Häslenstäbl durcheinander an, daß es zu einer Salben werde. Die Materi hab sie anheims in ihrem Haus in dem absonderlichen Küchl auf dem kleinen dazu gemachten Herdl gesotten, und auf einmal etwan ein halbe Maß oder auf's meiste drei halbe Känndl. (Sie) hab den kleinen Herd darum zugericht, daß sie geforchten, es möcht ihr auf dem großen Kochherd umgekehrt werden . . . Und wann sie dann ein Wetter machen wollen, hab sie ungefährlich ein Salzbüchsel voll (von) der Materi genommen, in ein Scherbl getan, aufs Feld getragen, etwa auf einen Stein gesetzt und gesprochen, Seh' hin, Teufel, mach ein Wetter daraus. Alsdann die Materi von Stund an angefangen zu brodeln, schnalzen, sausen, und über sich mit einem Gewölk in die Lüft' gefahren, donnert und blitzt . . .«

All das und mehr gestand die Klostermüllerin, aber die Namen anderer Hexen wollte sie nicht verraten, schon gar nicht zugeben, daß ihr Mann und ihre Tochter gleichfalls Hexerei getrieben hätten. Erst am 22. September erreichte die Folter ihr Ziel.

Anfänglich, vermeldet das Protokoll, wollte sie gar keine »Gespielinnen« nennen. Sie hätte mit den andern Hexen verabredet, keine zu verraten. Dann, als die Tortur gar zu unerträglich wurde, begann sie zögernd mit den Namen von drei Frauen, die ohnehin alle bereits

wegen Hexerei hingerichtet waren. Erst als sich die Kommissare damit nicht zufrieden gaben, nannte sie Personen aus dem Freundeskreis der Pappenheimer als Mittäter.
Doch endlich erlahmte der Widerstand. Ja, auch ihr Mann und ihre Tochter wären bei den Hexentänzen dabeigewesen. Der Mann hätte sie auch bei den Kellerfahrten häufig begleitet. Und die Agnes sei schon als zweijähriges Kind in die Hexerei geraten. Sie sei nämlich gar nicht erst getauft worden. Als sie, die Klostermüllerin, vor zwanzig Jahren die Agnes bekommen hätte, wäre gleichzeitig »die Häpflmairin zu Tettenwang« mit einem Töchterchen im Kindbett gelegen. Die damalige Hebamme, welche auch ein Unhold gewesen sei, hätte beide Kinder vertauscht und der Häpflmairin Kind statt das der Müllerin zur Taufe gebracht, so daß jenes »also zweimal und das andere nit getauft« wurde. Als Agnes zwei Jahre alt war »und einstmals bei ihr am Bett gelegen« sei, hätte sie das Kind »dem Bösen Geist versprochen und aufgeopfert«. Im Alter von »zehn oder zwölf Jahren« wäre das Mädchen erstmals mit der Mutter zu Hexentänzen gefahren und »allda einem Buhlen zugestellt worden«. Das war eben das Schreckliche am Folterprozeß: Er deformierte die Persönlichkeit und beraubte den Menschen seiner Würde. Nur so ist diese Aussage begreiflich. Vom eigenen Kind zu behaupten, es sei ungetauft, bedeutete zur damaligen Zeit, es außerhalb der Gemeinschaft zu stellen. Zu sagen, es sei vor der Zeit, an die es sich selbst erinnern kann, dem Teufel verschrieben worden, bedeutete in der konkreten Situation Verdammung auf den Scheiterhaufen. Die alte Frau trieb wohl nur noch in einem Meer von Schmerzen und Todessehnsucht dahin, als sie ihren Peinigern willfuhr. Ihr war alles gleich, nichts mehr wichtig.

Die Relation

Schon vor dem ersten Verhör der Klostermüllerin, nämlich am 11. August, hatte Wangereck sein Glück bei ihrer Tochter Agnes versucht. Er verlegte dann alle Anstrengungen auf die Verhöre der Mutter, weil er bei der jungen Frau auf den gleichen entschiedenen Widerstand gestoßen war wie bei ihrem Vater. Gleich zu Beginn des Verhörs erklärte Agnes: Wiewohl die Leute, insbesondere die Pappenheimer, behaupteten, sie und ihre Eltern wären Unholden, so tue man ihnen doch Unrecht. Und in Unterschätzung der Fähigkeiten

des Kommissars fügte sie selbstbewußt hinzu, »es werde sich auch nimmermehr auf sie befinden«.
Trotzdem versuchte Wangereck es zunächst mit Güte. Wer sie zur Hexerei verführt hätte, wollte er wissen. Niemand, war die knappe Antwort, denn sie hätte mit Hexerei nichts zu schaffen. Das Leugnen nutze ihr nichts, herrschte man sie an, der Hexenherd in der Küche ihres Elternhauses verrate die Wahrheit. Wir hören das Mädchen lachen. Der Hexenherd? »Auf dem kleinen Herdl in dem Nebenküchel haben sie die Milch zum Käsmachen gehitzt.« Sonst nichts. Das Lachen werde ihr schon noch vergehen, antwortete Wangereck und ließ das Mädchen binden. Das geriet in Angst und begann zu zittern. Es wurde sich wohl erst jetzt richtig klar, daß die Marterinstrumente, die in dem Raum an den Wänden hingen, ihr zugedacht waren. Tapfer wiederholte sie, daß sie völlig unschuldig sei.
Wangereck war durch den Tod des alten Klostermüllers vorgewarnt. Der Teufel würde versuchen, auch diesmal eine Aussage zu verhindern. Um ihn zu vertreiben, schlug er das Kreuz über das Mädchen und sprach »lateinische Psalmen oder Verse über sie«. Dabei fiel mehrmals der Name Jesu. Worauf Agnes zitternd sagte, »sie mög diesen Jesus nit«, den der Kommissar im Mund führe, »sondern wolle den haben, der sie erschaffen und für sie« am heiligen Kreuz gestorben sei. Mit diesen Worten verstummte sie für den Rest des Vormittags. Da half es nichts, daß Meister Georg sie wieder und wieder an die Decke zog, »einmal leer und zehnmal mit einem fünfzigpfundigen Stein«. Das Protokoll vermerkt bloß dürr, es sei »weiter nichts von ihr zu bringen gewest, als daß sie immerdar ihre Unschuld« beteuert hätte. So ging das bis zur Mittagsstunde, zu der die peinliche Vernehmung unterbrochen werden mußte. Der Grund dafür war wohl der sehr alte, wenn auch heutzutage vergessene Aberglaube, daß der Mittag, mehr noch als die Mitternacht, eine geistermächtige, unheimliche Zeit ist. Agnes wurde in ihre Zelle zurückgebracht. Da Wangereck befürchten mußte, die Gefangene durch eine Ausdehnung und Verschärfung der Tortur vorzeitig zur Aussage unfähig zu machen, versuchte er es am Nachmittag mit einer anderen Methode.
Diesmal nämlich nahm er mit seinen Begleitern in des Eisenmeisters Stube am Holztisch der Familie Platz und ließ Agnes aus ihrer Zelle nicht wieder ins düstere Gewölbe mit seinen Schreckensinstrumenten, sondern in den sonnendurchleuchteten Wohnraum des Gefäng-

niswärters führen. Da stand die junge Frau nun auf schwachen Beinen vor ihren Peinigern, mit gesenkten Augen und vor der Brust verschränkten Armen. Man hatte ihr vor dem Verhör am ganzen Körper die Haare abrasiert und ihr ein grobleinenes Hemd über den nackten Körper gezogen. So von den hohen Herren angestarrt zu werden, kahlköpfig, kaum bekleidet, war entwürdigend. Wangereck sprach im Predigerton auf sie ein, redete von der Güte Gottes und den Leiden seines eingeborenen Sohnes, erwähnte das Gleichnis vom verlorenen Schaf und geißelte mit scharfen Worten die Todsünde derer, die in ihrer Schlechtigkeit und Verstocktheit die Gnade des Herrn undankbar zurückwiesen. Nach dieser frommen Einleitung erinnerte er das Mädchen an die Schrecken des Torturgewölbes und die ausgestandene Marter des Vormittags. Das sei alles nur ein Vorgeschmack gewesen auf die Leiden, die ihrer noch harrten, wenn sie nicht Einsicht zeige und ohne Umschweife ihren Bund mit dem Teufel und alle begangenen Hexentaten gestehe.

Sie antwortete mit schwacher, klangloser Stimme, ohne die Augen zu heben. Sie habe nichts zu bekennen, denn sie sei der ihr vorgeworfenen Verbrechen unschuldig. Sollte Gott nur für eine halbe Stunde einen Spiegel aus ihrem Herzen machen, so würden auch die Herren darin nichts als ihre Unschuld sehen. Wer Unholderei von ihr sage, der tu ihr großes Unrecht. Da es aber nun schon dahin gekommen sei, daß man ihr die Glieder zerrissen, so wolle sie ihren Verleumdern gern verzeihen und ihnen mit einem besseren Maß vergelten als ihr gemessen worden.

Wangereck brach damit das Verhör ab. Mehr als zwei Monate lang sollte nun Agnes von jeder weiteren Vernehmung verschont bleiben. Statt dessen wurde ihre Mutter zu immer weitergehenden, immer detaillierteren Aussagen, schließlich zu einer Belastung der Tochter gezwungen. Es entsprach durchaus nicht der üblichen Methode unseres Kommissars, bereits nach einem einzigen Versuch die Vernehmung einer verdächtigen Person abzubrechen. Was also war der Grund, daß er es im Fall der Tochter des Klostermüllers tat?

Vielleicht hatte er wirklich Zweifel an ihrer Schuld. Die hätte er doch haben müssen, möchte man meinen. Allerdings gehen wir dabei von der Erkenntnis aus, daß Hexerei kein reales Verbrechen ist. Für Wangereck stand eben das außer Frage. Die Verdachtsmomente gegen die junge Frau waren von seinem Standpunkt aus schwerwiegend genug gewesen, die Verhaftung zu rechtfertigen. Es ist äußerst unwahrscheinlich, daß er nun auf einmal die Dinge anders sah. Im Fall der Mutter, gegen die ja genau dieselben Indizien sprachen, zweifelte er ja offenbar auch nicht an der Schuld. Deren erste Unschuldsbeteuerungen bewogen den Kommissar keineswegs zu einem vorsichtigeren Gebrauch der peinlichen Frage.

Zwischen den beiden Fällen bestand freilich ein ins Auge springender Unterschied. Es gelang dem Gericht gleich im ersten Verhör, die Widerstandskraft der alten Klostermüllerin durch Folter zu brechen. Dagegen blieb Agnes – wie schon zuvor ihr Vater – hartnäckig dabei, ihre Unschuld zu beteuern. In der Tat stellte dieses Verhalten Wangereck vor ein juristisches Problem. Nach den geltenden Prozeßgrundsätzen durfte ein Beschuldigter, der einmal der peinlichen Frage ausgesetzt worden war und dabei kein Geständnis abgelegt hatte, nicht erneut wegen desselben Verdachts gefoltert werden. Die Indizien, die zur Tortur berechtigten, waren nach dem ersten Verhör gewissermaßen verbraucht und konnten nicht mehr herangezogen werden, um eine Wiederholung der peinlichen Frage zu begründen. Dazu mußten neue Verdachtsmomente vorhanden sein.

So der Grundsatz. Wangereck, wir kennen ihn, war an sich wohl in der Lage, derlei juristische Regeln so auszulegen, daß sie ihm nicht lästig wurden. Der »Hexenhammer« gab den Richtern den Rat, bei einem hartnäckig Leugnenden das erste Verhör einfach so lange auszudehnen, bis ein Geständnis erzielt sei. Freilich dürfe man die neuerliche Tortur am zweiten oder dritten Tag nicht eine Wiederholung nennen – »da nicht wiederholt werden darf«, wie der Verfasser ganz richtig bemerkt –, sondern müsse dafür den Ausdruck »Fortsetzung« verwenden. Eine etwas elegantere Art der Interpretation schlug der Münchner Jesuit Paul Laymann (1575–1635) den Richtern in seinem Buch über den Hexenprozeß vor: Eine Wiederholung der peinlichen Frage sei stets möglich mit der Begründung, daß »der Richter den Reum in der ersten Tortur ... nicht ganz oder complett hat foltern lassen, weil er entweder darunter ist krank worden oder weil der Richter vermerket hat, daß er in seinen steifgefaßten Sinn halsstarrig verharren und nichts bekennen wollt ...«.

Vielleicht hatte Wangereck Bedenken, zu solchen juristischen Tricks zu greifen. Es sollte uns wundern. Wahrscheinlicher ist, daß er gewisse Rücksichten auf die Opposition im Hofrat zu nehmen für ratsam hielt. Es war dem Kommissar schon einer der Gefangenen im Falkenturm gestorben, ohne zuvor ein Schuldbekenntnis abgelegt zu haben. Wie die zitierte Episode des Friedrich von Spee beweist, waren nicht alle Zeitgenossen bereit, derlei Todesfälle auf das Konto des Teufels zu setzen. Daher mochte es Wangereck angezeigt erscheinen, sich im Falle des Mädchens abzusichern. Er tat dies auf doppelte Weise. Zunächst zermürbte er die Mutter in einem Dauerverhör, bis sie ihre Tochter schwer belastete. Mit diesem Trumpf in der Hand brachte er den Fall in der nächsten Sitzung des Hofrats zur Sprache.

Bei seiner kleinen Rede vor dem Gremium benutzte unser Hofrat einen Zettel als Gedächtnisstütze, der über die Jahrhunderte erhalten blieb, so daß wir die Argumentation ziemlich genau wiedergeben können. Die Tochter des Klostermüllers hätte zwar in ausgestandener strenger Tortur ihre Unschuld behauptet, referierte Wangereck, aber den Umständen nach könne man solcher Behauptung keinerlei Glauben schenken. Zu viele Indizien sprächen gegen die Müllersfamilie. Da wären einmal die übereinstimmenden Beschuldigungen zahlreicher Personen, von denen die Herren im Hofrat ja Kenntnis hätten. Hinzu käme das gemeine Geschrei, das um so wahrscheinlicher auf Wahrheit beruhe, als die eigene Tochter der Klostermüllerin, welche bei Doctor Freymann diene, den Eltern nichts Gutes nachsage. Drittens befinde man sich im Besitz einer sonderbaren Salbe, die im Hause der Verdächtigen aufbewahrt worden sei. Noch schwerer wiege eine andere Entdeckung, die man in der Mühle gemacht habe, nämlich ein sonderbarer Herd, bei dem auch Haselnußholz gelegen sei, auf das die Zauberer bekanntlich viel halten und womit sie auch die Schlangen bannen. Fünftens habe der vom Teufel dem Gericht entzogene Klostermüller bei der Tortur keine Tränen vergossen, was, wie man wisse, ein Kennzeichen der Unholde sei. Schließlich sei in Rechnung zu ziehen, daß die Pappenheimer bis in den Tod an ihrer Beschuldigung festgehalten hätten. Zu all diesen Gründen käme nun noch im Fall der leugnenden Tochter die glaubhafte Aussage der Mutter, das Kind schon vor achtzehn Jahren dem Teufel verschrieben und später auf Hexentänze mitgenommen zu haben. Um den Fall abzuschließen, sei es unumgänglich, Agnes Klostermüllerin erneut und mit aller Schärfe der Tortur zu unterziehen.

Dieser Ansicht war denn auch die Mehrheit des Hofrats. Um sich auch ja abzusichern, ließ sich Wangereck eine schriftliche Bestätigung, eine Art Aktennotiz geben: Das Hofgericht hat »auf beschehene Herrn D: Wangereckhens untertänigster Relation beschlossen, daß der Clostermüllerin Tochter der Commissarien Discretion nach ferner peinlich bespracht werden solle . . .«.

Dieser Hofratsbeschluß erging am 16. Oktober 1600, einem Montag. Am darauffolgenden Freitag in aller Frühe wurde Agnes zum zweiten Mal in das Torturgewölbe unter dem Falkenturm geführt, wo die Hofräte Doctor Wangereck, Pronner und Doctor Hainmüller nebst dem Schreiber Steinwandner zum Verhör bereitsaßen. Wangereck begrüßte sie mit der Erklärung, der Hofrat sei aufgrund des vorliegenden Beweismaterials überzeugt von ihrer Schuld. Sie möge es sich und ihm nicht so schwer machen und endlich einsehen, daß alles Leugnen zwecklos sei. Gott in seiner Güte würde sich ihrer gewiß erbarmen, wenn sie nur erst ihr Gewissen erleichtere.

Darauf sie: »Ob man ihr wohl viel von ihrer Seel Seligkeit sage, so sei sie doch kein Unhold.« Der Kommissar spielte nun seinen ersten Trumpf aus. Ob sie wolle, daß es ihr wie ihrem Vater ergehe, der ohne Reue und Beichte hätte zur Hölle fahren müssen? – Agnes hatte zu diesem Zeitpunkt noch keine Ahnung, daß der Klostermüller im Gefängnis verstorben war. Wangereck wollte sie bewußt schocken, als er ihr, die den Sinn seiner Worte nicht recht verstand, nüchtern mitteilte, »der Bös Geist hab ihrem Vater den Hals brochen«. – Das Mädchen war fassungslos. Das verstehe sie nicht, sagte sie, mehr zu sich selbst als zu den Kommissaren. Ihr Vater sei doch »noch ein junger Fligl« gewesen.

Der Schlag saß, aber Agnes war hart im Nehmen. Als Wangereck sie wieder nach der Hexerei fragte und wissen wollte, »wie's doch verführt sei worden«, sagte sie, alles, was sie verbrochen hätte, sei, von den Pappenheimern beschuldigt worden zu sein. Der Kommissar: Wenn sie ihre Verstocktheit nicht aufgebe, müsse man sie eben wieder foltern. Das Mädchen: Wenn es sein müsse, dann sei es im Namen des Herrn. Jesus Christus sei ja auch gemartert worden.

Worauf ihr die Handgelenke hinter dem Rücken gebunden und an das Seil geknüpft wurden, das über die an der Decke befestigte Rolle lief. Meister Georg zog an. Das schmerzgepeinigte Mädchen baumelte in der Höhe. Da ließ man sie eine Zeitlang wimmernd hängen. Als sie wieder, vom Eisenmeister gestützt, am Boden stand, hielt Wangereck den Moment für gekommen, seinen zweiten Trumpf auszuspielen. Die Leugnerei sei ganz zwecklos, sagte er, denn ihre Mutter hätte ohnehin schon alles gestanden und dem Gericht auch verraten, daß sie, Agnes, schon als Kind dem Teufel versprochen worden und seit ihrem zwölften Lebensjahr eine Hexe sei.

Das sollte die Klostermüllerin gesagt haben? Entsetzt sehen wir das Mädchen den Kommissar anstarren. Dann brach sie zusammen. Die Mitteilung, daß die eigene Mutter sie als Hexe denunziert hatte, vermochte mehr als alle Tortur: Agnes verlor jeden Halt. Ein Weinkrampf schüttelte sie, und nur stoßweise, unter Schluchzen, konnte sie auf die weiterbohrenden Fragen des Hofrats antworten: Wenn ihre Mutter von ihr sage, sie sei ein Unhold, »so wöll sie halt auch eine sein«. – Wer sie denn die Unholderei gelehrt habe? – »Will halt sagen, meine Mutter. Will geduldig eine sein ... Ach, meine liebe Mutter, bring halt dich und mich in Pein!«

Wo sie zum ersten Mal dem Teufel begegnet sei, wollte der Kommissar wissen. »Darauf hat sie stark geseufzt«, heißt es im Protokoll, »und geantwortet, sie hätte ihr Lebtag noch keinen Teufel gesehen.« – Worauf Meister Georg Anweisung erhielt, wieder zur Tortur zu schreiten. Sie hätt' »von all ihren Sünden ... Reu und Leid« schrie die Gequälte. Und als man sie erneut nach dem Teufel fragte, meinte sie resignierend, sie »hab ihn in ihrem Haus gesehen«.

»In welcher Gestalt ist er zu dir gekommen?«

»Ich weiß es je auf meinen Eid nicht mehr, es ist Nacht gewesen.«

»Was hat er gesagt und von dir begehrt?«

»Hat halt meinen Leib begehrt. Ich sollt ihm's geben. Darauf hab ich ihm gesagt, ich will's tun.«

»Was hat er dir dafür zum Lohn gegeben?«

»Halt nichts. Und hab ein Unhold werden müssen.«

»In welcher Gestalt ist er zu dir gekommen, und wann?«

»Bei der Nacht. Er hat ein schönes schwarzes Bauernkleid angehabt und gesagt, er sei der Teufel. Er hat mich mit meinem Namen Agnes angesprochen und gesagt, Agnes, sollst ein Unhold sein. Darauf bin ich in einem Hui ein Unhold geworden.«

»Was hat er mit dir getrieben?«

»Damals hat er nichts mit mir getrieben.«

»Bei welchem Tanz warst du zum ersten Mal dabei, und wo ist der gehalten worden?«

»Wo der Teufel gewest, da bin ich auch dabei gewest.«

»Den Ort will ich wissen.«

»In einem Holz bei Tettenwang, weiß aber nicht, wie's heißt.«

»Hast nicht auch deine Seel dem Teufel geben müssen?«

»Ich könnt' mir wohl denken, daß, wenn eine stirbt, die Seel dem Teufel gehört.«

»Wie hast du fahren müssen?«
»So wie die anderen Unholden halt, auf einer hölzernen Ofengabel.«
»Und wer hat dich geführt?«
»Die Ofengabel.«
»Was hast dazu gebraucht?«
»Hab ein Kühschmalz dazu braucht, das recht dick war.«
»Wer hat dir die Salbe gegeben?«
»Der Teufel hat's mir geben, wie er zum ersten Mal zu mir 'kommen ist. Ist grünlich gewest.«
»Was hast sprechen müssen?«
»Fahr hin in's Teufels Namen.«
»Auf wieviel Meilen Wegs bist zu den Tänzen gefahren? Bei wie vielen bist du dabei gewesen?«
»Über zwei Meilen Wegs nit. Erstlich auf Riedenburg zu bei der Scheune vor der Kohlmühl, dann dort auf einer Wiesen, hernach bei der Tränk'.«
»Was hast du da gemacht?«
»Hab halt auch 'tanzt.«
»Wer hat mit dir getanzt?«
»Die Männer. Aber ich hab keinen 'kennt. Der Teufel ist auch dabei gewest.«
»Was hast du gegessen?«
»Eine Suppen. Hab's aber nit 'kocht.«
»Was für ein Fleisch?«
»Ist ein Schweinerns gewest. Wir haben's in einer Suppen 'gessen.«
Während dieses ganzen Verhörs, das wir so wörtlich wie möglich wiedergegeben haben, hing das Mädchen mit gräßlich verrenktem Körper, schwer atmend und schreckliche Schmerzen leidend, freischwebend im Raum am Reckseil. An diesem Punkt der Vernehmung begann sie, infolge der anhaltenden Tortur, die Besinnung zu verlieren. Das Protokoll vermerkt, sie hätte auf einmal seltsame »Reden getrieben«, etwa: »Hab sonst kein Arbeit als daß ich bet«, »Wenn ich nit angenehm, will ich's doch noch werden«, und, zu den Kommissaren: »Meine Herren, ich sag euch Lob und Dank, daß ihr mein annehmt«, »Verschont meiner Mutter ebensowenig als mein«, »Mein Vater und Mutter sind auch Unholden«. Dann: »Mein Seel zittert . . . wie scheint die Sonne.«
Man ließ Agnes herab, gönnte ihr eine Pause. An einen Abbruch des

Verhörs dachte offenbar keiner der Anwesenden. Sie verlangte Weihwasser zu trinken und erklärte dazu, sie wolle noch ein Kind der Seligkeit werden. Dann wurde das arme Geschöpf abermals in die Höhe gezogen und das Verhör fortgesetzt.
»Was für Fleisch hast du bei dem Tanz gegessen?«
»Das der Teufel 'bracht hat. Weiß nicht, was es für eins gewest ist, schätz, es ist ein junges Fleisch gewest. Der Teufel hat's 'bracht.«
Man zog die vor Schmerzen ohnehin schon halb Wahnsinnige ruckartig noch ein Stück höher. Sie schrie auf. Offenbar hatte sie keine Ahnung, was der Kommissar von ihr hören wollte: daß sie nämlich das Fleisch kleiner Kinder verspeist hätte. So versuchte sie es mit einem Wortschwall, in der Hoffnung, ihre Peiniger zufriedenzustellen.
»Mein Mutter hat 'kocht, wie auch ich. Mein Mutter hat's Fleisch ausg'waschen. Und wir haben um's Feuer 'tanzt. Ich hab auch tapfer 'tanzt. Ist bei der Kohlmühl geschehen, es sind auch Pfeifer da gewesen. Der Teufel hat's Fleisch zerhaut, mein Vater hat's auch gebrockt. Ach, ich kann mich nicht segnen, muß erst ein Kind der Seligkeit werden. – Am Fleisch ist keine Haut gewesen, mein Vater hat's zerhaut, mein Mutter ausgewaschen und ich hab's zugesetzt. Danach haben wir um's Feuer 'tanzt. Das Fleisch hat ein gut Geschmack gehabt. Ist ein gut's Fleisch gewest. Diesmal hat's der Teufel 'bracht. Ist alles g'sotten gewest. Gebratenes Fleisch haben wir nicht 'gessen, ist nur alles g'sotten gewest ...«
Mit einem tiefen Seufzer verlor die Gemarterte die Besinnung. Der Schreiber vermerkt an dieser Stelle des Protokolls, die Gefangene hätte sich »gar seltsam kränklich gestellt«, weshalb man sie von der Folter lassen und in ihre Zelle zurückbringen mußte.
Doch viel Zeit zur Erholung gewährten ihr die Kommissare nicht. Am Nachmittag wurde das Verhör fortgesetzt, jedoch »ohne alles Aufziehen«, wie es im Protokoll heißt. Es war jetzt mühelos jede gewünschte Aussage von dem Mädchen zu bekommen: daß man auf dem Hexensabbat Kinder verspeise; daß der Teufel mit ihr Unzucht getrieben habe; wie man die Zaubersalbe zubereite. Ihr vorangegangenes beständiges Leugnen erklärte sie damit, daß der Teufel ihr vorher die Rede verhalten hätte.
Am darauffolgenden Samstag, den 21. Oktober 1600, mußte Agnes gestehen, mehrere ungetaufte Kinder ermordet zu haben. Sie tat dies ohne Widerstand, äußerte jedoch seufzend zwischen ihren Ge-

ständnissen, sie wäre wohl nicht hierhergekommen, wenn ihre Eltern nicht wären, »wann aber die Birn zeitig, so fällt's«.
Ins Stocken kam ihr Geständnis bei der Frage, mit welchen Zaubermitteln sie die Kinder umgebracht habe.
»Hab nichts gewirkt.«
Man band sie zur Tortur.
»Zum Kinderumbringen hab ich nichts Guts dazu genommen.« Das Seil wurde angezogen. Die geschwollenen Gelenke gedehnt.
»Mein Herz ist noch verstockt und kann den Grund nit recht sagen.«
Unerträglich wurde der Schmerz.
»Mein Herz zittert heut gleich so stark als gestern meine Füß'. Der Teufel steckt mir noch im Kopf!« Und zu den Kommissaren: »Gesegnet und behütet euch!«
Wangereck fragte, ob denn der Teufel gegenwärtig bei ihr sei. Ob sie ihn in ihrer Nähe spüre.
»Des Teufels Werk' sind in mir. Es steckt der Schelm mir noch im Grind (= Gehirn), mit der Weil wird mir aber geholfen werden. Er muß nunmehr fort.«
»In wessen Namen hast du die Kinder umbringen müssen?«
»In's Teufels Namen ...«
Man ließ sie herab, sie sackte in sich zusammen. Meister Georg fing sie auf, stützte sie. Wangereck gab Anweisung, das Mädchen auf die an der Wand stehende Holzbank zu setzen. »Es geht mir gleich ein Ohnmacht zu«, flüsterte sie. »Der Teufel steckt mir im Kopf. Mein Herz ist ganz voll Zittern. Habt Erbarmen, ihr Herren, laßt mich ein Weil auf der Bank liegen.«
»Bist du getauft worden?«
»Hab einen Tauf- und einen Firmpaten gehabt. Der Taufpat' ist aber verstorben.«
Leise und mit geschlossenen Augen, wie zu sich selbst, sprach sie folgende Worte:
»Der Teufel wird scheiden müssen. Gott der Herr wird kommen.«
»Schaut's!« rief sie plötzlich laut, zeigte auf ihre bloßen Füße und streckte die Arme in die Höhe. »Schaut's! Der Schelm steckt mir in allen Gliedern.« Wieder ganz still: »Du Schelm, du mußt von dannen. Du Schelm, du siehst nit gern, daß ich ein Christ soll werden.«
Mit einer überraschenden Wendung zu Meister Georg, laut und fordernd: »Greift mich nicht zu gemach an, Herr Nachrichter, damit euch nicht auch etwas geschieht.«

Auf einmal bäumte sich der Körper des Mädchens auf und fiel schlaff in sich zusammen. Sie schien ihre Umwelt nicht mehr wahrzunehmen, reagierte auf keine Frage mehr und konnte aus ihrem Zustand nicht wachgeschüttelt werden. Die Kommissare besprachen sich untereinander und beschlossen, die Vernehmung zu beenden. Worauf der Eisenmeister das Mädchen in seine Zelle zurücktrug.
Am Montag, den 23. Oktober, kam ein Jesuitenpater in den Falkenturm, begleitet von zwei Knaben in rotweißen Meßgewändern, von denen einer einen kleinen silbernen Eimer vor sich her trug, der andere einen Weihrauchkessel schwenkte. Polternd stieg die kleine Prozession hinter Meister Georg die Holztreppen hoch und machte halt vor der Keuche der Agnes Klostermüllerin, deren verschlossene und verriegelte eisenbeschlagene Tür geöffnet ward. Die Gefangene saß apathisch in einer Ecke, die Haut an den bloßen Armen und Beinen grün, blau und gelb unterlaufen, die Gelenke unförmig geschwollen, das einst hübsche Gesicht verheult und aufgedunsen, durch Kahlheit entstellt. Der Pater besprengte sie mit Weihwasser, stimmte kräftig und siegesgewiß ein Lied an, in das die hellen Kinderstimmen frisch einfielen. Süßer Weihrauchduft erfüllte den Raum. Als das Lied gesungen war, wurde viel gemurmelt in unverständlichem Latein, vom Pater sowohl als von den als Chor fungierenden Meßknaben, auch mehrmals das Kreuzzeichen geschlagen. Danach erklang erneut frommer Gesang in einer Mischung aus kernigem Bariton und plärrendem Sopran durch den Falkenturm. Womit die Zeremonie beendet war. Die kesselschwenkenden Buben machten auf ein Zeichen des Paters kehrt, während dieser das Mädchen ein letztes Mal segnete und ihr mitteilte, sie sei jetzt auf den Namen Ursula getauft und ein Kind der Seligkeit. Dann verließ auch er die Zelle. Die Tür fiel wieder ins Schloß und wurde verriegelt und versperrt. So ähnlich jedenfalls hat man sich die von den Kommissaren veranlaßte Taufe der Tochter des Klostermüllers vorzustellen.
Wangereck hoffte, dem Teufel durch Lieder und Lateingemurmel endgültig die Macht über Agnes, die jetzt Ursula hieß, genommen zu haben. Am Dienstag ließ er sie erneut ins Gewölbe des Falkenturms führen. Statt einer Besserung ihres Zustandes mußte er jedoch eine erhebliche Verschlechterung konstatieren. Das Mädchen konnte aus eigener Kraft nicht einmal mehr stehen. Sobald es, von Meister Georg gestützt, das Torturgewölbe betrat, war es wie erstarrt oder, wie es im Protokoll heißt, »hat sie sich gestellt, als wann sie gar verstummt wär«.

Wangereck begann, wie fast immer, das Verhör mit einer Art Predigt. Nachdem der allmächtige Gott ihr soviel Gnade verliehen habe, sie durch die heilige Taufe aus des leidigen Satans Banden zu erretten, solle sie sich nun eines solchen Geschenks würdig erweisen und der Obrigkeit in allem die Wahrheit sagen.
Darauf antwortete sie mit kaum hörbarer Stimme: »Wenn ich es tun kann. Zu der Seel Seligkeit will ich kommen, will nimmermehr des Teufels sein.«
Den Kommissaren fiel auf, daß das Mädchen einen Verband um den Hals trug, und sie verlangten vom Eisenmeister Aufklärung. Der berichtete in knappen Worten, er habe die Gefangene heute morgen mit einer Stichwunde im Hals in einer Blutlache liegend aufgefunden. Seine Frau habe die Verletzung notdürftig verbunden, damit das angesetzte Verhör stattfinden könne.
»Wie ist das geschehen?« fragte Wangereck das Mädchen. »Ich hab mir's selbst getan«, kam leis die Antwort. »Gleich heut vor sieben Uhr und ein kleine Weil ehe die Herren Commissari in den Falkenturm 'kommen sind. Da ist der Teufel in eines Bauernknechts Gestalt bei mir am Fenster gewesen und hat g'sagt, die Schelmen – damit hat er die Commissari gemeint – die Schelmen werden jetzt wiederum zu dir kommen und dich hart peinigen lassen. Seh' hin, bring dich um! So kommst schlecht der Marter ab. Sonst wird man dich köpfen und scheußlich mit dir umgehen. Das ist g'schwind geschehen. – Bei mir in der Mauer ist ein Loch, da hab ich ein Messer versteckt gehabt. Und wie der Teufel mir so zuspricht, ist's gleich auf meinem Schoß gelegen und schon hab ich's mir in Hals gestoßen und mich damit gerissen. Es hat aber wohl unser Herr es nit haben wollen, daß ich mich umbringen soll, dann wie ich mit der linken Hand hab anfangen zu stechen, inmaßen ich links bin mit aller Arbeit, hab ich schlechts die linke Hand mit der Rechten hinweggestoßen. Hernach bin ich auf den Boden gefallen.«
»Wo hast du das Messer herbekommen?«
»Am Freitag is's acht Tag gewesen, da hab ich es der Eisenmeisterin, als sie bei mir in der Gefängnus gewest, aus der Scheiden gezogen und in das obvermeldte Loch versteckt. Nachdem ich mir heut den Schaden getan, hab ich das Messer noch ganz blutig wiederum hinein- und einen alten Hader davor gesteckt.«
Der Eisenmeister wurde angewiesen, diese Aussage sogleich zu überprüfen und inzwischen seine Frau herunterzuschicken. Die erschien und erklärte, zur Sache befragt, es stimme, sie hätte vor acht

Tagen ein Messer verloren und wisse nicht, wohin es gekommen. – Dann kehrte Meister Georg zurück. Er habe fleißig überall nachgesucht, auch in alle Ritzen und Löcher der Mauer gesehen, könne aber das Messer nicht mehr finden. Die Kommissare ließen den Vorfall auf sich beruhen, um mit der Vernehmung zur Sache fortzufahren. Man war keineswegs gesonnen, der Verletzten Schonung zu gönnen.

Des Klostermüllers Tochter mußte das Verfahren bis zum bitteren Ende durchstehen. Noch siebenmal wurde sie »gütlich und peinlich« über ihre angeblichen Hexentaten verhört. Von gelegentlichen Schwächeanfällen unterbrochen, gestand sie, Menschen und Vieh verdorben, Reif und Hagel gemacht und gräßlich Unzucht mit dem bösen Feind getrieben zu haben. Nachts, wenn sie, frierend und doch fiebrig, einsam in ihrer Zelle lag, besuchte sie ab und zu der Teufel, sprach ihr Mut zu und äußerte sich zynisch über den »lieben« Gott, in dessen Namen man sie so quälte. Sie sei von Eltern und Pfarrer belogen worden: Nicht im Himmel, in der Hölle sei Gnade. »Im Himmel peinigt man die Seelen, in der Hölle aber haben sie alles.« Manchmal bekam Agnes auch Besuch von ihrem alten Vater. Wenn draußen der Mond am Himmel stand und der Herbstwind durch das alte Gemäuer heulte, spukte der Klostermüller als arme Seele durch den Falkenturm. Oft saß er weinend am Lager seiner Tochter und rief: »O weh! O weh!«

Siebtens

Der Tanzplatz

Der Traum vom Fliegen

Nicht aus Ungeduld ist unser Bericht vorübergehend der Zeit vorausgeeilt, es geschah, damit Zusammengehöriges nicht um der Chronologie willen auseinandergerissen werde. Nur für die handelnden Personen unserer Geschichte waren Daten und Termine von Bedeutung, die leidenden erlebten die Zeit nicht als kalendermäßige, rechnerische Einheit. Sie sahen es hell und dunkel werden in ihren Zellen, warteten auf die leichten Schritte der Eisenmeisterin, die eine Suppe oder einen halben Fladen Brot brachte, und erschraken vor den schweren Tritten des Meisters Georg, der sie zum Verhör holte. Paulus Pappenheimer und die Seinen sollten das Heulen des Herbstwinds nicht mehr vernehmen, der die Tochter des Klostermüllers ängstigen würde. Aber ähnlich verzweiflungsvolle Nächte erlebten auch sie, auch Ulrich Schölz und das Prunner Schneiderlein, auch Hans Stumpf und Augustin Baumann. Sie saßen nicht alle gleichzeitig im Falkenturm, aber da sie ohnehin wenig voneinander wußten, ist das nebensächlich. Ihre leidvollen Wochen bis zum Abschluß des Verfahrens fielen in verschiedene Abschnitte des Kalenders; die einen froren, als sie kamen und warteten an schwülen Julitagen auf ihr Ende, die andern wurden im Hochsommer eingeliefert und im November auf den letzten Weg geführt. Aber der innere Ablauf ihres Aufenthalts war bei allen derselbe: anfangs Mut und Widerstand, dann Schmerz und Elend, später nochmaliges Aufbäumen und endgültiges Sichfallenlassen, schließlich stumpfes Dahindämmern und geistige Verwirrung.

In diesem letzten Stadium, das für Agnes Klostermüller in den ersten Novembertagen begann, befand sich Anna Pappenheimer Anfang Juli des Jahres 1600. Willig erzählte sie den Kommissaren von ihren Untaten als Hexe, ließ apathisch die allfällige Tortur über sich ergehen, wenn sie einmal nicht sofort die gewünschte Antwort fand, und lag tagelang fiebernd im Stroh der Keuche. Allerlei Gespenster erschienen ihr; der Teufel lachte höhnisch durchs Fenster, die von ihr angeblich ermordeten Kinder umtanzten sie. Wahrscheinlich hielt sie sich selbst für eine Hexe und das von ihr Gestandene für wirklicher als ihr reales Leben, von dem sie inzwischen Meere der Verzweiflung trennten.

Da mochte sie denn wohl durch das kleine Fenster zum Himmel blicken, zu den dahinfliegenden Wolken, und sich wünschen, wirklich durch die Lüfte fahren zu können, fort aus dieser Zelle und ihrem unerträglich gewordenen Leben. Wäre nicht ihre Zauberkraft gebannt, solange sie sich im Netz der Obrigkeit befand, sie könnte den Traum wahr werden lassen, müßte sich nur rittlings auf ein Stück Holz oder Eisen setzen, etwas Salbe darauf schmieren und könnte in Teufels Namen davonjagen. Von diesem Ritt durch die Luft hatte sie eine sehr anschauliche Vorstellung, als wäre sie wirklich, wie sie es gestanden hatte, schon oft »ausgefahren«.

Wenn die alte Landfahrerin dergleichen erlebt hatte, dann nur in grellen Träumen. Waren dies gewöhnliche Nachtbilder? Vor etwa hundert Jahren verblüffte ein pensionierter Gymnasiallehrer die Wissenschaft mit einer überraschenden These: Die sogenannten Hexen wären Rauschgiftsüchtige und ihre Flugerlebnisse ungewöhnlich lebendige Halluzinationen gewesen. Das ganze Hexenwesen habe eine Droge verursacht, nämlich ein aus dem Stechapfel (Datura Stramonium Lin.) bereiteter Absud. Es sei ja bekannt, daß gerade das arme Volk zu allen, zumal aber in schlechten Zeiten ein Rauschmittel brauche, um Hunger und Kummer zu vergessen. Die Wirkung des Stechapfels, der in der ersten Hälfte des 15. Jahrhunderts von Zigeunern nach Europa eingeführt worden war, hätten kräuterkundige Weiber sehr bald entdeckt. Just damals sei der Hexenglaube entstanden. Das erkläre sich so: Einzelne Personen, die im Stechapfelrausch Visionen von Unzucht und Anbetung des Teufels gesehen hätten, wären in ihrer Betroffenheit zur Beichte gegangen und hätten das für erlebt Gehaltene im Beichtstuhl bekannt. Was die Kirche alsbald dazu veranlaßt habe, vor dem neuen Verbrechen der Teufelsbuhlschaft zu warnen und wissenschaftlich darüber zu räsonieren. Inzwischen hätte die Stechapfelpflanze einen wahren Siegeszug durch Europa angetreten. »Und deutlich ersichtlich nahmen Stechapfel und Hexenprocesse denselben Weg, und es ist der Stechapfel, soweit sich dies bei der Heimlichkeit seiner Anpflanzung im Anfange constatiren läßt, immer kurze Zeit vor dem Beginn der Hexenprocesse in die Gegend eingewandert.« Es sei auch bezeichnend, daß der Hexenwahn gerade zu besonderen Notzeiten, nämlich vor und während des Dreißigjährigen Krieges, seinen Höhepunkt erlebt habe. Je größer nämlich das Elend des Volkes, desto verbreiteter die Rauschgiftsucht.

Wir machen heutzutage eher die gegenteilige Erfahrung, aber die Rauschgifttheorie ist jüngst neu belebt worden. Hans Peter Duerr, ein Ethnologe der »Freak«-Generation, hat sie vor ein paar Jahren in seinem Buch »Traumzeit« wieder aufgegriffen, verändert und relativiert. Zwar hätten sich gewiß keineswegs alle der Hexerei verdächtigen Menschen mit einer »halluzinogenen« Salbe eingerieben, räumt Duerr ein, aber es müsse doch vereinzelte Personen gegeben haben, aus deren Rauscherfahrungen die Sage vom Hexenflug und orgiastischem Teufelstanz geboren wurde. Die »Ausfahrt« – ein »Trip«? Zumindest eine originelle Deutung des Unbegreiflichen.

Was nun Anna Pappenheimer betrifft, die aus ihrer dunklen Zelle in das blaue Viereck über sich sah und vom Fliegen träumte, so sehnte sie sich wohl kaum nach einem Stechapfelrausch oder einer anderen bewußtseinserweiternden Droge. Von einer solchen wüßten die Protokolle. Die »Salbenrezepte«, die Anna und ihre Mitangeklagten verrieten, betrafen nur Mittel zur Verursachung von Unwettern und anderen Schäden. Die »Flugsalbe« wollten alle direkt vom Teufel bekommen haben. Hätte es sich um ein selbst zubereitetes Rauschgift gehandelt – Wangerecks Verhörmethoden hätten uns zweifellos von seiner Zusammensetzung Kenntnis verschafft. Aber davon abgesehen – die Drogentheorie versagt bei den Beteiligten unseres Prozesses schon an dem Umstand, daß diese nicht sich selbst mit der Teufelssalbe einrieben, sondern ihr Fluginstrument, die Mist- oder Ofengabel. Wäre es ihnen um die Rauschwirkung gegangen, so hätten sie die Salbe wenn nicht essen, so doch wenigstens ihren Duft inhalieren müssen. Eine einzige Aussage in unseren Protokollen deutet die Vorbereitung des Hexenflugs durch die Einnahme eines Krauts an, nämlich die Behauptung des kleinen Hänsel (vom 5. Mai 1600), »wenn die Mutter ausfahren wollen, hab sie zuvor Eberwurzen 'gessen«. Die Eberwurz (Carlina acaulis, Carlina vulgaris), auch unter dem Namen Silberdistel bekannt, ist nun zwar ein harn- und schweißtreibendes Heilkraut, löst aber keineswegs Rauschzustände aus. Das Kind erwähnte die Pflanze offenbar, weil sie ihm wegen ihrer wetteranzeigenden Blüte besonders dämonisch vorkam.

Eine individuelle Erfahrung, ein Rauscherlebnis lag dem Traum vom Fliegen im Falle Anna Pappenheimers offenbar nicht zugrunde. Er

stieg aus den unauslotbaren Tiefen des Unbewußten, aus jenem mythischen Ur- und Abgrund unseres Seins, aus dem die meisten unserer Träume kommen. Anna hatte deshalb eine so anschauliche Vorstellung, weil sie nicht bloß Erzähltes nacherzählte, sondern Gefühltes nachfühlte. Die Luftfahrt auf einem Stück Holz ist eine jener Ursagen, die nicht allein durch Überlieferung erklärbar sind. Schon an der Wiege unserer Kultur im fruchtbaren Land zwischen Euphrat und Tigris glaubte man, daß zauberkundige Weiber auf einem Stabe zu nächtlichen Versammlungen ausreiten; die Mythologien der Ägypter, Perser, Hebräer, Griechen und Römer wissen auch davon zu erzählen, mit Abwandlungen und Ausschmückungen jeweils eigener Art. Es ist kaum wahrscheinlich, daß dieses Wissen von den Germanen einfach übernommen wurde – es beruhte wohl auf eigenem Geraune, daß man im hohen Norden, in Westgötland etwa, an stabreitende Hexen glaubte, die nachts zu ihrem Versammlungsort flogen und vor Tagesanbruch zurückkehrten. Die altnordischen Nachtweiber benutzten eine Stange aus dem Zaun für ihre Reise, denn ein unsichtbarer Zaun, die Grenze zwischen dem menschlichen und dem dämonischen Bereich, war der Ort, auf dem man sie gewissermaßen sitzen sah. Im alten Münchner Nachtsegen wird vor der zcûnrite, der Zaunreiterin, gewarnt und das Wort hagazussa, aus dem unser »Hexe« hervorgegangen ist, bedeutete ursprünglich Zaunweib. In der Domkirche zu Schleswig gibt es ein mittelalterliches Fresko, auf dem eine hagazussa dargestellt ist: Mit wehenden Haaren reitet sie auf einem Besen durch die Lüfte.
Das offene Haar, Symbol der befreiten Sinnlichkeit – verrät es nicht den Urgrund dieses Traums vom Fliegen? Es fällt doch auf, daß es ursprünglich nur Frauen waren, denen man den nächtlichen Flug zutraute. Und warum ritten sie alle auf einem Stab? Ethnologen und Religionswissenschaftler haben darauf manche Antwort gefunden: Stäbe und Pfähle wurden ja nicht nur bei den Germanen als Götzen verehrt, und der Zauberstab ist ja seit jeher ein Mittel, die Macht der Dämonen herbeizurufen. Aber solche »Erklärungen« sind keine, sondern nur eine Aufzählung von anderen Mythen, in denen der Stab eine ähnliche Rolle spielt wie beim Hexenflug. Es scheint, als schämten sich die Fachgelehrten, die naheliegendste Deutung auszusprechen. Man muß ja kein Tiefenpsychologe sein, um den Stab der Hexen als Phallussymbol zu erkennen. Ein Psychiater, der von alten Hexensagen nichts wüßte, würde bei der Analyse des Traums vom Fliegen keinen Moment zögern, diese Erklärung zu geben. Es ist die

richtige. Dafür sprechen alle Ergebnisse der volkskundlichen Forschung zu diesem Aberglauben. Steckenpferde tauchen vor allem bei Fruchtbarkeitstänzen und alten Initiationsriten der mannbar werdenden Jugend auf. Interessanterweise fanden die angeblichen Hexenausfahrten auch nach dem Zeugnis unserer Protokolle immer zu Zeiten statt, in denen der Volksbrauch die Fruchtbarkeit beschwört: zwischen Weihnachten und Neujahr, an Fastnacht, Ostern, am 1. Mai, zu Pfingsten und Sommeranfang. Nach einer hessischen Sitte reiten die Mädchen am Silvesterabend auf einem Besen vor das Ofenloch oder in der Matthiasnacht vor den Hühnerstall, um zu erfahren, ob sie im Lauf des Jahres heiraten werden. Der sexuelle Kern der Symbolik wird hier besonders deutlich.

Der Traum vom Flug auf dem Stabe mit offenem Haar war eine weibliche Sexualphantasie, die auch Anna vertraut war. Freilich wußte sie nichts von der Bedeutung des mythologischen Bildes. Ob die Gebildeten daran dachten? Ihr Unterbewußtes konnte die Symbolsprache lesen, sorgte aber auch dafür, daß das Tabu gewahrt blieb. Es ist kaum ein Zufall, daß sich die scholastischen Kirchengelehrten mit schier unstillbarem Eifer ausgerechnet in einer Zeit dem Thema Hexenflug zuwandten, in der die Keuschheit zur höchsten Tugend avancierte. Gelehrte Erörterungen über die Natur des Hexenflugs waren ein Lieblingsthema des 15. Jahrhunderts. Spürten die zölibatären Scholastiker instinktiv die sexuelle Bedrohung im Bild des orgiastischen Weibes auf dem Stabe? Sie taten jedenfalls alles, um sie abzuwenden. Zunächst einigten sie sich auf die Lehrmeinung, daß die Hexe nicht aus eigener Kraft fliege, sondern vom Teufel getragen werde. Falls sie selbst der Meinung sei, aus eigener Kraft zu fliegen, so sei das eine von Überheblichkeit getragene Täuschung. Anna, von der zu ihrer Zeit »herrschenden« Hexenlehre indoktriniert, wußte es wohl: »Die Gabel fährt für sich selbst nit, sondern der Teufel führt's.« Mit dieser »Entmachtung« der Hexe verlor der Traum das emanzipatorisch Herausfordernde, welches theologische Gelehrte unbewußt gereizt haben muß. Der Ritt auf dem Stabe war nicht länger ein Triumph des Weibes, sie konnte sich ihre Lust nicht selbst verschaffen, sondern war gänzlich abhängig von dem, der den Stab führte. Nachdem so der Traum erst einmal entschärft war, machte man sich daran, ihn zu zerstören. Zu diesem Zweck holte man ihn aus dem vagen Schattenreich des Mythologischen ins kalte Licht der Realität. Die Ausfahrten seien nicht nur teuflische Vorspiegelungen oder Ausflüge der Seele aus dem schla-

fenden Körper, sondern Satan trage die Körper der Hexen tatsächlich durch die Luft. Mit diesem Bild konnte man anknüpfen an den Bericht des Evangelisten Matthäus, wonach Jesus vom Teufel auf die Zinne des Tempels getragen wurde (Matth. IV, 5), und war beruhigend weit weg von jeder Sinnlichkeit. Ein reales Ereignis ist ein Faktum, das sich selbst genügt, während ein mythologisches Symbol für eine andere Wirklichkeit steht. Indem man dem Hexenflug den Symbolcharakter nahm, mußte man sich vor jener anderen Wirklichkeit nicht mehr fürchten.
Für Anna blieb der Traum vom Fliegen freilich ein Traum. In ihren Verhören hatte sie ihn höchst anschaulich geschildert, aber doch vorher nie erlebt. Gerade deshalb glaube ich, daß sie manchmal vom Flug auf dem Stabe träumte, wenn sie von ihrem Strohlager aus durch das kleine Viereck ihres Fensters ins Sommerblau hinaufsah. Sie mußte für eine Sünde büßen, die sie nie begangen, für eine Reise bezahlen, die sie nie gemacht hatte. Begreiflich, daß sie wenigstens einmal jene Lust fühlen wollte, die nur die wirklichen Hexen kennen.

Das Fest

Südwestlich von Tettenwang liegt eine Anhöhe, bewachsen mit Gebüsch, niedrigem Nadelholz und Zwergsträuchern. Am nördlichen Abhang überdauerten da oben zwischen buschigem Unkraut stark verwitterte Mauerreste einer längst vergessenen Bebauung. Auch zur Zeit der Pappenheimer stand hier kein Gebäude mehr. Aber die heute fast verschwundenen Ruinen alter Fundamente waren damals noch weithin sichtbar und gaben dem Hügel seinen Namen. Man nannte ihn den Mauerberg, eine Bezeichnung, die im Laufe der Jahrhunderte in Vergessenheit geriet und heute kein Tettenwanger mehr kennt. Die Anhöhe ist jedoch gar nicht zu verfehlen; von Laimerstadt kommend biegt man etwa achthundert Meter vor dem Tettenwanger Ortseingang nach rechts in einen Feldweg ein, der bis zu dem schütter bewaldeten Rücken des Hügels hinaufführt. Hier verläßt man den Weg und quert durchs Unterholz nach Westen, zunächst noch leicht bergauf, dann sanft abwärts. Nach wenigen Minuten erreicht man eine grasbewachsene Lichtung, Schauplatz der folgenden Szene.
Ein Donnerstag, halb elf Uhr nachts. Flammen tanzen im Dunkel. In

der Luft braust und zischt es. Hexenstäbe und -gabeln kommen aus verschiedenen Richtungen herangefahren, darauf Weiber mit wehendem Haar, vereinzelt Männer, auch Kinder. Rasch bevölkert sich der stille Platz mit vielerlei Gestalten, die sich dunkel gegen den Schein der Feuer abheben. Doch noch schwärzere Gestalten erkennt man unter den Silhouetten. Teufel! Sie weisen den Ankommenden ihre Plätze zu, rufen Befehle, bringen Ordnung in die Menge. Zwei große Kreise werden gebildet, in deren Mitten Feuer flackern. Um das eine sitzen die vornehmen Hexen, um das andere die »schlechten«. Die wenigen Männer in der Runde sind scheu, stumm. Gelokkert, selbstbewußt die Frauen; junge, alte, schöne, häßliche, die meisten nackt oder nur spärlich bekleidet. Man kennt einander, begrüßt sich. Die Hexen schwatzen und kichern.
Da unterbricht Donnergrollen die Gespräche. Qualm und Schwefeldampf treten aus dem Boden, und mit einmal sehen die Versammelten ihren Gastgeber vor sich. Er thront erhaben auf einem riesigen schwarzen Stuhl, der im Schein der Feuer geheimnisvoll strahlt und funkelt, als wäre er mit unzähligen Diamanten besetzt: Luzifer, der oberste Herr aller Teufel und König der Unterwelt. Seine Augen leuchten wie Spiegel, in welche die Sonne fällt. Weshalb von seinem Gesicht nicht viel gesagt werden kann. Wohl möglich, daß er gar keines hat. Schwarz ist sein Habit, nur der Herrschermantel purpurrot. Diener beugen sich tief vor ihm, Teufel niederen Ranges, die dem König aufwarten. Auch sie sind schwarz gekleidet, und zwar nach Art der »auf'm Wasser hinab gen Ungarn gefahrenen Wallonen«, also in niederländischer Tracht. Sofort beim Erscheinen des Teufels ist alles in die Knie gesunken. Mit gesenktem Kopf und gefalteten Händen beten die Hexen und Hexer ihren Herrn an. »Satan unser, der du bist in der Hölle ...« klingt das gemeinsam gesprochene Gebet im Chor, eine genaue Umkehrung des Vaterunsers. Kniend rutschen einige Weiber auf den Thron des Entsetzlichen zu, auf den Armen ihre mitgebrachten Opfergaben vor sich her tragend: die starren Leichen ungetaufter Kleinkinder. Mit einer huldvollen Handbewegung nimmt der Schattenfürst die Gaben an, welche seine Diener den Spenderinnen aus den Händen reißen und zu den Feuerstellen tragen, wo sie gesotten und gebraten werden sollen. Inzwischen treten einzelne Buhlteufel vor den Thron, jeder ein neues Mitglied der Gesellschaft vor sich herschiebend. Nacheinander wiederholen die Neulinge vor Luzifer das Gelöbnis, welches sie schon bei ihrer Anwerbung abgegeben haben. Dann entläßt der

Thronende die andächtige Menge mit einer obszönen Geste. Denn bei aller ehrfurchtgebietenden Erhabenheit ist dieser König ein Ausbund an ordinärer Vulgarität, ja, seine Würde ist recht eigentlich dadurch gekennzeichnet, daß er über alle Maßen geschmacklos, zotig, schweinisch ist. Zu den harmlosesten Zeichen seiner Art von Majestät gehört, daß er völlig ungeniert infernalisch stinkende Winde entweichen läßt, deren Geräusche selbst einen Landfahrer wie Paulus Pappenheimer peinlich berühren.

Man teilt sich wieder, je nach Rang und Stellung, in zwei Gruppen. Kauert sich jeweils in großem Kreis um die Feuer, wo Hilfsteufel und Hexen mit der Zubereitung des Festmahles beginnen. Kessel werden über die Flammen gehängt, in denen das Wasser auf zauberische Weise sofort zu sieden beginnt. Weiber rupfen Geflügel und bereiten das Grillfleisch, das sich alsbald an Spießen dreht. Ordnungsteufel sorgen für die Festbeleuchtung. Sie wählen einzelne Weiber aus dem Kreis der niederrangigen Hexen aus und lassen sie in regelmäßigen Abständen rings um die Lichtung mit gespreizten Beinen und dem Rücken zur Versammlung Aufstellung nehmen. Wenn der Kerzenteufel mit seinem Korb voll Talglichtern kommt, beugen sich die Leuchthexen vor, bis ihre Köpfe den Boden berühren und ihre nackten Hinterbacken steil nach oben ragen. Jeder wird eine brennende Kerze in den After gesteckt, die sie ja gradehalten muß, sonst setzt es Prügel. Einer dieser lebenden Kerzenständer ist übrigens Anna Pappenheimer. »Man hat meiner wenig geacht«, wird sie später der Obrigkeit klagen, »hab oft leuchten müssen«, indem »man mich auf den Kopf gestellt und mir, mit Gebühr gesprochen, ein Kerzenlicht in Hintern gesteckt.«

Während die Lichtung durch diese Maßnahme festlich erleuchtet wird, teilen Dienstteufel silberne Becher aus und holen Bier und Wein herbei. Andere bringen das Essen, welches überraschenderweise schon zubereitet ist. Es gibt »gebratene und gesottene junge Kinder ohne Händ und Füß' wie die Spanferkel«, Fleisch von Rossen, Hasen und Böcken, an Geflügel Raben und Krähen, dazwischen Kröten und Frösche. Auch Eierkuchen und von den Hexen mitgebrachtes Brot wird gereicht, freilich alles, wie auch die Fleischspeisen, ohne Salz. Denn dieses ist dem Teufel zuwider – es gehört zu den guten Dingen, die in seiner Welt des Bösen keinen Platz haben. Zuweilen bringt die eine oder andere Hexe heimlich ein bißchen Salz in einem Tüchlein mit, um der ohnehin nicht köstlichen Gasterei die Fadheit zu nehmen. Aber solcher Betrug und Ungehorsam bleibt

nicht unentdeckt; die um die schmatzenden Vetteln und Hexer herumgehenden Ordnungsteufel scheinen das Salz zu riechen. Kaum hat eine ein Prislein auf ihren Bissen gestreut, ist einer der Schwarzen da, zieht die Übeltäterin aus dem Kreis der Schmausenden und verprügelt sie unter dem Gelächter und Gejohle der Festgesellschaft.
Das Mahl ist noch nicht recht vorüber, da tauchen die Teufelspfeifer aus dem Nichts hervor, nehmen am Rande der Lichtung Aufstellung und beginnen auf einen kaum merklichen Wink des immer noch auf seinem Thron sitzenden Oberteufels hin, zum Tanz aufzuspielen. Eine wahre Höllenmusik bricht los. Schalmeien jaulen, Starkpeifen girren, Posaunen dröhnen und Trompeten quietschen. Völlig anders als jede irdische Blaskapelle klingt das. Zumal die Besetzung noch ergänzt ist um Instrumente, die wir Menschen gar nicht kennen: Flöten und Tröten, die teils wie Maiskolben, teils wie Kühhörner aussehen. Das infernalische Getöse geht durch Mark und Bein. Ein Klirren, Sirren, Brummen und Summen, Pfeifen und Keifen erschüttert die Luft. Die Fresser hören auf zu kauen, die Säufer stellen den Becher weg, alles springt auf, kommt in Bewegung. Die seltsame Musik erregt die Sinne, weckt die verborgensten Triebe zu wilder Gier und dumpfer Lebenslust. Juchzend und kreischend formieren sich Hexen und Buhlteufel zum Gruppentanz. Man bildet einen großen Kreis, indem man sich hintereinander aufstellt und den Vordermann an den Hüften umfaßt. In vorgeschriebenen Schritten bewegen sich die vom Feuer beschienenen Gestalten synchron im Takt des höllischen Tanzes, stellen den linken Fuß auswärts, gehen einen Schritt vor und zwei zurück. So zuckt und zittert der menschliche Ring wie der Leib einer unruhigen Schlange und bewegt sich dabei rückwärts im Uhrzeigersinn, denn der Teufel liebt das Linke und Verkehrte über alles. Immer wilder wird die Musik, immer schneller dreht sich die »Scheibe«, schon stolpern die ersten, stürzen jauchzend übereinander, schon löst sich die Ordnung des Tanzes auf und weicht, während die Kapelle zu einem ekstatischen Furioso ansetzt, dem gänzlich ungeordneten Auf- und Untereinander einer allgemeinen Orgie. Zwar hat jede Hexe einen bestimmten, ihr zugedachten Buhlteufel, aber sie treibt es in diesem Stadium der Auflösung keineswegs nur mit ihm. Selbst der elfjährige Hänsel weiß: »Sie kugeln alle übereinander, Vater und Mutter und ihre Kinder miteinander.« Und Augustin Baumann bestätigt: »Die Unhulden müssen zuvor mit ihrem Teufelsbuhlen Unzucht treiben. Hernach gehts

durcheinander insgemein, (es) mut' ein Unhuld die ander an.« Es wird »allerhand greuliche sowohl sodomitische als natürliche Unzucht getrieben, zwischen den Brüsten, unter den Axeln, hinter und fürwärts«. Der Überzeugung unserer Gewährsleute nach rührt der hohe Anteil von Frauen an der Hexengesellschaft übrigens daher, daß Frauen zu solchen Orgien besser taugen als Männer. Nur »große Buhler« nähme der Teufel in seinen Kreis auf, und auch die eher halbherzig und mit spürbarer Geringschätzung. »Der Männer achten sie nit . . . und seien wohl hundert Weiber, daß kaum ein Mann darunter fahre.« Den Hexen ist das ganz recht; sind doch genügend Buhlteufel da, ihre Fleischeslust zu befriedigen. Wenn sie im leichtfertigen Drunter und Drüber an einen Hexer geraten, müssen sie zwar der Spielregel halber mit diesem menschlichen Partner vorliebnehmen, aber lieber sind ihnen die Buhlteufel, denn, so Augustin Baumann, die können es »ihnen machen . . ., wie sie wollen«.

Von seinem Thron blickt die schwarze Majestät wohlgefällig auf das animalische Treiben unter sich. Das allgemeine Keuchen, Kosen und Kratzen, das Stöhnen, Seufzen und Lustgeschrei ist Musik in seinen Ohren, die Widerwärtigkeiten und Perversitäten sind ihm ein herzerfrischender Anblick, die geflüsterten, gefluchten und gebrüllten Obszönitäten sind seine Art von Poesie. Doch als er merkt, daß die Aktivität seiner Gäste nachläßt und die triebhafte Balgerei in ein sattes Dahindösen übergeht, gibt er das Zeichen zum Abbruch der Orgie. Mit Fäusten und Fußtritten treiben die Ordnungsteufel die ineinander verschlungenen Leiber auseinander, während die Musik in ein Fanfarenthema übergeht. Der gemütliche Teil des Festes ist vorüber, nun wird es sehr feierlich.

Beschienen vom flackernden Licht der menschlichen Leuchter sammelt sich das verworfene Volk zum Gottes-, nein, zum Teufelsdienst. Wie Hunde kriechen sie auf allen vieren zum schwarzgleißenden Thron des Königs und nehmen in dichten Reihen Aufstellung. Chorisch werden Huldigungen gerufen, wobei einer der Leibteufel in Holländertracht die Rolle des Vorsprechers übernimmt. Unter diesem gefällt es dem obersten Herrscher der Finsternis, sich wundersam zu verwandeln. Er erhebt sich von seinem Thron unter Zurücklassung seines Purpurmantels, wird haarig und knochig; zu hornigen Hufen verformen sich Hände und Füße; seine Spiegelaugen treten seitlich zurück, und dazwischen wächst ihm eine Schnauze; seine spitzen Ohren werden lang und länger, Hörner wölben sich aus der Stirn. Der Körper des derart Entstellten fällt nach vorne und hüpft die Thronstufen abwärts. In dieser Gestalt, als schwarzer Ziegenbock, begibt sich Luzifer unter die Seinen, um Huldigungen entgegenzunehmen. Die sehen so aus: Hexen gehen in die »Brücke«, drehen sich aus der knienden Hundestellung so zur Seite, daß der Bauch nach oben zeigt und Arme und Beine in stützenden Kurven den Körper überm Boden halten. So, »die Scham gen Himmel gekehrt«, nähern sie sich dem teuflischen Bock von hinten und küssen sein Geschlechtsteil. Will der Geehrte einer seiner Hexen ein besonderes Zeichen seiner Gunst gewähren, führt er sie zu kurzer Paarung aus dem Kreis der Andächtigen heraus.

Dann sitzt Luzifer auf einmal wieder in Königsgestalt auf seinem Herrschersitz und eröffnet den praktischen Teil der Zusammenkunft. Einzeln müssen die Hexen und Hexer vortreten und Rechenschaft ablegen über die seit dem letzten Treffen verübten Untaten. Da stockt dann manche, gesteht, daß sie nur etwas Vieh gefällt und ein mittleres Unwetter herbeigezaubert habe, aber leider diesmal keine Menschen erkrümmt oder getötet. Für solche Säumigkeit folgt die Strafe buchstäblich auf dem Fuß: Ordnungsteufel packen die Faule und prügeln sie auf die nackten Sohlen. Eine andere hat die Teufelssalbe zum Heilen gebraucht, was den Thronenden sichtbar verstimmt und daher mit schärferer Strafe, nämlich einer regelrechten Auspeitschung geahndet wird. Eine dritte entschuldigt ihre Untätigkeit mit langwährender Krankheit, was der Teufel nicht gelten läßt, denn Gerechtigkeit ist ihm verhaßt. Also wird auch die kaum Genesene kräftig verhauen. Die meisten Hexen und Hexer haben allerdings ihr Soll erfüllt und werden gnädig entlastet. Jedem wird vom Teufel ein besonderer Auftrag erteilt, den er bis zum nächsten Treffen erledigen muß: Der eine soll seinem Nachbarn das Vieh töten, die nächste soll den Bauern ihres Dorfes die Ernte vernichten, eine Dritte den Pfarrer krank machen. Abschließend bekommt jeder ein Quantum der Schadenssalbe zugeteilt und ausgehändigt, und der schwarze König verkündet Ort und Zeitpunkt der nächsten Zusammenkunft. Sein Schlußwort, gespickt mit Schmähungen, Flüchen und ordinären Wortspielen, fordert zu mehr Eifer bei der Schädigung der Christen auf und endet mit der Aufforderung: »Trinkt, ihr Säck, tut' ein Tänzel drauf und fahrt in's Teufels Namen.« Worauf Luzifer mit Donnerschlag und Schwefelgestank verschwindet.

Inzwischen ist es ein Uhr früh und hohe Zeit zum Aufbruch, denn vor dem ersten Hahnenschrei müssen die Nachtfahrenden wieder zu Hause sein. Wenn der Hahn gekräht hat, ist's mit der Fliegerei

vorbei, dann verliert die Zauberkraft der Flugsalbe ihre Wirkung. Schon manche, die sich zu spät auf die Heimfahrt gemacht hat, ist unterwegs bös gefallen und mußte den Rest des Wegs zu Fuß heimhumpeln. So setzen sich die Männer und Frauen alsbald nach dem Verschwinden ihres Herrn auf die Gabeln und machen sich davon. Der Kerzenteufel löscht die Lichter und erlöst die alten, zum Leuchten abgestellten Weiber aus ihrer unbequemen Stellung, die Ordnungsteufel lassen Feuerstellen und die Reste des Gelages verschwinden. Im Nu liegt die Lichtung wieder still und friedlich im Mondlicht. Kein Grashälmchen ist geknickt, nicht die geringste Spur des Festes geblieben.
Es hat sich wenig geändert da oben auf dem Mauerberg seit damals. Immer noch ist es recht einsam auf seiner Höhe, von der aus man einen schönen Blick auf die Ortschaft Tettenwang und die sanfthügelige Umgebung hat. Der Weg lohnt sich allerdings nur bei Tageslicht. Denn Hexentänze finden hier keine statt, heute so wenig wie damals. Die geschilderte Szene, in allen Einzelheiten nach den Protokollen des Prozesses Pappenheimer rekonstruiert, war einer der kollektiven Schreckträume der Zeit.

Gespräch unter dem Kastanienbaum

Die Gefangenen im Falkenturm wußten sehr genau, wie es bei den Hexentänzen zuging, konnten auch sonst die Sitten und Untaten des Hexenvolks übereinstimmend beschreiben. Solches Wissen war mühelos und ganz ohne geheimnisvolle Verschreibung erworben. Man sprach damals viel vom Treiben der Unholde. Schon die Kinder hörten die Sensationsgeschichten, die sich die Erwachsenen erzählten, und merkten sich die immer wiederkehrenden Eigenheiten und Sitten der geheimnisvollen Wesen. Von einem solchen Gespräch, dem der kleine Hänsel mit großen Augen und offenem Mund gefolgt haben mag, wissen wir ungefähr und vom Hörensagen. Verbürgen kann ich mich für den Inhalt, denn unsere Prozeßprotokolle bezeugen ihn. Auch Ort und Teilnehmer sind nicht fiktiv, wenngleich aus den Quellen nicht rekonstruierbar ist, wer was wie und wann gesagt hat. Immerhin: So etwa wie nachfolgend geschildert, könnte es gewesen sein.
Wir schreiben August 1597. Paulus und die Seinen waren in den vergangenen Wochen von Deggendorf her donauaufwärts gewan-

dert, wie immer ohne Eile und Ziel, bei den Bauernhöfen ihre Arbeit als Kesselflicker und Grubenentleerer anbietend, auf den Märkten zum Spieltische rufend und vor den Kirchen um Almosen bettelnd. Ende Juni hatten sie Straubing verlassen, waren Mitte Juli in der Gegend von Regensburg herumgezogen und hatten der Donau, armselig verkümmert zu dieser Jahreszeit und doch immer noch launisch und unberechenbar, vor wenigen Tagen den Rücken gekehrt. Seit gestern waren sie in Abensberg, wo sie, wie gewöhnlich, außerhalb der Stadt beim Aumüller Unterschlupf gefunden hatten.

Da sehen wir an einem schwülen Nachmittag unsere Landfahrer an einem Holztisch im Freien unter einem Kastanienbaum sitzen, dazwischen der Aumüller, dessen Frau, der Zuliedl und der schwarze Hansen aus dem nahen Aunkhofen, die auf einen Schwatz herübergekommen sind. Die Sonne steht noch hoch am Himmel, von dichter werdendem dunklen Gewölk hin und wieder verdeckt. Dennoch ist es bereits Feierabend – damals endete der Arbeitstag, man erinnert sich, sehr früh, weil er ja auch schon im Morgengrauen begann. Es wird ein Gewitter geben, die Mücken spielen in kleinen Wolken über der feuchten Wiese, die zwischen der Mühle und dem Bach liegt. Doch darauf achtet niemand in der Runde. Man tauscht Neuigkeiten aus. Soeben erzählt Anna eine Geschichte, die sie erst vor ein paar Tagen von einer Kelheimer Bäuerin gehört hat und nun noch etwas ausschmückt. »Der Feldhüter von Kelheim«, hören wir sie mit vorgeneigtem Kopf und geheimnisvoll gedämpfter Stimme sagen, »der Hans heißt und bei dem Altmüller Tor wohnt, hat neulich einen Hexentanz beobachtet. Er steht oben auf dem Tor und späht zu später Stunde über Stadt und Land, wie es zu seinem Amt gehört, und da sieht er im Moos, durch das der Weg nach Affecking geht, den Schein eines Feuers. Das werden Zigeuner sein oder anderes Gesindel, denkt er sich, steigt vom Ausguck herab, nimmt den Spieß in die Hand und geht ins nachtschwarze Feld hinaus, immer auf den flackernden Lichtschein zu. Und wie er näherkommt, hört er Musik und Lachen und meint immer noch, es sind die Zigeuner, wenn er sich auch verwundert hat über den seltsamen Klang in der Luft, der wie von schrillen Pfeifen kam. Aber da weiß er auf einmal, daß es Hexen sind, die da tanzen, denn er sieht weiße, nackte Leiber zwischen schwarzen Teufeln herumkugeln und einen König auf schwarzem, gleißendem Stuhl sitzen. Und kaum ist ihm klar, was für eine üble Gesellschaft er da beim Tanz überrascht hat, wird er von den Teufeln und Hexen entdeckt. Die kreischen und schreien, wollen sich auf den Feldhüter stürzen und hätten ihn wohl umgebracht. Aber der schlägt geistesgegenwärtig das Kreuz über sich, ruft laut ›Jesus, steh mir bei‹, speit aus, ›Pfui, pfui, du Teufelsheer, du wirst mir nit schaden‹, wirft den Spieß weg und läuft so schnell er kann zurück zur Stadt. Und wie er merkt, daß es hinter ihm still wird und ihm keiner folgt, dreht er sich um, und der Spuk ist verflogen. Gleich wie's hell wird am andern Tag, ist er noch mal hingegangen zu der Stelle, wo der Feuerschein war, aber es gab keine Spur mehr von dem Tanz. Nur etwas noch hat er dort im Gras gefunden: einen Korb voll Eiern. Den wird eine von den Unholden fallengelassen haben beim Wegfahren.«

»Das ist wohl zu glauben«, hören wir den schwarzen Hansen das Gespräch fortführen. »Bei uns im Ort gibt's ein paar Bauern, denen ging's dieses Jahr zu Sankt Martin ganz ähnlich wie dem Kelheimer Feldhüter. Und zwar wollten sie zu später Nachtstund, lustig und vollgesoffen, von Abensberg aus übers Feld heimgehen. Stockdunkel war's, kein Sternlein am Himmel, aber vor sich sehen's auf einmal einen blendend hellen Schein, und es ist ein Ring oder Kreis wie aus lauter Feuer vor ihnen gestanden. Einer von den Bauern hat gleich gewußt, was es damit auf sich hat, und fluchend zu den andern g'sagt: ›Wer will hinaus, es ist das Feld voller Teufel.‹ Keiner hat sich weitergehen getraut, und sie sind alle zurück zum Tor gerannt. Da haben sie ein paar Leuchthölzer gefunden und sich draufgesetzt, weil Leuchthölzer schützen vor den bösen Geistern. Das war ihr Glück. Denn wie sie so sitzen und warten, rauscht's gräßlich in der Luft, irgend etwas schwirrt um die Köpf' herum und einer hat gespürt, wie ihn was am Arm gerissen hat. Das waren Hexen. Der Teufel hat sie hintennach geschickt, die Bauern zu holen. Schlecht wär's den Zechern ergangen, wenn sie nicht auf Leuchtholz gesessen hätten. Nur das Holz hat ihre armen Seelen gerettet. Wie die Glock' dann ein Uhr geschlagen hat, konnten sie ruhig heimgehen. Denn um die Zeit sind die Hexen nit mehr unterwegs.«

Das bestreitet der Aumüller: »Solange es Nacht ist, will ich keinem raten, an solche Ort' zu gehen, die nit geheuer sind«, sagt er. Andere aber geben dem schwarzen Hansen recht. In den Morgenstunden, auch vor dem Hellwerden, sei nichts mehr zu befürchten. So geht das Gespräch eine Zeitlang durcheinander. Dann meint der Zuliedl, ein kleinwüchsiger junger Mann mit wirrem, lockigem Haar, er hätte keine Angst vor Hexen, was die anderen aufhorchen und verstummen läßt. »Wenn man eine fahren sieht, dann muß man sie nur beherzt anrufen, und schon verliert sie alle Zauberkraft und fällt samt der Gabel zu Boden. Vor ein paar Jahren hat Hans, der Abensberger Nachtwächter, die Englmann-Schusterin und ihre Mutter, die Schreinerin, um elf Uhr nachts durch die Luft fliegen sehen. Er hat die beiden kräftig ang'schrien, und da ist die Tochter – samt einem Kübel Schmalz, den sie zuvor einem Bauern aus dem Keller entfrembdt' hat – kurz vor ihm Haus auf die Gassen g'fallen. Die alte Schreinerin hat es nicht mehr derwischt, denn die war schon im Haus, als der Wächter g'rufen hat.«

»Der Anruf nimmt ihnen nur die Macht, wenn er von der Obrigkeit kommt«, behauptet Gumpprecht. »Wenn unsereins die Hexen anschreit, das tut denen gar nichts. Es ärgert sie vielleicht bloß und reizt sie; darum muß man sich ruhig verhalten, wenn man einer, was Gott verhüt', begegnen sollt'.«

Die Aumüllerin, die bisher geschwiegen hat, wendet sich gegen den kleinen Zuliedl. »Das mit der Englmann-Schusterin und ihrer Mutter ist gelogen und nit wahr. Damals haben alle davon erzählt, aber die Obrigkeit hat die Sach' untersucht und den Hans Wächter verhört. Es ist nichts dran g'west, auch wenn sich schier die ganze Stadt die Mäuler zerrissen und keiner mehr mit den zwei Frauen geredt' hat.«

»Unschuldig sollen die sein?« höhnt Zuliedl, »das glaub ich nit, daß die unschuldig sind. Den Kübel mit Schmalz hat man ja gefunden zum Beweis. Ich weiß vom Wächter Hans selbst, daß er ihn dem Großverwalter aufs Schloß gebracht hat. Die Stadt hat damals die Sach' niedergeschlagen, der Rat hat nit dulden wollen, daß dem Fall nachgegangen wird. Auf einmal hat von der Englmann-Schusterin niemand nichts sagen dürfen, und man hat den Leuten verboten und gedroht, wer etwas von ihr sag oder ihr schad, den woll man einlegen.« – Der Aumüller mischte sich in den Streit. »Richtig war's, daß die Obrigkeit damals aufg'hört hat mit dem Verleumden und Verreden. Fast ein Jahr lang sind damals die Unholden verbrannt worden hier in Abensberg, und mancher hat g'meint, die Feuer gehn nimmer aus, solang hier noch Leut wohnen.«

»Ja, freilich«, ruft Zuliedl empört, »seid's ruhig mild mit den Teufelsweibern. Sie werden euch schon noch ihre Salben an den Türstock schmieren, daß ihr elendiglich sterben müßt. An der Unschuld, möcht ich meinen, hat es nit gelegen, daß das Brennen eingestellt worden ist, sondern daran, daß etliche Ratsfrauen im Spiel waren.«

»Wenn's an die Vornehmen geht«, stimmt Paulus Pappenheimer zu, »dann läßt man die Feuer verlöschen. Es ist schon so: Mit zweierlei Maß mißt die Obrigkeit. Dabei, möcht ich meinen, wird's unter den Reichen nicht weniger Hexen geben als bei den Armen.«
Der Himmel hat sich mit braungrauen Wolken bezogen. Scharfe Windböen wirbeln den Staub auf im Hof hinter der Aumühle, fahren ungestüm ins Laubwerk des Kastanienbaumes, unter dem man auf roh gezimmerten Bänken um einen Holztisch sitzt und sich die Köpfe heiß redet. Die Aumüllerin meint, man sollte in die Stube gehen, das Wetter würde gleich da sein. Doch die anderen hören sie kaum. Winken ab. Es donnert ja noch nicht einmal. Schon hat Anna wieder das Wort ergriffen. »In Kelheim hab' ich g'hört, wie sie die Bekenntnisse verlesen haben, als dort der große Hexenbrand war. Da hat's geheißen, daß es viele stattliche Leut' unter den Hexen hab', schier mehr als in Straubing am Markttag. Beim Teufel geht's nit anders zu als in dieser Welt: Die Reichen, Fürnehmen und Schönen werden groß in Ehre gehalten und hinfür gesetzt. Sie haben ihre sonderen Plätz', sitzen auch beim Hexenfest in getrennten Kreisen. Es ist ein Gleichnis, als wenn man in einem Wirtshaus die Fürnehmsten an die vorderen Tisch setzte.«
»Wär ja auch was Seltsams«, räsoniert der Aumüller, »wenn bei dem Teufel mehr Gerechtigkeit wär' als bei den Menschen.« Darauf Michel: »Die Armen müssen sich recht plagen und werden zum Dank veracht', hier wie dort.« Und sein Bruder ergänzt: »Nicht nur hintang'setzt werden die Armen, sondern grob g'schlagen. In Ellingen hab ich sagen hören, daß der Teufel seinen Leut recht das Fell gerb', wenn sie nit bös genug sind oder Reu haben. Da ist eine auf'm Armsünderkarren g'sessen, die war ganz blutig am Kopf, von der hat's g'heißen, der Teufel hab sie mit einem schwarzen, kropfeten Stecken jämmerlich verprügelt, weil sie nichts mehr mit ihm zu schaffen haben wollt'. Damals bin ich noch ein Bub gewesen, aber ich werd's nit vergessen. Hat mich doch verwundert, daß so viele Leut zum Teufel halten sollen, wenn der ihnen so übel mitspielt.« – Die Aumüllerin nickt. »Es verlohnt nit, schlecht zu werden. Man sagt ja, der Teufel verwandelt die Hexen manchmal sogar zur Straf für einen Ungehorsam in Kröten, damit sie von den Menschen geschlagen oder getreten werden.«
»Das stimmt«, bestätigt der schwarze Hans, »und deshalb ist es kein gut's Zeichen, wenn ein Weib Schrunden und Wunden am Leib hat und nit eigentlich sagen kann, woher . . .« Zuliedl ergänzt seinen

Freund: »Und wenn's morgen zerschlagen aufwacht, obwohl's doch gesund zu Bett 'gangen ist. So mancher Ehemann ahnt ja nit, daß sein Weib eine Hex' ist, weil sie ihm immer einen tiefen Schlaf macht, eh' sie ausfährt. Doch wenn einer die Zeichen zu deuten versteht, kommt er ihr leicht dahinter. Zum Beispiel schlafen die Hexen nach einem Tanz morgens um eine Stund oder zwei länger als sonst. Es ist kein gut's Anzeichen, wenn eine Bäuerin am Morgen nach einer Bösnacht ohne andere erhebliche Ursachen länger schlaft.«
Das Rauschen im Kastaniengeäst über den Diskutanten ist inzwischen so laut, daß Zuliedl seine letzten Sätze brüllen muß. Ein erster Blitz zuckt aus dem dunkel drohenden Himmel und große, schwere Tropfen fallen auf den Hof. Hastig steht man auf, klettert über die Bank, zieht Joppen und Tücher über die Köpfe, eilt scherzend, sich mit Zurufen antreibend, ins Haus. Da kracht schon der erste Donnerschlag. So kann man sich täuschen. Das Gewitter ist viel näher als geahnt.

Das Delikt

Auch die Gegner Doctor Wangerecks im Münchner Hofrat sprachen dem schwerblütigen, hitzköpfigen Niederbayern nicht ab, daß er ein tüchtiger Jurist sei. Seinen rechtlichen Ausführungen wurde im Gremium nur selten widersprochen. Insbesondere auf seinem Spezialgebiet, dem Verbrechen der Hexerei, galt er als Kapazität.
Das Verbrechen der Hexerei? War das nicht nur ein monströser Wahn, der sich, selbst wenn man ihn für eine Realität hielt, der streng rechtlichen Betrachtungsweise entzog? Nicht wenige Rechtshistoriker bejahen heute diese Frage. Nach ihrer Meinung hat der damalige Jurist das Treiben der Hexen in verschiedene strafbare Tatbestände aufgeteilt, etwa den Pakt mit dem Teufel als Gotteslästerung eingestuft, die Teufelsbuhlschaft als Sodomie und Ehebruch, den Salbenzauber als Zauberei und Giftmord verfolgt. Auf diese Erklärung ist man vor allem deshalb verfallen, weil in den Strafgesetzen der damaligen Zeit das Verbrechen der Hexerei überhaupt nicht berücksichtigt war. Sie kann nicht richtig sein. Wangereck nannte das Verbrechen, dem er auf der Spur zu sein glaubte, »Hexerei« – nicht etwa »Gotteslästerung, Sodomie, Ehebruch, Giftmord und Zauberei«. Er sprach von Hexerei genauso wie ein heutiger Richter den Raubmord »Raubmord« nennt, statt von Sachbeschädi-

gung, Nötigung, Körperverletzung, Mord und Diebstahl zu reden. Dabei mußten Wangereck und seine Kollegen nicht wie heutige Richter einen ihnen vorgelegten Lebenssachverhalt nach strengen Regeln einem präzis umschriebenen gesetzlichen Tatbestand unterordnen. Sie waren dem Grundsatz »Keine Strafe ohne entsprechendes Gesetz« nicht unterworfen, fällten ihr Urteil vielmehr intuitiv, instinktiv, aus dem herrschenden Rechtsgefühl heraus.

Deshalb ist es falsch, für die Hexerei nachträglich eine gesetzesähnliche Formulierung zu konstruieren. Das wurde wiederholt getan. »Das crimen magiae im technischen Sinne«, der juristische Kern des Hexereidelikts, sei »das Bündnis mit dem Teufel, um mit dessen Hilfe durch geheimnisvolle Mittel und Vorkehrungen Schaden zu stiften«, heißt es in einer einschlägigen rechtshistorischen Untersuchung. Ich bezweifle, daß man ein mit soviel Mythologie und Ängsten überfrachtetes Wort wie »Hexerei« einfach durch eine Beschreibung ersetzen kann, ohne dabei Unerklärtes übrig zu lassen. Das mißlingt selbst bei einfachen Rechtsbegriffen wie »Pflicht« oder »Recht«. Für einen knappen »Tatbestand« der zitierten Art hatte die damalige Praxis der Rechtsfindung auch gar keinen Bedarf. Es ist viel zu modern gedacht, wenn man das Wort »Hexerei« als eine Art Kurzformel für einige genau definierbare Verbrechensmerkmale versteht. Gewiß gab es solche Merkmale. Aber auch einen weiten, dunklen Begriffshof, der diese Hauptmerkmale umgab. Den muß man erleuchten, wenn man begreifen will, was sich die Juristen damals unter Hexerei vorstellten.

Am ehesten gelingt dies, wenn man einiges über den spezifisch »juristischen« Gebrauch des Wortes, seine Funktion im Zusammenhang der Anklage, Überführung und Verurteilung herausfindet. Deshalb ein Blick auf die Quellen, aus denen die Richter damals Recht schöpften. Als Rechtsquellen dienten zur damaligen Zeit nicht nur Gesetze und Verordnungen wie heutzutage, sondern die überkommenen Lehren des römischen Rechts nebst wahren Bibliotheken von Kommentaren, die Bibel selbst als »ius divinum«, gelehrte Literatur aller Art, Gerichtsgebräuche und Universitätsgutachten. Vergebens versucht der moderne Jurist, Ordnung in diesem Wust der Quellen zu erkennen. Eine Rangfolge war nur für das Verhältnis von Reichs- zu Territorialgesetzen festgelegt – durch die sogenannte salvatorische Klausel der Carolina oder Peinlichen Gerichtsordnung Karls V.

Hierarchie und Wohlgeordnetheit im Reich der Normen vermißt nur unsereins. Wir halten das Recht für Menschenwerk. Nicht so der Jurist im Jahre 1600. Ihm wäre die Frage nach Rangfolge und Subsidiarität unbegreiflich gewesen. Recht und Unrecht gehörten seinem Verständnis nach zur göttlichen Schöpfung. Die verschiedenen Quellen konnten sich im materiellen Kern gar nicht widersprechen; bei richtiger Lesart ergänzten sie sich. Auftretende »Contraria« als scheinbar zu entlarven, war denn auch eine wichtige methodische Übung von Jurastudenten des 16. Jahrhunderts.

Doch soviel wir auch suchen, in keiner der »klassischen« Strafrechtsquellen der Zeit steht etwas über das Delikt »Hexerei«. Nur von »Zauberei« heißt es in Artikel 109 der Constitutio Criminalis Carolina:

»Item so jemandt den leuten durch zauberey schaden oder nachtheyl zufügt, soll man straffen vom leben zum todt, und man soll solche straff mit dem feuer thun. Wo aber jemandt zauberey gebraucht, unnd damit niemant schaden getan hett, soll sunst gestrafft werden, nach gelegenheit der sach ...«

Auch die Richter im Prozeß Pappenheimer nahmen im Endurteil Bezug auf diese Bestimmung, wenn auch in seltsamer Verschränkung und Begriffsverquickung. Nicht speziell den Schadenszauber wollen sie »mit den schärfsten und schrecklichsten Strafen, so einem Menschen anzutun und also mit dem Brand« abstrafen, sondern »die hochverbotne, abscheuliche und erschreckliche Sünd der Zauberei und Hexerei, zumalen aber die Verleugnung und Absagung der Göttlichen Majestät und seines ganzen himmlischen Heeres«. Die Rechtsfolge wird auch keineswegs nur aus Art. 109 CCC hergeleitet, überhaupt aus keinem einzeln aufgeführten Artikel, sondern Grundlage des Urteils sollen sein: »die Göttlich Heilig Schrift, die allgemeine Kayserliche Recht, insonderheit aber die heilsame von dem höchstgeehrten und allerfürtrefflichsten Kaiser Carln dem Fünfften ... aufgericht Peinliche Halsgerichtsordnung«.

Zuerst also die Bibel selbst als Rechtsquelle.

Daran ist nichts Erstaunliches. Soweit man der Schrift unmittelbar Rechtsvorschriften entnehmen konnte, kam diesen als göttlich höchster Rang und aktuelle Wirkung zu. Von Hexerei steht im Alten Testament freilich nichts. Wohl aber von Zauberei und Aberglauben, die verschiedentlich scharf verurteilt werden. »Das nicht unter dir funden werde / der sein Sohn oder Tochter durchs Feuer gehen lasse / oder ein Weissager / oder ein Tagewähler / oder der auf Vogelgeschrei achte / oder ein Zauberer / oder Beschwörer / oder Wahrsager / oder Zeichendeuter / oder der die Toten frage. Denn

wer solchs tut / der ist dem HERRN ein Greuel / und um solcher Greuel willen vertreibt sie der HERR dein Gott vor dir her« (5. Buch Mose, XVIII, 10ff.). Auch: »Ihr sollt nicht auf Vogelgeschrei achten/ noch Tage wählen« (3. Buch Mose, XIX, 26). Oder: »Ihr sollt euch nicht wenden zu den Wahrsagern / und forschet nicht von den Zeichendeutern / daß ihr nicht an ihnen verunreiniget werdet« (3. Buch Mose, XIX, 31). Dann: »Wenn eine Seele sich zu den Wahrsagern und Zeichendeutern wenden wird / daß sie ihnen nachhuret / So will ich mein Antlitz wider dieselben Seelen setzen / und will sie aus ihrem Volk rotten« (3. Buch Mose, XX, 6). Vor allem: »Wenn ein Mann oder Weib ein Wahrsager oder Zeichendeuter sein wird / Die sollen des Tods sterben /man soll sie steinigen / ihr Blut sei auf ihnen« (3. Buch Mose, XX, 27). Dazu, mit eindeutiger Zuordnung der Zauberei zum weiblichen Geschlecht: »Die Zauberinnen sollst du nicht leben lassen« (2. Buch Mose, XXII, 18).
Offensichtlich bezogen unsere Richter auch das erste mosaische Gebot auf unsere Landfahrer, welches lautet: »Du sollst keine anderen Götter neben mir haben . . . / Denn ich der HERR dein Gott / bin eifriger Gott / der da heimsucht der Väter Missetat an den Kindern / bis in das erste und vierte Glied / die mich hassen« (2. Buch Mose, XX, 3,5). Sie betonen, daß die Hexerei eine »Verleugnung und Absagung der göttlichen Majestät und seines ganzen himmlischen Heeres« sei, in der theologisch-juristischen Fachsprache der Zeit ein »crimen laesae maiestatis divinae«: Hochverrat, begangen an Gottes Majestät.
Daneben argumentierte man vor allem mit dem »allgemeinen kayserlichen Recht«. Damit waren die in der Hexenliteratur der Zeit, hauptsächlich in dem schon öfter erwähnten »Hexenhammer« aufgeführten Bestimmungen römischer Rechtstradition gemeint, die sich mit Zauberei befaßten. Das waren die im Codex des »Corpus Juris Civilis« unter dem Titel »De maleficis et mathematicis et ceteris similibus« zusammengefaßten Strafgesetze. Danach wog Giftmord schwerer als regulärer Mord – weil er, da man sich die Wirkung des Giftes noch nicht chemisch-organisch erklären konnte, als Mord durch zauberische Mittel galt. Zauberer sollen ohne Gnade verbrannt werden, heißt es da weiter, denn sie verwirren die Elemente, zerstören unschuldiges Leben und entledigen sich mit ihrer üblen Kunst aller Gegner. Zweifellos war dies altehrwürdiges Recht, gesetzt von Imperatoren, die unter dem Römischen Reich noch etwas anderes verstanden hatten als ein bayerischer Hofgerichtskommissar des Jahres 1600; doch kaiserlich im besten und unzweideutig-

sten Sinne. Darauf mochte das Gericht sich wohl berufen. Vielleicht auch auf die »Treuga Heinrici« von 1224, welche für »haeretici, incantatores, malefici« das freie Ermessen des Richters ausschloß, ganz in der Tradition Kaiser Konstantins. Freilich ist in keiner der in Frage kommenden Bestimmungen von »Hexerei« die Rede. Wie in Kaiser Karls Halsgerichtsordnung (Carolina), deren Artikel 109 schon zitiert wurde, geht es immer nur um Zauberei. Da wird – ähnlich wie in der territorialen bayerischen Gesetzgebung von 1516 und 1553 – zwischen schadenstiftenden und harmlosen Zauberern ein Unterschied gemacht. Die Hexen waren damit nicht gemeint. Für »Zauberer, die mit dem Teufel paktieren«, gelte Artikel 109 CCC mitnichten, schreibt der berühmte sächsische Jurist Benedikt Carpzov – zwar erst 35 Jahre nach unserem Prozeß, aber zur Erläuterung alter »herrschender Meinung«. Noch weniger steht von Hexerei in den anderen Artikeln der Carolina, die für die Taten der Pappenheimer in Betracht kommen: Giftmord (Art. 130), gemeiner Mord (Art. 137), Landschädlichkeit (Art. 128, 176), Raub (Art. 126), Brandstiftung (Art. 125), Diebstahl (Art. 157ff.), Kirchenbruch (Art. 171ff.), Gotteslästerung (Art. 106), Sodomie (Art. 116), Ehebruch (Art. 120), Kupplerei (Art. 123), »Verräterei« (Art. 124). »Beschwerlich«, »boßhafftig«, »wider recht und billigkeyt« gewiß – doch von der im Urteil erwähnten »hochverbotnen, abscheulichen und schrecklichen Sünd der ... Hexerei« kein Wort. Es gibt eine Erklärung dafür; so naheliegend, daß man sie leicht übersieht. Wie, wenn dieses Delikt nur deshalb nicht in den altvertrauten Quellen abgehandelt oder wenigstens erwähnt wurde, weil es selbst weder alt noch vertraut war?
Freilich: Der dem Verbrechen zugrunde liegende Wahn war durchaus nicht neu. Tief hinab in die Anfänge menschlicher Kultur reichen die Vorstellungen von Strigen und Hexen. Zu Prozessen gegen die Unholde kam es seit dem 13. Jahrhundert – freilich nicht vor weltlichen Gerichten, sondern vor denen der Geistlichkeit. Da ging es um Sünde, nicht um Verbrechen. Reguläre Strafverfahren einer weltlichen Obrigkeit gegen Hexen sind erst seit Beginn des 16. Jahrhunderts nachgewiesen. Die erste reichskammergerichtliche Erwähnung fand das Unerhörte im Dezember 1508. Zur Zeit unseres Prozesses war seither noch kein Jahrhundert vergangen. Schwarzenbergs Bambergische Halsgerichtsordnung, die unmittelbare Vorlage der Carolina, trat bereits 1507 in Kraft; was Wunder, daß sie von Hexerei noch nichts weiß. Sie wollte weltliche Satzung für einen

geistlichen Herrn sein, kein Handbuch der päpstlichen Inquisition. Und 1532? Wäre da nicht eine Ergänzung der Bambergensis in dieser Richtung möglich gewesen? Redaktionell gewiß, politisch nicht. Es waren ja römische Wanderprediger – die Dominikaner und Inquisitionsrichter Heinrich Institoris und Jakob Sprenger –, die Kunde von dem neuen, unglaublichen Verbrechen brachten. Sie geißelten das neue Delikt als schrecklichste Form der Häresie – ein Wort, das den protestantischen Reichsfürsten ärgerlich in den Ohren klang. Dergleichen wollten sie keineswegs als Reichsrecht absegnen. Daß sie später selbst dem Aberglauben huldigten, steht auf einem anderen Blatt.

In ein für den Gerichtsgebrauch gedachtes Druckwerk kam die Hexerei doch: in Ulrich Tenglers »Layenspiegel«. Diese beliebte, weil übersichtliche und deutschsprachige Rechtssammlung war im 16. und 17. Jahrhundert das Vademecum jedes ordentlichen Schmalspurjuristen. Der vielbelesene Wangereck hat es höchstwahrscheinlich gekannt. So ähnlich wie der Autor mag er gelegentlich räsoniert haben: »Soll ein solch böß und verkehrt Mensch Hagel, Schauern, Reifen und ander ungestüm Ungewitter zu Verletzung der Frucht, auch den Menschen und Tieren Krankheiten oder schmerzlich Versehrungen zufügen, von einem End zum andern fahren, auch Unkeuschheit mit den bösen Geisten treiben und viel andern unchristliche Sachen zuwegen bringen. Ist in menschlicher Vernunft nit liederlich zu begreifen, zu wissen oder glauben. Wann darum bei den Rechtsgelehrten etwo manigerlei Zweifel und Disputation entstanden, als ob nichts an söllichem ketzerlichen Gebrauch der Unholden noch zu glauben seie, daß sie dardurch Treiben einichen Schaden tun oder zufügen sollten mögen, deshalben die weltlichen Richter zu Zeiten erpleugt, daß sollich Übel an mehr Enden ungestraft bleiben, bis diese Ketzerei merklich überhand genommen und daß zu jüngst durch päpstlich Inquisitores söllich Geschichten in ihren Erfahrungen zu kündlich erfunden und geursacht etlich besonder lateinisch und deutsche Büchlin so eines Teils, und besonder eins genannt Malleus Maleficarum gemacht, durch hochgelehrt Männer approbiert, auch von der Römischen Küniglich Majestät als man zählt von Christi unsers lieben Herrn Geburt Vierzehnhundert, im sechsundachtzigsten Jahr zugelassen, in einen gedruckten Buchstaben kommen, und in drei besonder Teil mit etwo viel Fragen und Argumenten unterschieden.« In Ermangelung anderer Quellen berief sich der Laienspiegel also auf den »Malleus«, den »Hexenhammer«, um dem

»weltlichen Regiment« mitzuteilen, »wie solch Übel und Missetatten außgereut, mit welchen Ordnungen die geistlichen und weltlichen Gericht darwider procediern und verurteilen, peinigen und strafen« sollen.
Tenglers »Laienspiegel« erschien erstmals 1509, jedoch noch ohne die soeben zitierte Passage. Die kam unter der Überschrift »Von Ketzerei, Wahrsagen, schwarzer Kunst, Zauberei, Unholden ec.« erst in der Neuauflage von 1511 hinzu. Können wir mit dieser Jahreszahl den Einbruch des Gedankenguts der Inquisitoren in das weltliche Strafrecht datieren? Nur bedingt. Mehr als dreißig Jahre später erschien ein ähnliches populärwissenschaftliches Werk zum Gerichtsgebrauch, das eben so große Bedeutung wie der »Laienspiegel« erlangte und von dem Münchner Unterrichter Andreas Perneder verfaßt worden war. In ihm finden wir von Hexerei kein Wort. Wohl von Zauberei; da unterschied Perneder zwischen Schadenszauber und Wahrsagerei einerseits und – wohltätigem Zauber, wodurch »einem Kranken geholfen / oder seine Weingärten und Felder vor Schaden / auch vor Schauer und Hagel verhüt« werde. Keine Rede vom »ketzerlichen Gebrauch der Unholden«.
Diese Worte, wie die ganze Hexerei-Passage im »Laienspiegel«, riechen nach Theologie. Wie sollte auch ein Jurist den »Hexenhammer« schon zu Beginn des 16. Jahrhunderts als gesetzesgleiche Autorität aufführen, zu einer Zeit also, als der Widerstand weltlicher Richter gegen die Hexenprozesse noch überall in Deutschland spürbar war! In einer Zeit, wo weltliche Gerichtsverfahren gegen Hexen noch etwas ganz Außergewöhnliches waren. Der Weihrauchgeruch des Hexereiabsatzes im »Laienspiegel« verrät den Autor. Er hieß nicht Ulrich Tengler, sondern Christoph Tengler, war Theologieprofessor an der Ingolstädter Universität und Sohn des offiziellen Alleinverfassers des »Laienspiegels«.
Der Geistliche gab diese Miturheberschaft am Werk seines Vaters nicht zu. Für ihn als Priester würde es sich nicht geziemen, geistliches Recht unter weltliches zu mischen. So in einem der geänderten Auflage beigegebenen Schreiben vom 13. Juni 1510. Er hätte dem Vater lediglich einige Ergänzungen nahegelegt und ihm bei gewissen Additiones geholfen. Anders der schon hochbetagte Vater: Sein Sohn habe ihm sein Buch »mit etlichen Addition, Mehrungen der Titel und quottierten Register darüber colligiert, wiederumb überantwurt«. So wird es gewesen sein, die Darstellung des Sohnes nur eine gedrechselte Umschreibung. Der hochbetagte Ulrich Tengler,

der 1510 oder 1511 starb, hatte seinen Sohn um Mithilfe gebeten. Der hat kräftig redigiert und Inquisitorendeutsch einfließen lassen. Ob der schon vom Tod Gezeichnete die Korrekturen überhaupt noch gelesen hat? Man darf daran zweifeln. Sicher ist, daß er sein Amen dazu gab und das geänderte Buch in Druck gehen ließ. Selten ist die Schwachheit eines Greises verhängnisvoller gewesen. Sie war mit schuld daran, daß die Ideen des »Hexenhammers« in die Praxis weltlicher Gerichte Eingang fanden. Gab die Tatsache, daß der »Laienspiegel« den »Hexenhammer« ähnlich wie die römischen Codices als Autorität zitierte, doch diesem Machwerk Einfluß und Ansehen in juristischen Kreisen.

Andere Autoren halfen mit. Allen voran der hochgeschätzte kaiserliche Rechtsberater Jodocus Damhouder aus Brügge. In seine »Praxis rerum criminalium« übernahm er ganze Passagen aus dem »Hexenhammer«.

Zu der Zeit, als der Hofrat zu Gericht über die Familie des Paulus Pappenheimer saß, hatte die rechtliche Bedeutung des »Malleus Maleficarum« längst Gesetzesrang erreicht. Das hat das Schicksal unserer Landfahrer und ihrer Mitangeklagten mitentschieden. Denn wenn ein Mann wie Wangereck sich an Geist und Inhalt des »Hexenhammers« hielt, bewies das nur, daß er bei aller Hitzköpfigkeit doch ein tüchtiger Jurist war.

Alltag einer Eisenmeisterin

Von der Frau des Eisenmeisters, der im Münchner Falkenturm verhaßtem Dienst nachkam, ist wenig überliefert; nicht einmal ihr eigentlicher Name. Die Gefangenen, denen sie das Essen und gelegentlich frisches Stroh in ihre Keuchen brachte, nannten sie »die Eisenmeisterin«. Wir haben uns eine etwa dreißigjährige Frau vorzustellen, nicht häßlich, aber auch nicht hübsch, nicht zimperlich, aber auch nicht grob. Bei all dem Leid und Elend, das Menschen im Falkenturm erdulden mußten, übersieht man leicht, daß auch sie, die Gefängniswärterin, kein leichtes Leben hatte hier. Das lag an ihrer Natur, über die ich trotz der dürftigen Aussagen unserer Quellen einiges zu wissen glaube.

Die Eisenmeisterin war weder dumm noch stumpf noch hart. All das hätte sie aber sein müssen, um das Leben im Falkenturm nicht als schwer zu empfinden. Im Erdgeschoß des Gefängnisses wirkte sie als

Hausfrau, versorgte Mann und Kinder, putzte und wusch, stellte ein paar Blümchen in die Ecke der Stube unters Kruzifix. Zur Nordostseite hin hatte sie ein kleines Pflanzgärtchen angelegt, in dem etwas Gemüse und ein paar hierher versetzte Wiesenblumen nur recht und schlecht gediehen, denn viel Sonne fand nicht in das zwischen Mauern gelegene Geviert. So versuchte sie also, ein normales Kleine-Leute-Leben zu führen. Aber sie wußte, daß sich unter ihrem Hausfrauenreich ein Schreckensgewölbe befand und daß darüber, in übelriechenden Verschlägen, dahinsiechende Gefangene an die Wände geschmiedet waren. Sie hörte die Schritte der Armen auf der Holztreppe, wenn sie zur peinlichen Frage geführt wurden. Sie sah sie in ihrem jämmerlichen Zustand nach der Folter. Wenn sich ihr Mann mittags mit finsterer Miene zu ihr und den Kindern an den karg gedeckten Holztisch setzte und das Tischgebet sprach, wußte sie, daß er das Geschrei der Gequälten noch in den Ohren hatte. Konnte man da über das Wetter, die Fleischpreise und den geplanten Sonntagsausflug mit den Kindern sprechen? Natürlich konnte man, und man tat es, aber es geschah eben immer im Bewußtsein des Elends um einen herum; im Gespräch über das Normale klang das Schreckliche mit. Sie konnte nicht, wie das zu späteren Zeiten vielleicht möglich gewesen wäre, Amt und Privatleben fein säuberlich voneinander trennen, denn beides war miteinander verwoben und verknüpft. Wenn sie etwa einkaufte und kochte, tat sie das sowohl für die Gefangenen als auch für die Familie. Nicht selten fanden die Vernehmungen in ihrer Wohnstube statt. Die Leute auf der Straße sahen in ihr nie nur die Hausfrau, sondern mieden sie als unehrlich, der Beschäftigung ihres Mannes wegen.

Freiwillig hatte der sein Amt nicht übernommen. Auch er, das verraten die Protokolle häufig genug, war ja keine rohe, gewalttätige Natur. Am Quälen der Gefangenen hatte er keine Freude. Wohl aber zuweilen Angst vor der Macht der Dämonen, deren Anwesenheit er bei seinem grausamen Handwerk oft genug zu spüren meinte. Was zwang ihn zu seinem Dienst? Man weiß es nicht, kann nur vermuten, daß er selbst einmal ein Gefangener war, begnadigt, weil man gerade wieder einen Eisenmeister brauchte. Eine »Kündigung« war ihm nicht gestattet, bei Aufgabe seines Amtes hätte man ihn gleich wieder als Gefangenen behandelt und möglicherweise an Leib und Leben gestraft.

Während der Eisenmeister den Insassen des Falkenturms als Büttel der Obrigkeit und Folterknecht gegenübertrat, war seine Frau die einzige Person, die ihnen Gutes tat. Sie versorgte sie. Nicht eben mit allem, was der Mensch braucht, aber mit Wasser, Brot , Suppe; mit frischer Luft, indem sie ihnen auf Wunsch das Zellenfenster öffnete; mit Sauberkeit, indem sie ihnen das Stroh wechselte und gelegentlich die Kleider wusch. So wurde sie für die Angeketteten eine Vertrauensperson, trug Nachrichten von einem zum anderen, erzählte von der Welt draußen und verriet gelegentlich vorzeitig den nächsten Besuch der Kommissare. Den Gefangenen, die sich Wochen und Monate in ihrer Obhut befanden, stand sie näher als jeder andere, der mit ihnen im Verlauf des Prozesses zu tun hatte. Sie sprach mit ihnen, sie lernte ihre Erinnerungen und Hoffnungen kennen und wußte gewiß mehr von ihrer Schuld oder Unschuld als das Gericht. Und sie sah auch, was die Folter aus ihnen machte, wie sie körperlich immer elender und geistig immer wirrer wurden. Sie verband die Wunden und versuchte zu trösten. Mehr konnte, durfte sie nicht tun. Einmal verleitete sie ihr Mitleid, einer Gefangenen ein Messer zu geben, damit sie der Qual ein Ende machen könne. Die Sache kam auf und wäre beinah bös ausgegangen für sie.

Von all den Elenden rührte sie am meisten das Schicksal des kleinen Hänsel Pappenheimer. Der elfjährige Bub, der in den ersten Wochen nach der Einlieferung der Landfahrer in der Zelle seiner Mutter untergebracht war, wurde im Juni auf Anweisung der Kommissare in eine eigene Keuche verlegt. Nur dem höflich geäußerten Protest des Eisenmeisters war es zu danken, daß man das Kind nicht auch noch anschmiedete. Seit dieser Isolierung des Knaben kam der Eisenmeisterin eine Mutterrolle zu. Wenn sie das Essen verteilte oder ihren üblichen Rundgang machte, blieb sie in Hänsels Keuche länger als bei den anderen Gefangenen. Manchmal brachte sie ihm etwas Spielzeug mit, eine geflochtene Puppe aus Stroh, ein paar Holzklötzchen, womit er sich die Zeit in seinem Verlies vertreiben konnte.

Es war nicht einfach, das Vertrauen des Knaben zu erringen. Anfangs zeigte er sich verschlossen und abweisend, gab freche, patzige Antworten, schockierte mit ordinären Flüchen und Schimpfwörtern. Denn, das behauptete er mit trotzigem Stolz, er war ein Hexenkind.

So hatte es nämlich am 5. Mai 1600, gezwungen durch die Folter, seine Mutter vor seinen Augen den Kommissaren gestanden. Sie konnte nicht anders. Hänsel war an jenem Tag schon über eine Stunde lang im Gewölbe verhört worden. Die Rute hatte ihm das Geständnis abgetrotzt, von seiner Mutter zur Hexerei angelernt worden zu sein. »Die Mutter hab ihn oft bei Nacht mit ihr auf der Gabel ausgeführt«, hatte das Kind gesagt, dorthin, »wo die Teufel beisammen und guter Mut gewest. (Er) hab den Teufel wohl gesehen, so abscheulich und schwarz gewest ... in einem Sessel gesessen (und) etliche Diener gehabt. Der Ort, da sie gewest, hab einem Haus oder Stadt gleich gesehen. Wenn einer in die Höh' geschaut, hab er schreckliche Ding gesehen. Die Teufel und die Weiber (haben) miteinander gelacht, Narren Weis getrieben, eins das ander beim Haar gerupft, hernach in einem Ring herum getanzt und wieder davon gefahren. Die Mutter (hab) ihn unterwiesen, sollt' fein aufmerken und sehen, wie sie ihm tu', wenn er einstmals selbst ausfahren wolle, daß er's auch könnte.« Nach solchem Geständnis war das Verhör unterbrochen und die Mutter herbeigeholt worden. Die bestritt energisch, daß das Kind je mit dem Teufel etwas zu tun gehabt hätte. Worauf der Kommissar ihr auf den Kopf zusagte, der Bub sei nicht getauft und ein Hexenkind. Da Anna dies nicht zugeben wollte, wurde sie vor dem Kind gebunden und aufgezogen – so lange, bis sie heulend erklärte, »weil ... der Teufel sage, wann ein Hex schwanger, daß das Kind sein sei, hab sie ihm den Hänsl sowohl im Mutterleib als hernach im Leben versprochen. Und wiewohl der Hanns Scheiflinger vor der Welt und mit dem Namen sein Pate, so sei doch der Hänsl nit getauft, sondern, wie ihr der Teufel selbst gesagt, hab er ein anders Wechselkind hergeben und an des Hänsels statt taufen lassen. Wiß aber nit, wo er des Wechselkindes genommen. – Damalen wär sie in und nach der Niederkunft gar krank und etlich Täg unwissend gewest. – Hernach und wie der Bub fünf Jahr alt worden, sei sie und die Müllerin von Khelhaim, allda sie dem Rautenbusch sein Vieh fällig gemacht, eines Tags spät abends gen Regenspurg gefahren und sich heraus bei der Brucken niedergelassen. Allda hat sie ihr Buhlteufel um den Buben wieder angefochten. Den sie mit ihr hinüber gen Graß zum Widmann-Bauern in Stadel, darin sie Herberg gehabt, geführt. Und weil der Bub geschlafen, demselben seinen Arm unter der Deck herfür gezogen und den Leib soviel entblößt, daß der Teufel aus seiner Seiten das Blut nehmen können. Hab anders nit viel Versprechens und Verschreibens bedürft, sintemalen er zuvor schon sein und ihm im Mutterleib versprochen gewest. – Und wiewohl sie ihn, Buben, nach diesem in zwei Jahren etlichmal mit ihr ausgeführt, so hab er doch erst hernach, als er etlich wenig Wochen über sieben Jahr gewest, in einer Zusammenkunft auf'm Moos bei Moßmüll dem ob: Teufel das Glib

(Gelöbnis) tun und ander Zeichen geben (müssen). Weil er aber an den heimlichen Orten noch kein Haar gehabt, so hab sie's an seiner statt hergeben und sonst etliche Wort für ihn reden müssen. Und sei bei drei Jahren her, daß diese Versprechen beschehen. Danach sie ihn erst recht mit zu den Zusammenkünften ausgeführt, doch nit so oft als sie gefahren. Dabei er gesessen und getan wie ein Kind. Wie er dann noch nit allein fahren künnt und erst um künftigen Sankt-Michels-Tag elf Jahr alt werde ... Wiß nit, wo der Teufel das ander Wechselkind genommen. Und sagt nochmalen, der Bub sei nit getauft. Bitt darauf, um Gottes Willen ihm helfen zu lassen.«

Dieser Bitte war so entsprochen worden: Man hatte die Trennung des Kindes von der Mutter angeordnet und einen Pfarrer samt Meßdienern bestellt, der unter Gesang, Lateingemurmel und Weihwassergespritze den kleinen Hänsel am 13. Mai auf den Namen Cyprianus taufte.

Trotzdem war der Bub trotzig und verschlossen geblieben. Die Eisenmeisterin hatte sein Vertrauen nur sehr allmählich gewinnen können. Sie kannte sich aus mit dieser Art Bockigkeit. Ihre eigenen Buben waren nicht viel anders; stets von den andern Kindern verachtet und gehänselt, schützten auch sie sich durch trotzigen Stolz vor einer Welt, die sie ihres Vaters wegen zu Außenseitern degradierte. Solches Verhalten, das muß ihr klar gewesen sein, war kein Zeichen für teuflische Verstocktheit. Was nicht unbedingt heißt, daß sie an der Hexenkind-Geschichte gezweifelt hat. Man erzählte sich überall, daß Hexen häufig ein gestohlenes an Stelle des eigenen Kindes zur Taufe tragen, um dieses dem Teufel zu weihen. Hexische Hebammen bedienten sich dieser Vertauschung, um den ahnungslosen Wöchnerinnen ihre Kinder zu verderben statt zum Pfarrer zu tragen, weshalb jede Frau einer Hebamme zutiefst mißtraute. Hänsel mochte wohl ein Hexenkind sein. Aber wenn er schon vor der Geburt dem Teufel versprochen war, traf ihn keine Schuld an seinem Umgang mit dem Bösen. Dann zappelte er ja von Geburt an am Seil des Teufels wie ein Fisch an der Angel. Die Freiheit, zwischen dem Retter und dem Feind zu entscheiden, hatte er doch nie gehabt. Wieso wurde er dann so grausam mißhandelt und gefangengehalten? Wieso sollte er dann, wie der Eisenmeister seiner Frau gelegentlich vorhersagte, als Hexer verbrannt werden? Nach der Taufe, hätte man meinen sollen, war doch die Macht des Teufels über das Kind gebrochen und die verhängnisvolle Verstrickung gelöst, die ihn unschuldig schuldig werden ließ. Das waren die Fragen, welche die

Eisenmeisterin bewegt haben mochten, wenn sie die Tür zur Keuche Hänsels nach einem Besuch wieder hinter sich zuschloß und verriegelte.
Er war ein richtiges Kind von zehn Jahren und bei aller Trotzigkeit kein kleiner Teufel. Niemand kann sagen, ob der Kleine seiner Ersatzmutter die Wahrheit über sich und seine Familie erzählt hat, wenn sie in seiner Zelle saß und ihm tröstend übers Haar strich. Sicher ist nur, daß Hofrat Doctor Wangereck auf der falschen Fährte war, wenn er das Kind durch schwere Folter zu dem Geständnis zwang, mit seinem »schönen Buhln . . . schon etlich malen die Unzucht getrieben« zu haben. Seit die Hexerei des kleinen Hänsel für erwiesen galt, hielt es der Kommissar für angebracht, die bei Minderjährigen üblichen Rutenstreiche durch die reguläre Tortur zu ersetzen. Bei »crimina excepta«, wie er das wohl gelehrt dem zögernden Eisenmeister erklärt haben mag, würden die üblichen Beschränkungen nicht gelten.
Nach solchen verschärften Verhören mußte man den kleinen zerschundenen Körper des Knaben in seine Zelle tragen. Da verband ihn dann die Eisenmeisterin, nahm das weinende Häufchen Elend in den Arm, sprach ihm Mut zu und versuchte, die Bitterkeit zu verbergen, die ihr die Kehle zugeschnürt haben mag. Dann ließ sie ihn allein, um zwei Treppen tiefer mit Mann und Kindern am karg gedeckten Holztisch zu sitzen und vom Wetter, den Fleischpreisen und dem geplanten Sonntagsausflug zu sprechen.

Schadenszauber

Bayerns junger Herzog saß, bleich, hager und ernst, seit sechs Uhr früh in seinem Arbeitszimmer am Schreibtisch und regierte. Er war allein mit einem Wust von Akten und einzelnen Schriftstücken, den sein Geheimsekretär Doctor Christoph Gewold wie üblich nach Dringlichkeit und Sachbereichen vorsortiert und auf dem riesigen Schreibtisch zu kleinen Türmen aufgehäuft hatte. Maximilian wünschte allein zu arbeiten. Seine Anweisungen gab er schriftlich. Nur selten klingelte er nach dem vor der Türe wartenden Diener, dem er dann einen gefalteten Zettel mit ein paar rasch hingeworfenen Zeilen und den Auftrag gab, das Schriftstück zur Hofkanzlei in die Alte Burg, zur Hofkammer oder zum tagenden Hofrat zu expedieren. Die meiste Zeit verbrachte der Regent, hochaufgerichtet in

seinem Amtstuhl, damit, Seite um Seite der mit vielerlei Schriften bedeckten Papiere durchzulesen, gelegentlich ein Blatt aus der Hand zu legen, mit der Rechten zur Feder zu greifen und eine knappe Bemerkung an den Rand des Berichts, des Gesuches oder der Empfehlung zu schreiben. Etwa: »Es ist zum Erbarmen, daß so wenig Hirn in so dicken Köpfen.« Auch: »Man muß nit zweimal schreiben, was zu rechter Zeit auf einmal geschehen kann.« Oder: »Es ist ein Spott ..., daß bei dem Kriegsrat und der Kanzlei so gar kein Geheimb ist. Wollets ihnen vorhalten und bedeuten, daß, wenn ich einen wieder ertappe, ich einmal einen Kriegsprozeß vornehmen und mit Würfeln spielen lassen werde, wer den Strick bezahlen soll.« Ganz im Widerspruch zum Geschmack seiner Zeit, aber wohl verständlich angesichts der Aktentürme auf seinem Schreibtisch, ärgerte der Herzog sich über die Weitschweifigkeit und Gestelztheit der meisten Schriftstücke so sehr, daß er sich zu bissigen Kommentaren darüber veranlaßt sah. Er haßte Zeitverschwendung; die Leute sollten ihn mit umständlichen Einleitungen und Verklausulierungen verschonen und sich nur knapp zur Sache äußern. »Taten, nicht gelehrtes Geschwätz« wollte er. Es ging ihm alles zu langsam. Auch der Prozeß gegen die Landfahrer, von dem er gerade jetzt einen Aktenauszug studierte.
Es handelte sich um einen »Extract, die Hex- und Zauberei der im Falkenturm verhafteten Übeltäter betreffend«, eine Zusammenstellung der im Prozeß Pappenheimer gestandenen schädlichen Zauberei. Was da stand, mußte den jungen Herzog, der ohnehin von Hexenangst geplagt war, freilich alarmieren. Die Landfahrer und ihr Anhang hätten einige hundert Leute krank oder tot gezaubert, an die tausend Stück Vieh verdorben, unzähligen Bauern durch Schauerwetter und Reif die Ernte vernichtet und zahlreiche »böse Ehen gemacht«.
Die Einzelheiten wird der Herzog, ungeduldig und arbeitsüberlastet wie er war, nur überflogen haben. Weil »er sie für ein Arbeit nit bezahlen wöllen«, hätten Michel und sein Bruder Gumpprecht dem »Dechanten zu Altenpuech« ein Teufelspulver auf den Weg gestreut, worauf er erkrankt sei. »Dem Ramecker zu Mundriching hab er, um daß ihn derselb einstmals geschlagen, Pulver – aber nit auf den Tod – gelegt.« Allerdings hätte diesen dann »sein Vater in Kräutern gebadt, und ihm wieder geholfen, dafür er ihm drei Taler geben«. Totgezaubert habe Michel nach eigenen Angaben »über fünfzig Kinder« und »der alten Leut über zwanzig«. »Jeder Buhlteu-

fel setz einem Kinderumbringen und derselben Herzlein zu essen auf.« In einem anderen Verhör hatte er elf Personen namentlich aufgezählt, die er durch Bestreichen mit der Teufelssalbe getötet oder gelähmt habe und behauptet, darüber hinaus »etwan noch ... zwanzig Personen umgebracht und erkrumpt« zu haben. Trotzdem hätte ihn »der Teufel oft geschlagen, daß er's nit mehrern getan«. Aber, das war ein Trost, »man könnte ... nit einem jeden Menschen zu, sonderlich nicht den Geistlichen und wer ein gottsfürchtigs Leben führt«. Ganz allgemein sei »fürnehmen Leuten« kaum beizukommen. Gumpprecht Gämp-Pämberl hatte die Vermutung geäußert, die »gesegnen sich vielleicht fleißiger«. Auch der alte Pappenheimer, der allein über hundert Personen totgezaubert hätte, wäre der Meinung, die Hexerei könne nicht jedem etwas anhaben – »unter tausend Menschen kaum einem, wär' sonst die ganze Welt nicht sicher«.

Über den Grund solcher Zauberei war sich der Herzog im klaren. Sie geschah aus schierer Bosheit, was der Bericht des Hofrats bestätigte. Michel Pappenheimer etwa hätte gesagt: »Hab' anderst zu den Leuten kein Feindschaft getragen, allein, daß er's aus Befehl des Teufels, welcher ihn dazu genötigt, tuen müssen.« Über die Methode des Schadenszaubers enthielt der »Extract« interessante Einzelheiten. Anna, die alte Pappenheimerin, welche an die sechzig Personen geschädigt hätte, habe dem Gericht verraten: »Den Leuten könnte man sowohl mit dem Pulver als der Salben Schaden tun. Die Salben sei aber kräftiger. Dem Pulver könnt man eher wieder helfen.« Außerdem »sagt sie, wann sie ein Mensch bestreichen und gar umbringen wöllen, hab sie des Obristen schwarze Salben brauchen, wann sie aber eins nur kränken und erkrümpen wöllen, ihres Buhln Salions weiße Salben nehmen müssen. Die man einem auf eins, zwei, drei und sieben Jahr anstreichen kinde, daß man eintweder solang krank sein oder gar sterben solle. Und hab dergleichen Schäden, in Zeit der neun Jahr hero, soviel getan, daß ihr unmöglich alles zu erzählen ... Die Wort zu der Bestreichung haben also lauten müssen: ›Da bestreich ich dich auf N. N. Jahr, in aller Teufel und meines Buhln Namen, der mich das gelernt, und ich ihm gelobt habe, daß du erkrumpst oder gar sterbest. Und müß an einer Erchtag- oder Pfinztag-Nacht (Dienstag- oder Donnerstag-Nacht) beschehen, die Bösnächt seien.‹« Eine andere Art des Schadenzaubers geschehe so: »Man gieß oder grab die Zauberei ein, so sei es ein Ding, und müß das erst, so darüber geh', Not leiden, wie man's einem vermeint. Das

Vergraben gescheh gemeiniglich unter Stuben-, Kammer-, Haus- oder Stalltürschwellen, Salben und Pulver beisammen in einem Haderl. Tu' nur dem ersten, der darüber geh', Schaden; es lieg hernach wie lang es wöll, schade es nichts mehr.«
Der Herzog blättert weiter. Es sei »über die Maß«, was »mit Bestreichung der Teufelssalben und Streuung des Pulvers dem Vieh« für Schäden zugefügt würden, stand da. Oft hätten die Landfahrer »auf ein Weid Sachen gestreut, daß ganze Herden Viehs umgefallen«. »Das Vieh falle nit gleich miteinander«, hatte Michel P. ausgesagt, »sondern einziger Weis. Und haben die vergrabnen Sachen oft ein Jahr oder fünfzehn Kraft und Wirkung.« Man könne das Pulver auch »unter das Kühtür-Geschwell vergraben«, »davon gar viel Viehs« umfalle, wenn es darübergetrieben werde. Zahlreiche Einzelfälle waren aufgeführt, von denen der Vielbeschäftigte kursorisch Kenntnis nahm. Michel Pämb: »Zu Irlbach im Spital hab er voriges Jahr im Frühling, weil man ihn und seine Leut nit beherbergen wollen, unter die Kühtür, gleich neben dem Tor an die Gassen heraus, item an die Gassen, dadurch man das Vieh austreibt, Pulver gestreut, davon gar viel Vieh – in die vierzig Stück – umgefallen.« Georg Schmälzl: »Dem Mair-Bauern zu Eintal bei anderthalben Jahren im Sommer Teufelssalben und Pulver von jungen Kindern unter das Kühtür-Geschwell vergraben. Davon ihm zwei Küh gefallen. – Die Materi müß man in einem kleinen Hafenscherbl in aller Teufel Namen eingraben, verbleib dieselb lang, so fall das Vieh lang. Die Leut lassen ihnen aber bald wieder helfen. Hab unten herum (an der Donau) viel Wahrsager und Kinstler, sonderlich einen zu Mainloch bei Pointen, der Rat-Anderl genannt, dem laufen die Leut fast zu.« Dann war vom Wettermachen die Rede. Der Herzog las: »So oft auf'm Feld ein Zusammenkunft oder Gasterei gehalten, werde hernach ein Wetter gemacht. Und müß dazu ein jedes Weib des Haars von ihrem Leib als vom Kopf, von der Axel und der Scham, der linken Seiten, hergeben. Damit der Oberste Teufel in einem Geschirr ein Wasser oder was es sei, wiß sie eigentlich nit, einmache, ihnen alsdann solches fürsetze. Eine, die er dazu haben wolle, müß hinzu gehen, den dabei liegenden Wedel eintunken und zurück über sich und den Meister in aller Teufel Namen ausspritzen. Darauf komm' erstlich ein Windsbraus und sage der Oberteufel zu ihnen ›Fahrt hin in aller Teufel Namen, ihr habt Zeit. Doch behalt er allemal ein Weib bei sich, die das Wetter feuer . . .‹« – Das paßte nicht ganz zu einer andern Beschreibung. Zum Wettermachen hätte

Gumpprecht Pämb »Teufelssalbe, Pulver von Kindshändeln, Haar von seinem Leib und Springkraut, so hinter den Zäunen wächst, mit Wasser vermischt, zusammen in ein neues Häferl getan und gesotten ... Und wenn die Materi im Häferl lang siede, würde das Wetter lang«. Noch anders eine dritte Aussage: »Auf'm Feld Teufelssalben, Kindssalben und Haar von seinem Leib in ein neues Häfl getan, dasselbig mit Wasser angemacht und gesotten. Folgends das Häfl mit der linken Hand in aller Teufel Namen für sich auf den Boden geworfen, daß die Materi auf die Erden geronnen. Das Wetter werde größer oder stärker, je nachdem, wieviel Materi man nehm.« Ein durch Zauberei gemachtes Gewitter erkenne man daran, daß in den Hagelkörnern Haar zu finden sei. Gegen solche Unwetter helfe die auf dem Land allgemein praktizierte Methode des Glockenläutens nur bedingt. Beim Läuten könnten die Hexen zwar »nit nah hinzufahren, sondern der Glockenhall vertreib's bisweilen voneinander. Wenn man's aber mit dem Aussegnen gar zu fest treiben wöll, brech's alsdann mit Gewalt auf und tue größeren Schaden als etwan sonst«.
Der Herzog blätterte weiter. In Tiere hätte der Teufel seine jetzt im Falkenturm einsitzenden Geschöpfe gelegentlich verwandelt, hieß es da. »Wenn sie der Teufel verblenden (= verwandeln) wolle, mach er's gemeiniglich zu Katzen, Hunden, Böcken, Wölfen, Elstern und Krähen. Wenn sie zu Vögeln und Krähen verblendt, müssen sie gemeiniglich auf die Äcker sitzen und den Samen, so die Bauern aussähen, aufklauben. Zu keinem Schaf oder Tauben könne er's nit blenden, von unsers lieben Herrn wegen.« Einen der Gefangenen hätte »der Teufel bisweilen zu einer Kröten gemacht und hinter einen Zaun gesetzt auf Meinung, wenn Leut vorbeigehn, dieselben zu vergiften«.
»Von Machung böser Eh'« war der folgende Abschnitt überschrieben, der Maximilian besonders interessierte. Die Gefangenen hätten, stand da, verschiedentlich Ehepaare »uneinig gemacht«. Dieser Zauber ginge so: »Wenn es große Wind in den Hölzern hat, reiben oder streichen sich die Baumstämm' aneinander.« – Die Symbolik war unverkennbar – »Da man nun einen ferchen (= abgewetzten) Stamm findet, der also gerieben sei, müß man an demselben offenen Ort ein Holz in aller Teufel Namen herausstechen, zu Pulver brennen und den Leuten in Suppen oder Speis eingeben auf vier, sechs oder mehr Jahr.«
Was auf den folgenden Seiten des »Extracts« folgte, war rasch durchgesehen. Die Gefangenen hätten den Bauern auch das Getreide

verdorben, indem sie beim Ausfahren ein Teufelspulver über die Felder ausstreuten, wovon die Ähren »abstehen und die Kernel verlieren« und die Ernte »um viel weniger als sonst ausgebe«. Sie wären auch in Ställe und Keller gefahren, um zu stehlen. »Wenn sie vor einen Keller kommen, hab der Teufel die Tür zuvor aufgetan gehabt.« Dann hätten sie Vorräte mitgenommen, aber sich auch am dort gelagerten Wein gütlich getan. »Wenn sie auf's Feld zu einer Zusammenkunft wollen, fahren sie zuvor in die Keller und trinken« ... »Der Teufel seh's gleichwohl nit gern, wenn sich eins voll sauf« ... »Wenn sich eine im Keller übertrink und zu rechter Zeit nit fort mag, werd' sie darum jämmerlich geschlagen« ... »Die Armen fahren aus, daß sie Schmalz, Eier und andres nachhaus bringen. So fahren sie auch oft aus, Getreid und Samen auf den Feldern aufzuklauben.« Dann stand da noch »von Unehrung des H. Sacraments und anderen geistlichen Sachen«, »Gespielschaften«, »Von Ausgrabung der Kinder« und dergleichen mehr.
Maximilian, das lassen die Quellen schließen, fehlte an dem Bericht etwas. Geständnisse wurden ihm vorgelegt. Aber wie stand es mit dem Prozeß? Ärgerlich wird er daran gedacht haben, daß der Unterhalt der Gefangenen täglich bares Geld kostete. Wieviel Zeit wollte der Hofrat noch mit dem Fall verschwenden? Wir sehen den Herzog zur Feder greifen und schreiben: »Man soll berichten, wie der Proceß anjetzt besteht. Maximilian.« Dann wanderte der umfangreiche Bericht nach rechts, wo die erledigten Vorgänge lagen, und der junge Herrscher griff nach dem nächsten Aktenstück vom »Turm« der Hofratsangelegenheiten. Er hatte keine Zeit. Er regierte.

Von der Beleidigung Gottes

Hätte Johann Baptist Fickler seinem ehemaligen Schüler bei der Schreibtischarbeit zusehen dürfen, wäre ihm wichtig gewesen, daß der Herzog den Teil des »Extracts«, welcher von Hostienschändung berichtete, besonders genau studierte. Der Pädagoge hätte sich wohl zu Wort gemeldet und darauf hingewiesen, daß der schädlichste Teil des Verbrechens die Beleidigung der Ehre Gottes sei. Das Verhexen von Mensch und Vieh, das Wettermachen und Bauernschädigen mochte ja ärgerlich und todeswürdig sein, aber der Untergang der Menschheit drohte dadurch nicht. Wohl aber ging solche Gefahr vom Religionsfrevel der Unholde aus. Eben an der Verunehrung der heiligsten Dinge verrieten die Pappenheimer und ihre Gesellen, daß sie viel schlimmer waren als normale Räuber, Brenner und Mörder. Nämlich Leute, die ein tödliches Unheil fürs Bayernland heraufbeschworen: den Zorn Gottes.

Ganz abgesehen davon – obwohl es schwer war, von einer so furchtbaren Gefahr abzusehen –, konnte man sich ein verabscheuungswürdigeres Verbrechen vorstellen als die Schändung des Leibes Christi, unseres Erlösers? Diese Untat hatten die Gefangenen mehrfach gestanden. »Wenn er, Paulus Pämbs, zu österlicher Zeit das Hochwürdig Sacrament empfangen«, laute eine der Aussagen, »hab er's ufbehalten und hinach etlich mal darin gebissen, da sei allzeit Blut bei einem guten Tropf sichtiglich herausgangen. So hab er auch dasselbig etlichmal mit Füßen getreten, dadurch ihm in denselben Wehlagen und Schwielen 'kommen. In das Feuer hab er's auch geworfen, davon das Feuer blau 'worden. Dann so hab er dasselbig zweimal in's heimliche Gemach geworfen. Nach solcher Tat (sei) er im Kopf gwälmisch 'worden. daß er gemeint, er müß zu Boden gefallen.«

Gumpprecht Pappenheimer hatte diese Aussage bestätigt. »Sein Vater hab einstmals ein Hosti in's heimlich Gemach geworfen. Zu Wischlburg hab sein Vater in ein Hosti gebissen, davon sie – sonderlich das Teil, welches er im Maul gehabt – blutig worden. Sie solches aber nur verlacht und wenige Wort dazu getrieben.« Er selbst beging auch Hostienschändungen. »Wann er das h. Sacrament empfangen . . . hab er's allzeit wieder aus dem Maul getan . . . mit Füßen gestoßen, getreten, in die Schuh gelegt, darauf gangen. Alsdann in's Feuer oder sonst verworfen. Der Teufel hab's haben wöllen.« Und von der alten Pappenheimerin hörte man, der Teufel hätte von ihr verlangt, Hostien zu vergraben oder darauf herumzutrampeln. Ähnlich ihr Sohn Michel: »Weil ihm der Teufel befohlen, alles Übels zu tuen, hab er das H. Sacrament, welches er mit den Monstranzen gestohlen und in der Communion fünfmal aus dem Mund getan . . . mit Füßen getreten, gestoßen, verworfen und die höchste Unehr getan . . . Davon ihm bisweilen die Füß . . . dermaßen aufgeschwollen, daß er oft in keine Schuh gemögt.«

Die Geständnisse zeigten, daß es wohl möglich war, die gräßliche Blasphemie zu begehen, aber Gott es selten unterließ, ein deutliches Zeichen seines Unmuts zu geben: durch Blutstropfen, die aus der Hostie kamen, durch Verfärbung des Feuers, durch Erregung von Schwindel und Schwellung beim Übeltäter. Wunderbare Bestätigung, daß nicht eine Oblate aus Mehl und Wasser, sondern der Leib Christi geschändet worden war. Die Gefangenen hatten als Werkzeuge des Teufels den Erlöser befehdet und beleidigt. Sie waren auch an keinem »Kruzifix oder Marterspiel« vorübergegangen, ohne davor auszuspeien, und hatten es beim Gottesdienst in der Wandlung an der Andacht fehlen lassen – sie schlugen stets »die Augen unter und trieben ihre Schelmerei«.

Es war nicht nur der Glaubenseiferer in Doctor Fickler, der in den blasphemischen Teilen der Hexerei ihren eigentlichen Kern sah, sondern auch der Jurist. Einer der angesehensten Strafrechtslehrer seiner Zeit, der bereits erwähnte Jodocus Damhouder aus Brügge, keineswegs ein Kirchenmann, handelte in seinem Handbuch für die Strafgerichte das Hexereiverbrechen nicht etwa unter der Überschrift »Von schädlicher Zauberei« oder ähnlich ab, sondern im Zusammenhang des Hochverrats als »crimen laesae Maiestatis divinae«.

Um die Beleidigung der göttlichen Majestät ging es in erster Linie, war es von Anfang an gegangen. Man erinnert sich, die Heilige Inquisition des Papstes hatte das Verbrechen zuerst entdeckt als eine, und zwar die reinste und schlimmste Form der Ketzerei. In den Prozessen gegen die Albigenser, die Waldenser und die Templer hatte die Folter Erstaunliches zu Tage gebracht: Die Irrgläubigen schlossen mit dem Teufel regelrechte Verträge ab, sie vermischten sich fleischlich mit ihm, flogen zu nächtlichen Gottesdiensten, bei denen geraubte Kinder geopfert und kannibalisch verspeist wurden. Sie gaben sich nach wildem Tanz einer allgemeinen Orgie hin und bekamen vor der Heimfahrt vom Teufel eine Salbe, mit der sie Mensch und Vieh schädigen sollten. Damals, im 13. Jahrhundert, sprach noch niemand von Hexerei, aber das Verbrechen war doch bereits in allen Einzelheiten bekannt. Und worauf beruhte es? Auf der Abwendung von der alleinseligmachenden katholischen Religion. Wer Irrlehren folgte, der beleidigte Gott; wer aber Gott beleidigte, dem war wohl zuzutrauen, daß er vor dem Schlimmsten nicht zurückschreckte und zum Teufelsanbeter wurde. Sagte nicht Christus selbst, wer nicht für mich ist, ist gegen mich? Nach der Lehre des Augustinus vom Gottesstaat gab es im Kampf zwischen Gut und Böse ja nur ein Entweder-Oder. Wer vom rechten Glauben abwich, der war des Satans. Im Krieg zwischen Heiland und Teufel konnte keiner neutral sein. Wer den Gehorsam verweigerte im Heer der Rechtgläubigen, mochte wohl vom Gewissen und eigener Einsicht reden; er war doch ein Verräter, welcher der Sache des Feindes nützte. Auf der Folterbank rückte er dann recht bald mit der ganzen Wahrheit heraus: Daß er ungehorsam war, weil er dem anderen Feldherrn gehorchte. Je öfter man solche Geständnisse aus den Irrgläubigen herauspreßte, um so näher lag der Gedanke, auch unter den scheinbar loyalen Christen nach Verrätern zu suchen. Denn gerade die klügsten Überläufer tragen ihre Unbotmäßigkeit nicht offen zur Schau. Solche Teufelsanhänger begingen all die Scheußlichkeiten, die Albigenser, Waldenser und Templer gestanden hatten, ohne in Religionsfragen öffentlich Widerspruch zu äußern. Erzketzer waren sie trotzdem, ja, noch gefährlicher als die, welche sich durch Rebellion verrieten. Immer mehr konzentrierte sich der Kampf der Heiligen Inquisition auf diese Gruppe von Hochverrätern, die man bald Hexen, Hexenmeister oder Unholde zu nennen begann.

Die Geistlichkeit war es, die zuerst entdeckte, daß es solche Verbrecher und Erzketzer in deutschen Landen gab. »Gewißlich« und »nicht ohne große Beschwerung« hatte Papst Innozenz VIII. 1484 erfahren, »daß in einigen Teilen des Oberdeutschlands wie auch in den Mainzischen, Kölnischen, Trierischen und Salzburgischen Bistümern sehr viele Personen beiderlei Geschlechts ihrer eigenen Seligkeit vergessend und von dem katholischen Glauben abfallend, mit den Teufeln, sich als Männer oder Weiber mit ihnen vermischen, Mißbrauch treiben und mit ihren Bezauberungen, Liedern und Beschwörungen und anderen abscheulichen Aberglauben ... die Geburten der Weiber, die Jungen der Tiere, die Früchte der Erde, die Weintrauben und die Baumfrüchte wie auch die Menschen, die Frauen, die Tiere ... auch Wiesen, Weiden, Korn und andere Erdfrüchte verderben ... und selbst die Menschen und Tiere mit grausamen ... Schmerzen und Plagen belegen ... und (bewirken, daß) eben dieselben Menschen, daß sie nicht zeugen, und die Frauen, daß sie nicht empfangen ... Über dieses den Glauben selbst, welchen sie bei Empfangung der heiligen Taufe angenommen haben, mit eidbrüchigem Munde verleugnen«. Weshalb der Papst seine »geliebten Söhne Henricus Institoris ... wie auch Jacobus Sprenger«, die Urheber des »Hexenhammers«, als »Inquisitoren des Ketzerischen Unwesens« mit allen Vollmachten ausstattete und ihnen »alle Hindernisse, durch welche die Verrichtung des Amts derer Inquisitoren auf irgendeine Weise verzögert werden könnte« aus dem Wege räumte. Der Stellvertreter Gottes wollte das Übel im Keim ersticken, die

Erzketzerei ausrotten, bevor sie weiter um sich greifen konnte. Seine Sorge galt den Seelen.
Kein Rechtsgut, möchte man meinen, das mit dem Strafrecht zu schützen ist. Doch da war Doctor Fickler anderer Ansicht. Und nicht nur er. Der Herzog fühlte sich durchaus nicht nur für das körperliche Wohl seiner Untertanen verantwortlich, sondern auch und vor allem für ihr Seelenheil. Er sah sich als Hausvater, man erinnert sich an dieses Bild, der eines Tages vor Gott würde Rechenschaft ablegen müssen für das Treiben seiner Untertanen. In der »Generalinstruktion für den Hexenprozeß« Herzog Wilhelms V. wird gleich eingangs klargestellt, daß es die Beleidigung der göttlichen Majestät ist, welche die Hexerei so verdammungswürdig und ein so scharfes Vorgehen der Obrigkeit erforderlich mache. In erster Linie müsse »der von Gott geordnete Landfürst« das Schwert »Zu Rettung der Ehren Gottes, aller seiner lieben Heiligen und der Hochwürdigen Sacramenten« ergreifen, dann erst wegen des »zeitlichen Schadens«. Die der Instruktion beigegebene amtliche Fragenliste, die auch für die Verhöre der Pappenheimer herangezogen wurde, entspricht dieser Auffassung vom »crimen magiae« der Hexen. Gleich nach den Fragen zur Person (»Ihres Namens, Alters, des Orts, da sie geborn und wer ihr Vater und Mutter sei«) und dem Grund des Verdachts (»was die Ursach, daß sie bei Meniglich ... Hexenwerckhs halben verucht«) sollte der Richter den Kern des Verbrechens ansprechen: »Ob sie sich nit an den leidigen Sathan ergeben, Gott, auch seine Heiligen, und die Hochwürdigen Sacramenta verleugnet haben.« Nach allerlei Zauberei wurde erst später gefragt, was doch zeigt, daß dieser Punkt nach der amtlichen Auffassung beim Hexendelikt von untergeordneter Bedeutung war. Auch im Urteil gegen die Pappenheimer wird viel von Gott die Rede sein. Zwar werde auch der Verstoß gegen Menschensatzung verurteilt, wird es heißen, vor allem »aber die Verleugnung und Absagung der Göttlichen Majestät und seines ganzen Himmlischen Heers«. »In Vergessenheit der Ehren Gottes« hätten die Angeklagten gehandelt, »verfluchter, gottloser und unnatürlicher Weis«, »zu Verachtung der Heiligen Gebot, ja des Allerheiligsten Namen Gottes selbst.« Wer im Bayern des Jahres 1600 Gott beleidigte, beleidigte auch Gottes weltlichen Statthalter, den Herzog. Der hielt sich von Gott begnadet und berufen, der hatte auch seine Belange wahrzunehmen. Wilhelm V., der die Generalinstruktion zum Hexenprozeß erließ, war davon überzeugt, »daß Fürsten und Obrigkeiten von Gott verordnet seien, den wahren Dienst

Gottes und rechte ungefälschte Religion zu schützen, die Untertanen nach Recht und Billigkeit zu regieren, gemeinen Fried und Ruh zu erhalten ...«. Die Reihenfolge war nicht zufällig: Der Schutz der Religion stand ganz oben. Wie sollte er nicht, in einer Zeit, wo Glaube und Macht angesichts äußerer Feinde eng zusammenrückten! Bedroht waren beide, von neuen Ideen jeder Art. Da traf die Behauptung des Hexenhammers, daß die Welt sich jetzt zum Untergang neige, auf besonders empfängliche Seelen. »So ist die Welt jetzt ... überflutet von jeglicher Bosheit der Dämonen, da die Schlechtigkeit der Menschen zunimmt und die Liebe erlischt.«

Fickler, der Rechtslehrer, hätte dem jungen Maximilian noch andere, rein staatsrechtliche Gründe dafür nennen können, warum die Verfolgung jeglicher Ketzerei, zumal der Hexerei, in die weltliche Kompetenz fiel. Er hatte den jungen Prinzen gelehrt, daß seine Stellung im Staate der eines absolutistischen römischen Kaisers der Spätzeit entspräche. Zu dessen Befugnissen gehörte aber auch die Religionshoheit. Der Territorialstaat der Zeit Maximilians strebte die totale Herrschaft über seine Untertanen an, wozu natürlich und in erster Linie die Macht über deren Gewissen gehörte. Um die zu erringen, ich sprach an früherer Stelle davon, sicherte man sich die Oberhoheit über die Kirche zu, die für solche Unterordnung mit intensiver Förderung belohnt wurde. Von Staats wegen gegen eine Ketzerei vorzugehen war keine geringe Demonstration der absoluten Gewalt, die der Herzog beanspruchte.

Nicht zuletzt deshalb war der Kampf gegen die Hexen in erster Linie staatliche Ketzerverfolgung und nur nebenbei auch Schadensabwehr. Der ketzerische Charakter des Verbrechens wurde auch von den Juristen in den Vordergrund gestellt. Damhouder nannte die Zauberer und Hexen Verleugner des Glaubens. Sie seien für den Teufel dasselbe, was die frommen Mönche für Gott. Ihre Taten beschrieb er nur als Folgen solcher Sünde. Auch der berühmte zeitgenössische Strafrechtler Benedikt Carpzov definierte Hexen als Leute, die »vom christlichen Glauben abfallend, Vertrag und Gemeinschaft mit dem Teufel haben« – auf die Schädlichkeit dieser Personen kam es danach für die Strafbarkeit gar nicht an. So war bezeichnenderweise der Abfall vom Christentum ein wesentliches Merkmal der Hexerei, weshalb »Ungläubige« keine Täter sein konnten – ungetaufte Juden etwa oder Zigeuner. Die konnten dem rechten Glauben nicht abschwören, hatten ihn nie gehabt. Man verfolgte auch sie, aus vielerlei Gründen. Nie aber wegen Hexerei. Nichtchri-

sten waren eben schon begrifflich keine Hexen. Der Wahn war nämlich doch nicht so dumm und blind. Er hatte ja in Südfrankreich theologische Dogmatik studiert.
Das ketzerische Element mochte auch bei den gelehrten und nicht selten geistlichen Nekromanten fehlen. Man war sich da nicht so sicher. In Prag umgab sich der Kaiser, den man zwar für nicht ganz richtig im Kopf, aber für christkatholisch hielt, mit Alchimisten, Kabbalisten und Astrologen. Übten die Hexerei? Gar das Haupt des Heiligen Römischen Reiches selbst? Undenkbar! Der Abt Johann Trithemius, der ein Standardwerk gegen das Hexengeschmeiß verfaßt hatte, war selbst ein berühmter Zauberer gewesen. Der hochgeehrte italienische Schwarzkünstler Dr. Lucas Gauricus hatte es gar zum Bischof gebracht. Und erzählte nicht alle Welt die Histörchen von Johann Faust aus Knittlingen, der sich ungestraft mit seinem Teufelspakt brüstete? Den Hexereivorwurf erhob in all diesen Fällen niemand. Die weisen Magier waren zwar Zauberer, aber keine Ketzer. Dr. Gauricus, ein persönlicher Freund Papst Pauls III., verwies gelegentlich auf das Bibelwort: Die Ferse des Weibes soll der Schlange den Kopf zertreten. Daraus sei zu schließen, daß der Mensch stärker ist als der Teufel, wenn er nur will. Ein Nekromant wie er triebe sein Spielchen mit Dämonen. Sie müßten ihm dienstlich sein, was ihnen ärgerlich, für Gott aber amüsant wäre. Gefährliche Gedanken, meinte Dr. Martin Luther, der solche Rede mit anhörte: »Wer den Teufel zu Gast ladet, der wird sein nicht los.«
So dachten viele; die Grenze zwischen weißer und schwarzer Zauberkunst war grau. Es kam darauf an, ob man einem zutraute, stärker als der Teufel zu sein. Was für Studenten als Ulk und Posse galt, mochte sich bei der Bauersmagd wohl als greuliches Verbrechen ausnehmen. Die Frage war eben, wer sich wem dienstbar machte: der Teufel dem Menschen oder der Mensch dem Teufel. Nur wenn das Spiel mit dem Feuer zum Abfall von Gott führte, wenn der Teufelsbund ketzerisch war, dann sprach man von Hexerei. Zu Fausts Lebzeiten hielt man den Teufel offenbar noch für weniger unüberwindlich als später. Doch einer Bande von Landstreichern wie den Pappenheimern hätte man gewiß auch früher schon Hexerei nachgesagt. Zauberei war keine Kunst für gemeine Leute. Ein Bischof tat's dem Teufel zum Verdruß, die Pappenheimer gewiß nur, weil sie Mitglieder der Hexensekte waren.
Vom eigentlichen Verbrechen der im Falkenturm einsitzenden Gefangenen war in dem »Extract« des Hofrats demnach nicht viel zu

lesen. Es wurde als bekannt vorausgesetzt. Vermutlich stand nach Ficklers Geschmack vom Schadenszauber, der doch nur eine Folge der viel schrecklicheren Ketzerei war, zuviel in dem Bericht an den Herzog und zuwenig von der Beleidigung Gottes. Wenn man im Hofrat auf den Rat des alten Herrn etwas gegeben hätte, wäre der »Extract« anders abgefaßt worden. Aber nach seinem Rat fragte ja keiner mehr.

Bekenntnisse eines untapferen Schneiderleins

Die Kommissare des Hofrats waren davon überzeugt, daß überirdische Mächte versuchten, den von ihnen durchzuführenden Prozeß zu beeinflussen. Vor allem glaubten sie an teuflische Dämonen, welche die Gefangenen daran hinderten, die Wahrheit zu bekennen. Doch auch Gott schien Anteil zu nehmen an ihrem Kampf gegen das Hexengeschmeiß. Wie anders als durch göttliche Fügung war das Auftauchen des Prunner Schneiders Georg Schmälzl in München zu erklären? Man wird sich erinnern: Der gutmütige alte Mann war Anfang Mai in der Hofratskanzlei erschienen, um im eigenem Namen und im Auftrag seiner Tettenwanger Freunde Bastl Baumann und Georg Reiter eine Bittschrift abzugeben. Der Supplikant war den Beamten verdächtig vorgekommen; sie hatten ihn kurzerhand verhaftet. Man legte ihn in den Falkenturm und verhörte ihn erstmals am 16. Mai 1600 zum Thema Hexerei. Dabei bedurfte es nur schwacher Grade der Folter, um das gar nicht tapfere Schneiderlein zum Reden zu bringen. So war schon nach dieser ersten Vernehmung klar, daß auch der scheinbar harmlose Prunner Bittsteller in Wahrheit ein Monstrum war. Ein Hexenmeister und Teufelsknecht wie alle anderen Gefangenen des Pappenheimer-Prozesses. Seit sechs Jahren, gestand Schmälzl, sei er ein Hexer. Er wär damals im Sommer von Kelheim nach Prunn gegangen und hätte sich auf halbem Weg »zu Essing voll getrunken«. Beim Weitergehn wäre ihm »der böse Geist in eines Weibs Gestalt ... zwischen Essing und Prunn auf'm Feld« begegnet und hätte ihm »viel Geld ... verheißen, wenn er« ihr gehören, »ihres Willens tun« wolle. »Dessen er sich nun auf die gute Wort' und große Verheißungen überreden lassen und mit ihr Unzucht getrieben, deren Natur gar kalt gewest. Sobald nun das beschehen, hab der Teufel an ihn begehrt, fürderhin sein steter Buhl zu sein, Gott des Allmächtigen zu verleugnen, demselben abzusagen, ihm allein anzuhangen und zu tun, was er ihm schaff. Und dessen zu einem steten Bund hab er ihm nit allein die linke Hand in des Teufels linke Hand, die auch etwas kalt und rauh gewest, geben, sondern sich noch dazu mit seinem eignen Blut, welches ihm der Teufel auf der linken Schulter aus seinem Leib gelassen ... verschreiben müssen. Obwohl er selbst nit schreiben könnte, so hab ihm doch der Teufel die Hand geführt. Weiter hab er dem Teufel zur Bestätigung des Bunds Haar vom Kopf, den Augenbrauen, von unter der Axel und der Scham von der linken Seiten geben müssen. Dagegen der Teufel ihm bei zehn Stück Gelds ... samt einer rotfarbenen Salben zugestellt. Welches Geld er zum Teil vertrunken um einsteils Gewand 'kauft.

Die Salben aber hab er zum Ausfahren an die Ofengabel streichen, folgends darauf sitzen und ausfahren müssen, mit solchen Worten: ›Fahr in aller Teufel Namen oben aus und nirgends an.‹ Wenn er diese Salben zu Bestreichung der Menschen und Vieh 'brauche, werden sie davon krank, krumm und am Leib abnehmend.

Und wiewohl dieser sein Buhlteufel nach dem Bündnis fast jede Nacht und auch bei Tag, wo er nur allein gewest, zu ihm kommen, so hab er ihn doch erst nach vier Wochen das erste Mal auf einer Ofengabel aus- und gen Hagenhill auf's Feld zu den drei beieinanderstehenden Bäumen geführt. Allda ein Zusammenkunft von Männern und Weibern, auch dem Obersten und anderen Buhlteufeln gewest. Der Oberteufel (sei) in roten Kleidern auf einem schwarzen, auch rot gezierten Stuhl gesessen. Dem (hätte) ihn sein Buhl in Gegenwart der anderen Teufel und Hexen fürgestellt. Vor welchem er niederknien und auch angeloben müssen, daß er Gottes und alles Himmlischen Heers Feind sein und alles dasjenig tun wolle, was ihm befohlen werde, mit Versprechung, ihm dagegen Gelds genug zu geben. Wie er ihm dann auch damalen fünfzehn Gulden, lauter Schwarzpfennig samt einer rotfarbnen Salben geben und gesagt, mit solcher Salben (müsse er) Leut und Vieh bestreichen, davon würden sie sterben und umfallen. (Er) hab damals nichts reden dürfen als was ihn sein Buhl geheißen.

Nach diesem hätten sie eine Mahlzeit von gesottenem und gebratenem Kinderfleisch gegessen und Weins genug getrunken. Darauf getanzt und jedes mit seinem Buhlen, ein wenig absonderlich, schändliche Unzucht getrieben. Dann (hätten sie) Rat gehalten und beschlossen, wann sie wieder zusammen kommen und was jedes dazwischen tun solle. Sein meister Befehl sei gewest, Leuten und

Vieh Schaden zu tun und umzubringen. Die Weiber haben viel mehrer Befehl gehabt, die Kindbetterinnen zu verführen, Kinder um- und zu Tänzen zu bringen, Hagel und andere Wetter zu machen und sonst den Früchten Schaden zu tun. Damals wären vier Männer (bei dem Tanz gewesen), nämlich der Klostermüller zu Tettenwang, der verstorbene Paulus Weber zu Kelheim, der Grumpp Pappenheimer und er, der Schneider. Item bei zwanzig Weiber gewest, darunter er aber nur zwei gekannt, als die Klostermüllerin und Paulus-Weberin zu Kelheim, so seither auch gestorben.« Später sei er oftmals, und zwar an Dienstag-, Donnerstag- und Samstagnächten, an folgenden Orten »bei Mahlzeiten und Tänzen gewest: Zu Hagenhill auf'm Feld, wie man von dannen auf Grashausen zugeht, vor'm Dorf bei drei Bäumen. Zu Laimerstadt außerhalb des Dorfs auf Hienheim zu, in einer Gassen. Zu Grashausen, auf einem Wiesenfleck beim Kirchel. – Dabei er gemeiniglich den Klostermüller als Platzmeister, den alten und die zwei jungen Pappenheimer, Glashänsel und Augustin Brottrager, item die Klostermüllerin, alt Pappenheimerin und Pauls-Weberin von Kelheim gesehen.
Seit er in die Hexerei kommen,... hab er das H. Sacrament alle österliche Zeit empfangen, welches er aber allemal wieder aus dem Mund in ein Tüchel, als wenn er sich sonst damit wische, getan, heimgetragen, dieselben auf Befehl des Teufels zerbrochen, verspien, verflucht und sonst allerhöchst verunehrt. Wie er dann deren eins gar mit Füßen getreten und ein Stückel davon in's Feuer geworfen und verbrennt. Davon ihm gleichwohl anders nichts widerfahren, als daß das Feuer blau 'worden und seltsame Flammen von sich 'geben. – Die anderen, übrigen Hostien hab er zusammen gewickelt, in ein Tüchel gebunden, hernach in ein zinnernes Becherl getan und solches daheim zu Prunn in einem kleinen vorm Bett stehenden Truherl, darin sein Weib Leingewand und Garn habe, aufgehalten. Die würden noch allda zu finden sein, (er) glaub nit, daß sie sein Weib weggetan, weil er ihr befohlen, (sie) soll's bleiben lassen, sie seien zu vielen Dingen gut. Anderst hab sie nichts darum gewißt, wo er's bekommen oder wozu er's bekommen oder wozu er's brauche.«
Natürlich ließ Wangereck sogleich nach Abensberg schreiben, mit einer Abschrift dieser Angaben. Amtleute durchsuchten wenig später die Wohnung des Schneiders, fanden aber von den Hostien keine Spur. Worauf man Georg Schmälzl am 16. Juni erneut ins Schrekkensgewölbe führte und ihm vorhielt, er sei ein erwiesener Lügner. Nun gab er als Wahrheit an, er hätte die Hostien immer gleich nach

dem Empfang in der Kirche »wieder aus dem Mund getan und gen Hagenhill auf's Feld zu den drei Birnbäumen zum Unhulden-Tanz gebracht. Zuvor aber, am Abend (weil sie's bei Nacht nit mit ihnen führen können) hinaus getragen und etwa in einem Baumzweigel oder sonst aufbehalten, bis er zur Nacht mit seinem Buhlen hinach gefahren. Alsdann er und andre, so Hostien gehabt, ... solche herfür getan und auf's allergreulichste außerhalb des Kreises verunehrt: verspien; mit Füßen gestoßen und getreten; wann sie Unzucht mit den Unhuldenweibern getrieben, untergelegt und die Heimlichkeit damit gewischt; in eine dazu gemachte Gruben geworfen, darauf gebrunst, hofiert (?) und sich damit gewischt, und solche Gruben anderst nit als für ein heimlichs Gemach oder Schindergruben gehalten ... Also gehn sie auch mit den Kruzifixen und andern geistlichen Sachen, als Paternoster, um, zerschlagen's, zerwerfen's, verspeien's, treten's mit Füßen und damit in die Gruben ... Die Gruben, darin sie das H. Sacrament und Kruzifix geworfen, sei nit gar weit von den drei Bäumen, bei der Hecken. Und da man schon suchet«, beeilte sich der Schneider hinzuzufügen, da er nicht abermals wegen erweislicher Lüge neuer Tortur ausgesetzt sein wollte, »da man suchet und die Gruben fände, glaub er nit, daß man die Hostien mehr bekäme, dann die schon verdorben sein werden ...«
Nicht weniger als zweiundzwanzig Menschen hatte der alte Schneider, seinen Angaben nach, mit der Teufelssalbe um Gesundheit oder Leben gebracht. Darunter säumige Schuldner wie den Georg Mair von Nußhausen bei Prunn, dem Schmälzl mit seiner Teufelssalbe den Hexenschuß verpaßte, weil er ihm »eine Schuld nit bezahlen wollen«, oder den »Zächerl von Baiersdorf oberhalb Prunn«, dem er »bei fünf Jahren als sie bei Tags miteinander 'zecht, die Hand, welche er ihm gereckt, bestrichen, daß er hernach in sieben Wochen gestorben; darum beschehen, weil er ihn nit bezahlen wollen«. Ähnlich erging es Leuten, die das Schneiderlein erschreckt und geschlagen hatten. Der mordete auch Kinder, deren Leichen er nach der Beerdigung heimlich wieder ausgrub und nach Hagenhill zum Hexentanz brachte. »Die Weiber putzen und braten die Kinder, zerteilen's auch wohl und machen's in Pfeffer oder sonst ein. Die rechten Händl von Büblein behalten sie ganz und brauchen's zur Zauberei, als zur Anrührung der Wetter. Das ander Beindlwerk vom Leibl, Köpfl, Händl und Füßln, was sie nit essen könnten, brennen sie zu Pulver und brauchen's zur Zauberei. Das Ingerisch (= Eingeweide) und Schämbl (= Geschlechtsteile) vergraben sie wieder.«

Er hätte auch viel Vieh gefällt. Etwa »dem Bauern zu Pichelhausen bei Essing vor einem Jahr eine schwarze Kuh bestrichen an der Weid, davon sie umgefallen, aus lauter Neid«. »Dem Wolf Bauern zu Altenhexenagger« hatte er »unter das Roßstalltürgeschwell Salben und Pulver vergraben, davon ihm ein Roß gefallen.« »Also sei er auch den Bauern oft bei Nacht in die Viehställ gefahren, den Kühen durch's Melchen (= Melken) Milch und Schmalz genommen, davon ihnen gleichwohl anderst nichts geschehen, als daß sie zu Morgens kein Milch mehr 'geben. Wann man's aber zuviel oder oft melke, würden sie letztlich auch verderbt und müßten umfallen. Wenn man dem Vieh ein wenig von einer Salben einstreich', werde die Milch davon beschaffen, daß man (sie) nit ausrühren könnte. – Er hätte gleichwohl auf Teufls Befehl den Menschen und Vieh viel mehr Schaden tun sollen, er hab's aber nit getan. Darum ihn der Teufel oft übel gehalten, gekratzt und geschlagen, mit Droh, ihn gar zu zerreißen.«
Auch in die Keller wollte er gefahren sein, so »dem Simon-Bauern zu Kelheim, dem Heislinger-Wirt zu Neustadt, dem Michel-Meir, Wirt zu Neustadt, und dem Seiz Georgen, Wirt zu Riedenburg.« Dabei wären »die obrigsten Unholden ... voran gefahren und haben die Kellertüren aufgetan«. Sie hätten »aus allerlei Geschirr, so sie im Keller gefunden, getrunken«, und er wäre oft so voll gewesen, daß er nicht mehr gewußt hätte, wie er heimgekommen sei. Die ausfahrenden Hexen könnte man »bisweilen, sonderlich die Voranfahrenden, vernehmen oder sehen. Und wenn sie angeschrien würden, müssen sie etwas fallen lassen. Wie dann neulich eine von Abensberg in der Ausfahrt einen Kübel Schmalz fallen lassen und selbst auch angefahren sein, dadurch sie einkommen und gericht' worden.« Von seinen nächtlichen Ausflügen in die Keller hatte seine Ehefrau nichts gemerkt. »Wenn er ausgefahren, hab er seinem Weib gemeiniglich einen Besen zugelegt.«
Beim Wettermachen dagegen, das ein Zauber der Frauen sei, wollte er nur dabeigewesen sein, ohne selbst mitgewirkt zu haben. »Um Pfingsten vor zwei Jahren sei er mit und bei gewest, wie die Klostermüllerin zu Tettenwang in ihrem Haus ein Wetter zubereitet (hab. Sie hätte) nämlich ein über Nacht gestandenes Fußwasser genommen, darin Teufelssalben und Haar von ihrem Leib ... getan, dasselb in einem Scheffel mit einem Kindshändl angerührt und hinaus gegen Hagenhill in's Feld geführt, daselbst hin und wieder ausgespritzt. Davon ein Wetter 'worden, welchem die Müllerin vorgefahren und im Gezirk (= in der Gegend) herum auf anderthalbe Meil

Wegs am Sommerig (= Sommergetreide) großen Schaden getan.« »Vor zwei Jahren nach Ostern um S. Georgen-Tag hab die obgemeldt Müllerin mit Hilf ihres Manns drei Reifen (= Rauhreif) gemacht, welche um Prunn, Kelheim und der Enden herum auf drei Meil Wegs das Getreid und den Wein besegnet und etlichermaßen verderbt ... Zu solchen Reifen brauch man fast die Materi als zum Wettern, nämlich Fußwasser, Teufelssalben, Pulver von Kindern und Haar von der Unhulden Leib. Das müß man ausspritzen in aller Teufel Namen, wie weit man den Reif haben woll, aber ausdrücklich nennen, daß es ein Reif werden soll.«

Solcher Art waren die Bekenntnisse des Prunner Schneiders, den das Münchner Hofgericht dank göttlicher Fügung dingfest gemacht hatte. Zwar spielte der Unhold immer noch seine Stellung in der Hexengesellschaft herunter, wollte die Kommissare glauben machen, er sei nur ein kleines Würstchen gewesen und keiner von der gefährlichen Sorte. Er »hab nie mit Gift Schaden getan oder mit giftigen Tieren umgehen können, unter ehelichen oder andern Personen nie Uneinigkeit gemacht, gestohlene Sachen nit wiederbringen oder dergleichen Zauberei tun können, nie unziemliche Lieb gemacht«. Ob das die Wahrheit war? Nun, das kam ganz darauf an, ob Wangereck sich entschloß, das untapfere Schneiderlein noch einmal mit etwas Tortur zu traktieren.

Von der herrschenden Meinung in der Jurisprudenz

Anfang Juli 1600 erhielt Johann Baptist Fickler, vermutlich im Anschluß an eine Hofratssitzung, eine herzerwärmende Nachricht. Sein Lieblingssohn Johann Christoph, derzeit fürstlicher Bayerischer Rat zu Straubing, würde im kommenden Jahr als Hofrat und Geheimer Sekretär nach München kommen. Die ehrenvolle Versetzung war nicht nur als Zeichen herzoglicher Gnade gegenüber dem ehemaligen Prinzenerzieher zu verstehen. Sie war auch, und das erfüllte den alten Hofrat mit väterlichem Stolz, eine Anerkennung der Qualifikation des jungen Mannes. Fickler hatte seinen Sohn ganz nach seinen Vorstellungen ausbilden lassen, ihn nach Ingolstadt und Bologna geschickt, auch zu einem Praktikum ans päpstliche Hofgericht, damit ein guter Jurist aus ihm würde. Nach Ingolstadt zurückgekehrt, war der Junior an Pfingsten 1597 zum Doktor beider Rechte promoviert worden. Er war fleißig und unterwürfig –

ganz anders als sein vom Kriegshandwerk träumender Bruder Hans Georg. Der Typ des erfolgreichen Verwaltungsjuristen.
Als solchen kennzeichnete ihn schon seine Doktorarbeit, eine »Juristische Erörterung über die sogenannten Hexen und Unholden«. Er berücksichtigte darin, zweifellos einem väterlich Rat folgend, die Grundmaxime jedes Erfolgsjuristen: Folge stets der »herrschenden Meinung«. Freilich gab es damals diesen heute jedem juristischen Erstsemester geläufigen Ausdruck noch nicht. Aber das Gebot war dasselbe. Eigene Gedanken waren nur hinderlich, Kritik an den für maßgeblich erklärten Autoritäten bedenklich. Man konnte seiner Karriere kaum mehr schaden, als allgemein anerkannte Ansichten zu hinterfragen oder sich einer »zu verwerfenden« Gegenmeinung anzuschließen. Wie herrschende Meinungen entstehen, ist eine politisch-soziologische Frage. Wie sie sich halten, ist leicht zu beantworten: durch ein Heer von geistig unterwürfigen Karrierejuristen, wie Johann Christoph Fickler einer war. Wenn dessen Buch zum Hexenprozeß uns heute peinlich berührt, so schließt das kein Urteil über Intelligenz und Moral des jungen Mannes ein. Er betete einfach nach, was ihn sein Professor Andreas Fachineus gelehrt hatte – und der wiederholte nur, was die »anerkannte« Literatur und Lehre verkündete.
Denn die damals »herrschende Meinung« der Juristen sah in der Hexerei eine Realität. Es gäbe zwar, räumt Johann Christoph Fickler in seiner »Juristischen Erörterung« ein, einige nicht unmaßgebliche Leute, die behaupteten, das angebliche Hexenverbrechen sei nichts als ein Wahn, der Teufelspakt und das unzüchtige Treiben der Unholde nichts als Phantasterei und Aberglauben. Diese Zweifler würden fordern, man solle aufhören mit der Verfolgung der Hexen. Zu folgen sei jedoch nicht diesen irrigen Stimmen, sondern der Ansicht von Jean Bodin, der ja die Existenz der Hexerei bewiesen habe.
Dieser Beweis sah so aus: Die Aussagen der Hexen würden nicht nur miteinander übereinstimmen, sondern auch mit denen anderer Völker und den Forschungen der Gelehrten. Nun seien aber die Geständigen »mehrteils ganz alberne, unverständige Leut oder alte Weiber . . ., die nie keinen Plutarchum noch Herodotum . . . gelesen, noch mit den Hexen aus Frankreich und Italien jemals Sprach gehalten und sich verglichen, wie sie so artlich in allen Sachen und Punkten übereinstimmen. Sie haben S. Augustin im fünfzehnten Buch von der Stadt Gottes nie gesehen, welcher geschrieben hat, daß man keineswegs daran zweifeln soll und daß ein unverschämter Tropf

sein müßt, der verneinen wollte, daß die bösen Geister nicht sollten im Brauch haben, mit den Weibern fleischlicher Vermischung zu pflegen«. Es sei auch »fremd zu vernehmen, daß diese Hexen aussagen, und gleichsams eins Munds bekennen, daß, wenn die bösen Geister in Mannsgestalt sich erzeigen, gewöhnlich schwarz seien ... Nun, wie gedacht, die Hexen, davon wir hie reden, haben dasselb nicht gesehen, was Valerius Maximus von dem Cassio von Parma schreibt: Welchem als ein langer pechschwarzer Mann erschienen und ihn gefragt, wer er sei, geantwortet ..., daß er ein böser Geist sei ...« Auf Grund dieser Argumentation hätte Bodin gewiß auch unsere Landfahrer und ihre Mitgefangenen für überführte Hexenleute gehalten, denn deren Geständnisse stimmen bis in die Einzelheiten mit seiner Darstellung vom Treiben der Hexen, die er in seinem Buch »Daemonomania« gibt, überein. Bevor man über die Lächerlichkeit dieser Beweisführung spottet, sollte man freilich bedenken, daß wir solche Argumente heute vom Standpunkt des Besserwissenden beurteilen können. Ein damaliger Durchschnittsjurist nahm an der Fadenscheinigkeit von Bodins Logik offenbar keinen Anstoß.

Der junge Fickler jedenfalls folgte der Lehre Bodins geradezu sklavisch. Er übernahm dessen Definition der Hexerei und sogar seine Reihenfolge der Darstellung. Woraus folgt, daß dieser französische Gelehrte an der Universität Ingolstadt als Autorität von hohem Rang galt, wenn über das »crimen magiae« gesprochen wurde. Eine andere Stütze der dort verkündeten »herrschenden Meinung« war das Buch »De confessionibus maleficarum et sagarum« (Über die Geständnisse der Zauberer und Hexen), welches ebenfalls in Ficklers »Erörterung« zitiert wird. Der Urheber dieses Werks war Peter Binsfeld, kein Jurist wie Bodin, sondern Doktor der Theologie und Weihbischof in Trier. Es gäbe unverständige Leute, meinte Binsfeld, die dem Beweis Bodins von der Realität der Hexen entgegenhielten, die Übereinstimmung der Geständnisse sei leicht durch die Macht der Folter zu erklären. Das sei absurd, denn gerade die Tortur erweise ja die Wahrheit dieser Aussagen. Aus demselben Grund wäre auch die Denunziation durch einen Geständigen ein ausreichendes Indiz, einen derart Beschuldigten seinerseits der peinlichen Frage zu unterwerfen. Binsfelds Buch, das 1589 zuerst erschien, wurde 1591 in einer deutschen Fassung von dem Münchner Drucker Adam Berg veröffentlicht und fand bei den bayerischen Juristen soviel Interesse, daß schon im folgenden Jahr eine Neuauflage notwendig wurde.

Eine ähnliche Resonanz erlebte übrigens das Hexenwerk des Jesuiten Martin Del Rio (»Disquisitionum magicarum libri VI«), das im Frühjahr 1600 München in seiner Löwener Druckausgabe erreichte. Man darf annehmen, daß der damals gerade aktuelle Prozeß Pappenheimer nicht unmaßgeblich zu diesem Verkaufserfolg beitrug. Auch Del Rio wich freilich nicht von der überkommenen herrschenden Meinung ab, wenn er auch zur Vorsicht bei der Eröffnung von Hexereiverfahren riet.

Alle diese Kapazitäten hielten es für ausgemacht und unbestreitbar, daß Zauberei nur mit Hilfe des Teufels möglich sei. Der Teufel gewähre seine Hilfe aber nur auf Grund eines Vertrags, der entweder ausdrücklich oder stillschweigend zustande käme. Diese aus dem Hexenhammer stammende Lehre wiederholte auch der junge Fickler in seiner Doktorarbeit. Sie war ja herrschende Meinung. Außerdem mochte einen jungen Juristen die Gelehrsamkeit der Facherörterungen über dieses Thema nicht wenig beeindrucken. Der Teufelspakt ist ein »Innominatkontrakt«, hörte und las er, ein Vertrag nach der Formel »Do ut facias« – wir würden heute Werkvertrag dazu sagen. Das Angebot des Teufels lautet: »Wenn du dich mir verschreibst, werde ich dich rächen, dich bereichern usw.« Der Mensch gibt seine Seele als Gegenleistung. Auf eine juristische Besonderheit ist bei diesem Vertragsabschluß allerdings hinzuweisen: Er entfaltet nur eine einseitige Bindung, eine »obligatio pura« des Menschen. Ein Forderungsrecht gewährt er nur dem Teufel. »Wenn auch rein rechnerisch ein gegenseitiger Vertrag mit einander entsprechenden Verpflichtungen besteht, so kann doch der Dämon keiner Leistungspflicht unterworfen sein, weder nach privatem, noch nach natürlichem Recht, denn er ist kein aus Leib und Seele bestehendes Lebewesen.« Andererseits ändert dieser Umstand nichts an der Rechtswirksamkeit des entstehenden Schuldverhältnisses. »Denn wer einen Vertrag abschließt, kennt die Beschaffenheit seines Vertragsgegners oder hat sich eine solche Kenntnis doch rechtlich zurechnen zu lassen.« Eine weitere juristische Finesse des Teufelspakts war die schon mehrfach erwähnte Möglichkeit eines stillschweigenden Abschlusses. Das Angebot des Teufels ist gleichbleibend und allgemein bekannt. Es ist eine bestimmte Offerte an eine unbestimmte Vielzahl von potentiellen Vertragspartnern. Sobald ein Mensch sich »auf das ungewisse Gebiet des Aberglaubens begibt und etwas bewirken will, was er mit natürlicher Kraft nicht zu erreichen vermag«, kommt der Vertragsabschluß zustande, da der Teufel davon ausgehen kann, daß erstens durch solches Verhalten seine Hilfe angefordert wird und zweitens dem Menschen bekannt ist, zu welchen Bedingungen er bereit ist, diese Hilfe zu gewähren. Auf ebenso gelehrte Weise bewiesen die Juristen, daß der auf diese Weise stillschweigend abgeschlossene Vertrag in allen Rechtswirkungen dem ausdrücklichen Pakt gleichstand.

Ein prachtvolles Gebäude der Gelehrsamkeit! Es bedurfte wohl eines Nichtjuristen, um zu sehen, daß es auf morastigem Boden stand. Der Arzt Doktor Johann Weyer, Leibarzt des Herzogs Wilhelm von Cleve, schrieb 1563 in seinem Buch »De Praestigiis Daemonum« (Von den dämonischen Blendwerken): »Was den Bund anlange, so ist derselbige ... wahrlich ein falscher, betrüglicher und deshalb untüchtiger, kraftloser Bund, welchen der Teufel aus seiner Arglistigkeit durch viel und mancherlei Betrug und Verblendung des arbeitsseligen Menschen anstiftet. Als wenn er ihm nämlich im Schlaf oder sonst ein Phantasma ... oder einen bösen Geist ... läßt forkommen ... Oder aber die Feuchtigkeiten und Spiritus, so dazu tauglich in nervis opticis (in dem Sehorgan) dermaßen bewegt, daß ihm seltsame ... Gestalten vorschweben. Daß aber der Sach also sei, ist leichtlich abzunehmen, wenn wir anders das ungleich Wesen beider Parteien, so diesen Bund eingehen, desgleichen die Form, Weis und Maß des Kontrakts ... nach der Schnur der Vernunft und auch unsers Christlichen Glaubens erwägen und betrachten wollen. Daher denn auch wird heiter und offenbar werden, daß der mehrerteil Stücken, so bisher den Hexen sind zugeschrieben worden und auch sie selbst, vorab so man sie peinlich gefragt, bekannt haben, ... nit der Hexen, sondern des Satans Werk sind, welcher denn, seine Gewalt zu erzeigen ..., eines Menschen Hilf und Beistand nicht um ein Haar bedarf ... Nun dieser Pakt, so allein durch die Imagination und Einbildung von der einen Partei, von der anderen aber betrüglich ... eingegangen wird, bindet die zwei Parteien nit steif und fest zusammen. Dann daß vom Teufel gesagt wird, er strecke die Hände aus und nehme Handgelobe (= Zeichen des Vertragsabschlusses) von der Hexe, wissen alle vernünftigen Leut, daß erstunken und erlogen sei. Denn wie könnte doch das immer möglich sein, da Christus, der die Wahrheit selber ist, ausdrücklich bezeugt, daß ein Geist weder Fleisch bei oder an sich habe.«

Der junge Fickler brauchte sich um diese Meinung nicht zu kümmern und ließ sie in seinem gelehrten Traktat auch gänzlich unberücksichtigt. Benedikt Carpzov wird wenig später schreiben: »Es sind längst verschienene Jahre viel Bücher ausgangen, darinnen die Zauberei mehr für ein Superstition (= Aberglaube) und Melancholey dann für eine Übeltat gehalten, und wird hart darauf gedrungen, daß dieselbe am Leben nicht zu strafen.« Aber: »Des Wieri rationes (= die Ansichten des Weyer) sein nicht sehr wichtig, als der ein Medicus und nicht ein Jurist gewesen. So ist's ein geringes Fundament, daß er meinet, die Weiber werden nicht leiblich zum Tanz und Teufelsgespenst geführt ...« Die herrschende Meinung der Juristen pflegt sich selten um den gesunden Menschenverstand von Nichtjuristen zu kümmern, und Leute vom Typ des erfolgreichen Verwaltungsjuristen folgen ihr blind und gehorsam. So wie der junge Fickler, der, hätte er hundertfünfzig Jahre später gelebt, einen Traktat *gegen* die Verfolgung der Hexen geschrieben hätte. Warum? Wäre er dann ein anderer gewesen? Gewiß nicht; nur hätte sich die herrschende Meinung geändert.

Achtens

Das Gewölbe

Der Auftrag

Zwei Reiter verließen an einem frühen Sommermorgen die Hauptstadt, passierten als erste das soeben von verschlafenen Torwächtern geöffnete Schwabingertor und ritten auf der Straße nach Nürnberg in die weite, grüne Ebene hinaus, vorbei an Gattern und Zäunen, hinter denen herzogliches Vieh weidete, den Gruß der entgegenkommenden Bauern knapp erwidernd, die von obst- und gemüsebeladenen Karren herunter vor den Ausreitenden tief die Hüte zogen. Denn Amtspersonen, Vertreter der Obrigkeit, saßen auf den beiden Pferden, was jedermann an dem bunten Federschmuck der breitkrempigen Hüte und dem teils kriegerischen, teils vornehmen Habit der Entgegenkommenden, auch am Zaumzeug ihrer Reittiere alsbald erkannte. Der Vorausreitende war nach Landsknechtsart bewaffnet: Er hielt einen langen Spieß in der Rechten, der mit seinem unteren Ende in einem vom Sattel herabhängenden Lederhalfter steckte. Auf der linken Seite sah man einen breiten Dolch, in kunstvoll verzierter Scheide am breiten Ledergürtel zwischen den am Leib getragenen bauchigen Vorratstaschen befestigt. Den martialischen Eindruck verstärkte eine geschmiedete Kette aus groben Eisenringen, die dem Mann quer über die Brust lief und die im Takt des Auf und Nieder leise klirrend gegen das speckige Lederwams schlug, das er über bunter, weitärmliger Bluse trug. Die Kette war kein Schmuck. Sie wies den Reiter aus als einen, der notfalls und namens des Herzogs Verhaftungen vorzunehmen befugt war. Er war einer der vielen Repräsentanten herzoglicher Allmacht, deren Namen die Geschichte nicht überliefert hat: ein Rädchen im Räderwerk der Obrigkeit, ein Werkzeug der Zentralgewalt, einer, dem kraft Amtes keine Individualität zukam.

Den Namen des zweiten Reiters kennt man, was schon zeigt, daß er keines der beliebig austauschbaren Rädchen im großen Uhrwerk der Verwaltung war, sondern ein höherer Beamter. Er hieß Kaspar

Steinwandner, und sein Amt war das des Rentschreibers. Von Anfang an hatte er mit unserem Prozeß zu tun, und der Leser kennt ihn längst, wenngleich ihn unterschätzend und übersehend. Er war es, der mit einem Packen Kanzleipapier, einigen frisch angespitzten Federkielen und einem Tintenfaß vor sich, bei allen Verhören im Falkenturm stumm dabeisaß und Protokoll führte. Einige Abschriften und Auszüge vom Mitgeschriebenen hatte er auch jetzt bei sich, trug sie wohlverwahrt in einer großen Ledertasche, die ihm beim Reiten gegen den linken Oberschenkel schlug, von breitem Lederband gehalten, das auf seiner rechten Schulter auflag. Leicht war er als der Vornehmere der beiden Reiter erkennbar. Statt buntem Landsknechtszeug wie sein Begleiter trug er einen dunkelblauen Anzug in spanischem Hofstil, mit schmal geschnittenem, langärmeligem, vorn geknöpftem Oberteil und knielangen Hosen, wulstig ausladend an den Hüften, eng anliegend an den Oberschenkeln. Das Weiß des viereckigen Kragens seiner Bluse, der beide Schultern fast ganz bedeckte, wiederholte sich in den Manschetten, welche die Enden der blauen Ärmel seiner Jacke verbargen, und den in dunklen Lederschnürschuhen verschwindenden Strümpfen.
Der Rentschreiber und sein Scherge – dies nämlich war die dem Vorausreitenden zukommende Funktion – hatten sich so früh auf den Weg gemacht, um in einem Tagesritt Altmannstein zu erreichen. Dort galt es, gewisse Angaben der im Falkenturm einliegenden Gefangenen zu überprüfen, an Ort und Stelle und ohne weiteren Aufschub.
Denn leider war den schriftlichen Amtshilfeersuchen des Hofrats und Kommissars Doctor Wangereck, welche dieser an den Pfleger des Bezirks Abensberg-Altmannstein gerichtet hatte, nur säumig und unvollständig entsprochen worden. Man hatte Alexander von Haslang umfangreiche Schreiben geschickt, ihn über die Geständnisse der Pappenheimer und ihres Anhangs ausführlich informiert und um Überprüfung gebeten. Der hatte den verschiedenen Boten aus München jeweils ihren Brief abgenommen, das Siegel erbrochen und den Inhalt studiert. Er möchte »Erfahrung einholen«, stand da etwa, ob vor einem halben Jahr »zu Hiendorf dem Rothütl ein ungetaufts Bübl gestorben sei«, ob »der Khuoferl zu Hüttenhausen« vor vier Jahren am Hexenschuß gestorben sei, ob »dem Frühmeß-Liendl zu Tettenwang« vor einem Jahr eine rote Stute umgefallen sei. Nicht um zehn oder zwanzig solcher Nachforschungen wurde gebeten, sondern um viele hundert. Selbst wenn der Pfleger alle seine

Amtleute einsetzen wollte, so würde solche Überprüfungsarbeit viele Monate dauern. Er wollte aber keineswegs. Der Hofrat in München tat sich leicht mit seinen Wünschen nach Überprüfung und Bericht. Die Kosten für die erbetenen Nachforschungen trafen ja nicht ihn, sondern den, der sie anstellen sollte, und minderten dessen Amtsnutzungen. Man mußte dem Wunsche aus München willfahren, gewiß. Den Amtleuten wurde auf ihre regelmäßigen Ritte durch den Sprengel die Liste der zu überprüfenden Umstände mitgegeben. Wenn einer ohnehin in Hiendorf zu tun hatte, mochte er beim Rothütl nachfragen, ob dem unlängst ein Kind gestorben sei. Zu gründlicherer Ermittlungstätigkeit sah sich der Pfleger außerstande. Die Mahnschreiben aus München beantwortete er hinhaltend, schickte Teilergebnisse der Nachforschungsarbeit seiner Amtleute, sah sich zu der geforderten »größeren Eile« nicht imstande. Er mochte sich wohl auch schulterzuckend sagen, diese ihm auferlegte Spurensuche sei nichts als eine Schikane, der kleinkrämerische Perfektionismus von Schreibstubenbeamten, für die Alexander von Haslang, Tatmensch und Haudegen, der er war, nur Verachtung übrig hatte. Die von München hatten doch die Übeltäter und deren Geständnisse, was brauchten sie noch mehr? Sollten sie das Gesindel doch hinrichten.

Das war nach Haudegenart gedacht. Juristisch war die Sache trotz aller Auslegungskunst eines Doctor Wangereck nicht ganz so einfach. Zwar kam dem Geständnis des Beschuldigten die wichtigste Bedeutung im Inquisitionsprozeß zu. Es war die Königin der Beweise – »regina probationum«. Ohne Geständnis konnte nicht verurteilt werden, hieß der Grundsatz, und ihm entsprach das Erzwingungsmittel der Folter. Aber, man erinnert sich, Voraussetzung dieses Prinzips war, daß es ein »corpus delicti« gab. Die gestandene Tat als solche mußte bereits gewiß und erwiesen sein. Das war nun bei keinem einzigen der in unserem Prozeß zur Sprache gekommenen Verbrechen der Fall. Man kannte bei der Verhaftung keine konkreten Taten der Verhafteten, es gab nichts als Beschuldigungen, Mutmaßungen und Gerüchte, daß den Pappenheimern und ihrem Anhang gewisse Verbrechen zuzutrauen wären. Die Verhöre hatten dank der Folter eine Unzahl von Geständnissen geliefert – die waren aber ohne einen entsprechenden Tatbeweis prozeßrechtlich wertlos. Das Gericht befand sich in der ungewöhnlichen Situation, die Täter zu kennen, bevor überhaupt rechtlich feststand, daß es strafbare Taten gegeben hatte. Nach den Prozeßregeln der Carolina konnte so etwas nicht vorkommen. Doch hielt dieses Strafgesetzbuch des 16. Jahrhunderts eine Bestimmung bereit für den Fall, daß ein Beschuldigter nach seiner Verhaftung mehr gestand, als man ihm ursprünglich vorwarf. Dann sollte das »corpus delicti« auch noch nachträglich beschafft werden dürfen und, wurde es gefunden, der Gefangene auch wegen des erst durch ihn bekanntgewordenen Verbrechens verurteilt werden können.

Das war die Bestimmung, der das Gericht nachkommen wollte, als es den Pfleger von Abensberg und Altmannstein um Amtshilfe und fleißige Überprüfung der Angaben des Pappenheimerschen Gesindels ersuchte. Es handelte sich keineswegs um Schreibstubenperfektionismus. Vielmehr ging es um die »Nachfrag und Erkundung« der von den Tätern genannten Umstände ihrer Taten im Sinne der Carolina. Ohne eine solche Verifizierung der Geständnisse war keine Verurteilung möglich. Was bisher freilich an »Erfahrungen«, an Ergebnissen der örtlichen Nachforschungen in München eingetroffen war, schien mehr als dürftig. Einige Beispiele aus den Akten: Gumpprecht Pämb hatte am 20. Mai 1600 gestanden, »zwischen Rietenburg und Harlanden ... den Georgen Prexl Bauern von Harlanden ermordt, denselben bei neun fl. genommen, den Toten in ein Greppen gezogen« zu haben. Hierzu ist am Rand vermerkt: »Umb Erfahrung zu schreiben gen Rietenburg.« Darunter steht von anderer Hand das Ergebnis der Nachforschung: »Findt sich, daß der Prexl Bauer noch lebt. Mögen aber der Prexls mehr in Herlanden sein.« Am 26. April hatte Michel Pämb ausgesagt, die alte Pappenheimerin hätte »ferten im Herbst zu Pfatter ... auf die Weid Pulver gestrat, davon schier des ganzen Dorfs Viech umbgefallen«. Randnotiz: »Befindt sich wohl allda zu Pfatter, daß fertigens Jahrs umb Pfingsten bis auf den Herbst schier des ganzen Dorfs Viech umbgefallen.« Ähnlich die Notiz zu der Aussage, »sein Bruder Gumpp« hätte »zu Altenpuech dem Dechant und Wirt Pulver gestrat, darvon sie krank worden«, nämlich: »Findt sich, daß der Dechant vor einem Jahr krank gewest, und noch immer schwach ist.« Bei dem Geständnis eines Überfalls auf einen »reitenden Metzger von Geisenfeldt«, den Michel mit dem Neunaugen, Zuckerwastl und Gilg Glaser begangen haben will, steht zunächst angemerkt: »Ist im Extract gen Pfaffenhoven nit einkommen, darumben noch Erfahrung einzuziehen, ob ein Metzger zu Geisenfeldt verlorn worden.« Dann: »Befindt sich, daß vor sieben Jahrn ein Metzger Pauls Schuef genannt Schulden halben von Geisenfeldt hinweg zogen und seither nit mehr gesechen worden ist.« Hänsel Pämb hatte angegeben, in Traubling einen Geldbeutel gestohlen zu haben. Dazu heißt es: »Und befind sich in Erfahrung, daß einer der Barthlner Wilkhoner genannt von Traubling fertigs Jahr zu Luckhen-Point auf dem Kirchtag zehneinhalb fl. aus seinem Wams Schössel, darin ein Secks gewest, verloren hat, darunter ein achtzehn Bazen, Taler, des ander Zechkreuzer und Halbbazen gewesen.«

Besonders vage war die Übereinstimmung zwischen Gestandenem und Ermitteltem bei den Fällen der Hexerei. Da heißt es etwa im Akt des Augustin Baumann: »Bei eim Jahr dem Georgen Weber, Schneider zu Detenwang ... unter Tag ein jungs Knäbl in der Wiegen, so noch nit jährig gewest, bestrichen, daß des in drei Tagen gestorben.« Erfahrung: »Vor drei Jahren ... sei ihm (sc. dem Schneider) ein Knäbl von sechs Woch erkrumbt ... und in fünf Tagen gestorben.« Augustin: »Dem Friemeß Paurn zu Detenwang bei zwei Jahrn unter Tags ein Mädl in der Wiegen, bei zwanzig Wochen alt, bestrichen, davon es in drei Tagen gestorben.« Erfahrung: »Vor fünf Jahren ist ihm ein Mädel bei einem Jahr alt gestorben.« Augustin: »Bei fünf Jahrn dem Piechlhänsl zu Laimerstat ein jungs Bübl, zehn oder zwölf Wochen alters, bestrichen, davon es in wenig Tagen gestorben.« Erfahrung: »Sein ihm vier Kinder gestorben.« Augustin: »Dem Stegerhänsl zu Hagenhil bei vier Jahrn ein jungs Bübl bestrichen und umbgebracht, so bei fünfzehn Wochen alt gewest.« Erfahrung: »Findt sich nit.« Augustin: »Ferten im Sommer dem Müller zu Riedt bei Laimerstat, welcher zuvor ein Landsknecht gewest, unterm Schein guter Meinung an die Brust gegriffen und ihn darüber mit der Teufelssalben bestrichen, davon ihm ein Geschwör aufgefahren, daß er in drei Tagen hernach gestorben.« Erfahrung: »Ist an der Infection gestorben.« Augustin: »Des Stachels Weib zu Hagenhil, bei einem Jahr unter Tags, als er mit Brot daselbst gewest, scherzweis an die bloß Axl griffen und bestrichen, daß sie in wenigen Tagen hernach gestorben.« Erfahrung: »Hätt' sich oft klagt, lebt aber noch.« Augustin: »Dem alten Stegerhänsl von Hagenhil zu Nachts am Einfahrn bestrichen, daß er in fünf Tagen hernach gestorben.« Erfahrung: »Lebt noch, leid' aber an Füßen der Geschwulst halben großen Schmerzen.« Augustin: »Bei fünf Jahrn ... dem Schuster zu Detenwang auf der Gassen oder Strupp von Kindern in Weg gestrat, darüber er gangen und an einem Fuß erkrumpt, auch noch also stöhn.« Erfahrung: »Bei dreiviertel Jahrn ist er geschwollen und krank gewest.« Solcher Art waren die vorhandenen Tatbeweise: dürftig.

Vor allem aber, wie der Leser schon weiß, rechtlich unzureichend. Denn »unzweifelig und unglaubwürdig« stand eine Tat nach der Peinlichen Gerichtsordnung erst fest, wenn »auf Bekenntnis des Gefragten ... fleißige mögliche Erkundigung und Nachfrage beschieht und in derselben bekannter Tat halb solche Wahrheit befunden wird, die kein Unschuldiger also sagen und wissen kunnt«. Derart war die Wahrheit aber nicht beschaffen, welche die bisherigen Ermittlungen zutage gefördert hatten. Gewiß, in die Klosterkirche von Altmühlmünster war 1598 eingebrochen worden, was Gumpprecht als seine Tat gestanden hatte. Sicherlich, »bei zehn Jahrn ist ein Weinzierl von Schwelblweyß, U. Riedl genannt verlorn und in der Donau später gefunden worden« – das paßte irgendwie auf das Geständnis des Paulus, er hätte vor neun Jahren »zwischen Degernheim und Schwalbenweiß angegriffen ... und ... gar zu Tod geschlagen, den Toten ein wenig aus dem Weg gezogen und im Gewand liegen lassen«. Immerhin, »der Lippl Seilerin zu Kehlheimb Tochter« war tatsächlich gestorben, wie es Anna Pämbs behauptete, die sie vor vier Jahren angeblich mit der Teufelssalbe bestrichen hatte. Nun gut, diese Tochter war schon seit elf Jahren tot, aber Anna konnte sich ja in der Zeit geirrt haben. Nur: All diese Übereinstimmungen mochten daher rühren, daß die geschilderten Vorgänge den Inquisiten irgendwie bekannt waren. Man erfuhr ja alles, was so passierte, wenn man wie die Pappenheimer viel in der Gegend herumkam. Ein Beweis für ihre Täterschaft wäre nur gewesen, wenn sie sonst unbekannte Tatumstände geschildert hätten, die keiner außer dem Täter wissen konnte, und sich diese bei der Nachprüfung als wahr erwiesen hätten.

Der Auftrag der beiden Reiter, die zu früher Morgenstunde München auf der Straße nach Nürnberg verließen, lautete nun, diese fehlenden Tatbeweise doch noch, und zwar alsbald, herbeizuschaffen. Man näherte sich dem Weiler Schwabing, und der Abstand entgegenkommender Bauernkarren und Krämerwagen, die rechtzeitig zu Marktbeginn München erreichen wollten, wurde kürzer. Man zog vor dem kriegerischen und vornehmen Beamten tief den Hut zum Gruß, der nur knapp erwidert wurde. Kaspar Steinwandners Mission war nicht gerade einfach und wenig geeignet, den Rentschreiber in leutselige Stimmung zu versetzen.

Das Gewölbe des Falkenturms, dem von flackerndem Kerzenschein trübe erleuchteten naß-kühlen Keller, war immer noch mehrmals in der Woche vom Seufzen, Stöhnen und Schreien der Gepeinigten erfüllt. Die Kommissare saßen mit amtlich-ungerührter Miene am Tisch, während Wangereck, ab und zu auf seine Liste blickend, Frage um Frage an den Inquisiten richtete und dem Meister Georg notfalls seine Anweisungen gab. Die Tortur erzwang jede gewünschte Antwort.

Grausam und widersinnig erscheint uns solche Art der Wahrheitsfindung und daher von vornherein rechtswidrig. Die amtlich-ungerührten Mienen unserer Kommissare waren aber nicht Zeichen besonderer Herzlosigkeit, sondern ein Ausdruck von Gewissenhaftigkeit. Auch heute noch entdeckt man diesen Ausdruck in den Gesichtern von Beamten, die grausam aus Korrektheit, hart aus Pflicht sind. Auch unsere zur Inquisition abgeordneten Hofräte folgten nur geschriebenem Recht, erfüllten nur das Gesetz, an dem so gut wie niemand Anstoß nahm. Vielleicht wird man eines Tages ähnlich fassungslos über die amtlich-ungerührten Mienen von Richtern unserer Zeit sein, die Untersuchungshaft gegen jugendliche Straftäter verhängen. Man wußte auch damals, daß man den Gefangenen Schreckliches und Menschenunwürdiges antat, aber man tat es nüchtern und amtlich, in der Überzeugung, der Rechtspflege zu dienen. »Die peinlich frag soll nach gelegenheyt des argkwons der person, vil, offt oder wenig, hart oder linder nach ermessung eyns guten vernünfftigen Richters, fürgenommen werden«, heißt es in der Carolina. Daraus folgerte die Rechtslehre der Zeit die Verpflichtung zu einem stufenweisen Vorgehen; es sollte nur soviel, wie zur Erzielung des Geständnisses notwendig, torquiert werden. Auch wenn es oft nicht den Anschein hat: Das Gericht hielt sich an diese Maxime. Es verhörte zum Beispiel als ersten das Kind Hänsel, getreu dem Grundsatz: »Wann man auch zu peinlicher Frage greifen will und der verdachten Personen mehr dann einer sein, soll an den forchtsamesten und schwechesten« zuerst die Frage gestellt werden. Innerhalb der jeweiligen Verhöre wurde die Tortur allmählich gesteigert. Sie begann mit einer »territio verbalis«, die im Protokoll meist als nachdrückliche »Erinnerung« oder »ernstliches Zusprechen« vermerkt ist. Die zweite Stufe war »Realterrition« – es wurden alle Vorbereitungen zur Anwendung der Tortur getroffen. Das genügte oft völlig, dem Inquisiten die Zunge zu lösen, zumal in späteren Verhören, wenn er die Schmerzen der Folter bereits kannte. Die eigentliche Tortur war dann die dritte Stufe, die das Gericht wiederum durch Art, Dauer und Wiederholung stufenweise steigerte.

Die im Prozeß Pappenheimer gebräuchlichste Form der Folter war, man weiß es, die des »Reckens«. Hierzu wurden, wie schon beschrieben, dem Delinquenten die Arme hinter dem Rücken gebunden. Dann befestigte man an den Fesseln seiner Handgelenke ein Seil, das über eine unter der Decke hängende Rolle lief. Der Scherge zog dieses Seil an, so daß die Arme schmerzhaft hinter dem Rücken in die Höhe gezogen wurden und das Opfer schließlich freischwebend im Raum hing. Zur Verschärfung der Tortur wurden dem Inquisiten Steingewichte verschiedener Größe angehängt. Wie üblich diese Folter in unserem Prozeß war, beweisen die Verhörsprotokolle auf fast jeder Seite: »Wiewohl er erstlich in der Güte nichts bekennen wöllen, so sagt er doch nach beschehenem Recken.« »Sagt, es sei nit Weniges, das er bekennt aus lauter Forcht und Schmerzen, weil ihn der Züchtiger gleich gebunden, auch darüber gereckt.« »Wiewohl sie anfänglich den ganzen Vormittag über mehrmalen beschehens leers Recken und starkes Zusprechen sowohl güt als peinlich durchaus nichts bekennen wollen, so hat sie doch hernach am Abend (!) in der Güte gesagt ...« »Weiß weder das Dorf noch den Bauern zu nennen über ofter beschehens Recken.« »Den 22. August AD. 1600 Vormittag ist sie elfmal leer aufgezogen worden.« »Diesen Vormittag über einmal leer und zehnmal mit einem fünfzigpfundig Stein beschehens Aufziehen ...« »Wiewohl er anfangs Vormittag sowohl in der Güte als über zwölfmalen beschehens und letztlich mit doppeltem Gewicht starks Recken und Martern durchaus nichts ... bekennen wöllen, so sagt er doch Nachmittag, auf Droh andrer Marter ...« Eine Folter, die, wie in unserem Verfahren üblich, regelmäßig mit dem Schnüren und Recken begann, war auch nach damaliger Ansicht besonders grausam. Üblicherweise begann die Tortur mit dem Daumstock. Erst wenn die »Daumenschrauben nichts furchten wollen«, pflegte man mit dem Schnüren anzufangen, »i. e. dem Inquisiten nicht allein die Hände fest gebunden werden / sondern auch daß der Scharfrichter mit hin und Wiederziehung der Schnüre anhebet ... als wenn man säget / welches einen solchen empfindlichen Schmertzen machet, daß die Geschnührte überlaut schreyen / ruffen und wimmerwehen ...« Das

Recken selbst war noch schmerzhafter und wurde mit zunehmender Dauer unerträglicher. Nicht selten sprangen die Oberarmknochen aus den Gelenken, weshalb der Eisenknecht nach verrichteter Folter dem Inquisiten die Arme wieder einrenken mußte, »welches nicht ohne Wehklage und Schreyen« abging. Nach der ersten Tortur schwollen den Inquisiten die Glieder; die Wiederholung war noch schmerzhafter.

Unsere Kommissare saßen mit amtlichem Gesicht dabei und unterdrückten allenfalls aufkommendes Mitleid mit Pflichtbewußtsein. Ihre Aufgabe war es, die Wahrheit zu finden. Sie wurden ihr nicht gerecht. Die Tortur zwang zum Lügen. »Aus Forcht der Marter, weil ihm die Händ schon auf den Rücken gebunden gewest«, erklärte Paulus einmal, habe er einen Mord gestanden, der gar nicht stattfand. Als ein andermal der kleine Hänsel »gefragt worden, warumben er gestern so oft gelogen«, sagte er, er sei so »erschrocken gewest, daß er nit gewißt, was er sagen soll«. Noch deutlicher bei der alten Klostermüllerin: »Als sie erstlich angesprochen worden, wie sie in die Hexerei geraten ... gibt sie zur Antwort, sie sei dessen ganz unschuldig, und wiewohl die Pappenhamer von ihr und den ihrigen ausgeben, so hätten sie ihnen doch Unrecht getan ... Als man sie aber in die vier- oder sechsmal aufzogen gehebt und sie aus dem immerwährenden starken Zusprechen genommen, daß man nit leichtlich von ihr setzen werde, fangt sie mit wolchen Worten an zu reden: Sie wollte zwar gern bekennen, wann sie nur wißt, was sie sagen sollte, so ihrer Seel nit schädlich wär und daß man dieselb erhalten künde ...« Ein Blinder hätte sehen können, daß die Tortur ein höchst untaugliches Mittel war, die Wahrheit zu finden.

Blind waren die Herren mit den ungerührten Mienen nicht, auch nicht dumm oder zynisch. Was sie so sicher machte, mit ihrer grausamen Methode der Rechtspflege zu dienen, war ihr Glaube an die Macht der Dämonen. Sie sahen sich in der Rolle von Exorzisten. Die Folter war ihrer Meinung nach das geeignete Mittel, den Teufel aus dem Inquisiten auszutreiben.

Für uns ist der Verbrecher einer, der gegen die Normen der menschlichen Gesellschaft und damit gegen das Gemeinwohl verstößt. Weshalb er zu bestrafen ist, sei es zur Vergeltung, Abwehr oder Vorbeugung. Unseren Kommissaren war diese Betrachtungsweise nicht völlig fremd, aber sie schien ihnen doch am Kern der Sache vorbeizugehen. Missetat war für sie in allererster Linie Sünde, Abkehr vom Guten, Hinwendung zum Bösen. Das augustinische

Weltbild, von dem schon wiederholt die Rede war, lag auch ihrer Verbrechensauffassung zugrunde. Teuflische Dämonen, Geister der Finsternis, umlagerten danach überall und immer die Menschen, lockten und verführten sie mit bösen Begierden und günstigen Gelegenheiten, strichen um die christliche Herde die Werwölfe, um im günstigen Augenblick die Schwachen zu reißen und hinzumorden. Der Verbrecher war ein angefallenes Schaf, durch das sich der Wolf fraß wie durch Münchhausens Pferd, bis er ihm zum Maule heraussah und nur noch der Schafspelz den tödlichen Feind bedeckte. Jeder Kampf gegen das Verbrechen war ein Kampf gegen den Teufel. Man meinte das ganz wörtlich, wie schon Quellen aus dem frühen Mittelalter beweisen. Der Verbrecher galt als ein vom Teufel besessener Mensch, der durch Exorzismus befreit werden mußte: »Ich treibe dich aus«, sprachen Richter der Karolingerzeit zum Unsichtbaren, »elender Geist des Bösen, durch Gott den Allmächtigen.« Insbesondere Räuber, Mörder, Frauenschänder und Zauberer hielt man für Besessene, denn sie hatten »Todsünden« begangen und sich dadurch aus der göttlichen Gnade begeben. Von Anfang an verband sich mit dieser Vorstellung die Überzeugung, daß der Teufel den verbrecherischen Menschen daran hindere, seine Taten zu gestehen. Denn wie der Brauch der Beichte noch heute zeigt, sah man im Geständnis den entscheidenden Schritt zurück zu Gott. Natürlich wehrte sich der Teufel dagegen, denn er wollte sein Opfer nicht wieder verlieren. Solange der böse Feind dem Menschen in den Eingeweiden saß (»inimicus, qui totis semper visceribus inhibat«), verhärtete er sein Herz und lähmte ihm die Zunge. Daher mußte der gefaßte Verbrecher zuerst vom Zwang des Teufels befreit werden; vorher war von ihm kein wahres Wort zu erwarten. Wie aber kam der Richter gegen einen so gewaltigen Gegner wie Luzifer an?
Die Antwort lag nahe: durch Anrufung der Hilfe Gottes. Auf diesem Gedanken beruhten die sogenannten Gottesurteile des Mittelalters. Man war sicher, Gott würde ein Wunder tun, um die Wahrheit ans Licht zu bringen. Um den Teufel zu besiegen und seinen Einfluß auf das Urteil unmöglich zu machen, segnete man den Beschuldigten, ließ ihn fasten und kommunizieren, zog ihm ein weißes Kleid an und führte ihn mit nackten Füßen in die Kirche. Zum Urteil selbst benutzte man die reinen Elemente Feuer und Wasser, durch die Gott seit ewigen Zeiten Wunder wirkte und über die das Böse keine Macht hatte. Der Beschuldigte mußte über glühende Kohlen gehen oder wurde gefesselt in fließendes Wasser geworfen: Das

reine Feuer verbrannte den Schuldigen, das reine Wasser stieß ihn aus den Fluten aus. So ließ man Gott selbst anstelle des am Reden gehinderten Verbrechers die Wahrheit verkünden. Wasser und Feuer legten für den Schuldigen das Geständnis ab und sprachen den Unschuldigen frei.

Später wurde die Praxis der Gottesurteile verdrängt durch das Verfahren der Inquisition. Aber die dämonologische Auffassung des Verbrechens lebte, zumindest soweit es um Hexerei ging, ungebrochen weiter. In dem schon mehrfach erwähnten Strafrechtskommentar von Jodocus Damhouder, eines Zeitgenossen unserer Kommissare, zeigt ein illustrierender Holzschnitt, wie drei Richter einem Hexer eine Schlange aus dem Rachen ziehen. Und auch der in unserem Prozeß so wichtige »Hexenhammer« beschreibt die Bündnispartner des Teufels zugleich als von ihm Besessene. Es heißt da (1. Teil, 2. Frage), »Daß es wahr sei, daß die Dämonen sich der Hexen nur bedienen zu deren Verderben; und wenn eingewendet wird, daß sie nicht zu strafen seien, da es ja Werkzeuge sind, die nicht nach eigenem Willen, sondern nach dem des handelnden Herrn bewegen, so ist darauf zu erwidern, daß es beseelte, aus freiem Entschluß handelnde Werkzeuge sind, mögen sie auch nach dem ausdrücklich mit den Dämonen abgeschlossenen Pakt nicht mehr Macht über sich haben ...« Wer sich einmal dem Satan ergeben hat, ist in seinem Willen nicht mehr frei. Man erinnere sich daran, was Hänsel Pappenheimer von seinen Brüdern sagte: Seit sie vom Kindshändlpulver gegessen hätten, müßten sie »es tun«.

Nach der alten Überlieferung hätte der »Hexenhammer« an sich das Gottesurteil zur Überwindung des Teufels empfehlen müssen. Dies konnte er nicht, da die Kirche 1215 die Anrufung Gottes zu Beweiszwecken verboten hatte. Statt dessen empfahl er ein anderes Mittel, die Wahrheit zu finden und den teuflischen Zwang zu brechen: die Folter. Freilich vermochte diese ohne Gottes Mithilfe wenig, weil die Hexe durch den Teufel »so unempfindlich gegen jene Schmerzen gemacht wird (insensibilis in illis doloribus efficitur), daß sie sich eher gliederweise zerreißen läßt als etwas von der Wahrheit gestehen zu können ... Daraus ergibt sich, daß gewisse Hexen leicht gestehen, andere aber gar nicht: weil, wenn der Teufel nicht von Gott aus zurückgetrieben wird, er jene doch aus freien Stücken im Stich läßt, um sie durch zeitliche Verwirrung und angesichts eines grausigen Todes zur Verzweiflung zu treiben ... Man sieht manche ... sich selbst den Tod zu geben beabsichtigen, daß sie mit der

Schlinge ... sich selbst das Leben nehmen, was auf jeden Fall jener Feind bewirkt, damit sie nicht durch sakramentale Beichte Verzeihung von Gott erlangen« (3. Teil, 13. Frage). Wer sich mit dem Teufel eingelassen hat, den verteidigt er nach Kräften auf der Folter, macht ihn hart gegen Schmerzen, um ihn am Gestehen zu hindern. Erst wenn der böse Geist den Inquisiten verlassen hat, gesteht er leicht. Mit Gottes Hilfe war die Folter also »ein dämonenbefreiendes Mittel« (Hans Fehr).

Deshalb die strenge Sicherheit und sichere Strenge der Kommissare! Sie hörten in allen Fällen nach anfänglicher Verstocktheit die »Wahrheit«. Je länger einer leugnete, desto mehr stand fest, daß der Teufel in ihm steckte. Aber in allen Fällen wurde der Widerstand des Bösen gebrochen. Solches konnte unmöglich allein die Folter bewirkt haben, sondern nur eine »Divina coactio per sanctum Angelum«, ein unmittelbares Eingreifen Gottes mit Hilfe eines Engels. Die Beamten im Gewölbe des Falkenturms wußten Gott auf ihrer Seite.

Der Beichtiger

Um die Gefangenen der Macht des Teufels endgültig zu entreißen, bedurfte es geistlichen Beistandes. Ein Pfarrer sollte die Geständigen durch Beichte und Absolution wieder mit Gott versöhnen und damit gänzlich aus teuflischer Verstrickung lösen. Diese Aufgabe galt nicht nur dem Seelenfrieden der Reumütigen, sondern war Teil des Kampfes gegen das Böse, den unsere Kommissare führten. Die Folter hatte mit Gottes Hilfe die Wahrheit an den Tag gebracht. Aber der Wolf steckte immer noch in den Schafen. Er mußte heraus, vertrieben werden, bevor das Ergebnis des Prozesses als gesichert gelten konnte. Zu solchem Amt hatte der Hofrat den Dekan von St. Peter berufen. Seit Juni 1600 besuchte der Geistliche gelegentlich den Falkenturm.

So sehen wir den frommen Mann an einem lichten Sommernachmittag in der düsteren Zelle des Ulrich Schölz auf einem eigens für ihn bereitgestellten Hocker sitzen, in schwarzer Soutane, ein großes Holzkreuz auf der Brust, den Kopf leicht seitwärts geneigt und mit der flachen Hand das Gesicht vor dem angeketteten Gefangenen abschirmend. Er schickt sich an, die Beichte zu hören. Ein Hocker ersetzt den Beichtstuhl, die zwischen Ohr und Gesicht gehaltene

Hand das Sprechgitter. Vermutlich empfand der Beichtiger den Auftrag, den ihm da der Hofrat zugemutet hatte, als lästig und ärgerlich. Hätte man nicht einem jüngeren, einfachen Pater aus dem Jesuitenkolleg diese Aufgabe übertragen können?

Denn Dekan Hannemann, so hieß der Geistliche, der in Schölzens Keuche saß und seine Soutane über dem Stroh ängstlich gerafft hielt, Doctor Wolfgang Hannemann war nicht irgendein Pfarrer, sondern ein hochgebildeter, gelehrter Mann in hoher Stellung. Knapp über vierzig Jahre alt, stand er an der Spitze der ältesten Münchner Pfarrei, ein Hirte des neuen Typs, fulminant in seinen Predigten, militant in seiner Haltung gegenüber lutherischer Ketzerei. In Ingolstadt hatte er als Famulus des Professors Nikolaus Everhard Philosophie und Theologie studiert, war dann an die Universität von Bologna gezogen, tieferer Gelehrsamkeit und höheren Ansehens wegen, und hatte dort den Grad eines Doktors der Theologie erworben. Solch einem Mann mutete der Hofrat das Amt eines Hexenbeichtigers zu.

Aus gutem Grund. Von einem weniger sorgsam ausgewählten Beichtvater hätte man sich in solchen Fällen der »Subordinationes und anderer Inconventien« zu versehen, warnte eine zeitgenössische Anordnung, weshalb Herzog Maximilian später auch befahl, »es soll hinfüro weder Franziskanern, Augustinern noch anderen Geistlichen der Zutritt zu den Gefangenen gestattet werden, dergestalt, daß man sie auch nach verkündigtem Urteil unter dem Praetext des Besuchs und geistlichen Trosts eher nicht zulassen solle, bis der Gefangene wirklich aus der Fronfest zum Gericht hinausgeführt wird«. Man hatte so seine Erfahrungen gemacht mit ungeeigneten Seelsorgern; betrübliche Verwirrung hatten einige von ihnen schon während der Schongauer Hexenprozesse angerichtet, als sie behauptet hatten, die bereits überführten Gefangenen wären ihrer Meinung nach gänzlich unschuldig, hätten nur aus Angst vor der Marter gestanden, in der Beichte und vor Gott aber nichts zu bekennen gehabt. Mit Müh und Not nur konnte die Obrigkeit damals eine Wiederaufnahme der Verfahren und einen Aufschub bereits angesetzter Exekutionen verhindern. In einigen Fällen kam man nicht umhin, den Widerruf des Geständnisses vor geistlichem Ohr durch neue Tortur wieder aus der Welt zu schaffen. Um derlei Ungelegenheiten zu vermeiden, konnte der Hofrat nicht vorsichtig genug sein bei der Auswahl des Beichtigers. Man traute unter aller Geistlichkeit bloß den Jesuiten, die sich von der Obrigkeit mehr geliebt wußten als dem Volk.

Und doch war es ausgerechnet ein Angehöriger der Societas Jesu, der wenig später, stellvertretend für viele Gefängnisgeistliche, seine Stimme erhob und auf tiefe Gewissenskonflikte aufmerksam machte. Pater Friedrich von Spee, der sich selbst als Hexenbeichtiger ausgab, griff in seiner 1631 veröffentlichten »Cautio Criminalis« den Inquisitionsprozeß an seiner empfindlichsten Stelle an. Er sah sich nämlich zu der Frage veranlaßt, »ob die Folter ein taugliches Mittel ist, die Wahrheit an den Tag zu bringen«. »Die Juristen erklären«, stellte Spee ganz richtig fest, »man wende die Tortur an, damit die Wahrheit offenbar werde.« Doch er höhnte: »Wie soll denn da die Wahrheit offenbar werden können? Der Leser mag einmal darüber nachdenken und es mir sagen. Ich weiß es jedenfalls nicht, und es will mir auch trotz Nachdenkens nicht einfallen, es sei denn, sie wollten sagen, es könne auf diesem Gebiet keine andere Wahrheit geben als den Satz, daß schuldig jeder ist, der zur Folter bestimmt wird ... Es gibt zweierlei Arten von Menschen, solche, denen man die Wahrheit und solche, denen man eine Lüge abpreßt. Hat man nun also jemanden gefoltert, woher will man wissen, zu welcher von beiden Arten er gehört? Vermutlich ist die letztere Art jedenfalls die verbreitetere, da der Tod leichter zu ertragen ist als die Folter.« An anderer Stelle fand Spee klare Worte über den angeblichen »Schweigezauber«, an den ja auch unsere Kommissare glaubten – man denke an das Verhör der Agnes Klostermüllerin. »Man bezeichnet es als Schweigezauber, wenn sich jemand gegen die Schmerzen der Folter gefühllos gemacht hat. Wenn daher heute eine trotz zwei- oder dreimaliger Tortur noch nicht gesteht, dann heißt es gleich, sie bediene sich eines Zaubers, der Teufel halte ihr das Maul verschlossen, damit sie nicht gestehen könne; eben daran sei hinreichend zu erkennen, daß sie schuldig sei, und deshalb dürfe sie exorziert und von neuem gefoltert werden ... Ich bestreite vor allem, daß Titia diese zwei oder drei Folterungen nicht auf natürliche Weise hätte überstehen können. Der Mensch kann sehr vieles auf ganz natürliche Weise aushalten. Woher wissen die Leute denn, daß nicht auch solche Folterqualen zu diesem Vielen gehören? Wenn also eine Angeklagte schweigend verharrt, so kann nicht stets gesagt werden, das beruhe auf Zauberei ... Ich will aber auch zugestehen, daß Titia tatsächlich aus eigener Kraft diesen Qualen der Folter nicht hätte standhalten können. Sei's drum! Das kommt mir noch mehr zustatten, denn ich schließe so: Titia hat die Tortur nur mit Beistand des Teufels oder Gottes ertragen können. Folglich war die Folter schlimmer als auf natürliche Weise zu ertragen. Ist das aber der Fall, dann haben die Richter durchaus widerrechtlich gehandelt, die solche Qualen angeordnet haben. Ist das aber der Fall, dann war also auch die Folterung widerrechtlich und also nach allem Recht ungültig und nichtig. Ich will denselben Gedanken noch anders ausdrücken. Die Richter sagen, Titia sei noch als Hexe verdächtig und dürfe wieder gefoltert werden, weil sie ein neues Indiz gefunden hätten. Aber worin besteht das? Darin, daß sie sich eines Zaubers bedient hat, um die frühere Tortur zu überstehen. Aber wie beweisen sie das? Damit, daß die Folter derart war, daß sie anders nicht hätte ertragen werden können. Das will ich zugeben und füge hinzu: Folglich handelten die Richter durchaus widerrechtlich, die solche Folterqualen anwandten, denen man auf natürliche Weise, ohne Zauberei nicht standhalten konnte. Folglich haben die Richter das neue Indiz nur durch widerrechtliches Vorgehen erlangt. Gesetzt nun auch, Titia habe wirklich nur mit Hilfe des Teufels oder Gottes der Tortur standhalten können; warum versichern sie da lieber, es sei mit dem Beistand des Teufels geschehen als mit dem Gottes? Als Titia so grausam gemartert wurde, war sie doch des Verbrechens, dessen man sie beschuldigte, entweder in Wirklichkeit nicht schuldig, oder sie war tatsächlich schuldig. War sie unschuldig, was sollte glaublicher erscheinen, als daß Gott dieser so entsetzlich gefolterten Unschuldigen beigestanden hat? War sie schuldig, gut, dann wird ihr wohl eher der Teufel als der Herrgott geholfen haben. Und doch dürfen die Richter nicht voraussetzen, daß dies letztere der Fall und Titia tatsächlich schuldig gewesen sei, da das gerade die Frage ist, und sie eben deshalb, weil sie das nicht wissen, nach einem neuen Indiz forschen sollten ... Wenn sie als neues Schuldindiz nehmen, daß Titia in der schrecklichsten Tortur nichts gestanden hat, dann hat man sie ganz unnötigerweise und zwecklos so furchtbar gefoltert. Denn was sollte wohl der Zweck sein? Daß die Richter völlige Gewißheit erlangten, ob Titia schuld sei oder nicht? Aber sie konnten es, wenn sie wollten, doch genau so gut schon vorher wissen, daß sie schuldig war. Denn so wie sie hinterher schließen wollten, so konnten sie schon kurz zuvor folgern. Titia wird sich auf der Folter schuldig bekennen oder sie wird es nicht tun. Welches von beiden aber auch geschehen mag, sie ist unter allen Umständen schuldig. Gesteht sie, so ist sie schuldig, weil sie es bekannt hat. Gesteht sie nicht, dann ist sie ebenfalls schuldig, weil sie trotz so furchtbarer Folterqualen nicht gestanden hat. Ob sie daher gesteht oder nicht gesteht, sie ist schuldig.«

Durchaus möglich, daß auch den Dekan Hannemann solche Gedan-

ken beunruhigten, wenn er von einem Besuch im Falkenturm nach Hause ging. Doch im Gegensatz zu seinem jüngeren Ordensbruder Spee ließ er sich von ihnen nicht irre machen in seinem Glauben an Obrigkeit und Kirche. Die Autoritäten hießen die Folter gut – dagegen zu rechten schmeckte nach Aufruhr und Rebellion. Und wer deren geistiger Urheber war, wußte Hannemann, warnte er seine Schäfchen doch jeden Sonntag vor dem Erzfeind und Verführer. Zur Einsicht zu gelangen, daß die Folter gänzlich widersinnig sei, war für einen Hexenbeichtiger leicht; schwer war es, gegen solche Zweifel anzukämpfen, sie als unstatthaft zu unterdrücken. Deshalb bedurfte es eines honorigen, hochgeehrten Mannes zu diesem Amt, deshalb war dem angesehenen Doktor der Theologie und Stadtpfarrer die Zumutung auferlegt worden.
Es stank in der Keuche. Zwar hatte die Eisenmeisterin vor dem Besuch des Beichtvaters das Stroh gewechselt und das Fenster geöffnet, aber die dumpfe, schwere Luft, der Odem von Angstschweiß und Exkrementen war nicht aus dem trüb erleuchteten Raum zu vertreiben gewesen. Hannemann murmelte die vorgeschriebenen lateinischen Sätze, schrieb mit der Kante seiner Rechten, die Schürzung seiner Soutane für Sekunden aufgebend, das Kreuz in die Luft und flüsterte dann in gewohnter Manier durch das Beichtgitter seiner linken Hand dem Angeketteten zu, er möge seine Sünden bekennen vor Gott dem Allwissenden, Allmächtigen, Allesverzeihenden. Worauf der Gefangene zu reden begann, mit schwacher, brüchiger Stimme vermutlich, wohl erst stockend, dann flüssiger.
Was mag Ulrich Schölz dem Geistlichen gesagt haben? Daß er in Wahrheit unschuldig sei und seine größte Sünde darin bestünde, der Folter nicht widerstanden zu haben? Daß er vor allem die von ihm als Hexen und Hexer denunzierten Tettenwanger Bauern und Handwerker zu Unrecht der Teilnahme an Ausfahrt und Hexentanz bezichtigt habe, weil er ja selbst nie dabeigewesen sei? Sehr wahrscheinlich. Denn der Gefangene wußte, daß sein Schicksal besiegelt war. Eine offene, ehrliche Beichte war seine letzte Chance, reinen Herzens vor Gottes Thron zu treten. Vor dem Pfarrer konnte er nicht bei seiner Aussage bleiben, er hätte mit dem Teufel ein Bündnis geschlossen. Denn dies war nicht nur eine Lüge, sondern eine wirkliche Beleidigung Gottes, der ihn ja vor solchem Unglück in Wirklichkeit bewahrt hatte. So muß man wohl annehmen, daß die zunächst unzusammenhängende, dann fließende Rede des Ge-

fangenen in einem Widerruf all dessen bestand, was er unter grausamer Tortur gestanden hatte.

Niemand weiß, wie der Beichtvater darauf reagierte. Womöglich glaubte er dem Angeketteten kein Wort, herrschte ihn an, nannte ihn unverbesserlich und undankbar. Vielleicht gehörte er zu der Sorte von Gefängnisgeistlichen, »deren erstes und letztes Ziel«, wie Spee schreibt, »einzig und allein zu sein scheint, daß die Angeklagten bekennen. Sie wiederholen nur immer ›Bekennen‹ und ›Bekennen‹ ... Wenn die Angeklagten nur eben gestanden haben ..., dann ist für diese Beichtiger alles gut und schön. Dann nennen sie die Angeklagten schon Kinder des ewigen Lebens, dann heißt es, sie gingen bußfertig in den Tod ... Ich weiß, es ist vorgekommen, daß ein Priester einem Angeklagten listig Milderung der Strafe versprochen hat, die dann doch nicht erfolgt ist ... Ganz unschicklich ist es aber, wenn Geistliche, wie ich es von einigen gehört habe, den Richtern Vorschläge machen, wie sie die Angeklagten foltern sollten.« Vielleicht drohte Hannemann, den Kommissaren von dem Widerruf des Geständnisses Kenntnis zu geben, was für den Gefangenen neue Tortur bedeutet hätte. Schölz wäre dann gewiß zu seinem Schuldbekenntnis zurückgekehrt. Spee beteuerte in seinem Buch, »daß es sehr viele gibt, die sich sogar im Sakrament der Beichte schuldig bekennen, während sie es in Wirklichkeit gar nicht sind. Und das, weil sie entweder rücksichtslose Priester haben, deren Eifer sie sich nicht anders entziehen können, als weil sie nicht nochmals gefoltert werden wollen«.

Vielleicht aber schenkte der Beichtvater dem Gefangenen in Anbetracht der Umstände Glauben. Dann stürzte er in einen tiefen Konflikt. Mußte er, von der Unschuld des bereits Überführten überzeugt, nicht die Hinrichtung Schölzens verhindern? Aber jedes Wort zu den Kommissaren hätte ja nur eine Verlängerung der Leiden für den Armen bedeutet, nämlich Grund zu neuem Folterverhör gegeben, dessen Ausgang von vorneherein feststand. Mußte er nicht die zu Unrecht Denunzierten schützen? Aber auch das wäre Anlaß zu neuer Tortur des Angeklagten, ohne daß sich letztlich an der Situation etwas ändern würde. Gewissensqualen einer ausweglosen Situation gegenüber bedrohten den Geistlichen, der den Worten seines Beichtkindes glaubte. Wie ihnen entgehen, ohne sich zugleich zum Büttel des Gerichts zu machen?

Vermutlich war Doctor Hannemann klug genug, einen heimlichen Ausweg zu finden. Er konnte die Frage nach Schuld oder Unschuld

Gott überlassen und sich selbst das Nachgrübeln darüber verbieten. Das Beichtgeheimnis lag über dem Gespräch in der düsteren, stinkenden Zelle. Der Dekan wird nach dem rauh geflüsterten Bekenntnis des Angeketteten mit geschlossenen Augen sein lateinisches Gemurmel wieder aufgenommen und mit einem »Ego te absolvo!« beendet haben, dann von seinem Hocker aufgestanden sein, um ein letztes Mal das Kreuz über den Armen zu schlagen.
Ein einziges Mal in unserem Prozeß erlag der Priester dem schrecklichen Konflikt seines Herzens. Er verriet den Kommissaren, daß Gumpprecht seiner Beichte nach mit den Geständnissen »etlichen Unrecht getan« hätte. Das brachte seinem Beichtkind einen weiteren Foltervormittag im Gewölb ein, was gewiß nicht Hannemanns Absicht gewesen war. Ansonsten mochte der seine ganze Intelligenz und Hochgelehrtheit dazu brauchen, die aufrührerischen, unstatthaften Zweifel in sich stillzuhalten.

Eine Hofratsdebatte

Wolf Konrad Freiherr von Rechberg, der amtierende Hofratspräsident, brachte am späten Vormittag des 12. Juni 1600 auf der täglichen Sitzung des Hofrats den Prozeß gegen die im Falkenturm einsitzenden Übeltäter zur Sprache. Ihre fürstliche Durchlaucht, Herzog Maximilian, wünsche Bericht über den Stand der Dinge, welcher unverzüglich vorbereitet werden müsse. Die Ungeduld des Landesherrn sei verständlich, denn immerhin seien ja nun schon zwei Monate ins Land gegangen, etwas zuviel Zeit für die Aburteilung von aufgegriffenem Straßengesindel. Die zur Vernehmung der Gefangenen abgeordneten Kommissare möchten doch erläutern, wie weit die Ermittlungen gediehen seien und ob man nicht dem Herzog die alsbaldige Exekution in Aussicht stellen könne. So etwa der Sitzungsleiter.
Worauf Doctor Wangereck sich erhob und das Wort ergriff. Wenn der Prozeß immer noch nicht abgeschlossen sei, begann er seinen Rechenschaftsbericht, so liege das einerseits an dem großen Gebiet, in dem diese Untaten begangen worden und demzufolge zu überprüfen seien. Man habe den Pfleger von Altmannstein und Abensberg ersucht, gewissen Hinweisen der Beschuldigten nachzugehen. Was daraufhin nach München berichtet worden sei, sei ermutigend, wenngleich noch lückenhaft. Die Kommission habe daher den Rent-

schreiber Steinwandner zu weiterer Nachforschung nach Altmannstein entsandt, um die Aufklärung des Falles zu beschleunigen. Sei somit aus dem Bereich des Münchner Rentamts in Kürze mit umfassenden »Erfahrungen« zu rechnen, so habe er von den Regierungen in Straubing und Landshut immer noch keine Antwort auf die Bitte um Überprüfung der Geständnisse erhalten. Den Rentschreiber auch in diese Gegenden zu schicken, sei untunlich und ein Politikum, da man nicht gut in die Kompetenzen des dortigen Rentmeisters eingreifen könne. Man habe allerdings »nit unterlassen, wiederum eigene Boten abzufertigen und ernstlich bei ihnen«, nämlich den Rentamtsregierungen Straubing und Landshut, »um Überschikkung der hiervor begehrten Erfahrungen anzumahnen«. Allein bisher ohne Erfolg.
Worauf Unruhe unter den Hofräten entstanden sein mag. Ob denn nicht, hören wir den Präsidenten fragen, die vorhandenen Geständnisse und Erfahrungen zur Exekution ausreichten? Es sei doch sehr wünschenswert, den Prozeß so oder so zu einem Abschluß zu bringen.
Gewiß, mag Wangereck da geantwortet haben. Hier im Münchner Rentamt sei »etlicher weniger Mord, Kirchenbrüch, sonderlich aber der durch Hexerei umgebrachten Personen halben soviel« Beweismaterial vorhanden, »daß solche Untaten zu Verfahren mit der Execution genug wären«. Aber die Nachweise der »fürnehmsten Übeltaten« seien »von Landshut und Straubing zu gewarten«.
An dieser Stelle hören wir den Rentmeister, Ernst von Roming, selbst einer der verordneten Kommissare, das Wort ergreifen. Jeder Anwesende hier im Rat erinnere sich doch sehr gut an die seinerzeitigen Beweggründe für die Übernahme des Verfahrens. Man habe den niederbayerischen Fall für geeignet gehalten, ein weithin sichtbares Exempel zu statuieren gegen Raub, Mord und Plünderung im Land. Die Geständnisse hätten erwiesen, daß der Fall zu diesem Zweck mehr als geeignet sei, es hätte sich sogar herausgestellt, daß man es mit Hexenleuten zu tun habe. Auf den Straßen und Plätzen von München rede man schon viel über den Prozeß. Nachrichten, aus welcher Quelle auch immer, gingen von Mund zu Mund, das Volk erwarte sich viel von dem Prozeß. Die Kunde davon sei, man habe das ja gewollt, weit ins Land gedrungen, für den Tag der Hinrichtung könne man mit viel Publikum rechnen, da »diese Übeltäter also gewaltig beschreit sind, daß männiglich mit Verlangen ihre Urgichten anhören würdet«. Wenn man die Pappenheimer und ih-

ren Anhang nur bloß wegen der wenigen, bisher erwiesenen Untaten hinrichte, dann sei die ganze Sache umsonst gewesen. Der Zweck des ganzen Unternehmens sei doch wohl die Abschreckung. Zu einer »exemplarischen Execution« taugten aber nur diejenigen Taten, vor deren Begehung man warnen wolle. Man könne sich nicht mit den kümmerlichen Ergebnissen der bisherigen Ermittlungen zufrieden geben, das sei eine halbe Sache. Es gelte »ein Ganz« zu machen.

Solche Rede fand Beifall. Einer der Hofräte wollte allerdings wissen, was denn der Grund dafür sei, daß trotz zweimonatiger Verhöre und Ermittlungen kein überzeugendes Beweismaterial vorläge. Darauf hören wir Wangereck antworten: Es sähe ihm »aus dem, was bis daher (an Ermittlungsergebnissen) einkommen, fast gleich . . ., daß sie (die Pappenheimer) in vielen Fällen mit Fleiß falsch angesagt und die wahren Taten verschwiegen haben, damit sie sich teils unschuldig machten und nit für so große Übeltäter, für die sie beschreit sind, gehalten werden«. Sei das Ausbleiben der Erfahrungen der Rentämter Straubing und Landshut schon ärgerlich genug, so seien es diese offensichtlich erfundenen Mordtaten noch mehr. Vier Morde hätten sich aus den Nachforschungen, die der Pfleger Alexander von Haslang zu Abensberg habe anstellen lassen, als wahr befunden. Keine große Ausbeute, wo doch die Landfahrer »wohl dreimal soviel in Confrontationibus gütlich bekannt und einer dem anderen unter Augen fürgeworfen haben«. Daß die Erfahrung diese Geständnisse nicht bestätigte, habe nach Ansicht der Kommissare »drei Ursachen«: einmal die »List und Bosheit« dieses abgebrühten Gesindels, die sich schon darin zeige, daß es seine »Übeltaten soviel lange Jahr also« habe verborgen halten können. Da sie all die Zeit der Obrigkeit nicht aufgefallen wären, glaubten sie nun wohl, sie könnten diese »durch falsch Ansagen, wann sich ihre Bekanntnussen nit befinden, müd und jerig« machen. Ein Irrtum! Denn, »sowohl in der Halsgerichtsordnung als in gemeinen Rechten« sei »wohlverordnet . . ., daß solche Leut wiederumb peinlich angriffen werden sollen. Welches uneingestellt beschehen würdet, wann die Erfahrungen alle zu der Hand gebracht sein worden«. – Ein anderer Grund für die unbefriedigenden Ergebnisse der Erfahrung läge in der Natur der gestandenen Verbrechen. Die Pappenheimer und ihr Anhang hätten nämlich »mehrteils wandernde unbekannte Personen, welche ihnen auf dem Land« begegnet wären, umgebracht, »dern man, dieweil sie nit haussässig im Land gewest, so bald nit gemanglt hat. Zudem, so haben sie diejenige, welche sie zu Tettenwang in Häusern ermördt, welche ihren Bekanntnus nach Kramer und Landfahrer gewest, nächtlicher Weil in Forst geführt und daraußen vergraben«. Davon hätte niemand etwas sehen oder hören können, »dann einer aus der Gesellschaft dieselben offenbaren wöllen, wie anjetzt beschieht«. – Schließlich und drittens sei die Nachforschung nicht richtig betrieben worden. Man habe in den in Frage kommenden Dörfern einfach herumgefragt, ob den Leuten dort diese und jene Tat zu Ohren gekommen sei, statt überall einzelne Personen in Abwesenheit der anderen zu verhören.

Einem von den gelehrten Räten genügte diese Auskunft noch nicht – war es Doctor Franciscus Soll oder Matthäus Pittelmair? Jedenfalls einer, der in kritischer Distanz zur herrschenden Gewold-Fraktion stand. Er wollte von den Kommissaren wissen, welcher Art denn das bisher vorhandene Beweismaterial sei. Ob man Umstände bestätigt befunden hätte, die nur der jeweilige Täter wissen konnte? Ob etwa die Reste versteckter Leichen gefunden worden wären oder ähnliche eindeutigen Beweise.

Das nicht gerade, hören wir Wangereck unwillig antworten. Von den vielen hundert Leichen, welche das Pappenheimersche Gesindel auf dem Gewissen habe, sei noch keine gefunden worden, auch keine Knochenreste oder dergleichen. Er habe es nicht unterlassen, die Verhafteten nach dem Verbleib ihrer Opfer zu fragen. Die Antwort: Sie hätten deren Leichen zerhackt und in einem Pechlerofen im Tettenwanger Wald verbrannt. Von dem Ofen habe man freilich keine Spur finden können. Es sei augenscheinlich, daß der Teufel beim Verschwinden so wichtiger Beweise seine Hand im Spiel habe. Ansonsten aber hätten sich schon jetzt genügend Anhaltspunkte dafür gefunden, daß die gefaßten Übeltäter eher noch Schlimmeres getan hätten, als sich aus ihren Geständnissen ergebe. Es gäbe beispielsweise unzählige Hinweise auf ihre Hexereien, der Art etwa, daß einer der Beschuldigten gestanden habe, vor einigen Monaten an dem und dem Ort die und die Person mit Teufelssalbe umgebracht zu haben, und die Erfahrung habe diese Angabe in allen Einzelheiten bestätigt.

Der Fragesteller mag darauf vielleicht entgegnet haben: Derlei Beweise seien rechtlich unzureichend und für eine exemplarische Bestrafung durchaus ungeeignet. Kein Jurist könne etwa in dem genannten Fall den Teufelszauber als erwiesen ansehen. Denn vermutlich wisse das ganze Dorf, daß das angebliche Opfer des Zaubers vor einigen Monaten dahingesiecht sei. Jeder hätte also das betreffende Geständnis machen und die Tat als die seine ausgeben können. Der Herr Kommissar sage ganz richtig, daß diese üblen Leute das Gericht in die Irre zu führen versuchten. Man müsse daher nach wirklich sicheren Beweisen suchen, um dem Recht zum Siege zu verhelfen und vor allem die wirklich begangenen, nicht frei erfundenen Verbrechen vor Gott zu sühnen. An dieser Stelle etwa brach der Präsident die Debatte ab. Man schulde den Kommissaren für ihre bisherige Arbeit Dank und wäre im übrigen wohl einer Meinung, daß es besser sei, mit der Exekution der Übeltäter noch zuzuwarten, bis die Ermittlungsergebnisse aus Straubing und Landshut eingetroffen seien und der Rentschreiber aus Altmannstein zurückkehre. In diesem Sinne werde man Ihre Durchlaucht über die Prozeßlage unterrichten. Damit war die Vormittagssitzung des Hofrats beendet.

Der Hofratssekretarius Wirtenberger aber faßte die Aussprache noch am selben Tag in einem Schreiben an den Herzog zusammen. »Die aus unserer Mitte zur Besprachung der im Falkenturm allhier verhafteten Übeltäter verordneten Kommissarii« hätten »ausführliche und notwendige Relation« über den Fall vor dem Hofrat gehalten. Aus ihrem Bericht über den Stand der Dinge gehe hervor, »daß noch dieser Zeit die Execution mit ihnen fürzunehmen erhebliche Bedenken vorhanden« seien. Man empfehle daher, bis zum Eintreffen weiteren, bereits angeforderten Beweismaterials die Hinrichtung aufzuschieben. Maximilian fand diesen Bericht anderntags auf seinem Schreibtisch vor, als er beim Regieren saß. Er überflog die Zeilen und schrieb dann mit flüchtiger Feder seine Anweisung auf das Umschlagblatt: »Ist der weitern Erfahrung zu erwarten, doch dieselbe zu befürdern. Maximilian.«

»Gespielen«

Unterdessen wurden die Verhöre im Falkenturm fortgesetzt. Das Thema war nunmehr fast ausschließlich die Hexerei; von den vielen Raubmorden und Brandplünderungen, die man anfangs den Pappenheimern vorgeworfen hatte, wollten die Kommissare kaum noch etwas wissen. Nur wenn einkommende »Erfahrung« mit den vorhandenen Geständnissen zu diesem Fragenkomplex nicht zusammenpassen wollte, wurden Erklärungen gefordert und die »Verbrechen der Straße« wieder Verhörsgegenstand. Der Schwerpunkt der

neueren Vernehmung lag bei der Frage nach den »Gespielschaften«. Man wollte von den Gefangenen wissen, »wen sie doch alles bei Zusammenkünften und (Hexen-)Tänzen gesehen« hätten.
Zur Ehre unseres »Gesindels« muß man sagen, daß die meisten es lange Zeit vermieden, andere zu denunzieren. Sie nannten häufig die Namen von Verstorbenen oder von Leuten, die angeblich inzwischen außer Landes gezogen waren. Aber die Kommissare gaben sich damit nicht zufrieden. Die Folter preßte immer neue Denunziationen aus den Gefangenen heraus, bis die Liste der angeblichen »Gespielen« länger und länger wurde und schließlich etwa vierhundert Namen umfaßte. Allein Anna Pämbin beschuldigte bei einem Folterverhör im Gewölbe am 1. Juli 1600 nicht weniger als neunundneunzig Personen, darunter zum Beispiel »die alt Wirtin zu Affeckhing, so seither von dannen wegzogen ... 7. Die Gadl Schwarzin Hebamm, deren Mann in Krieg zogen. 8. Die Widmannin Hebamm zu Nider Altach, so ein Wittib und alts Weib ... 10. Des Hanns Punckhen Schreibers zu Nider Altach Weib, der zuvor beim Kloster Dienst gehebt ... 16. Der Hanns Khramer von Leichterwalde, samt seinem Weib, welche zuvor im Schloß daselbst gewohnt, jetzt aber hause sie zum Seehaus, ein halbe Meil Wegs von Leichtenwald. 17. Der Moosmüller bei Posching und sein Weib. 18. Des großfußeten Schusters zu Straubing Weib. 19. Die Hanns Müllerin Bortenschlagerin und Haubenmacherin zu Straubing ... 27. Die Schwarzhauserin Hebamm zu Thonaustauf ... 31. 32. Der Schwarze Bauer zu Deißing. Altmanstainer Gerichts, und sein Weib ... 36. Die Schneiderin zu Altmanstein, deren Mann einer des Rats und herunten beim Lederer wohne ... 61. Die Jobst Torwärtlin, auf dem untern Donautor daselbst (sc. zu Vohburg) ... 65. Die Pfaffen Preuin zu Vohburg, so auch eines Pfaffen Tochter ... 76. Die Beinds Püzerin zu Mundraching, darbei sie ihr Herberg gehebt ... 80. Die Reigl Hebamm zu Landshuet, sein ein schöns, groß, feists Weib, und die fürnehmbst Hebamm. Hab ein Mann gehabt, so man den Hanns Reiter geheißen, wohne in der Pfattengassen. Bring viel Kinder in der Geburt um. Hab's in Landshuet auf'm Moos und sonst bei Tänz gesehen um Landau ... 92. Die alt Schergin zu Rietenburg, deren Mann erschlagen worden, sein ein große Hex und Vorgängerin. 93. Die Platthausin so im Land umziehe, sei ein Unhold, und laß sich gemeinlich allen Märkten, sonderlich im Spital zu Deckhendorf oft finden. Hab ein Brief, darin bei zweihundert Weiber so Hexen beschrieben seien ...«.

Mehr als achtzig Prozent der Denunzierten waren Frauen, was ja der angeblichen Vorliebe des Teufels für das weibliche Geschlecht entsprach. So spiegelt auch unser Prozeß die bekannte Tatsache wider, daß man Frauen leichter der Hexerei verdächtigte als Männer. Ein wichtiger Grund dafür lag zweifellos in der »wissenschaftlichen« Hexenlehre der Scholastik, welche die Hexerei vornehmlich den Frauen zutraute. »In dem so gebrechlichen Geschlechte der Weiber«, behauptete der »Hexenhammer«, fände sich »eine größere Menge Hexen ... als unter Männern.« Die Frauen nämlich seien ein Geschlecht, »in welchem Gott stets Großes schuf, um Starkes zu verwirren«, eines, das »im Guten und Bösen kein Maß zu halten weiß«. Mit einem Wust gelehrter Zitate frommer und antiker Autoren »bewies« der »Hexenhammer«, daß Frauen dümmer, verschlagener, wollüstiger und bösartiger als Männer seien. »Die Weiber sind leichten Verstandes, fast wie Knaben«, hieß es da. Auch: »Ein schönes und zuchtloses Weib ist wie ein goldener Reif in der Nase der Sau; der Grund ist ein natürlicher: weil es fleischlicher gesinnt ist als der Mann, wie aus den vielen fleischlichen Unflätereien ersichtlich. Diese Mängel werden auch gekennzeichnet bei der Schaffung des ersten Weibes, indem sie aus einer krummen Rippe geformt wurde, d. h. aus einer Brustrippe, die gekrümmt und gleichsam dem Mann entgegengeneigt ist. Aus diesem Mangel geht auch hervor, daß das Weib immer falsch ist, da es nur ein unvollkommenes Tier ist.« Selbst die Etymologie des lateinischen Wortes für Frau, »femina«, wurde von den gelehrten Verfassern dieses kruden Unsinns zur Stützung ihrer Auffassung herangezogen: »Das Wort femina nämlich kommt von fe und minus (fe = fides, Glauben, minus = weniger, also femina = die weniger Glauben hat) ... Also schlecht ist das Weib von Natur, da es schneller am Glauben zweifelt, auch schneller den Glauben ableugnet, was die Grundlage für Hexerei ist.« In diesem Stil ging es weiter: »Suchen wir nach, so finden wir, daß fast alle Reiche der Erde durch die Weiber zerstört worden sind ...« »Wie nämlich die Frau von Natur lügnerisch ist, so auch beim Sprechen: Ihre Kehle, d. h. ihre Rede, ist glatter den Öl und zuletzt bitter wie Galle« ... »Hören wir weiter von ihrem Einherschreiten, ihrer Haltung und ihrem Wesen: da ist Eitelkeit der Eitelkeiten! Es gibt keinen Mann der Welt, der sich so abmüht, dem gütigen Gott zu gefallen, als wie ein auch nur mäßig hübsches Weib sich abarbeitet, mit ihren Eitelkeiten den Männern zu gefallen« ... »So ist das Weib, von dem der Prediger 7 spricht und über das jetzt die Kirche jammert wegen der ungeheuren Menge der Hexen: ›Ich fand das Weib bitterer als den Tod; sie ist eine Schlinge des Jägers; ein Netz ist ihr Herz; Fesseln sind ihre Hände; den, der Gott gefällt, wird sie fliehen; wer aber ein Sünder ist, wird von ihr gefangen werden.‹ Es ist bitterer als der Tod, d. h. der Teufel ... Nochmals bitterer als der Tod, weil der Tod des Körpers ein offener, schrecklicher Feind ist; das Weib aber ein heimlicher, schmeichelnder Feind. Und daher heißt man sie nicht mehr eine böse und gefährliche Schlinge der Jäger, als vielmehr der Dämonen, weil die Menschen nicht bloß gefangen werden durch fleischliche Lüste ... da ihr Gesicht ein heißer Wind ist und die Stimme das Zischen der Schlange, sondern auch weil sie unzählige Menschen und Tiere behexen. Ein Netz heißt ihr Herz, d. h. die unergründliche Bosheit, die in ihrem Herzen herrscht; und die Hände sind Fesseln zum Festhalten; wenn sie die Hand anlegen zur Behexung einer Kreatur, dann bewirken sie, was sie erstreben, mit Hilfe des Teufels« ... »Schließen wir: Alles geschieht aus fleischlicher Begierde, die bei ihnen unersättlich ist ... Darum haben sie auch mit den Dämonen zu schaffen, um ihre Begierden zu stillen ... Daher ist auch folgerichtig die Ketzerei nicht zu nennen die der Hexer, sondern der Hexen, damit man die Sache von der Hauptsache her bezeichne; und gepriesen sei der Höchste, der das männliche Geschlecht vor solcher Schändlichkeit bis heute so wohl bewahrte.«

Die Motive dieser gelehrten Dummheit oder dummen Gelehrtheit sind offensichtlich. Den asketisch-scholastischen Denker, meist ein im Zölibat lebender Kleriker, beunruhigte nichts so sehr wie seine eigenen sexuellen Lüste. Frauen waren ihm verboten, schlecht für sein Seelenheil, folglich überhaupt schlecht. Nichts verführte ihn mehr zu sündigen Gedanken als der Anblick eines Weibes. Statt die Schuld dafür in sich selber zu suchen, begann er das Objekt seiner Lüste zu diabolisieren. Der Fuchs sagt von den Trauben, die er nicht erreichen kann, sie wären ihm viel zu sauer. Je verächtlicher man die Frauen machte, desto leichter war es zu ertragen, daß man mit ihnen nicht leben durfte. Und je mehr man das Geschlechtliche verteufelte, desto höhere Schranken baute man der eigenen Triebhaftigkeit.

Der eigentliche Grund für die abergläubische Vorstellung, daß die Hexerei ein weibliches Verbrechen sei, muß aber tiefer liegen. In fast allen Kulturen kennt man den Mythos nachtfahrender Weiber. Es schweifte die griechische Artemis als »Löwin der Weiber« mit einer Schar von Baumnymphen durch die Wälder, es jagte die römische Diana mit weiblichem Gefolge auf männliche Weise das Wild. Daß der Glaube an zauberkundige Weiber, die auf einem Stück Holz ausreiten, sich bis auf das Urvolk der chaldäischen Kultur zurückverfolgen läßt, wurde an anderer Stelle schon erwähnt. Es gab und gibt bei vielen patriarchalischen Völkern zu bestimmten Zeiten ausschweifende Frauenfeste, bei denen das »schwache Geschlecht« aus seiner passiven Rolle heraustritt, mit offenem Haar und in ekstatischen Tänzen Phallussymbole vor sich herträgt und alle Fesseln der Wohlanständigkeit sprengt. Im österreichischen Raum zogen noch vor einhundertfünfzig Jahren die sogenannten »Perchtln« durch die Rauhnächte: Frauen mit gelöstem Haar und entblößtem Busen, die Gesichter mit Ruß geschwärzt. Mancher Brauch der kölnischen »Weiberfastnacht« erinnert heute noch an solche uralten Befreiungskulte. Die Hexe oder Hagazussa, die Zaunreiterin, gehört zweifellos in diese Tradition. Ihr orgiastischer Ritt auf dem Stabe führte ins Verbotene, in den Bereich »jenseits des Zaunes«, fort von Sitte und Zivilisation, zurück ins »Ur«, in die schwarze Höhle von Mutter Erde. Dieser war die Frau näher als der Mann, sie selbst gebar ja neues Leben, war Teil des großen Geheimnisses. So wird wohl die Hexe schon weiblich gewesen sein, bevor sie durch den kirchlichen Hexenwahn verteufelt wurde.

Jedenfalls bezichtigten unsere Gefangenen im Falkenturm fast nur Frauen der Hexerei und blieben damit dem allgemein herrschenden Aberglauben treu. Aber noch andere Häufungen sind auffällig. So waren fast zehn Prozent aller Denunzierten von Beruf Hebamme. Auch dies entsprach vollkommen dem herrschenden Wahn, verkündete doch der »Hexenhammer«: »Niemand schadet dem katholischen Glauben mehr als die Hebammen. Denn wenn sie die Kinder nicht töten, dann tragen sie, gleich als wollten sie etwas besorgen, die Kinder aus der Kammer hinaus und opfern sie, sie in die Luft hebend, den Dämonen.« Man wird sich erinnern, daß die Wechselbalg-Sage nicht wenig zum allgemeinen Mißtrauen gegen diesen Berufsstand beitrug. Unter den Hebammen befanden sich angeblich die meisten Hexen, weil sie am einfachsten der ungetauften Kinder habhaft werden konnten. Der wahre Grund der Angst liegt auch hier wohl tiefer. Die Hebamme hat mit der Geburt zu tun, ist die Vertraute der Gebärenden, steht der Ur-Natur des Mütterlichen als »Eingeweihte« besonders nahe. Deshalb wohl war sie den Leuten unheimlich. Die Hebamme Regina wäre die Lieblingshexe des Teufels gewesen, behauptete Anna im Verhör. Er hätte sie vor allen übrigen »in Ehren gehalten, weil sie die jungen, ungetauften Kinder, welche sie in den Geburten von den Frauen empfangen und ihr gefallen, umgebracht, ihnen mit dem Daumen die Gnick oder Rückel abgedruckt, alsdann wieder ausgraben und gebracht habe«. Ein Alptraum, der damals fast jede Mutter verfolgte.

Auch Schneiderinnen, Schusterinnen, Bäckerinnen und Müllerinnen befanden sich in unverhältnismäßiger Vielzahl unter den Denunzierten. Den Grund kennt man schon; Schneider, Schuster, Bäkker und Müller verarbeiteten Rohmaterial – Stoff, Leder, Getreide, Mehl –, das ihnen zur damaligen Zeit überwiegend vom Kunden selbst übergeben wurde. Natürlich veranschlagte der Auftraggeber sehr oft die Menge des benötigten Materials niedriger als der Verarbeiter. Die Sache war jedenfalls nicht so recht zu kontrollieren. Aus diesen Gründen stritt man sich gerade mit den genannten Handwerkern häufig – und davon blieb diesen der Ruf, es mit der Ehrlichkeit nicht so genau zu nehmen. Der Frau eines Unehrlichen traute man offenbar selbst den Umgang mit dem Teufel zu. Noch deutlicher das Motiv bei den vielen Wirtinnen, Bräuinnen und Weinhändlerinnen, die auf der Denunzierten-Liste standen. Solche Frauen genossen nicht den besten Ruf; wer den Männern Berauschendes servierte, mußte sich nicht nur ihrer Zudringlichkeiten erwehren, sondern bald auch des Rufes, denselben nicht zu widerstehen. Es fehlt denn auch selten der Hinweis, die betreffende Wirtin »sei eine große Buhlerin« oder ein »verderbts Weib«.

Vermutlich nannten die Pappenheimer in erster Linie solche Personen als »Gespielen«, von denen im Lande das Gerücht ging, mit dem Teufel im Bunde zu sein. So heißt es dann auch gelegentlich im Protokoll, die Betreffende sei schon »lange Zeit für ein Unhold beschreit«. Persönliche Feindschaft scheint nicht unbedingt im Vordergrund gestanden zu haben. Paulus Pämb sagte sogar einmal, »die alte Müllerin zu Kehlhaim im Spital kenn er wohl, sei ihm spinnfeind, wiß aber nit, ob sie ein Hex sei, wollt's sonst sagen ...«. Diese Aussage läßt übrigens vermuten, daß die Kommissare gezielt nach gewissen verdächtigen Personen fragten. Wie sie auch wußten, daß Anna Pämb »um Abensperg und Kehlheimb für ein Unhold oder Hex« galt. Eine »Interrogatoria auf der Keßlerbuben Mutter, die alt Pappenheimerin« enthält neben der Frage »Wen sie doch allen bei Zusammenkunften und Tänzen gesehen hab« gleich vier Namen, die der Verhörten offensichtlich genannt wurden. Andererseits ging das Gericht jeden Ort durch, den die Pappenheimer besucht hatten, und

wollte die Namen der dortigen Mitglieder der Hexensekte wissen. Da bekam es dann eben einfach die Leute genannt, welche die Landfahrer dort zufällig namentlich kannten, oder es blieb bei allgemeinen Hinweisen wie: »Daselbsten hab es gleichwohl stattliche Bürgersweiber, die dergleichen Hexen sein, könnte sie aber nit alle kennen noch nennen« (Riedenburg) oder »hab daselbst viel Unholden, wiß aber keine zu nennen« (Ingolstadt). Gumpprecht erklärte dem Gericht, »er vermein, es seien im Land etlich tausend Hexen, und da schon eine einkomme und auf andre bekenn, ferchten sie ihnen doch nit, dann der Teufel tröst und überrede sie, es kinde ihnen nichts geschehen«. Und Paulus sagte, er »hab oft bei Zusammenkunften gehört, der Hexen seien soviel in diesem Land, daß sie schier nit zu zählen wären«. Auch reiche und angesehene Bürger wären Mitglieder der Teufelssekte. »Seien wohl Weiber in gulden Ketten, Samet und Seite da gewest (sc. beim Tanz), er hab aber keine kennt: der Teufel laß mit den Schlechten nit Gemeinschaft haben«.
Das Gericht schrieb nicht wenige der angeblichen »Gespielschaft« zur Fahndung aus. Freilich gab es draußen in den Pflegen wenig Neigung, anhand der Münchner Listen eine allgemeine Hexenjagd zu beginnen. Man nahm die Schreiben aus München zur Kenntnis, schob sie in eine Schublade, vergaß die Zumutung. Nur im Gericht Abensberg und Altmannstein, das dem Hofrat in seiner Eigenschaft als Mittelbehörde direkt unterstellt war, kam es zur vorübergehenden Verhaftung einiger Frauen. Das Schicksal der Tettenwanger Klostermüllerfamilie blieb den anderen Denunzierten erspart, weil in Herzog Maximilians Staat doch noch nicht alle Beamten eifrig, eifernd und eilfertig waren.

Spuk

Nach allem, was wir vom Eisenmeister Sebastian Georg wissen, war er ein beherzter Mann. Aber wenn er nach Einbruch der Dunkelheit mit der Laterne in der Hand ein letztes Mal durch den Falkenturm ging, um gemäß seines Amtes zu überprüfen, ob die Gefangenen auch alle wohl verwahrt, die Ketten geschlossen, die Türen versperrt und verriegelt waren, dann kam ihn doch ein Grauen an. Wohl möglich, daß der Teufel ihm auf den Stiegen auflauerte, hinter einer Zellentüre stand, ihm das Licht ausblies. Da mochte es wenig helfen, wenn er sich sagte, die Macht des bösen Feindes könne den Dienern

der gerechten Obrigkeit nichts anhaben. Konnte er, der Gefängniswärter, sich überhaupt als Vertreter der Obrigkeit betrachten, wo er seinen Dienst doch unwillig und bloß gezwungenermaßen verrichtete? Und würde der Haß des Teufels auf ihn, den Folterknecht, nicht größer sein als aller Respekt vor Gebot und Herkommen?
Meister Georg war an die Gegenwart des Teufels gewöhnt. Wenn er unten im Gewölbe einen Inquisiten band und aufzog, spürte er die Nähe des Erzfeindes. Er steckte den Torquierten im Kopf, saß ihnen auf der Zunge, um sie am Reden zu hindern, trug sie auf unsichtbaren Händen, damit sie beim Aufziehen das angehängte Gewicht nicht zu stark spürten. Das bekundeten die derart Besessenen selbst, sobald der Dämon von ihnen wich. »Der bös Geist hab ihm's 'macht, daß er nichts sagen können«, verriet Hänsel, nachdem es vieler Rutenschläge bedurft hatte, das Kind zum Gestehen zu bringen. Und als sein Vater Paulus in einem der Verhöre mit »einer seltsamen schepperten Stimm« antwortete, befragte man ihn anderntags ausführlich über diesen verdächtigen Umstand. Die Ahnungen der Kommissare wurden bestätigt: »Drei Nächt zuvor und ehe man ihn zum letztenmal im Gewölb auf die Tettenwanger bespracht, sei der böß Feind zu ihm in's Gewölb kommen. Hab gemeggelt wie ein Gaiß, darob er Gämperl sich entsetzt und als er sich gegen ihm umbkehrt, hab ihm der Teufel zugesprochen und vorgesagt, wie man mit und gegen ihm Gämperl oder Pappenheimer verfahren und umgehen werde. Doch ihm darüber getröst' und überredt, er solle nur nichts bekennen, wöll ihm aus aller dieser Not helfen. – In dieser Nacht, wie man ihn Gämperl zu morgens torquiert, sei der Teufel mehr zu ihm kommen und hab ihm solcher Gestalt zugesprochen: Im Lutterthumb oder an andern ketzerisch Orten wollt er ihm wohl hinaus geholfen haben, aber dies Orts könn er ihm Geistlichkeit halben nit helfen. Er Gämperl dörft sich anderst nichts mehr besinnen oder gedenken, dann er sei ohnedas sein, es helfe nichts mehr dafür, er sollte dann seine begangne Untaten und Sünd, dess' er dann wohl gewißt, zuvor nit gethon haben. – Auf dieses sei der Teufel wie eine kleine schlechte Muggen oder Fliegen ihm Gämperl zum Maul eingeflogen. Wie er dann hernach in der Tortur wohl hinten auf sein Gämperls Zungen gegen den linken Seiten gesessen und sich dazumaln mit seiner kleinen schepperten Stimm, glich als wann's aus einem leeren Hafen ging, vernehmen lassen. – Wie man aber ihm dem Gämperl das geweiht Wasser geben, sei der Teufel in Form einer Muggen oder Fleugen alsbald wiederumb von ihm geflo-

gen. Darauf hab er Gämperl erst bekennt, zuvor hab er nichts bekennen können, dann ihm der Teufl stets überredt, solle sich nit geben, er wöll ihm aus dieser Gefängnus helfen. Das sei aber nit geschehen. – Wie er Gämperl oben in der Stuben das erstmal die Hexerei bekennt, sei der bös Feind leibhaftig in eins Menschen und Handwerchsmanns Gestalt vor dem Fenster draußen gestanden, hab ihm gewunken und gedeutet, er solle nichts bekennen.«

Nicht irgendwelchen Missetätern, sondern dem Leibhaftigen selbst stand der Eisenmeister im Gewölbe gegenüber. Die Gefangenen behaupteten anfangs zwar oft, ihre Widerstandskraft gegen die schreckliche Folter beruhe auf eigenem Vorsatz; sie stritten ab, daß der Teufel sie stärke, sagten, »es sei aus seiner selbsteignen Stärk' und Hartnäckigkeit beschehen, daß er nit bekennt bis Nachmittag, da ihm die Glieder erkalt' und geschwollen gewest«; riefen: »Nein und sollt mich Gott davor behüten . . . daß ich mich dem bösen Geist ergeben oder derselbe mir etwas verheißen hat«. Aber schließlich gaben sie doch zu, daß es nicht mit rechten Dingen zuging. Von ihrer Verhaftung an, bezeugten sie dann, hätte der Teufel sie nicht aus den Augen gelassen. So etwa die alte Pappenheimerin: »Als sie (Anna) letztlich gefragt worden, weil sie anfangs über ausgestandne Marter nit bekennen wöllen, ob sie nit in der Gefängnus vom Bösen Geist Anfechtung gehebt oder denselben leibhaftig gesehen habe, sagt sie, wie man sie zu Tettenwang gefangen und bei Nachts auf einem Schlitten gen Altmanstain geführt, wär ein schwarzer Mann nach dem Schlitten hergeloffen. Und wie sie aus dem Amthaus auf den Turm gelegt worden, wär bei Nachts einsmals ihr Buhl in einem starken Wind, daß sie vermeint, der Turm würde umfallen, zu ihr kommen mit Vermelden, wollte sie aus den Banden ledigen und wegführen. Sie aber solches nit geschehen lassen wöllen, sonder ihm zur Antwort geben wöll also verbleiben und sich Gott befehlen. Wie sie ihr dann hernach Weihwasser für weitere Anfechtung zutragen lassen. Seither hätt' sie ihn nit mehr gesechen oder er sie angefochten.«

Ähnliches berichtete Augustin Baumann: »Hier (sc. im Falkenturm) habe er den Teufel nie gesehen, aber zum Altmanstain sei er einsmals in die Gefängnus zu ihm kommen mit dem Trost, sollt sich wohl gehaben, wöll ihm stattlich aushelfen.« Michel Pämb sagte aus: »In der Gefängnus zu Abensperg habe er (sc. der Teufel) einstmals Nachts durchs Fenster zu ihm hinein geschaut. Gefragt, was er da mach, werde bald besser werden, wöll ihn schon erlösen, als tu er's noch.« Leere Versprechungen. Die Gefangenen verrieten ja auch, daß der Teufel ihnen nicht gar so leicht wieder zur Freiheit verhelfen konnte. »Wanns der Teufl innen werde, daß man bisweilen eine einziech und hinricht, geb er den andern zu Trost, es sollt ihnen nichts geschehen und ist schellig (= zornig), daß sich die Verhafften fangen lassen und nit bei Zeit davon gefahren. Zu Zeiten aber frag er auch nit viel darnach, vermein, die Seelen seien ihm dannoch gewiß und kind wohl wieder andere bekommen.« »Wann eine aus der Gesellschaft hingericht worden, hab ihnens der Teufl in den Zusammenkhonften alsbald gesagt und Rat gehalten, ob man's denjenigen, so daran schuldig, nachgeben und nit Schaden thuen soll. Sie hätten aber gedacht, wann sie gleich ein Züchtiger umbrächten, so wär gleich wieder ein anderer an der Statt. Zudem kunden sie ihnen auch nit allzeit zu. Und wann gar bisweilen ein Unachtsame gericht worden, hätt' man nit so gar viel darnach gefragt, sondern gesagt, daß die faul Hur nur hin ist.«

Solche Aussagen waren an sich geeignet, den Eisenmeister zu beruhigen. Nur: war ihnen zu glauben? Die Inquisiten erzählten vieles, und ein Gefängnismann wie Sebastian Georg wußte, daß die Folter nicht immer die reine Wahrheit an den Tag brachte. Was sollte man etwa von der Behauptung halten, daß das Verspeisen von Kinderherzen die Gefangenen stark gegen die Tortur mache? Der Teufel, hatte Paulus Pappenheimer erklärt, trage jedem auf, binnen Jahresfrist »einundzwanzig Kinder umzubringen und derselben Herzlein zu essen, daß sie nicht bekennen könnten«, wenn sie verhaftet würden. Entsprechendes hörte man von seiner Frau Anna: »Wann einer oder eine nit wohl bekennen oder daß eines die Obrigkeit nit soll zu können, so müß eins hundert Kindl und ihres Behalts eins darüber töten und darvon die Herzlen essen. Diese Zahl müß ein jedweders Mann und Weib vollbringen. Der bös Feind aber könnt' eins, dem er wohl wöll, von drei Herzen geben, daß er nichts mehr gekennen könn.« Anders Gumpprecht, der die »Händl«, nicht die Herzen ermordeter Kinder als Zaubermittel genannt hatte: »Wann einer eins samt einem Händlhalter (!) bei sich verwahrt habe, sollte einer so bald nit einkommen oder ihm die Oberkeit nit so wohl als sunst zukönnen ... Wann einer von einem Händl ess und darüber einkomme oder gefangen werde, sollt einer nit so leichtlich bekennen können. Wie dann auch er und seine Leut darvon gegessen.« Auch Agnes Klostermüller wird von zauberischen Mitteln berichten, die angeblich Verhaftung und Geständnis abwendeten: Sie »hab drei

Herzl essen müssen, gleichwohl nur ein bißl davon«. Der Teufel »hab ihr auch ein Wurz eines Fingers lang geben . . . Wann sie es bei ihr habe, könnte man's nit gefangen nehmen. Dasselb hab er ihr auch ein langes Holz geben, das sie in den rechten Schuech legen müssen mit Vermelden, man könnte ihnen nicht zu, und wann man sie schon einziehe, wölle er ihnen wohl darvon helfen. – Ein Herz hab er ihnen geben, darmit sie vor der Obrigkeit nit bekennen könnten«.

Wir möchten meinen, daß sich Meister Georg solche Aussagen mit Skepsis anhörte. Er selbst wußte ja am besten, daß es gegen die Folter kein Mittel gab. Es hatte noch jeder gestanden, wenn er nicht, wie der Klostermüller, vorzeitig gestorben war. Den Pappenheimern jedenfalls hatte die Kenntnis des Schweigezaubers offenbar nicht geholfen. Die Kommissare allerdings schienen diesen unglaubhaften Aberglauben für eine ernstliche Gefahr zu halten. Immer wieder fragten sie die Gefangenen ganz gezielt, »wieviel einer Kindsherzen essen müsse, damit ihm die Obrigkeit nit zukönnte«. Natürlich erhielten sie dann Antworten wie »drei« oder »hundert« oder »je mehr eins esse, je weniger man ihm zukünde. Müssen von ungetauften Kindern sein und solche müß eines selbst umbringen, wenn's helfen soll.« Was sollte das? Der Teufel ließ die Seinen ohnehin nicht im Stich, er war bei den Verhören dabei und machte dem Eisenmeister seine ohnehin widrige Arbeit zum greulichen Dämonentanz. Eines besonderen Zaubers bedurfte es dazu gar nicht. Gräßlich verdrehte der Erzfeind den Gefolterten die Augen, verzerrte ihre Gesichter zu Fratzen, die Meister Georg zuweilen bis in den Schlaf verfolgten. Ohnmachten, Schwächeanfälle, plötzliches Verstummen, Weinkrämpfe und Geschrei ohne Tränen – all das verursachte der Teufel, dadurch verriet er seine Gegenwart und sein Interesse an diesem Verfahren. Einmal kam dem Eisenmeister eine der Hexen ungewöhnlich schwer vor beim Aufziehen. Er wußte wohl, wer ihm die Arbeit so sauer werden ließ. Und richtig, sie bekannte wenig später, der Teufel sei ihr während des ganzen Verhörs auf dem Rücken gesessen, »hab ihr den Atem verhebt und alleweil die Red verhalten mit Vermelden, (sie) sollte nichts sagen«.

Mit einem solchen Gegner war nicht zu scherzen. Hatte er nicht schon manchem Gefangenen den Hals gebrochen? Eigenartigerweise fühlte sich der Eisenmeister nur im vom Talglicht trüben, feuchtkühlen Gewölbe ganz sicher vor ihm. Denn da saßen ja auch die Kommissare, die ganz ohne Zweifel Vertreter der Obrigkeit und somit in der Lage waren, dem Unsichtbaren die Stirn zu bieten. Zudem kannten die Herren, vor allem der Hofrat Doctor Wangereck, geistliche Mittel, den bösen Geist zu vertreiben. Vor jedem Verhör wurde das Kreuz über den Inquisiten gehalten und ein Gebet gesprochen. »Jesus, Heiland, Seligmacher«, rief dann wohl der Kommissar, »steh uns bei!« Man schrieb die sieben letzten Worte des sterbenden Christus auf einen Zettel, der dem Gefangenen an einer Schnur um den Hals gehängt wurde. Dann gab man ihm Weihwasser zu trinken. Wenn sich trotz allem zeigte, daß der Satan nicht von seinem Opfer lassen wollte, sprach Wangereck religiöse Formeln wie »Und das Wort ist Fleisch geworden und voll der Gnade und der Wahrheit«, oder er las aus einem mitgebrachten Gebetbuch Psalmen und fromme Verse über dem Unseligen. Von den Kommissaren hatte Sebastian Georg auch den Rat bekommen, immer etwas Salz und Kräuter, die am Palmsonntag geweiht und in das Wachs einer geweihten Kerze eingewickelt waren, um den Hals zu tragen. Sie selbst schützten sich ebenfalls durch diese Vorsichtsmaßnahme. Bei großer Gefahr und besonders verstockten Gefangenen brachte Doctor Wangereck manchmal eine Heiligenreliquie in kunstvoll ziseliertem Reliquar, für Stunden der herzoglichen Schatzkammer entliehen, ins düstere Gewölbe mit, wo der prunkvolle Gegenstand seltsam im flackernden Kerzenlicht glänzte. Dieses Mittel pflegte die stärksten Dämonen zu vertreiben. Nein, in Gegenwart der Kommissare fürchtete der Eisenmeister sich nicht. Aber nachts bei seinem letzten Rundgang mit schwankender Funzel war es ihm unheimlich. Im Turm knackte und knarrte, raschelte und rumorte es. Die Geräusche konnten vom Holz des Gebälks, von einem unruhigen Gefangenen, von den herumhuschenden Ratten stammen – aber wahrscheinlich steckte der Teufel dahinter. Er besuchte die Angeketteten. Die litten selbst nicht wenig unter dem Spuk, vor allem der Prunner Schneider erzählte dem Eisenmeister oder seiner Frau allmorgendlich bleichen Gesichts von gespenstischen Erscheinungen. Etwa so: »Sei heut vergangne Nacht etwas an das Fenster der Gefängnus, so zu gewest, kommen; und gehumbst wie ein großer Humbl, aber anderst nichts geredt. Darvon ihm ein Grausen zugangen und er sich unter die Deckh versteckt. Vermein wohl, es werde sein Buhl gewest sein, demselben er aber gänzlich abgesagt und Gott in seinem Herzen haben wölle.« Oder: »Sagt, daß ihm jetzt zwei Nächt nacheinander, als er das Fenster Lufts halben öffnen lassen, ein große Humbl in die Gefängnus geflogen und umbgeprumbt, darvon er ihr glichsam geforchten. Sobald er aber Gott und den heiligen Salvator angerufen, sei der Humbl wieder weggeflogen.« Das war, die ausgesprochen schreckhafte Natur des Schneiderleins in Rechnung gestellt, durchaus glaubhaft. Die Kommissare nickten denn auch wissend mit den Köpfen, als sie von diesen Begebenheiten hörten: Die Hummel war bekanntermaßen eine vom Teufel bevorzugte Tiergestalt.

Auch dem kleinen Hänsel erschien der Leibhaftige fast jede Nacht. Am 6. Mai gestand das Kind, seit seiner Verhaftung sei »sein Buhlteufl alle Nacht (außer vergangne Freitag Nacht) vor'm Fenster der Stuben erschienen und vermeldt, seine Leut' haben schon bekennt, er werde aber nichts sagen noch ihm die Oberkeit zuwägen (!). Dies hat seine Mutter selbst auch gehört.« Als man Hänsel dann in eine eigene Zelle sperrte, schrie er oft nachts vor Angst, so daß man sich zeitweise genötigt sah, einen wegen gänzlich anderer Verfehlungen gefangenen Bauersknecht in denselben Raum zu legen. Der Spuk hörte darum nicht auf. Der Mitgefangene bezeugte vielmehr, es sei an einem Dienstag »nachts um zwölf Uhr etwas in die Gefängnus kommen, das er aber nit gesechen. Dasselb hab gewaltig darin gerumpelt, den Bank und beede Pelster abgeworfen, welches er dem Buben wieder aufgehebt«.

Wie sollte den Eisenmeister bei solcher Allgegenwart des schrecklichen Feindes nicht das Grausen ankommen, wenn er abends noch einmal von Zelle zu Zelle und über die ächzende Holztreppe gehen mußte? Sooft er ein Geräusch hörte oder ein Windhauch ihn streifte, wird es ihm durch Mark und Bein gefahren sein. Da half nichts anderes, als das Kreuz zu schlagen und auf den um den Hals hängenden Wachszauber zu vertrauen. Vielleicht hoffte Meister Georg auch, der Teufel werde nicht übersehen, daß er selbst ja nur Befehlsempfänger und die Kommissare seine eigentlichen Widersacher waren. Eitle Selbstberuhigung. Wie sollte ein Mann wie unser Gefängniswärter nicht wissen, daß die Großen verschont bleiben. Der Teufel holt immer nur die Kleinen.

Die Prozession

Inzwischen war der Tag des Fronleichnamsfests gekommen. In München säumten seit dem frühen Morgen fast zweitausend Mann Kriegsvolk den Weg, den die für diesen Tag geplante Prozession nehmen sollte. Wie schon in den vergangenen Jahren hatte eine

eigens zusammengestellte Kommission aus Hofgeistlichen, Hof- und Kammerräten, Beamten, Stadträten und Werkleuten die Vorbereitungen für die Veranstaltung getroffen. Die bayerischen Prozessionen wurden seit jeher »in der ganzen Christenheit caeteris paribus nit für die schlechtesten gehalten«, aber der Münchner Fronleichnamsumzug war dazu bestimmt, alle anderen derartigen Spektakel in den Schatten zu stellen. Herzog Albrecht V., der die Prozession auf Rat seiner Jesuiten vor kaum zwanzig Jahren angeordnet hatte, wollte dadurch machtvoll den Sieg des Katholizismus in seinem Land über alle ketzerischen Umtriebe demonstrieren. Glanz und Gloria, Pracht und Prunk, Musik und Massen sollten den letzten Zweifler mitreißen und die Gläubigen mit Stolz erfüllen. Fahnen, Glockenklang und Musik, das Gewoge einer tausendköpfigen Menge, das Gesumm der Stimmen und der Gesang der vielen würden mehr Überzeugungskraft haben als jede Predigt. Dazu sollten lebende Bilder, Kostüme und Blumenschmuck das Auge überwältigen, das bekanntlich leichter glaubt als das Ohr. Natürlich verband sich diese Absicht einer Schau für die Menge aufs glücklichste mit dem Gedanken, Gott durch all diesen Aufwand zu ehren.
Die von höchster Stelle befohlene Festlichkeit war in den wenigen Jahren ihres Bestehens zu einem der glanzvollsten Münchner Ereignisse geworden. Nur anfangs hatte Ihre Durchlaucht der Begeisterung von Beamten und Hofgesellschaft für den Straßenumzug etwas nachhelfen müssen, indem sie ernste Konsequenzen für jedes Fernbleiben androhte. Inzwischen aber freute sich jedermann auf die bunte Prozession, die meist bei strahlendem Sommerwetter stattfand, da die Festkommission nicht verabsäumte, rechtzeitig Almosen zu verteilen, deren Empfänger um schönes Wetter zu beten gehalten waren. Die herzoglichen Spitzel konnten nur noch selten die Abwesenheit hoher Beamter oder einzelner Bürger melden. Sie mußten sich, bei dem allgemeinen Zuspruch, den das Fest fand, darauf beschränken, gewissen Teilnehmern mangelnde Andacht vorzuwerfen.
Auch diesmal war alles auf den Beinen, um an der Prozession teilzunehmen. Von weither waren schaulustige Bauern und Handwerker mit ihren Familien in die Landeshauptstadt gereist, aber natürlich auch der unvermeidbare Schwarm von Bettlern, Gauklern und Komödianten, der allen offiziellen Verboten zum Trotz auf gute Einnahmen in der festlich gestimmten Stadt hoffen durfte. Noch war es ruhig auf den Plätzen und Gassen. Letzte Vorbereitungen wurden

getroffen für den Zug. Junge Frauen besserten noch einmal die bunten Blumenteppiche aus, die als flüchtiges Werk der Morgenstunden vor einigen Häusern am Straßenrand entstanden waren. Tausende von Sommerblumen, in aller Frühe auf den Wiesen vor der Stadt gepflückt, hatten ihre gelben, hellweißen, tiefblauen, roten und violetten Blütenköpfe für diese Mosaikarbeiten hergeben müssen. Umrahmt von Bändern und Mäandern waren darauf die verschiedensten kirchlichen Symbole dargestellt, etwa ein Kelch mit dem Allerheiligsten aus Dotterblumen und Margeriten, Kreuze der verschiedensten Art und Größe aus Wiesenknopf- und Kleeköpfen, ein Rosenkranz aus kugeligen Teufelskrallen, das blutende Herz Christi aus dunkelroten Rosenblättern, sehr effektvoll kontrastierend zu einem Untergrund aus blauen Vergißmeinnicht. Aus den Fenstern hingen Tücher, auf die unbeholfene Hände farbenprächtige Heiligenbilder gemalt hatten, einen heiligen Benno zum Beispiel mit spitzbübischem Lächeln oder eine schmachtende Maria, die ihre Augen gen Himmel verdrehte. In Abständen von hundert bis zweihundert Metern waren Altäre im Freien aufgebaut, mit Teppichen und Vorhängen dekorierte Holzgestelle, eingerahmt von jungen Birken, die für diesen Vormittag in den ockerbraunen Straßenboden gerammt worden waren. Hier und da wurde noch der Blumenschmuck ergänzt, mußten Hühner vom heiligen Tisch vertrieben, Kinder am Betreten der auf staubiger Gasse aufliegenden Teppiche gehindert werden.
Aus dem offenen Portal der Frauenkirche tönte himmlische Musik auf den Vorplatz, ein eigens für diesen Tag komponiertes Werk für Chor und Orchester von Orlando di Lasso. »Gustate et videte« jubelten aus dem dunklen, weihrauchseligen Innern des Doms die Stimmen, während die Prozession, durch den Mittelgang des Kirchenschiffs kommend, ins Freie trat. In den ersten Reihen des Zuges, dem baldachin-beschirmten Priester mit der Monstranz vorangehend, entdecken wir bekannte Gesichter. Das schmale, bleiche, vom streng gestutzten Kinnbart und einem kurvigen Schnauzbart verdunkelte des jungen Herzogs. Hochaufgerichtet schreitet er einher, auf dünnen seidenbestrumpften Beinen, spanisch der Schnitt seiner golddurchwirkten schwarzen Puffhose und der spitz zulaufenden Weste, spanisch sein Seitendegen, spanisch sein düsteres Wesen. Daneben sein mönchischer Vater, Bewohner eines klösterlichen Palasts, schwarz und spanisch auch er, aber nicht aufrecht gehend, sondern gebückt und in sich gekehrt, ein frommer Pilger. Dahinter der hohe Adel, Obersthofmarschall Freiherr Stephan von Gumpen-

berg in prächtigem Staat, neben ihm der Hofratspräsident und herzogliche Oberstkämmerer Wolf Konrad von Rechberg, Oberstkanzler Joachim von Donnersberg, die Kämmerer Astor Leoncelli und Giuglio Cesare Crivelli, Philipp Kurz von Senftenau, Friedrich von Gaisberg, Oberst und Leibguardihauptmann. Es folgen die Hofräte von der Ritterbank, darunter der Rentmeister Ernst von Roming und der Hofoberrichter Karl von Kulmer, dann Hofkanzler Dr. Gailkircher und die gelehrten Räte, darunter Doctor Wangereck, der schwerblütig-hitzige Niederbayer, Doctor Gewold, der Intrigant, Doctor Fickler, der graue Archivar. Alle sehen wir sie in Demutshaltung, mit gefalteten Händen, aus dem Dunkel der Kirche in den Sommertag treten.
Ob einer von ihnen an die Gefangenen im Falkenturm dachte? Wohl kaum. Selbst für die verordneten Kommissare war der Fall nur eine Beschäftigung von vielen. Wenn die Gedanken der hochgestellten Andächtigen wirklich von frommer Kontemplation abschweiften, dann zu politischen und persönlichen Dingen. Thema des Tages war der gerade bekanntgewordene Tod des badischen Markgrafen Eduard, der den badischen Händeln eine unverhoffte Wendung gab. Man rätselte, ob Maximilian die Gunst der Stunde nutzen und sich im Namen des Katholizismus zu einem kühnen außenpolitischen Handstreich durchringen würde. Auch zu den türkischen Feldzügen in Ungarn mochten die Gedanken gehen, war diese schreckliche Bedrohung der Christenheit doch ständige Mahnung zu inbrünstigem Gebet und Gegenstand der Fürbitte auch an dem heutigen hohen Festtag. Ansonsten waren es die üblichen Fragen der Karriere und Familie, die den einen oder anderen hohen Prozessionsteilnehmer beschäftigten: der freiwerdende Posten eines Geheimen Rats, das Gesuch um ein Gnadengeld für den Ankauf eines Hauses, die bevorstehende Ehe der Tochter. Der Kriminalprozeß Pappenheimer war lästige Alltagsarbeit, so wie das Verfassen von Rechtsgutachten für den Herzog oder die Lektüre von Appellationsakten. Dergleichen betrieb man nicht aus innerer Anteilnahme, sondern nur, damit es abgetan und erledigt sei. Der Gedanke ans feuchtkühle Gewölbe hätte auch gar nicht in diesen sonnenhellen Festtag gepaßt.
Immer länger wurde der Zug, der sich aus dem musikerfüllten Dunkel ins Freie ergoß. Schon hatte die Spitze die Kaufingergasse erreicht, als der von Meßknaben getragene rotgoldene Baldachin aus dem Kirchenschiff schwankte. Unter ihm trug der Stadtpfarrer unseren Herrn Jesus Christus vor sich her, um ihm einmal im Jahr die

Straßen der Stadt zu zeigen. Der Leib des Gottessohnes schaute in Form einer talergroßen, gelblichen Oblate durch ein Fenster aus der goldenen Monstranz, die als vieltürmiges, reich verziertes und mit tausendfach durchbrochenem Zierat versehenes Miniaturschlößchen eine würdige Behausung für das Hochheiligste war. Ihm folgte in langen Reihen die ganze Klerisei: die Mönche und Nonnen der verschiedenen Münchner Klöster, die Pfarrer, Dechanten und Pröpste der Stadt. Auch Doctor Hannemann war unter ihnen, der Pfarrer von Sankt Peter und Beichtiger der Falkenturm-Gefangenen.
Im Schatten des Doms, an seiner Nordseite, hatten sich inzwischen die lebenden Bilder des Zuges nach Anweisung strenger Amtleute formiert. Nun schlossen sie sich auf ein Zeichen hin der Prozession an. Mit »Ah« und »Oh« und immer wieder aufbrandendem Applaus wurden die auf dem Domplatz auftauchenden Gruppen Kostümierter von der Menge begrüßt. Die Musik war zu Ende, dafür dröhnten, tönten und bimmelten jetzt alle Glocken der beiden gewaltigen Zwiebeltürme. Unter solches Geläut mischten sich die Stimmen der Mönche und Nonnen, die ein »Großer Gott wir loben dich« angestimmt hatten, was nicht schlecht paßte. Denn soeben kamen zahlreiche Gottväter würdigen Schrittes hinterm Dom hervor, um sich in den Zug einzureihen. Alle von stattlichem Wuchs und in wallende Leinengewänder gehüllt, grüßten sie majestätisch und strichen sich kontrollierend die langen, grauen Vollbärte glatt. Ihnen folgten neunzig Engel, ausgesucht hübsche Knaben in langen weißen Hemden mit aufgeklebten Papierflügelchen. Worauf mehrere Abrahams, Männer von kräftiger Statur, bärtig, in Sackleinen gehüllt und sich auf knorrige Hirtenstäbe stützend, des Weges kamen. Neuer Applaus brandete auf. Denn nun erschienen die Hohepriester, fett und verlogen, die Mundwinkel herablassend nach unten gezogen, die Wurstfinger über den mit Kissen ausgestopften Bäuchen gefaltet. Viel Beifall gab es auch für die Pharaonen, die ihre Augen mit Kohleruß schreckenerregend geschminkt hatten. Sie trugen kostbare Gewänder, Schlafröcke aus dem Nachlaß Herzog Albrechts V., welche ihnen für die Prozession geliehen worden waren unter der Bedingung, sich beim späteren obligaten Umtrunk ein »Tischfazinetl« umzubinden. Nicht weniger als sechzehn Gottesmütter bildeten die nächste Gruppe, darunter eine auf einem Esel nach Ägypten reitende Jungfrau, die durch ihr langes blondes Haar besonders auffiel, und eine andere, die »leidende Maria« darstellend, die sich mit einer Pomeranzenschale in die Augen spritzte, um möglichst originalge-

treu zu weinen. Auf einem von Ochsen gezogenen Wagen war ein Misthaufen aufgetürmt; darauf saß Job, der sich mit Scherben seine schwärenden Wunden kratzte. Ein anderer Wagen war als Walfisch dekoriert, der Jonas, einen gewandten Jungen, von Zeit zu Zeit verschlang und wieder ausspuckte. Mitleiderregend sah Lazarus aus, eine dürre, gelbe Person mit rotgemalten Beulen auf dem bloßen Oberkörper, verehrungswürdig schien der heilige Augustin, dargestellt von einem weißhaarigen Gastwirt, fürchterlich waren die keulenbewehrten Riesen, dargestellt von den größten Männern, die man im Herzogtum finden konnte. Den Höhepunkt des Zuges bildeten jedoch nach Meinung aller Gaffer die Heiligen Drei Könige, die auf echten Kamelen aus der herzoglichen Menagerie dahergeritten kamen. Doch damit kein Ende. Der alte Noah zog Ziegen, Schafe, Hunde und Esel an langem Seil hinter sich her, der Hauptmann von Kapernaum ging neben einer von Samaritern getragenen Bahre, auf der sein todkranker Knecht lag, der, von Jesus geheilt, in regelmäßigen Abständen aufsprang und herumhüpfte, um sich an der nächsten Straßenecke wieder zum Sterben zu legen. Der Bilder und Gestalten waren viele und des Staunens kein Ende. Die halbe biblische Geschichte wanderte der Obrigkeit, dem Allerheiligsten und der hohen Geistlichkeit hinterher, auch viel andächtig-festliches Volk natürlich, soweit es nicht lieber in den Gassen und auf den Plätzen Spalier stand. Glücklich waren die, an deren Haus die Prozession vorbeikam. Sie standen, umgeben von Freunden und Nachbarn, an offenen Fenstern und hatten eine bevorzugte Aussicht auf das Spektakel.
So zog der Zug durch München. Ab und zu kam die Prozession ins Stocken, dann geriet Lazarus zwischen die Jungfrauen, die durcheinanderlaufenden Engel mischten sich unter Hohepriester und Pharaonen, wo sie wirklich nichts zu suchen hatten. Das geschah immer dann, wenn weit vorne der schwankende Baldachin vor einem teppichbehängten, mit Birken geschmückten Straßenaltar haltmachte, und der Leib Christi in seinem im Sonnenschein blitzenden und blinkenden Goldschlößchen ausgestellt wurde, während der Priester mit erhobenen Händen lateinische Gebete sprach und die Stimmen der aufrückenden Schar erlauchter und gewöhnlicher Frommer in ein Lied einfielen, das von der Klerisei angestimmt worden war.
Das allgemeine Singen und Klingen, das Glockengeläut, die Hochrufe der Menge, der Applaus und das Raunen in den Straßen war auch in den Keuchen des Falkenturms zu vernehmen. Da lagen die Ange-

ketteten und lauschten auf die festlichen Geräusche. Wahrscheinlich sehnten sie sich danach, dabei zu sein, in fröhlicher Menge mitzugehen, mitzustaunen. Vielleicht dachte der eine oder andere von ihnen auch daran, daß der nächste Umzug von der festlich-fröhlichen Menge am Rechtstag stattfinden werde, wenn sein Stündlein schlage. Daran würden die Gefangen aus dem Falkenturm teilnehmen. Freilich nicht gaffend, sondern begafft, auf harter Bank sitzend im schwankenden Schinderkarren.

Beweise, auf Mutmaßung beruhend

Weniger forsch, als sie zehn Tage zuvor ausgeritten waren, kamen Kaspar Steinwandner und sein martialischer, namenloser Begleiter von ihrer Reise nach Altmannstein zurück. Sie hatten viele »Erfahrungen« gesammelt, waren bei den Bauern von Tettenwang, Hagenhill, Laimerstadt, Buch und Prunn gewesen, hatten Bürger von Riedenburg, Kelheim und Affecking befragt und gewisse unheimliche Orte auf Höhen und Mooswiesen besucht. Aber einen rechtlich schlüssigen Beweis brachten sie nicht mit. Nicht ein einziger der von den Gefangenen im Falkenturm gestandenen Tatumstände war der Art, daß ihn nur der Missetäter selbst hätte wissen können. Soweit die Geständnisse solche Angaben enthalten hatten, waren sie unbestätigt geblieben. Da hatte der alte Pappenheimer etwa von einem Mord an einem reisenden Handwerksburschen erzählt und behauptet, die Leiche in ein Gesträuch an der Straße zwischen Hagenhill und Tettenwang gezogen und dort liegengelassen zu haben. Der Rentschreiber und sein Gehilfe waren dort gewesen, hatten die Stelle nach der Beschreibung auch gleich gefunden, aber trotz intensiver Suche keine Spur von einer Leiche entdeckt, nicht einmal die geringsten Überreste. So war es ihnen überall ergangen. Trotz wortreicher Umschreibungen enthielt der Bericht, den Steinwandner am Tage nach seiner Rückkehr dem Rentmeister Ernst von Roming gab, nur diese entmutigende Mitteilung.

Von Roming besprach darauf mit Wangereck die Rechtslage, vermutlich im Anschluß an eine Hofratssitzung. Man hatte sich vom Rentschreiber die Akten bringen lassen und dazu die einschlägigen Gesetze und Rechtskommentare. Es galt, den Fall endlich abzuschließen. Den Gefangenen sollte es nicht gelingen, die Entscheidung weiter hinauszuzögern. Denn Wangereck und der Rentmeister zweifelten nicht daran, daß die vielen irreführenden Angaben in den Geständnissen keinem anderen Zweck als der Verschleppung dienten. Sie kamen keineswegs auf den Gedanken, die Gefangenen könnten völlig unschuldig sein und in der Folter nur deshalb frei erfundene Taten erzählt haben, weil sie keine wirklichen Untaten zu bekennen hatten. Vielmehr waren sich die beiden Hofräte einig, daß die Beschuldigten aus reiner Bosheit die wahren Verbrechen verschwiegen und falsche bekannt hatten. Nun konnte man sie natürlich neuer Tortur unterwerfen und hatte dies ja auch »auf einkommene Erfahrung« schon wiederholt getan. Mit dem Erfolg, daß die neu erzielten Geständnisse sich ebenfalls als zum großen Teil frei erfunden herausstellten, und für den andern Teil auch kein »corpus delicti« beizubringen war. So kam man nicht weiter.

Im strengsten Rechtssinne war den Pappenheimern und ihrem Anhang kein einziges der vielen hundert eingestandenen Verbrechen nachgewiesen. Aber mußte man sich in diesem Prozeß an strenge Rechtsregeln halten? Durchaus nicht. Denn er hatte Ausnahmeverbrechen zum Gegenstand, »crimina excepta« wie Raub, Mordbrand und vor allem Hexerei. Diese schwersten und verborgenen Delikte waren anerkanntermaßen mit den üblichen Beweismitteln nicht restlos aufzuklären, andererseits war gerade für sie die Notwendigkeit einer Strafverfolgung am augenfälligsten. Der Richter war nach Ansicht der Rechtsgelehrten bei solchen Verbrechen an die gesetzlichen Schranken und Beweiskautelen nicht gebunden.

Das war herrschende Ansicht, von einem maßgeblichen Juristen jener Zeit so formuliert: »Bei geheimen Verbrechen wird der auf Mutmaßung beruhende Beweis wie ein vollständiger behandelt.« Freilich durfte diese Mutmaßung nicht ausschließlich auf dem Geständnis der Verdächtigen beruhen. »Zu dem Bekenntnis muß noch eine andere Gewißheit (alia certitudo) treten, wozu bei verborgenen und schwer beweisbaren Verbrechen genügt, daß ihre Begehung den Umständen nach feststeht. Woraus nun aber die Gewißheit der Vermutung beim Hexereiverbrechen abgeleitet wird, kann nicht im einzelnen festgelegt sein, sondern muß gänzlich dem Urteil des klugen Richters überlassen bleiben. Zahlreich sind nämlich nach Meinung der Gelehrten die Anzeichen, aus denen man auf Hexerei schließen kann; etwa, daß jemand, der Hexerei gestanden hat, häufigen Umgang und Freundschaft mit anderen überführten Zauberern pflog. Auch sonderliche Gemeinschaft: gleich und gleich gesellt sich gern. Oder daß das Bett der Hexe leer war, während sie sich beim Hexen-

tanz befand. Oder daß eine den bösen Blick hat und Zaubersprüche sagt. Auch daß eine keine Tränen vergießen kann.«
Derartige Beweise gab es im Fall Pappenheimer in ausreichendem Maße. Zunächst sprach die Übereinstimmung vieler Geständnisse für die Schuld der Landfahrer und ihrer Freunde. Die Kommissare hatten bei den Verhören stets großen Wert darauf gelegt, daß sich die Aussagen der verschiedenen Inquisiten wenigstens in einigen Punkten deckten. Gezielte Fragen waren ein geeignetes Mittel gewesen, ausweichende oder abstreitende Antworten ließen sie nicht gelten: Sie sprachen dem Inquisiten »ernstlich zu« und hießen den Eisenknecht, die Tortur so lange zu steigern, bis die Aussage ihren Vorstellungen entsprach. »Wiewohl er ernstlich in Güte durchaus nichts bekennen oder umb einiches Händl wissen wöllen«, heißt es dann etwa im Protokoll, »so sagt er doch hernach auf ernstlichs Zusprechen und nach zweimal beschechnem Recken, er hab bei seinen Söhnen vier oder fünf Kindshändl gesehen ... Wo die es aber bekommen oder hingetan, wiß er nit.« Solches Nichtwissen akzeptierten die Hofräte freilich nicht. Man setzte dem Inquisiten daher weiter zu. »Vermeldt hernach, sie hätten's in des Schelzen zu Dettenwang Stadl im Baum oder Viertel, darin man Heu und Streu legt, vergraben.« Damit gab sich das Gericht nicht zufrieden, vermutlich, weil man den Stadel, in dem die Pappenheimer verhaftet wurden, längst gründlich und vergebens durchsucht hatte. »Ist aber wieder von diesem Ort gefallen«, heißt es dann auch im Protokoll, »mit Vermelden, sie hätten's ... in des Schelzen Sauställel vergraben.« Immer noch schüttelten die Kommissare den Kopf. »Letztlich aber bekennt er auf mehreren Ernst für ein lautere Wahrheit, daß sie es ... hinter des Schelzen Stadl im kleinen Rueben oder Pflanzgärtl ... vergraben.« Dies endlich war die erwartete Antwort. So stimmte sie mit den Geständnissen der anderen überein.
Mit dieser Verhörmethode erzielte das Gericht die erwünschten Aussagen ohne Suggestivfragen und direkte Beeinflussung. Doch die gab es auch. Zum Beispiel wurden dem Inquisiten die Namen derer vorgesprochen, die er als Mitschuldige benennen sollte. Oder man bereinigte das Geständnis von offensichtlichen Fehlern: »Hat erstlich von Tauben gesagt ... (sc. als Speise der Hexen auf dem Sabbat). Als ihr aber solches, daß der Teufel die Tauben nit leiden möge, widersprochen worden, gibt sie zur Antwort, so kinde er aber Häzen (= Elstern) und dergleichen Vögel leiden.« Ähnlich: »Hat erstlich von der Zieglerin gesagt, als man sie aber erinnert, daß sie

gestorben, sagt sie von der Müllerin und entschuldigt sich mit ihrem blöden Kopf.«
Massiv verhinderte man den Widerruf von bereits Eingestandenem: »Wiewohl er erstlich widerrufen, sonderlich der Hexerei ganz und gar leugnen wöllen, so ist er doch hernach auf der Herrn Commissarien weiters Erinnern und ernstlichs Zusprechen dessen, was er vor bekennt, wieder beständig mit Vermelden, hab vermeint, das Leben zu erhalten und auszukommen.«
Wie es überhaupt nicht damit getan war, zu allen Punkten der »Fragstuck« eine sachliche Antwort erhalten zu haben. Da gab es Widersprüche, die beseitigt, Zusatzfragen, die gestellt werden mußten. Widersprüchlich waren die Geständnisse oft schon in sich selbst. »Als er nun hierüber zur Red gestellt worden, wie es sich zusammen reime, weil er diesen Diebstahl bei fünf Jahren begangen, darzu er ein Händl gebraucht, so er doch erst bei drei oder vier Jahrn die zwei Weiber aufgeschnitten, ob er nit zuvor auch schon Händl gehebt, gibt er darauf zur Antwort, er wiß die Zeit des Diebstahls so gar eigentlich nit.« Häufiger widersprach eine Aussage den Geständnissen der anderen Inquisiten, wodurch ein neues Verhör notwendig wurde: »Dies Examen ist dermalen fürgenommen worden, daß die Söhn von diese Sachen bekennt haben, welche der Vater verschwiegen, und teils auch contrarij gewest sein.« Unstimmigkeiten vermerkte man gelegentlich bei späterer Durchsicht der Protokolle am Rand: »Michel besteht dieser Brunst, kann sich aber nit erinnern, daß der Schneider dabei gewest.« – »Der Gumpp will nichts darumb wissen.« Da steht dann einmal: »von dieser Brunst besser zu erfragen« oder »zu fragen, ob es bei Tag oder Nacht beschehen«. Solche »Erläuterung« wurde auch »auf einkommen Erfahrung« notwendig, um die Geständnisse stimmig zu machen.
Dazu hielt man den Beschuldigten gleichfalls die Aussagen anderer vor, die regelmäßig zu deren Bestätigung führte, manchmal auch zu neuer Verwirrung: »Wiewohl sie hervor, nach anderer Aussag sonderlich des Michls, die ihm fürgehalten worden, bekennt, als hätten sie zu Sanct Salvator ein Monstranz gestohlen, so sei es doch nit wahr, dann sie sowohl verwahrt, daß schier unmöglich, eine zu stehlen.« Im allgemeinen gelang es den Kommissaren jedoch, Übereinstimmung herzustellen.
Dies war dem Gericht besonders wichtig hinsichtlich der Tatbeteiligung, dienten diese Aussagen doch der gegenseitigen Belastung. Hierbei war oft großer Widerstand zu überwinden. Schon der kleine

Hänsel etwa wehrte sich, wir erzählten davon, die ihm vorgehaltenen Geständnisse der älteren Brüder zu bestätigen. »Wiß nit – wohl hätten's seine Brüder an der Strengen Frag bekennt und ihm's hernach, weil ihn der Scherg oft zu ihnen gelassen, gesagt, es hab sich aber auf eingenommene Erfahrung nit befunden. Wann er viel saget, brächt er sie um Leib und Leben, wiß auch anders nichts als was seine Brüder, wie sie ihm gesagt, selbst bekennt, daß sie dem Durnbauern bei Straubing Geld und Kleider sollten gestohlen, sich aber, als man dahin geschrieben, nit befunden haben. Mehr hätten sie aus Marter vierzehn Mord bekennt ... Gebeten, sollt's also der Mutter sagen.« Noch weniger waren die Erwachsenen bereit, Freunde und Eltern zu belasten. Das Gericht stellte dies gelegentlich schon bei der Aufstellung der Interrogatoria in Rechnung, wie man sich erinnern wird. So, wenn es die Frage, ob die Mutter Pappenheimer tatsächlich »den hinfallenden Siechtagen recht hab oder ob es nur eins angenommener Weis sei« mit der Anweisung für den Schergen versah: »Kann bis zum Äußersten gefoltert werden, damit er gegen die Mutter aussagt, dieweil er des Vaters Aussag nach um ihre Sachen am meisten wissen soll.« Waren belastende Aussagen vorhanden, aber kein entsprechendes Geständnis, veranlaßte das Gericht eine Gegenüberstellung oder »Confrontation«. Da hatte beispielsweise Paulus Gämperl mehr gestanden als Gumpprecht ihn belasten wollte. »Als hierüber der Vater gegen dem Sohn confrontiert worden, bekennt er, ... gleichwohl auch vermeint, er sei sicher gewest, sein Vater möge gleichwohl dem ermordten Roßtäuscher etwas von Gelt ... genommen haben ...« Oder er hatte einen Monstranzendiebstahl zugegeben in der Meinung, seine Söhne hätten dies auch getan: »Hat's hernach des andern Tags, als er mit beiden Söhnen deshalben confrontiert worden, mit weinenden Augen wieder revociert, mit Vermelden, weil es anfänglich seine Söhn so beständig fürgeben, hätt er's auch gleich darbei bleiben lassen, es wäre aber nit wahr ...« Gumpprecht hatte seine Mutter des Hostienfrevels an anderen Orten als den von ihr genannten bezichtigt, worauf es zur »Confrontation mit der Mutter« kam. Sie wurde ja auch, wie berichtet, dem kleinen Hänsel gegenübergestellt, der unter dem Druck der Tortur bekannt hatte, mit seiner Mutter zu Hexensabbaten geflogen zu sein. Erinnern wir uns: Die Frau wurde gezwungen, vor ihrem Kind zu erklären, es sei des Teufels. »Als nun hierüber die Mutter angesprochen worden, ob solches (Anm.: die Mitnahme des Sohnes zu Hexentänzen) wahr und der Bub getauft sei, hat sie gleichwohl anfangs nit bestehen wöllen, daß sie ihn mit ihr aufgeführt oder dem Teufel versprochen, sondern der Bub sei getauft ... Hernach aber und auf weiters Zusprechen sagt sie, weil sie dem Teufel verheißen müssen, ihm die ganz Welt (wann's anderst möglich) zuwegen zu bringen, auch der Teufel sage, wann ein Hex schwanger, das Kind sein sei, hab sie ihm den Hänsel sowohl im Mutterleib als hernach im Leben versprochen ...« Andere Konfrontationen waren ähnlich erfolgreich; wir zählen zwölf während des ganzen Verfahrens. Die Methode war durchweg die, daß der eine Inquisit zusehen mußte, wie der andere wegen seiner differierenden Aussage gefoltert wurde. Man kann sich denken, wie rasch diese Art des Verhörs zu einer Angleichung der Aussagen führte, wenn die Konfrontierten Mitglieder derselben Familie waren.

Zu der auf diese Art erzielten Übereinstimmung der Aussagen kamen andere Verdachtsmomente hinzu. Der Gesichtspunkt des »gleich und gleich gesellt sich gern« belastete vor allem die Dörfler, die mit den Landfahrern vertrauten Umgang gehabt hatten. Verschiedentlich hatte sich der eine oder andere der Gefangenen auch unfähig gezeigt, während eines Folterverhörs zu weinen. Einer der Kommissare war dann, um ganz sicher zu gehen, zu dem Gefesselten hingegangen, hatte ihm die Hand auf den Kopf gelegt und feierlich gesprochen: »Ich beschwöre dich um der bitteren Tränen willen, die von unserem Heiland, dem Herrn Jesus Christus, am Kreuze für unser Heil vergossen worden sind, daß du, im Falle du unschuldig bist, Tränen vergießest, wenn schuldig, nicht.« Doch vergebens hatten sich die Beschworenen angestrengt, Tränen hervorzupressen. Man weiß, warum. Auch bei diesem Überrest eines Gottesurteils verkündete Gott an Stelle des am Reden gehinderten Verbrechers die Wahrheit, dem Teufel zum Verdruß und Hohn, da er gegen solchen Fingerzeig machtlos war.

Aber da waren noch deutlichere Zeichen, die Mutmaßungen der Kommissare zu festigen. Bei allen Gefangenen außer dem kleinen Hänsel hatte man Narben am Körper entdeckt, die als Hexenmale anzusehen waren. Als man mit der dafür bestimmten geweihten Nadel in die betreffende Körperstelle gestochen hatte, war kein Blut herausgetropft. Das war nach Ansicht aller maßgeblichen juristischen Autoritäten so gut wie ein reguläres »corpus delicti« für Hexerei. Hinzu kam die Fülle von bestätigenden »Erfahrungen«, die zwar im einzelnen keinen vollgültigen Tatbeweis zu liefern geeignet waren, wohl aber die Überzeugung der Kommissare von der Schuld der

Gefangenen bekräftigten. Und zurecht nach herrschender Meinung. Nannte doch schon der »Hexenhammer« als »Indizium der Tat« eventuelle »Drohungen, die (die Hexe) ausgestoßen hat, indem sie sagte: ›Du wirst niemals (mehr) gesunde Tage haben‹ oder ähnliches, und die Wirkung auf dem Fuße nachgefolgt ist«. Zahllos waren die Bestätigungen, daß tatsächlich Leute gestorben oder erkrankt waren, welche die Gefangenen nach eigenen Angaben mit Teufelssalbe bestrichen hatten; erwiesen war es in zahlreichen Fällen, daß gräßliche Unwetter an Orten und zu Zeiten getobt hatten, die von den Pappenheimern bei Beschreibung der verübten Wetterzaubereien genannt worden waren; Bauern, die nach Angaben der Geständigen geschädigt worden waren, hatten tatsächlich Vieh und Ernten verloren. Auch waren viele der von den Pappenheimern angeblich ermordeten Personen wirklich um die Tatzeit spurlos verschwunden, einige sogar erschlagen aufgefunden worden. Nach nicht wenigen dieser ungeklärten Morde hatten die Kommissare direkt gefragt und befriedigende Geständnisse erhalten. Die Verdachtsmomente waren überwältigend. Wangereck und von Roming notierten sie stichpunktartig, verglichen die Protokolle mit dem von Steinwandner mitgebrachten Material, blätterten in den auf dem Tisch liegenden Folianten und kamen zu dem Schluß, daß neben den Geständnissen genug Indizien gegen die Gefangenen vorhanden seien, um die fehlenden Tatbeweise durch richterliche Überzeugung zu ersetzen.

So schloß sich der Kreis. Weil es eine Fülle ungeklärter Verbrechen und unerklärlicher Vieh-, Ernte- und Wetterschäden im Bayernland gab, war man, wie gesagt, im Hofrat auf die Idee gekommen, die schwer zu fassenden Schädiger durch einen großen Schauprozeß abzuschrecken, sobald man einiger von ihnen habhaft werden sollte. Da erfuhr man von unserer Landfahrerfamilie. Gegen sie lag zwar nichts als die Beschuldigung durch einen hingerichteten Dieb vor, aber man traute den ruhelos Wandernden alles zu. Sie gehörten zu dem Personenkreis, den man für Unsicherheit und Unglück im Land verantwortlich machte. Bevor man Näheres über sie wußte, verdächtigte man sie. Aus diesem Verdacht erwuchs alles übrige. Er diktierte den Kommissaren ihre Fragenlisten, er spornte zu Verschärfung und Wiederholung der Tortur an, er ließ die Akten zu dicken Konvoluten anschwellen und sorgte für die Ausweitung des Prozesses auf Leute wie die Klostermüller von Tettenwang. Und jetzt, wo es zur Beweiswürdigung kam, war es dieser von Anfang an vorhandene Verdacht, der die richterliche Überzeugung trug, indem er die bunte Vielzahl der Fakten zu einem Mosaik formte, dessen Umrisse schon vor der Verhaftung unserer Landfahrer feststanden.

Was nicht heißt, daß die Kommissare mit ihrer Protokollblätterei und gelehrten Erörterung eine Farce spielten. Es gibt keinen Hinweis darauf, daß sie je daran dachten, das Recht bewußt zu beugen, sei es auch eines höheren Zwecks wegen. Ein Kalkül dieser Art ist gar nicht nötig, wenn die herrschende Strafprozeßrechtslehre den Vorurteilen erlaubt, sich in Rechtserkenntnisse zu verwandeln. So damals. Bei Ausnahmeverbrechen ersetzte die Mutmaßung den Beweis. Daß die Pappenheimer der schlimmsten Missetaten schuldig wären, argwöhnte man von Anfang an. Nun folgte aus diesem Verdacht ihre Überführung.

Juristenlogik des Jahres 1600.

Vergebliche Vorbereitung

Endlich würde man seinen Rat doch wohl brauchen, wird Johann Baptist Fickler bei sich gedacht haben, als er Mitte Juli vom bevorstehenden Abschluß des Verfahrens gegen die Pappenheimerschen erfuhr. Im Hofrat sollte in Kürze über das zu fällende Urteil gesprochen werden. Dann war es sehr wahrscheinlich, daß einer der Doctores oder gar der Hofratspräsident von Rechberg das Wort an den ehemaligen Prinzenerzieher und derzeitigen Archivar richten und um seine Empfehlung bitten würde. Denn schließlich hatte er ein Buch verfaßt über die Frage, wie Hexen und Zauberer von Rechts wegen zu bestrafen seien. Außerdem war er nicht ohne Erfahrung in Fällen wie dem zur Entscheidung stehenden, hatte er doch in seiner Salzburger Zeit an Hexenprozessen mitgewirkt. Der herzogliche Hofrat konnte sich glücklich schätzen, eine derartige Kapazität zum Thema unter sich zu wissen. Man würde ihn also seit langem wieder einmal um Rat fragen. Er würde gut daran tun, seinen Auftritt wohl vorzubereiten und sich eine fundierte Antwort zurechtzulegen.

Natürlich würde er mit der Bibel beginnen, Exodus, Leviticus und Deuteronomium zitieren, wonach man die Zauberer nicht leben lassen darf. Auch auf die weltweite Bedrohung durch die Hexensekte war eingangs zu verweisen, auf die Nachrichten, die man vom Wüten des Teufelsheers aus Frankreich und Italien hatte, um so deutlich zu machen, daß nicht nur der Gehorsam gegen Gott, sondern auch ein vitales staatliches Interesse die Vertilgung dieser Feinde der Menschheit verlangte. Er würde dann kurz die übrigen Verbrechen der Pappenheimer ansprechen und klarstellen, daß trotz aller Abscheulichkeit von Mord, Raub und Brand die Hexerei alle übrigen Missetaten an Gefährlichkeit und Widerwärtigkeit übertraf. Denn während diese nur menschliche Güter verletzten, war jene eine Beleidigung Gottes, und zwar die schlimmste aller denkbaren, begangen durch ein Bündnis mit dem Teufel.

Nach solchen einleitenden Sätzen würde er etwa so fortfahren: »Nach altem Sitt und Brauch pflegt man die Wahrsager, Zauberer, Hexen und Unholden, so wegen ihres greulichen Abfalls von Gott und verbotener Gemeinschaft mit den höllischen verdammten Geistern wider die höchste Majestät Gottes, wider christliche Pflicht und Glauben in mancherlei abscheuliche Laster und Schand mit ihrer selbsten und anderer, so sie verführt oder beleidigt, höchsten Schaden und Verderbung gestürzt und eingeblasen haben, mit dem Feuer zu strafen und zu verbrennen.« Wenn auch das göttliche und römische Recht nur ganz allgemein die Todesstrafe fordere und die Hinrichtungsart offenlasse, so sei doch die Verbrennung unter Christen stets das übliche gewesen. »Nun sind die Zauberer und Unholden von alters her und noch vor kurzen Jahren an vielen Orten, andern zum abscheulichen Exempel und zur Vermeidung solcher schrecklicher Straf, lebendig von Feuer verzehrt und verbrannt worden, dieweil beider Rechten Doctores jederzeit die Leges desergestalt recht verstanden haben. Und ist ein Richter schuldig die Rechten nach der Interpretum und Ausleger Meinung und Verstand richtig und steif zu halten, es wäre dann ein Sach, daß die hohe Obrigkeit aus Ursach solche auf die Laster gesetzte Straf mildern oder verändern wollten. Zu jetziger unserer Zeit aber, obwohl etliche wenige Zauberer und Unholden, so ganz vermeßlich, gotteslästerlich und gleichfalls an Gott und ihrer Seelen Heil verzweifelt hinfahren wollen, in das Feuer gestellt oder unerhörter Laster wegen lebendig verbrannt worden, ist doch fast bei allen Christlichen Gerichten der milde Brauch angenommen, daß jede zauberische Person, so sie der bösen Geister Gesellschaft und Verheiß absagen und dem lieben Gott mit reumütigen Herzen wieder zuschwören (tut), nicht mit dem langwierigen Feuer lebendig gepeinigt, sondern nach jedes Orts Sitt und Gewohnheit entweder strangulieret und versticket oder mit dem Schwert enthauptet und ihre toten Körper allein andern zum

Schrecken und guter richtiger Justizerhaltung ins Feuer und Aschen gelegt werden. Dieweil ein christmilde und gottliebende Obrigkeit sich zu besorgen hat, es möchten etliche von solchen Maleficanten, so sie alle lebendig sollten verbrannt werden, aus Verbitterung oder großer Kleinmütigkeit in gröbere Sünd oder Verzweiflung geraten und von einem Feuer in das andere (davor der gütige Gott sein wolle) wandern.«

Dies würde Fickler zu bedenken geben, dann aber auf die übergroße Schuld dieser Verbrecher zu sprechen kommen, die nicht nur jede Strafmilderung in dem zu entscheidenden Verfahren verbiete, sondern alle nur denkbaren Verschärfungen verlange. Denn die Pappenheimer und ihr Anhang hätten ihr Leben ja mehr als einmal und nicht nur durch das Delikt der Hexerei verwirkt. Bereits die von ihnen gestandenen Diebstähle seien todeswürdige Verbrechen. Hieß es doch in der Peinlichen Gerichtsordnung Karls V.: »Wird jemand betreten, der zum drittenmal gestohlen hat, ... das ist ein mehrfach verleumbter Dieb, und (wird) auch einem Vergewaltiger gleich geacht, und soll darum vom Leben zum Tod gestraft werden.« Daß die Gesamtbeute »fünf Gulden Wert« überstieg, käme belastend hinzu. Schwerer noch wiege das »Foppen und Stehlen« aus den Kirchen, der Diebstahl aus Opferstöcken durch Erbrechen und mit Hilfe von »Fopp-Spändeln«. Denn im Gesetz stand: »So einer einen Stock, darin man das heulige Almosen sammelt, aufbricht, sperret oder wie er arglistig daraus stiehlt und solches mit etlichen Werken zu tun untersteht, der ist auch an Leib und Leben zu strafen.« Erst recht galt dies für die vielen Kirchendiebstähle des Gesindels. Es hatte ja bekannt, »bei Nachts in ... Kirch und Sacristei gebrochen« zu sein, um Monstranzen und Kelche zu stehlen. Dies war schlimmer als gemeiner Diebstahl durch Einsteigen oder Brechen: »Item so einer eine Monstranzen stiehlt, da das heilig Sacrament des Altars in ist, soll mit dem Feuer vom Leben zum Tod gestraft werden. Stehl aber einer sonst gülden oder silben geweihte Gefäß', mit oder ohne Heiltum, oder aber Kelch oder Patenen, ... auch so einer um Stehlens willen in eine geweihte Kirchen, Sacramenthaus oder Sacristei bricht oder mit gefährlichen (Werk-)Zeugen aufsperrt, diese Diebe sind zum Tod nach Gelegenheit der Sach und Rat der Rechtsverständigen zu strafen.«

Noch todeswürdiger sei jeder einzelne der von den Landfahrern gestandenen Raubüberfälle, würde Fickler in seinen Ausführungen fortfahren. Die Missetäter hätten harmlosen Wanderern aufgelau-

ert, sie erschlagen und beraubt. Das sei nach den Regeln der Peinlichen Gerichtsordnung nicht nur »boshaftiger Raub«, der mit dem Schwert geahndet wurde, sondern »fürsetzlicher, mutwilliger Mord«, abzustrafen »mit dem Rade« und, da besonders schwere Fälle vorlägen, »durch etlich Leibesstraf als mit Zangenreißen oder Ausschleifung vor der endlichen Tötung«. Damit nicht genug. Auch Brünste hätten diese Leute ja verursacht, »davon viele Häuser und Städt verbronnen«. Dafür sei ihnen vom Gesetz abermals der Feuertod zugedacht: »Item die boshaftigen, überwundenen Brenner sollen mit dem Feuer vom Leben zum Tod gerichtet werden.« Vor allem jedoch die »greulich mörderische Tat« des nächtlichen Überfalls auf den Einödhof von Matikhofen weise die Verhafteten als »Mordbrenner« aus, die lebendig zu verbrennen waren. Man habe in ihnen »mutwillige Beschädiger« zu sehen, welche die Leut wider Recht und Billigkeit bedroht, sich auch an Gleich und Recht nicht begnügt hätten, Personen also im Sinne kaiserlicher Satzung, »von denen man aus erzeigten Ursachen Übels und Missetat« zu erwarten hätte, Landschädlinge, die ihnen zur Strafe und anderen zur Warnung auf grausamste Weise hinzurichten seien.
So würde der alte Hofrat reden. Die Kollegen sollten hören, wie gut er die geltenden Strafbestimmungen kannte, wie genau er das von den Kommissaren Referierte einzuordnen wußte, wie vollkommen seine Kenntnis der herrschenden Doktrin war. Manche hielten ihn für einen ausgedienten Schulmeister und alterszittrigen Archivar. Denen war zu zeigen, daß er nicht zu Unrecht zum Rechtslehrer des regierenden Herzogs bestimmt worden war, daß man ihn seiner umfassenden Gelehrtheit und seines scharfen juristischen Verstandes wegen dazu ausersehen hatte. Deshalb wollte er es auch nicht bei der Aufzählung von Strafbestimmungen bewenden lassen, sondern tiefere Gedanken entwickeln. Den vorliegenden Fall, würde er sagen, kennzeichne eine schier unglaubliche Häufung jener »gar großen überschweren Übeltaten«, die man »crimina excepta« oder Ausnahmeverbrechen nannte, denn nicht nur die Hexerei, auch die Kirchendiebstähle, Brandstiftungen, Morde und Straßenräubereien rechne man darunter. Was aber war all diesen Delikten gemein? Das außerordentliche Interesse, das die Obrigkeit an ihrer Abstrafung habe, denn sie alle bedrohten den Bestand des Gemeinwesens unmittelbar. Es sei denn wohl auch kein Verfahren geeigneter als dieses, durch eine exemplarische Exekution der Übeltäter dem Zweck einer allgemeinen Abschreckung zu dienen. Doch müsse im Urteil und der

öffentlich verlesenen Urgicht deutlich werden, daß die Abkehr von Gott und die Hinwendung zum Teufel nicht nur das scheußlichste aller gestandenen Verbrechen sei, sondern auch der Ursprung aller übrigen. Keineswegs dürfe man nur auf den Artikel 109 der Peinlichen Gerichtsordnung abstellen, wo es heiße: »Item so jemand den Leuten durch Zauberei Schaden oder Nachteil zufügt, soll man strafen vom Leben zum Tod, und man soll solche Straf mit dem Feuer tun.« Denn um bloßen Schadenszauber handle es sich bei der Hexerei durchaus nicht. Vielmehr ergebe sich die Strafbarkeit aus den eingangs genannten göttlichen und bürgerlich-römischen Gesetzen und einer richtigen Interpretation des zweiten Satzes des genannten Artikels 109: »Wo aber jemand Zauberei gebraucht und damit niemand Schaden getan hat, soll sonst gestraft werden nach Gelegenheit der Sach, darinnen die Urteiler Rads gebrauchen sollen.« Bevor man die Verbrechen der Hexensekte gekannt hätte, wäre diese Bestimmung zwar so ausgelegt worden, daß für unschädliche Zauberei eine mildere Strafe zu verhängen sei. Nunmehr sei sie aber so zu lesen: »Wo jemand Zauberei gebraucht, indem er ein Teufelsbündnis eingeht, soll nach Rat der Rechtsgelehrten mit einer außerordentlichen Strafe belegt werden, selbst wenn er keinen Schaden anrichtet.« Der Rat der maßgeblichen Rechtsgelehrten gehe einmütig dahin, in diesem Falle erst recht die Verbrennung bei lebendigem Leibe zu verhängen.
Nach solchem Höhepunkt seiner juristischen Argumentation würde Fickler zum Schluß kommen. Einerseits hätten die im Falkenturm verhafteten Missetäter den Feuertod verdient wegen ihrer Hexerei, anderseits wegen Brandstiftung, Kirchenbruch und Mordbrennerei. Ihre Raubüberfälle müßten mit dem Rad und glühenden Zangen, die übrigen Diebstähle mit dem Strang oder dem Wassertod gesühnt werden. Der Vielzahl der gestandenen Verbrechen nach müßten die Täter an sich viele hundert Tode sterben. Nun könne aber leider auch der abscheulichste Verbrecher nur einmal sein Leben lassen. Man müsse daher die schwerste der verwirkten Strafen, nämlich das Lebendigverbrennen, mit allen nur denkbaren Strafverschärfungen kombinieren. Dies sein wohlbedachter und auf Kenntnis der gelehrten Schriften beruhender Rat.
So darf man sich die Ausführungen vorstellen, die sich Fickler zurechtgelegt hatte für den Moment, wo man ihn vor versammeltem Kollegium um seine Meinung zu dem Fall bitten würde. Sie entsprachen der geltenden Strafrechtslehre, welche natürlich auch ein

Mann wie Doctor Wangereck bestens kannte. Weshalb der Hofrat von einer Erörterung der Straffrage im Plenum überhaupt absah und einfach den referierenden Kommissar mit dem Entwurf eines Urteils betraute. Niemand fragte nach Doctor Ficklers Ansicht. Den scharfen juristischen Verstand des zum Archivar abgestellten ehemaligen Prinzenerziehers zu bemühen, hielt man wieder einmal für überflüssig.

Neuntens

Die Richtstatt

Der Strohmann

Auf weithin sichtbarer Höhe, drei Reitstunden von der Landeshauptstadt entfernt, lag Schloß Oberneuching, Sitz des Adelsgeschlechts der Neuchinger. Dichter Mischwald umgab das alte Gemäuer, das weit mehr eine mittelalterliche Burgruine war als ein Schloß, efeuüberwuchert, moosig, mit zerbröckelnden Steinen. Der First des vielfach geflickten Daches krümmte sich unter der Last des Alters, morsch hing das Burgtor in verrosteten Angeln. Ungeachtet seiner offensichtlichen Baufälligkeit war das Gebäude bewohnt. Ziegen grasten im Burggraben, Kinder spielten vor dem stets offenen, weil nicht mehr verschließbaren Tor, quer über den Burghof hingen an gespannter Leine Unterhosen, Tücher und Hemden in unterschiedlichsten Größen und Farben, am Söller wehte eine ausgefranste Fahne. Der stolze Besitzer dieses ärmlichen Idylls, Christoph Neuchinger von Oberneuching, Mann einer fleißigen Frau mit rotgescheuerten Wäscherinnenhänden, Vater von neun Kindern, trat um die Mittagsstunde des 20. Juli 1600 in unsere Geschichte ein. Zu dieser Zeit verkündeten ihm aufgeregte Knabenstimmen schon die Ankunft eines Besuchers, als dieser noch, vom Wald verborgen, auf schnaubendem Pferd hallenden Hufschlags den steinigen Steilpfad heraufkam. Den Fremden führte, das bunte Wappen auf umgehängter Ledertasche verriet es, ein herzoglicher Auftrag her. Er ritt, von den Kindern am Burgtor mit Zurufen begrüßt und begleitet, in den Hof, der gackernd auseinanderstiebenden Hühner zu seinen Füßen nicht achtend, und zügelte sein Reittier erst vor dem Schloßherrn, der dem Gast entgegengeeilt kam. Der sprang herab, zog den breitkrempigen, buschig gefiederten Hut zu einem weitausholenden Schwenk mit der rechten Hand und verbeugte sich gleichzeitig nach höfisch-spanischer Art mit angedeutetem Kniefall. Diese Ehrenbezeigung galt weniger dem Herrn des baufälligen Schlosses als dem Amt, das er innehatte. Christoph Neuchinger war nämlich Bannrichter des Münchner Rentamts.

Er verdankte diese Stellung einer fast abergläubischen Scheu der Zeit, »über das Blut zu richten«. Sie führte zu einer eigenartigen Arbeitsteilung. Die hohe Gerichtsbarkeit, welche Gewalt über Leben und Tod straffälliger Untertanen beinhaltete, war als wichtiger Kristallisationspunkt der staatlichen Macht ein begehrtes und vom Herzog eifersüchtig gehütetes Recht. Die fürstlichen Pfleger und Landrichter, die Rentämter und der Hofrat übten es namens des Landesherrn aus, die Städte und einige größere Grundherren verteidigten es als wesentlichen Teil ihres Selbstverwaltungsrechts. Auf die Befugnis, Leib und Leben betreffende Strafurteile zu fällen, wollte keiner verzichten. Doch ebensowenig wollten sich die Innehaber solcher Gewalt in eigener Person mit Blutgeruch behaften. Andere Menschen zum Tode zu verurteilen, war ein schimpfliches, widerwärtiges Amt. Wer fremdes Blut vergoß, sei es auch das von überführten Verbrechern, wurde von seiner Umgebung alsbald gemieden und mußte fürchten, der Verachtung und Ehrlosigkeit anheimzufallen. Man wollte das Schwert tragen, es aber nicht selbst gebrauchen. Um jenes zu tun, doch dieses zu lassen, nahmen sich die Besitzer des sogenannten Blutbanns Strohmänner. Sie ernannten untergeordnete Richter, die ihnen den schimpflichen Teil ihrer Aufgabe abnehmen mußten: die Bannrichter.
Dem Herzog gefiel das gar nicht. Ihm schwebte eine hierarchisch gegliederte Strafrechtspflege mit ihm als oberstem Gerichtsherrn vor, straff durchorganisiert mit Beamten, die ihm direkt unterstellt waren. Seinem Selbstverständnis nach war die Blutgewalt Teil seiner göttlichen Sendung. Wenn er sie weitergab, dann wollte er wissen, an wen. Er betraute nicht einen ausgewählten Amtsträger mit einer so wichtigen Aufgabe, damit dieser sie einfach weiterdelegierte. Er verbot daher diese Praxis. Ein Sturm von Protesten war die Antwort. Auf dem Ingolstädter Landtag von 1552 forderten die bayerischen Stände die offizielle Anerkennung des Bannrichteramts, vermutlich nach österreichischem und Salzburger Vorbild. Entschieden wies man die Zumutung zurück, daß »die Pfleger und Landrichter des Adelsstandes beim Malefiz sitzen und das Urteil sprechen sollen, welches dem Adel schimpflich« sei. Der Herzog, damals wie fast immer in akuter Geldnot, die nur mit Hilfe des Landtags behebbar war, gab scheinbar nach. 1580 war die Anstellung eines Strohmannes zur Ausübung der Blutgerichtsbarkeit bereits so institutionalisiert, daß sich der Kelheimer Pfleger heftig dagegen wehrte, selbst »den Stab brechen« zu müssen. Es sei ihm »kein Pfleger in

Ober- und Niederbaiern bewißt«, murrte er, dem »solche Bürden und Beschwerungen auferladen« würden. Auch in den Kollegialgerichten machte sich die Scheu vor dem Blutamt bemerkbar. Der Peinlichen Gerichtsordnung Karls V. ist zu entnehmen, daß sich »ein Zeit her an etlichen Orten etlich vom Adel und andere den solche (peinliche) Gericht eigener Person Amts halber oder sonst zu besitzen gebührt, sich bei solchen Gerichten zu sitzen geweigert (haben) und ihres Standes halber gescheut«. Der adelige bayerische Vitztum hatte denn auch von allem Anfang an die Ausübung des ursprünglich nur ihm übertragenen Blutbannes auf Land- und Stadtrichter delegiert, welche nun ihrerseits einen Bannrichter haben wollten, genau so, wie sich der vornehme Münchner Oberrichter alsbald eines Unterrichters bediente. Gegen die Abneigung, sich mit Blut zu beflecken, kämpfte der Landesherr vergebens. Wilhelm V. schrieb am 14. Juni 1581 an seinen Hofrat: »Nachdem wir in Erfahrung gesehn, daß etlich der Pfleger unseres Fürstentums des Malefizrechten zu besitzen Bedenken haben und solches zuvor Rechten andere zu bestellen vorhanden, (befehlen wir in aller Strenge) daß unser Hofratspräsident und Rät so wohl die andern des Regiments darin ... mit Ernst darob ... sein, daß alle und jede welche Pfleger, die ... die Hochobrigkeit zu verwalten haben mit ihrer eigenen Person das Malefizrechten besitzen und das Urteil sprechen oder wie es jedes Orts Gebrauch dasselb durch den Gerichtsschreiber vorlegen lassen. Es soll auch unser Regierung allhier dies ... den andern Regierungen alsbald wissen machen.«
Ungeachtet dieser Anordnung, die offenbar wie so viele herzogliche Erlasse unbeachtet blieb, wurde auf dem Landtag von 1584 – Wilhelm V. brauchte wieder einmal Geld – das Amt des Bannrichters offiziell anerkannt und geregelt. Das hieß vor allem, daß die finanzielle Seite besprochen wurde. Für jedes Rentamt sollte es fortan einen Bannrichter geben, dessen »Deputat« von den Pflegern des jeweiligen Bezirks gemeinsam aufzubringen war. Außerdem beschloß man, und das berührt nach dem Gesagten merkwürdig, daß der Bannrichter ein »Ehrlicher von Adel« zu sein habe. Vielleicht wollte der Adelsstand bei aller Abneigung gegen die Ausübung des Malefizrechts das neugeschaffene Amt wenigstens als Erwerbsquelle für seine ärmsten Mitglieder gesichert wissen. Jedenfalls wurde dank diesem Beschluß der »Arme von Adel« Christoph Neuchinger von Oberneuching in jenem Jahr 1584 Bannrichter für das Rentamt München – und war es auch noch im Juli 1600.

Dem Amt also, nicht der Person des armen Ritters, galten Kratzfuß und gezogener Federhut. Nachdem der Bote seine Begrüßung beendet und eine förmliche Anrede angeschlossen hatte, zog er aus seiner wappengeschmückten Ledertasche ein dickes, versiegeltes Schreiben, um es dem Adressaten zu überreichen. Der wird wohl, da von Stall- und Gartenarbeit kommend, seine Hände erst am schäbigen Rock gewischt haben, ehe er den umfangreichen Brief an sich nahm. Dann, da der amtliche Teil des Besuchs mit solcher Übergabe vorüber war, sehen wir die beiden gebückt unter der Wäsche durchschlüpfen und zum Holztisch unter schattigem Laubengang gehen, das Pferd der Obhut eines der Söhne des Bannrichters überlassend. Es war Brauch, dem Boten Speis und Trank zu geben, bevor er sich auf den Heimritt machte. So wird der Herr der baufälligen, doch lebensvollen Ruine nach seiner Frau gerufen und diese dem sommerlich erhitzten Besucher alsbald Brot, Speck und Most gebracht haben. Man war freigebig, auch wenn man arm war.
Während der herzogliche Gast sich stärkte, hatte Neuchinger Zeit, die Siegel des Briefes zu erbrechen und das Begleitschreiben zu studieren. Er las etwa folgendes: »Von Gottes Gnaden Wir Maximilian, Pfaltzgraf bei Rhein, Herzog in Obern- und Nidern-Bayern etc. Unsern Gruß zuvor, lieber Getreuer. Wasmaßen Paulus Pämb oder sonsten der Pappenheimer genannt, Anna sein Weib und Gumpprecht und Jacob, vormals Michel, der Anna natürliche eheleibliche zwei Söhne, item Ulrich Schölz, Bauersmann und Georg Schmälzl, Schneider, wegen Hexerei und anderer schrecklicher Missetaten in die Fronfest des Falkenturms kommen, darin für Aussagen getan und derentwillen befunden worden, hast du aus beigeschlossenen Actis mit mehrern zu ersehen. Wie wir dann obernannte beide Personen solcher ihrer Verbrechen und Mißhandlungen halben Gott und dem Malefiz befohlen. Also haben wir dir besagte Acta zu dem Ende überschicken wollen, damit du ihnen ersehen lassest, was malefizrechtens ist, jedoch aber den Fall, zum Fall dir derselbige zu schwer wär, an gehörigen Orten consulieren lassest und das consultiert Urteil vor der Execution in unseren Hofrat überschickest, verlassen wir uns. Dat. München, den 19. Juli Anno 1600. Wirtemberger, Secretarius.«
Dies war ein Formbrief, dessen gleichbleibende Wendungen dem armen Schloßherrn geläufig waren. In den sechzehn Jahren seiner Tätigkeit als Bannrichter hatte er schon viele fast gleichlautende Schreiben erhalten und gelernt, sie richtig zu lesen. Der Hofrat hatte

wieder ein paar Gefangene »Gott und dem Malefiz befohlen«. – Im Klartext: Er hatte sie zum Tode verurteilt. Die »beigeschlossenen Akten« waren dürftig. Sie bestanden zum einen aus einer mehrere Folioseiten füllenden Aufzählung der Verbrechen, die den Verurteilten vorgeworfen wurden. Und zum anderen? Zum andern aus einem Entwurf des Urteils, das doch Neuchinger, nahm man den an ihn gerichteten Brief wörtlich, erst noch fällen sollte. Den Adressaten verwirrte das keineswegs. Er wußte wohl zu unterscheiden zwischen seiner Person und jener anderen, für die er den Strohmann spielte. Die Aufforderung, zu ersehen, »was malefizrechtens« sei, betraf ihn nicht persönlich. Sein stillschweigendes Einverständnis, sie nur stellvertretend entgegenzunehmen, war vorausgesetzt. Man tat so, als ob. Der Hofrat, der um Fällung und Abfassung eines Urteils nach Lage der Akten bat, richtete diese Worte gewissermaßen an sich selbst. Denn ihm kam die Gewalt zu, über das Blut zu richten, nicht seinem Stellvertreter. Dem hatten die Hofräte Schimpf und Widrigkeit übertragen, nicht Macht und Verantwortung.

Christoph Neuchinger wäre auch kaum der richtige Mann gewesen, ein Urteil in diesem wichtigen, weil exemplarisch gemeinten Kriminalverfahren zu finden. Er war kein Jurist, nur ein treuer Diener seines Landesfürsten. Seit nahezu zwanzig Jahren hatte er sich, mit seinen eigenen Worten, »auf jede erhaschende Notdurf bei Tag und Nacht ungesparten Fleißes ganz gehorsamst gebrauchen lassen«. Aus Not, versteht sich, nicht aus Neigung. Daß zu Oberneuching keine Grundherrschaft gehörte und er deshalb nicht wie manch anderer Adelige wie die Made im Speck auf fettem Boden saß – es war letztlich seinem jetzigen Dienstherrn anzukreiden. Und doch hatte er dem herzoglichen Haus zeit seines Lebens ergeben gedient. In jungen Jahren hatte er der ärmlichen Hofhaltung von Maximilians Onkel Ferdinand angehört – bei knappem Lohn, denn dieser Ferdinand, Kriegsmann und schwarzes Schaf der fürstlichen Familie, hatte selbst kaum mehr als wenig. Grund solchen Mangels war herzogliche Ungnade, und die wiederum beruhte auf einer delikaten Liebesaffäre mit einem bürgerlichen Mädchen, die – nicht ohne Mitschuld einer dagegen stichelnden Hofkamarilla, die den kriegerischen Liebhaber zu Zorn und Trotz gereizt hatte – durch ein bürgerliches Eheversprechen legalisiert worden war. Dem vom Münchner Hof daraufhin Verstoßenen hatte Neuchinger als eine Art Kämmerer gedient. Danach war er Bannrichter geworden, nicht etwa einer besonderen Befähigung wegen, sondern weil es keinen anderen Bewer-

ber von Adel gegeben hatte. Zu elend und beschwerlich schien den Standesgenossen das Amt. Besseres hatte sich nicht angeboten. Die Kinderschar in seiner bröckelnden Ruine wollte ernährt sein, er selbst den angestammten Sitz seiner Vorväter nicht aufgeben. So hatte er damals die verhaßte, nach Blut riechende Last übernommen, trug sie seit vierzehn Jahren, war darüber alt und vor lauter Widerwillen krank geworden. Rechtskundig nicht. Sein Amt erforderte von ihm eher schauspielerische als juristische Fähigkeiten.
Als der Bote sich nach kurzem Mahl und längerem Schwatz in schattiger Burghoflaube erhoben, den Federhut aufgesetzt und jenseits der Wäscheleinen sein Pferd bestiegen hatte, wird der Schloßherr seiner Frau, die kam, um Brot, Speck und Mostkanne abzuräumen, die Neuigkeit erzählt haben. Er müsse wieder einmal gen München, seines Amtes walten, eine große Sache anscheinend mit Rad und Feuer. Morgen würde er reisen und vor Wochenfrist nicht zurückkehren. Sie möge ihm doch das Notwendigste herrichten, auch sehen, ob seine richterliche Tracht in Ordnung sei. Dann gab der Bannrichter einem seiner älteren Söhne den Auftrag, zum Bauern zu gehen und gegen Zusage des üblichen Entgelts einen Klepper auszuleihen. Denn ein eigenes Pferd besaß der arme Ritter nicht.

Prolog vor geschlossenem Vorhang

Am Freitag, den 26. Juli 1600, um sieben Uhr morgens, bekam Meister Georg wieder hohen Besuch. Seine Frau hatte die Wohnstube im Erdgeschoß des Falkenturms saubergefegt, den Tisch gescheuert, auch frische Wiesenblumen unter das Kruzifix im Eck gestellt. Das Verfahren gegen das Pappenheimersche Gesindel sollte heute einen ersten Abschluß finden. Rentmeister von Roming, die Hofräte Doctor Wangereck und Doctor Hainmüller sowie der Rentschreiber Kaspar Steinwandner traten ein, nahmen auf Bank und Holzstühlen Platz und wiesen den Eisenmeister an, nacheinander die Gefangenen Paulus und Anna Pappenheimer, deren erwachsene Söhne Gumpprecht und Michel, sodann Ulrich Schölz und den Schneider von Prunn vorzuführen. Man sei heute nicht zum Verhör erschienen, sondern zur Verkündung des Rechtstags.
So sehen wir wenig später als ersten Paulus Pappenheimer, hohläugig, bleich, elend, mit klirrenden Ketten in die Stube treten und verschüchtert in die ernsten Gesichter der versammelten Herren

blicken. Von Roming wies Meister Georg an, den armen Gefangenen aus den Ketten zu schlagen.
Er nannte ihn »arm«; zum erstenmal hörte der Geschundene von einem seiner Peiniger ein Wort, das nach Mitleid klang. Aber er wußte vermutlich genau, daß es kein Bedauern mit den ihm und den Seinen zugefügten Folterqualen verriet, sondern nur der förmliche Ausdruck für seine Todgeweihtheit war. Nicht dem zerrissenen Körper des Mannes galt das Attribut, sondern seiner Seele, die alsbald vor Gott stehen würde und deshalb Mitgefühl verdiente. In drei Tagen, sagte des Rentmeisters »arm«, wirst du hingerichtet werden. Der alte Landfahrer verstand es, auch wenn er von der rechtlichen Bedeutung seiner Vorführung keine Ahnung hatte.
»So man ... mit endlicher peinlicher Rechtfertigung strafen will«, bestimmte die Carolina, »soll das zuvor drei Tag angesagt werden, damit der Verurteilte zu rechter Zeit sein Sünd bedenken, beklagen und beichten möge.« Und das bayerische Territorialrecht verlangte: »Wenn nun das Urteil geschöpft und verfaßt, soll der Gefangene in des Büttels oder Schergen Stuben geführt, ihm nachmalen seine Aussagen und Bekenntnisse fürgelesen und (er) gefragt werden, ob er bei solchen noch beharre. Und da er dabei verbleibt, ihm das öffentliche Malefizrecht auf den folgenden dritten Tag hernach angekündigt werden, daß der inzwischen beichten, sich mit Gott versöhnen und das hochwürdig Sacrament empfangen möge ...« Die förmliche Verkündigung der bevorstehenden öffentlichen Gerichtsverhandlung und Hinrichtung erfolgte also, den Worten der Gesetze nach, mit Rücksicht auf die arme Seele. Eine Scheinbegründung, mit der man dem Allmächtigen fromme Reverenz erwies. In der Sache ging es darum, dem Gefangenen die Möglichkeit des Widerrufs abzuschneiden. Denn wenn auch ein Geständnis nicht ohne weiteres zur Verurteilung ausreichte, so war es doch nach der Doktrin des Inquisitionsprozesses der Schlußstein jedes Beweises, »regina probationum«. Ein Leugnender konnte nicht gerichtet werden. Nun sorgte zwar die Folter in aller Regel dafür, daß das Gericht die notwendigen Geständnisse erhielt, konnte aber niemals verhindern, daß der von der Folter gelassene nach einigen Tagen seine Aussagen als erzwungen und erlogen zurücknahm. Was dann? Man weiß es schon, es wurde dem Widerrufenden ein neues Schuldbekenntnis abgetrotzt. Denn, sagten die Juristen, wer »allbereit in der Tortur und Quästion sein Laster bekennt, jedoch seiner Aussag nicht will beständig (sein), sondern auf einmal wieder alles, was er gesagt hat,

revociret, an diesem hat ingleichen der Judex Fug und Recht, die Tortur zu wiederholen ... und ist (nach) ein(er) gemeine(n) Lehr der Doctores Bartolus, Baldus, Marsilius (dies die) Ursach: ... dieses Leugnen stößt die Folter um und ist eben so viel, als wenn er nie wäre gefoltert worden, denn die vorigen Indicia, so auf ihn ergangen sind, sind wieder in ihrem ersten Wert«.

Doch trotz aller Rabulistik konnten die Juristen den Fall nicht ausschließen, daß ein hartnäckiger Gefangener immer wieder kurz vor der endgültigen Verurteilung sein Foltergeständnis widerrief und damit seiner Hinrichtung die wichtigste Voraussetzung entzog. Dann hätte man den Rechtstag verschieben und erst ein neues Schuldbekennntnis erzwingen müssen. Wer aber garantierte, daß der abermals Überführte nicht auf dem Weg zum Richtplatz von neuem widerrief? Speziell in Hexenverfahren war dies zuweilen vorgekommen, weil die zum Scheiterhaufen Geführten nicht mit der Lüge ihrer Schuld und der damit verbundenen Bezichtigung anderer Unschuldiger vor Gottes Thron treten wollten. Sie nahmen lieber neue Tortur auf sich als ewige Höllenpein. Um dem vorzubeugen, bestimmte Wilhelm V. ausdrücklich in seiner Hexeninstruktion: »Es sollen auch diejenigen Personen, (die) aus ihrer eigen Bekanntnus der Missetaten genugsam überzeugt und allbereit gesetzlich condemniert sind, nit mehr zu Verantwortung und Widerrufung ihrer Bekenntnisse zugelassen werden, obgleichwohl sie ihr Missetat widerrufen, (sondern) ... diejenigen Aussag und Anzaigung, so gerichtlich solenniter, wie der Prozeß lang, geschehen, sollen für bekannt angenommen und dabei verharrt werden. Sonsten würde der gerichtlich Proceß kein Bestand haben, und man in dergleichen Sachen nimmer zu keinem End kommen können.«

Dieser Absicht, zu einem Ende zu kommen, diente auch die Verkündung des endlichen Rechtstags. Dabei wurde dem Gefangenen nämlich vor mindestens drei Zeugen die »Urgicht« vorgelesen, eine Zusammenfassung aller Geständnisse, welche die im Urteil aufgeführten Verbrechen betrafen. Dies war seine letzte Möglichkeit zu widersprechen oder die Aussagen zurückzunehmen. Danach war das Schuldbekenntnis endgültig und die Urteilsgrundlage gesichert.

Von dieser rechtlichen Funktion seiner Vorführung wird der alte Landfahrer kaum etwas geahnt haben. Man klärte ihn auch nicht auf. Vielmehr sprach ihn der Rentmeister etwa so an: »Paulus Pämb, genannt Pappenheimer. Du hast vergangener Zeit ein Urgicht und Bekanntnus an Orten gestrenger Frag mit deinem Mund von dir gegeben, welche aufgeschrieben ist worden. Die wird man dir jetzo vorlesen, zu vernehmen.« Worauf der Schreiber sich räusperte, eine sorgsam vorbereitete, durchnumerierte Liste zur Hand nahm und die zahlreichen vom Gericht als erwiesen angesehenen Geständnisse des Gefangenen vorzutragen begann. Obenan standen das Verbrechen der Hexerei, der Teufelsbund, die nächtlichen Ausfahrten und Tänze, der Schadenszauber, der Hostienfrevel. Dann folgte die Aufzählung der Mord- und Raubtaten, der Einbrüche und Kirchendiebstähle und der Brandstiftung. Viele Seiten lang war die Zusammenstellung, und fast eine halbe Stunde dauerte die Verlesung, die sich Paulus mit gesenktem Kopf anhörte. Hätte er widersprechen sollen? Er wußte aus bitterer Erfahrung, daß schon jede Abänderung, erst recht eine Zurücknahme von einmal gemachten Aussagen bloß zu neuen Folterqualen führte, denen zu widerstehen er ohnehin zu schwach war. So lauschte er nur schweigend seinem überlangen Sündenregister und schüttelte verneinend den Kopf, als der Rentmeister ihn schließlich, nachdem des Schreibers Stimme verstummt war, fragte, ob er diese eben vernommene Urgicht im ganzen oder artikelweise verneine oder abändere.

Der Rentmeister wies seinen Schreiber an, in den Akten zu vermerken, daß der Inquisit vor Verkündung der Malefizrechten der Taten und Verbrechen, wie sie ihm verlesen worden, noch geständig sei, und wandte sich wieder an den alten Landfahrer: »Auf Verlesung deiner eignen Urgicht und Bekanntnus, welche du jetzo wiederum beständiglich gestehst, ernenne und ansetze ich aus Befehl Ihrer fürstlichen Durchlaucht Maximilian, Pfaltzgraf bei Rhein, Herzog in Obern- und Niderbayern als der dir von Gott fürgesetzten ordentlichen Obrigkeit dir, Paulus Pämb oder Pappenheimer, einen endlichen peinlichen Malefizrechtstag auf nächstkünftigen Montag, der da wird der 29. Tag des Monats Juli sein, daß du, wenn man die gewöhnlich Malefizglocken wird läuten, zu Morgenszeit auf dem Rathaus allhie in unserer fürstlichen Landeshauptstadt München erscheinest, die Anklag wider dich anhörest, und was Urteil und Recht geben und erkennen wird, gewartest.«

Es waren dies Theaterworte, feststehend durch jahrzehntelangen Gebrauch, gerichtet weniger an Paulus Pappenheimer als an die Figur, welche er von diesem Stadium des Verfahrens an darzustellen hatte. Selbstverständlich galt die Aufforderung, am 29. Juli auf dem Rathaus zu erscheinen, nicht dem alten Landfahrer, welcher trotz der symbolischerweise abgenommenen Ketten seiner Handlungsfreiheit gänzlich beraubt und bloßes Objekt der Justiz blieb. Sie galt einem freien Mann, der in den Formen des alten Anklageprozesses angehalten wurde, sich dem unabhängigen Gericht zu stellen. Die Rolle des nach Vorvätersitte Beklagten war unserem Gefangenen zugedacht. Mit der Verlesung der Urgicht hatte nämlich das Inquisitionsverfahren sein Ende gefunden. Nun, wo man sicher war, den Pappenheimer verurteilen und hinrichten zu können, tat man auf einmal so, als hätte es die monatelangen Verhöre, die Berge beschriebenen Papiers, die Suche nach Beweisen nie gegeben. Am Montag würde ein Richter kommen – man kennt den armen Ritter ja bereits, der zum Darsteller dieses Parts berufen war –, um nach altem Brauch Recht zu sprechen. So wie vor Jahrhunderten sollte sich dann der Beschuldigte in einer öffentlichen Gerichtsverhandlung, eben auf dem endlichen Rechtstag, gegen die Vorwürfe des Anklägers verantworten. An Ort und Stelle würde dann das Urteil gefällt und unmittelbar darauf vollzogen werden. Dies war der Inhalt des Theaterstücks, das man vor Publikum aufzuführen gedachte. Des Rentmeisters Befehl, der Gefangene möge sich in drei Tagen vor dem Rathause einfinden, war bereits Prolog bei noch geschlossenem Vorhang.

»Nach solcher Ansetzung«, heißt es als Regieanweisung in dem mir vorliegenden Rollenbuch, einer »Ordnung des Malefizrechtens« von 1575, »nach solcher Ansetzung ermahnt man den armen Gefangenen, dieweil die geschrieben Recht gestrenge und scharf, das Übel zu strafen, von Gott und (der) weltlichen Obrigkeit geordnet seien, so solle er sich allein zu Gott dem Allmächtigen kehren, sein zeitliches Leben und Sterben gehorsamlich in den Willen des Allmächtigen setzen, um das ewige Leben mit starkem Glauben, Hoffnung und Vertrauen auf das Verdienst unsers lieben Herrn Jesu Christi unzweiflich bitten.« Wir nehmen an, daß der Rentmeister diese fromme Ermahnung des Todgeweihten dem Kommissar Wangereck überließ, welcher sich auf christkatholische Ansprachen dieser Art besser verstand. Der Landfahrer hörte all dem still und mit niedergeschlagenen Augen zu und ließ sich, als der Doctor zum Schluß gekommen war, willig wieder in Ketten schlagen. Meister Georg aber brachte den Gefangenen in seine Keuche zurück und holte Anna, um auch sie zu den hohen Herren in die Wohnstube zu bringen. Dort hörte sie, wie nacheinander jeder der einzeln vorgeführten Angeklagten, dieselben formelhaften Worte und eine jeweils nur unwesentlich abgewandelte »Urgicht«.

Die Prozedur nahm den ganzen Vormittag in Anspruch. Danach erlebten die Gefangenen eine Überraschung. Statt dem gewohnten Kanten Brot zur Wassersuppe brachte ihnen die Eisenmeisterin gebratenes Fleisch und einen Becher mit Wein in die Zellen. Sie hatten solche Speise seit ihrer Gefangennahme vor nahezu fünf Monaten nicht mehr erhalten und aßen und tranken mit gierigen Schlucken. Und wenn sie aus den verklausulierten Theaterworten, die man in des Eisenmeisters Stube an sie gerichtet hatte, noch nicht klug geworden sein sollten, so konnten sie nun riechen und schmecken, wie es um sie stand. In drei Tagen würden sie sterben.

Zurüstung und Erwartung

Draußen vor der Stadt wurde seit Mitte der Woche gehackt und gegraben, gehämmert und gesägt. Der Galgenberg glich einer Baustelle. Schaulustige sammelten sich in kleinen Grüppchen. Kaufmannswagen und Bauernkarren, die vom Neuhauser Tor her die Pasinger Landstraße heraufknarrten oder, vom Westen kommend, eben diese knappe gemächliche Wegmeile durch Wiesen und Felder noch vor sich hatten, machten kurz halt bei der Anhöhe, an der ihr Weg vorbeiführte. Handwerksburschen, Marktweiber, Hofbedienstete auf dem Weg von und zur Stadt blieben stehn, um den Fortgang der Arbeit zu verfolgen. Groß war die Zahl der Kinder und Müßiggänger, die nichts als schiere Schaulust hergetrieben hatte.
Sehenswert und vielversprechend waren die Zurüstungen, die da draußen jenseits des Münchner Burgfriedens auf böschiger Höhe, nordwestlich der heutigen Theresienwiese und südlich der jetzigen Hackerbrücke, getroffen wurden. Sechs tiefe Löcher hatten der Abdecker und seine Gehilfen gegraben, dann unter Fluchen und Keuchen große Pfähle eingepflanzt und die ausgeschaufelte Erde wieder um die geschälten Stämme aufgehäuft und festgestampft. Der Halbkreis, den die vier Meter hohen, etwa dreißig Zentimeter dicken Rundhölzer bildeten, erregte schon am Mittwochabend des Wanderers Neugier. Welchem Zweck diese kahlen Säulen dienen sollten, wurde am nächsten Tag deutlich, als man gebündeltes Reisig um sie herum aufschichtete, bis sechs Scheiterhaufen von gut zwei Meter Höhe und jeweils vier Metern Durchmesser errichtet waren. Gleichzeitig baute der Scharfrichter auf dem freien Platz vor dem Halbrund seinen »Prechen« – ein flach auf dem Boden liegendes

Gatter aus kantig geschlagenen Holzbalken. So erfuhren die Schaulustigen, daß bei der bevorstehenden Hinrichtung nicht nur das Feuer, sondern auch das Rad gebraucht werden würde. Denn, so klärten die Kundigen unter den Zuschauern am Galgenberg die Unwissenden auf, auf dem Rost, welchen der Scharfrichter zimmerte, müßte der Verbrecher die Strafe des Räderns erdulden.
Man wußte längst, welchen Missetätern dieser Aufwand galt. In den Schänken und Weinhäusern der Stadt sprach man schon seit einigen Wochen über die Verbrecher im Falkenturm. Schreckliche Einzelheiten ihrer abscheulichen Taten machten die Runde. Mit dem Teufel hätten es diese Mörder und Brandstifter gehalten, hieß es. Der Leibhaftige selbst sei es gewesen, der ihnen den Auftrag gegeben hatte, das ganze Bayernland zu vernichten. Dann war da auch von einem Wechselbalg die Rede: Ein vom Teufel selbst gezeugtes Kind sei unter den Gefangenen, mit großem Fratzengesicht und Bocksbeinen. Manche wußten zu berichten, daß die Missetäter zu aller Tortur nur gelacht und behauptet hätten, der böse Feind würde sie kurz vor der Hinrichtung durch die Luft entführen. Andere hielten das für unglaubhaft, weil bekanntlich alle Zaubergewalt im Machtbereich der Obrigkeit endete. So wuchs durch immer neue Gerüchte das Interesse an dem Fall von Tag zu Tag. Wer streute sie aus? Manch einer berief sich auf einen guten Bekannten des Eisenmeisters vom Falkenturm als Informanten. Doch das war frei erfunden. Die Quelle, die den ständig wachsenden Fluß der Nachrichten speiste, entsprang im Alten Hof. In den herzoglichen Kanzleien war zuerst über den Fall geredet worden, hier wußte man auch bald, daß die Hinrichtung des niederbayerischen Gesindels ein besonderes Ereignis sein würde. Die Hofräte ermunterten ihre Schreiber geradezu, ihr Wissen weiterzugeben. Denn sie wollten ja ein Exempel statuieren mit diesem Prozeß. Viel Publikum war nur erwünscht.
Über mangelnde Teilnahme würden sie nicht klagen müssen. Nachdem am Freitag bekannt geworden war, daß Rechtstag und Hinrichtung am Montagvormittag stattfinden sollten, kamen aus allen Richtungen Schaulustige in die Stadt. Viele der Besucher wurden von den Torwächtern mißtrauisch beäugt und nicht wenige abgewiesen. Denn am schnellsten hatte sich unter dem wandernden Volk der Bettler, Landstörzer, Gaukler und Scharlatane die Nachricht von dem bevorstehenden Spektakel herumgesprochen. Sie kamen in Scharen und kleinen Grüppchen seit dem frühen Samstagmorgen, aus Dachau und Augsburg, aus Fürstenfeldbruck und Landsberg, aus

Burghausen, Landshut und Freising. Humpelnde, zerlumpte Gestalten mit bizarren stoppelbärtigen Gesichtern, ausgemergelte Weiber mit strähnig grauschwarzem Haar unter schmierigem Kopftuch, plärrende Kinder, kläffende Köter. Waffenstrotzende Landsknechte in bunten, weiten Blusen unter ihren vielfach geflickten Lederwämsen. Ein Zahnbrecher samt Gehilfe, der ein Wägelchen mit den Instrumenten der Heilkunst hinter sich herzog. Jongleure, Feuerschlucker, Seiltänzer, Taschenspieler, Bauchredner, Schauspieler. Vagierende Handwerksburschen, Bettelmönche in speckig abgewetzten Kutten, Studenten, reisende Kupferstecher. Nicht Solidarität mit den Landfahrern führte sie nach München, sondern die Hoffnung, im Gewimmel der Gaffer ihr Geschäft zu machen. Wie einst die Pappenheimer selbst zu ähnlichen Ereignissen gereist waren, um mit Bettelgeschrei und Spieltisch ihrem Broterwerb nachzugehen, so lockte ihre bevorstehende Hinrichtung nun ihresgleichen und andere fahrende Leute an.
Schon am Samstag waren die Gasthäuser und Winkelherbergen überfüllt. Lauter als sonst ging es in den sommerschwülen, wenngleich schattigen Wirtsgärten zu, wo bei reichlichem Konsum von Bier und Wein Fremde und Einheimische aufeinander einredeten. Da erzählte etwa einer von dem Hexenbrand von 1590, den er als junger Mann an eben jener Stelle erlebt hatte, an der am Montag die Verbrecher aus dem Falkenturm sterben würden. Damals seien vier Scheiterhaufen auf dem Galgenberg gestanden, und drei Witwen und ein junges Weib hätte man an die Pfähle gebunden. Eine der Hexen sei eine Schneiderin gewesen, die es dreißig Jahre lang mit dem Teufel getrieben hätte. Auf den Gottesacker vor dem Sendlingertor wär sie nachts gefahren, um dort unschuldige Kindlein auszugraben. Ähnliches wußte ein Besucher aus Tölz zu berichten, wo man im vorigen Jahr mehrere »Hexenweiber« aus der Hofmark Hohenburg verbrannt hatte. Worauf ein alter Münchner auf eine merkwürdige Exekution zu sprechen kam, die nicht draußen auf dem Galgenberg, sondern mitten auf dem Marktplatz stattgefunden hatte. Das sei im Frühjahr 1591 gewesen, als man nämlich den Goldmacher Marco Antonio Bragadino richtete. Der war kein gewöhnlicher Verbrecher gewesen, sondern ein Adelsherr aus Venedig, auch mit niederen geistlichen Weihen versehen und der Alchimie kundig. Dem frommen Herzog Wilhelm hatte er gesagt, er könne aus gemeinem Metall das reinste Gold machen, und mit solcher Kunst kam er dem von Geldnot geplagten Fürsten gerade wie

gerufen. Der holte 1590 den italienischen Wundermann in feste Anstellung nach München, wo dieser, stattlich wie ein Graf, umgeben von sechsunddreißig Dienern, fast ein Jahr lang hohes Ansehen und höchstes Wohlwollen genoß. Allein, er stellte die Geduld des frommen Wilhelm auf eine gar zu harte Probe. Statt den Herzog von Schulden zu befreien, verlangte der Venezianer immer höhere Summen von ihm, wobei er behauptete, das Geld zur Anschaffung der alchimistischen Zutaten für seine Goldmacherei zu brauchen. In Wahrheit gab er es für ein Leben in Saus und Braus aus und dachte gar nicht daran, sein Versprechen zu halten. Schließlich erkannte der Herzog, daß er getäuscht worden war, und ließ den Edelmann verhaften. Im peinlichen Verhör gestand dieser alsbald, nichts als ein Betrüger zu sein, der von der Kunst des Goldmachens gar keine Ahnung habe. So wurde ihm im April auf dem Münchner Marktplatz der endliche Rechtstag gemacht. Eine große Richtbühne war dort aufgebaut und daneben ein rot angestrichener Galgen, von dem ein vergoldeter Strick herabhing. Auch Bragadino war mit goldenen Seilen gebunden. Mit ihm wurden seine zwei großen, schwarzen Hunde, vermutlich hilfreiche Höllengeister in Tiergestalt, zur Richtstatt geführt. Sie bellten wie toll, als man ihren Herrn enthauptete, und wurden gleich darauf mit Büchsenschüssen niedergestreckt.

Dies fand allgemeine Zustimmung im Kreis der zechenden Zuhörer, denn kaum einer zweifelte daran, daß die Hunde des Goldmachers tatsächlich teuflische Dämonen gewesen waren. Der Böse Feind versuche bis zuletzt, sagte einer, den Verbrechern zu helfen, und die Obrigkeit tue gut daran, sich vorzusehen. In der Nähe des Falkenturms würde es auch spuken, vor allem zwischen elf und zwölf Uhr nachts höre man dort den Teufel schreien: »Gebt sie her! Gebt sie her!« Das sei nur der Wind, wandte jemand ein. Auch der Wind könne vom Leibhaftigen ausgelöst werden, erwiderte man ihm. Um die Frauenkirche stürme es nicht von ungefähr selbst bei sonst ruhigem Wetter. Den Grund kenne jeder Münchner. Als die Kirche gebaut wurde, ärgerte sich der Böse Feind über die fromme Baustelle und ersann mancherlei List, den Fortgang der Arbeiten zu hemmen. Trotzdem wurde das Gotteshaus fertig. Doch nun wollte der Teufel es durch einen Sturm verderben. Als er nun in dieser Absicht durch das hintere Tor in die Kirche hineinfuhr, sah er wegen der vorstehenden gewaltigen Säulen kein einziges Fenster. Da freute er sich über die Dummheit und das Ungeschick der Frommen und gab seine

zerstörerischen Pläne auf, weil er meinte, eine Kirche ohne Licht könne ihm nicht viel schaden. Beruhigt ging er davon, aber an der Stelle, wo er stand, könne man noch heute seinen schwarzen Fußabdruck sehen. Später, als der Teufel sah, daß die Münchner fleißig ihr neues Gotteshaus besuchten und es durchaus hell genug darin war, ärgerte er sich nicht schlecht. Es war aber zu spät für ihn, in den Bau hineinzufahren, denn er war schon geweiht. Weshalb er außen um die Kirche herumstürme und bis heute auf dem Kirchplatz alle Winde blasen lasse, um die Personen vom Kirchgang abzuhalten.
Dieser und ähnlicher Art waren die Geschichten, die man sich an jenem letzten Juliwochenende des Jahres 1600 in Münchens überfüllten Wirtsgärten beim Klang der Becher und Krüge erzählte, um sich die Zeit bis zu dem großen Spektakel zu vertreiben.
Am Sonntag dann war die Pasinger Landstraße ungewöhnlich belebt. Familien machten nach dem Gottesdienst einen Spaziergang zum Galgenberg hinaus, um die fertig bereitete Richtstatt zu besehen. Der Weg hätte sich auch ohne diese Sehenswürdigkeit gelohnt. Man sah von der Höhe die eingefriedete, wasserumflossene Stadt vieltürmig in der weiten Ebene liegen, von dunstiger Sommerluft pastellgetönt. So wird manches Elternpaar, nachdem die sechs reisigumschichteten Pfähle und das zu schrecklichem Zweck auf den Boden gebreitete Holzgatter gehörig bestaunt waren, die Aussicht genossen haben, während die Kinder hinter ihrem Rücken vorwitzig über die an die Scheiterhaufen gelehnten Holzstege bis zu der Stelle kletterten, wo anderntags arme Sünder im prasselnden Feuer stehen würden.

Schlittenfahren ohne Schnee

Christoph Neuchinger von Oberneuching befand sich schon seit einigen Tagen in München. Mehrmals hatte er in der Hofratskanzlei im Alten Hof vorgesprochen, um sich zu beschweren. Nach Lektüre von Urgichten und Urteilsentwurf war er sich nämlich über Umfang und Bedeutung der bevorstehenden Hinrichtung klar geworden und zu der Überzeugung gelangt, daß sein jährliches Bannrichterdeputat ihn zur Leitung eines derartigen Spektakels nicht verpflichten könne. Es bedurfte einiger Anläufe, bis er durch Vermittlung des Schreibers Kaspar Steinwandner zum Rentmeister vorgelassen wurde, als dieser am Mittwoch, den 24. Juli, von der Hofratssitzung

kam. Die Beschwerde lautete etwa so: Die geplante Execution, derentwegen er samt Leihklepper in München erschienen sei, überschreite das Maß des ihm Zumutbaren bei weitem. Nicht nur, daß er sechs Personen auf einmal aburteilen solle. Es seien diese Angeklagten nach Ausweis ihrer Geständnisse allesamt des Teufels, weshalb er den Zorn aller Höllengeister zu fürchten hätte, wenn er dieses Gesindel dem Nachrichter überantworte. Hinzu käme, daß es kein gewöhnliches Blutvergießen sei, das er in diesem Falle zu verantworten habe, sondern eine Häufung der schärfsten und schrecklichsten Strafen, die man Menschen nur antun könne. Seit sechzehn Jahren trage er nun sein düsteres Amt und beflecke sich mit Blut, obwohl er einem alten, ehrwürdigen Geschlecht angehöre. Nie habe er sich geweigert, seinem Herrn und Fürsten die widrige Aufgabe des Blutrichtens abzunehmen, wenngleich man es ihm wenig gelohnt habe und er trotz des lästigen Geschäfts seine Schar hungriger Kinder kaum zu ernähren wisse. Einen Fall wie diesen aber habe es noch nie gegeben, und er sei bei aller Untertänigkeit und Demut, die er zeit seines Dienstes unter Beweis gestellt habe, nicht gewillt, einen solchen Prozeß ohne Beistand eines zweiten Richters durchzuführen.
Worauf der Rentmeister den rebellierenden Strohmann zunächst streng ermahnt, ihm dann wohl auch gut zugesprochen haben wird. Allerdings vergebens, denn seinen Worten fehlte die Überzeugungskraft, weil er dem Bannrichter in der Sache recht geben mußte. So versprach er, die Beschwerde im Hofrat zur Sprache zu bringen und auf Abhilfe zu sinnen.
Was er auch tat. Man kam dem Strohmann entgegen. Anderntags übergab man ihm ein vorbereitetes Schreiben, gerichtet an den Herrn Unterrichter der Stadt München, in dem diesem die Mitwirkung bei dem für Montag angesetzten endlichen Rechtstag befohlen wurde. Der Rentmeister ließ dem Bannrichter sagen, er möge mit dieser fürstlichen Weisung den Münchner Stadtrat während seiner morgigen Sitzung aufsuchen und alles Weitere selbst mit dem ihm nunmehr beigeordneten Unterrichter besprechen. So einfach ging das. Der Hofrat hatte das Problem auf bewährte Weise gelöst, indem er wieder einmal eine unangenehme Aufgabe auf die städtische Verwaltung abwälzte. Kein Gedanke daran, etwa den Hofoberrichter oder gar ein Mitglied des Hofrats beizuordnen. Mit dem Blutgericht wollten die herzoglichen Beamten nichts zu tun haben. Wie selbstverständlich muteten sie der Stadt zu, die Durchführung des Rechts-

tags zu übernehmen. Städtische, nicht herzogliche Bedienstete bauten draußen am Galgenberg die Scheiterhaufen. Der Marktplatz sollte Schauplatz des Geschehens sein, nicht die fürstliche Hofburg. Einen herzoglichen Nachrichter gab es nicht, der städtische würde die Hinrichtung vornehmen müssen. Und jetzt, wo der Bannrichter Hilfe und Entlastung brauchte, befahl man dem städtischen Unterrichter auch noch die Mitwirkung bei dem theatralischen Spektakel der Urteilsfällung. War der Münchner Rat nur eine dem fürstlichen Hof untergeordnete Behörde ohne eigene Rechte?
Das nun gerade nicht. Man konnte sich auf altes Herkommen berufen. Schon nach ältestem Stadtrecht, dem »Rudolfinum« von 1294, verwaltete sich München durch seinen Rat selbst. Die Leitung der Stadt war gemäß ihrem Verfassungsgrundgesetz von 1403 einer Art Patrizierparlament übertragen, bestehend aus einem inneren Rat mit zwölf und einem äußeren Rat mit vierundzwanzig Mitgliedern. Die Wahl dieser Stadtväter erfolgte durch drei Wähler, die ihrerseits von Bürgern gewählt wurden; wahlberechtigt war, wer Haus und Hof besaß oder mindestens ein halbes Pfund Steuer pro Jahr bezahlte. Allerdings behielt der Herzog sich die Bestätigung der Ratswahlen vor und ließ die Stadträte zur Ableistung eines Treueids und zur Huldigung an seinen Hof kommen. So war die Münchner Selbstverwaltung stets deutlich dem herzoglichen Willen untergeordnet und von ihm begrenzt. Je stärker das neue Staatsbewußtsein in den bayerischen Herzögen wurde, desto fester zogen sie den Münchnern die Zügel an. Immer provozierender wurden die Eingriffe in städtische Belange: Entzug des Salzhandels, Festsetzung der Fleischpreise, Enteignung und Abriß ganzer Häuserblocks zur Realisierung fürstlicher Bauvorhaben. Gleichzeitig forderte der Hof immer unnachsichtiger eine Art Demutshaltung von den Stadtvätern. Dies nahm manchmal groteske, aber vielsagende Formen an. So als der Magistrat am 10. Januar 1592 beschloß, die bisher übliche festliche Schlittenfahrt durch die Stadt einzustellen, zu welcher sich am Sonntag nach Heilige-Drei-Könige Bürgermeister, Rat und Patrizier mit Frauen und Töchtern einzufinden pflegten. Dieser alljährlichen Schlittenfahrt sahen gewöhnlich der Herzog und der ganze Hofstaat von den Fenstern der Residenz aus zu. Ob der Landesherr sich nun durch den erwähnten Ratsbeschluß bloß um eine liebgewonnene Abwechslung gebracht sah oder die Vorbeifahrt der städtischen Honoratioren bereits als ihm gewohnheitsmäßig zustehende Huldigung betrachtete, ist schwer zu sagen. Jedenfalls reagierte Wilhelm V. sofort. Am

11. Januar erging Befehl an die Räte, die Schlittenfahrt am nächsten Tag durchzuführen. Vergebens wandte der Magistrat dagegen ein, es sei bisher noch kein Schnee gefallen, auch seien mehrere Hausfrauen der Stadträte schwangeren Leibes, so daß eine Schlittenfahrt ohne Schnee nicht nur beschwerlich, sondern gefährlich sei. Die herzogliche Antwort ist nicht bekannt. Man darf nicht annehmen, daß der Fürst nachgab. Jedenfalls existiert ein Dekret Herzog Maximilians aus dem Jahre 1604, in dem sich dieser über den Ausfall der Schlittenfahrt beschwert und dem Magistrat unter Androhung von Strafe die sofortige Durchführung der Fahrt befiehlt, »es schneie oder nicht«. Wer wagte sich einem ungeduldigen Fürsten gegenüber auf alte Rechte zu berufen, der nicht einmal zu akzeptieren bereit war, daß zum Schlittenfahren Schnee gehört? Man kuschte und gehorchte – wenn auch murrend oder mit knirschenden Zähnen.

Dem Bannrichter ward kein sehr freundlicher Empfang. Am Freitag, den 26. Juli, ging er am frühen Vormittag über den Marktplatz, den heutigen Marienplatz, zum Rathaus, durch das hochbogige Portal die steile Treppe hinauf, bis ihn ein städtischer Fronbote anhielt und nach seinem Begehr fragte. Er sei der Bannrichter Christoph Neuchinger von Oberneuching, antwortete er, und habe dem Rat der Stadt insgesamt und dem Unterrichter insbesondere eine wichtige Botschaft Ihrer Durchlaucht des Herzogs zu überbringen. Worauf der Fronbote, überzeugt durch das herzogliche Siegel auf dem ihm vorgehaltenen Brief, den Besucher über weitere Treppen in den Ratsturm und zur großen Ratsstube führte, an deren Türe er anklopfte und, ohne Antwort abzuwarten, eintrat, den Bannrichter vor sich her schiebend. Die Ratsherren drehten ungehalten die Köpfe nach dem Eindringling.

Vermutlich wurde ja einer der Patrizier, der gerade über ein Thema wie die Mühlordnung oder die Brautaxe sprach, durch die Störung in seinem Vortrag unterbrochen. Der Fronbote erklärte, zum Bürgermeister gewandt, der Herr Bannrichter komme im Auftrag des Herzogs und habe darauf bestanden, sofort vorgelassen zu werden. Mit welchen Worten der städtische Amtmann sich empfahl und den Besucher mit den Ratsherren allein ließ. Was er, oder vielmehr der Herzog, denn so Wichtiges mitzuteilen habe – hören wir den Bürgermeister fragen –, daß er hier in den versammelten Rat eindringe und einen hochnotwendigen Sitzungstag verkürze. Neuchinger sagte wahrscheinlich gar nichts, sondern ging unsicheren Schrittes auf den Vorsitzenden der Ratsversammlung zu und übergab ihm das

Schreiben des Rentmeisters. Der Bürgermeister erbrach das Siegel und überflog die wenigen Zeilen mit finster werdendem Blick.
Dann las er ungefähr folgendes vor: »Von Gottes Gnaden, Wir Maximilian, Pfaltzgraf bei Rhein, Herzog in Obern- und Nider-Bayern etc. entbieten Rat und Stadt München unseren Gruß zuvor und fügen euch hiermit zu vernehmen, daß wir dem Unterrichter unserer geliebten Landeshauptstadt gebieten und befehlen, unserem Bannrichter bei dem für Montag angeordneten Malefizrechtstag wider sechs in unserer fürstlichen Gefängnus des Falkenturms zu Verhaft liegende Missetäter zu Verfassung der Urteil zu adiungieren.«
Ein Raunen des Unmuts wird da durch die Reihen des Magistrats gegangen sein. Der Unterrichter Krügel bat ums Wort und erhob sich. Unerhörtes werde da von ihm verlangt, protestierte er. Er sei von der Stadt, nicht vom Hof zu seinem Dienst bestellt. Mit Falkenturmsangelegenheiten habe er nichts zu tun. Seine Aufgabe bestünde darin, die unter städtischer Jurisdiktionsgewalt befindlichen Malefizpersonen abzuurteilen. Die fürstlichen Gefangenen gingen ihn nichts an. Als er zu seinem Amt bestallt und vereidigt worden sei, sei von diesen jedenfalls nicht die Rede gewesen. Was man ihm da zumuten wolle, gehöre nicht zu seinen Pflichten. Wie immer der versammelte Rat sich zu dem herzoglichen Ansinnen stelle, er für seine Person weigere sich, ihm zu willfahren.
Damit begann die in solchen Fällen übliche Debatte unter den Ratsherren. Man pflichtete dem Unterrichter bei, fand starke Worte gegen die Bevormundung durch den Hof, nannte den Befehl unbillig, äußerte gar die Absicht, man müsse sich endlich einmal entschieden wehren gegen die immer neuen schweren Bürden, die der Stadt auferlegt würden. Aber man mahnte auch zur Vorsicht vor dem herzoglichen Zorn, beschwichtigte und relativierte. Man möge doch keine Grundsatzfrage aus dem Fall machen, ein Streit mit dem Landesherrn könnte böse Folgen für sie alle haben. Kurz, man empfahl, einmal mehr zu kuschen und zu gehorchen. Womit der Unterrichter nicht einverstanden war, bis der Bürgermeister einen Kompromißvorschlag machte: Es sei billig, daß Ihrer Durchlaucht auf diesmal untertänigst pariert werde. Allein, man wolle es unter Protest tun und sich bei Hof insbesondere darüber beschweren, daß der Herzog die Dienste eines städtischen Beamten in Anspruch nehmen wolle, ohne ihn dafür gesondert zu bezahlen. So wurde über die Angelegenheit abgestimmt. Auch gleich eine Abordnung zusam-

mengestellt, die augenblicklich den Bannrichter zum Alten Hof zurückbegleiten sollte, um den Herren dort den Standpunkt des Magistrats deutlich zu machen.
Am nämlichen Vormittag erschien also der Bannrichter mit dem städtischen Unterrichter, dem Ratsschreiber und einem Ratsherrn erneut in der Hofratskanzlei. Man rief den Rentmeister aus der Sitzung des Hofrats, der sich den willfährigen Protest anhörte. Man habe im Rat den fürstlichen Befehl vernommen, den Stadtunterrichter dem Bannrichter zu vorhabenden Malefizrechten zu Verfassung der Urteil und Beistand zuzuordnen. Nun sei aber der Unterrichter »von Hof nit bestellt , auch solche Verrichtung seiner Bestallung nit einverleibt, also könnte man ihm solches wider seinen Willen nit auftragen: Doch hätte er sich erboten, Ihrer fürstlichen Durchlaucht zu untertänigstem, auch seinen ehrsamen Rat zu gehorsamem Gefallen für diesmal zu verrichten, verhoffe doch, man werde ihm deshalben und auf künftige actus jedesmal Ergötzlichkeit (= Vergütung) tun«.
Das verstehe sich von selbst, beschied der Rentmeister die städtischen Herren kurz, und hätte eines Vorsprechens gar nicht bedurft. So war auch dieses Problem gelöst, und es gab nun für unsere Landfahrer zwei Richter, um ein Urteil zu treffen, das schon seit Tagen feststand.

Letzte Besuche

In den drei Tagen zwischen der Verkündung des endlichen Rechtstags und der öffentlichen Urteilsfällung bekamen die Gefangenen im Falkenturm noch mehrmals Besuch. Zunächst erneut und nicht zum letztenmal von ihrem Beichtvater. Doctor Hannemann begab sich mit geschürzter Soutane für jeweils eine halbe Stunde in die stinkenden Zellen, um durch vorgehaltene Hand Schuldbekenntnisse oder Unschuldsbeteuerungen – darüber lag das Siegel des Beichtgeheimnisses – zu hören und Buße und Lossprechung zu gewähren.
Für geistlichen Beistand war somit gesorgt, nicht aber für rechtlichen. Ein Anwalt war nicht unter den Besuchern dieser letzten Tage. Zwar war die Zuordnung von Advokaten in dieser letzten Phase des Verfahrens selbst damals nicht unüblich, schon um den Gefangenen und ihren Angehörigen den Vorwurf unbilliger Benachteiligung

abzuschneiden. Auch heißt es in der sechzehn Jahre nach unserem Prozeß in Kraft getretenen bayerischen Malefizordnung ausdrücklich, für jeden Inquisiten sei nach Aufstellung der Urgicht und vor Abfassung des Endurteils ein Rechtsbeistand zu bestimmen. Doch im Jahre 1600 stand es gänzlich im Ermessen des Gerichts, ob solche Fürsorge angebracht sei. Die Hexenprozeß-Instruktion Wilhelms V. von 1590 empfahl lediglich: »Es soll in dieser schweren Sachen dergleichen Proceß gehalten werden wie in andern peinlichen Malefizhandlungen, die Ehr, Gut, Blut, Leib und Leben betreffen, nit weniger mögen ihnen auch ihre Advocaten und Procuratores zugelassen werden.« Eine weit auslegbare Bestimmung. Kein bayerisches Kriminalgericht las aus diesem Satz die Verpflichtung, dem »armen Gefangenen« die Einholung von Rechtsrat in jedem Fall zu gestatten. Schon gar nicht wird ein Mann wie Doctor Wangereck eingesehen haben, warum er von Amts wegen hätte Advokaten bestellen und aus der Hofkasse bezahlen sollen für landschädliches Gesindel wie die Pappenheimer. Das Verfahren war ohnehin schon kompliziert und teuer genug. Mit dieser Einstellung erwies sich der niederbayerische Hofrat ohne Zweifel einmal mehr als treuer Diener seines Herrn; der Herzog dachte nicht anders. Noch 1692 würde ein landesherrliches Mandat zu dieser Frage ergehen, in dem von verordneten Pflichtanwälten keine Rede war und die Freiheit zur Beiziehung von Rechtsbeiständen stark eingeschränkt wurde: »Die Advokaten in Malefizsachen in distinctive (= unterschiedslos) zuzulassen ist bedenklich, und, weil ohnedem schon in der Malefizprozeßordnung deswegen Vorsehung geschieht, soll es dem Arbitrio (= der freien Entscheidung) des Hofrats überlassen sein, wann und wenn dergleichen Adjunctiones (= Beistände) zu gestatten.« In die Verlegenheit, eine solche Entscheidung zu fällen, kam der Hofrat in unserem Fall nicht. Den Todgeweihten im Falkenturm beschaffte keiner ihrer Freunde einen Anwalt; die Habenichtse hätten ihn ja auch nicht bezahlen können. Davon abgesehen, wäre wohl auch für viel Geld keiner bereit gewesen, sich ihrer anzunehmen. An Fällen wie diesem, in denen es um Hexerei ging, konnte man sich allzu leicht die Finger verbrennen. Das Risiko war beträchtlich. »Ein Advokat nämlich«, stand im »Hexenhammer«, »muß zuerst die Beschaffenheit des Falles prüfen, und wenn er gesehen hat, daß es eine gerechte ist, dann übernehme er sie, wenn er will; wenn (er sie) aber als ungerecht (erkennt), weise er sie von sich; er muß sich sorgsam hüten, eine ungerechte und verzweifelte Sache zu übernehmen ...

Wenn ein nichtswürdiger Advokat seinen Klienten wissentlich verleitet, ihn eine unglückliche Sache verteidigen zu lassen, ist er für Schaden und Unkosten verantwortlich.« Da überdies mit der Verkündung des endlichen Rechtstags schon alles entschieden war und die Schuld der Gefangenen bereits feststand, hätte sich ein Verteidiger der Begünstigung von Ketzern schuldig gemacht und sich der Gefahr der Exkommunikation ausgesetzt. Auch dem besten Advokaten wären übrigens die Hände gebunden gewesen. Die einzige Möglichkeit, das bereits feststehende Urteil doch noch zugunsten der Gefangenen abzuändern, hätte in der Beibringung entlastender Tatsachen bei gleichzeitiger Zurücknahme der Geständnisse durch seine Mandanten bestanden. Genau diesen Weg versperrte aber das Gesetz. Würde ein Anwalt, bestimmte es, »den Gefangenen zu einer Widerrufung böslich anweisen oder sonsten andere unzulässige Mittel, den Prozeß zu verlängern, suchen, soll er nach Beschaffenheit solcher Ungebühr unnachlässig gestraft werden«.
Aus all diesen Gründen war kein Advokat unter den Besuchern, die zwischen dem 26. und dem 29. Juli zu unseren Gefangenen in den Falkenturm kamen. Doch war ein Münchner Bürgersmann darunter, der mit Messern und Scheren erschien, die Armen auf seine Weise für den endlichen Rechtstag vorzubereiten. Der fürstliche Hofrat hatte nämlich den Bader Kaspar Zechetmair damit beauftragt, den »schadhaften Personen« das Haar zu schneiden. Solche Arbeit, vorgenommen im Beisein und unter allfälliger Mithilfe von Meister Georg, diente keineswegs bloß jenem äußerlichen, ästhetisch-hygienischen Zweck, der keiner weiteren Erklärung bedarf. Es ging nicht darum, die Gefangenen für die öffentliche Gerichtsverhandlung zu verschönern. Ihr verwahrlostes Aussehen hätte den abstoßenden Eindruck, den sie auf die Zuschauer machen sollten, ja auf sinnvolle Weise verstärkt. Auch wäre eine übliche Baderleistung mit der horrenden Summe von insgesamt fünf Gulden und vierundzwanzig Kreuzern, die Kaspar Zechetmair für seine Tätigkeit forderte und erhielt, weit überbezahlt gewesen. Es kam dem sonst so sparsamen Hofrat vielmehr darauf an, die Macht der Dämonen über die Gefangenen endgültig zu brechen und so unliebsamen Zwischenfällen am Tag der Hinrichtung vorzubeugen. Die Schere des Baders ergänzte das Kreuz des Beichtigers.
Denn das Haar galt als Sitz des Lebens, der Seele, der Kraft. Schon oft klang dies in unserem Bericht an. Der Teufel, man erinnert sich, verlangte zur Bestätigung des Bundes mit unseren Landfahrern

Haar von allen behaarten Stellen des Körpers, um so Macht über seine Vertragspartner zu gewinnen. Menschenhaar gehörte zur Teufelssalbe und zum Wetterzauber. Der Traum vom Flug auf dem Stabe war mit der Vorstellung einer Hexe mit offenem, langem Haar verbunden. All dem lag die genannte Auffassung zugrunde, die damals sehr gegenwärtig war und bis heute nicht ganz vergessen ist. Schon die Heilige Schrift bezeugt sie. »Und Delilah sprach zu Simson«, heißt es im Alten Testament, »Lieber, sage mir, worin deine große Kraft sei?« Und Simson antwortet nach mancherlei Ausflüchten: »Es ist nie ein Schermesser auf mein Haupt gekommen. Denn ich bin ein Verlobter Gottes vom Mutterleib an. Wenn man mich scheren würde, so wiche meine Kraft von mir, daß ich schwach würde und wie alle andern Menschen.« Auch Sagen und Märchen sind voll dieses Aberglaubens. »Gebt mir nur ein Härlein heraus von eurem Haar«, ruft der wilde Mann zum Buben, »so habe ich euch samt und sonders.« Drei goldene Haare muß der Knabe des Grimm-Märchens dem Teufel rauben, um ihn zu bezwingen. Karl der Große schickt Huon von Bordeaux ins Morgenland, um dem Kalifen Haar aus seinem Bart zu zupfen. Bei den Franken der Völkerwanderungszeit erkannte man die Könige an ihrem wallenden Haar, in dem ihre magische Kraft lag. Nie durfte es geschoren werden. Krieger und Fehderitter ließen sich das Haar wachsen, bis ihr Racheschwur sich erfüllt hatte. Schwörende Männer berührten Bart oder Haupthaar zur Bekräftigung ihres Gelöbnisses. Exorzismen begannen regelmäßig mit dem Abscheren der Haare, um dem Teufel die Kraft über den Besessenen zu nehmen. Auch vor Durchführung der Peinlichen Frage war das Abrasieren des ganzen Körpers üblich, wenngleich in unserem Prozeß diese Prozedur nicht generell nachweisbar ist. Die Haare wurden seit jeher geschnitten, wenn sich einer der Gewalt eines Höheren unterwarf. Schon die römische Vestalin weihte sich so ihrer Göttin, Nonne und Mönch machten sich damit zu Dienern Christi oder Mariae. Möglicherweise beruht auch noch heutzutage das Scheren von Soldaten und Strafgefangenen seinem unausgesprochenen Grunde nach viel mehr auf dieser Symbolik als auf den vorgeschobenen hygienischen Erwägungen.
So nahm der Bader, der den Gefangenen das Haar schnitt, dem Teufel die Macht über sie, während die Obrigkeit, welche diese Prozedur angeordnet hatte, ihre Herrschaft über Seele und Körper der Landfahrer symbolisch bekräftigte. Wie so vieles, was damals gedacht und gemacht wurde, geschah dies mehr aus dumpfer Ahnung

und abergläubischer Vorsicht als aus vernunftklarem Zweckdenken. So soll noch ein anderes, verwandtes Motiv genannt werden, das die Beauftragung Zechetmairs unbewußt mit veranlaßt haben mag. Es war nämlich üblich, Toten das Haar zu schneiden – eine vornehme, sittsame Form jenes Aberglaubens, der dem Besitzer von Leichenteilen die Macht des Verstorbenen zuschreibt. Die Seele des Toten wurde so ihrer magischen Kraft beraubt, den Lebenden zu schaden. Unsere Kommissare mochten nun nicht wenig Grund zu der Befürchtung haben, die von ihnen verurteilten Übeltäter würden ihnen nach der Hinrichtung als Spukgestalten den Schlaf rauben. Auch dieser Gefahr beugte der Bader vor. Weshalb sein Honorar – es entsprach dem Jahresgehalt einer Kellnerin – den Hofräten wohlfeil erschienen sein mag.

Am frühen Morgen des 29. Juli kam dann eine ganze Gruppe von Besuchern in den Falkenturm, bestehend aus Doctor Hannemann und einem zweiten Geistlichen, dem Hofoberrichter Kulmer, dem Rentmeister von Roming und dem Rentschreiber. Die hohen Herren stiegen hinter Meister Georg polternden Schritts die Holztreppen hoch, um jeden der todgeweihten Gefangenen ein letztes Mal in seiner Keuche zu besuchen. Der Eisenmeister sperrte die Zellentür auf, ließ die hohen Herren in das dunkle, muffige Gemach treten, schlug dann den Gefangenen aus den Ketten, so daß er sich erheben konnte. Da stand er nun gewaschen, geschoren und seines nahen Endes gewiß und hörte mit gesenktem Blick die Worte seines Beichtvaters. Sie mögen etwa so gelautet haben: Er werde nach Gottes Willen den heutigen Abend nicht mehr erleben, denn gleich werde man ihn vor ein ehrsames Gericht führen, das zusammengetreten sei, um über Missetat und Gottesfrevel ein gerechtes Urteil zu fällen. Doch möge er, armer Sünder, nicht verzagen und verzweifeln, denn unendlich sei die Gnade des Herrn gegenüber dem, der sein Herz auftue in Reue und Zerknirschung. Schreckliche Höllenpein aber erwarte den Verstockten und Lügner. Angesichts des nahen Todes möge er, Inquisit, darum bei sich bedenken, ob er nicht einem der von ihm denunzierten Personen und Komplizen Unrecht getan habe, und solches ungesäumt vermelden.

Schlimme Gewissensnot. Der Widerruf von Geständnissen, das hatte jeder der Gefangenen am eigenen Leib erfahren, konnte neue Folterqual bedeuten, die Aufrechterhaltung falscher Beschuldigungen ewige Höllenpein. Wen hatte man nicht alles der Komplizenschaft und Hexerei beschuldigt! War nicht alles, was in diesem Verfahren gesagt worden war, Lüge? Oder war alles Wahrheit? Wie sollte einer aus dem dichten Netz, in das die Kommissare ihre Opfer verstrickt hatten, jetzt noch einen Faden ziehen! Längst hatte die im Gewölbe des Turms so ausgiebig und vielfach angewandte Gehirnwäsche eine klare Unterscheidung von Alptraum und Wirklichkeit unmöglich gemacht. Auch ist es kaum wahrscheinlich, daß sich die Gefangenen noch an all die Namen erinnern konnten, die sie im Verlauf des Verfahrens genannt hatten. Da hätte ihnen der Rentschreiber mit seiner Liste der Denunzierten helfen müssen. Die aber las er wohlweislich nicht vor, denn geradezu provozieren wollte er den Widerruf von Beschuldigungen in letzter Minute nicht. Dennoch wurde widerrufen. Michel Pämb etwa sagte bei dieser späten Gelegenheit, er hätte dem Zuckerwastl und den beiden Keßlerbuben aus dem Bayerischen Wald Unrecht getan, selbst der Glashänsel und der »Augustin Brottrager« seien unschuldig. Auch die anderen Gefangenen – außer Ulrich Schölz, der ohne Abstriche bei seinen Denunziationen blieb – nannten etliche Namen, darunter die einiger ihrer Mitgefangenen. Der Schreiber notierte. Einen Einfluß auf das weitere Verfahren, gar eine Verschiebung des Rechtstags für die entlasteten Komplizen, bewirkten solche Aussagen nicht. Des Beichtigers Gewissensfrage sollte wohl wirklich nur dem Seelenheil der armen Sünder dienen. Ihre juristische Bedeutung war ausschließlich negativer Art: Von den nicht zurückgenommenen Beschuldigungen hieß es fortan, die, welche sie angegeben hätten, seien »darauf gestorben«, hätten die Wahrheit der Denunziation also auf ihr Seelenheil genommen. Man darf vermuten, daß dieses Argument den Ausschlag für das Schicksal der Familie des Klostermüllers von Tettenwang gab. Keiner der am 29. Juli Befragten rückte von den gegen die Müllersleute erhobenen Vorwürfen ab.

Nach diesem frühmorgendlichen Besuch brachte die Eisenmeisterin den Gefangenen zum letztenmal etwas zu essen, während den Herren in des Eisenmeisters Stube ein Glas Wein zur Stärkung gereicht wurde. Wenig später kamen fürstliche Amtleute in den Falkenturm, um, assistiert von Meister Georg, die armen Sünder aus ihren Zellen zu holen. In der Gasse vor dem Gefängnis formierte sich, von neugierigem Volk umringt und begafft, ein Zug. Hofoberrichter und Rentschreiber traten zuerst aus der Tür und bestiegen ihre von Dienern gehaltenen Pferde. Es folgten zu Fuß die beiden Geistlichen. Blinzelnd stolperten die nacheinander ans Tageslicht geführten Gefangenen ins Freie, behindert durch schwere Ketten, begleitet und gefolgt von bewaffneten Beamten des Herzogs. So setzte sich der Trupp in Bewegung. Der Eisenmeister und seine Frau blieben zurück. Wir sehen sie vor dem Falkenturm stehen und ihren Gefangenen nachblicken, um dann, sobald der Zug nebst der Schar der Neugierigen hinter der Häuserecke verschwunden war, wieder in ihre düstere Behausung zu treten. Es gab viel zu tun. Die sechs freigewordenen Zellen mußten saubergemacht und gelüftet werden. Sie würden nicht lange leer bleiben.

Die Anklage

Von seinem Fenster aus konnte Johann Baptist Fickler den östlichen Teil des Marienplatzes, den Bereich unmittelbar vor dem Rathaus, gut übersehen. Seit dem Morgengrauen strömten Menschen hierher, gegen acht Uhr standen sie dichtgedrängt. Ein Gewirr von Stimmen und Rufen, Gelächter und Geplärr erfüllte den Sommertag, erregter und lauter als an Markttagen. In etwa dreißig Metern Abstand vom Rathaus blieb ein Geviert von der wogenden Menge ausgespart, denn die städtischen Kornmesser bildeten dort mit langen, ineinandergesteckten Holzstangen eine Sperrkette, welche die sogenannte »Gerichtsschranne« – den Platz für das hohe Gericht – von Schaulustigen freihielt. Ein langer Tisch stand in der Mitte des derart umfriedeten Bereichs, bedeckt mit schwarzem Tuch, das bis zu dem Kieselpflaster des Platzes hinabreichte, darauf mehrere in Schweinsleder gebundene Folianten und der Gerichtsstab, ein Stück fingerdickes Holz von einem halben Meter Länge.
Das Rauschen der Stimmen schwoll unversehens an, als einzelne Rufe das Erscheinen der Gefangenen ankündigten. Fickler konnte den kleinen Trupp, der vom Falkenturm her sich die Dienerstraße hinab durch eine dichter werdende Menge bewegte, von seinem Beobachtungsposten aus kommen sehen. Direkt unter seinem Fenster machte er halt. Die beiden Reiter, in denen der herzogliche Archivar den Hofoberrichter und den Rentschreiber erkannt haben mag, wurden vom Stadtoberrichter und einem Stadtrat, beide ebenfalls zu Pferde, förmlich begrüßt. Mit den für diese Zeremonie vorgesehenen Worten übergaben die fürstlichen Beamten der städtischen Obrigkeit die Gefangenen, worauf die Bewacher der Gefesselten durch städtische Amtleute abgelöst wurden. Nach solchem Wechsel setzte sich der Zug wieder in Bewegung und erreicht den

offenen Platz, von der Menge mit tausendstimmigem Raunen begrüßt. Vor dem Rathaus hielt man an.
Vom Schönen Turm am Ende der Kaufinger Straße her klang das Gebimmel der Malefizglocke, während Amtleute die Malefikanten unter großer Anteilnahme der köpfereckenden Menge auf die Rathaustreppe führten, wo sie vom Platz aus gut sichtbar, den Augen Ficklers nun aber verborgen waren, da die Treppe erst im Innern der Torwölbung anstieg, nur von vorne, nicht von der Seite her einsehbar.
Den Beobachter wird das nicht gestört haben. In dem nun beginnenden Schauspiel des endlichen Rechtstags kam unseren Landfahrern lediglich eine Statistenrolle zu. Stumm und gefesselt standen sie auf den überwölbten Stufen im Schatten und sahen hinaus auf den sommerhellen Platz. Da bahnten sich nun der Bannrichter und sein Diener, beide hoch zu Roß, einen Weg durch die Menschenmassen bis hin zur Gerichtsschranke, wo Christoph Neuchinger absaß. Er übergab seinem Diener die Zügel des Pferdes und trat durch die Absperrung, welche die Kornmesser für ihn öffneten, in den umfriedeten Bereich, und nahm als erster hinter dem schwarzen Tisch mit Blick zum Rathaus Platz. Gleich darauf ritten Stadtober- und Unterrichter heran, stiegen vor dem abgesperrten Geviert ab, um sich in die Schranne zu begeben und rechts und links neben den Bannrichter zu setzen. Dieser erhob mit der Rechten den Gerichtsstab und gebot dem dafür bestellten Amtmann, für Ruhe auf dem Platz zu sorgen und »das Malefizrechten zu berufen«.
Worauf, vermutlich von einem Rathausfenster aus, folgender Ruf über den Marienplatz scholl: »Stille! Stille! Wer vor Malefizrecht Klagen hat, der mag klagen, wie Malefizrechtens Recht ist!« Es wurde also ganz so verfahren, als sei wie vor alten Zeiten der Richter im Ort erschienen, um über öffentlich vorgebrachte Klagen aus den Reihen der Bürger an Ort und Stelle Recht zu sprechen. Alle Anwesenden wußten, daß sich die Aufforderung zur Klage entgegen ihrem Wortlaut nicht an die Allgemeinheit, sondern lediglich an einen schon längst bestimmten Ankläger richtete, den sogenannten Prokurator. Diese Rolle hatte ein stimmgewaltiger Ratsknecht übernommen, der in die Gerichtsschranne vor den schwarzbetuchten Richtertisch trat und, nachdem Ruhe auf dem Platz eingekehrt war, einen auswendig gelernten Text zu deklamieren begann. Sechs Übeltäter lägen seit einiger Zeit im fürstlichen Gefängnis des Falkenturms, rief er. Er bitte, diese Verbrecher mit Namen Paulus Gämperl, genannte

Pappenheimer, sein Eheweib Anna und seine Söhne Gumpprecht und Jacob sowie den Bauersmann Ulrich Schölz und den Schneider Georg Schmälzl zur Aburteilung ihrer Missetaten vor Gericht zu rufen.

Worauf Fickler von seinem Fenster aus sehen konnte, wie Neuchinger sich erhob und den nun erstmals ordentlich Angeklagten befahl, vor Gericht zu erscheinen. Er tat ganz so, als stünden die sechs nicht längst schon vor ihm auf der Treppe und als wäre ihnen noch eine andere Wahl geblieben. Einer der Amtleute, welche die Gefangenen bewachten, meldete mit lauter Stimme vom Rathaus her, die Beklagten seien vor Gericht erschienen, um sich zu verantworten. Daraufhin verlas der Ankläger eine Vollmacht des Herzogs, wonach er beauftragt und berechtigt sei, gegen die zum Rechtstag gekommenen sechs Übeltäter im Namen Ihrer Durchlaucht Maximilians »zu klagen und des Rechtens zu begehren«. Der Bannrichter ließ sich die Urkunde aushändigen, tat, als müßte er sich erst ihres Inhalts vergewissern, und rief dann laut: »Ich vergönne Euch, im Malefizrechten zu klagen, wie Malefizrechtens Recht ist!« Was für den nunmehr zugelassenen Kläger das Stichwort war, zur öffentlichen Verlesung der Urgichten aufzufordern.

Nun vernahm der alte Hofrat gleich allen übrigen Schaulustigen hoch oben vom Rathaus her, wo in luftiger Höhe auf einem Mauervorsprung der Amtsschreiber des Hofoberrichters stand, eine weit über den Platz hallende Stimme. Sie verkündete die Geständnisse der Pappenheimer. Es wurden jene Listen verlesen, welche die Gefangenen am Vormittag des 26. Juli in der Stube des Eisenmeisters zu hören bekommen und deren Richtigkeit sie zumindest stillschweigend bestätigt hatten. Manches erstaunte »Ah« und entsetzte »Oh« begleitete die Kundbarmachung der Missetaten.

Von Paulus Gämperl hieß es, er hätte »allein hundert junge Kinder und zehn alte Leut mit greulicher Zauberei erkrümmt und erbärmlich umgebracht«. Er »ist auch vielmalen den Wirten und anderen Leuten in die Keller gefahren«, vernahm die Menge, wo er »von Speis und Trank, was er bekommen (konnte), ohne Scheu genommen (hat)«. Ferner hätte er gestanden, »zehn Kirchenraub begangen, vierzigundvier Personen gewalttätig mit eigener Hand ermordet, achtmalen den Leuten Haus und Städel angezündt, zu vierzehnmalen nächtlicher Weil in die Häuser gefallen, die Leut beraubt und geplündert, zum fünften Mal die Leut auf den Straßen beraubt und vier andere Diebstahl begangen« zu haben.

»Ebenermaßen hat sein Weib«, scholl es weiter über den Platz, »Anna Gämperlin, so sechzig Jahr alt, einhundert junge Kinder und neunzehn alte Menschen mit Zauberei angriffen, erkrümmt und gottloser Weis getötet; ist achtmalen in die Keller gefahren, (hat) mit eigner Hand einen Mord verbracht, zweimalen andrer Häuser in Brand gesteckt, vier Hagel und Schauer gemacht, des Viechs so viel und die Weid so oft vergiftet und verderbt, daß sie es nit alles hat zählen können.«

Die Aufzählung der Verbrechen war lang, obwohl, wie man bemerkt, keineswegs alle Geständnisse berücksichtigt wurden, sondern nur die, für welche die Nachforschungen des Gerichts weitere Verdachtsmomente zu Tage gebracht hatten und somit nach Überzeugung der Hofratskommissare voller Beweis erbracht war. »Der ältere ihrer beiden Söhne, Gumpprecht genannt«, klang es aus luftiger Höhe, »hat dreißig Kinder und alten Leuten mit Zauberei den Tod verursacht: Ist zu zwölfmalen in die Keller gefahren, (hat) die Kirchen neunmalen angegriffen und beraubt, zwanzigundvier Mord begangen, neun Häuser mit Feuer angesteckt, (ist) sechsmalen nächtlicher Weil eingefallen und (hat) die Leut beraubt. (Er hat auch) zum viertenmal Straßräuberei geübet, unzählig viel Viech und Weiden vergiftet und verderbt und unter frommen Eheleuten zum viertenmal böse Ehen angerichtet. Der andere, ihr Sohn Jacob von einundzwanzig Jahren, hat fünfundsechzig junge Kinder und fünf alte Leut mit Zauberei hingerichtet, ist zehnmalen in die Keller gefahren, (hat) fünf Kirchenraub begangen, dreiunddreißig Personen mit eigner Hand mörderischer Weis um ihr Leben gebracht, fünfmalen Feuer eingelegt, fünf nächtliche Einfäll getan, vier andere Diebstähl begangen, zehn Hagel und Schauer gemacht, sechsundzwanzigmal Viech und Weiden vergiftet.« Von dem fünften Angeklagten, »Ulrich Schältzbauer, achtundsechzig Jahr seines Alters, ... Wirt von Tettenwang«, hörte man: »Der hat einundsiebenzig Kinder und dreißig alte Menschen mit Zauberei hingericht, ist zum siebenten Mal in die Keller gefahren, (hat) drei handtätige Mord begangen und vierzigmal Viech und Weid verderbt.« Und der sechste Missetäter schließlich, »ein Schneider, Georg Schmälzl genannt, von Prunn, seines Alters fünfzig Jahr, hat sechsunddreißig junge Kinder und fünfzehn alte Leut mit Zauberei getötet, (ist) sechsmalen in die Keller gefahren, (hat) viermalen Kirchenraub und zwei Mord getan, zweimalen gebrannt, zu Hagel und Schauer geholfen, und zu drei Malen die Weid verderbt.«

So etwa der Inhalt der Urgichten, wie er vom Amtsschreiber mit lauter Stimme verlesen wurde. Jedenfalls wird er uns so von einem anonymen Ohrenzeugen überliefert, der wenig später seinen Prozeßbericht in Form eines in Augsburg gedruckten Flugblatts verbreitete. Man habe die »Verbrechen nur summarischer Weis verlesen«, schreibt unser Gewährsmann, »und dennoch über die zwei Stund' damit zugebracht«. Denn »diese sechs malefizische Personen« hätten »in einer Summa« nicht weniger als »vierhundert und ein Kind, fünfundachtzig alte Leut mit Zauberei hingerichtet«, wären »vierundfünfzigmal in die Keller gefahren«, hätten »achtundzwanzig Kirchenraub und einhundertundsieben Mord begangen, sechsundzwanzigmal gebrannt, fünfundzwanzigmal nächtlicher Weil eingefallen, neunmalen Straßenräuberei getrieben, dreizehnmal Diebstahl verbracht, einundzwanzig Hagel und Schauer gemacht, unzählig vielmalen Viech und Weid verderbt und vier böse Ehen gemacht«.
Man darf annehmen, daß diese Zusammenfassung aller zur Aburteilung stehenden Verbrechen in dieser Form auch vom Amtsschreiber auf dem Münchner Marienplatz verlesen wurde. Noch einmal sollte der wartenden Menge eindrucksvoll klar gemacht werden, was für schreckliche und gefährliche Leute da vorne auf der Rathaustreppe standen. Auch die Reihenfolge, in welcher der Chronist die Verbrechen der Pappenheimer vortrug, basierte vermutlich auf dem Wortlaut der Urgichten. Dabei fällt die völlige Vermischung von »realen« Taten wie Mord, Raub und Brand mit den typischen Hexereidelikten auf. Mit zauberischer Schädigung von Menschen begann jeweils die Aufzählung, wurde mit dem Kellerfahren fortgesetzt, worauf Mord, Brand, Raub und Diebstahl folgten, um schließlich durch weiteren Schadenszauber wie Wettermachen, Viehschädigung und »Stiftung böser Ehe« ergänzt zu werden. Offensichtlich sah man im Teufelsbündnis mit all seiner schrecklichen Konsequenz das eigentliche Delikt, unter das letztlich auch die ohne Zauberei begehbaren Untaten einzuordnen waren. Verlangte der Böse Feind von seinen Anhängern doch, die Menschen auf jede nur denkbare Weise zu schädigen. Diesem Auftrag, das mußte jedermann klar werden, waren die sechs Angeklagten mit gräßlicher Gründlichkeit nachgekommen. Waren sie nicht gar Teufel in Menschengestalt? Drohendes Geraune und vielstimmige Unmutsäußerungen werden die Verlesung der angeblichen Missetaten kommentiert und hin und wieder unterbrochen haben.

Von seinem bevorzugten Platz aus, hoch über der Menge aus dem offenen Fenster lehnend, verfolgte der greise Hofrat und Talglichtgelehrte Johann Baptist Fickler das Spektakel. Dergleichen bekam man auch damals selten zu sehen und zu hören. Es war wohl bloß Neugier, nicht innere Anteilnahme, die den alten Herrn so schaulustig machte. Was ging ihn das Gesindel und dessen Schicksal an? Wie sollte er, der die Menschen in christkatholische Gotteskinder und ketzerisches Teufelsgeschmeiß einteilte, mit den Verbrechern da drüben auf der Rathaustreppe, die seinem Blick verborgen waren, Mitleid haben? Warum hätte er, der auf Gottes Gerechtigkeit in dieser Welt vertraute, an der Schuld der Verurteilten zweifeln sollen? Und doch war seine Person auf seltsame Weise mit diesen Menschen verbunden. Er nämlich sollte es sein, der sie vor dem Vergessenwerden bewahrte. Während er der nicht endenwollenden Aufzählung von Scheußlichkeiten lauschte, die der Amtsschreiber mit lauter Stimme vorlas, kam ihm der Gedanke, ohne den es dieses Buch nicht gäbe. Er nahm sich vor, die Prozeßakten dieses Falles als monströses Zeugnis der Bosheit des Teufels dem herzoglichen Archiv einzuverleiben. Die in Schweinsleder gebundenen Protokolle mit den Aussagen von überführten Hexenleuten würden nicht schlecht in die Sammlung fürstlicher Kuriositäten passen, dachte der alte Herr. Und sorgte dafür, daß die Akten des Verfahrens in die herzogliche Kunstkammer kamen. Da überdauerten sie die Zeit zwischen Bildern von bärtigen Jungfrauen, doppelköpfigen Ziegen, Zwergen und Mißgeburten, zwischen Muscheln, Korallen, Geweihen, ausgestopften Vögeln und der Flosse eines Narwals.

Das Urteil

Nach der Verlesung der Urgichten erhob der Ankläger, gespielt von dem im umfriedeten Bereich der Gerichtsschranne vor dem schwarzen Richtertisch stehenden Ratsknecht, wieder seine durchdringende Stimme, die mühelos das aufkommende Gemurmel der Menge zum Schweigen brachte. Da nun jedermann die Missetaten der zum Rechtstag erschienenen Gefangenen vernommen hätte, fordere er, Prokurator, die Herren Richter namens Seiner Durchlaucht des Herzogs von Bayern auf, sie mögen »zu Recht erkennen und sprechen, daß die beklagten Übeltäter der begangnen und überwundnen (= erwiesenen) Missetat halber mit endlicher Urteil und Recht das Leben verwirkt, den Tod verschuldet und demnach nach Ordnung und Befehl der Gesetze peinlich vom Leben zum Tod gestraft und gerichtet werden sollen«. War dies eine Art staatsanwaltliches Plädoyer, so läßt sich die kurze Rede des nach dem Ankläger vor den Richtertisch tretenden »Fürsprechers« ihrer Funktion nach als Akt der Verteidigung einstufen. Freilich wurde von dem Darsteller dieser kleinen Nebenrolle des Schauspiels weder zur Sache noch zur Person der Angeklagten etwas gesagt, vielmehr in formelhaften Wendungen ein gerechtes Urteil erbeten und Gottes Barmherzigkeit angerufen. Die Angeklagten selbst kamen nicht zu Wort. Sie waren, ihrer Stellung im vorangegangenen Inquisitionsverfahren entsprechend, auch bei diesem öffentlichen Spektakel lediglich Objekte, denen nichts weiter übrig blieb, als das Geschehen über sich ergehen zu lassen. Mit dem kurzen Auftritt des Fürsprechers hielt man ihre Interessen für hinreichend gewahrt.

Dann war die »Verhandlung« beendet. Der Bannrichter verkündete, er wolle die herzogliche Klage und die Antwort des Fürsprechers gründlich erwägen, sich auch mit dem ihm beigeordneten Unterrichter der Stadt München bereden und »gleichbaldig« zu einem Urteil entschließen. Auch das war natürlich nur Theatertext, stand doch das Urteil bereits seit einer Woche fest. Weshalb die »Beratung« der Richter kaum länger als ein Kopfnicken gedauert haben wird. Dann erhob Neuchinger die Hand, was für den Schreiber, der immer noch oben auf der Balustrade vor dem Rathausfenster stand, das Zeichen war, mit der Verlesung des Urteils zu beginnen, das sich von Anfang an unter seinen Papieren befand.

Und so klang es nun über den Platz: »Nachdem nit weniger die göttliche Heilig Schrift als auch die allgemeinen kaiserlichen Rechte, insonderheit aber die heilsame, von dem hochgeehrten und allervortrefflichsten Kaiser Karl dem Fünften . . . (im Jahre 1532) aufgerichtete und im ganzen römischen Reich publizierte und angenommene Peinliche Halsgerichtsordnung die hochverbotene, abscheuliche und erschreckliche Sünd der Zauberei und Hexerei, zumal aber die Verleugnung und Absagung der göttlichen Majestät und seines ganzen himmlischen Heeres, mit den schärfsten und schrecklichsten Strafen, so einem Menschen anzutun und also mit dem Brand zu hinzurichten statuiren und verordnen, und aber gegenwärtige (jeder-) männiglich zu einem offnen Exempl fürgestellte sechs Personen . . . in solche Vergessenheit der Ehren Gottes, der natürlichen Lieb sowohl gegen ihren Nächsten wie auch ihrer Seelen Heil selbst verfluchter, gottloser, unnatürlicher Weis geraten, daß sie sich obgemeldter, der Läng nach abgelesener abscheulicher Sünden und Laster verruchter, unerhörter, ganz viehischer und erschrecklicher Weis, zu Verachtung der heiligen Gebot, ja des allerheiligsten Namens Gottes selbst und aller ob-berührter heilsamen Rechtssatzungen unzählig vielmal teilhaftig gemacht, mit dem, daß sie dazu noch so viele junge und alte Personen mit ihren hochverdammten teuflischen Salben umgebracht und erkrümmt, Hagel und Schauer zugerichtet, das Vieh und dazu die Weid vergiftet, in die Keller und sonsten zu ihren Unholdentänzen und andern gottlosen teuflischen Zusammenkünften gefahren, dazu auch die Kirchen und daraus das hochheilige Sacrament mehrmalen geraubt und solches oft und vielmals aufs aller Abscheulichste ganz tyrannischer unmenschlicher Weis geunehrt, item und noch über dies alles viel namhafte fürsetzlicher ganz mutwillige Mord und Brand begangen, auch die Leut nächtlicher Weil gewalt- und mordtätiger Weis mehrmalen überfallen, unchristlich mit Brennen und Aufziehen diese traktiert und auf den Straßen und sonsten merkliche Räubereien und Diebstähle begangen, welche unerhörte, zumal auch ganz unchristliche greuliche und abscheuliche, hochverbotne, gar verdammte und sträfliche Taten, Laster und Greuel, so nit bald bei einigen Menschen allezumal sein erfunden worden, sie gehörter und abgelesener Maßen begangen zu haben nit allein güt- und peinlich bekenntlich und beständig gewesen, sondern hat sich solches noch in eingezogner Erfahrung wahr befunden, (so) daß Ihre fürstliche Durchlaucht bei Erinnerung Ihres landesfürstlichen Amtes und dann als gehorsamer Fürst und Glied des Heiligen Reiches Edicta, Constitutiones und Abschied zu vollziehen, alle Ehrbarkeit zu pflanzen, das Übel den Frommen zu Trost und den Bösen zu einem Abscheuchen zu strafen schuldig erkennen, nit umgehen sollen, wollen noch können, mit gegenwärtigen sechs Personen als nunmehr offenbaren, bekanntlichen und mit allen obbemeldten Lastern kundlich behafteten Verbrechern und Übeltätern inhalt und vermög mehrbesagter gemeiner Recht und Reichskonstitutionen procedieren und verfahren zu lassen, derowegen dann nach genugsamer Erwägung gegenwärtiger erschrecklicher Fälle und Untaten und auf dieser fürgestellten obernannten sechs Personen eigene unwiderrufliche Bekanntnus und derselben gleich zustimmende Erfahrung, da sie alle solche abscheuliche, greuliche und also beschaffene Laster begangen, von derowegen nach Ausweisung göttlicher Schrift wohl Städte, Land und Leut oft müssen Not leiden, auch noch heutigen Tags allerlei Strafen und Unheil von Gott dem Allmächtigen wider uns verhängt werden, so erkenn ich, Christoph Neuchinger zu Oberneuchingen, fürstlicher Bannrichter, hiermit zu endlichem peinlichen Recht, daß zu Vollziehung obangedeuteter kaiserlicher Rechte und Satzungen, ofternannte sechs mißtätige Personen das Leben verwirkt und einen peinlichen Tod verschuldet, nämlich daß diese alle sechse auf zwei Wägen öffentlich gesetzt, vor der endlichen Tötung bis zu der Richtstatt umgeführt, und jedes Leib insonderheit mit glühenden Zangen sechsmal gerissen, der Muttern aber hierunter beide Brüst abgeschnitten, dann den fünf Mannspersonen an vorgenannter Richtstatt mit dem Rad die Glieder abgestoßen und folgends Paulus Gämperle, als der Vater, an den Spieß gezogen und darauf alle sechs Personen mit dem Feuer vom Leben zum Tod gerichtet werden sollen.«

Damit verstummte die von der Höhe des Rathauses tönende Stimme des Vorlesers, und das gespannte Schweigen der Menge wird einer aufgeregten Unruhe gewichen sein. Was für ein Urteil! Es bestand aus einem einzigen, monströsen Satz, einem Labyrinth der Logik, verschachtelt, weit ausholend, vielbedeutend in seinem vorbereitenden Teil, knapp und kalt in seiner eigentlichen Aussage. Es dürfte den damaligen Zuhörern nicht leichter gefallen sein als uns, den Windungen dieses Wortungetüms auf Anhieb zu folgen. Der Verfasser war vermutlich kein anderer als Doctor Wangereck, keineswegs der Bannrichter, dessen Funktion allein darin bestand, seinen guten Namen für das Bluturteil herzugeben. Der Inhalt verrät den Urheber. Trotz seiner grammatikalischen Schwerfälligkeit – schon damals glaubte der gebildete Deutsche, ein Satz sei um so klüger, je komplizierter er ist – und ungeachtet althergebrachter formelhafter Wendungen, läßt der Text die Motive des Prozesses deutlich werden und staatstheoretische Rechtfertigung anklingen. Ausdrücklich wird die herzogliche Strafgewalt aus zwei Quellen hergeleitet: aus dem »landesfürstlichen Amt« und aus der Verantwortung gegenüber dem Reichsganzen. Sinn und Zweck staatlichen Strafens sei es, die Frommen zu trösten und die Bösen abzuschrecken. Eine Formel, die, überraschenderweise gänzlich auf religiöse Umschreibung verzichtend, ein sehr »modernes« Staatsverständnis beweist. Nicht Rache und Buße für die schrecklichen Untaten sind Hauptgrund der drakonischen Verurteilung, sondern Prävention, Rechtssicherheit, Abschreckung. Es geht um ein »offenes Exempel«, es geht nicht nur um die Abstrafung von individuellen Verbrechen, sondern auch um

die Bekämpfung abscheulicher Untaten, unter denen ganz allgemein »Städte, Land und Leut oft müssen Not leiden«.
Die tausendköpfige Menge auf dem Münchner Marktplatz wird das komplizierte Satzgebilde, dessen Verlesung von hohem Mauervorsprung man mit angespanntem Atem vernahm, kaum ganz verstanden haben. Der Predigerton freilich, der durch das Urteil klang, war den Bürgern, Handwerkern, Bauern und Hofleuten wohlbekannt. In vertrauter Mischung entnahmen sie dem Urteil Mahnungen und Drohungen, die sich an jedermann richteten. Wohl sollte das vor aller Augen aufgeführte Schauspiel des endlichen Rechtstags glauben machen, ein weiser Richter urteile den ihm vorgelegten Fall nach altüberliefertem, »ewigen« Recht ab, das er lediglich im Erfahrungsschatz des Volkes zu suchen hatte. Aber der verlesene Text ließ keinen Zweifel daran, daß die Obrigkeit die Quelle allen Rechts war. Die von Untertanen begangenen Verbrechen hatten Gott erzürnt und die staatliche Gewalt zur Vergeltung gereizt. Gestraft wurde nicht so sehr, um das Unrecht aus der Welt zu schaffen, sondern vielmehr um allen Unbotmäßigen die drohende Faust der Ordnungsmacht zu zeigen. Gott und damit der Herzog fühlten sich beleidigt, der Herzog und Gott waren empört. Beide mußten versöhnt werden durch das Blutfest. Auch wenn die Zuhörer nicht alle Worte und Wendungen des Urteils verstanden, so begriffen sie doch wohl ahnend und schaudernd diesen unausgesprochenen Zweck des Exempels.
Als sich die Unruhe, die nach der Urteilsverkündung auf dem Platz entstanden war, etwas gelegt hatte, erhob sich der Bannrichter erneut, nahm mit theatralischer Geste den vor ihm auf dem schwarzen Tischtuch liegenden Gerichtsstab in die Hände, den er, ihn an beiden Enden umfassend, in die Höhe reckte und zerbrach. Damit sollte angedeutet werden, daß es mit den Leben der armen Sünder geschehen sei wie mit dem Holzstab. Das Stabbrechen war eine symbolische Vorwegnahme der Hinrichtung, weshalb ein vielstimmiges Stöhnen durch die Menge ging, während Neuchinger die zerbrochenen Hölzer auf den Tisch zurücklegte. Inzwischen hatte sich der Münchner Scharfrichter, der innerhalb der Gerichtsschranne auf einer besonderen Bank saß, von seinem Platz erhoben und vernahm mit unbewegter Miene den an ihn gerichteten Befehl des Richters: »Züchtiger! Ich befehle dir bei dem Eid, den du einem fürsichtigen, ehrsamen und weisen Rat der Stadt München geschworen hast, daß du die armen Gefangenen also gebunden auf die gewöhnliche Ge-

richtsstatt führest und daselbst meines gesprochenen Urteils, wie es rechtens ist, Vollziehung tust.«

Der Zug

In die Schaulustigen kam Bewegung. Zwei offene Karren, von Pferden gezogen, bahnten sich einen Weg durch die Menge, während Amtleute die »armen Sünder« die Rathaustreppe herabführten. Der Bannrichter und der Stadtunterrichter verließen die Gerichtsschranne und stiegen auf ihre Pferde. Gehilfen des Scharfrichters hatten inzwischen einen Kessel mit glühender Holzkohle herbeigetragen, der vor dem Rathaus in einem von Schergen abgegrenzten Bezirk abgestellt wurde. Man führte die Verurteilten auf diesen freien Platz. Der Züchtiger prüfte die Reißzangen, große eiserne Scheren, die mit ihrem vorderen Teil in der Glut des qualmenden Kessels steckten. Dann trat er vor Anna Pappenheimerin, packte ihr Leinenkleid mit beiden Händen am Kragenausschnitt und zerriß es mit einem Ruck, indem er es über den knochigen Schultern der alten Frau bis zum Gürtel herabzog. Auch den anderen Gefangenen wurde auf ähnliche Weise der Oberkörper entblößt. Mit gesenktem Blick oder schreckgeweiteten Augen standen sie blaß zwischen ihren Bewachern. Die Menschen auf dem Platz, von denen nur die nächststehenden diesen ersten Teil der Urteilsexekution sehen konnten, reckten die Köpfe, drängten sich zum Ort des Geschehens, mußten von Berittenen zurückgehalten werden.
Unter den Zuschauern, die Augenzeugen wurden, befand sich auch der elfjährige Hänsel Pämb. Auf Anweisung Kommissar Wangerecks mußte er nämlich die Hinrichtung seiner Eltern mit ansehen – der Hofrat versprach sich von diesem Erlebnis läuternde Wirkung. So war denn dem Bußamtmann der Stadt München, unmittelbar nachdem die Gefangenen aus dem Falkenturm geholt worden waren, der Knabe vom Eisenmeister übergeben worden. Der hob das Kind auf sein Pferd und ritt mit ihm zum Marktplatz, wo er sich unter die Menge mischte, angewiesen, auf das Verhalten des Landfahrerbuben zu achten und sich jedes seiner Worte gut zu merken. Hänsel sprach lange Zeit gar nichts, wirkte aber auch nicht sonderlich niedergeschlagen, vielmehr, nach Meinung des Bußamtmanns, »frisch genug«.
Der Züchtiger zog die erste der glühenden Zangen aus dem Kessel

und riß damit dem gräßlich aufbrüllenden Paulus Pappenheimer sechs tiefe Wunden in Arme und Oberkörper. Schon hatte er das nächste Gluteisen in den Händen und vollzog die grausame Strafe an Gumpprecht. So wurden nacheinander alle Malefikanten »gerissen«. Zuletzt schnitt der Scharfrichter Anna Pappenheimerin die Brüste ab.

Diese harte, abstoßende Frauenstrafe, deren entehrender Charakter offensichtlich ist, wurde damals nur selten vollzogen. Im umfangreichsten Fachbuch der Zeit über alle gebräuchlichen »Leibes- und Lebensstrafen« wird sie nur historisch abgehandelt – als Marter aus der Zeit der Christenverfolgungen. »Die Anatomici berichten einmütiglich, daß wegen der subtilen Adern eine über alle Maßen heftige Empfindlichkeit in den Brüsten der Weibsbilder zu verspüren sei. Welches die heidnischen Tyrannen bei Verfolgung der Christen angemerkt, indem sie den Weibsbildern, welche bei dem christlichen Glauben beständig verblieben, an den Brüsten überaus große Marter zugefügt, indem sie solche grausam gezerret, zerrissen und endlich gar abgeschnitten ...« Im Bayern Herzog Maximilians scheint diese Strafe gleichwohl nicht völlig ungewöhnlich gewesen zu sein. Die von Georg Hund 1601 entworfene herzogliche Nachrichterordnung sah sie vor.

Nach den Berichten von Chronisten wurden die abgeschnittenen Brüste sowohl Anna selbst als auch ihren beiden Söhnen »ums Maul gerieben«. Dann packten Amtleute die geschundenen Malefikanten und stießen sie auf die bereitgestellten offenen Karren. Auf den ersten kamen Anna und ihre Söhne Gumpprecht und Michel, auf den anderen Paulus Pappenheimer, Ulrich Schölz und Georg Schmälzl. Sie setzten sich auf die Bretter, die als Bänke von Seitenwand zu Seitenwand quer über die Pritschen genagelt waren. Dann kletterten zwei Geistliche auf jeden Wagen und nahmen neben den Verurteilten Platz. Man war bereit zur Abfahrt.

Inzwischen hatte sich auf dem Marktplatz in einer von Zuschauern freigehaltenen Gasse ein prozessionsartiger Zug formiert. Auf das von Gehilfen des Scharfrichters gegebene Zeichen, das sich auf die Abfahrbereitschaft der Armesünderkarren bezog, setzte er sich in Marsch. Voran ging einer der Münchner Bettelrichter, ein großes Kruzifix vor sich her tragend. Dahinter ritten städtische und herzogliche Amtleute mit Seitengewehren und Ledergurten zum Zeichen ihrer Gewalt. Klirrend und scheppernd folgten die Söldner der bürgerlichen Scharwache in eisernen, sonnenbeglänzten Harnischen,

mit charakteristischen Pickelhauben auf den Köpfen und langen Spießen in den Händen. Dann kamen städtische und herzogliche Gerichtsbeamte in kurzen roten und blauen Röcken.
Allein und würdevoll schritt der Schreiber des Hofoberrichters daher, die Mappe mit den vor kurzem erst verlesenen schicksalsträchtigen Schriftstücken in der Rechten haltend. Hinter ihm sah man die sogenannten vier Nachtkönige: blau und schwarz gekleidete, lanzentragende Burschen, die allegorisch die vier Münchner Stadtteile verkörperten. Es folgten mit ihren langen Holzstangen die Kornmesser, die zuvor den umfriedeten Bereich der Gerichtsschranne gebildet hatten und nun den beiden Armesünderkarren Geleitschutz gaben, die von Pferden gezogen hinterherknarrten. Geführt wurden die Wagen mit den Verurteilten vom Wasenmeister und seinem Knecht, seitwärts abgeschirmt von Schergen und Gehilfen des Scharfrichters, der selbst dem zweiten Wagen zu Pferde folgte. Gebete murmelnd, gingen Abordnungen der Münchner Geistlichkeit – Mönche, Nonnen, Stadt- und Hofpfarrer – dem Karren hinterher. Anschließend eine größere Gruppe berittener Teilnehmer des Zuges: zuerst der Bannrichter und sein Diener, dann der Stadtoberrichter, der Stadtunterrichter, der Hofoberrichter und Rentmeister, Stadträte und andere Honoratioren. Diesen schlossen sich Männer, Frauen und Kinder aus der Menge der Schaulustigen an. So entstand ein Zug von gut tausend Metern Länge, dessen Ende sich noch am Marktplatz formierte, während der Kruzifix-Träger an seiner Spitze längst die neuerbaute St.-Michaels-Kirche passiert hatte.
Es fehlten die Blumenteppiche, Heiligenbilder, Birkenaltäre und der Fahnenschmuck – aber sonst ähnelte die Prozession, die sich an diesem Hochsommermorgen vom Rathaus in westlicher Richtung über Kaufinger- und Neuhauserstraße durch die Stadt bewegte, in mancher Beziehung dem festlichen Fronleichnamsumzug, den man hier sechs Wochen zuvor erlebt hatte. Vom Schönen Turm am Ende der Kaufingerstraße, durch dessen Tordurchfahrt der Weg des Zuges führte, klang Glockengeläut. Fromme Gesänge wurden von einzelnen Gruppen der Teilnehmer angestimmt, andere murmelten einem Vorbeter nach. Doch auch das Lachen und Schreien der Kinder, die im festlichen Durcheinander Fangen spielten, die Rufe und Scherzworte sich begrüßender Nachbarn, das uns so vertraute Geplärr der Bettler muß man sich zur Beschreibung des Spektakels hinzudenken. Laut priesen Straßenverkäufer dem lesenden Publikum gedruckte Exemplare der »Urgichten« der zur Hinrichtung geführten

Übeltäter an, während Weiber und Kinder in Hüten Geld zu heiligen Messen für die Verurteilten sammelten. Taschendiebe huschten durch die Reihen der dichtgedrängt stehenden Gaffer, den erzieherischen Motiven der Veranstalter dieser »exemplarischen Abstrafung« auf ihre Weise Hohn sprechend. Und natürlich stand man zu dritt, zu fünft beieinander und wußte das vor kurzem gehörte Sündenregister der zum Richtplatz geleiteten Verbrecher durch eigene Informationen zu ergänzen.

Der Bußamtmann mit Hänsel Pappenheimer vor sich auf dem Sattel hatte sein Pferd gleich im Anschluß an die Gruppe der Honoratioren dem Zug eingereiht. Als die beiden den Schönen Turm erreichten, wo sich das Volk der Schaulustigen besonders eng drängte, drehte sich das Kind zu seinem Bewacher um und rief begeistert aus: »Schaut's, schaut's! Wie hat mein Vater und Mutter ein so schöne Hochzeit! Wie haben wir soviel Trabanten – der Herzog hat nit so viel!« Den Beamten befremdete solche Rede. Weit entfernt, in ihr rührend-naive Kindlichkeit zu vermuten, hielt er sie für höchst verdächtiges Teufelszeug und merkte sie sich wörtlich für seinen späteren Bericht.

Die Kirchentüren von »Unserer Lieben Frau« und »St. Michael« standen weit offen. Wäre einem der Gefangenen die Flucht vom Karren und durch die Volksmenge in das Innere einer der Kirchen am Wege gelungen, so hätten die Schergen ihm nicht folgen dürfen. Die Verurteilten mochten von ihrem rumpelnden Gefährt aus sehnsüchtige Blicke in das goldglänzende Schwarz des Schiffes von St. Michael geworfen haben – da lag die Freiheit nur wenige Schritte weit entfernt und doch unerreichbar. Denn schwere Ketten hielten die Elenden fest, dicht waren die Reihen der rechts und links die Wagen eskortierenden Bewacher, und schwach waren die von glühenden Zangen gerissenen Körper. So saßen sie wohl apathisch auf ihren Bänken, bis der Zug am Neuhauser Tor – dem heutigen Karlstor – haltmachte.

In der Tordurchfahrt hing ein blumengeschmücktes Holzkreuz an der rechten Wand. Davor sollten die zum Richtplatz geführten Verbrecher nach alter Sitte ein Gebet verrichten. Man ließ die Landfahrer, den Bauern und das Schneiderlein von den Karren steigen und führte sie an klirrenden Ketten durch die dichtgedrängten Teilnehmer der ins Stocken geratenen Prozession. Unter dem Kruzifix wiesen die sie begleitenden Geistlichen – vermutlich war der Falkenturm-Beichtiger Doctor Hannemann einer von ihnen – die Todgeweihten an, die Hände zum stillen Gebet zu falten, ihrer Missetaten zu gedenken und sich in Reue und Demut dem Herrn anheimzugeben. Worauf sie mit ihnen für einige Minuten in schweigender Andacht verharrten.

Auf dem Weg zurück zu den Wagen verzögerten zwei städtische Beamte, altes Herkommen achtend, die Weiterfahrt, indem sie den Angeketteten Wein in bauchigen Flaschen reichten. Die Elenden tranken vermutlich in gierigen Schlucken. Die Geste des Erbarmens war kein spontaner Einfall, sondern ein symbolischer Akt, eine institutionalisierte Form von Menschlichkeit, die in seltsamem Gegensatz zur Grausamkeit der Hinrichtungsprozedur stand. Die Sitte des Weinreichens geht auf Berichte von der Kreuzigung Christi (Matth. 27, 34 – Markus 15, 23) zurück, diente aber auch einem praktischen Zweck: Die Verurteilten sollten leicht berauscht und dadurch gleichgültiger werden gegen die Schmerzen, die ihrer harrten. »Gebet stark Getränke denen, die umkommen sollen«, mahnte Martin Luther, »daß sie trinken und ihres Unglücks nicht mehr bedenken.« Nach einer Anweisung für Richter sollte man »denen, so hingerichtet werden sollen, Wein mit Weihrauch oder Myrrhen vermischet, zu trinken« geben: »Entweder dadurch sie trunken oder in ihren Gedanken verwirret zu machen, daß sie die Schmerzen nicht so eigentlich fühlen oder achten, sondern desto getroster zum Tode gehen möchten. Oder vielmehr umgekehrt, daß sie dadurch gestärket und die Marter und Pein desto länger ausstehen könnten ...«

Geistlich und körperlich gekräftigt ließ man unsere Gefangenen wieder auf ihren Bänken Platz nehmen. Der Zug setzte sich abermals in Marsch und verließ unter dem Gebimmel der Armesünderglocke und einem neu angestimmten Kirchenlied den Münchner Burgfrieden. Der Hufschlag der Pferde hallte wider im schattigen Innenhof des Tores, knirschend rumpelten die eisernen Radreifen der Karren durch die äußere Tordurchfahrt und über die steinerne Bogenbrücke. Wie bei einer Heerschar frommer Wallfahrer schwankte das große Holzkreuz der Prozession voran, auf sanft gewundenem Feldweg vorbei an Scheunen, Sommerwiesen, Haferfeldern, durch flaches, weites Land im Morgenlicht. Der Weg führte in westlicher Richtung auf der Pasinger Landstraße bis zu der im Dunst sichtbaren Anhöhe des Galgenberges. Wir sehen unsere Gefangenen auf schwankendem Karren ab und zu den Blick nach rückwärts wenden über den langen Zug, der ihnen folgte, hin zum vieltürmigen Weichbild der Stadt.

Droben auf dem Galgenberg herrschte Gedränge und Volksfeststimmung. Amtleute und Kornmesser hatten Mühe, den Bereich um die sechs gewaltigen Scheiterhaufen und den »Prechen« von Neugierigen freizuhalten. Längst hatte der Armesünderkarren die Höhe erreicht, aber noch immer strömten Zuschauer in dichten Scharen von München herbei, weshalb der Bannrichter mit der Eröffnung der Exekution noch wartete. In der Kopf an Kopf stehenden Menge der Münchner Bußamtmann mit Hänsel vor sich hoch zu Roß, neben ihnen Münchner Bürger, Handwerker, ein Bauer mit schwarzem Vollbart. Zu dem beugte sich das Kind hinunter und sprach: »Bauer, wie hast du einen so schönen schwarzen Bart! Schenk mir deinen Bart, ich hätt den meinen gern in so einer Farb!« Der Angesprochene antwortete gutmütig, scherzhaft, nicht ahnend, wen er vor sich hatte.

Da ertönte der Ruf »Stille! Stille!« über den Platz. Das Lärmen der Menge, das Rufen, Singen, Lachen und Murmeln erstarb, und alle Aufmerksamkeit der Anwesenden richtete sich auf die weithin einsehbare Kuppe des Galgenbergs, wo Christoph Neuchinger sich aus der rechts von den Scheiterhaufen wartenden Gruppe Berittener löste und sein Pferd in die Mitte des Hügels lenkte. »Ich befehle dem Züchtiger, seines Amtes zu walten«, rief er mit weithin vernehmlicher Stimme, »und verkünde ihm Frieden und sicheres Geleit, was immer ihm widerfahren soll!« Mit diesen Worten stellte er den Scharfrichter unter den Schutz des Gerichts für den Fall, daß ihm bei der Durchführung der Exekution ein Fehler unterlaufen würde. Es war nämlich vorgekommen, daß die erregten Zeugen einer unglücklich verlaufenden Hinrichtung den Züchtiger gelyncht hatten. Dem sollte durch die Zusicherung freien Geleits vorgebeugt werden.

»Schaut's! Jetzt bringt man meinen Vater!« rief Hänsel den Leuten zu, die des Bußamtmanns Pferd umstanden. Der Scharfrichter und einer seiner Gehilfen schleppten Paulus Pappenheimer zu dem auf die Erde gezimmerten Balkengatter, legten ihn darauf, banden ihn an Händen und Füßen fest. Dann nahm der Züchtiger mit starken Armen das bereitliegende Rad, ließ es erst auf den rechten, dann auf den linken Arm des Verurteilten fallen. Mit knackendem Geräusch brachen dem Armen die Knochen, laut stöhnte er auf. »Wie stößt man meinem Vater seine Glieder ab!« entsetzte sich das Kind auf dem Pferd.

So verfuhr man auch mit den anderen Malefikanten. Nur Anna blieb vom Rad verschont. Aus Gründen, die tief in der mystischen Symbolwelt der peinlichen Strafen liegen, durften Frauen nicht gerädert werden. Vielleicht hielt man diese Strafe, die in der Regel bis zur Tötung der Zerschlagenen ausgedehnt wurde, auch für zu grausam, um sie dem schwachen Geschlecht zuzumuten. »Bei uns in Deutschland«, so damals die verbreitete Meinung, »ist (die Strafe des Radbrechens) nach dem Feuer fast die ärgste und abscheulichste, mit welcher belegt werden die Mörder und Straßenräuber, . . . die Kirchenräuber und alle, die dazu geholfen . . ., die Eltern- und Kindermörder . . . die Assassini oder Meuchelmörder . . . die Hexen und Unholden, so grausame Taten verübt.« In unserem Falle freilich wurde die Räderung eigentlich nur angedeutet. Andernfalls wäre der vorzeitige Tod der Malefikanten zu befürchten gewesen, welche ja noch die im Urteil vorgesehene Häufung der Strafarten bis zum bitteren Ende ertragen sollten. Schon das Reißen mit den glühenden Zangen hatte die Verurteilten geschwächt – eine regelrechte Räderung hätte ihr Leiden vorzeitig beendet.
Das wollten die Schicksalsherren unserer Landfahrer nicht riskieren, weshalb der Scharfrichter Anweisung hatte, moderat vorzugehen. Sie wünschten ein aufsehenerregendes, abschreckendes Exempel zu statuieren und häuften vorsichtig die Quälereien bis zur äußersten Grenze dessen, was man Menschen antun kann, ohne sie sofort umzubringen. Dabei hatten sie sich im Falle von Paulus Pappenheimer, in dem man gewissermaßen den Anstifter und Rädelsführer sah, sogar noch etwas Abscheulicheres ausgedacht: die Spießung. Dies war eine der widerlichsten Strafen, die sich menschliche Phantasie je ausgedacht hat, und selbst zur damaligen Zeit kaum noch gebräuchlich. Die Peinliche Gerichtsordnung Karls V. sah sie nicht vor. In dem bereits zitierten Fachbuch der Zeit über »Leibes- und Lebensstrafen« finden wir darüber folgendes: »In der Barbarei sonderlich zu Algier, Tunis, Tripoli und Salee, wo die Erz-Seeräuber wohnen, wenn man einen der Verräterei halber für verdächtig hält, wird er gespießet. Welches also geschiecht, man steckt einem ein sehr spitzig Holz s. v. in den Hintern, welches mitten durch den Leib, und bisweilen durch den Kopf, auch wohl bei dem Halse wieder heraus gehet. Dieses Holz wird umgekehrt in die Erden gepflanzet, so daß die armen Leute etliche Tage in größten Schmerzen, als immer zu gedenken sein mag, lebendig bleiben, ehe sie sterben . . . Man saget, daß bei jetziger Zeit mit dem Spießen man nicht so viel

Wesens mehr mache als vor Alters, sondern bald davon zukommen, denen Übeltätern einen kurzen Spieß in den Afterdarm stoße, und sie damit auf der Erden hinkriechen lasse, bis sie sterben.« Man kann sich denken, daß eine so barbarische Strafe geeignet war, im Hinrichtungspublikum Mitleid mit dem gequälten Missetäter zu wecken. Dies war wohl der Hauptgrund dafür, von ihrer Anwendung im allgemeinen abzusehen. Paulus Pappenheimer mußte sie jedoch erdulden – offenbar war der Obrigkeit keine andere Steigerung der Grausamkeit mehr eingefallen. Wir wollen den Leser mit der Schilderung seines Leidens verschonen. Daß er tatsächlich gespießt wurde, ist jedoch nach Aussage der Quellen nicht zweifelhaft. Der Aufschrei des Gequälten muß den Zuschauern, die in dichter Menge den Galgenberg umstanden, durch Mark und Bein gegangen sein.

Den gräßlich Stöhnenden, sich am Boden Windenden packten die Hände zweier kräftiger Schergen und schleppten ihn über die an den mittleren Scheiterhaufen gelehnten Holzbohlen, um ihn oben auf dem Reisigstoß gefesselt liegen zu lassen. Dann wurde Anna auf den daneben aufgebauten Haufen gezerrt und auf einen Holzstuhl gebunden, den man dort zwischen den Reisigbündeln verankert hatte. Gumpprecht, Michel, Schölz und den Schneider stieß man auf die übrigen vier Scheiterhaufen, wo sie an die aus deren Mitte ragenden Holzpfähle angekettet wurden. Dann zogen die Gehilfen des Scharfrichters die Bretterbrücken von den Brandaufbauten weg. Pechfakkeln wurden entzündet und rasch hintereinander in das dürre Reisig der sechs Haufen gesteckt. Knisternd griffen züngelnde Flammen nach Ästchen und Zweigen. Rauchschwaden stiegen den Verurteilten beißend in die Augen, nahmen ihnen die Luft zum Atmen. Den Zuschauern wurde der Blick auf die Missetäter immer öfter durch den Qualm und die höherschlagenden Flammen verstellt. Schemenhaft sah man, wie die Armen sich vor Hitze und Hustenkrämpfen wanden, soweit es ihre Fesselung nur zulassen wollte. Hänsel auf dem Pferd des Bußamtmanns schrie kläglich. »Wie zappelt meine Mutter«, rief er verzweifelt.

Auch das Verbrennen bei lebendigem Leib war eine sehr seltene, weil ungewöhnlich grausame Strafe. Die Schreie der Erstickenden, ihr gräßlicher Todeskampf hatte bei ähnlichen Anlässen verschiedentlich zu zornigen Äußerungen des Unmuts beim Publikum und zu tätlicher Bedrohung des Nachrichters geführt. Weshalb etwa die Hexeninstruktion Wilhelms V. empfahl, bei der »Execution der

Straf mit dem Feuer« mögen die armen Sünder »zuvor mit dem Strang vom Leben zum Tod gericht' und alsdann erst verbrannt werden, es wären denn sonderbare erhebliche und wichtige Ursachen, aus welchen der Richter anderen zu einem Abscheuen und Exempel den Täter lebendig durch das Feuer strafen und hinrichten lassen wollte«. Genau darum ging es freilich in unserem Fall.

Unter das Prasseln des Feuers, die erregten Rufe aus der Menge, das leiser werdende Schreien und Husten der Gepeinigten mischten sich laut und monoton die Stimmen von Betenden. »Herr Jesu, dir lebe ich! Herr Jesu, dir sterbe ich! Herr Jesu, dein bin ich, tot und lebendig!« betete ein Geistlicher vor, und ein Chor von Frommen wiederholte diese Worte. Womöglich wurde auch gesungen, unsere Quellen lassen uns in dieser Beziehung im Stich. Es gibt jedoch Hinweise darauf, daß die Knaben des Jesuitenkollegs unter Anleitung eines Lehrers bei derartigen Exekutionen unter den Zuschauern Aufstellung nahmen, um während der Hinrichtung fromme Lieder erschallen zu lassen.

Bald sah man nichts mehr von den Missetätern. Haushoch schlugen die Flammen, unerträglich wurde die Hitze im näheren Umkreis des Hinrichtungsplatzes. Dicke Qualmwolken verdunkelten den blauweißen Sommerhimmel. Krachend stürzten die Scheiterhaufen, einer nach dem andern, in sich zusammen, endlich auch die glühenden Säulen in ihren Mitten. Dann war das Feuer so weit heruntergebrannt, daß der Scharfrichter sich wieder heranwagen konnte. Er stellte sich auf die höchste Stelle der Anhöhe und rief mit lauter Stimme über den Platz: »Herr Bannrichter! Habe ich recht gerichtet?« Worauf Neuchinger zu Pferde antwortete: »Da du gerichtet hast, wie Urteil und Recht gegeben, so laß ich es dabei bleiben!«

Damit war die Hinrichtung beendet. Langsam löste sich die Menschenmenge auf, ging ungeordnet die Pasinger Landstraße nach München zurück. Oben auf dem Berg bei der qualmenden Glut blieben nur der Abdecker und einige Gehilfen des Scharfrichters zurück, um den Platz aufzuräumen. Bald würden hier wieder neue Scheiterhaufen stehen. Denn der Prozeß gegen das niederbayerische Gesindel war ja noch nicht abgeschlossen. Im Falkenturm warteten der »Brottrager« Augustin Baumann, der Weber Hans »Glashänsel« Stumpf, der »Zuckerwastl« und zwei »Keßlerbuben« aus dem Bayerischen Wald auf ihr Urteil. Auch Hänsel Pappenheimer, das Kind, wurde vom Bußamtmann wieder in seine Keuche zurückgebracht. Und wenige Tage nach dem Brand auf dem Galgenberg lieferten

Amtleute des Alexander von Haslang die Familie des Klostermüllers von Tettenwang bei Meister Georg ab. Neue peinliche Befragungen im Gewölbe des Falkenturms waren angesetzt, noch viele bohrende Fragen sollte der Hofratskommissar Wangereck stellen und noch viele Seiten Papier der Rentschreiber mit eilender Feder beschreiben, ehe Hänsel Pappenheimer, Augustin Baumann, Glashänsel und Agnes und Anna Klostermüller am 26. November 1600 ebenfalls bei lebendigem Leibe verbrannt werden würden. Und selbst damit würde der Fall noch nicht erledigt sein. Die Frage, ob drei von den Pappenheimern denunzierte Frauen verhaftet und torquiert werden könnten, sollte den herzoglichen Hofrat noch volle zwei Jahre lang beschäftigen, zu einer Flut von gelehrten juristischen Gutachten führen, schließlich ungelöst bleiben. Denn bei den belasteten Frauen handelte es sich nicht um solche des niederen Volkes der Straße oder der Söldenhäuschen, vielmehr um eine respektable Bürgermeistersgattin, eine geldprotzende Gastwirtsfrau, eine runde Bäuerin. Gegen ihre Verhaftung richtete sich energischer Protest von Verwandten, ehrsamen Bürgern, Freunden in hoher Stellung. Worauf man die angeblichen Hexen gegen Kautionszahlung eilends wieder auf freien Fuß setzte und begann, den Mißgriff mit Bergen beschriebenen Papiers zu bedecken und die Angelegenheit zu vergessen.

Von den Pappenheimern und ihrem Anhang aber sollte noch einige Jahre lang gesprochen werden. Mehrere Flugblätter mit der Schilderung ihrer Verbrechen und ihrer Bestrafung kamen, nicht ohne Unterstützung der Behörden, in Umlauf. In Münchens Schänken wurden hin und wieder die zwei exemplarischen Hinrichtungen auf dem Galgenberg erwähnt. Bis es bald kaum noch einen gab, der sich daran erinnerte. Im herzoglichen Archiv verstaubten die auf Anregung des längst verstorbenen Doctor Fickler aufbewahrten Prozeßprotokolle. Als die »herrschende Meinung« der Juristen umzuschwenken begann und der Hexenwahn zur abergläubischen Verirrung erklärt wurde, etikettierte man die Aktenkonvolute mit der Aufschrift »Prozeß Pämb-Gämperl« als »Hexenakten«. Sie waren zur kulturhistorischen Merkwürdigkeit geworden, für die freilich kaum Interesse bestand.

Sonst blieb nichts von unseren Landfahrern. Man mußte sie nicht begraben. Der Abdecker wachte und schürte bei den Feuerstellen, bis diese ganz zu weißgrauer Asche geworden waren und nur noch eine schwarze Wolke, vom Wind nach Osten getrieben, im blauen Himmel des Sommernachmittags von dem Geschehenen kündete.

Anmerkungen

Eine umfassende Bibliographie und detaillierte Quellen- und Literaturnachweise findet der interessierte Leser in meiner Dissertation »Der Prozeß Pappenheimer«, Ebelsbach 1981, in der insbesondere spezifisch juristische Fragen breiter behandelt sind. Daher beschränken sich die nachfolgend aufgeführten Anmerkungen auf eine Offenlegung der wichtigsten benützten Literatur und der herangezogenen Quellen. Sie möchten einerseits als Hinweise für den Leser, andererseits als Dank verstanden werden an all die Forscher, die durch ihre Arbeit dieses Buch möglich gemacht haben.
Allgemeinhistorische, insbesondere kulturgeschichtliche Tatsachen, die als wissenschaftlich erwiesen gelten dürfen, wurden nicht eigens belegt. Soweit der Leser anläßlich meiner Schilderung der eigentlichen Geschichte unserer Landfahrer weitere Fragen hat, verweise ich ihn auf den umfangreichen Quellenapparat, der im Anhang meiner Dissertation im einzelnen aufgeführt ist.
Das Motto des Buches ist dem zu Unrecht vergessenen Werk von Will-Erich Peuckert »Die große Wende«, Hamburg 1948, Bd. 1, S. 121 entnommen.
Die im folgenden vorangestellten Ziffern beziehen sich auf Seitenzahlen, die kursivierten Zitate auf die entsprechenden Textstellen.

17 *Wohl über eine Wegmeile:* H. Dussler, Reiseberichte über München und Oberbayern vom 16. bis 19. Jahrhundert – Aus dem Tagebuch des Uditore Fantuzzi, Herbst 1652, Hs. Rom, Archivio Segreto Vaticano, Misc. Arm. XV, 80, Obb. Archiv, Bd. 93, S. 29ff. (34ff.).

19 *überliefert ein Flugblatt:* Münchner Stadtmuseum, Graphiksammlung, Inv. Nr. M – I 320.

20 *Schwabinger Tor:* Häuserbuch der Stadt München, Bd. I, Residenzstraße 27 – Nagler, Beiträge zur älteren Topographie Münchens, Obb. Archiv, Bd. 12, S. 9ff. – Gilardone, Wälle und Mauern um München, Bayerland, Bd. 46, S. 673ff.

22 *existiert ein Holzmodell:* Modell von Jakob Sandtner aus der Zeit um 1570. Bayerisches Nationalmuseum München.

24 *der sogenannte Falkenturm:* Häuserbuch der Stadt München, Bd. I, Maximilianstraße 44/45. – F. J. Lipowsky, Urgeschichten von München, 2. Theil, München 1815, S. 500.

25 *Eisenmeister:* Hofoberrichters Instruction von 1655, in: G. K. Mayr, Sammlung der Churpfalz-Baierischen allgemeinen und besonderen Landesverordnungen, Bd. V, München 1797, S. 720ff.

26 *Außerdem war darauf zu achten:* J. Döpler, Theatrum poenarum, Bd. 1, Sondershausen 1693, S. 658.

27 *keine Richterpersönlichkeit:* G. Ferchl, Bayerische Behörden und Beamte 1550–1804, Obb. Archiv, Bd. 53, München 1980, S. 7f.
Pflegämter: E. Rosenthal, Geschichte des Gerichtswesens und der Verwaltungsorganisation in Bayern, Bd. 1 (1598–1745), Würzburg 1906, S. 4ff. – W. Leiser, Strafgerichtsbarkeit in Süddeutschland, Köln–Wien 1971, S. 81ff.

31 *Seine Tage waren ausgefüllt gewesen mit eilfertigem Dienst:* J. Steinruck, Johann Baptist Fickler – ein Laie im Dienst der Gegenreformation, Münster 1973.

33 *die Summe seines Lebens:* Bayerische Staatsbibliothek München, Handschriftenabteilung 4° Cgm 3085, f. 117–160.

35 *Karl Kulmer:* R. Haydenreuter, Die Behördenorganisation im Herzogtum Bayern beim Regierungsantritt Maximilians I. (1598), Um Glauben und Reich, München 1980, S. 237ff. (249).

gemäß herzoglicher Instruktion: Hofraths-Instruction de 1590 (geheftet fol. 1–56) – Zeitgenössisches Manuskript, Bayerisches Staatsarchiv, Hof-Registratur ex. Fasc. 400, Nr. 1, Prod. 10.

36 *ein Spitzelsystem aufzubauen:* S. v. Riezler, Geschichte Baierns, Bd. 5, Gohta 1903, S. 18ff.

38 *Die Adeligen auf der Ritterbank:* F. Stieve, Briefe und Acten zur Geschichte des Dreissigjährigen Krieges, Bd. 5, München 1883, S. 1ff.

40 *So war es gutes Recht:* A. Perneder, Von Straff vnnd Peen aller und yeder Malefitzhandlungen ain kurtzer bericht ..., Ingolstadt 1544, f. II.

44 *Wangereck:* G. Ferchl, a. a. O., S. 734f. – F. Stieve, Briefe und Acten, Bd. 4 (1878) S. 191, Anm. 3, 4 – H. Dollinger, Studien zur Finanzreform Maximilian I. von Bayern in den Jahren 1598–1618, Göttingen 1968, S. 388, S. 418.

46 *Am 12. März 1585:* G. Frhr. v. Pölnitz (ed.), Die Matrikel der Ludwig-Maximilians-Universität Ingolstadt – Landshut – München, Bd. 1, 1472–1600, München 1937, Sp. 1149.

Studentenbrauch: B. Haendcke, Deutsche Kultur im Zeitalter des Dreissigjährigen Krieges, Leipzig 1906, S. 242ff. – S. v. Riezler, Geschichte Baierns, Bd. 6, Gotha 1903, S. 303f.

47 *Ingolstädter Rechtsstudium:* C. Prantl, Geschichte der Ludwig-Maximilians-Universität, Bd. 1, München 1872, S. 311ff. – K. H. Burmeister, Das Studium der Rechte im Zeitalter des Humanismus im deutschen Rechtsbereich, Wiesbaden 1974.

48 *Christoph Gewold:* F. Stieve, Briefe und Acten zur Geschichte des Dreissigjährigen Krieges, Bd. 5, München 1883, S. 12f.

Parteiungen im Hofrat: Stellungnahme des Hofoberrichters Bernhard Barth zu einem Streit im Hofrat, Bayerisches Staatsarchiv, Hof-Registratur ex. Fasc. 401, Prod. 3.

49 *wie wir glaubwürdig unterrichtet sind:* Bericht des Hofrats Hieronymus Auerbach, Bayerisches Staatsarchiv, Hof-Registratur ex. Fasc. 401, Prod. 3, Nr. 104.

in der Münchner Dienerstraße: Häuserbuch der Stadt München, Bd. 1, Dienerstraße Nr. 13.

56 *Betteln war damals ein Beruf:* F. C. B. Avé-Lallemant, Das deutsche Gaunertum in seiner sozial-politischen, literarischen und linguistischen Ausbildung zu seinem heutigen Bestande, Nachdruck der 1. Auflage 1858/62, Wiesbaden 1979, S. 40ff.

57 *unglaubliches Maß an individueller Gestaltungsfreiheit:* Ä. Albertinus, Der Welt Tummel- und Schauplatz, München 1612, S. 385f.

Der Nürnberger Stadtrat beschrieb die Situation: Verordnung des Rats vom 28. Juli 1588, zitiert nach Avé-Lallemant, a. a. O., S. 42.

58 *So beschrieben 1597:* Zitat aus der zeitgenössischen Komödie »Frau Wendelgard« von Nikodemus Frischlin.

59 *Der Herzog von Bayern befahl:* Lands- und Polizeiordnung der Fürstentumen Obern- und Niederbayern, München 1616, V. Titel, 1. Artikel.

der von Köstlichkeiten überquoll: E. Schremmer, Die Wirtschaft Bayerns, München 1970, S. 160.

62 *die erhaltenen Mautrechnungsbücher:* E. Schremmer, a. a. O., S. 171.
Straßen: E. Gasner, Zum deutschen Straßenwesen von der ältesten Zeit bis zur Mitte des 17. Jahrhunderts, 1889 (Neudr. 1966).

63 *Man beklagte die Zustände:* Lands- und Polizeiordnung der Fürstentumen Obern- und Niederbayern, München 1616, X. Titel.

66 *buchstäblich als lange Müllhalden:* E. Friedell, Kulturgeschichte der Neuzeit, München 1927, S. 123.
gegenüber den mittelalterlichen Zuständen: M. Kemmerich, Kultur-Kuriosa, Bd. 1, München 1920, S. 190ff., Bd. 2, München 1920, S. 266ff.

75 *Grund und Boden gehörten ihnen nicht:* M. Spindler (ed.), Handbuch für Bayerische Geschichte, Bd. 2, München 1977, D. Albrecht, Staat und Gesellschaft II (1500 bis 1745), S. 560.

76 *Am schlechtesten waren die Bauern dran:* S. v. Riezler, Geschichte Baierns, Bd. 6, Gotha 1903, S. 209ff.

78 *nur Wolle und Ziegenfell:* D. Stutzer, Unterbäuerliche gemischte Sozialgruppen Bayerns und ihre Arbeits- und Sozialverhältnisse, Um Glauben und Reich, München 1980, S. 264ff.
eine Lohn-Preis-Schraube: M. J. Elsas, Umriß einer Geschichte der Preise und Löhne in Deutschland, Leiden 1936.

80 *weitreichende politische Pläne:* S. v. Riezler, Geschichte Baierns, Bd. 5, Gotha 1903, S. 38f.

81 *Fickler faßte das als Kampfansage auf:* J. Steinruck, Johann Baptist Fickler, Münster 1965, S. 145.

82 *Wie Moses im Schilfkörbchen:* J. Steinruck, a. a. O., S. 4ff. – »Beschreibungen etc. ...« Bayerische Staatsbibliothek München, Handschriftenabteilung 4° Cgm 3085, f. 117ff.

89 *Als bescheidenes Alltagsessen galt:* M. Frhr. v. Freyberg, Sammlung historischer Schriften und Urkunden, Bd. 2, Stuttgart/Tübingen 1833, S. 147.

90 *Tischsitten:* G. F. Chr. v. Zimmern, J. Müller, Aus der Chronika deren von Zimmern, Bernh. Ihringer (ed.), München/Leipzig 1911, S. 366ff.

93 *mit einigem Risiko:* Generalmandat Herzog Maximilians vom 10. 12. 1610, Münchner Stadtarchiv, Best. Bürgermeister und Rat, 60 A 1.

97 *nach der jedem Juristen geläufigen Lehre:* K. A. Hall, Die Lehre vom Corpus Delicti. Stuttgart 1933.

100 *Der junge Herzog:* H. Dotterweich, Der junge Maximilian, München 1962. – F. Stieve, Briefe und Acten zur Geschichte des Dreissigjährigen Krieges, Bd. V, 1883. – Fr. Schmidt, Geschichte der Erziehung der Bayerischen Wittelsbacher von den frühesten Zeiten bis 1750, Berlin 1892 – K. Pfister, Kurfürst Maximilian I. von Bayern und sein Jahrhundert, München 1949. – Unentbehrlich nach wie vor: S. v. Riezler, Geschichte Baierns, Bde. 4, 5, 6, Gotha 1903.

106 *fanden Luthers Worte auch in Bayern offene Ohren:* C.-J. Roepke, Die evangelische Bewegung in Bayern im 16. Jahrhundert, Um Glauben und Reich, München 1980, S. 101ff.

107 *Parallele auf politischem Gebiet:* M. Ritter, Deutsche Geschichte im Zeitalter der Gegenreformation und des 30jährigen Krieges, 3 Bde., 1889/1098.

113 *wie glaubhaft berichtet wird:* P. Ph. Wolf, Geschichte Maximilians I. und seiner Zeit, Bd. 1, München 1807, S. 397ff.

114 *Was lag näher, als denen geistliche Pfründe zukommen zu lassen:* G. v. Lojewski, Bayerns Weg nach Köln, Bonn 1961.

118 *Nur scheinbar herrschte seit 1555 Friede:* Statt aller: L. Häusser, Geschichte des Zeitalters der Reformation 1517–1648, 3. Aufl., Berlin 1903.

123 *Maximilian war auf ganz besondere Weise spanisch:* ich verdanke diese Einsicht der Schilderung spanischer Art durch E. Friedell, Kulturgeschichte der Neuzeit, Bd. 1 (1927), S. 356ff.

Gregor von Valencia: A. Christl, Der spanische Jesuit Gregor von Valentia, Deutschlands bedeutendster Kontroversist im 16. Jahrhundert, ungedruckte Dissertation, Freiburg 1921.

128 *Abschriften von wichtigen Briefen:* J. B. Fickleri epistolae 1560–1606, Staatsbibliothek München Handschriftenabteilung, 2° Clm 715a. Die zitierten Briefe entstammen der Edition von Fr. Schmidt, Geschichte der Erziehung der Bayerischen Wittelsbacher, Berlin 1892, S. 349ff.

132 *war in Panik geraten:* es sei daran erinnert, daß diese wie alle Schilderungen über das Schicksal der Prozeßangeklagten den Aussagen der Verhafteten entnommen sind, wie sie die Prozeßprotokolle überliefern. Staatsarchiv, München, Hexenakten 2.

137 *Mit dem üblen Treiben der Hexen kannte sich der abgedankte Herzog aus:* S. v. Riezler, Geschichte der Hexenprozesse in Baiern, Stuttgart 1896, S. 149ff.

schrieb er am 1. März 1590: Fr. Schmidt, Geschichte der Erziehung der Bayerischen Wittelsbacher, Berlin 1892, S. 253. – H. Dotterweich, Der junge Maximilian, München 1963, S. 123f.

141 *in Ellingen ein neuer Hexenbrand:* Eb. Buchner, Das Neueste von Gestern, Kulturgeschichtlich interessante Dokumente aus alten deutschen Zeitungen, Bd. 1, München 1912, S. 16ff.

145 *Anti-Christ:* Eb. Buchner, a. a. O., S. 19f.

129 *regelrechte Räuberbanden:* F. Chr. B. Avé-Lallemant, Das deutsche Gaunertum, 1858, Teil 1, S. 67ff.

146 *ein Zeitgenosse:* Hans Jakob Christoffel von Grimmelshausen, Abenteuerlicher Simplicius, 1. Buch, 4. Kapitel. Zitat nach der Bearbeitung durch E. Hegauer.

154 *ein Holzgestell für Lasten:* Diese und alle übrigen sprachlichen Erläuterungen verdanke ich dem unschätzbaren Werk von J. A. Schmeller, Bayerisches Wörterbuch, 3. Neudruck der von K. Frommann bearbeiteten Ausgabe München 1872–77, Aalen 1973.

170 *man verdächtigte die Juden:* G. Liebe, Das Judentum in der deutschen Vergangenheit, Leipzig 1903.

171 *ein spätmittelalterlicher Chronist:* Jakob Twinger von Königshoven, zitiert nach J. Nohl, Der schwarze Tod, Potsdam 1924, S. 156.

172 *In Bayern gab es ... immer wieder blutige Judenpogrome:* M. Doeberl, Entwicklungsgeschichte Bayerns, Bd. 1, München 1906, S. 472.

ließ Maximilian I. verkünden: Lands- und Polizeiordnung 1616, 5. Buch, 1. Titel, 1. Artikel.

173 *Der Schwarze Tod:* J. Nohl, Der schwarze Tod, Eine Chronik der Pest 1348–1720, Potsdam 1924 – P. Ziegler, The Black Death, London 1969.

174 *ein Regierungserlaß der Zeit:* »Mandat wie man sich in tempore pestis verhalten soll« vom 5. September 1613, Stadtarchiv München, Best. Bürgermeister und Rat, Nr. 60 B/3, f. 10 v.

175 *die wahre Natur der Pest:* G. Sticker, Die Pest, 2 Bde., Gießen 1908–1910.

179 *Die Zeit war reich an Zeichen und Wundern:* E. Nielsen, Das Unerkannte auf seinem Weg durch die Jahrtausende, Ebenhausen bei München, 1922 – E. Buchner, Das Neueste von Gestern, 1. Bd., München 1912.

182 *Nach den Erkenntnissen der modernen Psychologie:* F. Riemann, Grundformen der Angst, 14. Aufl., München/Basel 1979.
185 *Die Sittenmandate der Zeit:* Stadtarchiv München, Best. Bürgermeister und Rat, Nr. 60 A/1, 60 B/1, 2, 3.
Zwei Ziele verfolgte der Herzog mit seinem Kampf: D. Stutzer, Unterbäuerliche gemischte Sozialgruppen Bayerns und ihre Arbeits- und Sozialverhältnisse, Um Glauben und Reich, München 1980, S. 264 ff. – E. Schremmer, Die Wirtschaft Bayerns, München 1970, S. 211 ff.
194 *er wiederholte nur einen verhältnismäßig neuen Aberglauben:* H. Bächtold-Stäubli (ed.), Handwörterbuch des deutschen Aberglaubens, Berlin/Leipzig 1930/1931, Stichworte »Dämonen«, »Diebstahl«.
199 *Da erfuhren sie etwa:* A. Schöppner, Bayrische Sagen, 3 Bde., Neudruck München 1979.
200 *sich vorsehen und auf die Zeichen verstehen:* K. v. Leoprechting, Bauernbrauch und Volksglaube in Oberbayern, München 1855, S. 102 ff.
203 *waren dem Bibelkundigen die Dämonen:* Lexikon für Theologie und Kirche, Freiburg i. Br., Stichwort »Teufel«. Herbert Haag, Teufelsglaube, Tübingen 1975.
204 *Augustinus lehrte:* A. Augustinus, De Civitate Dei – über den Gottesstaat, Turnholti 1955 (»Corpus Christianorum«, Series Latina, Bd. 48).
205 *in lehrhaften Anekdoten:* Caesarius v. Heisterbach, Wunderbare und denkwürdige Geschichten, übersetzt von E. Müller-Holm, Köln 1968.
207 *Noch die katholische Dogmatik des 20. Jahrhunderts:* Zähringer, Handbuch theologischer Grundbegriffe.
217 *Dem lag folgendes zugrunde:* S. v. Riezler, Geschichte der Hexenprozesse in Bayern, Stuttgart 1896, S. 149 ff.
223 *Die Zeitgenossen waren sich dieses Kampfes sehr bewußt:* W.-E. Peuckert, Die große Wende, Das apokalyptische Saeculum und Luther, Bd. 1, Hamburg 1948, S. 152 ff.
Tief verwurzelt im Mythos: W.-E. Peuckert, Stichwort »Endschlacht« bei Bächtold-Stäubli.
224 *Gog und Magog:* Pfister, Stichwort »Gog und Magog« bei Bächtold-Stäubli – W.-E. Peuckert, Die große Wende, S. 164 ff.
In einer im August 1562 gehaltenen Predigt: N. Paulus, Württembergische Hexenpredigten aus dem 16. Jahrhundert, Diöcesanarchiv von Schwaben 15, Nr. 6, 1897, S. 108.
233 *»Hexenhammer«:* J. W. R. Schmidt (Übersetzer), Der Hexenhammer, 4. Aufl. Wien/Leipzig 1938 – Schmidts Einleitung ist Grundlage meiner Darstellung, seiner Übersetzung folgen die angeführten Zitate.
236 *Predigt von David Meder:* J. Praetorius, Blockes-Berges Verrichtung, Leipzig 1669, Neudruck Frankfurt 1979, S. 37 f.
237 *Hexenmal:* B. E. König, Hexenprozesse, Berlin-Friedenau o. J., S. 96 ff.
Geschlechtsverkehr mit dem Teufel: W. G. Soldan/H. Heppe, Geschichte der Hexenprozesse, ed. Max Bauer, 2 Bde., 3. Aufl., München/Hanau 1912, Bd. 1, S. 151 ff.
238 *im Vorwort seines Buches:* J. Bodin, De Daemonomania Magorum, Vom außgelassenen Wütigen Teuffelsheer der Besessenen Unsinnigen Hexen und Hexenmeyster etc., übersetzt von J. Fischart, Straßburg 1581.
248 *pro Rad und Jahr rechnete man damals mit 12 Gulden Ertrag:* W. Glauner, Die historische Entwicklung der Müllerei, München/Berlin 1939.
249 *Müllergewerbe galt ... als wenig ehrbar:* O. Beneke, Von unehrlichen Leuten, 2. Aufl. 1882, S. 79 ff.

253 *Von den Müllern hieß es ganz allgemein:* Jungwirt, Stichwort »Mühle« bei Bächtold-Stäubli.
256 *eine anonyme Handschrift:* Bayerisches Staatsarchiv München, Generalregistratur, Fasc. 323/16, f. 23 ff.
257 *Nun wisse freilich jeder Jurist:* J. Brunnemann, Tractatus Juridicus de Inquisitionis Processu, 5. Aufl. Wittenberg 1679, p. 30.
259 *Nach den geltenden Prozeßgrundsätzen der Zeit:* A. Schoetensack, Der Strafprozeß der Carolina, Leipzig 1904, S. 50 ff.
261 *Der Inquisitionsprozeß selbst war ... im Schoß der Heiligen Kirche gewachsen:* Eb. Schmidt, Inquisitionsprozeß und Rezeption, Leipzig 1940 (a. A.) – J. Hansen, Zauberwahn, Inquisition und Hexenprozeß im Mittelalter und die Entstehung der großen Hexenverfolgung, München 1900.
266 *die menschheitsalte Mystik, die den Ort des Feuers ... umgibt:* Geramb., Stichwort »Herd« bei Bächtold-Stäubli.
271 *Friedrich von Spee erzählt eine Episode:* Fr. v. Spee, Cautio Criminalis, zitiert nach der Übertragung durch J.-Fr. Ritter, Weimar 1939, S. 208 ff.
278 *der Mittag ... eine geistermächtige, unheimliche Zeit:* K. Haberland, Die Mittagsstunde als Geisterstunde, Zeitschrift für Völkerpsychologie und Sprachwissenschaft 1882.
280 *Laymann ... in seinem Buch über den Hexenprozeß:* P. Laymann, Juridicus Processus contra sagas et veneficos, Ausg. Augsburg 1710 (verfaßt Köln 1629). Die Urheberschaft Laymanns ist umstritten.
292 *ein pensionierter Gymnasiallehrer:* L. Mejer, Die Periode der Hexenprocesse, Hannover 1882 – Derselbe, Hexenthum und Stechapfel, Jahresberichte der Naturhistorischen Gesellschaft zu Hannover 1894.
293 *ein Ethnologe der »Freak«-Generation:* H. P. Duerr, Traumzeit, 2. Aufl., Frankfurt/M., 1978, S. 13 ff.
eine jener Ursagen: L. Weiser, Zum Hexenritt auf dem Stabe, Festschrift für Marie Andree-Eysn, München 1928.
295 *ein Lieblingsthema des 15. Jahrhunderts:* S. Leutenbauer, Hexerei- und Zaubereidelikt in der Literatur von 1450 bis 1550, Berlin 1972, S. 18 ff.
308 *in einer einschlägigen rechtshistorischen Untersuchung:* F. Byloff, Das Verbrechen der Zauberei (crimen magiae), Graz 1902, S. 5.
309 *Von Hexerei steht im Alten Testament:* Die folgenden Zitate nach der Übersetzung von M. Luther, Biblia, Das ist die gantze Heilige Schrifft, Wittenberg 1545. Neudruck, herausgegeben von H. Volz, H. Blanke, München 1974.
312 *Ulrich Tenglers »Layenspiegel«:* Von rechtmässigen ordnungen inn Burgerlichenn und Peinlichen »Regimenten«, Straßburg 1532, f. CXXV f.
320 *zu bissigen Kommentaren darüber veranlaßt:* K. Pfister, Kurfürst Maximilian I. von Bayern und sein Jahrhundert, München 1949, S. 106 ff.
330 *weshalb »Ungläubige« keine Täter sein konnten:* K. Baschwitz, Hexen und Hexenprozesse, München 1966, S. 40 ff.
336 *Johann Christoph Fickler in seiner »Juristischen Erörterung«:* J. C. Fickler, Disputatio Juridica de Maleficis et sagis ...«, Ingolstadt 1592.
337 *Dieser Beweis sah so aus:* J. Bodin, Daemonomania, übersetzt von J. Fischart, Straßburg 1581, S. 26 ff.
338 *Binsfelds Buch:* R. Stintzing, Geschichte der Deutschen Rechtswissenschaft, 1. Abt., München/Leipzig 1880, S. 645.
340 *Doktor Johann Weyer:* J. Weyer, De praestigiis Daemonum et Incantationibus ac veneficiis, deutsch von J. Fuglinus, Frankfurt/M. 1586, Neudruck Darmstadt 1968.

Benedikt Carpzov: Zitat aus »Practica Nova Imperialis Saxonica Rerum Criminalium in Partes III Divisa«, 6. Aufl., Wittenberg 1670, Quaestio XLIX, notae 57 s., p. 324.

346 *Das war die Bestimmung:* Artikel 53, 54 der Peinlichen Gerichtsordnung Karls V., Neudruck d. Ausgabe von J. Chr. Koch (1787), herausgegeben und erläutert von G. Radbruch, Stuttgart 1962.

352 *Jeder Kampf gegen das Verbrechen war ein Kampf gegen den Teufel:* H. Fehr, Gottesurteil und Folter, Festgabe für R. Stammler zum 70. Geburtstag, Berlin/Leipzig 1926 – Derselbe, Zur Lehre vom Folterprozeß, Zeitschrift der Savigny-Stiftung für Rechtsgeschichte, Germ. Abtl., Bd. 53, Weimar 1933.

355 *warnte eine zeitgenössische Anordnung:* Mandat vom 13. Juni 1615, Stadtarchiv München, Best. Bürgermeister und Rat, 60 B 2, f 699 v.

Pater Friedrich von Spee: Cautio Criminalis, Deutsche Ausgabe von J.-F. Ritter Weimar 1939, S. 123 ff.

365 *Tatsache, daß man Frauen leichter der Hexerei verdächtigte:* Becker, Bovenschen, Brackert u. a., Aus der Zeit der Verzweiflung, Zur Genese und Aktualität des Hexenbildes, Frankfurt/M., 1977.

367 *Der eigentliche Grund:* H. P. Duerr, Traumzeit, Frankfurt/M. 1978, S. 25 ff.

376 *der Tag des Fronleichnamsfestes:* S. v. Riezler, Geschichte Baierns, Bd. 6, Gotha 1903, S. 244 ff. – Staatsbibliothek München, Handschriftenabteilung, Cgm 1967.

383 *von einem maßgeblichen Juristen jener Zeit so formuliert:* B. Carpzov, Practica Nova, Ed. Sexta, Wittenberg 1670, Pars I. Quaest. XLIX, n. 61.

390 *würde er etwa so fortfahren:* J. B. Fickler, Judicium generale de poenis maledicorum, Staatsbibliothek München, Lib. impr. cum notis mss. in 8°, Nr. 26, pars 2 – P. Laymann, Juridicus Processus contra sagas et veneficos, Augsburg 1710 (Köln 1629).

393 *Der Rat der maßgeblichen Rechtsgelehrten:* G. Remus, Nemesis Karulina, Hessen-Nassau 1594, Cap. CIX, p. 100 f.

395 *die Bannrichter:* W. Leiser, Strafgerichtsbarkeit in Süddeutschland, Köln/Wien 1971, S. 100 ff. – Staatsarchiv München, Best. Gerichtsliteralien, Fasc. 1657/52, 318/1 Prod. 4, 138/Nr. 106.

399 *wäre auch kaum der richtige Mann gewesen:* Briefe Neuchingers im Staatsarchiv München, Best. Gerichtsliteralien, Fasc. 138/Nr. 107, 3233/Nr. 48. C. Manzius, Summa Processus criminalis, Ingolstadt 1645, ad Art. 79 CCC.

403 *sprach ihn der Rentmeister etwa so an:* »Ordnung des Malefizrechtens« von 1575, veröffentlicht von Hefner, Obb. Archiv Bd. 13, S. 53 f.

407 *als man ... den Goldmacher Marco Antonio Bragadino richtete:* J. Striedinger, Der Goldmacher Bragadino, München 1928, S. 123.

411 *einer Art Patrizierparlament übertragen:* M. Schattenhofer, Das alte Rathaus in München, München 1972, S. 193 ff.

412 *Am 11. Januar erging Befehl an die Räte:* J. M. Mayer, Münchner Stadtbuch, München 1868, S. 568 ff.

Dem Bannrichter ward kein sehr freundlicher Empfang: Stadtarchiv München, Ratsprotokolle 1600, Stadtschreiber-und Unterrichterserie, Best. Bürgermeister und Rat, Nr. 54 A/22 f. 106 bzw. 54 B/8 f. 26.

416 *diesen Weg versperrte aber das Gesetz:* Bayerische Malefizprozeßordnung von 1616, VI. Titel, 1. Artikel.

das Haar galt als Sitz des Lebens: Stichwort »Haar« bei Bächtold-Stäubli.

421 *folgender Ruf über den Marienplatz scholl:* Föringer, Verhandlungsform

des öffentlichen Malefizrechtstages nach altbayerischen Strafverfahren im XVI. Jahrhundert, Obb. Archiv, Bd. 7, München 1846, S. 431 ff.

424 *in Form eines in Augsburg gedruckten Flugblatts:* Münchner Stadtmuseum, Graphiksammlung, Inv. Nr. M. I/320.

426 *so klang es nun über den Platz:* Staatsarchiv München, Hexenakten 4, Prod. 5.

429 *eine symbolische Vorwegnahme der Hinrichtung:* E. v. Moeller, Die Rechtssitte des Stabbrechens, Zeitschrift der Savigny-Stiftung für Rechtsgeschichte, Germ. Abt., Bd. 21, Weimar 1900, S. 27 ff.

431 *im umfangreichsten Fachbuch der Zeit:* J. Döpler, Theatrum poenarum, Bd. 1, Sondershausen 1693, S. 959.

Nach den Berichten von Chronisten: Neben dem bereits zitierten Flugblatt (Stadtmuseum München, Graphiksammlung, Inv. Nr. M I/320) ein von C. A. Regnet, München in der guten alten Zeit, München 1879, S. 122 mitgeteiltes Zeitgedicht, eine Erwähnung in der Chronik des Johann Mayr von 1604 und einem im Obb. Archiv 100, S. 142 ff. mitgeteilten Tagebuch des zeitgenössischen Musikers Hellgemayr.

ein prozessionsartiger Zug. A. Martin, Über die ehemaligen Richtstätten der in München zur Todesstrafe Verurteilten und ihre Volkssagen, Obb. Archiv. Bd. 31, München 1871, S. 218 ff.

433 *ein blumengeschmücktes Holzkreuz:* W. Harke, Das Strafrecht des Münchner Blutbannbuches unter Berücksichtigung der anschließenden Malefitzprotokolle 1574 bis 1617, Ungedruckte Dissertation, München 1950, S. 173.

436 *durften Frauen nicht gerädert werden:* K. v. Amira, Die germanischen Todesstrafen, München 1922, S. 176 f.

438 *es gibt jedoch Hinweise:* J. Döpler, Theatrum poenarum, Bd. 1, Sondershausen 1963, S. 457.

Bildnachweis

Seite 225: Stadtmuseum München. Seite 226: Aus: Theodor Hampe. Fahrende Leute (Monographien zur Deutschen Kulturgeschichte, Band X, hrsg. v. Georg Steinhausen). Seite 227: BayHStA München, Allg. StA. Hexenakten 2. Seite 228 oben: Wittelsbacher Ausgleichsfonds, München. Seite 228 unten: BayHStA, Allg. StA. Hexenakten 2. Seite 229 oben: Stadtarchiv München. Seite 229 unten links: BayHStA Abt. I, Hexenakten 4, Prod. 4, Titelblatt. Seite 229 unten rechts: Staatliche Graphische Sammlung, München. Seite 230: Aus: Strafjustiz in alter Zeit. Band III der Schriftenreihe des mittelalterlichen Kriminalmuseums Rothenburg ob der Tauber, 1980. Seite 231: BayHStA München, Allg. StA. Hexenakten 2. Seite 232: Stadtmuseum München.